Los Reyes del Mambo

tocan canciones

de amor

LOS REYES DEL MAMBO TOCAN CANCIONES DE AMOR

ÓSCAR HIJUELOS

Traducción:

Alejandro García Reyes

HarperLibros
Una rama de HarperPerennial
Una división de HarperCollinsPublishers

Library of Congress Cataloging-in-Publication Data

Hijuelos, Oscar.
   [Mambo Kings play songs of love. Spanish]
   Los reyes del mambo tocan canciones de amor : novela /
   Oscar Hijuelos ; traducido por Alejandro Garcia Reyes. —
   1st ed. HarperLibros.
    p. cm.
  ISBN 0-06-095214-8
   1. Musicians—United States—Fiction. 2. Brothers—United
States—Fiction. 3. Cuban Americans—Fiction. I. Title
PS3558.I376M3618 1996
813'.54—dc20   96-20227

96 97 98 99 00 RRD 10 9 8 7 6 5 4 3 2 1

AGRADECIMIENTOS

El autor agradece al National Endowment for the Arts, la New York Foundation for the Arts, la Ingram Merrill Foundation, la American Academy and Institute of Arts and Letters, la MacDovell Colony y la Corporation of Yaddo, las becas y ayudas que le fueron concedidas durante el tiempo en que escribió esta novela.

Expresa asimismo su sincero agradecimiento a Angel Martínez, Renaldo Ferradas, Chico O'Farrill y Harriet Wasserman.

«... con un ligero golpe de muñeca sobre el interruptor de su fonógrafo, la ficción de un mar ondulante y de una cita para bailar en un patio de La Habana o en un elegante club nocturno se hará realidad. No lo dude, si no dispone de tiempo para hacer una escapada a La Habana o si lo que quiere es revivir los recuerdos de un viaje anterior, esta música lo hará todo posible...»

de *Los Reyes del Mambo tocan canciones de amor*

TMP 1113

ORCHESTRA RECORDS

1210 LENOX AVENUE

NUEVA YORK, NUEVA YORK

Los Reyes del Mambo

tocan canciones

de amor

Un sábado por la tarde en La Salle Street, hace ya muchos años, cuando yo era aún un niño, a eso de las tres la señora Shannon, aquella oronda irlandesa que llevaba siempre el delantal lleno de lamparones de sopa, abrió la ventana de su apartamento que daba a la parte de atrás y gritó con voz estentórea por el patio: «¡Eh, César, eh, que creo que estás saliendo en la televisión, te juro que eres tú!». Cuando oí los primeros acordes de la sintonía del programa «Te quiero, Lucy» me puse nerviosísimo, porque me di cuenta de que se refería a un acontecimiento marcado por el sello de la eternidad, a aquel episodio en el que mi difunto padre y mi tío César habían aparecido haciendo los papeles de unos cantantes, primos de Ricky Ricardo, que llegaban a Nueva York procedentes de la provincia de Oriente, en Cuba, para actuar en el club nocturno de Ricky, el Tropicana.

Todo lo cual no dejaba de ser una trasposición bastante fiel de sus vidas reales: ambos eran músicos, componían canciones y se habían venido de La Habana a Nueva York en 1949, el año en que formaron Los Reyes del Mambo, una orquesta que llenó clubs, salas de baile y teatros por toda la Costa Este, e incluso —lo que constituyó el momento culminante de su carrera musical— hicieron un legendario viaje a San Francisco en un autocar pintado de color rosa pálido para actuar en la Sala de Baile Sweet, en un programa compuesto exclusivamente por estrellas del mambo, en una hermosa noche de gloria, ajena aún a la muerte, al dolor, a todo silencio.

Desi Arnaz los había visto tocar una noche en un club nocturno que estaba en no sé qué sitio en el oeste de Manhattan, y tal vez porque ya se conocían de La Habana o de la provincia de Oriente, donde habían nacido tanto el propio Arnaz como los dos hermanos, lo lógico y natural fue que los invitara a cantar en su programa de variedades. Una de las canciones, un bolero romántico que ellos habían compuesto, le gustó especialmente: *Bella María de mi alma*.

Unos meses más tarde —no sé cuántos exactamente, yo tenía entonces cinco años— empezaron a ensayar para la inmortal aparición de mi padre en aquel programa. A mí los suaves golpecitos que daba mi padre llamando a la puerta de Ricky Ricardo simpre me han parecido una llamada de ultratumba, como en las películas de Drácula o de muertos vivientes, en las que los espíritus brotan de debajo de losas sepulcrales y se deslizan por las rotas ventanas y los carcomidos suelos de lúgubres mansiones antiguas: Lucille Ball, la encantadora actriz y comediante pelirroja que hacía el papel de esposa de Ricky, estaba limpiando la casa cuando oía a mi padre golpear suavemente con los nudillos a la puerta.

—Ya voyyyyyy... —contestaba con voz cantarina.

Y allí en la entrada aparecían dos hombres con trajes de seda blancos, pajaritas que parecían mariposas con las alas desplegadas, los negros estuches de un instrumento musical en una mano y sus canotiers en la otra: mi padre, Néstor Castillo, delgado y ancho de hombros, y mi tío César, corpulento e inmenso. Mi tío decía:

—¿La señora Ricardo? Yo soy Alfonso y éste es mi hermano Manny...

Y el rostro de la dueña de la casa se iluminaba con una radiante sonrisa y contestaba:

—Ah, ustedes son los que vienen de Cuba, ¿no? ¡Ricky me ha hablado tantísimo de ustedes!

Y luego, sin más preámbulos, se sentaban en el sofá y entonces entraba Ricky Ricardo y les decía algo así como:

—¡Manny, Alfonso! ¡Pero bueno... qué estupendo que hayan podido arreglarlo todo y venir de La Habana para el programa!

Y entonces mi padre contestaba con una sonrisa. La primera vez que vi el programa fue cuando lo repusieron en televisión y recordé muchas más cosas de él: cómo me sentaba en sus rodillas, el olor de la colonia que usaba, las palmaditas que me daba en la cabeza, la moneda de diez centavos que me ofrecía jugando, las caricias que me hacía en la cara mientras silbaba, y los paseos que nos llevaba a dar a mí y a mi hermanita Leticia por el parque, y muchos otros momentos que acudieron atropelladamente a mi memoria, de forma que verle aparecer en el programa tuvo algo de portentoso, como si se tratara de la resurrección de la carne, como si Cristo hubiera salido del sepulcro e inundara el mundo con su luz —eso es lo que nos enseñaban en la parroquia del barrio, que tenía aquellas grandes puertas pintadas de rojo— porque mi padre estaba entonces otra vez vivo y se quitaba el sombrero y se sentaba en el sofá del salón de la casa de Ricky, con el negro estuche de su instrumento musical descansando en el regazo. Tocaba la trompeta, movía la cabeza, abría y cerraba los ojos, hacía gestos de asentimiento, se paseaba por la habitación y decía «Gracias» cuando le ofrecían una taza de café. Para mí, la habitación se llenaba de pronto de una luz plateada y radiante. Y en ese instante me di cuenta de que podíamos verle una vez más. La señora Shannon había gritado por el patio para alertar a mi tío: yo estaba ya en el apartamento.

Con el corazón latiéndome apresuradamente encendí el gran aparato de televisión en blanco y negro que tenía en el salón y traté de despertarle. Mi tío se había quedado dormido en la cocina —había trabajado hasta muy tarde la noche antes, actuando en un club social del Bronx, cantando y tocando la trompa con un grupo de músicos cogidos de aquí y de allá—. Roncaba, tenía la camisa abierta, pues varios botones se le habían desabrochado a la altura del estómago. Entre los delicados dedos índice y corazón de su mano derecha tenía un cigarrillo Chesterfield consumido hasta el filtro y en la misma mano sujetaba aún un vaso medio vacío de whisky de centeno, que es lo que solía beber como un loco, pues en los últimos años venía padeciendo pesadillas, veía apariciones y sentía que una maldición pesaba sobre él, y también porque, a pesar de todas las mujeres que se llevaba a la cama, su vida de soltero le parecía llena de soledad y de tedio. Pero en aquella época yo no sabía todo esto y creía que se había quedado dormido simplemente porque había trabajado mucho la noche anterior, cantando y tocando la trompeta por espacio de siete u ocho horas. Me refiero a una de esas fiestas de boda que se celebran en locales llenos de humo —con las salidas de incendios atrancadas con cerrojos—, que duran desde las nueve de la noche hasta las cuatro o las cinco de la madrugada, y en las que la orquesta toca una y hasta dos horas seguidas cada vez. Pensé que lo único que necesitaba era descansar. ¿Cómo iba yo a saber que cuando llegaba a casa, para relajarse se bebía un vaso de whisky y luego un segundo y un tercer vaso, y así hasta que plantaba el codo en la mesa y lo empleaba a modo de soporte de la barbilla, pues de otra manera le resultaba imposible mantener la cabeza erguida? Pero aquel día corrí a la cocina a despertarle para que viera conmigo el famoso episodio del programa, le meneé con suavidad y le tiré del codo, craso error, pues fue como si derribara las columnas de carga de una iglesia con quinientos años de antigüedad: simplemente, se derrumbó como un peso muerto y se estrelló contra el suelo.

En la televisión había un anuncio, y como sabía que no tenía mucho tiempo, empecé a darle palmaditas en la cara, le tiré de las orejas, que se le habían puesto de un color rojo encendido, y se las retorcí hasta que al fin abrió un ojo. Por lo visto en ese instante en que su vista trataba de enfocar la realidad circundante no me reconoció, pues preguntó:

—Néstor, ¿qué haces aquí?

—Soy yo, tío, soy Eugenio.

Dije estas palabras en un tono de voz muy sentido, como el del niño que trabaja con Spencer Tracy en la película *El viejo y el mar*, con verdadera fe en mi tío, pues en aquella época toda palabra que saliese de sus labios, toda caricia de sus manos, se me antojaba el alimento de un reino de gran belleza que quedaba muy, muy por encima de mí: su corazón. Volví a tirar de él y abrió los ojos. Esta vez sí que me reconoció.

—¿Tú? —exclamó.

—Sí, tío, ¡levántate! ¡Levántate, por favor! Estás saliendo en la televisión. ¡Anda, vamos!

He de decir una cosa sobre mi tío César: en aquella época habría hecho por mí cualquier cosa que yo le hubiera pedido, así que asintió con la cabeza, trató de incorporarse del suelo, se apoyó sobre las rodillas, pero no consiguió guardar el equilibrio y volvió a caerse, esta vez de espaldas. Debió de hacerse daño en la cabeza porque su rostro se contrajo con una mueca de dolor. Después, por un momento, pareció que se iba a quedar otra vez dormido. Desde el salón llegaba la voz de la mujer de Ricky, conspirando como siempre con su vecina Ethel Mertz para ver cómo podía actuar en el programa de variedades de Ricky en el Tropicana, y yo sabía que la escena de la llegada de los hermanos al apartamento ya había pasado —fue cuando la señora Shannon había gritado por el patio— y que quedaban cinco minutos escasos para que mi padre y mi tío aparecieran en el escenario del Tropicana, listos para cantar aquella canción otra vez. Ricky cogía el micrófono y decía: «Bueno, amigos, esta noche tengo para ustedes algo verdaderamente especial. Señoras y caballeros,

Alfonso y Manny Reyes, ¡oigámoslos!». Y un momento después mi padre y mi tío aparecían allí, el uno al lado del otro, vivos, seres de carne y hueso, para que todo el mundo los viera, uniendo sus voces en un dueto de aquella canción.

Di un nuevo meneo a mi tío, abrió los ojos, me tendió su mano, fuerte y encallecida por aquel otro trabajo de portero de un edificio que desempeñaba en aquella época, y me dijo:

—Ayúdame, Eugenio, ayúdame.

Tiré de él con todas mis fuerzas, pero fue imposible. Volvió a intentarlo: con un gran esfuerzo se puso sobre una rodilla y luego, apoyando una mano en el suelo, empezó a incorporarse otra vez. Tiré un poco más y empezó a levantarse. Entonces apartó mi mano con un gesto y dijo:

—Estoy bien, hijo.

Apoyando una mano en la mesa y la otra en la tubería de la calefacción se puso en pie. Por un momento se tambaleó sobre mí —me sacaba la cabeza— como si en el apartamento soplaran vientos huracanados. Sin más incidencias le llevé por el pasillo hasta el salón, pero allí volvió a desplomarse al llegar a la puerta; más que desplomarse, dio casi un salto hacia delante, como si el suelo le hubiera impulsado con un resorte, como si hubiera salido disparado por la boca de un cañón, y, ¡paf!, fue a darse de bruces contra la librería que había en el recibidor. Allí era donde tenía apilados sus discos y entre ellos un cierto número de los negros y quebradizos ejemplares de 78 r.p.m. que había grabado junto con mi padre y con el grupo de ambos, Los Reyes del Mambo. Las puertas de cristal de la librería se abrieron de par en par y los discos, unos cayeron, otros salieron disparados dando vueltas en el aire como los platillos volantes de las películas haciéndose mil pedazos. Y los siguió la librería, que se derrumbó sobre el suelo junto a mi tío con gran estrépito: las canciones *Bésame mucho, Acércate más, Juventud, Crepúsculo en La Habana, Mambo nueve, Mambo número ocho, Mambo para una noche de calor* y su magnífica versión de *Bella María de mi alma*, todas se hicieron añicos. La catástrofe hizo que a mi tío se le pasara la borrachera. De repente se apoyó sobre una rodilla sin mi ayuda, luego sobre la otra, se puso en pie, se recostó un momento contra la pared y meneó la cabeza.

—*Bueno*[1] —dijo.

Me siguió al salón y se dejó caer pesadamente en el sofá detrás de mí. Yo me senté en una silla grande con el asiento almohadillado que habíamos subido del sótano. Miró bizqueando a la pantalla y se vio a sí mismo y a su hermano menor, a quien, a pesar de todas sus diferencias, quería con toda su alma. Parecía estar soñando.

—Bueno, amigos —decía Ricky Ricardo—, esta noche tengo para ustedes algo verdaderamente especial...

Los dos músicos, con trajes de seda blancos y grandes lazos de pajarita que parecían mariposas, avanzaban hacia el micrófono, mi tío con una guitarra en las manos y mi padre con una trompeta.

—Gracias, gracias, y ahora una pequeña canción que compusimos...

Y cuando César empezaba a rasguear la guitarra y mi padre se llevaba la trompeta a los labios y empezaba a tocar los primeros acordes de *Bella María de mi alma*, una deliciosa y envolvente frase melódica llenó el aire del salón.

La cantaban como la habían compuesto, en español. Con la Orquesta de Ricky Ricardo detrás, llegaban a un cambio de melodía y unían sus voces en un verso de la letra que decía: «¡Qué dolor delicioso el amor me ha traído en la forma de una mujer!».

Mi padre... ¡Parecía tan lleno de vida!

—¡Tío!

El tío César había encendido un cigarrillo y se había quedado

---

[1] Las palabras y expresiones en cursiva, en español en el original. *(N. del T.)*

dormido. El cigarrillo se le había resbalado de los dedos y ardía en el puño almidonado de la camisa blanca que llevaba. Le quité el cigarrillo y entonces mi tío abrió los ojos otra vez y sonrió.

—Eugenio, ¿quieres hacerme un favor? Ponme una copa.

—Pero, tío, ¿no quieres ver el programa?

Hizo un esfuerzo por poner atención, por concentrarse en lo que tenía delante de sus ojos.

—Mira, sois tú y papi.

—*Coño, sí...*

El rostro de mi padre con aquella sonrisa de caballo que tenía, sus cejas fruncidas, sus grandes y carnosas orejas —un rasgo de familia—, con aquella ligera expresión de sufrimiento y el temblor de sus cuerdas vocales... ¡qué hermoso me parecía todo en aquel momento!

Fui corriendo a la cocina y volví con un vaso de whisky de centeno tan deprisa como pude, pero con cuidado para que no se me derramara. Ricky se había unido a los dos hermanos en el escenario. Se le veía absolutamente encantado con su actuación y lo dejaba ver bien claro, porque mientras sonaba la última nota alzaba la mano con gesto triunfal y gritaba «¡Olé!», y un mechón de sus negros y espesos cabellos le caía sobre la frente. Después saludaban con una inclinación de cabeza y el público rompía en aplausos.

El programa siguió su curso. Vinieron unos números cómicos: un tipo disfrazado de toro, con los cuernos adornados de flores, salía bailando una giga irlandesa, le pinchaba a Ricky en el trasero con uno de los cuernos y Ricky se irritaba tanto que ponía ojos saltones, se daba una palmadita en la frente y empezaba a hablar en español a una velocidad ininteligible. Pero aquello ya no me importaba lo más mínimo, el milagro había ocurrido, un hombre había resucitado, se había cumplido esa promesa de Nuestro Señor en la que creí a partir de aquel momento, la promesa de la redención de nuestros sufrimientos, de la redención de las tribulaciones de este mundo.

Cara A

EN EL HOTEL ESPLENDOR
1980

Casi veinticinco años después de que él y su hermano aparecieran en el programa «Te quiero, Lucy», César Castillo sufría en el terrible calor de una noche de verano y se sirvió otro whisky. Se hallaba en una habitación del Hotel Esplendor, en la esquina de la calle 125 con Lenox Avenue, no lejos de la angosta escalera que llevaba a los estudios de grabación de Orchestra Records en los que su grupo, Los Reyes del Mambo, habían grabado sus quince discos —de pasta tan negra como quebradiza— de 78 r.p.m. De hecho aquélla podía ser la misma habitación a la que, un día ya lejano, se había llevado a la cama a una voluptuosa y zanquilarga chica de alterne que respondía al nombre de Vanna Vane, y que había sido elegida Miss Mambo el mes de junio de 1954. Todo era muy distinto en aquellos tiempos: la calle 125 bullía de clubs, había menos violencia, menos mendigos y más respeto mutuo entre la gente; podía salir, ya tarde, de su apartamento de La Salle Street por la noche, a dar una vuelta, bajar por Broadway, atajar en dirección al este por la calle 110, llegar a Central Park y allí pasearse por sus senderos serpenteantes, cruzar los puentecillos tendidos sobre rocas y riachuelos y disfrutar del olor de las arboledas y de la hermosura de la naturaleza, y todo ello sin ningún temor. Luego se encaminaba a la Sala de Baile Park Palace, en la calle 110, para oír a Machito o a Tito Puente, encontrarse con músicos amigos en el bar, hacer alguna que otra conquista femenina y bailar. En aquella época podías cruzar el parque dando un paseo, llevando puesta tu mejor ropa y un bonito y costoso reloj sin la preocupación de que alguien saliera por detrás y te pusiera una navaja al cuello. Esos tiempos, amigo, ya se han ido para siempre.

Rió: hubiera dado cualquier cosa por poseer ahora el mismo virtuosismo físico que cuando tenía treinta y seis años y subió por primera vez a Miss Mambo por aquellas escaleras y entraron en la habitación. En aquella época vivía sólo para ese momento sublime en que echaba a una mujer sobre la cama y la desnudaba: la señorita Vanna Vane de Brooklyn, Nueva York, tenía un lunar justo debajo del pezón de su pecho derecho, y siempre que empezaba a acariciar los senos de una mujer o se arrimaba a ella y sentía aquel calor que salía de sus piernas, ¡zas!, su potente miembro en seguida asomaba erecto por la bragueta de sus pantalones. Las mujeres iban mejor vestidas entonces, llevaban prendas más sofisticadas y era más divertido ver cómo se desnudaban. Sí, tal vez era aquélla la misma habitación a la que subía en compañía de Vanna Vane en aquellas gloriosas e interminables noches de amor de hacía ya muchos años.

Sentado ante la ventana, por la que entraba la vacilante luz de la calle, su lánguido rostro de sabueso, con los mofletes caídos, relucía como si estuviera esculpido en piedra blanca. Se había llevado consigo un pequeño fonógrafo que pertenecía a su sobrino Eugenio, y un montón de viejos discos grabados por su grupo, Los Reyes del Mambo, a principios de los años cincuenta. Una caja de botellas de whisky, un cartón de aquellos cigarrillos —Chesterfield sin filtro («¡Amigos, fumad Chesterfield, el tabaco preferido por todos, el favorito del Rey del Mambo!»)— que habían arruinado definitivamente su bonita voz de barítono al cabo de los años; y unas cuantas cosas más: papel, sobres, varios bolígrafos Bic, su desencuadernada agenda de direcciones, píldoras para el estómago, una revista pornográfica —una publicación que se llamaba *El Mundo Sexual*—, unas cuantas fotografías descoloridas y una muda de ropa, metido todo en una desgastada maleta de mimbre. Su plan era quedarse en el Hotel Esplendor todo el tiempo que le llevara beberse aquel whisky —o hasta que las venas de las piernas le reventaran de una vez— y en cuanto a comer, si es que tenía que hacerlo, podía comprar algo en el restaurante chino de la esquina, que tenía un cartel que advertía: «Sólo para llevar».

Se inclinó hacia delante, puso en el zumbante fonógrafo un disco que se llamaba *Los Reyes del Mambo tocan canciones de amor* y oyó pasos fuera, en el corredor, y las voces de un hombre y de una mujer joven. El hombre decía: «Ya hemos llegado, muñeca», y luego se oyó el ruido de la puerta al abrirse y cerrarse y de sillas que eran cambiadas de sitio, como si fueran a sentarse juntos delante de un ventilador a beber y a besarse. La voz era la de un hombre negro, pensó César antes de apretar el interruptor del tocadiscos.

Fuerte chisporroteo de disco rayado, como una freiduría, y luego una frase de trompeta, un bajo de habanera, un piano que da rienda suelta al sentimiento con unos tristes acordes en tono menor, y su hermano Néstor Castillo, en algún remoto lugar de un mundo sin luz, se lleva la trompeta a los labios, cierra los ojos, un ligero temblor contrae su rostro, absorto en ensoñadora concentración... y suena la melodía de Ernesto Lecuona, *Juventud*.

Sorbo tras sorbo de whisky, su memoria estaba tan revuelta como los huevos que se hacía para desayunar. Tenía sesenta y dos años. El tiempo empezaba a convertirse en una broma pesada. Un día eres joven y a la mañana siguiente te despiertas y eres ya un viejo. Y, ahora, mientras sonaba la música, casi esperaba abrir los ojos y encontrar a la señorita Vanna Vane sentada en aquella silla que estaba al otro lado de la habitación, enfundando sus largas piernas en un par de medias de nylon, mientras la blanca y alegre luz de la calle 125 en una mañana de domingo entraba radiante por la persiana medio bajada de la ventana.

Una de esas noches en las que no podía quedarse sentado en su apartamento de La Salle Street, allá por el año 1954, se hallaba en el Palm Nightclub oyendo al fabuloso Tito Rodríguez y a su orquesta y observando a la chica que vendía tabaco: llevaba unos leotardos increíblemente ajustados, con un dibujo de piel de leopardo y sus largos y rubios cabellos, que llevaba echados completamente hacia un lado, le caían en una onda que le tapaba la mitad de la cara, como a Veronica Lake, y le daban un aire un tanto adusto. Cada vez que la rubia pasaba por su lado, César Castillo le compraba un paquete de cigarrillos y, cuando dejaba la bandeja del tabaco encima de la mesa, la cogía por la muñeca y la miraba fijamente a los ojos. Luego le daba un cuarto de dólar de propina y le sonreía. Bajo el reluciente raso que cubría su cuerpo de cintura para arriba sus pechos eran grandes, espléndidos. Una vez había oído a un marinero borracho que, hablando con un amigo en un bar, le decía: «¡Mira los torpedos que tiene esa individua, *mamma mia!*». Como le encantaban las expresiones americanas, pensó en un par de torpedos con sus extremos puntiagudos y no podía apartar la vista del hilillo de sudor que se coagulaba bajando por el diafragma de la vendedora.

Cuando le hubo comprado el octavo paquete de cigarrillos la invitó a tomarse una copa. Y como ya era muy tarde ella decidió sentarse con aquellos dos hermanos tan guapos.

—Me llamo César Castillo, y éste es mi hermano Néstor.

—Vanna Vane. Encantada.

Poco después estaba en la pista con la señorita Vane haciendo una verdadera demostración que tenía boquiabierto al público, cuando la orquesta se lanzó a improvisar con un ímpetu contagioso: el que tocaba la conga, el de los bongos y un percusionista con una batería americana empezaron con un ritmo rápido, circular, que era como un torbellino. Lo que tocaban invitaba de tal modo a girar y a dar vueltas que el Rey del Mambo se sacó el pañuelo que llevaba en el bolsillo superior de su chaqueta y, en una variante del llamado «baile del pañuelo», se metió uno de sus extremos entre los dientes e instó a Vanna a hacer lo mismo con el otro. Unidos por un pañuelo rosa y azul claro, sujeto por los dientes, César y Vanna empezaron a girar a toda velocidad como dos enloquecidos acróbatas en una actuación circense. Mientras daban vueltas y más vueltas el público aplaudía y bastantes parejas empezaron a imitarlos en la pista de baile. Luego, algo mareados, volvieron haciendo zigzags a su mesa.

—Así que tú eres cubano también, como ese tipo que se llama Desi Arnaz.

—Eso es, muñeca.

Más tarde, a las tres de la madrugada, él y Néstor la acompañaron dando un paseo hasta el metro.

—Vanna, querría que me hicieses un favor. Yo tengo una orquesta y acabamos de grabar un nuevo disco. Hemos pensado que se titule algo así como *Mambos para la noche de Manhattan*, al menos ésa es mi idea, y necesitamos a alguien, a una chica bonita como tú... ¿qué edad tienes?

—Veintidós.

—... pues una chica bonita para que pose con nosotros para la portada de este disco —y luego, confuso y un tanto avergonzado, concluyó—: Quiero decir que tú serías perfecta para ese trabajo. Te pagarían cincuenta dólares.

—Cincuenta.

Un sábado por la tarde, vestidos ambos con trajes de seda blancos, los dos hermanos recogieron a Vanna en Times Square y fueron dando un paseo hasta un estudio fotográfico que estaba en el número 548 de la calle Cuarenta y Ocho Oeste, el Estudio Olympus, en donde su fotógrafo habitual había acondicionado un cuarto trasero con falsas palmeras de *attrezzo*. Llevaron sus instrumentos, una trompeta, una guitarra y un tambor, iban de punta en blanco y se peinaron sus espesas pelambreras haciéndose unos imponentes tupés que relucían de brillantina. La señorita Vanna Vane llevaba un vestido de cóctel de talle fruncido muy ajustado por la parte de arriba, con falda de volantes, relucientes medias de nylon con costura, y unos tacones de cinco pulgadas de altura que realzaban los contornos de su culo y le permitían hacer ostentación de unas piernas tan largas como bien contorneadas. (Y al recordar esto pensó que nunca había sabido cómo se llamaba ese músculo que hay en el ángulo superior del muslo de una mujer, arriba del todo, ese músculo que atraviesa el clítoris y que se retuerce y se estremece con un ligero temblor cuando se la besa ahí.) Probaron un centenar de poses, pero la que finalmente eligieron para la cubierta del disco fue la siguiente: César Castillo aparecía con una conga colgada del cuello por la correa, una mano levantada en el aire a punto de abatirse sobre la conga, la boca abierta riendo, y todo el cuerpo inclinado hacia la señorita Vane. La cual aparecía con las manos cruzadas a la altura de la cara, la boca formando un «¡Ooooh!» de emoción, las piernas dobladas para bailar y parte de una liga asomando; mientras que a la izquierda, Néstor, con los ojos cerrados y la cabeza echada hacia atrás, tocaba la trompeta. Luego el artista que hacía la maqueta de los discos para la Orchestra Records añadiría la silueta de los rascacielos de Manhattan recortándose contra el cielo y una estela de notas musicales, con una o dos vírgulas, saliendo de la trompeta de Néstor y rodeando todo el conjunto.

Como Orchestra Records era una firma con pocos medios, la mayoría de los discos que grabaron fue de 78 r.p.m., aunque también se las arreglaron para sacar unos cuantos para fiestas, con cuatro canciones en cada cara. En aquella época casi todos los tocadiscos tenían aún tres velocidades. Grabados en el Bronx, aquellos discos de 78 r.p.m. estaban hechos de un material tan pesado como quebradizo, no se vendían más que unos miles de copias de cada uno y sólo se encontraban en *botánicas* —baratillos especializados en objetos de culto religioso— al lado de imágenes de Jesucristo y de sus atormentados discípulos, cirios con propiedades mágicas y hierbas medicinales, en tiendas de discos como el Almacén Hernández, en la esquina de la calle 113 y Lexington Avenue, en Harlem, en cajones de mercadillos callejeros o en puestos de venta que instalaban los amigos cuando había actuaciones. Los Reyes del Mambo llegaron a sacar hasta quince de aquellos discos de 78 r.p.m., al precio de 69 centavos la copia, entre 1949 y 1956, y tres discos de larga duración de 33 r.p.m. (en 1954 y 1956).

Las caras A y B de aquellos discos de 78 r.p.m. se titulaban: *Soledad de mi corazón, Lágrimas de una mujer, Crepúsculo en La Habana, El mambo de La Habana, Locos por la conga y ellas también, La tristeza de amar, ¡Bienvenidos a la tierra del mambo!, Mambo de Navidad,* («¿Quién es ese tipo gordo tan divertido, de barba blanca, que baila como un loco con aquella jovencita?... ¡Santa Claus, Santa Claus, que está bailando el *Mambo de Navidad!*»), *Mambo nocturno, El mambo del metro, Mi mambo cubano, El mambo de los enamorados, El campesino, Alcohol, El mambo del tráfico, El alegre mambo, Cha-cha-chá de Nueva York, Cha-cha-chá cubano, Demasiadas mujeres (¡y muy poco tiempo!), El infierno del mambo, Noche caliente, Malagueña* (a ritmo de cha-cha-chá), *Juventud, Soledad, El cha-cha-chá de los enamorados, ¡Qué delicioso es el mambo! ¡Mambo Fiesta!, ¡El mambo del beso!* (Y los de 33 r.p.m.: *Guateque a ritmo de mambo* y *Mambo de Manhattan*, de 1954, y su 33 r.p.m. de larga duración: *Los Reyes del Mambo tocan canciones de amor*, junio de 1956.) Los Reyes del Mambo no se limitaban a presentar a bellas y seductoras vampiresas elegidas Miss Mambo en la portada de cada uno de estos discos, sino que a veces incluían también un recuadro con las instrucciones para bailar. (Hacia mediados de los años setenta la mayoría de estos discos habían desaparecido de la faz de la tierra. Siempre que César pasaba por alguna tienda de discos de segunda mano o por algún tenderete que anunciaba «clásicos», buscaba cuidadosamente nuevas copias para reemplazar a las que se habían roto, había prestado, perdido o estaban demasiado gastadas o rayadas de tanto poner. A veces encontraba alguna por 15 o por 25 centavos y se iba a casa contentísimo con su lote bajo el brazo.)

Ahora la angosta entrada de los estudios de Orchestra Records, en donde se grabaron aquellos discos, estaba bloqueada con tablones, tras sus ventanas se apilaban los restos de la temporada de lo que hoy en día es una tienda de ropa; se veían unos maniquíes apoyados contra los cristales. Pero en otros tiempos, él y Los Reyes del Mambo subían cargados con sus instrumentos la estrecha escalera y el enorme contrabajo que llevaban resonaba siempre con un horrible estrépito al ir chocando contra las paredes. Detrás de una puerta roja con un rótulo encima que decía «Estudio» había una pequeña sala de espera con una mesa de oficina y una fila de sillas de metal negras. En la pared había un tablero de corcho lleno de fotografías de los demás músicos de la casa discográfica: un cantante que se llamaba Bobby Soxer Otero; un pianista, Cole Higgins; y a su lado los majestuosos Ornette Brothers. Y también había una fotografía de Los Reyes del Mambo, vestidos todos con trajes de seda blancos y posando subidos a un templete de música cerrado por detrás por una gran concha de estilo art-decó, estampada toda ella con historiados garabatos a modo de firmas.

El estudio venía a tener las dimensiones de un cuarto de baño un poco grande, una gruesa moqueta cubría el suelo, las paredes estaban forradas de corcho y tapadas por cortinas y tenía un ventanal que daba a la calle 125. Cuando el día era templado, dentro hacía un calor sofocante y casi no se podía respirar, pues mientras grababan no había aire acondicionado ni ningún otro tipo de ventilación, a no ser el oxidado ventilador que presidía encima del piano y que podían encender entre una canción y otra.

En el centro había tres grandes micrófonos, marca RCA, de

bobina móvil para los vocales y otros tres para los instrumentos. Los músicos se quitaban los zapatos, teniendo un cuidado sumo de no pisar fuerte durante la sesión de grabación, pues el más leve ruido recogido por los micrófonos se convertía en un pequeño estampido. Nada de risas, jadeos ni murmullos. Las trompas se colocaban a un lado y la sección rítmica —baterías, bajo y pianista— al otro.

César y su hermano Néstor se ponían al lado uno del otro, el Rey del Mambo tocaba los claves —esos instrumentos de madera que marcaban el ritmo 1-2-3 / 1-2 con un sonido que parecía un chasquido—, agitaba las maracas o rasgueaba una guitarra. A veces César acompañaba también a Néstor con la trompeta, pero por lo general se echaba un poco hacia atrás y dejaba que su hermano interpretara sus solos tranquilo. Aun así, Néstor siempre esperaba el momento en que su hermano le diera la señal —una inclinación de cabeza— para empezar. Sólo entonces Néstor avanzaba unos pasos y sus quejumbrosos solos se dejaban oír flotando como negros ángeles a través de las exuberantes orquestaciones del grupo. Una vez acabados, César volvía al micrófono o el pianista interpretaba su propio solo o entraba el coro. A veces aquellas sesiones duraban casi hasta el amanecer, pues mientras que unas canciones salían con facilidad, otras era preciso repetirlas una y otra vez hasta que las gargantas empezaban a enronquecer y las calles a difuminarse en una fantasmagoría de luces.

Igual que su música, el Rey del Mambo era muy directo en aquellos tiempos. Él y Vanna Vane habían salido a cenar al Club Babalú y César, mientras masticaba un pedazo de plátano frito, le dijo:

—Vanna, estoy enamorado de ti, y quiero que me des la oportunidad de mostrarte lo que es ser amada por un hombre como yo. —Y como habían bebido varias jarras de sangría de la casa en el Club Babalú, y como la había llevado a ver una buena película —Humphrey Bogart y Ava Gardner en *La condesa descal-*

za— y como le había conseguido un trabajo de modelo por el que había cobrado cincuenta dólares y le había comprado un vestido de baile muy caro, con falda tableada, para que pudiera aparecer entre él y su hermano menor en la portada de *Mambos para Manhattan '54,* y tal vez, también, porque era un hombre razonablemente guapo y parecía serio y sabía, con esa sabiduría que tienen los lobos, exactamente lo que quería de ella —podía verlo en sus ojos— lo cierto es que se sentía ya lo bastante halagada por todas estas cosas como para que cuando él le preguntara, «¿Por qué no nos vamos a mi casa?», ella le contestara «Bueno».

Tal vez fue en aquella misma silla donde había sentado su hermoso culo la primera vez, mientras se consagraba a la delicada tarea de subirse la falda y desabrocharse los corchetes de las ligas. Con una tímida sonrisa se quitó las medias que luego extendió cuidadosamente sobre una silla. Él estaba ya tumbado en la cama. Se había quitado la chaqueta, la camisa de seda, la corbata de color rosa pálido, la camiseta de manga corta y tenía el torso completamente desnudo a no ser por un crucifijo sin brillo, un regalo de su madre por su Primera Comunión allá en Cuba, con una cadenita de oro que le colgaba del cuello. Fuera luces, fuera aquel sostén con varillas marca Maidenform talla 36C, fuera aquellas bragas Dama Parisina que tenían un bordado de flores por la parte de delante. Le dijo lo que tenía que hacer exactamente. Ella le quitó los pantalones, le cogió su gran miembro con la mano, y en un abrir y cerrar de ojos le había encasquetado un preservativo y se lo había bajado hasta los testículos. César le gustaba, le gustaba hacerlo con él, le gustaba su virilidad y su arrogancia y aquella forma que tenía de tirarla sobre la cama, de volverla boca abajo y boca arriba, de empujarla hasta que sacaba la cabeza colgando fuera de la cama, mientras se la metía y metía tan fogosamente que se sentía como si estuviera siendo atacada por un animal salvaje del bosque. Le lamió el lunar del pecho, que a ella le parecía feo, con la punta de la lengua y le dijo que era precioso. Y luego le dio tales embestidas que rompió el preservativo y siguió a aquel ritmo aunque se dio cuenta de que el condón se había roto; y siguió dándole más y más, porque aquello era maravilloso, y ella gritaba de placer y por un momento creyó que su cuerpo se iba a romper en mil pedazos y, ¡zas!, él tuvo su orgasmo y empezó a flotar en una habitación sin muros llena de revoloteantes ruiseñores negros.

—Dime otra vez esa frase en español. Me gusta oírla.

—*Te quiero.*

—*Oh, ¡qué bonito!, dilo otra vez.*

—*Te quiero,* cariño, cariño.

—Y yo también *te quiero.*

Y después, muy pagado de sí mismo, le enseñó su *pinga*, como se la llamaba en un lenguaje un tanto indelicado en su juventud. Estaba sentado en la cama en el Hotel Esplendor, y echado hacia atrás quedaba envuelto en la oscuridad, mientras ella estaba de pie junto a la puerta del cuarto de baño. Y el simple hecho de mirar su hermoso cuerpo desnudo, empapado de sudor y de felicidad, hacía que aquel gran miembro que tenía se le pusiera duro otra vez. Aquel miembro ardiente que, a la luz que entraba por la ventana, era grueso y oscuro como la rama de un árbol. En aquella época brotaba como una parra de entre sus piernas, surcado por una gruesa vena que lo dividía en dos mitades exactamente iguales y luego florecía hacia arriba como las ramas de la copa de un árbol o como —pensó una vez, mirando un mapa de los Estados Unidos— el curso del río Mississippi y de sus afluentes.

—Anda, ven aquí —le dijo.

Aquella noche, como muchas otras noches que siguieron, él tiró de las sábanas que estaban hechas un revoltijo para que ella pudiera arrimársele otra vez. Y un instante después Vanna Vane apretaba su húmedo trasero contra su pecho, vientre y boca y unos mechones de su pelo teñido de rubio se deslizaron entre sus labios mientras se besaban. Después ella se le montó encima y empezó a mecerse arriba y abajo hasta que sus cuerpos alcanzaron una tensión y una temperatura tales que era como si sus corazones fueran a estallar con aquellos desaforados latidos, que más parecían redobles de congas que otra cosa, y finalmente se dejaron caer de espaldas, exhaustos, y descansaron hasta que se sintieron con fuerzas para empezar de nuevo, mientras en la cabeza del Rey del Mambo el eco de sus orgasmos seguía retumbando incansable, como la melodía de una canción de amor.

Pensar en Vanna Vane y abrirse de par en par las puertas de los recuerdos de aquella época fue todo uno. El Rey del Mambo se vio entrando con ella, cogidos del brazo —o con una mujer como ella—, en la Sala de Baile Park Palace, un gran local para bailar que había en la esquina de la calle 10 con la Quinta Avenida. Aquél era su sitio preferido para ir por las noches, cuando no tenía que actuar y quería divertirse un poco. Era magnífico efectuar la entrada con una mujer bonita del brazo, una rubia alta y con un gran culo en forma de corazón. Vanna Vane, por ejemplo, con sus grandes pechos y caderas, vestida con un explosivo modelo negro, cubierto de discos de lentejuelas, que centelleaba y se bamboleaba clamorosamente cuando cruzaba el salón. Él iba pavoneándose a su lado, con un traje a rayas azul claro, camisa blanca de seda, corbata de un tono azul cielo pálido, el pelo engominado y el cuerpo oliendo a Old Spice, la colonia del marinero.

Eso era lo que se estilaba en aquellos tiempos: que le vieran a uno con una mujer como Vanna era algo que daba tanto prestigio como un pasaporte, un título de graduado, un trabajo de jornada completa, un contrato discográfico, o un De Soto modelo 1951. Gente de color como Nat King Cole o Miguelito Valdez solían ir a las salas de baile llevando rubias acompañantes. Y a César, aunque él era un cubano de piel blanca como Desi Arnaz, le gustaba hacer exactamente lo mismo. (Y hasta sabía de un tipo, al que se le veía mucho por los clubs, que había hecho teñirse de rubio a una amiga suya morena el vello del pubis. Y lo sabía porque se la había llevado una vez a la cama, cuando todavía era morena, y, pasado algún tiempo, a escondidas le propuso irse con él otra vez, al Hotel Esplendor, por ejemplo, y allí le estampó un beso en el ombligo, le fue quitando lentamente las bragas y dejó correr su lengua por la suavidad de su nuevo y muy mejorado pelo púbico, ahora de un color dorado gracias a Clairol.) Cuando cruzaba a través del público que llenaba las salas de baile le gustaba ver cómo las cabezas se volvían con gesto admirativo mientras él y su acompañante trataban de abrirse paso hacia la siempre abarrotada barra. Allí se divertía, invitaba a copas a los amigos —en los años cincuenta el ron con Coca-Cola era lo que hacía furor— y contaba chistes e historias hasta que la orquesta empezaba a tocar una pieza como el *Mambo de Hong-Kong* o el *Mambo de Paree* y entonces él y su chica salían otra vez a la pista a bailar.

Luego tal vez bajaba a los cavernosos lavabos del Park Palace para que le limpiaran los zapatos —aquellos zapatos de dos colores tan a la moda que llevaba— o para rellenarle un boleto a uno de los corredores de apuestas que siempre estaban delante de un largo mostrador en el que se vendían revistas, periódicos, ramilletes de flores y cigarrillos de marihuana. Daba un dólar de propina a los limpiabotas, echaba una meada en los urinarios, se pasaba el peine por sus ondulados cabellos y luego volvía otra vez a donde estaba la orquesta taconeando con aquellos zapatos con tapas de metal que llevaba, taconeando como si marcase unos pasos de claqué en aquellos suelos de loseta que resonaban con el mismo eco que las calles con soportales de Cuba. Y se ponía a bailar otra vez o se reunía con su taciturno hermano en la mesa que ambos ocupaban, y se quedaba allí tomándose una copa con lentos sorbos y contemplando con expresión agradecida a las despampanantes jovencitas que pasaban a su alrededor. (Sí, y aunque ahora esté en el Hotel Esplendor es como si se hallara otra vez en aquella sala de baile, años atrás, atento a cuanto le

rodeaba, y reparara en que hay una atractiva morena mirándole.
Y cuando su acompañante femenina se levanta para ir un
momento al lavabo de señoras, ¿quién creeréis que se acerca a su
mesa?, pues la morena en cuestión —y aunque no sea rubia, qué
más da— quita la respiración con aquel vestido tan ceñido de
color rosa y viene contoneándose hasta él con una copa en la
mano, y, *Dios mío,* lo acalorada que está de tanto bailar, las gotas
de sudor le resbalan por su barbilla y le caen en el escote, y su
estómago se adivina húmedo y reluciente a través de la tela del
vestido pegada al cuerpo. ¿Y qué es lo que le dice sino: «No eres
César Castillo, el cantante»? Y él asiente con la cabeza, la coge
por la muñeca y le dice: «Cariño, ¡qué bien hueles!», le pregunta
su nombre, la hace desternillarse de risa con una broma, y luego,
antes de que su acompañante femenina de aquella noche esté de
vuelta le propone: «¿Por qué no vuelves aquí mañana por la
noche y charlamos un poco y nos divertimos?», y se relame
mentalmente por anticipado sintiendo la firmeza de sus pezones
en la boca, y tras esa pequeña fantasía está de nuevo en el Park
Palace viendo cómo al levantarse de su mesa y alejarse se le
marcan ligeramente las bragas bajo el vestido, y están en la cama
y ella le está atormentando con la yema de su pulgar y le pasa el
dedo alrededor del escroto con un movimiento circular que hace
que la cabeza del pene se le ponga del tamaño de una manzana
Cortland, y en ese momento vuelve su chica y se toman unas
cuantas copas más, todo eso recuerda.)*

---

* Y tras lo anterior recuerda también cómo iban vestidas las
mujeres en aquellos tiempos: llevaban turbantes que les ceñían el
cráneo, sombreritos acampanados metidos casi hasta las cejas, boinas
con cintas colgando y gorros en forma de bonete con plumas. Y
ostentosos pendientes de rubíes, cristal y perlas de bisutería; y collares
de perlas de un blanco marfileño que les colgaban sobre aquellos
anchos y abiertos escotes que descubrían sus dulces y generosos pechos;
vestidos de lentejuelas con una raja en la falda y un fruncido en el

En aquella sala de baile, con su amistoso público, buena comida, bebida, compañía y música, el Rey del Mambo se encontraba verdaderamente en su elemento. Y cuando no salía a bailar o a tocar en algún sitio con su orquesta, visitaba a los amigos que había hecho en el Park Palace o en otras salas de baile, tipos cubanos o puertorriqueños que le invitaban a sus apartamentos a cenar, jugar a las cartas y oír discos y al final todos acababan en la cocina cogidos por los brazos formando un balanceante anillo, cantando y pasándoselo siempre en grande.

Fue en el Park Palace donde el Rey del Mambo conoció a muchos de los que habrían de ser sus músicos. Al principio,

---

cuerpo, sujetos por cinturones de marta cibelina. Combinaciones de volantes, leotardos, fajas y ligueros, sostenes con puntas de encaje y transparentes en los pezones. Magníficos para estampar besos en el vientre, pasar la lengua húmeda por el ombligo o deslizar la nariz por una línea de oscuro vello púbico un poco más abajo. Excitantes bragas con bordados de flores en la parte de delante, bragas blancas con costuras negras, bragas con botones forrados de fieltro, bragas con algodonosos pompones, bragas cuyos elásticos se ceñían a la cintura y marcaban unas finas rayas rosáceas en los bordes de la tierna carne femenina; sus mejillas descansan un instante sobre las cálidas caderas; bragas negras de cibelina, bragas con un dibujo de piel de leopardo, bragas adornadas con alas de mariposa. (Y si alguna de aquellas señoritas no llevaba todas esas prendas de ropa interior que había que llevar, entraba en el departamento de lencería de unos grandes almacenes como Macy's o Gimbels y se ponía a coquetear con la dependienta mientras examinaba con ojos risueños todos aquellos trapitos expuestos bajo la luna de los mostradores. Como si fuera un estudiante preparando un examen bizqueaba y arqueaba las cejas mientras repetía los nombres de las etiquetas: Rapsodia Tropical, Crepúsculo de Bronce, Tigresa, Noches de Deseo.

—*Ohh, la, la* —le decía a la vendedora, agitando la mano derecha como si se le estuviera chamuscando la punta de los dedos—. Y usted, señorita, ¿cuál se pondría?)

cuando él y su hermano llegaron a Nueva York en 1949, en los comienzos de la fiebre del mambo, encontraron trabajo gracias a los buenos oficios de su rollizo primo Pablo —en cuya casa se instalaron en un primer momento— en una fábrica de conservas cárnicas que estaba en la calle 125. Trabajaban en el turno de día y así podían disponer de suficiente dinero como para divertirse y mantener su tren de vida nocturna. Conocieron entonces a muchísima gente, a muchísimos músicos como ellos, buenos intérpretes todos. Entre los que se contaban Pito Pérez, que tocaba los timbales; Benny Domingo, que tocaba las congas; Roy Alcázar, que era pianista; Manny Domínguez, cuyas especialidades eran la guitarra y el *cencerro;* Xavier, de Puerto Rico, que tocaba el trombón; Willie Carmen, la flauta; Ramón «el Jamón» Ortiz, el saxo bajo; José Otero, el violín; Rafael Gullón, la matraca; Benny Chacón, acordeonista; Johnny Bing, que tocaba el saxo; Johnny Cruz, la trompa; Francisco Martínez, el vibráfono; Johnny Reyes, el *tres* y el *cuatro* de ocho cuerdas. Y entre ellos los propios hermanos: César, que cantaba, y tocaba la trompeta, la guitarra, el acordeón y el piano; y Néstor, que tocaba la flauta, la trompeta, la guitarra y que era vocalista también.

Al igual que los dos hermanos muchos de los músicos trabajaban en otra cosa durante el día y cuando tocaban y se hallaban en lo alto de un escenario o salían a bailar eran Estrellas por una Noche. Estrellas que invitaban a copas, estrellas en el arte de presentar unos amigos a otros, estrellas en el capítulo de las conquistas femeninas. Algunos ya eran famosos como querían serlo Los Reyes del Mambo. Conocieron al batería Mongo Santamaría, que en aquella época tenía un espectáculo que se llamaba *Negros diamantes de Cuba;* a Pérez Prado*, el emperador del

---

* Una bocanada de humo, un trago de whisky y la sensación de que algo le estaba pellizcando en la espalda, en la región lumbar, algo que tenía unas garras afiladas como cuchillas y se abría paso a través de los misteriosos conductos de sus riñones y de su hígado... *Pérez Prado.*

mambo; a la cantante Graciella; al pianista Chico O'Farrill; y a aquel tipo negro al que le gustaban tanto los cubanos, Dizzy Gillespie. Y conocieron al gran Machito, aquel mulato de porte tan digno que siempre iba de punta en blanco y que siempre estaba plantado delante de la barra del Park Palace, con su diminuta esposa al lado, recibiendo el homenaje de sus admiradores y también las piezas de joyería que éstos le regalaban y que con gesto tranquilo se metía en el bolsillo de su chaqueta. Después todos aquellos objetos de joyería iban a parar a una caja de madera de teca china que Machito guardaba en el salón de su casa. Cuando un día visitaron a Machito en el apartamento que ocupaba en la calle ochenta y tantos, al oeste, los hermanos pudieron ver la famosa caja, llena a rebosar de relojes cincelados, brazaletes y anillos, que tenía una tapa decorada con arabescos chinos con incrustaciones en las que se veía un dragón de madreperla devorando una flor. Y César comentó: «No te pre-

-----

Cuando el Rey del Mambo, recluido en su habitación del Hotel Esplendor, pensó en Pérez Prado recordó la primera vez que le vio en un escenario, ausente en otro mundo y doblando el cuerpo de cien maneras como si fuera de goma: dando vueltas como un perro de presa, en cuclillas como un gato, abriendo los brazos como un árbol, elevándose como un biplano, corriendo raudo y veloz como un tren, vibrando como el tambor de una lavadora, rodando como un dado, dando brincos como un canguro, rebotando como un muelle, avanzando a saltos como una piedra... y su rostro era una máscara de concentración, de convicción y de puro placer, un ser de otro mundo y su modo de estar en un escenario era también un fenómeno de otro mundo. Recordó al delgaducho Pérez enseñándole algunos de sus más jazzísticos movimientos en el escenario, al locuaz y alegre Pérez en el bar diciendo a todos los que le rodeaban: «¡Amigos, han de venir a hacerme una visita a México! ¡Ya veréis cómo nos lo pasamos en grande. Iremos a las carreras, a las corridas de toros, comeremos como príncipes y nos emborracharemos como el Papa!».

ocupes, hermano, que algún día nosotros también tendremos algo igual».

César conservaba una foto de una de aquellas noches metida en el bolsín interior de la maleta que había llevado al Hotel Esplendor: los dos hermanos, elegantísimos con sus trajes de seda blancos, estaban sentados alrededor de una mesa redonda y detrás de ellos los espejos que revestían paredes y columnas reflejaban luces lejanas, gente bailando y los instrumentos de metal de una orquesta. César, algo bebido y contento a rabiar consigo mismo, tenía en una mano una copa de champán y dejaba caer la otra sobre los suaves y curvilíneos hombros de una joven no identificada —¿Paulina? ¿Roxanne? ¿Xiomara?— que se parecía mucho a Rita Hayworth, con sus bonitos pechos bien subidos bajo el cuerpo de su vestido y una divertida sonrisa, pues César se había vuelto hacia ella, le había dado un beso y luego le había pasado la lengua por la oreja, y con ellos estaba Néstor, un poco separado a un lado, con la mirada perdida en la lejanía y las cejas ligeramente arqueadas con expresión de cierto azoramiento.

Fue en aquella época cuando formaron Los Reyes del Mambo. Empezaron con sesiones musicales en las que improvisaban y tocaban sin ningún programa prefijado, sesiones que hacían enloquecer a su casera, la señora Shannon, y a sus otros vecinos, irlandeses y alemanes en su mayor parte. Algunos músicos que conocían en las salas de baile se presentaban en el apartamento con sus instrumentos y se instalaban en la sala de estar, en la que siempre había un pandemónium de saxofones, violines, baterías y bajos, cuyos estridentes, flotantes, detonantes y retumbantes sonidos se expandían por el patio y por la calle haciendo que los vecinos cerraran sus ventanas de un portazo y amenazaran iracundos a los cubanos blandiendo martillos. Aquellas esporádicas reuniones sin un plan de trabajo previamente establecido fueron convirtiéndose en sesiones regulares, a las que algunos de los músicos no faltaban jamás. Así que un día César propuso simplemente:

—¿Qué os parece si formamos una pequeña orquesta, eh?

Su mejor fichaje, sin embargo, fue un tal Miguel Montoya, un pianista y buen profesional que conocía los secretos del arreglo musical. Era también cubano, había formado parte de diversas orquestas en la ciudad de Nueva York desde principios de los años veinte y, persona bien relacionada, había tocado con Antonio Arcana y con Nono Morales. Iban a ver a Montoya al Park Palace. Siempre vestido de blanco de la cabeza a los pies, llevaba grandes y relucientes anillos de zafiros y jugueteaba con un bastón de marfil que tenía la puntera de cristal. Se decía que, aunque se dejaba ver por las salas de baile con alguna que otra mujer, era un tipo más bien afeminado. Una noche fueron al apartamento de Montoya, en Riverside Drive, a la altura de la calle 155, a cenar. En aquella casa todo era blanco y lanoso, desde las pieles de cabra y las plumas que colgaban de las paredes hasta las imágenes de Santa Bárbara y de la Virgen María, enmarcadas por cortinillas blancas, o los confidentes, sofás y sillas tapizados en peluda piel. En un rincón estaba su gran piano de cola, que era el rey de la casa, un Steinway blanco, sobre el que había puesto un delgado jarrón lleno de tulipanes. Cenaron exquisitas lonchas de ternera que Miguel había adobado con limón, mantequilla, ajo, sal y aceite de oliva, patatas en escalope y una gran ensalada, regado todo con una botella de vino tras otra. Más tarde, mientras el Hudson brillaba con destellos plateados bajo la luna y las luces de Nueva Jersey parpadeaban en la lejanía, ellos rieron, pusieron el tocadiscos y se pasaron la mitad de la noche bailando rumbas, mambos y tangos. Para cultivar la amistad de Miguel, César coqueteaba abiertamente con él, pero le trataba con verdadero afecto, como se trata a un tío carnal al que se quiere mucho, y estaba todo el rato dándole palmaditas y cogiéndole del brazo. Ya entrada la noche le preguntó a Montoya si disponía de algún tiempo libre para tocar con su orquesta y aquella misma noche Montoya le dijo que sí, que podía contar con él.

Formaron una orquesta de mambo: esto es, la tradicional banda latina de música de baile reforzada con saxofones y trompas. La orquesta consistía en una flauta, un violín, un piano, un saxo, dos trompetas y dos percusionistas, uno que tocaba una batería americana y el otro una batería de congas. A César se le ocurrió el nombre de Los Reyes del Mambo mientras hojeaba las páginas de anuncios del *Herald* de Brooklyn, en donde la mitad de las orquestas aparecían con nombres como los Diablos del Mambo, Romero y su Orquesta de Rumba Caliente, Mambo Pete y sus Cantantes Caribeños. Venían también un tal Eddie Reyes, Rey del Mambo del Bronx, Juan Valentino y sus Locos Peleles del Mambo, Vic Caruso y sus Mamberos de la Pequeña Italia y grupos como la Orquesta del Casino de La Habana, la Orquesta Melódica de La Habana y la Orquesta de Baile de La Habana. En las mismas páginas venían anuncios que decían: ¡CLASES DE BAILE YA! ¡APRENDA A BAILAR EL MAMBO; EL FOX-TROT Y LA RUMBA Y CONQUISTE BAILANDO EL CORAZÓN DE UNA CHICA! ¿Por qué no, pues, César y Los Reyes del Mambo?

Aunque César se consideraba sobre todo cantante, tenía también buenas dotes de instrumentista y era aficionado a la percusión. Estaba dotado de una tremenda energía, de una indomable capacidad de lucha, forjada, sin duda, al calor de las muchas bofetadas recibidas de su siempre malhumorado padre, Pedro Castillo, y su gusto por la melodía era algo heredado de su madre y de la cariñosa sirvienta que había ayudado a traerle al mundo, Genebria. (Al llegar a este punto se oye el sonido distante de una trompeta en una de las grabaciones de Los Reyes del Mambo, *Crepúsculo en La Habana*, y suspira: es como si fuera niño otra vez y corriera por el centro de Las Piñas en el carnaval, con los porches de las casas iluminados por grandes linternas y los balcones engalanados con cintas, velas y flores, y en su carrera pasa por delante de multitud de músicos, hay músicos por todas partes, en las esquinas de las calles, en las escalinatas de las iglesias, en los porches de las casas, y sigue hacia la plaza

que es donde se ha instalado la gran orquesta; y el eco de una
trompeta resuena en los soportales de su ciudad mientras pasa
por delante de las columnas y las sombras de las parejas que se
esconden tras ellas, y baja corriendo unas escaleras, cruza un
jardín y a través de la multitud que baila se abre paso hasta el
estrado de los músicos y allí un obeso trompetista, vestido de
blanco, con la cabeza echada hacia atrás, toca unas notas que se
elevan en el aire, se expanden y resuenan contra los soportales de
una calle distinta en La Habana, y ahora son las tres de la
madrugada y él está tocando la trompeta, dando vueltas bailando y riendo después de una noche pasada en clubs y burdeles en
compañía de sus amigos y de su hermano, riendo con las notas
que se elevan en los vacíos espacios oscuros y resuenan otra vez
en el pasado, arremolinándose dentro de su ser aún joven.)

Él y su hermano preferían realmente las baladas más lentas y
los boleros, pero acordaron con Montoya formar una banda de
música de baile porque eso era lo que la gente quería. Fue
Montoya quien hizo todos los arreglos de temas como *Tu felici-*
dad, Cachita, No te importe saber, canciones que se habían hecho
populares en las versiones de René Touzet, Nono Morales e
Israel Fajardo. Él sabía leer música, cosa que los hermanos
nunca habían llegado a aprender. Aunque podían defenderse
pasablemente con una partitura, presentaban sus canciones con
acordes muy sencillos y las melodías las sacaban con sus instrumentos o las retenían en la cabeza. Eso era algo que a veces
molestaba a los demás músicos, pero César no dejaba de repetir-
les: «Lo que a mí me interesa es alguien que pueda sentir
realmente la música, no alguien que lo único que sepa hacer sea
leer la partitura». Y entonces les hablaba del inmortal *conguero*
Chano Pozo, muerto a tiros en 1948 por un asunto de drogas*, y

_____

* Testimonio de Manuel Flanagan, un trompetista que conoció a
Chano: «Me acuerdo de cuando Chano murió. Yo estaba en la calle 52
cuando me contaron la historia. Chano había ido al Bar y Parrilla

cuyo espíritu seguía vivo en los mambos de La Habana y en músicos como el gran Mongo Santamaría. «Tú mira a Mongo», le decía César a Néstor. «Él no lee música. Y Chano, ¿leía? No, *hombre*, lo que él poseía era el espíritu y eso es lo que también queremos nosotros.»

Ensayaban en la sala de estar del apartamento de su primo Pablo, en días en que las cañerías de la calefacción, empotradas en la pared, sonaban con estruendosos gorgojeos metálicos, o en que los suelos temblaban violentamente, como si hubiese un terremoto, por los trenes del metro que pasaban. Otros días, cuando se reunían para ensayar, la caldera se había estropeado y hacía tal frío que les salía vaho de las cutículas y los músicos ponían los ojos en blanco y decían: «Pero bueno, ¿quién necesita ese trasto?». Pero siguieron yendo porque César Castillo les trataba bien: llegaban mortalmente cansados de sus trabajos diarios y tocaban con una entrega absoluta, sabiendo que cuando acabara el ensayo pasarían a apretarse en la pequeña cocina: la mujer de Pablo les preparaba grandes fuentes de filetes y de huletas de cerdo —sacados de la fábrica de embutidos a hurtadillas, bajo la camisa o un abrigo largo—, arroz con frijoles y todo lo que se les antojaba. Cuando ya habían consumido una buena cantidad de comida y de cerveza, reían y volvían a salir

---

Caribeños, que está en la calle 116, a buscar al individuo que le vendía el "caballo". Era por la mañana. Se lo inyectó, se sintió enfermo y entonces salió otra vez a la calle en busca de aquel tipo. Le encontró en el mismo bar, le sacó una navaja y le exigió que le devolviera su dinero. Ni el tipo le tenía miedo a Chano, ni Chano le tenía miedo a aquel tipo; a Chano ya le habían dado más de un balazo y le habían apuñalado en La Habana, ¿sabes?, y había sobrevivido, así que Chano sacó su navaja y empezó a gritarle al hombre aquel, aunque el otro había sacado una pistola: Chano siguió amenazándole porque creía que los espíritus le protegían, pero esos espíritus, espíritus yorubas, no pudieron impedir que las balas le destrozaran, y eso fue todo».

otra vez al helado universo con la sensación de que César Castillo y su hermano se preocupaban realmente de ellos.

Con amplios movimientos circulares de las manos —entre sorbo y sorbo de cerveza y calada y calada de un Chesterfield— les explicaba sus ideas sobre una canción:

—En esta canción tenemos que entrar lentos y sigilosos como si fuésemos gatos. Primero tú, Miguel, al piano, con los acordes menores y todos esos agudos que sirven de introducción, y luego, Manny, entras tú con el bajo, pero *suavecito, suavecito*, y después tú, Néstor, con la trompa, talatalatalata, y luego las congas y el resto del metal. Completamos la frase y después viene el cambio y yo empiezo a cantar la letra.

—Nosotros tocamos —dijo Manny, el bajo— y tú cantas con esa expresión de no haber roto nunca un plato que pones.

Finalmente, cuando tenían las canciones ya a punto, con las letras y los acordes más sencillos, y las líneas melódicas memorizadas, se las llevaban a su arreglista, el elegante Miguel Montoya. Se sentaban a su lado y silbaban la melodía o la sacaban directamente al piano para que él las pudiese pasar al pentagrama. Muchas noches los transeúntes de Broadway y de Tiemann Place oían al Rey del Mambo y a su hermano tocando aquellas melodías. La gente alzaba la vista y veía sus siluetas recortándose en la ventana, con las cabezas echadas hacia atrás. O a veces se subían a la azotea con unas cuantas botellas de cerveza y unos pepitos calientes hechos con pan italiano, bien adobados con cebolla y sal, tendían una manta en el suelo y comían y bebían y pasaban la noche improvisando canciones, como si se las dedicaran a aquellas ascuas de luces rojas, amarillas, azules y blancas que eran los edificios de la ciudad.

Al principio, con tantas buenas bandas de baile como había, les costó mucho que los contrataran para actuar. En sus días libres César se daba verdaderas caminatas por la Octava, Novena y Décima Avenidas, hasta el Bronx y Brooklyn y al norte, a Harlem, yendo de club en club. Siempre estaba tratando de conseguir audiciones con gangsters puertorriqueños de mirada displicente y sempiternos trajes en tonos tostados, que tenían bien sujetos por contrato a la mitad de los cantantes de mambo de Nueva York. Pero, aun así, consiguieron algunas actuaciones: bailes parroquiales, fiestas de colegios y en bodas. Muchas horas de ensayos por sólo unos cuantos dólares de paga. El hecho de que César Castillo fuese de tez blanca, como otro cantante cubano de boleros, Desi Arnaz, y que tuviera lo que en aquella época se consideraba «un aire de amante latino», pelo negro y tez tostada, que fuera lo que se llamaba «moreno», era algo que obraba muy en su favor. Moreno para los americanos, porque comparado con muchos de sus amigos tenía una tez sumamente clara. Pito, por ejemplo, un enjuto cubano de Cienfuegos, era tan negro como las patas de caoba de la mecedora que había en el salón de su apartamento de La Salle Street. Muchos de los individuos que se presentaban en el apartamento con sus esposas y amigas, chillonas y con cuerpos que parecían guitarras, eran tipos huesudos con una piel del color del betún.

Una hoja publicitaria fechada el 15 de mayo de 1950:

> El Club de la Amistad, sito en la calle 79, esquina a Broadway, se complace en presentar un gran programa doble de música de mambo. ¡Hoy y mañana (viernes y sábado) por la noche tenemos el honor de presentar a la Gloriosa Gloria Parker y su Orquesta Femenina de Rumba! ¡Y completando el programa, el Fabuloso César Castillo y sus Reyes del Mambo de Cuba! Entrada: $ 1.04. Las puertas se abren a las 9 de la noche. Polloperas y bailones de *jitterbug* [2], abstenerse.

Pronto empezaron a tocar en locales repartidos por toda la ciudad. En el Café Society de la calle 58, en el Habana Madrid,

---

[2] Baile de movimientos convulsivos, muy popular en los años cuarenta y en cierto modo precursor del *rock-and-roll*. (*N. del T.*)

en Broadway, a la altura de la calle 51, en la Sala de Baile
Biltmore, en la esquina de las calles Church y Flatbush, en el
Club 78, en el Stardust de Boston Road, en el Bronx, en el Club
Pan-Americano y en la Sala de Baile Gayheart en Nostrand
Avenue, en el Hotel Manhattan Towers, en la calle 76, y en el
Casino del City Center.

Se ponía de pie en el escenario y empezaba a bailar delante
del micrófono, mientras la orquesta le acompañaba con su
música. ¡La experiencia gloriosa de estar en un escenario con su
hermano Néstor, tocando para públicos elegantes y a la moda
que llenaban las pistas de baile, saltando, dando botes y meneándose! Mientras Néstor interpretaba sus solos, las pestañas de
César se movían como si fueran las alas de una mariposa
revoloteando alrededor de una rosa; en sus solos de tambor
contoneaba las caderas y disparaba los brazos al aire; daba unos
pasos bailando hacia atrás con una mano cogida al cinturón y la
otra pegada a la pernera de sus pantalones, como queriendo
acentuar la vigorosa masculinidad que se ocultaba debajo: contornos de un gran miembro viril dibujándose en sus blancos
pantalones de seda. Mientras el piano dejaba oír un acorde de
novena tras un solo, él alzaba la vista bajo los haces de luces
rosáceas y rojas de los focos y mostraba al público una sonrisa de
oreja a oreja. Una mujer con un vestido sin tirantes, que baila
una rumba lenta e insinuante, mira fijamente a César Castillo.
Otra mujer ya madura, con un peinado en forma de huevo que
parecía una especie de espiral celeste, tiene los ojos clavados en
César Castillo. Una quinceañera zanquilarga, Miss Curso 1950
de la Escuela Secundaria Roosevelt, que no piensa más que en el
misterio de los chicos y del amor, mira embobada a César
Castillo. Viejas damas, cuya piel se calienta por momentos,
mueven las caderas como las jovencitas que tienen a su alrededor
y abren bien los ojos, llenas de admiración y deleite.

Parecía que gustaban a los más diversos públicos, pero si
había un local que pudieran llamar verdaderamente «suyo», ése

era la Sala de Baile Imperial, en la esquina de la calle 18 Este y Utica Avenue, en Brooklyn. Allí ellos eran la banda de la casa, contratados al principio gracias a Miguel Montoya, pero luego siguieron debido a la popularidad de César y de Néstor. Estaban tocando continuamente en concursos en los que se daban premios de 25 dólares por los Mejores Pantalones con Pinzas, las Camisas Más Chillonas, la Mujer Más Atractiva, el Que Mejor Bailara Llevando un Paraguas, las Piernas Mejor Contorneadas, los Zapatos Más Raros, el Sombrero Más Extravagante, y un sábado por la noche, el concurso de los Mejores Calvos, al que acudió una verdadera multitud. Su más memorable momento de gloria en la Imperial fue aquella noche en que se enzarzaron en una batalla más de la guerra que libraba Cuba contra Puerto Rico. Bajo la legítima dirección de su cantante César Castillo, siempre meneando las caderas y moviendo la pelvis, la orquesta se alzó con la victoria, gracias a, por citar la columna de espectáculos del *Herald,* «los estragos que hicieron sus pies».

Y, otra noche, César conoció a quien habría de ser uno de sus mejores amigos para el resto de su vida, Frankie Pérez. Fue en 1950 y la orquesta estaba tocando una de las composiciones originales de César y Néstor, *Crepúsculo en La Habana.* Frankie era un bailarín nato que conocía todos los pasos de rumba, mambo y cu-bop* habidos y por haber. Era un *suavecito* que había sido un

---

* Cu-bop es el término empleado para describir la fusión de la música afro-cubana y el jazz estilo be-bop caliente de Harlem. Su más ilustre representante fue el director de orquesta Machito, que junto con Maurio Bauza y Chano Pozo se unió a Dizzy Gillespie y Charlie Parker a finales de los años cuarenta. Los intérpretes americanos de jazz incorporaron los ritmos cubanos y los cubanos incorporaron ritmos más propios del jazz y acordes en progresión. La orquesta de Machito, con Chico O'Farrill como arreglista, se hizo famosa por sus deslumbrantes solos interpretados sobre un fondo de largos acompañamientos improvisados que se llamaban *montunos.* En el transcurso de aquellas frenéti-

verdadero mago con los pies desde niño en La Habana y podía hacer que cualquiera que formase pareja con él pareciera que bailaba estupendamente. En aquella época se daba una vuelta por las salas de baile más importantes de la ciudad tres o cuatro noches a la semana: el Park Palace, el Palladium, el Savoy y el Imperial. Aquella noche iba vestido con un traje de pollopera, un canotier de color rosa con una cinta morada que le venía bastante grande, zapatos de color crema con tacón cubano y calcetines a cuadros verdes. Estaba bailando contento y feliz cerca del escenario, ajeno a las tribulaciones de este mundo, cuando oyó una detonación y luego otra que sonaron en la oficina del encargado del local. A lo que siguió un estrépito de cristales rotos y gritos. Alguien gritó: ¡«Al suelo!», y la gente empezó a correr atropelladamente por la pista de baile y a esconderse detrás de las columnas con espejos y debajo de las mesas. Dos detonaciones más y la orquesta dejó de tocar, los músicos se guarecieron detrás de sus atriles o se bajaron de un salto del escenario y se echaron al suelo.

Dos hombres salieron corriendo de la oficina del encargado de la sala a la pista de baile, dando vueltas y disparando a diestro y siniestro mientras se abrían paso hacia la puerta de la calle.

---

cas sesiones en las que percusionistas como Chano Pozo e intérpretes como Charlie Parker parecían volverse locos, había bailarines como Frankie Pérez que salían en medio de la pista de baile de la sala e, improvisando, se ponían a dar vueltas, agacharse, abrirse de piernas y pegar saltos, adornando los pasos básicos del mambo de la misma manera que los músicos improvisaban durante sus solos instrumentales. (Sí, y también ese otro paso, dado como a hurtadillas, que aprendió de César Castillo. Mientras bailaba con una bonita mujer se tocaba la frente con el dedo índice y hacía un sonido como si se estuviera quemando, luego se abanicaba para refrescarse del sofocante calor que le producía su hermosa acompañante, siseaba un poco, daba unos saltitos como si pisara carbones encendidos, se abanicaba de nuevo y daba un beso al aire, enloquecido todo el tiempo por el cu-bop, amigo.)

Uno de ellos era delgado y de perfil aguileño y llevaba en la mano una bolsa de dinero. El otro era más corpulento y parecía que tenía dificultad para correr, como si fuera cojo o le hubiera acertado alguno de los disparos procedentes de la oficina. Parecía que estaban a punto de salirse con su propósito, pero una vez en la calle se vieron sorprendidos por un verdadero vendaval de fuego; unos policías pasaban patrullando casualmente cuando oyeron el alboroto. Uno de los ladrones fue alcanzado en la cabeza por detrás, el otro se rindió. Después, cuando todo el mundo se precipitó a la barra para tomarse una copa, César y Néstor empezaron a charlar con Frankie. Cuando acabaron las copas se abrieron paso hasta la calle en donde se había congregado una multitud. El hombre muerto seguía tendido boca abajo con la cara sobre una alcantarilla. Era un individuo ancho de espaldas e iba vestido con una chaqueta a rayas. Néstor no tenía estómago para el espectáculo, pero César y Frankie se abrieron paso hasta el cadáver para verlo más de cerca. Recostados contra un muro de ladrillo, sus impresionados rostros parecían escudriñar el mundo desde las sombras, contemplando con expresión de tristeza y confusión el destino del hombre muerto. Mientras lo miraba César tenía un pie levantado y el tacón de su deportivo zapato de cordobán apoyado contra el muro, y estaba encendiendo un cigarrillo y escuchando el ulular de las sirenas cuando se disparó el blanco fogonazo de una cámara. ¡Fuf! Además de hacerse amigos esa noche, él y Frankie acabaron en la página tres del *Daily News* de la mañana siguiente, en una foto cuyo pie rezaba así: LADRÓN DE SALA DE FIESTAS MUERTO EN UN CHARCO DE SANGRE.

Una velada verdaderamente espectacular entre tantas otras igualmente espectaculares. ¡Cómo corrió entonces el ron, Jesús, y las botellas de alcohol, los gruesos preservativos y los temblorosos muslos de mujer se multiplicaron como si aquello fuese el milagro de los panes y los peces!

Visado en mano y con el aval de su primo Pablo, habían llegado a Nueva York formando parte de aquella oleada de músicos que no cesó de salir de La Habana desde los años veinte, cuando el tango y la rumba hicieron furor tanto en Estados Unidos como en Europa. Aquella explosión migratoria tuvo su origen en el hecho de que muchos músicos se quedaron sin trabajo con el advenimiento del cine sonoro y la desaparición de las películas mudas. O se quedaba uno en Cuba y se moría de hambre, o se iba al norte a buscar un puesto en alguna orquesta rumbera. Incluso en La Habana, que contaba con tantos hoteles, salas de baile y clubs nocturnos, la vida musical era incapaz de absorber tal saturación. Cuando César llegó a la ciudad, allá por 1945, con la ingenua idea de triunfar de la noche a la mañana, se convirtió en uno más de los mil cantantes de boleros que luchaban por ganarse la vida. La Habana rebosaba de cantantes de primera fila mal pagados y de músicos idénticos a él y a Néstor, músicos isleños que tocaban arreglos con un sabor curiosamente arcaico si se comparaban con los de las grandes orquestas americanas de jazz como las de Artie Shaw, Fletcher Henderson y Benny Goodman, que estaban muy de moda en aquella época. La vida de los músicos en La Habana era una vida de tertulia con los amigos y de pobreza. Niños bonitos metidos a cantantes, trompetistas y *congueros* se congregaban por doquier: bajo los soportales, en las plazas y bares. Mientras la Orquesta de Paul Whiteman tocaba en el casino, la auténtica música cubana era relegada a las callejas de barrio. Incluso los músicos que tocaban en orquestas tropicales tan populares como las de Enric Madriguera y René Touzet se quejaban del pésimo trato que recibían por parte de los pistoleros que estaban al frente de los casinos y que pagaban a los músicos una verdadera miseria. Diez dólares por noche, que incluían las facturas del tinte de los uniformes, una puerta para negros y mulatos y otra para los músicos blancos, sin bebidas a cuenta de la casa, sin derecho a horas extraordinarias, y gratificaciones por Navidad

consistentes en botellas reselladas de whisky rebajado con agua.
Y esto en locales como el Tropicana y el Sans Souci.

Los mejores —Olga Chorens, Alberto Beltrán, Nelson Pine-
do, Manny Jiménez— trabajaban en clubs con nombres tales
como Noche y Día, Nuevo Capri y El Siete de la Suerte. El
fabuloso Ernesto Lecuona en el Montmartre y Benny More en el
Sierra.

Los dos hermanos habían trabajado en La Habana principalmente como cantantes callejeros y en una banda social de poca
monta que se llamaba los Havana Melody Boys. Tocaban en el
salón de un casino de juego para entretener a un público formado
por tahúres que siempre estaban medio borrachos y por turistas
solteronas del Medio Oeste americano; agitaban cocteleras llenas
de perdigones, rasgueaban la guitarra y tocaban unas trompas.
Llevaban unas camisolas de mambero con mangas de volantes y
pantalones de torero color naranja tan ajustados que sus atributos viriles se les marcaban como si fueran tres gruesos nudos del
tronco de un árbol. (Otra versión de la foto de los Havana
Melody Boys metida en el bolsín interior de la maleta de mimbre
que el Rey del Mambo se había llevado consigo al Hotel Esplendor, entre un montón de viejas fotografías, cartas e ideas para
canciones: una fila de intérpretes de mambo, con mangas de
volantes y pantalones a rayas azules y blancas, sentados sobre un
escenario de bambú con una decoración que quería ser una
choza. Hay nueve músicos. A sus espaldas una ventana se abre
sobre un telón pintado que representa una vista de la Bahía de
La Habana, con un cielo tachonado de estrellas y una media
luna.) Llegaron incluso a grabar un disco en aquella época,
presentando al Fabuloso César Castillo con un tema que se
llamaba *El campesino*, composición original suya de la que más
tarde haría una nueva versión con Los Reyes del Mambo en
1952. Hicieron una tirada de unas mil copias de aquel 78 r.p.m.
con fines publicitarios, las mandaron a todas las emisoras de
radio locales e incluso consiguieron que sonara en las gramolas

del Parque de Atracciones de La Habana o en locales de la Playa de Marianao. No fue precisamente un éxito y se perdió en el océano de boleros y baladas que se componían en La Habana por aquel tiempo. Mil cantantes melódicos, mil intérpretes femeninas de boleros, y un negro disco de plástico cada uno, un disco por cada una de aquellas olas ribeteadas de espuma que rizaban la encrespada superficie del mar del mambo.

Cansado de cantar con los Havana Melody Boys quiso formar su propia orquesta. Procedía de una pequeña ciudad de la provincia de Oriente y las historias que le habían contado de los cubanos que se habían ido a los Estados Unidos le impulsaron a ello. Una mujer oriunda de Holguín se había hecho actriz, se había ido a Hollywood y allí se hizo rica rodando películas con George Raft y César Romero. (Raft aparecía en un papel de gaucho argentino, con el típico sombrero gaucho con cascabeles, y bailaba el tango con aquella individua en una película que se llamaba *Pasión en la pampa*.) Había hecho tanto dinero que vivía en una deslumbrante casa pintada toda de color rosa en un sitio llamado Beverly Hills; y también había otro tipo, un bailarín de rumba que se llamaba Ernesto Precioso, y al que César había conocido en las salas de baile de Santiago de Cuba, y que descubierto por Xavier Cugat había debutado como primer bailarín en un corto hecho en Hollywood que se llamaba *La mujer de rojo* con el propio Cugat y con el pianista Noro Morales en *El latino de Staten Island.*

¿A qué otros había sonreído también el éxito? A Alberto Socarras, que tocaba en un club nocturno que se llamaba Kubanacan, en Harlem; y a Miguelito Valdez —el Magnífico—, que cantaba para Xavier Cugat en el Hotel MacAlpin, y a Machito, que gozaba de una amplísima popularidad en Nueva York y hasta hacía giras por Europa, y a Tito Rodríguez, que tocaba en el Palm Nightclub, y a los Hermanos Pozo.

Pero de todas aquellas historias de triunfadores, ninguna

podía igualarse a la de un cantante al que los dos hermanos conocieron en Santiago de Cuba, bien en salas de baile donde habían actuado a veces o bien en las *placitas* a las que salían por las noches a sentarse y rasguear la guitarra bajo la luz de la luna: Desi Arnaz. Emigrado a los Estados Unidos en los años treinta, se había ganado una reputación de persona simpática y honesta en los clubs y salas de baile de Nueva York y el sonido de su conga y de su voz, con aquel pintoresco acento cubano que conservaba, gozaban ya entonces de una fama casi legendaria. Y había otros: César Romero y Gilbert Roland, también cubanos, que habían triunfado en el cine en papeles de gigolós de clubs nocturnos y de *vaqueros* con sombrero echado hacia atrás, botas con espuelas y gatillo fácil. César estaba impresionado por el éxito de Arnaz y a veces soñaba despierto con hacerse tan famoso como él (ahora se ríe). El hecho de que César fuese de tez blanca como Arnaz —aunque a algunos norteamericanos siempre les parecería inconfundiblemente hispano—, que tuviera una buena y vibrante voz de barítono y aquel aspecto de niño bonito, pero francote y campechano a la vez, eran factores todos que parecían obrar a su favor.

En cualquier caso la vida musical era mejor en Nueva York. Músicos amigos suyos se fueron al norte y encontraron trabajo en las orquestas de gente como Cugat, Machito, Morales y Arnaz. A César le llegaron rumores y recibió cartas que hablaban de dinero, salas de baile, contratos discográficos, buenos sueldos semanales, mujeres, y cubanos dispuestos a recibirle con los brazos abiertos por todas partes. Pensó que si él se iba también al norte podía instalarse provisionalmente en casa de su primo Pablo, unirse a una orquesta y hacer algo de dinero. ¿Y quién sabe qué más podía depararle el destino?

El día en que los dos hermanos llegaron a Nueva York desde La Habana, en enero de 1949, la ciudad estaba cubierta por dos pies de nieve. Volaron desde La Habana hasta Miami en un clíper de la Pan Am, por treinta y nueve dólares y dieciocho centavos, y luego cogieron el especial de Florida que vuela al Norte. En Baltimore empezaron a encontrar nieve y al atravesar una estación en el norte de Maryland, pudieron ver un depósito de agua, que había reventado, recubierto por una cascada de hielo que semejaba una gigantesca orquídea de mil pétalos. Pablo fue a recibirles a la estación de Pennsylvania y, *hombre*, los dos hermanos, con sus zapatos de fina suela y sus baratos abrigos Roebuck, comprados en un almacén de la cadena Sears, estaban helados hasta los huesos. En las calles parecía que la gente y los coches desaparecían en la ventisca como fantasmas que se desintegraran. (Se disolvían en una nieve que no tenía nada que ver con la nieve que habían visto en La Habana en las películas, nada que ver con esa nieve angelical que cae sobre Bing Crosby cuando canta *Navidades Blancas,* o con la nieve que habían imaginado en sueños, tibia como los falsos copos de escarcha de los luminosos de los cines que anuncian «Aire Acondicionado».) Sus zapatos cubanos de finas suelas se calaron por completo y cuando pusieron los pies en el pasillo de la casa de Pablo les llegó el tufillo que emanaba de los radiadores eléctricos y de gas instalados en los recibidores.

Pablo y su familia vivían en el número 500 de La Salle Street, al oeste del cruce de la calle 124 con Broadway, en la parte norte de Manhattan. Era un edificio de seis plantas construido hacia principios de siglo para alojar a la servidumbre de otras casas y tenía una sencilla marquesina con unas barandillas negras muy historiadas y un angosto portal enmarcado por un arco de ladrillo con un remate en forma de almenas, encima del cual se alzaban seis pisos de escaleras de incendios de hierro negro forjado y otros tantos de ventanas protegidas por persianas y cuyos huecos se recortaban iluminados en la fachada. Estaba a dos minutos de la estación del metro elevado de la calle 125, a una noche de tren y cuarenta y cinco minutos de vuelo de La Habana, y a cinco minutos de Harlem, la capital del ritmo sincopado, como se le solía llamar en aquella época. Desde su azotea se veían el río Hudson, la cúpula y columnata del mausoleo que se conoce como la Tumba de Grant, en el extremo norte del Riverside Park, a un paso ya de los muelles, y las largas colas de viajeros y de coches esperando los transbordadores que cruzan a Nueva Jersey.

Esa noche la mujer de Pablo les preparó de cena un verdadero festín, y como había nevado y tenían los pies ateridos se los lavó para que se les desentumecieran en una cubeta con agua bien caliente. Era una mujer práctica y afectuosa, de Oriente también, para la que casarse y tener hijos constituían los grandes acontecimientos de la vida. Vivía para cuidar de los hombres de la casa y trabajaba como una esclava lavándoles la ropa, haciendo la limpieza doméstica, cocinando y ocupándose de los niños. Aquellos primeros días, tan fríos, los futuros Reyes del Mambo se pasaron la mayor parte del tiempo en la cocina bebiendo cerveza y viendo cómo preparaba grandes ollas de estofado y arroz con frijoles y *plátanos* fritos. Friendo filetes, chuletas de cerdo y largas ristras de salchichas que Pablito llevaba a casa de la fábrica de conservas cárnicas en la que trabajaba. Por las ventanas se escapaban verdaderas humaredas y los vecinos —la señora Shannon, la casera, entre ellos— meneaban la cabeza con gesto de desaprobación. La mujer de Pablo les preparaba el desayuno, a base de huevos fritos con chorizo y luego les planchaba la ropa. Siempre estaba suspirando, pero después de cada suspiro sonreía, como en una afirmación de fortaleza de ánimo; el rasgo más sobresaliente de su rostro, rechoncho y lleno de hoyuelos, eran unas larguísimas pestañas cuyas sombras parecían las manecillas de un reloj. Eso era justamente lo que era: un reloj que marcaba los días con las diferentes tareas domésticas y señalaba las horas con sus suspiros.

—Una familia y un amor —César oía otra vez la misma canción—, eso es lo que hace feliz a un hombre y no tanto tocar el mambo.

Y en aquellos días, cuando Pablo no los llevaba en su viejo Oldsmobile a hacer alguna visita turística de rigor, los dos hermanos se montaban en el metro y recorrían de punta a punta la ciudad —sin dejar uno solo de los cuatro municipios que la componen— con las caras pegadas a los cristales de las ventanillas, como si fueran contando para divertirse los pilares y las luces que les pasaban por delante como una exhalación. César era más dado a los parques de atracciones, circos, cines, espectáculos de revista y partidos de béisbol, mientras que Néstor, persona más callada, dócil y atormentada, disfrutaba más con la naturaleza y le gustaba ir a los sitios preferidos por los niños de Pablo. Le gustaba llevar a los niños al Museo de Historia Natural, en donde le encantaba pasearse por entre los restos de tantos reptiles, mamíferos, pájaros, peces e insectos que habían vibrado, relucido, gateado, volado y nadado a lo largo y a lo ancho del mundo, y que ahora se conservaban en hileras interminables de vitrinas. Uno de aquellos días, él, César, Pablo y los niños posaron orgullosamente para una foto delante del amenazador esqueleto del Tyrannosaurus Rex. Después fueron andando hasta Central Park, pues a los dos hermanos les apetecía dar un paseo juntos, como solían hacer allá en La Habana. En aquel entonces el parque era un lugar apacible y limpio, lleno de señoras mayores tomando el sol en cualquier sitio y de jóvenes retozando en el césped con sus novias. Merendaron sentados en la hierba grandes bocadillos con gruesos filetes en su interior, bebieron Coca-Colas y disfrutaron del sol mientras contemplaban las barquichuelas con forma de cisne que surcaban las aguas del lago. Pero lo mejor de todo era el zoo del Bronx en primavera, con sus leones merodeando acechantes por sus cubiles, los búfalos, con sus grandes cuernos, su vellosa piel y aquella espumilla que les resbalaba por las barbas y que parecía el agua de una catarata, y las jirafas de larguísimos cuellos, que asomaban curiosas sus cabezas por entre el ramaje de los árboles. Hermosos días aquéllos, ajenos a todo dolor, a todo sufrimiento.

En aquella época, en Nueva York, flotaban en el aire ciertos prejuicios malévolos, así como una cierta xenofobia muy propia de toda posguerra y las calles empezaban a ser testigos de los primeros brotes de delincuencia juvenil. (¿Y ahora, años más tarde? Algunas personas de edad que se empeñan en aferrarse al pasado —irlandeses principalmente— no dan crédito a los cambios que se han producido en su calle. Ahora las aceras están abarrotadas de pandillas jugando al dominó, a las cartas, de trileros, llenas de radios, de carritos que venden polos, y esos viejos testarudos se pasean arriba y abajo con paso furtivo como si fueran fantasmas.) César recordaba aún que le habían chistado en la calle por ir hablando con Néstor en español y que le habían tirado huevos desde una azotea cuando un día subía la cuesta camino de la casa de Pablito vestido con un traje de color rosa pálido. Aprendieron que era mejor evitar ciertas calles y que no se debía ir a pasear por los muelles de noche. Y aunque ese aspecto de la vida de Nueva York les resultó un tanto deprimente al principio, los reconfortaba el calor humano que se respiraba en casa de Pablo: la música del tocadiscos de Pablo, el olor a plátanos fritos, el cariño y los besos de la mujer de Pablo y de sus tres hijos les hacían sentirse en la gloria.

Su caso era igual al de la mayoría de los cubanos que llegaban en aquella época a Nueva York, cuando cualquier cubano conocía a todos los demás cubanos de la ciudad. Los apartamentos se llenaban de viajeros o de primos o amigos recién llegados de Cuba, exactamente igual a lo que ocurría en el programa de variedades «Te quiero, Lucy», cuando unos cubanos llegan *de visita* al apartamento de Ricky en Nueva York y aparecen por la puerta sombrero en mano, saludando con una pacata inclinación de cabeza y con los rostros iluminados por una expresión de gratitud y camaradería. Cubanos que tocaban las castañuelas, agitaban las maracas, bailaban flamenco, hacían juegos malabares con dados, amaestraban animales y cantaban, los hombres de mediana estatura y con expresión despierta en sus rostros y las mujeres, menudas y regordetas, tan discretas, tan agradecidas por la hospitalidad.

Dormían en unos catres en la sala de estar y algunas noches se morían de frío cuando el viento del río Hudson se filtraba por los cristales mal ajustados de las ventanas, les alarmaba el clang-clang de los coches de bomberos que pasaban por la calle y se sobresaltaban —al principio— cuando el suelo empezaba a temblar y el edificio vibraba con las salidas o llegadas de los trenes en la estación del metro elevado de la calle 125. Tiritaban en invierno, pero en primavera oían las serenatas que daba una banda de juglares italianos ambulantes, con mandolina, violín, guitarra y vocalista. Los domingos por la tarde se dedicaban a sintonizar emisoras con buena música y oían a Machito en vivo desde el club nocturno El Flamingo en un programa que retransmitía la WHN, y los dos hermanos vibraban de júbilo cada vez que el director de orquesta y percusionista decía unas palabras en español entre canción y canción: «Y ahora una canción para todos mis *compadres* que me estén escuchando...». Asomados a la ventana veían al afilador, con su pesado y oscuro gabán, la espalda arqueada y una barba ya gris, subir cojeando la calle con una piedra de afilar colgada del hombro y haciendo sonar una campanilla. Compraban cubos de hielo al heladero que pasaba en una furgoneta de color oscuro, para las bebidas. Veían al basurero al pescante de su carricoche tirado por caballos. El carbón que descargaban en el sótano a través de una tolva les calentaba, las jaurías de perros callejeros que encontraban a su paso les ladraban y el cura de aquella iglesia católica que tenía unas puertas rojas les daba su bendición.

Cuando no salían a hacer un poco de turismo o a visitar a algún amigo, los dos hermanos, en camiseta de manga corta, se sentaban en la cocina y estudiaban para mejorar su inglés. Leían un texto que se titulaba *Cómo mejorar su gramática inglesa. Para hablantes extranjeros,* las tiras ilustradas de Capitán Marvel y de Tiger Boy, el *Daily News,* el *Herald* de Brooklyn, y los libros con lomo dorado de cuentos de cisnes encantados y árboles que miraban con ojos malévolos de la Selva Negra que los niños de Pablo traían a casa de la escuela parroquial. Aunque los dos hermanos ya podían defenderse en un inglés cortés pero rudimentario que habían aprendido trabajando como mozos de restaurante y camareros en la filial de La Habana del Club de Exploradores, en la vieja calle de Neptuno («Sí, señor, no señor. Por favor, señor, no me llame Pancho»), las duras y complicadas consonantes y las tersas vocales de la lengua inglesa nunca acabaron de sonar a sus oídos como música precisamente. A la hora de la cena, alrededor de una mesa llena a rebosar de fuentes con chuletas de cerdo, *plátanos* y *yuca,* César hablaba de lo que sentía al salir a la calle y escuchar ese *ruido* constante, aquel inglés hablado muy deprisa y desvirtuado por el acento judío, irlandés, alemán, polaco, italiano y español, que se le antojaba sumamente enrevesado y nada musical al oído. Él tenía un fuerte acento, arrastraba las errrrrrres, decía «jo-jo» en vez de «yo-yo» y «tink» en lugar de «think» —exactamente igual que Ricky Ricardo— pero se defendía con la suficiente soltura como para cautivar a las mujeres americanas que conocía aquí o allá, o para salir a sentarse en la escalera de incendios cuando hacía buen tiempo y, acompañándose con la guitarra, ponerse a cantar en inglés *En la quietud de la noche.* Y era capaz de entrar en la tienda de vinos y licores que había cerca de la casa y pedir: «Una botella de Bacardí, por favor...». Y al cabo de cierto tiempo, en un verdadero alarde de osadía, preguntarle al propietario: «Qué, amigo, ¿cómo diablos te va, eh?».

Eso le hacía sentirse orgulloso de sí mismo, pues en aquella época, entre los cubanos de Nueva York, hablar inglés constituía un signo de sofisticación. En las fiestas a las que asistía, dadas por cubanos de todo tipo y condición, cuanto mejor fuese el inglés de uno, más alto era automáticamente su nivel social. Mientras charlaba muy deprisa en español, César daba pruebas de su soltura lingüística deslizando de pronto en la conversación una frase como «hep cats at a jam session»[3]. De vez en cuando salía con un grupo de gente del Greenwich Village, chicas americanas de espíritu bohemio que aparecían por el Palladium o por el Palm Night Club, individuas desinhibidas, con tipos que cortaban la respiración y que no llevaban sostén debajo de sus vestidos de cóctel con estampados de piel de cebra. El Rey del Mambo las conocía en las pistas de baile, las impresionaba con sus poses y su mística de amante latino, y luego se iba con ellas a sus cuchitriles del Village —que solían tener la bañera en la cocina— y allí fumaban cigarrillos de marihuana —sentía como si de repente le brotara toda una plantación de caña de azúcar en la cabeza—, oían bebop y se tumbaban en moquetas llenas de pelos de perro o en sofás con los muelles hundidos. Se le grabaron expresiones como «jerigonza» y «de primera» —como en «De primera, amigo, ¡choca esos cinco!»— y con una ternura sexista, más propia de un tío carnal que de otra cosa, les prestaba dinero o las invitaba a cenar. Durante el breve período en que trabajó en un taller de litografía que se llamaba Tidy Print, en Chambers Street, con el fin de ganar un poco de dinero extra y comprarse un coche, se pasaba siempre la hora del almuerzo con aquel muchacho judío de Brooklyn, Bernardito Mandelbaum, y le enseñaba español. Y fue entonces cuando aprendió unos cuantos términos en yiddish. Se intercambiaban palabras: *schlep* (memo), *schmuck* (tonto), *schnook* (zopenco), *schlemiel* (holgazán), por *bobo, vago, maricón* y *pendejo.* En algunas de aquellas fiestas, en las que sólo se hablaba inglés, se hizo famoso por su capacidad para impresionar incluso a los más adustos profesores de universidad cubanos con la exuberante variedad de su vocabulario. Y sabía también escuchar y se pasaba veladas enteras con la mano apoyada en la barbilla, asintiendo con la cabeza y diciendo «Ah, ¿sí?», y luego, cuando volvía a casa con Néstor, iba recitando las

---

[3] Forofos del jazz en una sesión donde los músicos improvisan y tocan por puro placer. *(N. del T.)*

palabras nuevas que había aprendido como si se tratara de un poema.

En las maletas de mimbre que habían traído consigo de Cuba había montones de cuartillas en las que habían anotado muchas de sus ideas para canciones. La mayoría tenía que ver con pequeñas anécdotas de sus vidas. César, al que las historias de amor y la vida paleta de los pueblos siempre le habían parecido materia de diversión, escribía letras muy desenfadadas que, por lo general, tendían a lo obsceno, o cambiaba una palabra para provocar la carcajada, *(Bésame mucho* pasaba a ser *Bésame culo).* A menudo las resacas eran sus mejores momentos de inspiración: en la época en que él y Néstor dormían en catres en el salón de su primo Pablo, se despertaba —tras una noche épica pasada en salas de baile y en clubs donde también se servían cenas— con la piel y el pelo apestando a tabaco, perfume y alcohol, se sentía arrebatado por la inspiración y entonces, el Rey del Mambo se levantaba casi a rastras de la cama, cogía su guitarra de madera de naranjo brasileña, empezaba a rasguear unos acordes y en zapatillas, con un pie sobre el radiador y la ironía y el dolor martilleándole la cabeza, componía una canción.

La balada *Alcohol,* fechada en 1950, la escribió una mañana en que se despertó en el sofá del salón con un par de medias de nylon hecho un ovillo en el bolsillo de su chaqueta, un labio casi partido por un mordisco y sintiendo como si un negro pajarraco revoloteara con sus pesadas alas dentro de su cabeza. Se sintió inspirado, cogió la guitarra, silbó una melodía y compuso parte de la letra, resultando una primera versión rudimentaria de aquella canción que el Rey del Mambo habría de grabar en 1952 y cuya letra formulaba esta pregunta: «Alcohol, ¿por qué me has arrebatado el alma?».

Y también compuso otros temas con la misma sorprendente facilidad, canciones escritas para transportar a los oyentes a las plazas de las pequeñas ciudades de Cuba, a La Habana, evocando pasados lances de cortejeo, amor y pasión y un modo de vida que estaba ya en trance de extinción.

Sus canciones —como también las de Néstor— eran exponentes más o menos convencionales del tipo de música que se componía en aquellos tiempos: baladas, boleros y una infinita variedad de ritmos rápidos para bailar *(son montunos, guarachas, merengues, mambos guaracha, son pregones)*. Sus letras evocaban momentos de fálicas hazañas juveniles («Mil mujeres he satisfecho una tras otra, pues soy un hombre muy amoroso»). Canciones sobre coqueteos, magia, novias a las que se les subían los colores, maridos infieles, tipos que ponen y a los que les ponen los cuernos, hermosas coquetas y humillaciones. Las había alegres, tristes, rápidas y lentas.

Y también había canciones sobre tormentos del corazón que iban más allá de toda tristeza imaginable.

Estas últimas eran la especialidad de Néstor. A diferencia de César, que componía sus canciones en un abrir y cerrar de ojos, Néstor retocaba y reelaboraba sus composiciones una y otra vez. Para Néstor componer era una tortura que adoraba. Se pasaba horas y horas inclinado sobre un cuaderno con la guitarra o la trompeta, tratando de componer una balada, una canción que destacara entre todas las demás. Rafael Hernández lo había conseguido con *El lamento*, Moisés Simón con *El manisero*, Eliseo Grenet con *La última rumba*. Y en aquella época en que un dolor insoportable le oprimía el corazón, se esforzaba por escribir la canción que luego habrían de interpretar en la televisión, aquella lastimera melodía que iba a ser la que más famosos les hiciera, *Bella María de mi alma*, una canción que en su estado inicial no consistía más que en unas cuantas exclamaciones quejumbrosas: «María... mi amor... María.. mi alma», palabras encerradas en una jaula de espino construida a base de tres únicos acordes: *la* menor, *re* menor y séptima de *mi*, un tema que habría de tararear y canturrear tan a menudo y en un tono de voz tan melancólico, que incluso César Castillo, absorto en sus cavilaciones, llegaría a pedirle, aunque no muy seguro de conseguirlo: «¡Pero qué horror! ¡Si vuelvo a oír hablar de esa María una sola vez más, te tiro la guitarra por la ventana!».

Para luego añadir:

—¿Por qué no te olvidas un poco de esa canción y te vienes conmigo a dar una vuelta? Venga, hermano, que tengo diez años más que tú y no me apetece estar todo el tiempo metido en casa...

—No, vete sin mí.

De punta en blanco, sintiéndose como un dios, César Castillo meneaba la cabeza, abría la puerta y desaparecía por aquellas escaleras, con ventanas de cristal ahumado y cubiertas por una marquesina con tejadillo en forma de pagoda, que llevaban a la estación del metro elevado para coger un tren que le llevara al centro. Aquellas noches, ya tarde, cuando no tenía nada con qué entretenerse, Néstor empezaba a cavilar sobre el pasado, del que no parecía haber escapatoria. Todo su ser se retorcía como en un potro de tortura, el peso de su cráneo aplastaba la almohada, las sábanas se hacían un revoltijo alrededor de su cuerpo y una gruesa vena azul, como un gusano, se dibujaba con claridad en su melancólica frente. Había veces en las que oía con absoluta nitidez todo sonido que se producía en el callejón de servicio: los gatos deslizándose por las entradas de los oscuros sótanos, el viento golpeando los cables de las antenas de televisión contra los muros, el ruidoso fregar de tazas de café, platos y otros utensilios domésticos, voces que hablaban en un susurro en alguna cocina, ruidos de cama, los eructos de alguien, el programa de Jack Benny en la televisión de los vecinos, y, para mayor mofa, el frenético jadear de una vecina al otro lado de la pared —de aquella muchacha irlandesa de pechos fláccidos y el culo lleno de pecas, que se llamaba Fiona y a la que veía a menudo por la ventana— haciendo el amor y gritando todo lo que le daban de sí los pulmones, en pleno éxtasis.

Aquellas noches Néstor se metía en la cama esperando soñar con hermosos jardines y esos radiantes amaneceres que siempre asociaba al amor, pero, en lugar de tal cosa, se internaba por un largo y oscuro corredor de desdichas e infortunios que conducía a una sala de tortura y allí la Bella María de Su Alma, tan desnuda como deseable, le colocaba sobre un potro de tortura y empezaba a dar vueltas a una rueda cuyas cuerdas le iban desgarrando los miembros y lacerándole el pene inmisericordemente. Se despertaba con el corazón latiéndole como si le fuera a estallar y viendo sombras que se escurrían por las paredes. Lleno de desazón y de zozobra, se sentaba en el borde de la cama con el cuerpo empapado en sudor y encendía un cigarrillo lamentando no haberse ido a la calle con su hermano mayor.

¿Y qué ocurría entonces?

Sonaba el teléfono, lo cogía y oía algo parecido a esto:

—Eh, hermano, ya sé que hay que trabajar mañana, pero por qué no te vistes y te vienes aquí lo antes que puedas. Estoy en El Morocco y mi amigo Eddie va a dar una pequeña fiesta dentro de un rato con un verdadero ejército de jovencitas estupendas —y al fondo se oían los gritritos de placer de las mujeres y la música de una orquesta de veinte miembros atronando el local.

Néstor le contestaba con su tranquilo tono de costumbre:

—Sí, dame una hora —y a pesar de su carácter práctico e introvertido, se vestía y se iba al club.

Siempre era el más reservado y silencioso de los dos hermanos, el tipo de orejas grandes que tenía que tomarse cinco copas antes de soltarse un poco y reír con aquella risa de caballo en la que enseñaba toda la dentadura. Una mujer que arrimase su cuerpo al suyo, en medio del jolgorio de una multitud de invitados a una fiesta sentados alrededor de una mesa llena de copas de champán, con un vestido que dejase adivinar sus turgentes pechos, no tenía grandes posibilidades con él. Poco importaba que fuese dulce, afectuosa, sexualmente voraz y bonita; él siempre parecía estar en otro sitio. Unas cuantas copas y las sombras empezaban a aflorar a su rostro; en el espejo del lavabo de hombres, esas sombras crecían y se derramaban sobre sus facciones como acariciantes manos femeninas. Al principio, cuando llegó a los Estados Unidos todas las mujeres que veía le parecían tan faltas de vida como una muñeca. No podía mirar a ninguna otra mujer y la única forma de sobreponerse a aquel insoportable sufrimiento era soñar despierto con María: ¿Recibiría inesperadamente una carta suya expresándole su amor? ¿Llegaría en el próximo avión con una pequeña bolsa en la que habría metido su vaporosa ropa interior? ¿Rompería a llorar por teléfono, sin vergüenza alguna, rogándole que la perdonara?

César, a pesar de todas sus limitaciones, siempre tuvo una opinión muy clara sobre el asunto: «No seas idiota y olvídate de ella». Pero a Néstor le era imposible. Volvía a dar vueltas y vueltas al tiempo que habían pasado juntos con tan insistente frecuencia que tenía la sensación de vivir sepultado por el pasado, como si los pormenores de aquel desdichado amor —y de las otras tristezas de su vida— se convirtieran en escombros, hierbajos y basura que le estuvieran cayendo encima.

Seguía soñando con María incluso en la fábrica de embutidos en la que Pablo le había conseguido un empleo y en la que se encargaba de una cubeta en la que se machacaban y trituraban los huesos y vísceras de determinados animales para fabricar perritos calientes y relleno de salchichas. Las cuchillas se agitaban y él pasaba el tiempo con la vista clavada en aquel amasijo de despojos —intestinos, estómagos, vértebras, sesos— como si contemplara un soleado y ameno jardín. El crujido de los huesos, el rechinar de las máquinas, los recuerdos, la música y los sueños en los que aparecía María. La fábrica ocupaba una nave alargada no muy alta situada junto al río, con grandes puertas metálicas que se abrían para las furgonetas de reparto y los camiones frigoríficos que iban a recoger los pedidos. Trabajaba allí de siete de la mañana a cuatro de la tarde y se pasaba todas esas horas junto a aquella cubeta, silbando para sus adentros y tratando de improvisar una canción sobre María. ¿Cuál era su propósito? Escribir una canción que destilara un amor tan puro, tanto deseo, que María, lejos donde estaba, volviera a colocarle como por arte de magia en el centro de su corazón. Pensaba que ella «oiría» aquellas melodías en sus sueños y que acabarían haciendo su efecto en ella: se sentaría a escribirle una carta rogándole que la perdonase, una carta en la que admitía su confusión y su atolondramiento, y ese mismo día abandonaría a su marido —si es que era su marido— y él oiría que alguien llamaba con los nudillos a la puerta, saldría al recibidor con el perro que tenía en casa jadeando detrás, y se encontraría a la María de su alma plantada ante el marco de la puerta, a aquella mujer que, en cierto modo, se había convertido en la llave perdida de su felicidad.

Pero a pesar de todas las cartas que le escribía, ella nunca le contestó. A pesar de todos los obsequios que le envió, nunca recibió siquiera ni las gracias. Durante dos años no pasó un solo día en que no pensase coger un avión a La Habana para verla. Era un caso desesperado, él sentía cómo el corazón se le encogía y le oprimía. No decía una sola palabra en voz alta de aquella María de La Habana, pero se pasaba la mayor parte del tiempo pensando en ella.

Siempre llevaba una pequeña fotografía suya en la que aparecía con un traje de baño que tenía un cinturón, su María, saliendo de la espuma de las olas en el mar de La Habana, y la sacaba y hablaba a la fotografía como si ésta pudiese oírle. Después del trabajo se iba a dar un solitario paseo hasta la tumba de Grant para rendir homenaje al difunto presidente y a su esposa y luego tomaba un sendero que le llevaba a Riverside Park y allí se recostaba contra una roca y contemplaba los centelleantes bloques de hielo que bajaban flotando por el río imaginándose dentro de uno de ellos. Sus sueños estaban siempre presididos por una idea de opresión. Bajo el suelo, en túneles, en el interior de bloques de hielo. Daba vueltas y más vueltas a sus sentimientos sobre María y tan a menudo que éstos llegaron a asemejarse a la informe masa de vísceras que daba vueltas en las máquinas trituradoras de la fábrica. Cuanto más pensaba en ella, más mítica se volvía. Cada onza de amor que había recibido en su vida era absorbida y devorada por la imagen de María. (*Mamá*, yo quería a María como te quería a ti cuando era pequeño, y me sentía indefenso en aquella cama, con el pecho cubierto de ronchas y los pulmones llenos como de gruesos algodones. No podía respirar, *Mamá*, ¿recuerdas que siempre estaba llamándote?)

Ése era Néstor, el joven en camiseta de manga corta cuyo cuerpo parecía dibujar una letra K en la ventana del apartamento de La Salle Street, con una pierna doblada por la rodilla sobre el alféizar y el brazo en alto apoyado contra el marco de la ventana, fumando un cigarrillo como una estrella de cine en decadencia que esperara una llamada del estudio y tarareando unas breves notas de alguna melodía. Ése era Néstor, en el sofá del salón, rasgueando unos acordes en la guitarra, mirando al techo y tomando unas notas en un cuaderno. Ésa era la voz de Néstor, la que se oía en la calle de noche, tanto en La Salle como en Tiemann Place o en la esquina de la calle 124 con Broadway. Ése era Néstor, arrodillado en el suelo jugando con los niños, lanzando un camión de juguete contra una ciudad construida con bloques que eran letras del alfabeto, mientras a su mente acudían mil imágenes de María: María desnuda, María con una pamela, el oscuro pezón de María llenándole la boca, María con un cigarrillo, María haciendo un comentario sobre la belleza de la luna, María bailando con sus largas piernas, cimbreando el cuerpo con un ritmo perfecto en un coro de mujeres con un turbante de plumas en la cabeza, María contando las palomas en una plaza, María sorbiendo una piña *batida* con una paja, María, con los labios húmedos y la cara enrojecida de tantos besos, retorciéndose en éxtasis, María gruñendo como una gata, María dándose un toque de carmín en los labios, María cogiendo una flor del suelo...

Ése era Néstor, frunciendo el entrecejo con la aplicada concentración de un estudiante de física, leyendo tebeos de ciencia-ficción en la mesa de la cocina. Ése era Néstor, echado sobre una manta en la azotea bebiendo a sorbos un whisky y luego desper-tándose con gritos de angustia en mitad de la noche, o elegante-mente vestido con un traje de seda blanco, tocando la trompeta en el escenario de alguna sala de baile, o callado, ocupándose de las bebidas y llenando una fuente de ponche durante una fiesta en el apartamento mientras sueña con alguna de las noches pasadas en La Habana con María, cuya presencia en su memoria es tan obsesiva que hacia las tres de la mañana la puerta del apartamento se abriría y María entraría andando como un espíritu en el salón, se quitaría la combinación y deslizaría en su catre primero una rodilla y luego la otra y después su cuerpo iría bajando y lo que sentiría Néstor al subir el suyo sería, primero en su barbilla y después en su rodilla, la vagina de María. Y entonces ella le cogería la polla y exclamaría: «*¡Hombre!*».

Era un hombre atormentado por los recuerdos, como lo sería, treinta años más tarde, su hermano César Castillo. Un hombre que acariciaba la equívoca ilusión de que el simple hecho de componer una canción sobre María podía hacer que ésta volviera a su lado. Un hombre que escribió veintidós versiones distintas de *Bella María de mi alma,* primero con el título de *La tristeza de amar* y luego de *María de mi vida* antes de acabar con la ayuda de su hermano mayor, César, la versión que habrían de cantar una noche del año 1954 en el Mambo Nine Club: *Bella María de mi alma,* canción de amor, aquella noche en que llamaron la aten-ción y despertaron el interés de un tipo cubano que se llamaba Desi Arnaz.

Cuando salían a algún sitio apuraban la noche de tal forma que las cinco de la madrugada los sorprendían subiendo los cuatro pisos de escaleras que llevaban al apartamento de su primo Pablo en La Salle Street. La luz rojiza del amanecer doraba ya las azoteas y bandadas de negros pajarracos revoloteaban alrededor de los depósitos de agua. César, que tenía por entonces treinta años, estaba decidido a pasárselo en grande, prefería mirar al futuro y correr sobre el pasado un tupido velo. Había dejado una hija, muy niña aún, allá en Cuba. A veces le remordía la conciencia por su hija, a veces lamentaba que las cosas no hubieran salido mejor con su ex mujer, pero seguía decidido a pasárselo lo mejor posible, a seguir con sus conquistas femeninas, a beber, a comer y a hacer amistades. No es que careciese de sentimientos, a veces le acometían unos raptos de ternura hacia las mujeres con las que salía, como si quisiese verdaderamente enamorarse, que a él mismo le sorprendían, e incluso hacia su ex mujer. Pero había otros momentos en que nada le importaba lo más mínimo ¿Casarse otra vez? Nunca jamás, se decía a sí mismo, aunque a veces mintiese en ese sentido a las mujeres a las que trataba de conquistar y les dijese con la boca pequeña que quería casarse con ellas. ¿Casarse? ¿Para qué?

La menuda y regordeta mujer de Pablo estaba siempre con la cantinela de «una familia y un amor. Eso es lo que hace feliz a un hombre, y no tanto tocar el mambo», que repetía incansable.

Había momentos en los que pensaba en su mujer y entonces una oleada de tristeza anegaba su corazón, pero no era nada que una copa, una mujer o un cha-cha-chá no pudieran arreglar. La había conocido mucho tiempo atrás a través de Julián García, un director de orquesta muy conocido en la provincia de Oriente. Por aquel entonces él no era más que una joven promesa de la pequeña ciudad de Las Piñas que cantaba y tocaba la trompeta en una banda de músicos guajiros ambulantes que actuaban en las plazas de los pueblos y en las salas de baile de las provincias de Camagüey y de Oriente. Con dieciséis años, inmerso en aquel mundo de las salas de baile, se divertía conociendo a gente de los pueblos, entreteniéndolos con su música y llevándose a la cama a pobres chicas campesinas cuando las que encontraba eran complacientes. Era un cantante guapo y de maneras exuberantes, con un estilo aún sin pulir y una tendencia a las florituras operísticas que a veces le llevaban a desafinar.

Aquellos músicos nunca ganaron ni un centavo, pero un día, cuando tocaban en un baile de un pueblo que se llamaba Jiguaní, su buen aspecto y exuberancia causaron una grata impresión a alguien del público que dio su nombre a Julián García. En aquellos momentos éste estaba buscando un nuevo cantante melódico y le escribió una carta cuya dirección rezaba simplemente «César Castillo, Las Piñas, Oriente». César tenía entonces diecinueve años y estaba lleno de ilusión por la vida. Se tomó la invitación muy en serio y una semana después de recibir la carta se fue a Santiago de Cuba.

Nunca olvidaría las empinadas cuestas de Santiago de Cuba, una ciudad que con su caprichosa orografía tanto le habría de recordar a San Francisco, en California, cuando la conociera años después. Julián vivía en un piso encima de la sala de baile de la que era propietario. Un sol radiante se estrellaba contra las calles empedradas de guijarros y reverberaba en los frescos zaguanes de los que se escapaba un olor a comida y el apacible ruido de las familias sentadas a la mesa. Se oía un rumor de escobas barriendo un pasillo y unas salamandras se deslizaban presurosas por los azulejos de arabescos. La sala de baile de García, con sus arcadas en penumbra y un largo y fresco pasillo a la entrada, era como un refugio. En el local no había un alma salvo García, que estaba sentado en medio de la pista de baile rodeada de columnas, arrancando unas cansinas notas al piano, robusto, sudoroso, con chorretones de tinte para el cabello cayéndole por la frente.

—Soy César Castillo, me dijo usted que viniera y cantara un poco para usted cuando pudiera.

—Sí, sí.

Para la prueba empezó con *María de la O* de Ernesto Lecuona.

Nervioso por el hecho de cantar para Julián García, César lo
hizo con una entrega total, con aquel exuberante estilo que le era
propio, extendiéndose en los agudos, con un fraseo arrastrado y
cadencioso y subrayándolo todo muy teatralmente con la gesticulación de sus brazos. Cuando acabó Julián asintió aprobatoria-
mente con un gesto de cabeza dándole ánimos y le tuvo allí
cantando hasta que dieron las diez de la noche.

—Véngase por aquí mañana que estará el resto de los
músicos, ¿de acuerdo?

Y con aire paternal y amistoso le puso la mano a César en el
hombro y le acompañó hasta la entrada.

César apenas tenía unos dólares en el bolsillo. Su plan
era darse un paseo por el puerto, divertirse un poco y luego
echarse a dormir en uno de los muelles, junto al océano, como
había hecho antes tantas veces, tapándose la cara con los brazos,
en campos, plazas y escalinatas de iglesias. Estaba tan acostumbrado a cuidar de sí mismo que se sorprendió cuando García le
preguntó:

—¿Tiene usted un sitio para dormir esta noche?

—No —le respondió encogiéndose de hombros.

—Bueno, puede usted quedarse aquí arriba en mi casa, ¿eh?
Se lo debería haber dicho en la carta.

Se quedó aquella noche y muchas otras, arropado por la
amabilidad de Julián y de toda su familia. Encaramado en lo alto
de una colina y con vistas a la bahía, aquel apartamento supuso
un gratísimo cambio para el futuro Rey del Mambo. Tenía su
propia habitación, que daba a una terraza, y toda la comida que
podía desear. Así estaba organizada la vida en aquella casa: toda
la familia de García, su mujer y sus cuatro hijos, vivían sólo en
función de aquellas cenas que se prolongaban toda la velada. Sus
hijos, que también tocaban con él, eran unos chicos rollizos,
sobrealimentados y de carácter alegre y angelical. La razón
había que buscarla en que Julián era una persona tan cariñosa y
tan entrañable que su humanidad supuso incluso un serio

desafío a aquella resolución de macho que César había tomado de no querer o necesitar nunca a ningún otro ser humano.

Empezó a tocar en el grupo de Julián, una orquesta de veinticinco miembros, en 1937. El suyo era agradable sonido «tropical» que descansaba fundamentalmente en los violines y en las flautas sonoras, así como en el acompañamiento de su sección rítmica, muy al estilo de los intérpretes de fox-trot de los años veinte, y Julián, que dirigía y tocaba el piano, tenía una fuerte tendencia a ese tipo de orquestaciones ensoñadoras, nubes de música que parecían elevarse flotando sobre un oleaje de trémolos pianísticos. El Rey del Mambo conservaba una fotografía de aquella orquesta en el sobre que había llevado consigo al Hotel Esplendor, en la que se le veía vistiendo un elegante traje negro y con guantes blancos, sentado en fila con el resto de los músicos. Tras ellos un telón de la Bahía de La Habana con el Castillo del Morro, flanqueado por pedestales en los que Julián había colocado unas pequeñas estatuas de motivos antiguos —una victoria alada, un busto de Julio César— y unos grandes jarrones con plumas de avestruz. ¿Qué cara tenía César en aquella foto? Con su pelo negro peinado hacia atrás y con raya en medio, sonreía complacido, como celebrando aquella feliz época de su vida.

La orquesta de Julián actuaba con éxito en las salas de baile de todo Oriente y Camagüey. De gustos conservadores, nunca interpretaba composiciones originales, sino que basaba su repertorio en canciones de los compositores cubanos más populares del momento: Eduardo Sánchez de Fuentes, Manuel Luna, Moisés Simón, Miguel Matamoros, Eliseo Grenet, Lecuona. Julián era el ser más cálido, humanamente hablando, que César habría de encontrar en toda su vida. El obeso director de orquesta transpiraba auténtico amor por su prójimo —«una familia y un amor, eso es lo que hace feliz a un hombre»— y mostraba a cada momento el afecto que sentía hacia sus músicos. Fue aquella una época en la que el Rey del Mambo estuvo a punto de transformarse en un ser humano diferente.

César nunca renunció a su gusto por las mujeres. Conservó aquella prestancia de macho rijoso y aquella arrogancia viril tan suyas, pero en compañía de Julián y de su familia sentía tal paz que se le bajaban un poco los humos. Cosa que se manifestaba asimismo en su forma de cantar. Ganó dominio de sí mismo y ritmo, y supo dar a sus canciones un tono más sentido que gustaba al público y al que éste respondía muy bien. Aún no se había dado en él aquella evolución que habría de llevarle a ese tono hastiado del mundo que impregna sus grabaciones de mitad de los años cincuenta. (Y si uno oyera la cascada voz de César en 1978 y la comparara con aquel timbre dorado de los años treinta y cuarenta, costaría trabajo creer que son del mismo cantante.) Actuaban en pueblos dispersos por toda la provincia que tenían nombres como Bayamo, Jobabo, Minas, Morón, Miranda, Yara, El Cobre, y en ciudades como Camagüey, Holguín y Santiago. Viajaban en tres camionetas que los llevaban por carreteras polvorientas, abriéndose paso por entre bosques y matorrales y monte a través. Tocaban para *campesinos*, soldados, funcionarios, hombres de negocios. Tocaban tanto para gentes que vivían en casas con techumbres de hojas de palma como para quienes habitaban suntuosas mansiones de estilo español, o en las plantaciones e ingenios de azúcar, o en hermosas huertas llenas de naranjos y limoneros para los americanos que habían levantado casas con estructura y cubiertas de madera como las de Nueva Inglaterra, con pequeños jardines en la parte trasera y porches en la de delante. Tocaban en poblachones que carecían de modernos sanitarios o de luz eléctrica, en los que a la gente apenas le sonaba el nombre de Hitler, en un mundo rural tan oscuro que las estrellas eran como un velo de luz, donde calles y muros parecían poblarse con la débil luminiscencia de los espíritus al caer la noche y donde la llegada de la orquesta de Julián era saludada como el Segundo Advenimiento de Cristo por niños, perros y una caterva de mozalbetes que corrían tras ellos y los seguían silbando y dando palmas a todas partes. Tocaban en bodas, bautizos y fiestas de confirmación, en *fiestas de quince* y en *fiestas blancas,* en las que, como su mismo nombre indica, todos los participantes iban vestidos de blanco de pies a cabeza. Tocaban valses y danzones para la gente mayor, y tangos y rumbas calientes para los más jóvenes...

Julián era a la vez un buen director de orquesta y una buena persona. César le habría considerado como un «segundo padre» si la palabra «padre» no le hubiera hecho siempre sentir ganas de dar un puñetazo a la pared. Aprendió mucho en aquella época de Julián sobre el modo de llevar una orquesta y de cantar y saboreó la indescriptible gloria que es sentirse en un escenario. En sus canciones se entregaba de una forma total, no vivía más que para ese momento en que toda la sala, puesta en pie, empezaba a bailar o prorrumpía en aplausos.

—Tienes que hacerle sentir a la gente que te importa, sin excederte, porque el público ya es consciente de ello, pero haciéndoselo notar de vez en cuando, sin más.

Como cantante de la orquesta de Julián García el Rey del Mambo se hizo muy popular. En muchos pueblos cuando iba por la calle siempre había alguien que se le acercaba y le preguntaba: «¿No eres César Castillo, el cantante?». Empezó a adoptar modales de gran señor que en seguida se esfumaban como por arte de magia cuando se presentaba la ocasión de hacer alguna conquista femenina. Cuando iba de visita a su granja de Las Piñas una vez al mes, tenía la sensación de volver a una casa poblada de fantasmas, el escenario de tantas peleas con su padre y la tristeza de los lloros maternos llenando aún con su eco las habitaciones. Volvía con regalos y consejos y con un deseo de paz que, al cabo de uno o dos días, siempre degeneraba en una nueva disputa con su padre, don Pedro, que consideraba a los músicos seres afeminados, pobres hombres. Aprovechaba aquellas visitas para darle a Néstor lecciones de música o le llevaba a la ciudad. Verdaderamente impresionado por las aptitudes musicales de su hermano, su plan era, cuando fuese ya mayor de edad y la familia le dejara irse de casa, llevárselo con él a la orquesta de Julián.

Ahora recuerda todo aquello y suspira: el largo camino que llevaba a la granja entre el río y los bosques, la polvorienta carretera que pasaba por delante de varias casas y luego cruzaba el río y aquel sol cuya luz cegadora se filtraba por entre las copas de los árboles. El Rey del Mambo marchaba a lomos de una mula alquilada, con una guitarra colgada a la espalda...

Llevaba en la orquesta cinco años cuando un fin de semana acudió a una fiesta en el apartamento de Julián en Santiago y fue entonces cuando conoció a su sobrina, Luisa García. El joven y guapo cantante melódico, sentado a un extremo de la mesa, honrado con la amistad de aquel hombre mayor que él, no dejó de trasegar coñac español un solo momento en toda la noche y se sentía lo suficientemente eufórico como para enamorarse a la primera ocasión que se presentara. Y allí estaba Luisa. Sentado enfrente de ella durante la cena no dejó de sonreír y de mirarla fijamente a los ojos, aunque ella siempre apartaba los suyos. Tímida y delgada, con un rostro vulgar, Luisa tenía una nariz grande y aguileña, bonitos ojos y una expresión dulce y afable. Le gustaba vestir de un modo sencillo. Aunque su cuerpo no era en modo alguno espectacular, su piel desprendía un agradable aroma a perfumes y afeites, y cuando se puso a su lado para servirse un vaso del ponche que había en un cuenco, supo que podría ser una amante apasionada. Era maestra de escuela y con veintisiete años le llevaba tres de ventaja al Rey del Mambo. Nadie de la familia tenía grandes esperanzas de que llegara a casarse alguna vez, pero aquella noche la manera en que César la miraba se convirtió en tema de cotilleo familiar. Julián no podía sentirse más complacido. Los llamó a los dos en un aparte y dirigiéndose a ambos les dijo unas palabras:

—Quería enseñarles a ustedes la vista que hay desde el ventanal. ¿Verdad que es magnífico, eh, todo ese horizonte radiante de sol...? *¡Qué bueno, eh!*

¿Quién podía saber lo que ella sentía? Tenía esa mirada de la mujer acostumbrada a verse un instante de soslayo cuando pasa por delante de algún espejo, de la mujer acostumbrada a cuidar de sí misma. ¿Y César? Sentado a aquella mesa llena de charla y risas, en compañía de la única persona que se había preocupado realmente por él, sintió de pronto que quería formar también parte de aquella familia. Así que empezó a cortejarla con tanto empeño como obstinación. Ella había visto el modo en que miraba a su prima Viviana, la forma en que clavaba sus ojos sin recato en sus insinuantes curvas traseras y se dijo para sus adentros: «No, no y no, me diga luego lo que me diga, que no crea que va a engatusarme». Pero se rindió a César y empezó a salir a pasear con él por las calles de Santiago. César, siempre caballeroso, le sujetaba las puertas para que pasara y jamás profería un juramento en su conversación. Cuando estaba con ella hacía todo el tiempo gestos de gran señor con las manos e iba siempre vestido de punta en blanco, por lo común con una chaqueta blanca de lino, unos pantalones impecables y un canotier, que acostumbraba a llevar calado hasta las cejas y al que daba de vez en cuando un toque con los dedos.

Se hicieron una foto delante de un cartel anunciador de la película de Betty Grable, *Luna sobre Miami*.

A veces conseguía estar a solas con ella y entonces los dos iban a sentarse en un parquecito desierto, rodeados de flores. Su férrea resistencia divertía al Rey del Mambo. Dejaba que le diera unos cuantos besos y abrazos y una noche le desabrochó los cuatro botones nacarados del lado izquierdo de la blusa y le metió las manos dentro para acariciar sus tiernos pechos, pero nunca le permitió ir más allá, y él, riendo, le decía: «¿Pero no sabes que tiene que ocurrir más pronto o más tarde, aunque tenga que casarme contigo?». No dejaba de tener gracia que aquel hombre que se había llevado a la cama a tantas mujeres se sintiera cohibido por aquella muchachita que no sabía respirar por la nariz cuando le daba un beso y que apretaba las piernas cada vez que los largos dedos del músico se deslizaban por debajo de su falda buscando su más preciado «tesoro». Cómo el cortejeo se tornó en matrimonio, es algo que nadie fue capaz de explicar.

Durante un tiempo confió en Luisa como no había confiado nunca en ninguna otra persona. Como pareja para el Rey del Mambo, sobre todo si se la comparaba con aquellas furcias baratas que César prefería por lo general, no era, precisamente, la más indicada, pero César, que llevaba buscando la paz desde los días de su infancia, quiso casarse con ella.

A solas, en su compañía, al margen del resto del mundo, se sentía satisfecho. Pero tan pronto como ponía un pie en la calle se volvía un hombre bien distinto. Cuando otras mujeres pasaban a su lado las desnudaba con la mirada, el pene se le ponía tieso bajo los pantalones y Luisa se daba cuenta de todo. Entonces apretaba el paso y se iba adelantando hasta que le dejaba completamente atrás. Su temperamento de macho nunca sabía muy bien qué hacer en tales casos, y pasaban días antes de que la soledad y su afecto hacia la familia sellaran una nueva reconciliación.

Cuando le pidió que se casara con él, Luisa tuvo sus dudas, pero temiendo verse convertida en una vieja solterona y dado que Julián respondía por César, dijo que sí. Aquello fue en 1943 y se fueron a vivir a un pequeño apartamento en Santiago (otro hermoso recuerdo: su pequeño hogar en una calle empedrada con guijarros, en la que daba el sol desde la mañana a la noche y siempre llena de comerciantes y de niños). Cuando la llevó a casa de su familia en Las Piñas, a María, su madre, le cayó estupendamente y a Néstor también: todos, incluyendo el irascible Pedro, tuvieron toda clase de atenciones con ella.

¿Qué ocurrió, pues? Él hizo lo que se le antojaba. Al cabo de año y medio aquella alegría inicial de entrar a formar parte de la familia de García se había disipado por completo. El Rey del Mambo se encontró sentado a la mesa en aquellas comidas en casa de García, soñando despierto con varias de las mujeres que acababa de ver por la calle. Incluso empezó a comportarse con García de un modo un tanto impertinente, ¡y todo porque García había puesto a sus pies a una mujer que parecía que iba a romper a llorar cada vez que se la ofendía! Dado que ella conocía siempre por adelantado y con todo detalle el horario de actuaciones de su tío, a César se le hacía muy difícil desaparecer dos o tres días seguidos y eso le contrariaba enormemente. Así que ponía la excusa de que volvía a su casa de Las Piñas cada vez que se iba de juerga con alguna chica de un pueblo, resentido y airado por su situación. Cuando regresaba de aquellas correrías no despegaba los labios durante dos o tres días seguidos. Se paseaba por las habitaciones mascullando frases como «¿Por qué he dejado que me convirtieran en un cautivo?» o «¿Qué estoy haciendo con mi juventud?» en un tono de voz lo suficientemente alto como para que Luisa le oyera perfectamente. Durante una larga temporada ella hizo cuanto estaba en su mano para que él se sintiera a gusto... Siempre le rogaba que se quedara en casa y cuando él se iba, aquella pregunta suya «¿Por qué eres tan cruel conmigo?» seguía resonando un buen rato en sus oídos como el zumbido de un mosquito en verano.

Un día, en 1944, Luisa, llena de alegría, anunció a César que estaba embarazada, como si el nacimiento de un hijo fuera a apuntalar providencialmente su tambaleante matrimonio. Seguían acudiendo a casa de Julián a aquellas comidas semanales y como tal familia parecían felices y contentos. Pero una noche, al cabo de algún tiempo, Julián, que no estaba hecho de serrín y que había oído comentarios y había visto con sus propios ojos cómo trataba el cantante melódico de su orquesta a su sobrina, llamó a César en un aparte al balcón y con la mirada perdida en el horizonte y la Bahía de Santiago a sus pies le dijo:

—Muchacho, me siento muy ligado a ti, pero, sea como sea, espero que a los miembros de mi familia los trates con respeto. Y quiero dejar bien clara una cosa: si no te gusta lo que te estoy diciendo, el *señor* es muy dueño de coger la puerta y marcharse.

Su severidad deprimió a César. El hombre llevaba una temporada enfermo con problemas respiratorios y edemas en las piernas, apenas tocaba ya el piano con la orquesta y prefería dirigir desmayadamente con la batuta sentado en una silla. Apenas podía cruzar una habitación teniéndose en pie (igual que le ocurría ahora al Rey del Mambo). Era como si todo el peso de aquel corpachón de Julián se hubiera venido abajo aplastándole los pulmones, haciendo trabajosa su respiración y dificultando su andar. Así que el futuro Rey del Mambo culpó a la quebrantada salud de Julián de su mal genio.

—Lo que te hayan dicho no es verdad, Julián. Quiero a Luisa con todo mi corazón y te aseguro que lo último que desearía es hacerla sufrir.

Julián le dio una palmadita en el hombro, le cogió del brazo con su gesto amistoso de siempre y su irritación pareció remitir. Aquel rapapolvo hizo del Rey del Mambo un marido mejor durante algún tiempo y él y Luisa atravesaron un período de felicidad que giraba en torno a una imagen de futura dicha doméstica, en la que César aparecía como el cantante-director de orquesta-marido modelo que volvía a casa y encontraba a su mujer y a su(s) hijo(s) esperándole llenos de amor y de felicidad. Pero cada vez que se le pasaba por la imaginación aquella plácida escena se veía a sí mismo abriendo la puerta de la casa de un puntapié, como su papi hacía; se veía gritando iracundo y dando bofetadas a su hijo como se las habían dado a él de pequeño, y paseando de un lado a otro dando vueltas, maldiciendo a cuantos le rodeaban, como también hacía su padre. Había creído que el hecho de casarse y de entrar a formar parte de la familia de Julián iba a proporcionarle una vida en la que lo mundano se combinaría con una normal felicidad doméstica, pero ahora, de pronto, lamentaba profundamente haber dado tal paso. No porque no quisiera a Luisa, sino porque sentía que el insulto y el descontento bullían en su sangre y no quería hacerla sufrir...

Y el embarazo que hizo que el acto amoroso se convirtiera en una operación sumamente delicada no vino sino a sublevarle aún más. (Llegado a este punto recuerda la primera vez que había hecho el amor con ella. Tenía la piel blanca, caderas huesudas y su triángulo de vello púbico rezumaba humedad por todos los besos que le había dado. No era un hombre grueso, pero sí al menos dos veces más corpulento que ella y deshizo su virginidad con una fogosa embestida que dio paso, a lo largo de los días, a muchas otras embestidas idénticas: lo hicieron tantas veces que las caderas y las nalgas de Luisa se cubrieron de marcas amoratadas hasta que su miembro, que nunca dejaba de ponerse erecto, cayó finalmente desfallecido a las tres en punto de una tarde de domingo, a causa del calor y del agotamiento. Pero cuando estuvo enamorado de ella, amaba a aquella Luisa que era la llave que daba acceso a su tío Julián García, la delgada y retraída Luisa que estaba allí para su exclusivo placer y que nunca esperaba nada de él.) Sentía tal desasosiego que pasó muchas noches con las putas de los pueblos en los que actuaba. Luisa lo sabía, podía oler a aquellas mujeres en su piel, en su pelo, lo podía leer en aquella somnolencia de animal satisfecho y en el azul que bordeaba por debajo sus ojos.

—¿Por qué eres tan cruel conmigo? —le preguntaba ella una y otra vez.

(Y en cuanto a aquella crueldad yo no quería que las cosas fuesen así, yo me limitaba a ser un hombre y a comportarme como creía correcto, pero tú no querías verlo, no querías darte cuenta de mi desasosiego y de mi incredulidad hacia cosas tan sencillas como una tranquila vida conyugal, no podías ver hasta qué punto todo aquello se me antojaba como el principio del fin, mostrándome la esclavitud y la humillación que probablemente me esperaban. Aquella situación ya me había enajenado la voluntad de tío Julián, que hasta entonces siempre me había mirado con el mayor afecto. ¿Que me dejaba llevar por lo que mi pene quisiera? ¿Y qué? ¿Qué tenía que ver reírse un poco y joder con unas cuantas mujeres a las que nunca volvía a ver con todo eso y, muy especialmente, con nuestro amor? ¿Por qué tenías que tomártelo tan a pecho? ¿Por qué tenías que ponerte a llorar y empezar después a gritarme?)

Fue entonces cuando empezó realmente a darse a la bebida. Una noche bebió tanto ron en casa de Julián que se sintió como si bajara flotando por un río. Cuando salió de la casa dando tumbos dos de los compañeros de la orquesta tuvieron que salir con él y ayudarle a bajar las escaleras. Él, por supuesto, los apartó mientras repetía: «No necesito que nadie me ayude», y entonces resbaló, bajó rodando dos tramos de escalones y se hizo una brecha en la cabeza.

De pronto tuvo una idea luminosa: irse a La Habana.

Lejos, lejos, lejos de todo aquello, era la única solución que César veía. Tenía un buen número de razones para irse a La Habana: para un músico era la única ciudad en Cuba que tenía algo que ofrecer. Y también porque en La Habana creía que podría solucionar sus problemas con Luisa y al mismo tiempo, lejos de la familia de ella, hacer lo que le viniese en gana. Además, tenía veintisiete años y quería trabajar en una orquesta en la que pudiese interpretar algunas de sus canciones originales. Él y Néstor llevaban mucho tiempo escribiendo boleros y baladas y nunca las habían tocado con Julián García. En La Habana podían buscar algo juntos. ¿Qué otra cosa podía hacer? ¿Quedarse con Julián y tocar en las mismas salas de baile el resto de su vida?

En cualquier caso la relación con la orquesta de Julián había cambiado. Julián estaba tan enfermo que se pasaba la mayoría de los días en cama. Uno de sus hijos, Rodolfo, se puso al frente de la orquesta como director y quiso darle a César una lección de humildad por tratar tan mal a su prima relegándole a la sección de trompetas junto con su hermano Néstor, que se acababa de incorporar hacía poco tiempo a la banda. Tal lección no hizo sino intensificar su decisión de abandonar la orquesta y en 1945 cogió a su mujer y a su hija pequeña y se las llevó a La Habana.

Llevaban dos meses en La Habana, viviendo en el barrio más bien modesto de La Marina cuando llegó la noticia de que Julián había muerto. Desaparecido Julián, el Rey del Mambo se sintió como un príncipe que de pronto se liberase de un hechizo maligno. Cuando volvieron con la niña de Oriente después del funeral ya no tenía estómago para soportar por más tiempo el vínculo matrimonial. (Hay que verle en esa foto tomada en una fiesta en Manhattan hacia 1949, con una mano sobre el corazón, la otra alzada por encima de la cabeza como si estuviera haciendo el juramento de fidelidad a la bandera, con el sudor cayéndole a chorros por la frente, meneando las caderas, una copa en la mano y feliz, absolutamente feliz.)

Aunque vivían en un *solar* alegre y bullicioso, su minúsculo apartamento de dos habitaciones era un hogar triste. Durante algún tiempo trabajó como músico en el foso de una gran sala cinematográfica, acompañando a cantantes y cómicos que entretenían al público entre una película y otra; cargó banastas en el mercado y luego, a través de una nueva amistad, consiguió —él y su hermano Néstor, que se había ido también a la capital— un empleo de mozo de restaurante y camarero en la filial de La Habana del Club de Exploradores. Con gente en las calles y amigos en los cafés, bares y salas de baile era un hombre alegre, pero cuando estaba con su mujer se pasaba horas y horas sin dirigirle la palabra y cuando atravesaba una habitación hacía como que no la veía. Se había convertido en aquel ser invisible que compartía su cama y que cruzaba la habitación con su hija en brazos para sentarse en un rincón en el que daba el sol.

En aquellos meses se rindió por completo a lo que era una tara familiar: cualquier mujer que pasara por las calles de La Habana le parecía infinita y dolorosamente más bella y deseable que la suya propia. Llegaba a casa por la noche, se vestía de punta en blanco y se iba a las salas de baile, hecho un verdadero dandy siempre con su canotier en la cabeza. Fingía no oírla

cuando ella le decía «Por favor, ¿por qué no te quedas en casa?».
Fingía no oír aquel «Por favor, no te vayas».

Se encontró silbándoles a las muchachas que pasaban por el
paseo del Prado; era el acicalado macho, plantado en la acera,
delante de la tienda de moda masculina El Dandy, con su
sombrero calado hasta las cejas, que desnudaba con su mirada a
las transeúntes; era el cantante y guitarrista que, levantando las
cejas, daba una serenata a las bellas turistas extranjeras que se
dirigían al Hotel Nacional, el hombre en camiseta de manga
corta y bañador a cuadros escoceses que se deslizaba por las
terrazas del hotel y buscaba con aire clandestino una escalera
para ver cómo coño podía salir de allí, el tipo que hacía contorsiones y más contorsiones en una cama bañada por el sol una
tarde de martes en una habitación con vistas al mar.

Al cabo de cierto tiempo decidió hacer como si nunca se
hubiera casado: metió su estrecha banda nupcial en el fondo de
una maleta de mimbre con las cuartillas en las que había
anotado ideas para canciones con títulos como *Ingratitud, Falso
corazón, Un romance tropical*. En ocasiones sentía nostalgia de
aquel período de felicidad en el que tan estrechamente había
estado ligado a Julián y a su familia, en el que se había
enamorado de Luisa, y entonces sentaba la cabeza por algún
tiempo y eran felices unas semanas. Con él siempre eran ciclos.
La niña lo hacía todo aún más difícil. Se ponía a chillar diciendo
cosas como «Si no fuera por la niña sería un hombre libre».
Horrorizaba a su esposa, que seguía tratando de hacerle feliz.
Aquella situación se prolongó por espacio de seis meses hasta que
al fin la puso en una tesitura en la que no le quedaba más que
una opción.

Un buen día estaba en un mercado de fruta, a una calle de
donde vivía, un mercado abarrotado de carros y tenderetes, de
vendedores de hielo y de café, pescado y aves, y se paseaba sin
rumbo fijo por entre los montones de tubérculos y de gigantescos
plátanos cuando, de pronto, reparó en una mujer, no especial-

mente más hermosa que las demás, pero que, en su opinión, exhalaba una rampante sensualidad. Llevaba un anillo de casada. Parecía algo aburrida. Tal vez su marido ya no le hacía el amor por las noches, o tal vez fuese un afeminado al que casi no se le levantaba, o tal vez lo que le gustara era maltratarla, retorciéndole los pechos hasta que se le ponían amoratados. César empezó a dar vueltas a las arcadas siguiendo a aquella mujer que le evitaba huidiza y, como si jugaran a un juego, ambos se dedicaron a aparecer y desaparecer por entre las columnas.

Empezó a acudir a su *solar* por las tardes, cuando su marido estaba trabajando. No se acordaba de su nombre, pero en el Hotel Esplendor el Rey del Mambo sí que recordaba lo violenta que se ponía mientras hacían el amor y que tenía la fea costumbre de darle fuertes tirones de sus temblorosos testículos en el momento del clímax, con lo que luego le dolían durante días y días. La sordidez de aquella historia le revolvería el estómago años más tarde, pero en aquel entonces daba a aquella mujer por hecho, igual que daba también por hecho a su esposa y a todas las demás mujeres. Un día pagó las consecuencias. Cuando se cansó de aquella mujer y no volvió a verla, ella se presentó una tarde en su *solar* y le contó a Luisa su historia con César. (¿Le describiría el tatuaje de un ángel que llevaba en el pecho justo encima de la tetilla derecha, o aquella cicatriz de una quemadura en su brazo derecho, o la marca de nacimiento en forma de cuerno que tenía en la espalda, o incluso aquel miembro suyo que, erecto, se elevaba un palmo por encima del ombligo?) Cuando llegó a casa aquella noche, Luisa se había ido del apartamento.

Encontró una carta en la que le decía que sus continuos ultrajes la obligaban a abandonarle. Que la familia la esperaba y que ella podía arreglarse mejor sola con su hija que con un hombre que no sabía apreciar las cosas realmente buenas que tenía en la vida y que estaba todo el tiempo corriendo tras las faldas de alguna ramera.

Oía la palabra «cruel, cruel, cruel» en sus sueños y tuvo uno en el que se veía subiendo aquella cuesta y conociendo a Julián García como la vez que esto ocurrió. Luego empezaba de nuevo su relación con Luisa y por algún tiempo su dolor y su pena desaparecieron. Le escribió una carta pidiéndole perdón y ella le contestó diciéndole que le perdonaría si volvía a Oriente y discutían juntos la situación. Se sintió aliviado al ver que significaba algo aún para ella, pero al final, en aquel estilo suyo de macho indómito, declaró: «Ninguna mujer va a dirigir mi vida». Creía que, puesto que había sido ella quien le había dejado, su obligación era regresar. Pasó varios meses esperando, pensando que la puerta de su *solar* se abriría un buen día y entraría ella. Nunca ocurrió tal cosa. No lograba entender cuál era su problema con él. ¿Es que no veía que era guapo y que ella, en cambio, era de lo más vulgar? ¿Es que no veía que aún era joven y que quería probar suerte con otras mujeres? ¿Y qué derecho le asistía para privar a la hija de ambos de su padre? ¿Es que no le había visto cuando estaba con Mariela? ¿No había visto cómo la niña hacía gorgoritos y se quedaba plácidamente dormida en sus brazos? ¿Es que, acaso, no le había contado las duras condiciones en que se había criado?

(No me creías cuando te decía que de niño todo lo que recibí de mi padre fueron bofetadas y puntapiés en el *fondillo* y que él hacía conmigo lo que quería y no paraba de martirizarme.)

Al principio pasó bastantes noches echándola de menos y sintiendo cómo un humillante dolor le roía las entrañas, un dolor que le decía que la vida estaba llena de tristeza. Si ella hubiera comprendido lo que es ser un atractivo *caballero* con una buena voz de cantante, un miembro bestial entre las piernas y la juventud hirviéndole en las venas, ¿no habría sabido cómo debía comportarse?

—Cuando se presente en mi puerta, entonces ya veremos.

Pero sin ella, la vida en La Habana tomó para César unos derroteros verdaderamente preocupantes: muchas noches se vio recorriendo como un poseso, borracho como una cuba, las calles de La Marina.

—Mi hijita, mi preciosa hijita, Mariela.

Otro sorbo de whisky.

—Mariela...

Después se ablandó y dio marcha atrás en su testaruda actitud, debido al paso del tiempo y a la nostalgia. Tenía discursos preparados hasta en sus menores detalles. Volvería a Oriente y la persuadiría con dulces palabras:

—No tengo disculpa... No sé lo que me pasa... Siempre he estado solo. Tú sabes que mi padre era *un bruto* con mi madre y yo nunca he aprendido a ser de otra manera.

Decidió regresar a Oriente para reclamar a su hija y se presentó en la casa de los padres de Luisa, donde ésta se había instalado, dando un puntapié a la puerta y exigiendo que se le mostrara el debido respeto.

—Sólo si te comportas de un modo civilizado —le advirtieron.

Esperaba encontrarla con mal aspecto, pálida y demacrada. Pero parecía más alegre que antes, cosa que en un primer momento le molestó y que luego le puso casi furioso. «No debía de amarme tanto como decía», es lo primero que se le ocurrió pensar. Se sentaron el uno frente al otro en el salón de la casa mientras la familia se retiraba a las habitaciones contiguas. Lo protocolario de la situación le hizo sentirse extraño. Hablaron más como viejos conocidos que ya casi no se ven que como quienes han sido marido y mujer por espacio de casi tres años. Llevaba cuidadosamente preparadas las palabras oportunas que habrían de vencer su resistencia y la forzarían a aceptar sus acciones. Se negó a admitir cualquier atropello, rechazó toda acusación de que la había tratado de un modo vejatorio. Le dijo que en sus cartas ya había confesado sus pecados. ¿Por qué habría de humillarse otra vez? A pesar de que era el inspirado compositor de bellos boleros románticos que exponían los más dulces sentimientos no supo encontrar las palabras adecuadas. Fue la única ocasión en su vida, se diría a sí mismo años más tarde, en que perdió verdaderamente la compostura y sufrió terriblemente por ello. Tras exigirle que volviera a su lado, Luisa, su mujer, con voz tranquila y en un tono cuidadosamente modulado le dijo:

—Sólo volveré contigo con una condición: que me trates como un caballero decente trata a su esposa y entonces iré contigo.

Vivieron dos meses bajo el mismo techo en La Habana. Pero en aquella ciudad, con su trepidante vida nocturna, volvió a sentir la misma desazón que antaño y su inquietud le llevó otra vez a frecuentar a las mujeres que tenía aquí o allá. Adoraba a su hija y nunca volvía a casa sin llevarle algún pequeño regalo, una muñeca, una bolsa de caramelos, un espejito de mano, o cualquier cosa que veía por casualidad en el mercado y pensaba que le podía gustar. Le cubría la cara de besos y se pasaba horas y horas, sentado junto al ventanal que daba a la calle, meciéndola en su regazo. Aquellos momentos de auténtica ternura los llevaban a veces a reconciliarse, pero tan pronto como César pasaba apenas unas horas en compañía de su mujer, volvían a tener las mismas peleas de siempre. Al cabo de aquellos dos meses a ella se la veía agotada y con un pésimo aspecto físico y él estaba impaciente por hallar algún tipo de solución.

Abandonó el *solar* donde vivían y se fue a vivir con Néstor, que se había instalado en un pequeño piso por su cuenta, y veía a su mujer sólo una vez a la semana, cuando iba a entregarle religiosamente la mitad del dinero que ganaba en el Club de Exploradores y en la banda en la que tocaba. No era que ya no le importase lo más mínimo: siempre que la veía se mostraba cortés y casi conciliatorio. Fue ella quien le dijo: «Nunca más». Habría querido seguir sentando a su hijita en las rodillas, darle botes, pasear llevándola cogida de la mano por la habitación, llenarle la cara de besos. Durante un tiempo a las otras mujeres que conocía aquí y allá siempre les hablaba con tristeza de la pérdida de su hijita. Finalmente, con la mediación de unos parientes de su esposa, se divorciaron y ella acabó casándose otra vez con alguien de La Habana.

Y ahora, sentado en el Hotel Esplendor, su vida con Luisa revoloteaba como una negra mariposa nocturna dentro de su corazón. Sentía una gran tristeza y recordaba que en su juventud nunca había creído que el amor existiera realmente, al menos para él. Pero tiempo atrás, tanto cuando vivía en La Habana, como más adelante, mientras rasgueaba una guitarra en el salón de Pablo en Nueva York, se decía para sus adentros: «Así es la vida», y con estas palabras se sacudía su tristeza de encima y erigía un muro de macho auténtico entre sí y sus sentimientos.

Hace chasquear los dedos y ya está.

Cuando ya todo había casi terminado entre los dos, ella le dijo en cierta ocasión:

—Para ser alguien que canta tantas canciones de amor, eres verdaderamente cruel.

—¡Mi hijita, mi preciosa hijita... Mariela!

Otro sorbo de whisky.

—Mariela... Luisa...

Por lo menos —algo es algo— todo aquello le había inspirado una canción, pensaba ahora, *Soledad de mi corazón,* un bolero del año 1949.

Un día, en 1950, una guapa joven latina esperaba en una parada de autobús en la esquina de la calle 62 con Madison Avenue. Tenía unos veintiún años y llevaba un impermeable y botas blancas de tenis. Junto a ella había una bolsa de la compra con jabón, trapos de limpieza, un uniforme de trabajo, un pañuelo de cabeza y un plumero. Leía un libro con gran atención y sus labios se movían casi imperceptiblemente, pero se movían en cualquier caso. Llevaba unos quince minutos esperando cuando alzó la vista y reparó en un hombre joven y bien vestido que llevaba un estuche negro de un instrumento musical y que estaba a su lado. Su mirada escrutaba el largo de la calle tratando de divisar el esperado autobús y silbaba para sus adentros. Parecía absorto en sus pensamientos y aunque la miró y le dedicó una cortés inclinación de cabeza parecía concentrado en silbar una melodía y fruncía las cejas llevado de una especie de fervor creativo. Le gustó su aspecto y aunque sabía perfectamente a dónde iba el autobús le preguntó en español:

—Disculpe, ¿sabe si este autobús va hasta la calle 125?

—Sí, ésta es la parada. Y luego hace todo el trayecto hasta arriba.

Guardaron silencio durante unos minutos y luego él le preguntó:

—*¿Tú eres cubana?*

—Oh, sí, lo soy.

—Lo sabía —la miró de arriba abajo, con una expresión simpática que le gustó.

—¿Qué haces? ¿Trabajas en algo?

—Sí, limpio la casa de un rico. Es tan rico que se siente desgraciado. ¿Y tú?

—Yo soy músico.

—Ahhhh, y sólo con mirarte ya diría que eres un buen músico. ¿Qué, te van bien las cosas?

—Bueno, tengo un pequeño conjunto con mi hermano, mi hermano mayor. Él es el verdadero cantante de la familia, pero a veces yo compongo también alguna que otra canción. Intentamos ir abriéndonos paso, pero es difícil. Quiero decir que de día tengo que trabajar en un almacén.

—Estoy segura de que tendrás éxito en todo lo que te propongas.

—Eso dice todo el mundo, pero ¿quién sabe? ¿Cómo te llamas?

—Delores Fuentes. ¿Y tú?

—Néstor Castillo.

Estaba habituada a tratar con hombres que, por lo general, eran agresivos y estaban siempre exultantes, y allí de pronto tenía a aquel músico tan poco hablador, tan cortés y algo melancólico.

Fueron toda Madison Avenue arriba en el autobús sentados el uno junto al otro. Él iba anotando la letra de una canción en una hoja de papel, y de vez en cuando silbaba un fragmento de la melodía, miraba por el cristal los grises edificios y empezaba otra vez a silbar.

—¿Es algo que estás componiendo?

—Sí, un bolero.

—Una especie de canción romántica, ¿no?

—Más o menos. Llevo ya mucho tiempo trabajando en ella.

—¿Cómo vas a llamarla?

—*Bella María de mi alma.* O algo por el estilo.

—¿Y quién es esa María?

Aunque la miraba fijamente a los ojos parecía como si estuviese en otra parte.

—No es más que un nombre. A lo mejor cuando la termine el que le pongo es el tuyo.

Los dos se bajaron en la calle 125. Él tenía que andar en dirección oeste hacia Broadway y luego subir toda la cuesta de La Salle Street, en donde, le explicó, compartía un apartamento con su hermano. Y ella tenía que coger el autobús de la línea 25 en dirección al Bronx. Antes de despedirse le preguntó:

—¿Te gusta bailar?

—Oh, sí, claro.

—Bueno, este viernes que viene vamos a tocar en Brooklyn. En un sitio que se llama Sala de Baile Imperial, ¿te suena? Está en la calle 18 Este, una bocacalle de Utica Avenue, es una de las últimas paradas de la línea 4. Mira, te lo apunto aquí, ¿te parece?

—Sí, muy bien.

Tardó aún otra hora en llegar a casa. Cuando tenía que

recorrer grandes distancias para ir y volver al Bronx siempre prefería los autobuses al metro. No le importaban los trayectos largos, porque siempre llevaba consigo algún libro. Aquel día estaba a la mitad de una novela de James M. Cain, *El cartero siempre llama dos veces*, y también estaba leyendo otra cosa que se llamaba *Gramática inglesa simplificada* de un tal Hubert Orville, texto que estudiaba diligentemente para sus clases nocturnas de inglés. Le gustaba leer porque la distraía de su soledad, le daba la sensación de estar sola y acompañada a la vez. Se había puesto a trabajar de asistenta porque se había cansado de su trabajo en un almacén dedicado a saldos y oportunidades que la cadena Woolworth tenía en Fordham Road, sobre todo porque el encargado jefe siempre la hacía pasar malos ratos con sus pellizcos y sus ocasionales caricias. Pero eso era algo que le pasaba con todos y cada uno de los hombres con los que se cruzaba por la calle. Tenía un rostro elegante con unos bonitos ojos, grandes e inteligentes, cabellos negros que le caían sobre los hombros y una expresión mezcla a la vez de curiosidad e introspección que los hombres interpretaban siempre como un signo de soledad y desvalimiento. Los hombres la acosaban allí donde estuviera, tratando siempre de hacerla suya. Reclutas, hombres de negocios, mozalbetes, estudiantes universitarios, tipos con pinta de profesores que entraban en el Woolworth a comprar lápices. Hombres tratando siempre de mirar por su escote cada vez que se inclinaba hacia delante, hombres que la estudiaban con el rabillo del ojo mientras examinaban la calidad de una pluma estilográfica y clavaban la vista en aquel punto de la abertura de su blusa en donde los pechos desaparecían bajo el blanco tejido del sostén. Algunos hasta le hacían propuestas como: «¿Qué te parece si salimos juntos esta noche?», que en realidad querían decir: «¿Qué te parece si jodo un rato contigo esta noche?».

Vivía con su hermana mayor Ana María, que se había venido de Cuba para hacerle compañía tras la muerte de su padre, con el que Delores había vivido hasta entonces. Ana María llevaba una vida tan frenética como podía. Le gustaba ir a bailar y salir con chicos, y siempre trataba de que Delores la acompañase.

—Venga, vámonos a bailar y a divertirnos un poco.

Pero ella prefería quedarse en casa a leer. Una de las cosas agradables de su trabajo de asistenta en casas de gente pudiente era que siempre le daban libros. El ricachón que vivía en la esquina de la calle 61 con Park Avenue le dejaba todos los días un rato libre para hacer lo que quisiera y le decía siempre que podía coger cualquier libro que le apeteciese, y había cientos de ellos alineados en las sólidas estanterías que llegaban hasta los techos con molduras florentinas de su mansión. Entonces se sentaba feliz junto a una ventana que daba a la avenida y se tomaba unos sandwiches de rosbif poco hecho con ensalada para el almuerzo, con un libro abierto en el regazo. No se preocupaba demasiado por lo que leía, con tal de que el lenguaje no fuera excesivamente difícil, y se enorgullecía de leer por lo menos dos libros por semana. ¡No estaba mal para la hija de un hombre casi analfabeto! ¡Y en inglés, lo que aún tenía más mérito! Además los libros la distraían de los terrores que le inspiraba el mundo y de la tristeza que atenazaba su corazón. Era curioso: había detectado aquel mismo sentimiento de tristeza en el músico que había conocido en el autobús.

Leía tanto que Ana María, a la que le gustaba ir a salas de baile, le dijo una noche:

—Te vas a convertir en una solterona, siempre sola en casa, sin hijos, sin nietos, sin marido, sin un amor siquiera; como no pongas un poquito de tu parte por encontrar un marido al final te van a empezar a salir los libros por las orejas.

Así que, ante la insistencia de su hermana, quedaba para salir con algún que otro chico. Unos eran americanos, otros jóvenes galanes latinos que acababan de llegar de Cuba o de Puerto Rico, tipos románticos y superficiales que más que hombres hechos y derechos siempre le parecían auténticos críos. Varios de los americanos le gustaban, pero se daba cuenta de que sentimentalmente no tenía nada que ver con ellos. Tenía siempre la sensación de estar «reservándose» para algo o para alguien, sin saber qué o quién pudiera ser. A veces la entristecía la creciente indiferencia que sentía por todo tipo de relación amorosa, pero se decía a sí misma: «Cuando encuentre a un hombre que me convenga, lo reconoceré en seguida que le vea».

Así que salía con éste o con aquél, se besuqueaban, se hacían unas cuantas caricias, y daba a aquellos tipos la oportunidad de sentir su cuerpo. Pero nunca se tomó nada de aquello demasiado en serio y todo lo que se refería al amor y a los cortejeos se le antojaba desconcertante. Un individuo la llevaba a ver *Pecos Bill contra los apaches,* y mientras estaba absorta en la pantalla con las estampidas de caballos y los alaridos de los indios, todo tan emocionante, el tipo en cuestión le susurraba al oído: «Eres tan hermosa... Por favor, *querida,* un beso». Y a veces satisfacía su petición con el único propósito de que la dejase tranquila. Ella y Ana María salían juntas con sus respectivas parejas, pero cuando las veladas se prolongaban a veces hasta las tres o las cuatro de la madrugada no le hacía la menor gracia. Salía porque no quería ser una flor de invernadero, pero, cuando volvía a casa, se encerraba en su habitación y podía poner la radio y leer sus libros, se sentía feliz. Leía libros en español y también, haciendo un verdadero esfuerzo, en inglés. Como no había cursado más que dos años de enseñanza secundaria asistía dos días a la semana a clases nocturnas.

Cuando volvió al apartamento Ana María estaba planchando la ropa en la cocina con la radio puesta y tarareaba las animadas canciones que sonaban en el receptor. Delores, como de costumbre, se desnudó y se preparó para darse un baño. Era Ana María la que, día tras día, formulaba las dos preguntas de rigor: «¿Quieres que prepare algo de cena?» y «¿Te apetece que vayamos a algún cine, eh?». Pero aquella noche, mientras cruzaba el recibidor para meterse en el baño, fue Delores la que propuso:

—¿Por qué no vamos a bailar este fin de semana?

—¿Cómo se te ha ocurrido a ti semejante cosa? Dios mío, ¿es que te ha pedido algún chico que salgas con él?

—Un músico.

—Ah, ¡los músicos llevan una vida trepidante!

—Éste se parece a mí, es una persona más bien tranquila.

—Bueno, pues si quieres salir, yo voy contigo.

Aquella tarde se dio un baño tan largo como placentero. A veces se llevaba un libro a la bañera y leía diez o doce páginas casi de un tirón sosteniendo el libro por encima del agua mientras sus pechos y el tupido vello de su pubis flotaban en la superficie. Leyó unas cuantas páginas, la escena en la que él y ella matan al griego en la novela de Cain, y luego decidió flotar y disfrutar del agua y del vuelo que tomaban sus pensamientos, especulando sobre aquel joven músico, apuesto y *simpático*, en el que veía ciertas similitudes con su padre.

Igual que el Rey del Mambo seguía dando vueltas en su mente a determinados acontecimientos sentado en aquella habitación del Hotel Esplendor, en el calor del verano, años más tarde, igual que otros miembros de la familia soñaban despiertos con el pasado, Delores Fuentes prestó oídos a la música que sonaba en su interior y cerró los ojos.

En 1942, cuando Delores Fuentes tenía trece años, ella y su padre, que se llamaba Daniel, llegaron al Bronx procedentes de La Habana. Su hermana mayor, Ana María, se quedó en Cuba con su madre, que se había negado a acompañar a su esposo. Éste había emigrado del campo y lo único que la ciudad le deparó había sido mala suerte y una vida jalonada de desgracias, que Delores era aún demasiado joven para entender. ¿Por qué iba a cambiar de signo su suerte en Nueva York —argüía su madre— donde todo es aún más difícil? Se había negado a que la arrojasen a los lobos y le dijo que se fuera solo. Sin muchas ganas gestionó el visado y se fue de La Habana llevándose a su hija con él.

Daniel tenía cuarenta años y no hablaba una sola palabra de inglés, lo que hizo muy difícil la tarea de encontrar trabajo, hubiera falta de mano de obra o no. Tarde tras tarde su hija le esperaba junto a la ventana, atenta al ruido de sus pasos en el vestíbulo. Buscó trabajo por espacio de tres meses sin el menor éxito. Sin saber inglés, no había trabajo, hasta que al fin encontró un empleo de repartidor en una empresa fabricante de sifones, que consistía en subir y bajar las escaleras cargando con pesadas cajas de madera llenas de botellas de agua de seltz con cabeza de metal, y así un edificio y otro, y el siguiente. Su turno empezaba a las seis y media de la mañana y duraba hasta las seis de la tarde. Lo único en lo que tuvo suerte fue en encontrar un apartamento gracias a los buenos oficios de un cubano muy simpático al que había conocido casualmente en la calle. Cuando volvía a su minúsculo apartamento que estaba en la esquina de la calle 169 con la Tercera Avenida, tenía la espalda arqueada y los músculos le dolían tanto que apenas le quedaban fuerzas para cenar cualquier cosa en silencio. Luego se daba un baño y se retiraba a su cama, grande y vacía, se quitaba la toalla que se había anudado a la cintura y se echaba completamente desnudo en el sofocante calor estival.

A imitación de su madre allá en La Habana, Delores cocinaba para su padre, y se las arreglaba con lo que podía encontrar en el mercado en aquella época de racionamiento a causa de la guerra. Una noche quiso darle una sorpresa. Cuando su padre ya se había ido a la cama, hizo un flan, le echó una capa de caramelo por encima, preparó un buen puchero de café, y fue por el angosto pasillo, contenta y feliz, hasta la habitación de su padre, con una fuente del tembloroso flan. Abrió la puerta y encontró a su padre dormido, completamente desnudo y en un estado de extraordinaria excitación sexual. Aterrorizada, incapaz del menor movimiento, fingió por un momento ser una estatua, aunque su pecho era sacudido por violentas palpitaciones y sus labios se movían, como si conversara en un sueño... Allí estaba, con aquel rictus de amargura en su rostro y aquella cosa erecta, aquel pene tan enorme... Lo divertido fue que, a pesar de su miedo, Delores sintió ganas de cogerle el miembro y levantárselo como si fuese una palanca; sintió ganas de echarse a su lado, ponerle la mano allí abajo y librarle de su sufrimiento. Primero deseó que se despertara, luego prefirió, por el contrario, que no lo hiciese. En aquel momento, que habría de recordar toda su vida, sintió que su alma se ennegrecía como si acabara de cometer un terrible pecado y se hubiera condenado a sí misma a la más lóbrega mazmorra del infierno. Al darse la vuelta esperaba encontrar junto a ella al mismísimo diablo que, con el rostro tiznado de hollín, le diría sonriendo: «¡Bienvenida a América!».

Por aquel entonces empezó a crecerle una espesa y negra mata de vello púbico, que parecía salirle a borbotones, se rizaba con formas llameantes y se le enredaba por muslos y vientre; un mechoncito que se quitó un día por curiosidad medía casi un pie de largo y le crecían tantos que tenía que recortarse aquel negro matojo de pelo con unas tijeras. Los pechos le pesaban tanto que le hacían daño, y empezó a despertarse sangrando en aquellas sábanas que siempre había mantenido meticulosamente limpias. Luego empezaron a ocurrir otras cosas: los muchachos de la calle empezaron a invitarla a jugar con ellos a tula y al escondite en el sótano y trataban de tocarle los pechos y de meter los dedos por debajo del borde de su sostén. Se miraba en el espejo de cuerpo entero que estaba sujeto con unas tachuelas al armario de segunda mano que había en su habitación y se preguntaba: «¿Es esto lo que deseo?». ¿Deseaba que los hombres le lanzasen aquellas miradas por la calle? Hizo todo lo posible por vestirse como un chico, con pantalones, pero al cabo de un tiempo su vanidad femenina la hizo volver a ponerse los escasos vestidos que tenía, prendas que cada día que pasaba le quedaban más ajustadas y sugerentes.

Un día, por Navidad, un año después de su llegada a la ciudad, su padre volvió a casa borracho y acompañado por unos cuantos amigos suyos de la fábrica de sifones: un par de italianos, un tipo judío y un puertorriqueño, hombres que se sentían exultantes después de una pequeña fiesta navideña y que no cabían en sí de alegría ante la perspectiva de disponer de unos cuantos días de vacaciones por delante. Se presentaron en el apartamento con unas grandes cajas de pizza y de calzoni de queso. Su padre normalmente no bebía, pero aquella noche los vio, tanto a él como a los demás, beber whisky sin parar. Con los rostros desencajados empezaron a dar palmas a los melifluos acordes de la Orquesta de Guy Lombardo, que sonaba en la radio. Delores estaba sentada, con las manos cruzadas sobre el regazo, mirándolos. Su padre cada poco le preguntaba:

—¿Pero qué te pasa, cariño? ¿Qué tienes? Anda, cuéntaselo a tu *papá*, ¿eh?

¿Qué podía contarle? ¿Que sentía un extraño y casi insoportable deseo de librarle de todos sus sufrimientos tendiéndose desnuda a su lado en la cama? ¿Que jamás se atrevería a tal cosa, ni aunque pasara un millón de años, pero que sentía que era algo que debía hacer? ¿Que se sentía como una exiliada en su propio apartamento?

El italiano subió el volumen de la música y su padre le dijo:

—Venga, Delorita, ven a divertirte un poco con nosotros, que es Navidad.

Y el italiano añadió:

—Anda, sí, tesoro, que parece que te has tragado el palo de una escoba.

Y entonces su padre la cogió de la mano, la hizo dar unas vueltas a su alrededor, brincó un poco y luego la soltó, estaba tan borracho que no podía más. Y después, sudoroso y jadeante, se recostó contra la pared y se enjugó la frente con un pañuelo. La miró fijamente y vio que era el vivo retrato de su madre; de pronto se sorprendió al ver que su hija era ya toda una mujer y francamente bonita, por cierto. El descubrimiento le hizo sentirse nervioso y ella cerró los ojos.

Tal vez su padre había interpretado mal su expresión, pero lo que le dijo entonces habría de resonar en su fuero interno durante años y años:

—No debes avergonzarte de tu padre ni pensar que pueda ponerte alguna vez en un compromiso, *niña*, porque un día te verás libre de mí para siempre.

Al llegar a ese punto su deseo de recordar empezó a flaquear. ¿Qué había querido decir con aquellas palabras? ¿Acaso, sin saberlo, había hecho ella aún más acervos sus sufrimientos? ¿Tenía algo que ver con su forma de tratarle? Sólo sabía una cosa: que su padre parecía sufrir cada vez más y que sus primeros años en los Estados Unidos los había pasado tratando de cuidar de él. Sin dejar las clases se las arregló para conseguir un trabajo en el Woolworth de Fordham Road y ayudar así a pagar las facturas. Fue aquella una ocasión en la que su buena presencia obró decididamente en su favor. El encargado jefe la contrató porque le gustaban las mujeres bonitas. Agradecida por haberle dado el empleo, trabajaba allí media jornada y luego se iba a casa a ocuparse de su padre. Le preparaba las comidas, le hacía la cama, le lavaba la ropa, le ponía los almuerzos en la tartera y por las tardes le escuchaba cuando se ponía a perorar sobre lo solitaria que era su vida.

—Un hombre no es nada sin una familia, Delorita. Absolutamente nada. Sin una familia y sin alguien que le quiera, nada de nada.

Volvía a casa de la fábrica de sifones con botellas de vino italiano, casero y barato, que pagaba a diez centavos la unidad. Y luego se sentaba a beber en el salón hasta que se le pasaban los dolores de la espalda y empezaban a ponérsele morados los labios.

Por las tardes generalmente se quedaba en casa, pero una noche en que el vino le había puesto eufórico, se vistió de punta en blanco y le dijo a Delores:

—Aún soy demasiado joven para estar siempre metido en casa. Voy a salir un rato.

Había estado hojeando los periódicos y al fin encontró las direcciones de unas cuantas salas de baile de las que sus amigos le habían hablado.

—Por mí no te preocupes. Estaré de vuelta dentro de un par de horas —le dijo acariciándole el rostro con sus cálidas manos. Se quedó estudiando un libro de gramática inglesa hasta la una de la madrugada, sentada junto a la ventana y viendo la calle. Seis horas más tarde, cuando ya se había dormido y estaba soñando con que jugaba con su hermana mayor, Ana María, en La Habana, en un día soleado y radiante de esperanza en el futuro, oyó a su padre en el recibidor. Salió y se lo encontró recostado contra la pared, borracho y exhausto. Le llevó algún tiempo ajustar el titubeante foco de sus ojos y reconocerla, pero cuando al final lo consiguió le dijo:

—Me lo he pasado estupendamente, ¿y tú?

Le ayudó a meterse en la cama y le quitó los zapatos. Cuando miró el reloj que había sobre la mesilla de noche vio que eran las 4.45 y el pobre hombre tenía que levantarse exactamente al cabo de cuarenta y cinco minutos para ir a trabajar. Se quedó a hacerle compañía sentada junto a la cama, viendo cómo su *papá* roncaba y respiraba entrecortadamente, volviendo la cabeza de un lado a otro. Contemplaba aquel cuerpo fornido, viril y algo intimidante y se sintió confundida por los tiernos sentimientos que le inspiraba. Cada cierto tiempo se escapaba de sus labios una frase: «Dios, por favor, libérame», palabras que habrían de venirle a la memoria años más tarde, cuando ya tuviera su propia familia y sus propias preocupaciones. «Libérame», y sonó el despertador, y mientras ella seguía mirándole el hombre abrió los ojos y como un cadáver que volviera a la vida se puso en pie de un salto, bostezó, se desperezó, cruzó el recibidor, se metió en el baño, se lavó y se puso su uniforme gris de repartidor de una fábrica de sifones.

A la semana siguiente volvió a ocurrir lo mismo. Después, al cabo de cierto tiempo, se habituó a salir dos o tres noches a la semana, como solía hacer cuando vivían en La Habana.

—Un hombre tiene que hacer lo que le venga en gana, o si no ya no es un hombre —le decía, y añadía—: Ya sabes que se me hace muy cuesta arriba estar todo el tiempo solo.

¿Y yo qué? se preguntaba ella. Se pasaba las noches preocupada siempre por su padre y sintiéndose sola. ¿Su principal distracción? Oír la radio y estudiar sus libros. A veces hacía alguna visita a los vecinos y se quedaba un rato charlando con ellos. Entre su trabajo en Woolworth, sus clases en la escuela secundaria y las amistades que había hecho en el bloque de apartamentos el inglés que hablaba empezó a ser francamente bueno. Pero ¿de qué le servía hablar tan bien inglés cuando siempre estaba más sola que la una? Le gustaba la gente, pero era demasiado vergonzosa. Era realmente bonita y su cuerpo hacía que los hombres la devorasen con miradas llenas de deseo. Pero, a pesar de todo, se consideraba poco atractiva y siempre que la miraban pensaba que era por equivocación. ¡Si al menos no se quedara tan sola por las noches cuando se iba su padre, si no tuviera aquella sensación de que una parte de sí misma fuera a estallar en mil pedazos!

Y su padre, ¿por qué salía tanto si, aparentemente, estaba siempre tan cansado?

—*Papi* —le preguntó una noche—, *¿adónde vas?*

—Voy a bailar.

—¿Vas solo?

—Con un amigo.

Su padre salía en Nueva York igual que solía hacerlo en La Habana. Para su sorpresa Delores sintió de pronto lo mismo que su madre debía de haber sentido en el pasado. Todas aquellas noches de trifulcas domésticas habían dejado una huella en su alma. Todos aquellos gritos, maternos y paternos, resonaban aún en sus oídos y cuando vio que su padre se arreglaba y acicalaba para irse con alguna que le estaría esperando, Delores no pudo más y casi sin pensar las palabras le dijo:

—*Papá*, creo que no deberías salir, luego estarás cansado.

—No te preocupes por mí.

Y, tras darle un beso, desapareció escaleras abajo. Generalmente, cuando salía de casa ya iba borracho. Ella le seguía hasta el hueco de la escalera y le veía perderse en la oscuridad. Primero pensaba: «No te caigas», y después: «¡Ojalá te cayeras y no te volvieras a levantar!».

Va a una sala de baile con alguna fulana, es lo que pensaba mientras le veía bajar la empinada cuesta de la calle 169, camino de la estación del metro elevado. Se imaginaba a la mujer: tocada con un sombrero coronado de flores y con un vestido tan ceñido que casi estaban a punto de saltársele las costuras por la parte de arriba.

Sola, en aquel apartamento del Bronx, por la noche, intentaba tomarse las cosas con calma. Adoraba a su padre que trabajaba para que ambos pudieran salir adelante. ¿Qué había de malo en que echara de vez en cuando una cana al aire? Por qué no, pobre *papi*, y se sentaba a escuchar la radio de algún vecino que sonaba por el patio o con un diccionario en la mano, como de costumbre, trataba de leer un periódico o alguno de los libros que su vecino, un maestro de escuela, conmovido por sus esfuerzos por aprender a leer bien, le dejaba fuera junto a la puerta.

Algunas noches escribía a su madre cartas llenas de comprensión que decían cosas como «*Mamá*, a medida que voy haciéndome mayor, comprendo cada vez mejor lo mucho que *papá* ha debido hacerte sufrir».

Como su madre se había negado a acompañar a su padre a

los Estados Unidos, Delores la había juzgado con gran severidad. Pensaba que había sido cruel por su parte. Entre tu padre y yo hay cosas que tú no puedes entender, le había dicho a Delores repetidas veces, pero ahora estaba empezando a entenderlas. ¿Cuántas noches habría pasado su padre fuera de casa cuando ella era aún muy niña?

Luego pasaban semanas y semanas y seguía esperando una contestación, pero nunca recibió ninguna. Pensaba que su madre tenía razón al odiarla por haberse puesto del lado de su padre. Aquellas noches en que se quedaba sola, Delores se preguntaba: «¿Y ahora qué me queda? No tengo ni madre ni padre».

Recordaba la imagen de su madre, sentada con los brazos cruzados sobre el regazo, y aquel gesto de enojo que adoptaba los días en que *papá* decidía hacer lo que le venía en gana. También Delores, con los brazos cruzados, apretándolos fuerte contra su regazo, esperaba y esperaba hasta que oía los pasos de su padre en el recibidor y sentía deseos de gritarle a la cara todo lo que bullía en su interior.

Pero luego siempre se ablandaba y en vez de hacer tal cosa le ayudaba en lo que podía.

A su modo, Delores se fue convirtiendo en una especie de estoica. La vida tenía sus placeres, sí, pero éstos eran limitados. Había luz y sol, y chicos y hombres que volvían la cabeza para mirarla cuando iba por la calle; y cartas divertidas de su hermana mayor, Ana María, que seguía en Cuba; y había películas de Hollywood y aquel cine tan grande que estaba en Fordham Road; había novelas románticas y cajitas de bombones; estaban aquellas criaturas de dos años, aún con pañales, que daban sus primeros y vacilantes pasos en la acera de la calle; había flores en el parque y bonitos vestidos en los escaparates de los grandes almacenes. Pero no había nada que pudiese desterrar aquella sensación de que el mundo estaba cubierto por un velo de melancolía, que emanaba fundamentalmente de la tristeza que embargaba a su pobre padre. Su estoicismo era ya de tal fuste que muy pocas cosas hacían mella en su espíritu, y aunque estaba en esa edad en que las jóvenes suelen enamorarse, ella nunca había soñado siquiera con tal cosa hasta una noche en que decidió seguir a su padre a una sala de baile.

Esa noche, mientras su padre estaba fuera, Delores se puso a buscar un poco de papel por el apartamento y encontró un volante publicitario de la Sala de Baile Dumont, en East Kingsbridge Road. Se apoderó de ella un deseo avasallador de ir allí a buscarle. Se puso sus mejores galas, descendió la empinada cuesta, cogió en Jerome Avenue un metro en dirección al norte y llegó a la sala de baile en cuestión. Allí se encontró en una especie de antro abarrotado de hombres jóvenes que iban de punta en blanco, vestidos en su mayoría como auténticos polloperas. Muchos eran rudos y enjutos veteranos de guerra que le silbaban y la llamaban al pasar, diciéndole cosas como: «¿Adónde vas, encanto?».

«Encanto» encontró a su padre tomándose una copa en la barra, con la camisa empapada de sudor. Estaba charlando con una mujer cuyo aspecto era exactamente como Delores se lo había imaginado: ya casi en la cuarentena, bien entrada en carnes y con un porte un tanto matronil con aquel vestido barato que llevaba. «Tiene una cara de puta inconfundible», pensó Delores en un primer momento, pero cuando su padre, comportándose como si todo fuese lo más natural del mundo, presentó a Delores a aquella mujer el rostro de la individua se iluminó lleno de cordialidad.

—¡Pero bueno, bueno, qué chica tan guapa! —dijo la mujer a Delores.

Delores se sonrojó al oír el cumplido. ¿Qué motivo había para estar enfadada? Su padre rodeaba con un brazo a la mujer a la altura de sus orondas caderas. Sonreía como rara vez le había visto sonreír, rebosante de felicidad. Y su sempiterna expresión de agotamiento se había borrado de su rostro. ¿Y por qué había de estar enfadada?, ¿porque dos seres solitarios tratasen de consolarse mutuamente en la barra de una sala de baile? En el escenario la orquesta tocaba *Frenesí*. Su padre se arrimó a Delores y le preguntó:

—Delorita, ¿qué es lo que quieres?

—*Papi*, quiero que te vengas a casa.

Ni le contestó siquiera, describió un círculo en el aire con el cigarrillo que sujetaba entre sus dedos y le dijo a la mujer:

—Pero ¿te das cuenta? Mi propia hija dándome órdenes. ¡A mí, el hombre de la casa!

Y luego, con una sonrisa, añadió:

—Venga, ¡no empieces como tu madre!

Entonces la orquesta empezó a tocar un tango y los tres salieron a la pista y se confundieron con aquella multitud de sombras que la llenaba. Y en aquel preciso momento y lugar descubrió que su padre era un consumado, un espléndido bailarín, y que el hecho de bailar parecía librarle por unos momentos de todos sus sufrimientos. La cogió por la mano y empezó a enseñarle los tres pasos largos básicos del tango. Con la mejilla pegada a la suya, envueltos en el torbellino de las luces, en aquella atmósfera cargada del olor a perfume de la multitud de sombras que se agolpaba a su alrededor, tuvo una especie de ensoñación en la que se veía bailando con él por toda la eternidad... Después, cuando acabó la canción, la mujer fue a reunirse con ellos. Delores se apartó a un lado y se quedó mirando mientras su padre salía de nuevo a la pista de baile. Delores no les quitó la vista de encima mientras ellos daban vueltas y más vueltas. Él era un buen bailarín. Bailó un lindy hop, una rumba y un jitterbug que no tenían nada que envidiar a los de los mejores. En el estrado de los músicos, un conjunto que se llamaba la Art Shanky Orchestra —un grupo de músicos trajeados con chaqueta a rayas— interpretaban los temas con una entrega verdaderamente admirable. Sus doradas trompetas parecían mágicas por el modo en que hacían rejuvenecer a su padre. Éste, mientras bailaba, entró en el haz de luz de uno de los focos, y su silueta se proyectó en las cortinas que cubrían las paredes de la sala de baile, multiplicada varias veces de tamaño. El cantante de la orquesta se puso en pie y empezó a cantar *Te sienta bien la luz de la luna*. Y entonces su padre y la mujer volvieron a la barra. Agotado después de bailar tantas piezas rápidas, dijo a su hija:

—No está nada mal este sitio, ¿verdad que no?

Él se recostó contra la barra mientras la mujer se enjugaba la frente con un pañuelo de bolsillo y se secaba el sudor que corría por sus labios. Parecía como si al hacerlo se estuviera quitando años de tensión y de infelicidad de su rostro. Por un momento, un momento en el que el juego de luces y la música parecían haberle hecho entrar en un trance, su padre se sintió libre de sí mismo, flotando hacia un lugar donde todo habría de ser alivio y consuelo eternamente. Encendió un cigarrillo y le dijo:

—Delorita, allí hay un tipo americano que no te quita la vista de encima.

Al extremo de la barra había un hombre alto, de pelo rubio y ondulado, que parecía de origen irlandés o alemán. Llevaba una chaqueta deportiva, pajarita, y tenía cara de buen chico y unos veinticuatro o veinticinco años. Delores tenía entonces diecisiete.

El joven le sonrió. Al cabo de unos momentos se acercó y en un tono muy educado pidió a Delores que bailara con él. Había dicho ya que no a un buen número de pretendientes y su respuesta esta vez fue también negativa.

—Bueno, de todos modos, lo único que quería era charlar un poco contigo. Me llamo... Y... bueno, ya sé que lo que voy a decirte te parecerá un poco traído por los pelos, pero has de creerme. Mira, yo trabajo para la firma de dentífricos Pepsodent y vamos a celebrar un concurso de belleza dentro de un par de semanas en Coney Island y, bueno, se me ocurrió que a lo mejor te gustaría participar... Hay un primer premio de cien dólares.

—Luego, apartando la mirada añadió—: Y con lo bonita que eres puedes llevártelo sin el menor problema.

—¿Y qué es lo que tengo que hacer?

—Lo único que tienes que hacer es llevar un traje de baño —¿traje de baño tienes, no?— y luego ponerte de pie y que la gente te vea. Es el sábado por la mañana... ¿Por qué no me das tu dirección, eh? Por intentarlo no pierdes nada.

Alzó las manos como diciendo: «No llevo armas».

Ella se ruborizó, desvió la mirada y le dijo:

—Puedes encontrarme en el Woolworth que hay en Fordham Road. Trabajo allí media jornada —y le anotó su nombre, Delores Fuentes.

Él se quedó mirando el trozo de papel como si lo estudiara y le dijo:

—Tienes una letra realmente bonita.

—Si quieres también te puedo escribir algún poema. Mío o alguno de los que me sé de memoria en inglés.

—¿Ah, sí?

—¿Quieres que te escriba uno?

—Sí, claro.

Se volvió hacia la barra y con esmerada caligrafía le escribió en un papel un poema de Edgar Allan Poe, «Annabel Lee».

—No sé si quieres reírte de mí o qué, —se rascó la cabeza, se guardó el poema en el bolsillo y añadió—: ¿Sabes que eres una chica con mucha clase?

Más tarde, a eso de las tres, cuando la sala empezó a clarearse, Delores ya no estaba enfadada con su padre ni preocupada por sus andanzas. De hecho, era como si, ahora, la sala de baile le gustase muchísimo. Y su padre ni siquiera parecía excesivamente borracho. Cuando salieron juntos a la calle su padre caminaba con la espalda bien derecha y la cabeza erguida. La idea de volver allí alguna otra vez la hizo sentirse feliz. ¡La gente te lanzaba piropos y te decía que eras tan guapa que podías presentarte a un concurso de belleza! Cuando ella y su padre cruzaban la calle dirigiéndose a la parada para coger un autobús que bajara hacia el centro, el americano aquel dejó boquiabierta a Delores apareciendo de pronto a su lado al volante de un Oldsmobile, modelo 1946. Era un descapotable y llevaba la cubierta de lona bajada.

—Amigos, permítanme que los lleve a casa.

Y subieron al coche, sintiéndose por un momento como gente adinerada. Su padre se dejó caer pesadamente sobre la mullida tapicería de cuero del asiento de atrás. Le pasó el brazo a Delores por la cintura y un instante después estaba dormido y roncando mientras el coche circulaba por las calles de la ciudad.

El joven que había conocido en la sala de baile era un tipo muy simpático. Se presentó en el Woolworth para asegurarse de que participaría en el concurso y le llevó una caja de chocolatinas, un ramo de flores y un precioso osito de trapo. El día del concurso fue desde donde vivía, en la calle Dickman, al Bronx a recogerla en coche y la llevó por todo el paseo de entablado de Coney Island en su descapotable. Era un joven de aspecto deportivo. Aquel día llevaba un traje de verano azul claro, una camisa de color rosa pastel y un pañuelo rojo estampado con un dibujo al cuello. Mientras iban en coche sus cabellos dorados se arremolinaban al viento como si fueran una bandera de señales marítimas. Era *muy guapo* y parecía bien situado económicamente. Aquel día la arena de la playa calentaba los traseros de más de un millón de personas y al mirar a toda aquella muchedumbre desde el escenario sintió verdadero vértigo. Ser vista por tan gran número de personas como formaban aquel gentío interminable se le hacía como echarse a volar por el aire, especialmente en el momento en que se despojó de su albornoz y paseó su atractivo cuerpo por donde la multitud pudiera verlo. Fue recibida con una atronadora salva de silbidos y gritos, quedó en el tercer puesto del concurso de belleza y ganó veinticinco dólares. Luego el tipo aquel tan simpático la llevó al parque de atracciones y la invitó a montar en todo y a tomar todo lo que se le antojó. Después, cuando ya empezaba a hacerse tarde le dijo:

—Y ahora viene la sorpresa, —y salieron en coche de Coney Island, tomaron una desviación y pararon delante de una marisquería italiana, cerca de la Avenida X.

Él le repitió:

—Bueno, ésta es nuestra pequeña cena para celebrarlo.

Brindó por ella y añadió:

—No puedo creer que no quedases en el primer puesto, pero probablemente ha habido tongo, ya sabes. Siempre está el año que viene...

Luego, cambiando de tono le dijo:

—Pepsodent celebra este concurso cada año. ¿No crees que sería estupendo que volviéramos aquí juntos otra vez el año que viene?

—Sí, claro que lo sería.

—Y está bien escapar un poco de esa solanera y de ese calor tan espantosos. El problema de Nueva York en agosto es que es como un verdadero horno.

El camarero les sirvió una gran fuente de *linguini* con salsa de almejas, a lo que siguió un gran pescado de aletas plateadas, cocinado al vapor. Y él le dijo:

—¡Santo Dios! Menudo festín que nos estamos dando, ¿no te parece?

Era un tipo tan lleno de entusiasmo y se sentía tan contento y tan feliz con todo que ella lamentó haber estado tanto tiempo metida en casa y no haber salido con alguno de aquellos americanos que la habían mirado por la calle.

—¿Eres de Cuba, no? Tengo un tío que va allí todos los inviernos, como un reloj. A La Habana. Dice que es un sitio muy bonito.

—Sí, yo no he vuelto desde hace mucho tiempo. Pero creo que haré una escapada un día de éstos.

Luego le habló de sí misma y de los libros que le gustaba leer, novelas románticas e historias de detectives; le dijo que no le importaría estudiar algún día la carrera de magisterio. Él asentía

con gran interés y no paraba de sonreír, y cuando se enderezó en
su silla vio que las orejas se le habían puesto un poco rojas a
causa del vino. Era un restaurante ruidoso y muy animado. El
camarero italiano que les servía estaba encantado con ella y todo
el mundo se deshizo en atenciones.

—Creo que va siendo hora de que volvamos —le dijo el tipo
aquel tan simpático, mirando el reloj—. Son ya casi las once.

Luego, mientras cogían unas pastillas de menta de un bol que
había junto a la caja, él se detuvo y le dijo:

—Yo me crié cerca de aquí, ¿te gustaría que te llevara a ver la
casa en la que viví, si te interesa?

—Muy bien.

En el coche se sentó con cierta pacatería junto a él, no muy
segura de lo que debía hacer. Le preocupaba enajenarse su
simpatía. Una vecina del bloque de apartamentos en el que vivía,
mujer con gran experiencia de los hombres, le había dicho
una vez:

—Si un tipo se porta bien contigo, dale un beso y déjale
juguetear un poco, pero no le permitas que se tome la menor
libertad debajo de tu falda.

Dejaron atrás el restaurante y siguieron el paseo de entablado
hasta un punto en el que las playas empezaban a adentrarse más
en el mar y donde había menos casas.

—Siguiendo en esta dirección se sale a la parte sur de Long
Island —le dijo. Ella se dio cuenta de que cada vez había menos
calles residenciales y de que, ahora, sólo de tarde en tarde se veía
alguna que otra farola en la lejanía. El mar, gris y algo picado,
ofrecía una superficie de amarillenta espuma bañada por la luz
de la luna.

—¿Estamos llegando?

—Sí, ya estamos casi.

Creyó que iba a girar a la izquierda, pero giró a la derecha.
Iban por una avenida que quedaba más allá de los Rockaways y
de Coney Island, bastante lejos ya, por donde la línea del metro

torcía hacia el interior y desaparecía. De pronto dio un bandazo al coche hacia un lado, se metió por un paseo de entablado completamente desierto, cruzó por un verdadero bosque de postes de madera que sostenían viejos embarcaderos podridos por el mar y finalmente paró.

—¡Vaya por Dios! —exclamó, dejando escapar un profundo suspiro y con cara de preocupación—. El coche se ha calentado demasiado, mira, toca el tablero.

Puso la mano sobre el tablero y comprobó que, efectivamente, estaba bastante caliente.

—¿Qué te parece si nos quedamos sentados aquí un rato y disfrutamos del aire de la noche?

Permanecieron un rato en el coche contemplando el mar y él le contó que su madre le llevaba allí por las tardes cuando era pequeño y que se sentaba a la orilla del agua con un cubo de juguete y una pala y se ponía a hacer castillos de arena, y que su casa no quedaba muy lejos. Y ella, allí sentada, esperaba el momento en que él se volviera para darle un beso, y por fin ocurrió, así de pronto: él echó un trago de whisky de una petaca que llevaba, la cogió por las muñecas y le dijo:

—Delores, llevo esperando todo el día poder darte un beso en esa cara tan bonita que tienes.

Sintió cómo arrimaba su cuerpo al suyo y con un suspiro le contestó:

—Yo también...

Y empezaron a besarse: primero la besó en las mejillas y alrededor de la nariz, y luego pasó a besarla de verdad, mientras sus manos recorrían todo su cuerpo. Le dejó que le acariciase los pechos; luego trató de meter las manos por debajo del traje de baño y las deslizó entre sus piernas, que ella mantenía cerradas como una prensa de tornillo. Y, de pronto, el tipo aquel, con una perpleja incredulidad en el rostro, que empezaba ya a demudársele, le preguntó:

—¿Qué significa esto?

—Lo siento.

—Venga, relájate, ¿quieres? Que no voy a comerte.

Pero, aún así, seguía tratando de levantarle la falda y de meter los dedos por la parte de atrás de su traje de baño, y entonces le apartó de un empujón.

Y entonces él, lleno de despecho, le desgarró la parte de arriba del bañador haciéndole jirones los tirantes y se lo bajó por delante para poder meter la boca por sus pechos; ella se rebullía bajo su peso, sus besos y su gruesa lengua.

—Delores, si supieras lo bien que me siento en este instante, —repetía una y otra vez. Intentó quitárselo de encima, pero era un tipo fuerte y en un momento dado, molesto con tanta resistencia, le dio una bofetada y le dijo—: Pero ¿qué crees, que vas a tomarme el pelo? Venga, Delores, ¿qué diablos te pasa, si puede saberse?

Y entonces cruzó por su mente como un relámpago la idea de que estaba a punto de perder la virginidad del peor modo imaginable. ¡Con aquel *pendejo!* ¡Oh, papi! Y no podía hacer nada por impedirlo. ¿Adónde podía ir? ¿Echar a correr por el paseo de entablado hasta aquellas calles en las que no se veía ni un alma? Todo estaba tan desolado que lamentó no ser una sirena para poder echarse a nadar en aquel océano tan hermoso. Repasó rápidamente las posibilidades de resistencia y de consentimiento y se encontró sumida en un mar de perplejidad. ¿Cómo podía haber sido tan estúpida, tan confiada? ¿Qué podía hacer sino recostarse en el asiento, sintiendo lástima y vergüenza en su corazón y casi una vaga simpatía por el ardor que mostraba aquel individuo? Todas estas reflexiones se tornaron en un sentimiento de abrumadora tristeza por el hecho de ser mujer. ¿Y dónde estaba ahora la amabilidad de aquel hombre? Se echó hacia atrás en su asiento, mientras él se ponía de pie y se quitaba primero los zapatos y luego los calcetines. Y, acto seguido, con aquella misma devoción maníaca con que le había desgarrado el traje de baño se metió la mano por los pantalones como palpándose el miembro erecto que éstos ocultaban y se lo cogió con expresión de orgullo...

Cuando se bajó la cremallera ella ya había llegado a un punto en que lo único que quería era acabar con aquello cuanto antes. El tipo abrió la puerta del coche y estaba de pie, a punto de echársele encima cuando, de pronto, se le cayeron hasta las rodillas los pantalones y los calzoncillos a lunares que llevaba. Y apareció su miembro, ligeramente curvado y vibrando débilmente en el aire. Ella pensó: pero si es como el de un niño...

Una mezcla de lástima, regocijo y puro y simple desprecio se reflejó en su rostro mientras le decía:

—¡Vete al infierno, *hombre!*

Mientras se daba media vuelta y se arrastraba por el asiento como aquellas maderas, espumas y desperdicios que flotaban en la orilla del agua, él intentó varias veces penetrarla por detrás —estaba hecho una furia— y mientras aquello seguía y seguía, tuvo la impresión de pronto de estar con su padre en aquella habitación el día en que le había visto completamente desnudo; la sensación de que estaba echada en la cama a su lado mirando aquel miembro suyo tan grande y potente, aquella fuerza de la naturaleza que parecía erguirse ajena a tantos achaques como aquejaban su débil cuerpo y que un día habrían de acabar con su vida.

Su pobre padre moriría en 1949 al caerse por una escalera mientras repartía sifones, ¡zas!, dos tramos de escalones seguidos, sin proferir un grito siquiera, lo último que vio en su vida fueron veinte botellas de sifón rebotando escaleras abajo, salpicándolo todo y haciéndose añicos. Años más tarde se diría a sí misma: «Digan lo que digan de ti, papi, fuiste un trabajador, un protector, y sobre todo un hombre en toda la extensión de la palabra y no como ese maldito bastardo que quiso abusar de mí».

La noche en que estuvo a punto de ser violada en la playa, la palabra «viril» flotaba en sus pensamientos ciñéndose como un pañuelo de seda al borde de aquellas especulaciones sexuales que

tenían a su padre como protagonista. No se hallaba en la playa,
sino sentada al borde de la cama dando friegas de aceite a la
dolorida espalda de su padre, dejando resbalar las manos desde
la cintura hasta sus hombros y oyéndole decir: «*¡Ay, qué bueno!*»
mientras suspiraba de felicidad y de placer, aunque no fuera más
que un fantasma en sus pensamientos. Pero en esos fugaces
instantes, mientras el tipo aquel de Pepsodent trataba de penetrarla en la vagina, a esas alturas ya seca como un hueso, oyó
cómo gritaba, loco de frustración: «¡Ayúdame a meterla!». Y
añadió: «¡Maldita seas!». Cuando abrió los ojos se estaba mas-
turbando para ayudar a la eyaculación que había empezado en
contra de su voluntad en el instante de su frustrado intento... No
sin cierto regocijo vio cómo toda aquella fogosidad y pasión se
borraban como por ensalmo de su rostro y se quedó mirándole
mientras se subía otra vez los pantalones y todo lo demás, de
espaldas a ella. Le dijo:

—¡Debería ahogarte en el mar! ¡Ahora apártate de mi vista!

Aquella noche la abandonó en la playa, entre todos aquellos
enjambres de mosquitos y pulgas y los cangrejos que se arrastraban lentamente por la arena buscando su sustento, y tuvo que
andar calles y más calles sin saber por dónde iba, buscando a
alguien que pudiera ayudarla. Cuando amaneció estaba sentada
en el bordillo de una acera a unas siete manzanas hacia el
interior donde había varias casas. Apareció un camión de la
leche, se paró y el conductor, vestido de blanco, se asomó por
la ventanilla y le dijo:

—¿Qué, ha sido una noche muy dura, señorita?

Y luego la llevó hasta una estación del metro que quedaba a
quince minutos de allí.

La noche del baile Delores pensaba en lo que su hermana
Ana María le había dicho: «El amor es la luz del alma, el agua
que riega las flores del corazón y el viento suavemente perfumado
que sopla en la mañana de la vida», frases sentimentaloides

sacadas de cursis boleros que se oían por la radio, pero que, quizá, fuesen ciertas después de todo, a pesar de lo crueles y estúpidos que pudieran ser los hombres. ¿Es que no podía haber algún hombre que fuese distinto y que se portase bien con ella?

Así que Delores se puso un vestido rojo con el talle fruncido y una raja en la falda a un lado, medias negras de nylon, zapatos también negros de tacón alto, un collar de perlas de imitación, se hizo un peinado muy a lo Claudette Colbert, se dio un toque de Chanel n.º 5 detrás de la oreja y en el escote, y se echó también unas gotas en la parte delantera de las bragas, blanquecinas de polvos de talco, de forma que la joven que hizo su entrada en la sala de baile no se parecía más que muy remotamente a la mujer de la limpieza que Néstor había conocido en la parada del autobús.

El cartel que Delores y Ana María vieron pegado en las puertas metálicas del local rezaba como sigue:

¡¡¡CONCURSO!!! ¡¡¡CONCURSO!!!

* * * * * * *

¡EN LA SALA DE BAILE IMPERIAL

PARA

ELEGIR A LAS MAS

EXTRAVAGANTES PAREJAS CALVAS!

*

¡UN PRIMER PREMIO DE 50 DÓLARES! ¡Y UNA CAJA DE CHAMPAN!

¡Y UNA COLECCIÓN DE TUS DISCOS FAVORITOS!

¡¡¡¡Y MAS, MUCHO MÁS!!!!

* * * * *

PRESENTANDO A

¡¡LOS FABULOSOS REYES DEL MAMBO!!

*

Admisión: $ 1.06. Las puertas se abrirán a las 9 en punto

Tras dejar en el guardarropa sus sombreros y abrigos, Dolores y Ana María, mientras más de una mano atrevida les daba algún que otro pellizco en el culo, se abrieron paso a través de la multitud de calvos y no calvos que abarrotaba la Sala de Baile Imperial. Acababa de entrar en ese mundo del cortejeo en el cual Delorita siempre había pensado que no había sitio para ella. Pero justo la noche antes soñó con el músico que había conocido en la parada de autobús. Estaba echada en la cama, arrimaba su cuerpo al suyo y se besaban una y otra vez: sus cuerpos se entrelazaban de tal forma que su melena se enroscaba a él como un rollo de soga, la piel de ambos despedía fuego y al mismo tiempo tenía la sensación de que todos los poros de su cuerpo se abrían y que de ellos goteaba un líquido tibio y dulce como la miel. El sueño pronto derivó en un torbellino de sensaciones a través de las cuales su cuerpo flotaba como si fuera una nube; se despertó en mitad de la noche imaginando que los largos y sensibles dedos del músico acariciaban la vulva más jugosa de su cuerpo. Mientras avanzaban hacia el escenario señaló a Néstor con el dedo a su hermana y se ruborizó al pensar en aquel sueño.

Los Reyes del Mambo estaban en el escenario y su aspecto era más o menos el mismo que tenían en las fotografías que hay de ellos de aquella época: vestidos con trajes de seda blancos, dispuestos en dos filas en el escenario, con el elegante Miguel Montoya sentado delante de un gran piano de cola, un percusionista de pie ante la batería compuesta de congas, bongos y *timbales,* otro delante de una batería americana, luego estaba Manny con el contrabajo siempre bien derecho, y después el trombón y dos de las trompas. Y en la fila de delante el saxofonista, el flautista, los dos violines y finalmente ambos hermanos, de pie, codo con codo, ante el micrófono. La luz de los focos caía sobre el guapo César Castillo y al principio, Ana María, a la que gustó su aspecto, preguntó:

—¿Es ése?

—No, ese otro más tímido que está de pie a su lado.

Y allí estaba, esperando un cambio melódico de una habanera y entonces, a una señal de cabeza de César, dio un paso hacia el micrófono, echó la cabeza hacia atrás y empezó a tocar su solo de trompeta. Al igual que su hermano mayor, ahora unos pasos detrás, llevaba un traje blanco de seda, una camisa rosa pálido y una corbata azul cielo. Estaba tocando el solo de una canción compuesta por su hermano que se llamaba *Soledad*.

—¿Verdad que es guapo? —preguntó Delores.

Y luego, cuando vino otro cambio en la melodía de la canción y César empezó a cantar el último verso, se arrimó al borde del escenario enfrente de donde estaba el trompetista y le sonrió. Parecía ensimismado y su rostro tenía una expresión pétrea tratando de concentrarse, pero le alegró ver a Delores. Empezaron a tocar una pieza rápida, un mambo. Con una sonrisa socarrona, César Castillo hizo una señal con la cabeza al percusionista, que llevaba las manos vendadas como si fuese un boxeador, y éste empezó a aporrear bop, bop, bop, un *quinto* y luego entró el piano, improvisando unas notas de acompañamiento de sabor muy latino y luego le tocó el turno al bajo alterno. Otra señal de cabeza de César y entraron todos los demás y César se puso a bailar delante del gran micrófono de bobina móvil y sus zapatos blancos con hebilla dorada empezaron a ejecutar enrevesadas piruetas moviéndose como las enloquecidas agujas de un compás. Y Néstor, de pie con su trompeta, empezó a soplar con toda la fuerza de sus pulmones, contentísimo por ver allí a Delores, cuya presencia se le antojaba como un bálsamo para aquel sufrimiento que devoraba su ser y tanto soplaba que se le puso roja la cara y su melancólica cabeza parecía a punto de estallar. Y la multitud que abarrotaba la pista de baile se meneaba y daba saltos y los músicos escuchaban el solo de Néstor moviendo con gesto admirativo la cabeza y él tocaba y tocaba feliz, con la sola intención de impresionar a Delores.

Luego vino una canción lenta, un bolero.

Néstor cuchicheó algo al oído de César y éste dijo por el micrófono:

—Esta canción que vamos a tocar ahora es una composición original nuestra que se titula *Crepúsculo en La Habana* y mi hermano quiere dedicársela a una bonita muchacha que se llama Delores.

Echó la cabeza hacia atrás y se plantó ante el micrófono mientras un foco del fondo proyectó su sombra en la pista de baile y luego el haz de luz subió iluminando las bien contorneadas piernas de Delores y se paró un instante en aquella zona húmeda que había entre ambas, como lamiéndola suavemente.

Aquella noche Delores y su hermana Ana María fueron un par de rompecorazones y se pasaron la velada bailando con un hombre tras otro. Ana María, exultante de pura alegría y Delorita con dulce mirada melancólica, la barbilla apoyada en el hombro de sus sucesivas parejas de baile y sin quitar los ojos del escenario y del rostro de Néstor Castillo, aquel rostro sentimental y lleno de aflicción iluminado por la luz de los focos. Aunque podía haber terminado con cualquiera de los guapos individuos que había allí aquella noche, Delores esperó a Néstor. Cuando éste bajó del escenario en un descanso de la banda, mientras tocaba la otra orquesta, parecía feliz y radiante, y después de dos años de sufrir por la Bella María rompió su recalcitrante silencio ante la perspectiva de un nuevo amor. Atendió a Delores como si no hubiera nada en el mundo que no hubiera hecho por ella. Invitó a Delores y a su hermana a unas copas que llevó de la barra, le secó un hilillo de sudor que le corría por la frente con su pañuelo perfumado con esencia de lilas, y cuando ella le dijo: «Me gusta bailar, pero me empiezan a doler tanto los pies...» se ofreció a darle un masaje en aquellas tibias plantas que llevaba enfundadas en medias de nylon.

Cuando le preguntó que por qué era tan atento con ella, le contestó:

—Porque, Delores, creo que se cumple mi destino.

Siguió a su lado como si la conociera de toda la vida y cuando, sin razón aparente, inclinó la cabeza con gesto melancólico, ella le pasó suavemente las manos por la nuca y pensó para sus adentros: «Mi pobre papaíto era exactamente igual» y como parecía entender su pena y como no tenía que bromear ni urdir románticas estratagemas para conquistarla, como su hermano solía hacer con las mujeres, pensó que se daban todas las circunstancias para que naciera una estrecha relación entre ellos. Como el pájaro solitario de un bolero sintió que sus alas eran calentadas por la llama de un naciente amor.

Cuando los músicos volvieron al escenario salió también con ellos el tipo bajito y con bigote que hacía aquella noche de maestro de ceremonias, que vestía un esmoquin negro y llevaba una ancha faja de seda alrededor de su enorme tripa, como si fuera un diplomático extranjero. Se puso ante el micrófono y anunció lo que había de ser el acontecimiento de la velada:

—Y ahora, señoras y caballeros, ha llegado ese momento que todos ustedes estaban esperando: ¡nuestro concurso de baile de las mejores parejas calvas! Esta noche nuestros jueces son, nada más y nada menos, que el famoso bailarín de rumba Palito Pérez y su esposa Conchita —los nombrados saludaron desde el escenario—. El siempre fabuloso Mister Baile en persona, Joe Piro «Asesino», y por último ese portento de la canción melódica, ¡el siempre fabuloso César Castillo, acompañado por la orquesta Los Reyes del Mambo! Antes de empezar quiero recordarles que este acontecimiento ha sido patrocinado conjuntamente por la Organización de los Hijos de Italia y la fábrica de cerveza Rheingold de Nostrand Avenue. Maestro, puede usted empezar.

Cuando se anunció el concurso a través sobre todo de panfletos, carteles y de unos cuantos anuncios en la radio, se produjo una verdadera avalancha en las peluquerías del centro de Brooklyn, de Harlem y del Bronx. Se presentó una enorme multitud entre la que podían contarse varios cientos de parejas que se habían afeitado completamente la cabeza: había cabezas rapadas

pintadas de morado o de verde, calvos y calvas con trajes de
etiqueta blancos ellos y vestidos de noche ellas, calvos con
gigantescos pañales de niño —las mujeres llevaban discretamente los suyos anudados al cuello y sujetos por un imperdible—, el
Señor y la Señora Luna, calvos disfrazados de naranjas, calvos
disfrazados de habitantes del planeta Marte, calvos disfrazados
de bombas de hidrógeno, calvos posando como polluelos recién
salidos del huevo, y quién sabe cuántas cosas más. Había
payasos y arlequines y parejas que llevaban largas túnicas
cubiertas de bolitas cosidas a la tela, parejas con plumas y con
campanillas. Los disfrazados participantes en el concurso no sólo
tenían que tener un aspecto extravagante, sino también tenían
que mostrar su virtuosismo y la ligereza de sus pies bailando y
ser expertos en las artes del mambo, la rumba, el tango y el
cha-cha-chá.

De pie en un corro de espectadores algo achispados, Delores
se quedó mirando a una pareja de calvos que eran lo mejor de la
noche. La mujer, que parecía la reina Nefertiti, llevaba collares y
brazaletes que iluminaban al mundo con su luz y un vestido rojo
con mangas de mariposa cuya falda se curvaba ligeramente hacia
arriba como el tejado de una pagoda. Su pareja llevaba unas
plumas de pavo real a modo de collar, unos enormes pendientes
de aro y unos pantalones de seda morada varias tallas mayor que
la suya y parecía un genio; pero lo que más llamaba la atención
en ambos era que parecían estar locamente enamorados y cada
vez que daban una vuelta, se agachaban o dejaban resbalar los
pies, se sonreían y besaban.

Aunque eran unos excelentes bailarines no ganaron. Otra fue
la pareja ganadora: el hombre llevaba un despertador sujeto a su
cráneo rapado y números pintados por toda la cabeza. Llevaba
unos pantalones de pinzas que le venían grandes, unos zapatos
con punteras claveteadas de color rosa, camisa de un tono
lavanda y una chaqueta. Su pareja llevaba un vestido negro de
noche muy ceñido y sin tirantes, con el que se bamboleaba para

regocijo del sector masculino del público, y su momento culminante llegó durante una vuelta de remolino que dieron en la que las fuerzas centrífugas hicieron que se le soltara la parte de arriba del vestido, quedando al descubierto sus dos pechos, grandes, temblorosos y tan mondos y lirondos como su cabeza.

Después del concurso, Delores y Ana María se dirigieron al tocador de señoras, que estaba abarrotado de mujeres calvas y no calvas frenéticamente entregadas a la tarea de darse unos toques con el lápiz de ojos, el rímel y la barra de labios. Se sentó delante de un espejo para retocarse también ella un poco y se divirtió con todo aquel trajín de mujeres que habían salido a ver si encontraban algún hombre joven como ellas y a pasar un buen rato*.

-----

* Las mujeres se esforzaban por realzar sus encantos y así encontrar un hombre que les gustase para pasar la vida, evadir la soledad, besarse, cogerse del brazo, dormir, fornicar, para poder estremecerse en los brazos de un hombre, para encontrar uno que se cuidara de ellas, las protegiera, las amara, un hombre que las confortara con su calor contra los vientos helados de la vida. (Un vistazo a todas aquellas mujeres arreglándose: un toquecito de polvos en los pechos y en los bonitos pezones, otro toquecito más abajo, en aquella hermosa mata de espeso vello púbico de formas llameantes que quedaba como espolvoreado de nieve, y luego venían las bragas, las ligas, las medias de nylon, la falda, el sostén, la blusa, los pendientes, el lápiz de labios, el colorete, el rímel, todo lo que más tarde habría de ir fuera otra vez o acabaría tirado, roto o manchado en un rincón de una habitación cualquiera o contra alguna pared, o en un callejón, un apartamento, un coche aparcado, una azotea o en la quietud de un parque. El hombre baileoteando y arrimándole la polla —y cuanto más grande, mejor, sean sinceras, señoras— y la mujer deseando sentirle dentro, pero forcejeando, cerrando bien prietas las piernas, mientras va ablandándose por dentro, y el hombre la besa en todas partes y le promete cosas, hasta que o bien se le declara o bien la deja por alguna otra, o es ella, derramando lágrimas de cocodrilo, quien le engaña, o se casa finalmente con ella y es formal,

La música de la orquesta latina atronaba en el tocador cada vez que alguien abría la puerta, las damas orinaban en las cabinas, un fuerte olor a Chanel n.º 5 y a Sen-Sen flotaba en el aire, los chicles se hacían globos en las bocas, jóvenes cubanas, puertorriqueñas, irlandesas e italianas hacían cola delante de los espejos de los tocadores para darse rímel, colorete y retocarse el carmín de los labios. Las mujeres se levantaban la falda para poner las ligas en su sitio, descubriendo sus muslos de un color blanco de luna y miel a la luz cegadora de las bombillas.

Y voces que decían:

—Y ya te digo, querida, que algunos hombres son tremendos. Fíjate este tipo, ¡qué descaro!, acabo de conocerle y ya está con el «plátano» llamando a mi puerta.

—¿Crees que estoy bien así? ¿Quiero decir que si crees que a él le gustará si me peino un poco hacia arriba?

—Y quiere que me vaya con él a San Juan, a un hotel... Él paga el hotel y todo lo demás.

—Y el jodido bastardo me lleva a dar un paseo. Yo, que estaba un poco bebida, voy y me meto con él en el coche que estaba aparcado fuera. Yo lo único que quería era sentarme un momento y tomar un poco el aire, y de pronto, ¡zas!, se me echa encima como si nunca antes en toda su vida hubiese estado con una mujer. Yo al tipo apenas le conozco, lo único que sé es que está casado, y por la forma de agarrarme, desde luego diría que no ha hecho muy buena boda... Forcejeamos un poco... No es que a mí me importe hacerlo, pero desde luego, lo que sí sé es que no me voy a la cama con un tipo con el que no tengo ninguna

---

amable y cortés y a veces hasta envejecen juntos, pero en otros casos... El hombre siempre está buscando otras mujeres y la mujer lo sabe, pero ¿qué puede hacer cuando empieza a perder aquellos encantos que sedujeron al hombre en un primer momento? Con esos anillos de grasa alrededor de la cintura los corchetes pellizcan su piel ya fláccida y dejan marcas como de tuercas... ¿qué puede hacer entonces, señoras?)

relación, ¿tú me entiendes, no? ¿Y sabes lo que hace entonces?: pues se baja la cremallera, se la saca y me dice: «Oh, vida mía, ¿por qué no me la besas un poquito, por favor?» y «Anda, te lo ruego», poniendo los ojos en blanco como si no pudiera más de tanto sufrimiento. Yo le dije que se fuera a la mierda y le dejé en el coche con el «plátano» en la mano..., ¿y qué creerás?, aunque no me arrepiento de nada, veinte minutos más tarde le veo otra vez en la pista de baile bailando el cha-cha-chá con otra chica, y por el aspecto que tenía me apuesto a que ésa sí que se la metió en la boca. ¿Y al final, sabes cómo acabé? Pues volviendo al Bronx en un autobús de la línea 2, que es la que sube hasta Allerton Avenue, más sola que la una...

—Bueno, pues sabes, ese chico que mide seis pies y cuatro pulgadas, debe pesar unas doscientas quince libras y trabaja en algo de bancos... ¡la tiene del tamaño de mi dedo meñique! ¡Menudo chasco!

—Por muy guapa que seas, ahí fuera siempre hay alguna otra más guapa que tú.

—Yo tiraría la toalla por un anillo de compromiso.

—¡Oh, Dios! ¿Tiene alguien un par de medias que le sobren?

—...¡*Qué guapo* es ese cantante, eh! Saldría con él sin pensarlo dos veces.

—Sabes... yo ya he salido con él.

—¿Y?

—Te partiría el corazón.

—Su hermano tampoco está mal.

—Tú lo has dicho.

Recordaba que luego se había dirigido otra vez a la sala de baile y había pasado por delante de donde estaban los limpiabotas, cruzando por en medio de aquella nutrida cola de hombres que fumaban cigarrillos como posesos y a la vez trataban de que les diera un poco de aire fresco delante de una ventana abierta. Parejas en las cabinas telefónicas y en los pasillos besándose y toqueteándose, candelabros que eran como una cascada de cristal y de luz, la música a lo lejos, como si sonara al final de un largo, larguísimo túnel: el contrabajo, la percusión, el estrépito de los platillos, los redobles de las congas y *timbales* se oían amenazantes como si fueran una nube de tormenta, a través de la cual sólo de vez en cuando se dejaba oír la frase de una trompa o el crescendo de un piano... La vida era divertida: pensaba en Néstor Castillo y cuando se abría paso hacia la barra por entre la multitud sintió que una mano la cogía suavemente del codo. Y allí estaba Néstor, como ella había deseado que estuviese. La llevó hasta el bar, se tomó un whisky y le dijo:

—Vamos a tocar unas cuantas piezas más y luego, a eso de las tres, nos iremos a cenar algo. ¿Por qué no te vienes con nosotros...? Así conoces a mi hermano y a algunos de los músicos.

—¿Puede venir conmigo mi hermana?

—*Cómo no.* Quedamos fuera, delante de la puerta.

El número apoteósico con el que concluyó la velada fue la conga. El fabuloso César Castillo salió al escenario, a lo Desi Arnaz, con una conga colgada al hombro, empezó a tocar con fuerza y los demás Reyes del Mambo fueron entrando tras él marcando un ritmo 1-2-3/1-2 que hizo que todo el público formara una interminable fila india que serpenteaba por la pista al son de la conga meneando las caderas, brincando, echándose a correr hacia delante, soltándose, dándose patadas en las espinillas, moviendo los chasis, riendo y pasándoselo en grande...

Acabaron yendo en el viejo Oldsmobile, modelo 1947, de Manny, a un pequeño restaurante del centro que se llamaba Violeta's donde habían quedado con algunos de los otros Reyes del Mambo. Su dueño lo tenía abierto hasta tarde para que los músicos, que cuando acababan sus actuaciones tenían un hambre de lobo, pudieran cenar a gusto y bien. Entraron y ocuparon varias mesas muy largas al fondo del local. En la pared detrás de ellos había un mural con un mar tropical encendido por los colores de una de aquellas eternas puestas de sol cubanas, con el

Castillo del Morro en la Bahía de La Habana al fondo. Detrás de la barra y a los lados la pared estaba cubierta de fotografías dedicadas de los músicos latinos que iban a comer allí regularmente. Desde el flautista Alberto Socarras al mismísimo emperador del mambo, Pérez Prado, no faltaba ni uno.

Aquella noche, mientras Los Reyes del Mambo y sus acompañantes estaban cenando, entraron los famosos Toto Rodríguez, director de la orquesta que llevaba su nombre, y Tito Puente, que capitaneaba un grupo llamado The Piccadilly Boys, y aunque César frunció el ceño y le comentó a Néstor, «¡Ahí tienes al enemigo!», los dos hermanos saludaron a los recién llegados como si fueran amigos de toda la vida.

—¡Óiganme, hombres! ¿Qué tal?

Mirando atentamente a los dos hermanos, uno junto al otro, Delores se hizo una idea bastante acertada del modo de ser de cada uno. Eran exactamente como las firmas que aparecían en la fotografía enmarcada de Los Reyes del Mambo que colgaba de la pared encima de la barra. En ella se les veía posando encima de un escenario cerrado por detrás por una gran concha de estilo art-decó, con sus trajes de seda blancos y sus respectivos instrumentos al lado. La foto llevaba estampada la firma de los músicos, siendo la más historiada la del hermano mayor, César Castillo, alguien que, en un primer momento, no despertó demasiado su interés. La suya era la vanidad hecha firma. Llena de tantas lazadas y florituras que las letras parecían las velas de un barco henchidas por el viento. (Si le hubiera visto sentado a la mesa de la cocina en el piso de La Salle Street, con un bloc de papel, un lápiz y un libro de caligrafía abierto delante de él, practicando su firma durante horas y horas...) Y él era igual, pensó Delores, lleno de gestos ampulosos y sin sentido. Y además tenía un rictus de experiencia, de socarronería, en sus labios que a Delores no le inspiraba ninguna confianza. Rebosante de energía tras la actuación nocturna, el Rey del Mambo mayor no paraba un solo momento: bromeando con los músicos de su orquesta, hablando exclusivamente de sí mismo y de lo maravilloso que era sentirse en un escenario, coqueteando con la camarera y lanzando miradas devoradoras a Delores y a Ana María. Que a su hermana, que no tenía ningún compromiso, la mirase de aquella forma, podía pasar, pero que hiciese lo mismo con la nueva acompañante de su propio hermano... *¡Qué cochino!*, pensó. Era un grosero y un presuntuoso.

La firma de Néstor era más sencilla y estaba trazada con más cuidado, casi como si hubiera sido escrita por la mano nerviosa de un niño, como si le hubiese llevado un buen rato estampar aquellos menudos y humildes caracteres. Él mismo solía estar sentado en silencio, sonreía cuando contaban chistes, asentía con gesto serio cuando pedía los platos o curioseaba la carta. Y hacía un esfuerzo por llevarse bien con todo el mundo. Era educado con la camarera y con los restantes músicos. Cortés siempre, le horrorizaba casi que alguien pudiera hacerle alguna observación sobre sus modales en la mesa, mientras que, por contraste, su hermano alargaba la mano hasta la fuente de *tostones* que estaba al otro lado de la mesa y lo devoraba todo con un hambre realmente canina, hablaba con la boca llena y no se privaba siquiera de soltar en más de una ocasión algún que otro eructo mientras reía a carcajadas con los ojos desorbitados y a punto de saltársele las lágrimas: un hombre que sólo pensaba en sí mismo, cogiendo siempre una parte mayor de la que le correspondía: cinco chuletas de cerdo, dos fuentes de arroz con frijoles, un plato de yuca, abundantemente aderezado todo con sal, limón y ajo. La parte de un director de orquesta, no quedaba duda. ¡No era nada de extrañar que aquel cantante con aspecto de niño bonito, tan despampanante, estuviera echando un poco de estómago y tuviera ya el pulso algo temblón! Y por si fuera poco, después de llenarse la barriga decidió ignorar a todos los que se sentaban a la mesa y se pasó todo el tiempo lanzándole requiebros a Ana María y coqueteando con ella. *Dios mío,* qué típica era aquella voracidad de lobo de la que hacía tanta gala...

Néstor era más reservado, lo que encajaba mejor con su propio carácter. Y tenía con ella toda clase de atenciones: le retiraba la silla de la mesa cuando se levantaba, le sujetaba las puertas para que pasase y le preguntaba si tenía todo lo que quería. ¿Te apetecen unos *plátanos?* ¿Un poco de pollo? ¿Una chuleta de cerdo? La trataba concediéndole la misma importancia que al resto de los músicos... Le gustaba, le parecía un hombre refinado, ese tipo de almas poéticas que se explayan escribiendo canciones de amor. Se sentía un poco nerviosa, pero en aquel preciso momento y lugar decidió que le dejaría hacer con ella lo que quisiera. Había algo en su comportamiento silencioso, en su pasividad y su dolor que le resultaba enormemente atractivo.

Después César dejó a Manny en una perpendicular a la calle 135, donde vivía, le pidió el coche prestado y llevó a las dos hermanas al Bronx, peligroso viaje en el que las muchachas fueron agarradas todo el tiempo a sus asientos, muertas de miedo, porque cada vez que tomaba una curva se iba contra los bordillos de las aceras, especialmente en el último tramo por la vía de circunvalación del West Side: saltaban chispas de los tapacubos mientras adelantaba a los demás vehículos como una flecha, haciendo sonar el claxon y y conduciendo todo el rato como si estuviera borracho, aunque no lo estaba. Pero las dejó a ambas finalmente en casa sanas y salvas y se quedó esperando en el coche mientras Néstor escoltaba a Delores y a Ana María hasta la puerta de su apartamento. Delorita recordaba que en aquel momento le habría gustado que, al menos, le hubiera dado un beso, un beso largo y profundo, incluso metiéndole un poco la lengua, pero parecía tan retraído y tan educado que aquella noche cuando se metió en la cama se preguntó: ¿Será que me pasa algo? Para pasar a preguntarse: ¿Debería haber sido yo la que le atrajera hacia mí y le diera un beso metiéndole la lengua en la boca?

Empezaron a salir juntos. Quedaban las noches que Los

Reyes del Mambo no tocaban en ningún sitio, iban a cenar a un chino y luego se iban al centro a ver una película, hacer una visita a algún amigo o dejarse caer por alguna sala de baile. Delorita le hablaba de los libros que leía, del ricachón aquel para el que trabajaba: «Es buena persona, pero es tan rico que se siente desgraciado», y él la escuchaba en silencio, sin tener nunca demasiado que contarle. Siempre parecía que estaba preocupado por algo, pero nunca hablaba de ello. Un hombre del que se está enamorada debería tener mucho que decir, pensaba en su fuero interno, pero había algo hermoso, sin embargo, dentro de aquel pecho tan ancho... Aunque nunca decía gran cosa, estaba segura de que poco a poco iría confiándole sus secretos. Y poco a poco lo fue haciendo. Le habló de su niñez en Cuba y le dijo que a veces se arrepentía de haberse ido de su granja, pues él, añadía a menudo, estaba más hecho para llevar una vida sencilla de granjero.

—Yo no soy tan aventurero como mi hermano mayor. No, señor mío. Yo era feliz sentándome en el porche por las noches a mirar las estrellas y viviendo *tranquilito, tranquilito,* pero no estaba destinado a ese tipo de vida. Mi destino era venirme aquí, a Nueva York.

Al principio ella creía que su pena no era más que simple añoranza del campo y de la vida mucho más sencilla que allí se llevaba. Siempre pensaba que exhalaba un olor a campo cubano y que no debía de tener un solo hueso mal en todo su cuerpo.

¡Pobre hombre! Ella se imaginaba que le habían ocurrido cosas terribles cuando era niño. Le contó que cuando era pequeño, en Cuba, estuvo tan enfermo que un cura le había dado la extremaunción dos veces por lo menos.

—Recuerdo a un cura vestido con una casulla morada inclinado sobre mí, rezando. Y había cirios encendidos y me dieron unos óleos en la frente. Y recuerdo también a mi madre, que estaba en un rincón llorando.

Y por fin, un día soleado, el día que le abrió su corazón de par en par, habían ido a dar un paseo por Riverside Park y él le dijo:

—¿Has visto que día tan espléndido hace, eh?

—Sí, espléndido, amor mío.

—Pero ¿sabes una cosa?, pues a pesar de lo espléndido que pueda ser, yo siento como si no me perteneciera.

—¿Qué quieres decir?

—A veces me siento como un fantasma, *tú sabes,* como si en realidad no formara parte de este mundo.

—¡No! *¡Bobo!* ¡Pues claro que formas parte de este mundo... y mucho!

Luego se sentaron en una pequeña loma muy agradable cubierta de hierba. Habían llevado un ligero almuerzo a base de panecillos de semillas con jamón, queso y mayonesa, y cervezas frías. Había niños jugando al béisbol de pelota blanda en una cancha y guapas colegialas en bermudas y con playeras blancas de tenis tumbadas sobre mantas aquí y allá estudiando sus libros. El sol brillaba radiante en el cielo, los insectos zumbaban en el aire, por el río Hudson pasaban barcazas y gabarras. Dos avispas revoloteaban alrededor de un macizo de dientes de león como si fueran una joven pareja que estuviera buscando piso. Luego sonó un tilín-tilín y apareció el hombre de los helados Buen Humor, empujando un carrito blanco. Néstor se acercó y volvió con dos polos, de fresa para él y de naranja para Delores, se los tomaron, chorreantes de dulce líquido, y se tumbaron boca arriba en la hierba. Ella era feliz porque hacía un día magnífico y estaban enamorados, ¿pero Néstor?

Él había cerrado los ojos y de pronto empezó a temblar. No era un temblor físico, sino más bien una especie de estremecimiento espiritual. Era tan intenso que ella sintió que penetraba también en su cuerpo, como el humo de un fogón de gas.

—Oh, Néstor, ¿por qué eres así? —le besó y le dijo—: Anda, siéntate aquí a mi lado, *mi corazón.*

Él, entonces, empezó a llorar.

—Delores... un hombre no debe llorar. Perdóname.

Y aunque tenía el rostro completamente desencajado, contuvo el llanto y recobró la compostura.

—Es que a veces me siento tan cansado —le dijo.

—¿Cansado de qué?

—Cansado, simplemente.

Ella no sabía qué hacer. Le cogió la mano derecha y se la besó.

—Es que a veces no siento la menor apetencia por este mundo.

No volvió a decir una palabra más sobre aquello y se levantaron a dar un paseo. El día terminó felizmente, pues fueron a ver un programa doble de Abbott y Costello en el cine Nemo, en Broadway. Después cenaron una pizza y para entonces ella ya estaba perdidamente enamorada.

Puede que el amor la hubiese cegado o puede que le mirara con ojos demasiado lisonjeros, porque, cuando llevaban dos meses saliendo, un día, mientras la besaba en la entrada de su vestíbulo le dijo:

—Sabes, Delorita, no querría que te hicieras una opinión equivocada de mí. No soy tan santo como tú crees.

Y tras estas palabras la atrajo hacia sí y la abrazó, forzándola a suspirar al sentir entre las piernas el empellón de aquel fogoso miembro de mulo que se agitaba bajo sus pantalones.

—Ves, Delorita —continuó diciéndole—, yo quería respetarte, pero ahora... ya ni siquiera puedo dormir por las noches. No hago más que pensar en ti... Y hay algo más, yo no he dicho una sola palabra ni he mostrado mis sentimientos porque soy un hombre reservado, pero Delorita —y ante su sorpresa le cogió la mano y se la puso en la bragueta de sus pantalones—, ¿no ves en qué estado me encuentro?

Se besaron largo rato hasta que ella le dijo:

—Vamos al apartamento. Ana María no está y hoy volverá tarde.

Mientras se desnudaba y se echaba en el mismo sofá en el que su padre solía quedarse dormido de puro agotamiento, no se sintió nerviosa. Las manos de Néstor empezaron a acariciarla por todo el cuerpo, su gruesa lengua se deslizó dentro de su boca, sus dedos forcejearon con las varillas del sostén y entonces le susurró: «*Querida*, quítame los pantalones». Se bajó un poco y sin mirar le fue desabrochando los botones, le separó los labios de la bragueta igual que los dedos de Néstor hacían con los labios de su vagina y sacó su miembro: era tan grande y potente que dio un hondo suspiro y se abrió de piernas todo lo que podía para recibirle.

Como sus bragas rezumaban ya humedad, le dijo: «Quítamelas, cariño», y mientras se llenaban recíprocamente la cara de besos, empezó a flotar de nuevo recordando las tardes de su juventud en La Habana, cuando la casa se llenaba de todo aquel griterío y ella buscaba refugio en una habitación que tenía ventanas con postigos por los que se filtraba la luz y entonces se echaba en la cama y empezaba a tocarse tratando de evadirse de los gritos que sonaban fuera, evadirse por medio de placenteras sensaciones, como las que ahora embargaban su cuerpo. Abrió más las piernas y sintió que era penetrada por una fuerza tremenda, y sus entrañas se llenaron con la cera fundida de un grueso cirio de iglesia y a medida que el sonido de los frenéticos jadeos de Néstor se amplificaba le parecía que sonaba como el viento que a veces oía en sus sueños. Sus poros se abrieron y rezumaron aquel tibio y dulce líquido de su sueño y pensó: «¡Dios mío, esto es un hombre!» y así siguieron jugueteando horas y horas; Delores se sentía tan agradecida hacia él que hizo todo lo que le pidió. Aquella noche pasó de la más completa ignorancia al más exhaustivo conocimiento del acto amoroso. Cuando oía sus gemidos de placer y veía aquella expresión de extático alivio en su rostro, sintió que a partir de entonces su vida cobraba una nueva finalidad: liberar a aquel joven músico de sus sufrimientos.

(¿Y el pobre Néstor? Pensaba que estaba con Delores y devoraba los grandes pezones de sus pechos, pero cuando cerra-

ba los ojos y dejaba de ver su rostro creía estar besando el pecho
de la Bella María de Su Alma, lamiéndole la piel desde el
ombligo a la punta de los pies, pero entonces torcía el gesto ante
aquel sensiblero pensamiento y, cuando recordaba lo mucho que
quería a Delores y lo maravilloso que era sentirse dentro de ella,
salía de las tinieblas en las que había empezado a deslizarse y
entonces abría los ojos y la miraba fijamente y como estaba
corriéndose y sus huesos se estremecían en su interior y su cuerpo
todo hervía con un calor cremoso que brotaba de su pene y
estallaba en su cabeza, volvía a cerrar los ojos otra vez y sentía
una profunda tristeza por María. Y, sin embargo, cuando veía a
María se la imaginaba en una habitación y en esa habitación
había una puerta a través de la cual veía el lecho de dolor de su
niñez y se veía a sí mismo, sin poder moverse, gritando «¡Mamá!» y esperando y esperando. Y entonces volvía a abrir los ojos
y seguía metiéndosela a Delores con más fuerza aún que antes,
pero no podía dejar de pensar en la otra y en varias ocasiones
estuvo a punto de tener un lapso y de decir «María, María».)

Por aquel entonces el primo Pablo y su familia se mudaron a
una bonita casa en Queens y les dejaron el apartamento a los
hermanos. César cogió el dormitorio grande que estaba al lado
del recibidor y Néstor ocupó una de las habitaciones pequeñas
junto a la cocina. Empezó a invitar a Delorita a cenar y como ella
vivía tan lejos generalmente se quedaba a dormir allí por la
noche. Néstor esperaba en la esquina de la calle 125 y Broadway
a que Delorita se bajase del autobús que la traía desde el Bronx.
O si no, se iba directamente a La Salle Street desde la casa en la
que servía de asistenta, cargada con una bolsa en la que llevaba
una muda de ropa. No le molestaba el hecho de compartir la
misma cama sin estar casados. Aunque no tenía más que veintiún años pensaba que eso no debía importarle a nadie más que a
ella misma. Y, además, no tenía la menor duda de que un día se
acabarían casando.

Al principio, cuando Pablo y su familia se mudaron, el

apartamento, en el que apenas quedaron unos cuantos muebles y que estaba siempre lleno de instrumentos musicales amontonados por todas partes, tenía un aspecto un tanto lóbrego. Pero Delorita empezó a llevar flores y rollos de papel adhesivo Contact de colores vivos. Para comprar cosas Néstor y Delores hacían escapadas al barrio chino y volvían con jarrones y pantallas y velas chinas que olían a jazmín. Ella tenía la casa limpia y empezó también a cocinar para ellos. A veces daban un paseo hasta la Universidad de Columbia y las librerías de Broadway y mientras revolvía los cajones y mesas de libros de segunda mano de aventuras, espionaje y novelas rosas y policíacas que costaban cinco centavos el ejemplar, él esperaba pacientemente. Salieron mucho en aquella época: César pedía a veces un coche prestado y se iban a dar otro peligroso paseo por el campo o iban al Park Palace, que estaba tan de moda como La Conga o el Copacabana, a oír a Machito o a Israel Fajardo, y después daban un paseo por Central Park a las dos de la madrugada. Una vez, un día que Los Reyes del Mambo actuaron en Brooklyn, fueron después a Coney Island. Ella y Néstor iban sentados en un banco viendo cómo descendía la marea, besuqueándose y acariciándose, y el incidente con el tipo de Pepsodent se le antojó ya tan remoto como aquella luna de un blanco marfileño que derramaba su luz sobre ellos.

Cuando no estaba en sus clases nocturnas, se quedaba en casa estudiando. Había aprendido inglés tras una larga y humillante lucha en la escuela católica del Bronx en la que las monjas le daban —literalmente— en la cabeza con un diccionario cuando no entendía algo o no recordaba determinadas palabras. Sus faltas crónicas de pronunciación la hicieron ser víctima de numerosas bromas, pero ella perseveró, estudió y sobresalió, quedó la primera en concursos de ortografía y sacó muy buenas notas, convirtiéndose en una de esas latinas que, tras un período de aterrorizado aprendizaje, hablaban inglés tan bien como cualquiera e incluso, en su caso, con un ligero acento del Bronx. Trataba siempre de enseñarle cosas a Néstor y le animaba a leer libros. Él se encogía de hombros y luego se lo encontraba sentado en la sala de estar con una guitarra, papel y lápiz, silbando y trabajando en la melodía de distintas canciones.

Era feliz por primera vez desde que guardaba memoria y adoraba a Néstor por ello. A veces entraba en el salón, bajaba la persiana y se quitaba el vestido. O se sentaba junto a él a hacerle simplemente compañía y al cabo de unos minutos se veía con la ropa interior bajada hasta las rodillas y el vestido subido por encima de la cintura. Siempre era feliz con él porque mientras hacía el amor el joven Rey del Mambo no cesaba de repetir «*Te quiero, Delorita. Te quiero*» una y otra vez. Cuando tenía el orgasmo su rostro se ensanchaba y aplanaba como una de aquellas máscaras de carnaval que veía en las paredes de la casa donde servía; y en aquellos momentos de éxtasis en los que se liberaba de sus sufrimientos, él se ponía rojo como la grana. Hubiera hecho por él cualquier cosa. Se daba aceite para niños en los pechos y muslos, luego cogía un tarro de vaselina y se embadurnaba entre las piernas, encontraba a Néstor durmiendo la siesta en el dormitorio, empezaba a chupársela y después se empalaba a sí misma con su miembro.

Él tenía casi siempre un sueño agitado y sufría de pesadillas. A menudo, cuando dormía con Néstor pensaba en aquella tristeza que le embargaba y en el modo de ayudarle, pero no parecía que pudiera hacer nada para sacarle de su melancolía. Cuando hacían el amor tal melancolía remitía por un momento: él se quedaba dormido apretándose contra su espalda por la noche, arrimándole su miembro en erección. Parece que hicieron el amor innumerables veces mientras dormían. Una noche, mientras ella soñaba que estaba cogiendo flores en el campo, sintió su pene penetrándola por detrás. Pero no en la vagina. Estaba medio dormida y la sensación de que la estaban penetrando por aquel sitio se propagó lentamente por todo su cuerpo:

al principio era como si la llenaran por detrás de arcilla caliente, pero al cabo de unos momentos aquella sensación de suavidad dio paso a otra, como la de una púa que se fuera ensanchando y alargando, que tensaba dolorosamente su cuerpo para luego dejarse sentir tibia y suave otra vez. Se dio un poco la vuelta para facilitar su placer y apretó las caderas contra él hasta que se corrió. Luego los dos volvieron a quedarse dormidos profundamente y él empezó otra vez con sus agitados sueños.

Y, a continuación, suenan los primeros acordes de *Bella María de mi alma*. Y Néstor, en los brazos de Delores, sueña con 1947. Ya casi de noche, cuando terminaba su jornada laboral en el Club de Exploradores de La Habana, donde trabajaba codo con codo con su hermano mayor, iba a darse un paseo por alguno de los barrios de la ciudad; le gustaba perderse por las calles con soportales y deambular por el mercado, mezclándose con las gentes del campo, sorteando jaulas con gallinas y piaras de cerdos grises. En un callejón detrás de un restaurante chino que se llamaba Papo-Lin, en La Marina, el barrio donde vivían y que estaba junto al puerto, se paraba a ver una de aquellas peleas de gallos, en las que dos corpulentos machos se atacaban con sus potentes espolones afilados como cuchillos. Luego, de pie, en una de aquellas barras dispuestas en hilera, cenaba un plato de arroz con frijoles y una chuleta de cerdo sazonada con abundante sal y limón, por 25 centavos, mientras contemplaba la calle que bullía eufórica de vida: traperos que tiraban de sus carretas, obreros chinos con zapatillas de terciopelo y largas casacas de algodón camino de las fábricas de tabaco; los pobres de Las Yaguas vendiendo sus artesanías y ofreciendo sus servicios en puestecillos ambulantes: se dice la buenaventura, se arreglan zapatos, *jugo de fruta* a 10 centavos, relojes, guitarras, herramientas para la casa, rollos de cuerda, juguetes y artículos religiosos, imágenes y amuletos de la buena suerte, flores, brebajes afrodisíacos y velas

con propiedades mágicas, ¡hágase una foto en color por 25
centavos! Daba un vistazo a la ropa para calcular lo que podía
comprarse con los quince dólares semanales que ganaba en
aquellos tiempos: una buena *guayabera* con adornos de encaje de
fantasía, $ 2; camisas de colores lisos, $ 1; un par de Buster
Browns, $ 4; un par de pantalones de lino, $ 3.50; ¿una tableta de
Hershey? 2 centavos, una Pepsi o Apur-Cola, 10 centavos... Y los
racimos de bananas que colgaban como linternas de las rejillas, y
carretones y más carretones cargados de fruta, y carros con hielo,
y un grupo de hombres apiñados en el frescor de un portal
jugando a los dados. Flores plantadas en macetas y flores que se
derramaban por los balcones y por los muros medio corroídos
por el mar y cubiertos de líquenes; setos de astrágalo y puertas
antiguas, cornisas pintadas en tonos ocres y anaranjados, alda-
bones con cabezas de animales o de angelotes. Anaqueles reple-
tos de ollas y sartenes de cobre, niños que iban y venían
corriendo de unos puestos a otros, marineros que aprovechaban
su escala en la ciudad para ir de putas, una bicicleta colgada de
una cuerda sobre una hilera de neumáticos de bicicleta apoyados
unos contra otros; loros enjaulados; un individuo de rostro
patibulario con ojos de tortuga sentado en silencio ante una mesa
plegable en la que exponía para su venta fotografías «artísticas»;
y luego venían las filas de percheros llenos de vestidos, entre las
que se paseaban guapas mujeres mientras sonaba música en los
portales. Olor a sangre y a serrín, la escandalera de los animales
que eran sacrificados en el tajo, un olor a sangre y a tabaco y
luego un paseo por una larga calleja que había a espaldas del
matadero y que daba a otro matadero: un hombre echando cubos
de agua a un suelo cubierto de sangre y tras él, una docena de
cerdos abiertos en canal. Y después venían las tiendas de cuero,
de muebles y de artículos para la playa...

Y un poco más allá las prostitutas que se apostaban en los
portales con sus combinaciones y batines ajustadísimos, a veces

con un pecho fuera o enseñando medio muslo, o pasándose la lengua por los labios como si acabaran de tomarse un helado: de un vistazo tasaban el bulto de su entrepierna y con una sonrisa le decían: «Pssst. *Ven, macho, ¿adónde vas?*». Él seguía su paseo y siempre las saludaba con la mano: en seguida que le veían ya sabían que era aquel músico tan calladito que siempre se daba un paseo por su calle y nada más, el tipo aquel que, en lo que a decisión se refería, no le llegaba a su hermano ni a la suela de los zapatos. Le llamaban frotándose los pechos y una de aquellas damas salió de pronto un buen día del portal que la guarecía y, dándole un pellizco en el culo, le dijo: «*¡Guapito!* Eh, ¿por qué no te decides ya de una vez?*»*. Pero nunca se iba con ninguna porque desde aquella época en que su hermano le llevaba a menudo a acostarse con prostitutas en Oriente, todo lo que rodeaba aquel tipo de encuentros siempre le había parecido de una tristeza insoportable, no tanto el hecho en sí de toquetear pechos o ingles, o la visión de su esperma saliéndole a borbotones, o la palangana con agua debajo de la cama en la que flotaban preservativos ya usados, sino el recuerdo que tenía de haber sentido una lástima infinita por aquellas mujeres que se veían forzadas a hacer el amor con hombres a los que no amaban y a abrirse de piernas por cincuenta centavos o como mucho, y sólo cuando se trataba de una auténtica belleza, por un dólar.

Pero un santo tampoco era. Había una guapa muchacha a la que se llevaba a la cama de vez en cuando, que estaba casada, como luego se descubrió, y que necesitaba desesperadamente a un hombre que la quisiera. Había estado con ella cuatro veces y, a punto de enamorarse, se dio cuenta de que la única razón por la que se la chupaba y doblaba el espinazo para que la penetrara por detrás era el dinero, y el descubrimiento le produjo una depresión que le duró varias semanas, tras lo cual decidió volver a su vida de antes y olvidar. (Lo menos parecido a César, que, aunque en aquellos momentos atravesaba una crisis matrimonial, se iba de juerga con una botella de ron a uno de aquellos burdeles, se hacía a tres mujeres a la vez y volvía a su pequeño apartamento de dos piezas saciado y con un malicioso destello de satisfacción en sus ojos. Lo menos parecido a César, que, a veces, cuando se iba a uno de aquellos prostíbulos a pasar la noche, se dedicaba a entretener a las mujeres que trabajaban allí con su temblorosa y vibrante voz de barítono: él cantaba, ellas le hacían la cena y cuando se presentaba la ocasión se metía en uno de los cuartos y se llevaba a alguna de ellas a la cama.)

Así que las rameras de La Marina se familiarizaron con aquella eterna expresión de añoranza y ansias de amor que parecían aflorar al rostro de Néstor al caer la noche. Ya en aquellos años tenía una tendencia al insomnio; en toda su vida las únicas veces que había conciliado un sueño tranquilo había sido en brazos de su madre cuando era pequeño; en todas las demás ocasiones su sueño tenía algo de letal, como aquella vez que estuvo enfermo de niño y no podía respirar casi, y sentía su corazón latir trabajosamente y la espalda y el estómago se le llenaron de ronchas. Cuando, tras un sueño parecido a la muerte, abrió los ojos y vio a su madre sentada en una silla junto a la cama, llorando, y a un sacerdote que se inclinaba sobre él y que con el dorso del pulgar le ungía la frente con una especie de aceite que olía vagamente a canela y luego se santiguaba, y él, en su aceptación infantil de las cosas, pensaba que se iba a morir. Aquel sueño en brazos de su madre era el sueño que siempre había echado en falta desde entonces y por eso se paseaba por las calles angustiado por la noche y lamentando encontrarse lejos de Las Piñas y del amoroso regazo materno. Pero era un hombre, ¡*coño!* Destinado a vivir en el mundo y a ocupar el lugar que le correspondía entre los demás hombres, los hombres que en todas partes dirigían esto o aquello, daban órdenes y se enfrentaban a la vida a cada momento. ¿Por qué iba a ser él diferente?

Se paseaba por las calles soñando despierto y como no seguía nunca el mismo itinerario, sino que le gustaba ir zigzagueando y perderse por callejones, subterráneos y escalinatas, nunca tenía

ni la más remota idea de adónde iría a salir. Aquellos paseos sin
rumbo le hacían sentir una cierta afinidad con las estrellas. Se
sentaba al borde de la bahía y pasaba horas y horas absorto en su
contemplación: estrellas que cruzaban fugaces por el cielo, estrellas que colgaban con sus luces rosáceas o azuladas, inmóviles en
aquel firmamento que se extendía hasta el infinito por todas
partes. ¿Qué hacían allí arriba? ¿Murmurar, suspirar, mirar con
desdén los desvaríos amorosos, como hacían ellos en sus canciones? ¿Se sentían solas o tristes, ansiando liberarse de aquellas
tinieblas que las sustentaban? ¿O estaban condenadas a la
lejanía, a la eterna búsqueda de la felicidad, como el propio
Néstor?

Una noche salió a dar un paseo por un parque que había en el
barrio de Marianao en donde los *rumberos* solían reunirse a tocar
bajo los árboles, a orillas de un riachuelo, con sus increíbles
tambores *batá*, sus calabazas recubiertas de cuentas y sus trompetas. Esa noche se había unido a ellos tocando como trompetista
y volvía a casa dando un paseo sin rumbo por las calles. En un
bar de una esquina se tomó un café y se entretuvo viendo a unos
niños que bailaban al son de la música de un organillo. Después
pensó ir a ver una película del oeste pero, luego, en una calle por
la que se metió, al pasar por delante de un portal, oyó un
estruendo de platos rotos, gritos y personas que reñían en la
escalera. Si la pelea hubiera empezado cinco minutos antes o
después de que él pasase por allí, el altercado se habría resuelto
sin su intervención y aquella mujer con su bello rostro arrasado
por las lágrimas y el vestido desgarrado por varios sitios, o bien
habría vuelto a subir al apartamento o bien habría hecho las
paces con el hombre en cuestión. Pero la casualidad quiso que
pasara por delante en aquel preciso momento y oyera los gritos,
los pasos rápidos y agitados por las escaleras, el sonido de unas
bofetadas y que viera luego desde el portal a la pareja que reñía,
el hombre tratando de sujetar por los brazos a la mujer y ésta,
muy bella por cierto, agarrándole y tirándole de los cabellos. Sus

rostros reflejaban un intenso dolor y el hombre estaba verdaderamente iracundo.

Néstor intercedió heroicamente, se acercó al hombre y le dijo:

—Venga, déjala ya, que vas a hacerle daño. ¡Que es una
mujer!

Y entonces el incidente subió de tono, pues el hombre montó
en cólera ante la osadía de aquel maricón que venía a meterse
donde nadie le llamaba, le dijo que se fuera al diablo y, dándole
un empujón, añadió:

—¿Y tú quién eres para decirme a mí lo que tengo que hacer?

Néstor le devolvió el empujón y los dos se enzarzaron a
puñetazos y acabaron revolcados por el empedrado de guijarros
de la calle, sangrando y con la ropa cubierta de polvo. Un agente
de policía que había visto la pelea desde lejos, mientras se
acababa su cena de arroz con pollo, salchichas y *tostones* en un
café que había un poco más allá en la misma calle, fue y los
separó.

Cuando el hombre se tranquilizó un poco hizo un aparte con
la mujer, cruzó unas palabras con ella en tono airado y entonces
empezó a dar voces otra vez diciendo:

—¿Así que no me necesitas, eh? Pues muy bien, no vas a
volver a verme nunca más.

Y se alejó mientras ella le seguía con la mirada. Cada dos o
tres pasos se daba media vuelta y le gritaba: «¡Perra! ¡Puta!». Ella
rompió a llorar mientras Néstor, parado en la esquina, decidió
que ya no le apetecía seguir su paseo. No quería dejarla sola y,
aunque no tenían mucho que decirse, se quedaron allí juntos los
dos, en silencio, unos momentos. Entonces él le propuso entrar
en el café que había al lado.

—Ya verás cómo te sientes mejor —le dijo.

Al mirarla más de cerca Néstor sintió como si la cabeza le
diera vueltas: era más hermosa que el mar, que la luz de la
mañana, que un campo cuajado de flores, y todo su cuerpo,
agitado y sudoroso por los forcejeos, exhalaba una olorosa fra-

gancia femenina, una turbadora mezcla de olor corporal, perfume y aire marino que le penetró a Néstor como un puñetazo por las ventanas de la nariz, descendió por todo su cuerpo como si fuera mercurio y se clavó, retorciéndose, en sus entrañas como alevosa flecha de Cupido. Era tan tímido que se sintió incapaz de seguir mirándola, cosa que a ella le gustó por contraste, pues estaba acostumbrada a que los hombres siempre la desnudasen con la mirada.

—Me llamo María —le dijo.

—Yo Néstor —le respondió él con voz queda.

Tenía veintidós años, se había venido de un pequeño *pueblo* de la costa, de donde era, a La Habana, y llevaba varios años ganándose la vida como bailarina en distintos clubs nocturnos de la capital. No se sorprendió cuando le dijo que era bailarina: tenía un bonito cuerpo y unas piernas fuertes y bien contorneadas, con músculos a la vez rotundos y delicados. Era una belleza *mulata* con aquellos pómulos marcados que tenían las actrices de cine de los años cuarenta, una especie de seductora doble de Rita Hayworth, aunque algo más adusta. ¿Y el hombre con el que se había peleado?

—Alguien que en otro tiempo fue bueno conmigo.

Se pasó la noche con ella en aquel café, comiendo *paella*, bebiendo vino y contándole todos los pormenores de su breve existencia: las enfermedades de su infancia, aquella sensación de no valer para nada que tanto le acongojaba, sus temores de no llegar nunca a ser un verdadero macho en un mundo de machos. Su sufrimiento y su estremecida vulnerabilidad parecían devolverle, como en un espejo, la imagen de su propio dolor. Todas sus historias cobraban una luz distinta contadas a María, su nueva confidente, la única mujer en el mundo a la que había hablado de aquel modo, María, a quien, al fin y al cabo, todas aquellas confesiones nada le decían.

Esa noche y otras muchas noches que siguieron ella se mostró educada, agradecida y cariñosa. La acompañaba hasta su portal, se despedía con una inclinación de cabeza y se daba media vuelta. Era tan bella que nunca soñó siquiera que pudiera darle una oportunidad. Pero un día fue ella quien le atrajo hacia sí y se besaron. Ella cerró los ojos con un gesto no exento de conmiseración y sus cuerpos se estrecharon mientras le cogía la cabeza por detrás. Aquella cálida suavidad que despedía su cuerpo, el grosor de su lengua...

—¿Por qué no vamos mañana al Luna Park? —le preguntó—. ¿Puedes pasar a buscarme por la tarde?

Era su día libre.

—Sí.

—Pues dame una voz a esa ventana de ahí —y le señaló una ventana con postigos del segundo piso, al lado de un balcón en el que había una sábana y unos vestidos tendidos.

Aquella noche, cuando volvió a casa dando un paseo, sacando pecho, metiendo estómago, sentía cómo su *pinga* se calentaba y se hinchaba bajo sus pantalones, extasiado ante las perspectivas amorosas que se abrían ante él. Estuvo dando vueltas y más vueltas por el barrio durante horas hasta que finalmente se decidió a subir al *solar* que compartía con su hermano mayor, César. Le encontró friéndose unas chuletas de cerdo en un pequeño fogón que tenían. Llevaba una camiseta de manga corta y unos calzoncillos y parecía algo melancólico. Desde que había dejado el apartamento que tenía con su mujer y su hija estaba atravesando una mala racha. Y para colmo había empezado a beber; una botella de ron Tres Medallas descansaba en el alféizar de la ventana y César parecía achispado.

—¿Qué te ha pasado?

—He conocido a una persona. Una chica que se llama María.

César hizo un gesto de aprobación con la cabeza y le dio a su hermano una palmadita en la espalda, esperando que aquella mujer que acababa de entrar en escena alegrara un poco el taciturno carácter de su hermano.

Y Néstor, con la sangre hirviéndole en las venas, rebosante de vida, se sentó con su hermano mayor a la mesa y, aunque había cenado francamente bien hacía apenas unas horas, se puso a devorar una segunda chuleta de cerdo. Hacía ruido al masticar como si fuera un cachorro hambriento. Ruidos de vida, de digestión, un destello de felicidad y de esperanza en los ojos. Aunque aquella noche no pudo dormir, el suyo fue esta vez un insomnio gozoso, que dio tales bríos a su espíritu que sintió ganas de asomarse a la ventana y vocear su felicidad al mundo. Pero permaneció despierto en la cama, rasgueando suavemente en su guitarra un acorde en la menor, su clave favorita para escribir canciones. Y mientras rasgueaba, concebía melodías que se materializaban en su mente como collares de duras y relucientes perlas. Tenía los ojos fijos en la ventana, atento a las primeras luces del alba. Se imaginó por un momento presentándose en su granja de Las Piñas con aquella mujer, llegar hasta la casa llevándola en brazos y decirle a su madre: «Mírame, *Mamá*, soy Néstor, el hijo que nunca pensaste que llegara a ser feliz! *¡Pobrecito!* ¡Mírame, he encontrado a una mujer bellísima que me quiere!».

Esperó hasta oír los primeros rumores del día y a distinguir la borrosa silueta de la balaustrada exterior, con el dibujo de una guirnalda de flores, a través de la persiana llena de boquetes. Una radio sonaba en el patio: «Y ahora desde la Casa de los Calcetines, la emisora CMQ de La Habana...». Hombres en camiseta freían salchichas en las terrazas. Su hermano mayor daba vueltas en la cama y suspiraba. Se oía ruido de pasos en los corredores, abajo una niña jugaba a la pata coja, otra saltaba a la comba...

Toda aquella mañana, hasta bien entrada la tarde, la pasó torturado por una angustiosa ansiedad. Y a pesar de lo feliz que se sentía, las dudas que albergaba sobre sí mismo —otra de las aflicciones familiares— empezaban a aflorar insidiosamente a la, por lo demás, luminosa superficie de sus pensamientos. Se situó bajo la ventana, gritó su nombre durante unos veinte minutos, pero nadie dio señales de vida. Pasado ese tiempo Néstor se convenció de que María le había mentido sobre lo de ir con él al Luna Park y de que había sido estafado en su alegría. Así que empezó a alejarse, pensando en ir a pasar la tarde en algún cine del centro. Se sentía con la moral por los suelos cuando, de pronto, María apareció por la esquina corriendo a todo correr y jadeante.

—He tenido que llevar una cosa a un primo mío y tardé más de lo que pensaba.

Aquél fue un hermoso día. Recobrada su fe, pasaron el tiempo paseando sin rumbo fijo, cogidos de la mano entre el alegre gentío que llenaba el parque. Jugaron a juegos de azar. De vez en cuando él la miraba fijamente a los ojos y pensaba: «Sé que nos estamos enamorando, ¿verdad?». Y ella sonreía, pero volvía la cabeza como si de pronto la afligiera un dolor punzante. Parecía cautelosa respecto a él. Era evidente que su historia con el otro individuo aún coleaba en un sentido o en otro. Néstor guardó las distancias, habló poco sobre el asunto, pero siempre que mencionaba «el incidente del otro día», ella le respondía: «No vuelvas a pensar en aquel hombre, no era más que un *cabrón*». ¿Por qué, pues, aquel destello de añoranza en sus ojos?

—Ven —le dijo, cogiéndole de la mano—. ¡Vamos a divertirnos!

Al llegar el anochecer los halló sentados en un muelle junto al mar acariciándose y besándose, mientras la cabeza de su pene derramaba lágrimas de semen. No le molestaba lo más mínimo la facilidad con la que se le entregaba, por más que las señoras de edad y las damas de compañía les dirigieran malévolas miradas al pasar. Pensó, «si me besa de esta forma es porque nos estamos enamorando». Pero ¿por qué cerraba tanto los ojos, como si él no estuviera delante? Fue a la casa en la que ella tenía una habitación realquilada a una mujer y luego, cuando salían a la calle, Néstor daba un saltito de alegría para comenzar su garboso paseo. En su historia de amor llegaron esos secretos momentos de besos y toqueteos apresurados, de masturbaciones recíprocas recostados contra muros de callejones o en salas de cine, y todo esto condujo, inevitablemente, a la consumación de su amor en una habitación inundada de luz azul junto a la bahía, en una cama blanca como la arena de la playa, del apartamento de un amigo.

Ese mismo día pensó por primera vez en escribir una canción sobre el amor que sentía por ella. Colmado de dicha, viviendo en el paraíso, el joven Rey del Mambo, que realmente no había conocido nunca antes a ninguna mujer, pensó en una letra que decía: «Cuando el deseo se apodera del alma de un hombre, ya nada le importa en el mundo si no es el amor...».

Él y María se entregaron a un apasionado idilio que duró varios meses. Iban a una playa desierta en los alrededores de La Habana o al apartamento de un amigo de Néstor, cerca de la bahía. Nunca la llevó al *solar* que compartía con su hermano mayor, porque le parecía que la alegría de su amor habría resultado contraproducente para César, que acababa de separarse de su mujer y de su hija y que sufría aún por toda aquella historia... Y además, ¿qué pasaría si César no le daba su aprobación? Su hermano, su corazón, su sangre. En aquella época Néstor subía de dos en dos los escalones de su *solar*, marcando pasos de baile con sus zapatos de tacón cubano, mientras, en la oscuridad, se le aparecían imágenes de sí mismo y de María besándose apasionadamente. Lo hacían en la cama y a veces en el suelo, o incluso sobre un montón de ropa sucia. Parecían amarse tanto y la piel de ambos despedía tal calor y un olor tan excitante que atraían a verdaderas jaurías de perros callejeros que los seguían en sus paseos.

Una vez, cuando César no estaba, fue al apartamento de los dos hermanos y decidió hacerle la cena a Néstor. Se puso a preparar una olla de pollo con arroz, en aquel fogón que era de esmalte blanco por fuera y que acababa en unas patas de animal en forja, y de pronto, con el cucharón en la mano, sacó aquel gran culo de rumba que tenía, se levantó el vestido hasta la cintura y le dijo:

—Venga, Néstor.

Le gustaba sentir su miembro por todo su cuerpo: por detrás, en la boca, entre sus pechos, penetrándola por entre sus tersas nalgas. Hacía que su pene creciera en grosor y en longitud hasta tales extremos que sentía verdadero dolor. Él pensaba a veces que casi iba a abrirla en canal, pero cuanto más a fondo se la metía, más se dilataba su cuerpo bajo su peso. Cuando la llevaba al cine se sentaban en el entresuelo y cuando llegaban las escenas cruciales de amor, deslizaba primero uno y luego dos y tres y hasta cuatro dedos dentro de su vagina. En los rellanos de las escaleras de las casas le levantaba la falda y le pasaba la lengua por los muslos. Hundiendo la cara en ella, como un perro, apretaba la lengua contra aquella parte central de sus bragas que parecía dormida. Había días en que hasta se olvidaba de cómo se llamaba, de donde vivía y en qué trabajaba, que era en dos cosas a la vez: de día en la filial de La Habana del Club de Exploradores y por la noche en un pequeño casino de juego que se llamaba Club Capri. Ella tenía unos pechos grandes y firmes. Y sus pezones, del tamaño de una moneda de un cuarto de dólar y de un color achocolatado, eran diminutos botones al principio, pero cuando se los chupaba se henchían como capullos en flor. Toda una minúscula flora de sensaciones parecía abrir sus pétalos y llegaba a paladear el dulce sabor de su leche. Su pene, lívido y del tamaño de una muñeca, se deslizaba dentro de su boca y ella se echaba hacia delante, le abría las nalgas y le metía la mano por detrás, explorando también su cuerpo. ¡Entonces sí que se sentía vivo, *coño!* ¡Vivo!

Estaba tan enamorado de ella que habría muerto feliz en sus brazos. La amaba tanto que le lamía el ojo del culo. Ella se corría y él se corría y en la blanca y plateada nebulosa teñida de rojo que le explotaba en el cerebro y que descendía estremeciendo todo su cuerpo, Néstor percibía una tenue presencia, algo que se

parecía a un alma y que penetraba en su ser. Cuando se tumbaba
a su lado, sentía como si su cuerpo se convirtiera en un campo
sobre el que él y María flotaran extasiados en alas del amor.
Pensaba en ella mientras trabajaba quitando con un cepillo las
manchas de tónico capilar de los respaldos de los pesados
butacones de cuero del club. Llevaba una chaquetilla blanca con
tres botones de metal y un sombrerito como el de los chicos de los
recados y mientras traía y llevaba bandejas de comida y bebida a
los miembros del club, soñaba con que le estaba lamiendo los
pezones. Olor a madera barnizada con aceite de linaza, a colonia, a humo azul de puro habano, a flatulencias. El olor del cuero
de los butacones con manchas de tónico capilar, de las espesas
alfombras de Persia y Turquía. Néstor riendo. Néstor feliz.
Néstor dando una palmadita a la espalda de su hermano mayor,
tan atribulado por aquella época. Trabajaba en una pequeña
cocina que había detrás de la barra preparando bocadillos de
jamón con pan sin corteza y bebidas. Silbaba, sonreía, cantaba
lleno de felicidad. Se quedaba mirando ensimismado por las
puertas francesas del salón comedor abiertas al patio ajardinado.
Pensaba en las arrebatadoras curvas de sus nalgas, en los finos
mechones de espeso pelo negro que le salían, pero sin exceso, por
detrás cuando abría las piernas. Sobre los muros del jardín
flotaba un suave aroma de glicinias violetas, frondosos jazmines e
hibiscos chinos. El sabor de su vagina abierta de par en par, toda
roja y reluciente de humedad, como una orquídea que se abría a
su lengua.

Esperando volver a verla, se consumía por las tardes cuando
iba a tocar la trompeta y a cantar junto con su hermano en los
Havana Melody Boys. Su hermosa María trabajaba de corista en
el Habana Hilton, como una más en una fila de diez «bellas
bailarinas de color café con leche», y allí era donde Néstor quería
estar, no con la mirada puesta en el público o en la luz de los
focos, sino perdida en la distancia. No podía dejar de pensar en
María un solo momento. Cuando no estaba en su compañía se

sentía terriblemente desgraciado y después de sus actuaciones con el grupo salía disparado como una flecha para encontrarse con ella.

Por su parte César sentía una gran curiosidad por aquella Bella María que había cargado con su hermano, tan sentimental e introvertido, y le había hecho tan feliz. Así que, finalmente, Néstor lo organizó todo para que se conocieran una noche. Escogieron un bar al que les gustaba ir a muchos músicos, cerca ya de la playa de Marianao. *¡Dios mío!*, su hermano César se quedó verdaderamente de piedra al contemplar la belleza de María y le dio a Néstor su aprobación, cosa que también hizo el resto de la concurrencia. Se quedó allí plantado haciendo cábalas, tratando de imaginar cómo diablos habría hecho Néstor semejante fichaje. No por sus dotes de conquistador, desde luego, pues su hermano pequeño nunca había sido demasiado mujeriego. De hecho, siempre le había parecido que las mujeres le daban un poco de miedo. Y allí estaba, como si tal cosa, con una mujer bellísima y una expresión radiante de felicidad en su rostro. Seguro que no la había seducido por su apostura o por sus agradables facciones, con aquel rostro alargado de matador que tenía, su aire sensible y afligido, sus grandes ojos negros o sus grandes y carnosas orejas. Debían haber sido, más bien, la sinceridad y el candor de su hermano, cualidades éstas que toda mujer fatal parece apreciar extraordinariamente. Viéndola bailar delante de una gramola en la que sonaba música de Benny More a todo volumen, moviendo el culo y bamboleándose, con la atención de todo el local centrada en su bello rostro, Néstor se sentía triunfante, porque él sí que sabía lo que todos los demás hubieran dado cualquier cosa por saber: sí, que sus pechos eran tan redondos y suculentos como se adivinaban bajo su vestido, y que sus pezones se ponían grandes y firmes en sus labios, sí, que aquel culo espléndido para bailar la rumba era como yesca encendida, sí, que los fabulosos labios de su vagina se abrían y cantaban como los gruesos y sensuales labios de su boca, tan grande como rezumante de carmín, y sí, que el vello de su pubis era negro y espeso, y que tenía un lunar en el lado derecho del rostro y otro haciéndole juego en el segundo pliegue interior de sus labios menores; él sabía que entre sus nalgas crecía un vello fino y oscuro que se hacía más espeso cuanto más hacia dentro, y que cuando alcanzaban el orgasmo echaba la cabeza hacia atrás con violentas sacudidas y apretaba los dientes mientras todo su cuerpo se convulsionaba en espasmos de gozo y felicidad.

De pie, ante la barra, junto a su hermano mayor, Néstor bebió a sorbos, lleno de orgullo, botella tras botella de cerveza, hasta que, por las ventanas del club, llegó a sus oídos el rumor de la inmensidad azul del mar, henchiéndose como una capa, y entonces cerró los ojos y como si fuera una de aquellas densas columnas de humo que llenaban el local, se abrió paso por entre la multitud que bailaba en la pista y echó sus brazos alrededor de aquel templo de voluptuosidad que era María.

Tenía gracia, así era también como se llamaba su madre, María, María.

Al recordar aquella época, Néstor nunca pensaba en los largos silencios que jalonaban sus conversaciones cuando iban a pasear por el parque. Después de todo no era más que un muchacho introvertido, que procedía del campo, con una educación que no llegaba más que a sexto grado y que sabía más de música y de la cría de animales que de cualquier otra cosa. Una vez que le hubo hablado de sí mismo, ya casi no tenía más que decir. «¿Y cómo están tus primos?», «¿Cómo va el club?», «Hace un día bonito, ¿verdad?», «*Bueno*, ¡qué día tan magnífico!», «¿Por qué no vamos a dar un paseo y luego tomamos algo en algún sitio que esté bien?» ¿Qué podía decirle? Ella estaba más allá de toda conversación humana. Le gustaba cuando se ponía a darle una serenata con su guitarra delante del teatro de la ópera en el parque y la gente se congregaba para oírle y aplaudirle. Algunos días parecía muy triste y desgraciada, lo que la hacía aún más hermosa. Paseaba a su lado preguntándose qué estaría ella pensando y qué podría decirle para hacerla reír.

Gradualmente sus paseos fueron transformándose en interminables vigilias que duraban toda la noche, hasta que llegaban a ese sitio en el que todo marchaba a las mil maravillas: la cama. Pero, al cabo de cierto tiempo, incluso sus animados jugueteos en la cama empezaron a convertirse, sin saber la razón, en algo bien distinto. Ella se paraba de pronto y rompía en sollozos en sus brazos, llorando tan desconsoladamente que él no sabía qué hacer.

—María, ¿qué te pasa? ¿No puedes decírmelo?

—¿Quieres que te dé un buen consejo, hermano? —le dijo César a Néstor un día—. Si quieres a una mujer, trátala bien de vez en cuando, pero no dejes que se acostumbre demasiado. Hazle ver que el hombre eres tú. Un poco de mano dura nunca ha echado a perder ninguna historia de amor. A las mujeres les gusta saber quién es el que manda.

—Pero ¿mano dura con María? ¿Con mi María?

—Tú hazme caso... A las mujeres les gusta que les den órdenes y que se las ponga en su sitio. Ya verás como entonces deja de llorar.

Probando a ver si daba resultado lo que su hermano le había aconsejado, empezó a darle órdenes a María y durante sus silenciosos paseos por el parque le demostraba que era un hombre de verdad cogiéndola con fuerza de las muñecas y diciéndole:

—María, ya sabes que debes sentirte afortunada por estar con alguien como yo.

Cuando la veía delante del espejo maquillándose le decía:

—Nunca pensé que fueras tan coqueta. Eso no es bueno, María, si ahora te miras demasiado al espejo, cuando te hagas vieja serás una vieja feísima.

Y le hacía y le decía otras cosas que más tarde le harían

morirse de vergüenza al pensar en lo desafortunado y lo injusto de todo ello. A pesar de lo hermosa que era, siguiendo las indicaciones de su hermano, se dedicó a volver la cabeza para mirar a todas las mujeres que pasaban a su lado por la calle. Su idea era que si podía hacerla de menos, conseguiría que se quedara para siempre junto a él. Como las cosas no mejoraron, sus silencios fueron haciéndose cada vez más prolongados. Y a medida que la situación empezó a ir de mal en peor Néstor se sintió cada vez más confuso.

Pero en aquella temporada en que las cosas no marchaban bien entre ellos, Néstor se sentó un día a escribir a su madre una carta en la que le decía: «*Mamá*, creo que he encontrado una muchacha para casarme».

Y a partir del momento en que se lo contó a su madre, su historia amorosa cobró un carácter a la vez mágico y fatal. Era el destino, como él decía. El primer paso que dio en tal sentido fue ponerse de rodillas en un jardín que había en la parte de atrás de un club social, con un anillo de compromiso y un ramo de flores en la mano y hacerle una proposición formal de matrimonio. Inclinó la cabeza esperando una respuesta: cerró los ojos y pensó en toda la luz que inundaba los cielos y cuando los alzó para contemplar su hermoso rostro otra vez, vio que salía corriendo del jardín y que había dejado el anillo y las flores a su lado en el suelo.

Cuando hacía el amor con ella pensaba en el hombre que había visto el día en que se conocieron y recordaba lo mucho que ella había llorado después. Al hacer el amor le apretaba con tal fuerza las piernas y los pechos para hacerle ver lo fuerte que era que la dejaba llena de señales. Se levantaba de la cama y le decía: «Tienes intención de abandonarme, ¿verdad?». Sentía una especie de malestar en el estómago que le decía que había algo en su forma de ser que la estaba apartando de él. En tales noches lamentaba no tener una *pinga* tan grande que la abriera en canal y dejara volar, como una *piñata* rota, las crecientes dudas que parecía albergar respecto a él.

Pensando que la persistencia había de coadyuvar a sus propósitos, le repetía incansable: «Voy a pedirte que te cases conmigo todos los días, hasta que al final me digas que sí».

Salían a pasear e iban al cine, pero el dolor ensombrecía el bello rostro de María.

—Hay algo que quiero decirte... —empezaba siempre.

—Sí, María, que siempre vamos a estar juntos, ¿no?

—... Sí, Néstor.

—Ah, lo sabía. Sin ti no podría vivir.

Una noche quedaron en el sitio de costumbre —que era delante de una pastelería que se llamaba De León— para ir a ver una película de Humphrey Bogart. Ella no apareció y Néstor estuvo dando paseos por la calle buscándola hasta las tres de la madrugada, y cuando volvió a su *solar* contó a su hermano lo que había pasado y César le dijo que, seguramente, habría tenido alguna buena razón para faltar a la cita. Las observaciones de su hermano le parecían siempre juiciosas y se sintió mucho mejor. Al día siguiente fue a casa de María, pero ella no estaba, volvió al otro y seguía sin estar y finalmente fue al Habana Hilton y tampoco la encontró allí. ¿Sería que le había ocurrido algo? Volvió una y otra vez al *edificio* donde ella vivía, pero nunca estaba, y por las tardes César, que estaba pasando él mismo por una difícil situación, se tenía que dedicar a consolarle. Pero al quinto día su hermano mayor, cuya filosofía de la vida había adoptado el lema de «ron, rumba, y buenos culos», le dijo a Néstor:

—Una de dos: o le ha ocurrido algo o es que te ha abandonado. Si le ha pasado algo, ya la verás, pero si te ha dejado... lo que tienes que hacer es olvidarte de ella.

Otra mañana estuvo tanto rato llamando con los nudillos a su puerta que al final salió el casero a ver qué pasaba.

—¿María Rivera? Ya no vive aquí, se ha mudado.

Volvió una y otra vez al club, pero allí le dijeron que se había despedido de su trabajo y que se había vuelto a su *pueblo*.

Durante semanas no pudo comer ni beber, perdió peso y su insomnio se agravó. Se sentaba en la azotea de su *solar* a contemplar las estrellas que brillaban sobre la bahía, estrellas de lamentación, estrellas de devoción, estrellas de amor infinito, y les preguntaba: «¿Por qué os burláis de mí?». Acudía a sus dos trabajos en un estado mental desastroso, físicamente exhausto y no despegaba los labios un solo momento. Su estado de desesperación le hacía vivir en un éxtasis semejante al de su anterior estado de felicidad.

Hasta el director de los Havana Melody Boys se dio cuenta de la profunda depresión de Néstor. Mientras los demás músicos bailaban el mambo en el escenario, él apenas se movía. Alguien comentó en voz baja: «Parece que está pasando un bache sentimental».

—Pobre muchacho, tiene peor aspecto que un muerto.

—Déjenle en paz. No hay nada que pueda curarle. El tiempo solamente.

Finalmente decidió ir al *pueblo* de donde ella era, que estaba a unas cuatro horas de autobús de La Habana. Recorrió las calles preguntando por una tal María Rivera. Se había ido sin decir una sola palabra a su hermano mayor y alquiló una habitación en una pensión local. Llevaba allí ya cuatro días y cuando estaba tomándose un *café con leche* en un bar alzó los ojos y vio al hombre que peleaba con María el día en que se habían conocido. Ahora que podía observarle con más calma, sin esa distorsión que siempre produce el miedo, le sorprendió el ver que era un hombre muy bien parecido. Llevaba una *guayabera* azul, pantalones blancos de lino, calcetines amarillos y zapatos blancos y sus rasgos físicos más evidentes eran agradables y revelaban fuerza y virilidad: tenía unos ojos oscuros y penetrantes, un bigote muy poblado y varonil y un cuello fuerte y robusto. El hombre se estaba tomando una copa tranquilamente y de pronto salió a la calle. Guardando una cierta distancia Néstor le siguió. Anduvo hasta llegar a una calle verdaderamente encantadora, una calle estrecha y empedrada con guijarros que subía en cuesta. La flanqueaban viejos muros pintados de colores naranja y rosa pastel, por encima de los cuales se asomaban a la calle floridos emparrados. Palmeras y acacias proyectaban su sombra sobre las aceras. Y al fondo se divisaba la radiante superficie del mar.

Allí había una casa. Una hermosa casa con tejados de zinc que daba a la bahía. Flotaba en el aire un olor a piña y había un jardín. Era una casa llena de felicidad y de voces. Oyó la voz de María riendo dichosa y feliz.

Esperó lleno de zozobra y dando vueltas en el exterior como si fuera un fantasma sólo para poder verla, aunque fuese de lejos. Y fue aún peor. Miró por una ventana y oyó ruidos de voces, de utensilios, de platos, de tostones friéndose en una sartén. Su vida proseguía feliz sin él y sintió que se le encogía el corazón. En un primer momento no se sintió con ánimo suficiente como para llamar con sonoros golpes a la puerta y enfrentarse con ella, prefería no ver la verdad. Pero más tarde se armó de valor en un bar, y al anochecer volvió y se dirigió con paso desafiante hacia la puerta, metiendo estómago y sacando pecho. Una larga y quejumbrosa frase de trompeta se elevó resonando en el cielo y trazó un arabesco alrededor de las estrellas. El aire olía con perfume de mimosas. Se oyeron risas. Siguió dando golpes a la puerta que daba al jardín hasta que el hombre salió a abrirla.

—¿Qué es lo que quiere?

—A mi mujer.

—Querrá usted decir —le corrigió— a mi esposa.

—¡No me diga!

—Desde hace una semana.

—Pero si ella le odiaba...

El hombre se encogió de hombros.

—Era nuestro destino.

Oh, María, ¿por qué fuiste tan cruel cuando yo veía las

estrellas bañando de luz tus cabellos y el pensativo resplandor de
la luna reflejado en tus ojos?

Néstor bajó la calle en cuesta hasta llegar a un rompeolas, se
recostó contra una pequeña estatua del poeta cubano José Martí,
y se quedó contemplando aquel mar de oscuridad que se abría
ante él. Soñó en lo feliz que podría haber sido con ella si no se
hubiese portado con tanta crueldad, o si hubiese sido mejor
conversador, o si hubiera tenido verdadera ambición. Si ella no
hubiera llegado a descubrir lo débil que era su alma. María se
le apareció entonces, como en un sueño, sonriendo. Cuando
quiso tocar su mano, fue como si tocara el aire. No había nada. Pero María seguía allí. Le habló con tal ternura y con palabras tan dulces sobre los tormentos de su corazón y de su alma
que, cuando la visión se desvaneció, se sintió extrañamente
calmado.

¿Qué es lo que le había dicho?

—Pase lo que pase, te amaré siempre.

Siempre, por siempre jamás, hasta la muerte.

Pasó la noche apostado delante de la casa de María, suspirando. Por la mañana vio que ella le había dejado un plato con
pan y jamón en el suelo donde había dormido, pero un ejército de
hormigas rojas lo había tomado al asalto.

Volvió a La Habana y le contó a César lo que María le había
dicho.

Alrededor de su cuello llevaba el crucifijo que su madre le
había regalado para su Primera Comunión y que tan a menudo
había rozado los rotundos pechos de María. Sintió el pecho como
lleno de piedras y arena que le oprimían y tuvo por un instante la
vaga pero inquietante impresión de que las articulaciones de sus
huesos se volvían de cera y que se iba a desplomar al suelo de un
momento a otro.

—Me dijo que me ama todavía. Me dijo que piensa en mí
todo el día. Que nunca quiso hacerme daño. Dice que, a veces,

cuando está en la cama por las noches piensa en mí y siente que aún estoy dentro de ella. Dijo...

—Néstor, ¡déjalo ya!

—Me dijo que se habría casado conmigo si no hubiera sido por aquel otro individuo que había en su vida, aquel antiguo *prometido* que tenía en el pueblo de donde era. Que no significaba nada para ella y que estaba tratando de olvidarle. Un patán de pueblo que no le hacía el menor caso cuando estaban juntos y que vino aquí a llevársela otra vez y —hundiendo el rostro entre las manos continuó—: ella creyó que su deber era volver con él y...

—Néstor, ¡basta ya!

—Dijo que siempre recordará los momentos que pasamos juntos como los más felices de su vida, pero que él se le había presentado y, bueno, que, ahora, su destino está sellado. Me dijo que se había casado con él por un sufrimiento que la atormentaba en lo hondo de su ser. Dice que nunca quiso engañarme, que me amaba de verdad. Dice que se le partía el corazón al pensar que habríamos podido conocernos mucho antes, pero que aquel hombre siempre había sido su amor...

—Néstor, no es más que una *puta*.

—Dijo que su auténtico amor era yo, pero que...

—Néstor, ¡basta! ¿Dónde están tus cojones, hombre? ¡Estás mucho mejor sin ella!

—Sí, mucho mejor.

¿Y qué ocurrió? Tras aquel descalabro amoroso, Néstor ya no fue el mismo, volvió a aflorar a su rostro aquella expresión medrosa de su juventud, como cuando se quedaba encogido de miedo en la oscuridad de su habitación y una sensación de muerte y calamidades se arremolinaba en torno suyo. Acudía a su trabajo en el Club de Exploradores como un sonámbulo, iba y venía por aquellos salones de paredes revestidas con paneles de madera, llenas de mapas, globos terráqueos y cabezas de leones, antílopes y carneros, trayendo y llevando bandejas con daiquiris y whiskys para los británicos o americanos pudientes, sin que sus labios jamás esbozaran una sonrisa o pronunciaran una sola palabra amistosa. Uno de aquellos días sonó un disparo en los lujosos lavabos del edificio y cuando los empleados del club se precipitaron a ver qué era lo que pasaba, encontraron muerto en el suelo a uno de aquellos caballeros, un tal señor Jones, con un revólver todavía humeante en la mano. Luego se descubrió que su verdadero nombre era Hugo Wuerschner, y que había decidido quitarse la vida porque otro socio del club averiguó que el tal Wuerschner había trabajado en otro tiempo en La Habana como agente del Tercer Reich. Negándose a que le chantajearan, Wuerschner, que llevaba tiempo con la moral muy baja por la caída de su Führer, prefirió poner así fin a sus cuitas. La expresión desencajada y de despecho que se reflejaba en el rostro del muerto era idéntica a la del de Néstor, tan extremo era su sufrimiento.

Su hermano mayor llevaba a Néstor a todas partes, al cine, a los cafés que estaban abiertos toda la noche, a las casas de prostitución y no se cansaba de repetirle: «No lo merece». Y añadía: «Lo mejor será que tengas un poco de mano dura con ese tipo de mujeres, pues cuando uno se porta bien, la cosa siempre acaba mal». Y concluía: «Olvídala, esa mujer no lo merece... no merece ni una sola lágrima, ¿entiendes?».

Siempre que el sufrimiento hacía acto de presencia en su vida, el Rey del Mambo mayor se buscaba una mujer y, por tanto, pensó que la solución estribaba en aturdir a Néstor con cuantas más mujeres, mejor. Recuerdos de una noche de borrachera en La Habana, en 1948, que los dos hermanos pasaron en un burdel cerca del puerto que se llamaba el Palace: espaldas arqueadas, sexos exuberantes irguiéndose y desinflándose una y otra vez a lo largo de la noche. Lenguas enrollándose y desenrollándose, vientres que sonaban como una bofetada al chocar entre sí, húmedos muslos. Jodieron y jodieron hasta que ya no podían con su alma y luego, borrachos como cubas, se dirigieron al puerto y Néstor empezó a tirarles botellas a unos marineros y a gritar que quería confesar sus pecados a un cura. Al llegar a los muelles Néstor decidió robar un yate en el que se embarcarían para dar la vuelta al mundo, pero cuando encontró un bote de remos y se había alejado treinta yardas perdió los remos y empezó a vomitar en el agua. Luego se puso de pie, riéndose a carcajadas y echó una meada en aquel mar en el que la luna cortaba en secciones triangulares los reflejos rojos, amarillos y azules de las luces que alumbraban las fiestas de la ciudad. A lo lejos oyó el ulular de una sirena de barco que le llamaba: «¡Castillo, Castillo!», y gritó: «¡Al diablo con todo!» —y sin dejar de reír pensó para sus adentros: «¡Al diablo también con María! ¡Estoy vivo!».

Luego volvieron a su *solar*. César tiraba de Néstor por las calles y dando tumbos se iba contra los edificios que parecían inclinarse sobre ellos y saludarlos con la cabeza como ancianos chinos llenos de sabiduría. Al fin encontraron la puerta y la escalera de su *solar*, subían diez escalones y bajaban quince, César tratando de calmar a su hermano y Néstor riendo con estruendosas carcajadas.

—¡Al diablo con todo!

Pero ni siquiera la noche logró penetrar la máscara gloriosa de su sufrimiento. ¿Qué extraño poder seguía ejerciendo María sobre él? Nadie lo sabía. Aquello siempre constituyó un misterio para César.

—Tú siempre has sido así, siempre llorando por nada —le decía César—. Esa mujer no lo merece, para ti es mala como una botella de veneno. ¿Pero, cómo es que no lo viste desde el principio?

—Pero la amo.

—*¡Hombre*, si no es más que basura!

—Sin ella, lo único que quiero es morirme.

—No seas estúpido.

—Si supieras lo que sufro...

—*¡Dios mío!* Tienes que dejar de humillarte a ti mismo de esa forma!

(Luego las voces siguieron hasta que se desvanecía la última frase de trompeta de *Bella María de mi alma*. Inhalación de un cigarrillo, otro sorbo de whisky y el brazo del tocadiscos levantándose otra vez.)

Aunque Néstor usaba gruesos preservativos de la Segunda Guerra Mundial, a veces era muy descuidado y no tomaba demasiadas precauciones cuando hacía el amor con Delores y no siempre se preocupaba de ponerse un condón ni de quitarse de encima una vez comenzados los primeros espasmos de la eyaculación. Ella se encerraba luego en el baño y se lavaba a conciencia la vagina con una ducha que parecía un rociador de aves de corral, que llenaba con bicarbonato de sodio y agua de seltz. Una tarde, mientras enceraba los suelos de tarima de la casa de aquel hombre rico en la que trabajaba, tuvo una sensación que era como si el útero se le llenase de pronto de luz, una luz como la de las estrellas que al anochecer se elevan lentamente en la oscuridad del firmamento, y se le ocurrió pensar que aquellos indicios de luz eran los de un alma, de un ser, que eran vida misma. Un médico cubano, ya centenario, que tenía su consulta en Columbus Avenue esquina a la calle 38 le diagnosticó un embarazo. Subió las escaleras que llevaban al apartamento de La Salle Street esperando que Néstor recibiera la noticia con una amorosa explosión de júbilo. Cuando entró, él estaba trabajando en aquella misma canción que silbaba cuando se conocieron un año antes. Al oír la melodía se sintió transportada a aquel día y pensó que el bolero estaba ahora dedicado a ella. Se acercó a él, le echó los brazos al cuello y en un susurro le dijo:

—He de decirte una cosa. Estoy embarazada.

Néstor respiró hondo, se quedó mirando al centro del salón,

donde había un carrito de ruedas y el estuche de una batería de bongos americana, parpadeó un instante, dio un suspiro y le preguntó:

—¿Estás segura?

Pero al ver que se borraba de su rostro aquella expresión de felicidad con la que había entrado, añadió:

—No, si me hace muy feliz, querida. ¡Pero que muy feliz!

Después la rodeó con sus brazos, pero bajó la cabeza y parecía como si no pudiera apartar la vista de la ventana que daba a la escalera de incendios y estaba abierta apenas un palmo, y en aquel momento tuvo la impresión de que lo que él deseaba era lanzarse a la ventana, desaparecer y no volver nunca jamás.

El joven músico hizo lo que había que hacer: un Juez de Paz casó a Néstor y a Delores en un pueblecito de casas de madera de Nueva Jersey. Tras la ceremonia Néstor se sentó junto a la mesa en la que César Castillo había colocado una caja de botellas de champán ya enfriadas y allí permaneció, vaciando una copa tras otra. No tuvieron luna de miel, pero dieron una fiesta que empezó en un restaurante del barrio chino y acabó en el Mambo Nine Club, donde conocían tanto al barman como al encargado del local, y donde una banda compuesta por amigos suyos de distintas salas de baile amenizó la velada con su música. En el alborozo de aquel día la novia no cesó de besar y de coger del brazo a su hermana Ana María y lamentó profundamente que su padre no estuviera vivo para ver lo feliz que era otra vez. Al pensar en él se sintió embargada por la tristeza. Siguiendo el ejemplo de toda la alegre concurrencia, también ella bebió demasiado champán. Su inexperiencia le jugó una mala pasada y mientras daba vueltas y más vueltas bailando un mambo, vio cómo el rostro de todos los presentes se alargaba y las orejas les iban creciendo y se les ponían de punta, como las de los lobos, a la luz amarillo-rojiza del local. Luego el perfil de las cosas empezó a desdibujarse y todo aparecía con unos gruesos contornos negros. Horas después se despertó en el sofá del salón del apartamento de La Salle Street al lado de Néstor. Estaba aún vestido, tenía la cabeza echada hacia atrás sobre el respaldo del sofá, roncaba y parecía hablar consigo mismo entre dientes. Le secó el sudor de la frente con un pañuelo, le dio un beso y pensó: «Es mi marido, mi marido».

Pero, luego, prestó atención a lo que murmuraba y como si le clavaran alfileres en el costado, oyó, dicho en un hilo de voz, pero pronunciado con claridad, un nombre, «María, María».

Tuvieron dos hijos: Eugenio, que nació en el año cincuenta y uno, y Leticia, en el cincuenta y cuatro. Néstor, que se sentía poco preparado para las tareas que aguardan a un hombre en este mundo, nunca supo muy bien en qué consistía la paternidad. Fue algo de lo que se dio cuenta cuando nació Eugenio. En un primer momento celebró el acontecimiento con gran regocijo. En sus ensoñaciones veía ante él un futuro de dicha, en el que paseaba con su mujer y su hijo por dorados senderos, jubilosos en su amor. Pero algo le atormentaba: la completa indefensión de la criatura, sus lloros para que le atendieran, su necesidad de cuidado. Cuando cogía a Eugenio en sus brazos y examinaba las frescas venas bajo el cuero cabelludo de su suave y sonrosada cabecita que despedía un dulce olor, sentía miedo por todas las desgracias que podían sobrevenirle. Pensaba en aquel tipo que trabajaba con él en la fábrica, que había dejado quince minutos sola en una habitación a su hija de un año y cuando volvió la había encontrado muerta; y pensaba también en aquel percusionista amigo suyo, un tipo cubano muy simpático que se llamaba Papito, cuyo hijo de diecinueve años hizo pffft y pasó a mejor vida sólo porque una de las venas de su cabeza tenía las paredes demasiado finas y no pudo soportar un exceso de presión sanguínea cuando estaba jugando un partido de esa modalidad de béisbol que se juega con pelota blanda, en Van Cortland Park. Néstor le llenaba a Eugenio la cara de besos, jugaba con los deditos de sus pies, le hacía cosquillas en las costillas y le cantaba. Le encantaban los momentos en que el pequeño sonreía y daba muestras de reconocer a su padre, pero cuando mostraba signos de alguna molestia, una espantosa sensación de remordimiento abrumaba a Néstor y empezaba a pasearse por las habitaciones de la casa como si algún tipo de tragedia comenzara a escenificarse ante sus ojos. ¡Mi hijo sufre! Y ese simple hecho se le antojaba insoportable.

—¡Delores, haz algo con el *nene!* ¡Comprueba que el *nene* esté bien! ¡No te olvides del *nene!*

Volvía a casa tras su jornada de trabajo en la fábrica y veía lo bien que Delores los atendía. Como si fuera un supervisor escudriñaba las camas de los niños y bajaba la cabeza, pensativo, mientras examinaba sus rollizas piernecitas y el color de sus mejillas. Cuando tenía que cogerlos en brazos se sentía perdido. Se mostraba cariñoso con ellos, pero nunca llegó a saber realmente en qué consistía aquello de la paternidad. Estaba siempre encima de ellos, como una gallina clueca, siempre preocupado por su salud. Los veía tan indefensos y tan vulnerables ante cualquier peligro que había días en que volvía a tener aquellas horribles pesadillas de sus atribulados años infantiles. A mitad del día de pronto se le ocurría pensar que a Eugenio le gustaba mucho jugar cerca de la ventana. ¿Y si se encaramaba y se caía, estrellándose contra el pavimento de la acera? *¡Dios mío!* Empezaba a dar vueltas de un lado a otro, pedía cinco minutos y llamaba al apartamento para asegurarse de que todo iba bien. Llevaba puesta una larga casaca, siempre manchada de sangre, y unas botas de goma. Descolgaba las ijadas de las vacas bien cebadas de la cinta transportadora, se las cargaba a la espalda y las metía en la parte de atrás de un camión frigorífico. El olor a sangre que flotaba en el ambiente, las reses muertas y los huesos que había por doquier no constituían, precisamente, un panorama demasiado estimulante.

Como tampoco el hecho de que Leticia enfermara de asma y estuviera delicada durante bastante tiempo. Él se sentía tan responsable de su trabajosa respiración que siempre volvía a casa cargado de regalos y de dulces para ella. Y para no hacer distinciones, siempre llevaba también algo en los bolsillos para Eugenio. El hecho de que a pesar de tantos males no murieran le dejaba verdaderamente atónito, pero la dolencia de Leticia le hizo vivir siempre en tensión. Unas veces no soportaba la idea de quedarse en casa y asistir a cualquier desastre que pudiera ocurrir; otras se le hacía insufrible el hecho de hallarse lejos. Los únicos ratos agradables eran cuando la casa se llenaba de visitantes: bien porque celebraban sesiones musicales en las que tocaban sin un programa prefijado e improvisaban con otros músicos, bien porque daban cenas a las que invitaban a esos mismos músicos amigos que acudían entonces acompañados por sus mujeres. Y a las que nunca faltaba César, su hermano mayor, siempre bebido, con el cuello desabrochado, un ostentoso bulto bajo los pantalones y rodeando con los brazos, como de costumbre, el talle de alguna guapa jovencita.

Cuando había en la casa personas responsables, maduras y de buen corazón, que sabían lo que se tenía que hacer en un momento de crisis, Néstor respiraba tranquilo. Pero, en términos generales, no se sentía relajado ni un solo momento. ¿Sus momentos de desahogo? Cuando su pene explotaba de esperma y, anulando su personalidad, le lanzaba a un cielo de luces azules y rojas, de espacios flotantes, y cuando tocaba la trompeta y se ensimismaba en la melodía. Por lo demás, no sabía muy bien qué hacer consigo mismo. La responsabilidad que había caído sobre sus hombros era demasiado pesada como para no afectar a su propio bienestar personal. Su inquietud empezó a presentar síntomas físicos. Algunas noches mientras trataba de dormirse y el terror le acechaba en el aire de la habitación, empezaba a sudar y su corazón latía tan apresuradamente que habría jurado que iba a sufrir un ataque cardiaco. Otras veces, como también le ocurría a su padre, le salían terribles sarpullidos. En 1954 tenía tan sólo veintiocho años, y aunque sus hábitos dietéticos no eran especialmente saludables y comía todo lo que a los cubanos les gusta comer, se mantenía delgado y en forma. Pero el desbocado latir de su corazón le obsesionaba noche tras noche y estaba convencido de que le pasaba algo. Pero, aun así, nunca pensó en acudir al médico.

Mandaba a su madre en Cuba cartas llenas de ternura, escritas con aquella letra sencilla que tenía, en las que le decía lo mucho que la quería a ella y a toda la familia, cartas llenas de nostalgia, añorantes de la seguridad de aquel hogar que había tenido —o creía haber tenido— allá en Cuba. Cuando pensaba en su infancia, en los tiernos cuidados que había recibido cuando estuvo enfermo en cama, le embargaba la emoción. Se olvidaba de los terrores que le infundía la soledad y recordaba todos los besos que le daban tanto su madre como la sirvienta de la casa, Genebria, y lo mucho que todo el mundo parecía preocuparse por él, César especialmente. Empezaba aquellas cartas con un saludo, «*Querida mamá*», y las terminaba con: «Todos los de la casa te enviamos no mil, sino un millón de besos. Con todo el cariño de mi corazón, tu *hijito*, N.».

Siempre firmaba las cartas con una sola inicial, «N».

Sus noches eran un verdadero desastre. A menudo volvía al apartamento de La Salle Street de actuar él solo en algún sitio, se desnudaba y se metía de un salto en la cama en la que le esperaba Delores, y permanecía despierto a su lado solicitando sus atenciones. Luego echaban los brazos el uno alrededor del otro y se acariciaban hasta que, finalmente, se quedaban dormidos. Pero a primeras horas de la mañana ya estaba despierto, pensando en que había algo que faltaba en su vida. Qué podía ser era algo que ignoraba. A las tres y media de la madrugada se levantaba de la cama y se sentaba en la sala de estar a oscuras, se ponía a rasguear suavemente unos acordes a la guitarra despertando de sus sueños a Delores. Así que ésta cruzaba el pasillo y le decía:

—Néstor, ¿por qué no te vuelves a la cama?

Pero él seguía rasgueando la guitarra. Se sentaba junto a la ventana y miraba a la calle. Aquella calle en la que, envuelta en tinieblas, lucía una solitaria farola de forja.

—Sólo una canción.

A veces no podía conciliar el sueño durante tres o cuatro días seguidos. No sabía lo que le estaba pasando. Los cubanos de entonces —como los cubanos de hoy en día— no sabían gran cosa de problemas psicológicos. Cuando se sentían mal, los cubanos iban a ver a sus amigos, comían, bebían o salían a bailar. Rara vez se paraban a pensar en los problemas que pudieran tener. Un problema psicológico era un elemento más del carácter de cada uno, con el que había que contar. César era, según eso, *un macho grande;* Néstor, *un infeliz.* Cuando la gente lo pasaba mal y quería algo que le curase, esperaba siempre que ese tipo de curas dejara sentir sus efectos inmediatamente. César estaba en muy buenos términos con unas *santeras,* unas damas realmente encantadoras que se habían venido de la provincia de Oriente y se habían instalado en la calle 110, esquina a Manhattan Avenue. Y siempre que César se encontraba mal por algo, cuando se sentía deprimido por el hecho de tener que seguir trabajando en una fábrica de embutidos para poder mantener su rutilante tren de vida o cuando pensaba en su hija, que se había quedado allá en Cuba, y le asaltaban sentimientos de culpabilidad, iba a ver a sus amigas para ver si podían dar algo así como un mágico golpe de timón a su existencia. A aquellas *santeras* les gustaba pasarse el día oyendo la radio y les encantaba que niños y adultos fueran a hacerles compañía un rato. Cuando se sentía mal, iba a su casa, dejaba caer unos cuantos dólares en un cestillo, se tumbaba en el suelo boca abajo sobre una esterilla de paja, tocaba una campana con poderes mágicos —que simbolizaba a su diosa, Caridad— y rendía homenaje a la diosa Mayarí, de la que aquellas mujeres eran intermediarias. Y ¡pssst! sus problemas desaparecían como por ensalmo. O a veces le daban una especie de masajes. O si no, se acercaba a una *botánica* que había en la calle 113 esquina con Lenox Avenue y se compraba una «purga», una mezcla de hierbas mágicas, cuyo secreto poseía algún santo y cuya eficacia estaba garantizada. Producía los mismos efectos que ir a confesarse a la iglesia católica: el corazón se abría en un acto de contrición y se admitían los pecados; y entonces el alma se purificaba. (Y nada de confesiones en el lecho de muerte tampoco, nada de ser admitido en los cielos gracias a rituales en la hora postrera. Los cubanos de entonces morían como habían vivido, y un hombre que no había confesado sus pecados cuando tenía veinticinco años no iba a confesarse cuando cumpliera los setenta.)

Néstor acompañó a César en varias ocasiones, probó la purga purificativa, rindió obediencia y se sintió mejor unos cuantos días. Luego, aquel sentimiento que le torturaba hacía de nuevo presa en él y se sentía incapaz del más mínimo movimiento. Era como estar atrapado en un opresivo y tenebroso túnel; a veces serpenteaba, como si se tratase de un laberinto, otras seguía en línea recta. Moverse dentro de él era siempre difícil. Probó incluso a ir a confesarse, aunque no tenía ningún pecado que confesar. En la iglesia que cerraban unas grandes puertas rojas, envuelto por el olor que desprendían aquellos cirios hechos con auténtica cera de abeja y el humo del incienso, se aproximó a la verja donde se administraba la comunión y entonces recordó cuando se arrodillaba en el frío suelo de la iglesia de Las Piñas, junto a su madre, y rezaba a Cristo y a todos los santos y a su Santa Madre. Cerró los ojos y un temblor recorrió su frente al hacer un esfuerzo para establecer contacto con Dios.

Y, un día, cuando el rostro del cura apareció en la oscuridad tras la rejilla del confesionario, le dijo:

—Padre... he venido en busca de orientación.

—¿Qué clase de orientación?

—Mi corazón... está triste.

—¿Y qué es lo que te entristece?

—Una mujer. Una mujer a la que conocí hace ya tiempo.

—¿Y estás enamorado de ella?

—Sí, padre.

—¿Y ella te ama?

Silencio.

—¿Te ama ella?

—No lo sé, padre.

—¿Y tú quieres que te ame?

—Sí, padre.

—¿Se lo has dicho?

—Sí.

—¿Y estás en una situación que te permita corresponderla?

—No, padre. Tengo familia.

—¿Y por eso es por lo que estás aquí?

—Sí, padre.

—¿Has intentado algo para contrarrestar ese sentimiento?

—En mi corazón sí.

—Tu matrimonio hace reprobable tal cosa.

—Lo sé.

—Pero esa tentación... Te aconsejo que reces. ¿Tienes un rosario?

—Sí, padre.

—Entonces reza el rosario y te sentirás reconfortado.

Y rezó el rosario en compañía de aquellos santos de piedra y de Jesús; rezó el rosario hasta que las plegarias le salían por los ojos, pero el sentimiento de malestar que le embargaba continuó. A veces se encontraba tan mal que se decía para sus adentros: «Si hubiera seguido con María habría encontrado la felicidad». Daba vueltas y más vueltas a aquella historia de amor en su cabeza, por más que hubiera terminado hacía ya años. Se había embarcado en ella, feliz, lleno de ingenuidad, de inocencia... y había acabado arruinando su alma.

Aunque quería a Delores, le era imposible apartar a María de su pensamiento. De pronto sentía un dolor en sus rodillas que iba

subiéndole hasta los muslos y le bajaba hasta los tobillos y que
era como una ola de melancolía que iba apoderándose de su ser y
a través de la cual siempre volvía a aparecer la imagen de María.
¿Qué es lo que ella le había dicho aquel día de 1948?

—Te amaré toda mi vida.

Se iba al parque a escribirle cartas en secreto, al menos una
vez al mes, aunque jamás recibió respuesta. Contemplaba los
barcos que pasaban por el río Hudson remolcando gabarras
cargadas de tuberías y desechos, y pensaba en María acostada
desnuda en una cama. Tenía el recuerdo doloroso de lo que era
sentirse dentro de ella: era como si del cielo cayera un pañuelo de
seda, calentado por el sol y empapado en miel, que se ciñera
suavemente a su pene.

Pero aunque sabía que recrearse en aquello estaba mal, no
podía librarse de aquel ardiente anhelo que sentía por ella. Su
desesperación siempre le remitía a María y al pensar en María
volvía a sumirse en la desesperación. Quería a Delores, quería a
sus hijos, ¿por qué, pues, había de ir todo tan mal? Rompió casi
todas las fotografías de ella que tenía, excepto una que había
escondido en una caja llena de partituras que estaba metida
entre un bajo de batería y un *quinto* en el salón. Pasaba meses sin
verla y luego, un día, la sacaba y siempre le parecía aún más
hermosa y dulce de lo que recordaba. El hecho de que le hubiese
abandonado tan cruelmente no atemperaba su deseo. Sabía que
algo tenía que cambiar, pero no sabía cómo cambiarlo.

Se aficionó a un hábito un tanto inquietante. Cuando hacía
buen tiempo a él y a la familia les gustaba subir a la azotea a
comer. Una vez, mientras estaban allí, se acercó al borde y de
pronto se encontró con más de medio cuerpo fuera, hasta tal
punto que Delores no pudo reprimir un grito, «¡Néstor!», y la
excitación y su arrojo hicieron reír a los niños. Por un instante,
mientras se cernía sobre La Salle Street viendo a los mozalbetes
abajo jugar al béisbol y los pájaros revolotear en círculos alrededor de los depósitos de agua, pensó en dejarse caer de la azotea,

como si en el descenso fuera a bajar volando entre los edificios, aleteando como una mariposa hasta estrellarse contra la acera. Pero pensó en su familia y venció la tentación de hacerlo. Después, empezó a asomarse un tanto peligrosamente por la ventana de su apartamento del cuarto piso como para librarse de aquella sensación que le frenaba y seguía pensando en ello un día en que volvió a casa con un regalo para Eugenio, que entonces apenas tenía tres años de edad. Era una cometa, y se pasaron horas y horas corriendo por la azotea de un lado a otro, riendo y viendo cómo se elevaba impulsada por el viento y cómo aquella armadía de palitroques se combaba y el papel revoloteaba en el aire. Se quedó un momento junto al borde de la azotea con Eugenio en sus brazos. Le dio unos besos en la cara, unas palmaditas en la espalda y punto final.

A veces en sus largos paseos por la ciudad soñaba con encontrar a alguien que le diera sabios consejos y que poseyera todas las llaves de la felicidad. Estaba seguro de que el italiano de la frutería de la esquina tenía el secreto, que aquellos arrugados ancianos judíos que subían por La Salle Street camino del Seminario Teológico Judío también lo tenían. Que podían decirle lo que debía hacer con aquellos sentimientos culpables que le hacían bajar la cabeza y querer saltar de la acera y echarse bajo las ruedas de un autobús en marcha, o que le hacían arrimarse lleno de miedo a las paredes de las estaciones del metro porque el borde del andén se le antojaba demasiado tentador.

Ensimismado en sus cavilaciones bajaba a veces paseando hasta el centro confundido entre aquellas multitudes interminables que pasaban a su lado por las calles; gentes con expresiones resueltas y llenas de determinación en sus rostros que iban con paso apresurado a todas partes como si se dirigieran a una Danza de los Sables. Cuando se sentaba en un parque se le acercaban mendigos a pedirle cigarrillos o dinero. Los perros se tendían y se desperezaban en el suelo, jadeantes y contentos, a sus pies. Y a veces atractivas mujeres que llevaban zapatos muy abiertos de tacón alto y sombreritos de plumas, fascinadas por aquel joven prototipo de amante latino de mirada sentimental, se sentaban a su lado y pretendían entablar conversación.

¿Qué es lo que quería? Lo único que anhelaba era hallar refugio en el regazo del amor, no ir corriendo a este sitio o a aquél, y verse libre del terrible peso que abrumaba sus hombros.

Una cosa que Néstor llegó a admirar de Delores era su gusto por la lectura. Leía sin parar y parecía que tanto leer le hacía sentirse mejor. Una de aquellas noches en que le era imposible conciliar el sueño, mientras le besaba, le había dicho: «Néstor, deberías acostumbrarte a leer un poco en la cama para dormirte». Pero, aparte de los periódicos y de los álbumes del Capitán Marvel que compraba en los quioscos, apenas leía absolutamente nada. Sentía curiosidad por aquellos libros que entretenían tanto a Delores mientras estaban sentados en un banco del parque meciendo a los niños en sus cochecitos, aquellos baratos libros de bolsillo cuyas páginas ella no dejaba de volver mientras estaba de pie junto al fogón hirviendo agua para hacer *yuca*. La lectura le daba un aire vagamente ausente, aunque nunca era descuidada en lo que a sus obligaciones de esposa se refería y no tenía la menor queja de ella, porque realmente se desvivía por atenderle.

Un día, no obstante, Néstor compró un libro. Cruzó Times Square, triste y melancólico como siempre, se paró delante de un quiosco para dar un vistazo a las revistas allí expuestas y un libro le llamó la atención. Tenía una portada de un color rojo chillón y se encontraba entre novelas de vaqueros medio desencuadernadas y narraciones de suspense para jovencitas en una rejilla que había a un lado. Era un libro que se titulaba *¡Adelante, América!*, firmado por un tal D. D. Vanderbilt.

Fue el texto de la solapa lo que llamó la atención del joven Rey del Mambo:

...A ningún ser humano en la tierra le gusta admitir que las cosas no son siempre tan de color de rosa como tendrían que ser. Conocí a un individuo que se había pasado media vida atormentado por sus dudas sobre sí mismo. Tales dudas tenían un efecto demoledor tanto en su aspecto físico como en su capacidad de disfrute de la vida. No podía conciliar el sueño, tenía la sensación de «no salir en la foto» cuando parecía que todo el mundo a su alrededor estaba viviendo el gran momento de su vida. Tenía un empleo aceptablemente pagado pero, con una familia que mantener, nunca podía ahorrar un céntimo para un día de apuros. Y además nunca se esforzaba por competir con personas más agresivas que él. Sufría por todas estas causas y albergaba dudas sobre su propia virilidad. Muchos días soñaba con una vida mejor, pero se sentía completamente falto de recursos cuando llegaba el momento de emprenderla.

Un día, aquel hombre se miró largo y tendido en el espejo y exclamó, «¡Ya lo tengo!». Se pasó la noche en vela soñando despierto con las posibilidades que le ofrecía el futuro y descubrió los principios para alcanzar la felicidad en el revuelto y ajetreado mundo de hoy. *¡Secretos y principios prácticos que también funcionarán para usted!* Y al día siguiente fue a ver a su jefe, le presentó ciertas ideas que se le habían ocurrido sobre la marcha del negocio y se mostró tan convincente en sus propuestas que su jefe lo *ascendió* y le dio una *gratificación...* Al cabo de unos meses volvió a ascenderlo y a los pocos años era ya socio de la empresa...

Aquellos principios lo ayudaron también a resolver los demás problemas de su vida. A partir de entonces el éxito le sonrió del modo más completo en sus relaciones *con sus amigos y con su familia.* Se granjeó el afecto y el respeto de los demás y encontró la felicidad *¡al Estilo Norteamericano!* Sigue leyendo, eventual comprador de este libro. No importa de qué ámbito de la vida procedas. ¡Seas rico o pobre, chino, indio o del planeta Marte, este libro puede *cambiar tu vida!*

¡Sé que tales principios funcionan porque yo era ese hombre!

¡Los secretos de la felicidad de D. D. Vanderbilt también funcionarán en tu caso!

En un rapto de momentánea exaltación, Néstor pagó los 79 centavos más impuestos (.04) que costaba el libro y cogió el autobús para volver a La Salle Street, donde esperaba encontrar la revelación entre sus páginas.

La vida siguió en términos generales igual que antes y, sin embargo, aquel libro se convirtió en inseparable compañero de Néstor. *¡Adelante, América!* acabó con las puntas de sus páginas dobladas de tanto ir en el bolsillo trasero de su pantalón. Necesitaba ayuda para el espíritu, pero no para el cuerpo: su trabajo diario en la fábrica de conservas cárnicas Kowolski, en la calle 125, le dejaba tan exhausto que tenía que tomarse unas horas de descanso antes de vestirse para la correspondiente actuación nocturna, que podía durar hasta las cuatro de la madrugada. Pero siempre le quedaban fuerzas para llevarse a Delores a la cama. La joven y tersa Delores tenía una piel tan cálida y suave que todo lo que tenía que hacer era abrirse la blusa y en seguida estaban haciendo el amor. ¿Y César? Aunque ella acostumbraba a amortiguar sus gemidos de placer con la almohada, su cuñado era como un perro policía o un Sherlock Holmes en lo que al conocimiento de los hábitos amorosos de la pareja se refería. Salía del apartamento bien para ir a dar un vistazo a las chicas de la esquina o bien se marchaba al parque para ver pasar los barcos por el río, y así mataba el tiempo, y cuando regresaba al apartamento se encontraba a Delorita con los colores subidos y tarareando alegremente una canción mientras se dedicaba a las tareas propias de su sexo, que a aquella hora no podían ser otras que preparar la cena.

Cuando Delorita se fue a vivir con ellos, César tuvo que cambiar muchas de sus costumbres. Su habitación daba al patio y por su ventana podía ver a la mujer de su hermano y un buen día, mientras echaba a los gatos del callejón las sobras de la comida y unos moldes de pasteles, tuvo la suerte o la desgracia de alzar los ojos y ver, a través de una estrecha abertura de las cortinas de la habitación, a su cuñada que estaba en aquel momento de pie, completamente desnuda delante del espejo, y le pareció voluptuosa y jodible a más no poder. Sabía que la Bella María estaba bien, pero cuando vio a Delores desnuda pensó *¡Dios mío!*, respiró hondo, meneó la cabeza y decidió por el bien de su salud mental y de la paz familiar guardar las distancias respecto a Delores. Cosa que hizo, por otra parte, sin que le supusiera mayor problema, pues tenía sus propias amistades femeninas, pero aun así, cuando cruzaba el recibidor o se sentaba en el salón a leer el periódico o con la guitarra, no soportaba oír los meneos de la cama, cuya cabecera golpeaba sonoramente la pared, ni los estridentes jadeos de su hermano o los esfuerzos de ella para que no hiciera tanto ruido, Sssh sssssssssh, porque no quería que la gente les oyera o supiera lo que estaban haciendo, una broma, teniendo en cuenta que su fecundo cuerpo llenaba el apartamento de un olor a carne, canela y sangre. Y entonces César se iba a la calle a dar uno de sus paseos habituales y a soñar despierto.

Y a continuación suena aquel disco de metal de 78 r.p.m. grabado, hacia 1954, por diez centavos en una de esas cabinas que hay en Coney Island con un letrero que dice «Grabe aquí sus recuerdos».

(Risas) (Ruidos de fondo) (Risas otra vez) (Voces de un hombre y de una mujer que bromean y se hablan al oído. La voz del hombre dice: ¡Venga ya, empieza! ¡Anda!...)

Muy bien. (Ruidos de fondo) ¡Ayyyyy! ¡No me cojas de ahí! (Risas) (Al fondo se oye el estruendo de los coches de la montaña rusa al tomar una curva y los gritos en inglés de un niño: ¡Ehhhhh, Johnny! ¡Ven aquí, que eres tonto del culo!) (Más risas) *Bueno,* quiero saludar a todos los que me estén escuchando. (Risas) Me llamo Angie Pérez y... (Se oye como un besuqueo y el ruido de alguien dando sorbetones) (Risas) (Ruidos de fondo) y...

¡Ayyyyy!... lo que quiero decir es que estoy aquí con mi nuevo novio, César, es decir, el famoso César Castillo, en Coney Island, hoy, diez de julio de 1954, y también quiero decir que es el mayor cochino del mundo, ¡aaayyy! (Risas). Y que nos lo estamos pasando en grande. Y me ha encargado también que diga ¡Hooolaaa a Néessstor y a todos los que estén ahora en casa con él! Y... (ruidos de fondo) Oh, se acaba el tiempo. La... la luz roja se ha encendido. Tenemos que despedirnos. ¡Adiós! Bueno. (Ruidos de fondo y clic.)

Aunque Los Reyes del Mambo eran una de las bandas más populares de Nueva York, y un mes, en 1954, alcanzaron el puesto n.° 5 en una encuesta de popularidad del *Herald* de Brooklyn (detrás de Tito Rodríguez, Machito, Israel Fajardo y Toto Puente), César nunca hizo mucho dinero. ¿Qué dinero podían ganar trece músicos teniendo que pagar a un represen-tante, la cuota sindical, la contribución al fisco, y a los encarga-dos del equipo y chóferes, si todo lo que cobraban eran quinien-tos dólares por actuar el fin de semana? Uno de sus mayores problemas era que César nunca accedió a firmar un «contrato de representación exclusiva». Le habían contado demasiadas histo-rias de cantantes y de bandas que habían hipotecado todos sus futuros ingresos a cambio de un elevado tanto por ciento en alguna sala de prestigio como El Morocco. Ese tipo de contratos permitía al cantante actuar donde quisiera, pero el dueño del club se llevaba siempre un buen pellizco de sus ingresos, con independencia del hecho de que el artista volviera o no a trabajar en el club de postín. Tales contratos arruinaron las vidas de muchísimos músicos, hicieron que muchos otros tuvieran que dejar el mundo del espectáculo y se enrolaran en la marina mercante, y propició cambios de nombre y, en algunos casos, hasta asesinatos. (¿Qué canción sonaba en los oídos de César? Mafia, mafia, mafia. Mafia italiana, puertorriqueña, judía. Es-móquines negros, esmóquines blancos.)

A causa de sus negativas siempre se enzarzaba en airadas discusiones con algunos dueños de clubs que trataban de presionarle. Y tal postura le hizo tener problemas con gente con la que mejor era andarse con cuidado. Cuando tocaban en determinados clubs les pagaban menos de lo que les correspondía. Varios de aquellos locales estaban en manos de gangsters puertorriqueños —vestidos siempre con trajes de tonos tostados— a los que no les gustaban los cubanos. Siempre acababa diciéndoles que se fueran al diablo y que se metieran sus clubs por los *fondillos* de sus deportivos pantalones.

Pero como el mal genio de César amenazaba con dejar sin trabajo a sus compañeros de la banda, Néstor le decía: «Sé razonable, hombre», y el Rey del Mambo volvía a entrevistarse otra vez con los dueños de los clubs a los que acababa de poner de vuelta y media y les rogaba que le perdonasen. Y luego se sentía asqueado de sí mismo.

Estaba siempre tratando de sacar algún dinero de esto o de aquello para poder comprar buenos relojes, trajes elegantes, costosos zapatos, salir con mujeres como Vanna Vane y pasar un buen rato con sus amigos en algún bar. Le gustaba obsequiar a todo el mundo y siempre estaba haciendo regalos a su familia y a sus amigos. Cuando salía con la familia a cenar o al cine nunca se lo pensaba dos veces a la hora de pagar. Era de esa clase de individuos que son capaces de andar treinta manzanas para ahorrarse un billete de metro de quince centavos, con el único fin de invitar a una ronda en el bar. Tenía muchísimos gastos, sobre todo en su vida social, pero siempre estaba apostando a los caballos de fiado y cuando perdía tenía que pedir prestado a sus amigos o a sus compañeros de la orquesta. Siempre necesitaba dinero. Apenas tenía unos dólares en el bolsillo se los gastaba, y eso había sido así tanto en Nueva York como antes en Cuba. Gastaba a manos llenas, ¡al diablo con las estrecheces que había tenido que pasar en su juventud en Cuba!

Y había otra razón también. Aunque había jurado no volver

nunca a casarse, no dejaba de pensar en su hija Mariela, que había quedado en Cuba. Cada cierto tiempo, siempre que tenía algún ingreso extra —bien porque cobraba por grabar un disco o porque realmente ganara el caballo al que había apostado— le ponía un giro a su hija. Tenía por entonces nueve años y de vez en cuando recibía una carta suya en la que le agradecía sus regalos. Tras cierta tirantez con su mujer, consiguió que ésta le diera permiso para visitar a la pequeña Mariela en La Habana en 1952. Su ex mujer se había vuelto a casar y vivía en una perpendicular de la calle 20 con su marido, un tipo que era maestro de escuela y que se llamaba Carlos Torres. Le dejaron pasar una tarde con su hija, y César pudo darse por satisfecho con tal cosa. La llevó a todos los grandes almacenes de la ciudad —Fin de Siglo, La Época y El Encanto— y le compró vestidos y juguetes. Y la invitó a todo lo que se le antojaba tomar, apareciendo ante ella como aquel ser que siempre olía a colonia y en cuyo regazo solía sentarse cuando era todavía muy pequeña. Mariela había crecido y se había transformado en una guapa muchachita. Cuando estaba con ella se sentía embargado por sentimientos de ternura y de afecto. Separarse de ella al final de aquel día le resultó mucho más difícil de lo que se había imaginado. Así que quería mantener vivo su recuerdo enviándole regalos. No se sabía lo que hacía con el dinero, pero lo cierto es que, semana tras semana, se quedaba sin un céntimo en el bolsillo.

Y también quería tener un coche nuevo. A Manny, el bajo del grupo, le compró su viejo Oldsmobile por unos cientos de dólares y mientras tiró, aunque estaba muy desvencijado, les fue muy útil para desplazarse a los sitios en los que tenía que actuar. Lo dejaban a la puerta de los clubs o en los aparcamientos de las salas de baile y siempre había gente sentada en el capó, pegando saltos encima o abollándole la carrocería. Varios accidentes que tuvieron no vinieron, precisamente, a mejorar su estado. Lo que él quería era un De Soto, modelo 1955, y cada dos o tres meses entraba en un concesionario De Soto, y se ponía a examinar la tapicería, el tablero de mandos, el supersónico motor turbo V-8, digno de la era espacial, aquel embrague que era como un «susurro» y su parabrisas panorámico de 180 grados. Le encantaban sus formas redondeadas y su reluciente chapa de un color blanco tirando a crema —dos características que le parecían sumamente femeninas—, sus parachoques, cuyos escudos salían como pechos de mujer y su capó rehundido y curvilíneo como un buen trasero femenino. Elegantemente vestido con un traje de color rosa, camisa de un tono lavanda, corbata blanca y canotier, César Castillo entraba en los locales de venta y exposición, preguntaba el precio del automóvil, hablaba un poco consigo mismo sentado al volante y, finalmente, reclinaba el asiento y se ponía a soñar con los fabulosos días que le esperaban cuando fuera dueño de un coche como aquél.

Un martes por la noche, en 1955, el director de orquesta y famoso personaje de la televisión, el cubano Desi Arnaz, entró en el Mambo Nine Club de la calle 58 esquina a la Octava Avenida con ánimo de descubrir nuevos valores. Alguien le había hablado de dos cubanos, los hermanos César y Néstor Castillo, le había dicho que cantaban bien, que componían buenas canciones y que posiblemente tenían algún material que Arnaz podía utilizar en su programa de variedades. El escenario del Mambo Nine no tenía más que diez pies de ancho y era más adecuado para espectáculos de cabaret que para una orquesta de quince miembros, pero, a pesar de todo, el conjunto de los dos hermanos, Los Reyes del Mambo, se acomodó con sus congas, trompas, flauta, el contrabajo bien derecho, los saxofones y un piano de cola detrás de unos cuantos micrófonos de bobina móvil. Aquel club era donde Los Reyes del Mambo ensayaban a veces nuevos números para un público compuesto mayoritariamente por músicos y compositores amigos suyos, que se dejaban caer por allí, gente como Machito y el gran Rafael Hernández, el compositor de *El lamento Borinque,* que les aconsejaba y les daba ánimos. Era un local al que acudían músicos de las mejores bandas de la ciudad para tomar unas copas, hablar de los asuntos de la profesión y estar al día de los últimos acontecimientos. Bajo la luz rojiblanca de los focos del escenario Los Reyes del Mambo tocaron piezas rápidas y bailables como *El bodeguero* y ensoñadores arreglos de lentos y románticos boleros como *Bésame mucho.* Al señor Arnaz, que estaba sentado al fondo en compañía de su bella esposa y cuyos ojos, oscuros y penetrantes, eran iluminados por el rojo resplandor de una vela, le estaba gustando muchísimo cuanto veía y oía... Elegantísimos con sus trajes de seda blancos, plantados el uno junto al otro ante el gran micrófono que presidía el escenario, los dos hermanos dejaban ver de modo bien patente el afecto que se tenían entre sí y que sentían también por el público y por la música. Arnaz, con la barbilla apoyada en un puño, llegó a ciertas conclusiones respecto a ellos.

Iluminado por los focos, con los brazos abiertos y tendidos hacia delante, y la cabeza envuelta en un halo de aureolítico esplendor César Castillo le recordó a Arnaz a aquellos cantantes pasados de moda que actuaban en los locales de la buena sociedad y las salas de baile de Cuba, hombres de pelo engominado peinado con raya en medio, bigote fino y recortado y lazos de pajarita que parecían mariposas con las alas abiertas. Sí, la voz de César le evocó a Arnaz un mundo de noches bañadas por la luz de la luna, flores y ruiseñores de azulado plumaje surcando los cielos, la suya era la voz del eterno *caballero* que da serenatas a la mujer de sus sueños bajo la reja de su balcón, del hombre capaz de morir en aras de una naciente pasión amorosa.

—Señoras y señores, a continuación vamos a interpretar una pequeña canción que yo y mi hermano Néstor aquí presente empezamos a escribir cuando llegamos a los Estados Unidos, ahora hace ya algunos años. Se llama *Bella María de mi alma* y trata de la tristeza y del tormento de amar. Esperamos que sea de su agrado.

César hizo una señal con la cabeza al pianista, el inimitable y siempre elegante Miguel Montoya, que iba hecho un verdadero maniquí, todo de blanco de pies a cabeza y éste atacó un acorde en la menor y luego entraron las congas y las trompas y finalmente Néstor con su solo de trompeta a modo de obertura, que resonó contra las paredes e hizo temblar el vaso de Arnaz con un leve tintineo. Y, acto seguido, César empezó a cantar los versos que Néstor había escrito una noche fría y transida de soledad tiritando junto a un radiador, versos inspirados por una belleza de La Habana que le había partido el corazón. Como muestra de la letra, unos versos:

> ...¿Cómo puedo odiarte
> si te amo como te amo?
> No puedo explicar mi tormento,
> porque no sé cómo vivir sin tu amor...
> ¡Qué dolor delicioso
> el amor me ha traído
> en la forma de una mujer!
> Mi tormento y mi éxtasis.
> María, mi vida,
> Bellísima María de mi alma...

Arnaz escuchaba atentamente. El estribillo, en el que los dos hermanos unían sus voces como ángeles en lo alto de una nube, confiando su dolor, le trajo recuerdos de un amor de su propio pasado, del amor que sentía por su esposa y por otras personas, como los miembros de su familia que seguían allá en Cuba y por viejos amigos a los que hacía mucho tiempo que no había visto. Sin apartar la mirada de la pista de baile en la que parejas de jóvenes suspiraban y se besaban, Arnaz se volvió a su esposa y le dijo:

—He de invitar a esos chicos a actuar en el programa.

Más tarde, cuando los dos hermanos estaban tomándose una copa en la barra, Arnaz, haciendo honor a su reputación de hombre abierto y cordial se presentó a sí mismo tendiéndoles la mano: «Desi Arnaz». Llevaba un traje de sarga azul fuerte, camisa de seda blanca, una corbata rosa con lunares y un pañuelo ribeteado de volantes que asomaba como un tulipán del bolsillo superior de su chaqueta. Les estrechó la mano y pidió una ronda de copas para todos los músicos, felicitó a los hermanos por su actuación y los invitó, a ellos y a su pianista y arreglista, Miguel Montoya, a sentarse a su mesa. Allí fue donde conocieron a Lucille Ball, que hablaba un español sorprendentemente bueno. Vestía una blusa con botonadura de perlas, un chaleco cerrado por un broche de diamantes y falda larga. Sus manos y muñecas refulgían de anillos y brazaletes, tenía un pelo rojizo y rizado que llevaba ahuecado y unos hermosos ojos azules. Sentada junto a su marido, había estado los últimos minutos escribiendo en una agenda cuyas páginas rebosaban de fechas, números y nombres, y cuando los hermanos se acercaron, aunque los recibió con una graciosa sonrisa, no por ello dejó de dar un golpecito con el dedo a la esfera de su reloj de pulsera para hacerle ver a Arnaz la hora que era.

Un momento después estaban bebiendo champán y tras servirse dejaban la botella en un cubo dorado con hielo para mantenerla fría. Lucille Ball asentía con la cabeza, sonreía complacida y de vez en cuando arrimaba la cabeza a la de su marido y le susurraba algo al oído. Pero pronto se autorrelegó discretamente a un segundo plano y dejó que los hombres se fumasen sus panatelas de La Habana, hiciesen sus brindis y charlasen animadamente. Como en aquella época todo cubano de Nueva York conocía a todos los demás cubanos de la ciudad, la pregunta era inevitable:

—¿Y ustedes, amigos, de qué parte de Cuba son?

—Somos de una pequeña ciudad que se llama Las Piñas, de

la que seguramente habrá oído hablar; es una ciudad de ingenios azucareros en la provincia de Oriente.

—¡Pero claro, si yo soy de Santiago de Cuba! ¡Yo también soy de Oriente!

Al descubrir que los tres procedían de la misma parte del mundo se estrecharon la mano y los dos hermanos hicieron un saludo fraterno con la cabeza a Arnaz, como si ya se conocieran desde hacía años y años.

—Nos criamos en un ingenio azucarero y luego nos trasladamos a una granja cuando mi padre quiso probar suerte en el negocio ganadero —le contó César a Arnaz—, pero me asfixiaba con aquel tipo de vida y decidí que mi hermano se viniera también conmigo. Eso de rebanarle el pescuezo a los animales no está hecho para nosotros... Además yo siempre quise ser cantante, *sabe*, desde que era niño siempre me las arreglaba para estar todo el tiempo con músicos.

—Mi caso es exactamente el mismo —contestó Arnaz.

Charlando sobre el mundillo de las salas de baile de la provincia de Oriente, descubrieron que aún tenían una cosa más en común: ambos habían trabajado con el mismo director de orquesta, con Julián García y su Orquesta Típica.

Al oír mencionar aquel nombre Arnaz se dio una palmadita en la rodilla.

—Julián García era todo un carácter. ¡Tendrías que haberle visto, Lucy! Aunque hiciese un calor sofocante siempre nos hacía ponernos a todos guantes blancos y salir perfectamente trajeados, incluso a los músicos a los que tal cosa resultaba un serio incordio para tocar. Y luego montaba una especie de decorado con palmeras y estatuas griegas para dar a la orquesta un toque de distinción, ¿hacía lo mismo con ustedes?

—¡Absolutamente! —le respondió César, exhalando una nube de humo azulado—. Y ¿sabe usted una cosa, señor Arnaz? Juraría que el mismo día en que Julián me contrató para que cantara para él, le vi a usted en Santiago. Aquel día estaba usted sentado al borde del escenario... detrás de un arpa o algo así. No me acuerdo exactamente, pero lo que sí recuerdo es que su nombre figuraba en los carteles que había en el exterior de la sala de baile donde Julián solía ensayar en Santiago.

—¿En aquella cuesta tan empinada desde donde se veía la bahía desde arriba?

—Eso es, exacto. La sala de baile de la calle Zayas.

—¡Sí! ¿En qué año fue eso, *coño?*

—En el treinta...

—...¡y siete! Tuvo que ser entonces, porque aquel año fue cuando me vine a los Estados Unidos.

—¡Sí, y Julián me dijo que yo iba a sustituir a un cantante que se había ido a los Estados Unidos! Me acuerdo ya perfectamente: usted estaba en aquella sala el mismísimo día en que yo fui allí a ensayar por primera vez, estaba allí sentado, rasgueando una guitarra, ¿verdad que sí?

—...Sí, ya me acuerdo. Yo estaba esperando a un amigo. Pero, callen, esperen un momento, ¿no hablamos allí un poco?

—¡Sí!

Y, entonces, de esa forma que tienen los cubanos de hacer amigos, Arnaz y César empezaron a reinventar el pasado, en el que probablemente habían sido, como era evidente, buenos amigos.

—Hace ya casi veinte años de aquello, ¿se dan cuenta? *¡Dios mío!* —continuó Arnaz—. ¡Veinte años que han pasado como un soplo!

(Y de pronto, claro como la luz de la mañana, se vio en aquel día en que le habían presentado a Arnaz por primera vez allá en Cuba: tenía entonces diecinueve años y subía por una empinada cuesta de Santiago de Cuba a esa hora del día en que el sol, desplazándose hacia poniente, proyectaba al infinito las sombras de los balcones de hierro forjado y de los tejados de las casas. En la calle en cuesta había una mujer que siempre ofrecía un vaso de agua fresca a los transeúntes agotados por la subida. En lo alto brillaba el disco incandescente del sol y un poco más allá se encontraba la famosa sala de baile, que era como un refugio de arcos en penumbra y de frescura una vez que se franqueaban sus pesadas puertas de roble. César recordó que había mirado al escenario de la sala que se hallaba al fondo y que, a través de las cuerdas de un arpa española, había visto a un hombre joven y bien parecido que estaba allí sentado al piano: le había dado la impresión de que era *gallego* también, como él. Junto al joven estaba sentado el inmenso Julián García, con chorreones de sudor y tinte para el cabello cayéndole por la frente, dando un vistazo a unas partituras.

—¿Y con qué va a empezar, amigo?

—Con *María la O*.

Julián hizo sonar los primeros acordes de esa *canción* de Lecuona. César, con su canotier en la mano y lleno de nervios ante la perspectiva de cantar con Julián García, cantó con una entrega total en su exuberante estilo de costumbre, extendiéndose en los agudos para terminar las frases y subrayándolas teatralmente con la gesticulación de sus brazos. Cuando hubo acabado Julián carraspeó y le dijo «Bien», y el joven cantante asintió con un gesto de cabeza. Después Julián le puso a prueba con algunas canciones más y satisfecho con las dotes de cantante de César le dijo finalmente:

—Venga mañana y ensayaremos con los demás músicos, con la orquesta en pleno, ¿eh?

Y entonces fue cuando el joven aquél que llevaba su rizado cabello levantado en un gran tupé sobre la frente miró desde donde estaba sentado y sonrió a César. Rasgueaba unos acordes a la guitarra para matar el tiempo mientras esperaba a un amigo que iba a pasarse a recogerle en coche y había estado mirando mientras Julián ponía a prueba a César con aquel repertorio formado principalmente por quejumbrosos boleros y habaneras de Ernesto Lecuona, que era en aquella época el compositor cubano de moda. Mientras Julián acompañaba a César hasta la puerta Arnaz le llamó: «Eh, amigo, ha estado usted magnífico. Me llamo Desiderio Arnaz», y le tendió la mano con gesto amistoso. Y después de estrecharle la mano a Arnaz, que estaba ya cansado de esperar en la sala de baile, le propuso bajar a tomar algo a un pequeño bar que había al final de la cuesta.

—Cuando venga este amigo mío —dijo a Julián—, dígale que estoy en el bar.

Se tomaron unas cuantas cervezas juntos y hablaron de Julián, de mujeres y de la vida que llevaban los músicos hasta que el amigo de Arnaz apareció por la puerta del bar. Entonces Arnaz, partiendo hacia el futuro, se despidió diciéndole:

—¡Espero que te vaya bien con la orquesta! Yo, por mi parte, me voy a La Habana.)

—¡Así que aquél eras tú! Ya decía yo que tu cara me resultaba vagamente conocida. ¡El mundo es un pañuelo! ¡Quién iba a decirnos que al cabo de tantos años estaríamos aquí sentados juntos de nuevo como si tal cosa!

Levantó la burbujeante copa de champán y brindó otra vez.

—Yo en aquel entonces tenía diecinueve años —precisó César a Arnaz—, ¡un polluelo recién salido de la granja! Aparte de unas cuantas excursiones a algún que otro sitio de la provincia de Oriente y de los largos paseos que me daba a lomos de una mula por el campo, aquélla fue mi primera salida al mundo. ¡Qué tiempos aquéllos! Los años que pasé cantando con la orquesta de Julián fueron los mejores de mi vida. ¡Era tan hermoso cantar para la gente!

Arnaz asintió con la cabeza.

—Yo tengo exactamente la misma sensación. No era mucho mayor que tú cuando me fui a La Habana con unos cuantos pesos en el bolsillo, una guitarra y con la idea de venirme a actuar a los Estados Unidos. Primero a Miami y luego, tal vez, a Tampa, Hialeah y Fort Lauderdale —y apartó los ojos, mientras una expresión de nostalgia teñida de amargura por la juventud se dibujaba en su rostro.

—Y al final vine a acabar aquí, en Nueva York, trabajando en los clubs que había. Exactamente igual que están haciendo ustedes ahora. Tuve algunas buenas oportunidades, alguien me oyó cantar y tocar una conga y lo siguiente que recuerdo es que estaba en Broadway haciendo el papel de una especie de Don Juan en una comedia musical, una cosa que se llamaba *Demasiadas chicas*, que para mí fue una oportunidad estupenda y desde entonces las cosas me han ido ya siempre bien. —Pero entonces Arnaz apartó la vista y se quedó mirando fijamente a un ángulo del techo del escenario decorado con molduras, como si de pronto se sintiera agotado y un tanto hastiado de todo.

—Pero en este tipo de vida no hay un solo momento de respiro, ya ven... —Y luego, suspirando, añadió—: Ustedes saben lo que quiero decir, ¿no?

—Sí —se apresuró a contestar César—. ¡*Hombre*, claro que sé lo que quiere decir! Un día está uno en los trópicos y al siguiente con nieve hasta las rodillas en otro sitio. Un día te encuentras en el porche de la casa de alguien en las montañas Sierra, y al siguiente corriendo de un lado a otro en metro. El tiempo pasa de un modo tan vertiginoso que antes de que hayamos podido darnos cuenta ya estamos en otra cosa, pssssst, así, en un abrir y cerrar de ojos.

En ese momento los restantes Reyes del Mambo, cargados con los negros estuches de sus instrumentos, se acercaron a despedirse y a dar otra vez las gracias al señor Arnaz por las copas a las que les había invitado. Se apiñaron todos alrededor de la mesa, riendo y asintiendo con la cabeza, mientras Arnaz bromeaba con ellos en español y los felicitaba por su actuación. Entonces César, arrimándose a su hermano, cambió unas frases con él y después, cuando los demás ya se habían marchado, le dijo a Arnaz:

—Aunque ya sea un poco tarde nosotros vamos ahora a cenar un poco en nuestro apartamento de La Salle Street, al norte. Nos harían un gran honor si usted y su esposa nos acompañasen. La mujer de mi hermano cocina de maravilla y esta noche tenemos *arroz con pollo*, frijoles y *plátanos*.

—¿De verdad?

Arnaz consultó con su mujer. Oyeron que ella decía:

—Pero, cariño, mañana tenemos cosas que hacer por la mañana.

—Ya lo sé, ya lo sé, pero tengo hambre y no apetece nada ponerse a buscar un restaurante a estas horas.

Así que se volvió a los dos hermanos y les dijo: «Cuando ustedes quieran», y un minuto después estaban en la calle embutidos en sus largos abrigos y con sus canotiers, haciendo bocina con las manos y soplando para calentarse y dando nerviosos golpecitos con los pies en el pavimento de la acera. Mientras estaban dentro había empezado a nevar y aún no había parado; un cielo de nieve cubría las calles en todas las direcciones, edificios, marquesinas, coches y árboles, con su blanco manto. César se acercó a la esquina de la avenida para llamar a un taxi y al cabo de unos instantes todos se apretujaban en la parte trasera del vehículo. Néstor y César iban sentados en los sillines de metal abatibles, de cara a la ventanilla de detrás y a sus nuevos amigos.

O tal vez, simplemente, lo que había pasado era que conocieron a Arnaz, a quien le había gustado su música, y éste se había acercado a ellos en el bar y les había dicho: ¿Les gustaría actuar en mi programa de variedades? Hombre de negocios en todo momento, con la fatiga de la responsabilidad reflejada en su rostro. O, tal vez, tenía tal aire de cansancio y hastío que a César y a Néstor les recordó a su padre, don Pedro, allá en Cuba. O, tal vez, había bostezado con un rictus de tristeza y había dicho *«Me siento cansado y tengo hambre»*. Fuera como fuese, lo cierto es que él y su esposa acompañaron a los dos hermanos Manhattan arriba, a su apartamento de La Salle Street.

El taxi torció en Broadway a la altura de la calle 124 y se dirigió a La Salle. Mientras Arnaz se bajaba del taxi seguido por su mujer, un tren del metropolitano en dirección al sur salía ruidosamente de la estación elevada de la calle 125. Por lo demás, reinaba un silencio absoluto. Hacia un lado y otro de la calle, en la luz amarillenta de las ventanas de sendas hileras de edificios se dibujaban las siluetas de sus habitantes. Arnaz llevaba una cartera italiana, César una guitarra, Néstor su trompa. Miguel Montoya, al que también habían invitado, iba unos pasos detrás. Con su chaquetón con cuello de piel, delicados guantes blancos y un bastón con puntera de cristal, su aspecto era el de un dandy algo afeminado, pero de gran dignidad. Tenía cincuenta y cinco años y era con diferencia el más refinado de Los Reyes del Mambo. Saludaba con inclinaciones de cabeza, sujetaba las puertas para que pasaran las damas, y de vez en cuando dejaba caer alguna que otra expresión en francés, *Merci* o *Enchanté*, todo lo cual tenía tan impresionada como cautivada a la mujer de Arnaz.

El de La Salle Street no era precisamente el tipo de bloque de apartamentos al que Arnaz y su esposa podían estar acostumbrados: tenían casas en Connecticut y en California y un apartamento en La Habana. Y tampoco se parecía en nada a lo que los dos hermanos habían conocido en Cuba: una modesta casa hecha con troncos de pino, que se abría a un campo bordeado por frutales, resonante con el canto de los pájaros al atardecer, mientras el cielo se teñía de franjas rojas, amarillas, rosáceas y plateadas, una luz radiante aureolaba las copas de los árboles y pajarracos de plumaje anaranjado surcaban los aires. No, era un tipo de edificio de seis pisos con el que nadie soñaría precisamente como sitio para vivir el resto de su vida, situado ya casi en lo alto de la calle en cuesta, con un pórtico de lo más vulgar, escaleras que bajaban a los sótanos y una entrada tan angosta como mal iluminada. Su único rasgo distintivo, tanto arquitectónico como ornamental, era el ibis de piedra colocado encima del portal en 1920, en los años en que todo lo egipcio hacía furor.

Cuando Néstor abrió la puerta se sintió un poco nervioso y violento; era algo que le pasaba con frecuencia desde el día que llegó a los Estados Unidos, seis años atrás. Cuando trató de meter la llave en el ojo de la cerradura le empezaron a temblar las manos. El frío, tal vez, lo hacía más difícil, pues probablemente afectaba al metal. Todos esperaron pacientemente, la puerta se abrió por fin y pasaron al estrecho vestíbulo en el que una solitaria bombilla colgaba de un grueso cable negro que se doblaba como un signo de interrogación por encima de los buzones. Había un espejo y un cañón de escalera bastante sucios y de la segunda puerta, la residencia de la señora Shannon, la casera, se escapaba un fuerte olor a pelambre canina, col y también, aunque algo más ligero, a orines.

Néstor, a quien le gustaba jactarse de su limpieza personal, dio como un resoplido y quiso disculparse por aquella ofensa para la vista y el olfato de sus invitados, pero Arnaz, consciente de lo violento que se sentía Néstor, le dio una palmadita amistosa, muy al estilo cubano, en la espalda y le dijo en el mejor tono exculpatorio que le fue posible:

—Oh, viven ustedes en una casa muy agradable.

Pero su mujer, poniendo los ojos en blanco, cambió una mirada de complicidad con su marido y luego sonrió con aquella sonrisa suya famosa de labios de rubí.

Luego subieron las escaleras hasta el cuarto piso, en el que vivían César, Néstor y su familia. Arnaz se puso a silbar la melodía de una canción que había oído antes aquella misma noche, *Bella María de mi alma*, y mientras silbaba se preguntaba en su fuero interno a qué se debería aquella melancolía que parecía afligir a Néstor. Pensó: «Bueno, claro, es *gallego**, y los

---

* ¿Quiénes son los *gallegos?* Los más arrogantes de los cubanos, dicen unos; los cubanos más trabajadores, honrados, testarudos en sus opiniones, ambiciosos, fuertes de voluntad y orgullosos, dicen otros. El término *gallego* se aplica a aquellos cubanos cuyos antepasados proce-

gallegos son melancólicos por naturaleza». Pero a pesar de esta reflexión, Arnaz no pudo dejar de sentir cierta lástima por el menor de los dos hermanos, que tan rara vez sonreía, a diferencia de aquella alma tan gregaria que anidaba en el hermano mayor.

Cuando olfateó el olor a buena comida en el pasillo del apartamento, Arnaz dio una palmada y exclamó: «*¡Qué bueno!*». Se encontró avanzando por un pasillo cuyas paredes estaban cubiertas de fotografías enmarcadas de músicos y de retratos de Jesucristo y de sus santos.

—Póngase cómodo, *compañero* —le dijo César en su habitual tono amistoso—. Ya sabe, señor Arnaz, está usted en su casa.

—Me parece todo estupendo. ¿Verdad que sí, Lucy?

—Sí, Desi, magnífico.

—Ah, ¿no huele a *plátanos?*

—Sí, a *plátanos verdes* —gritó una voz femenina desde la cocina.

—¿Y a *yuca* con *ajo?*

---

dían de Galicia, una región de puertos, granjas envueltas en brumas matinales —es una tierra de neblinas, de tonos verdeazulados, como Escocia— y escarpadas montañas, situada en el extremo noroccidental de España. Al norte de Portugal —Puerto de los galos— adentrándose como una cuña en el Océano Atlántico, Galicia ha sido invadida sucesivamente por romanos, celtas, galos, suevos y visigodos, que legaron a los gallegos su afición a las empresas guerreras y ese aire un tanto melancólico que los caracteriza. El Cid era *gallego.* Así como la gran mayoría de los soldados españoles que fueron enviados a sofocar las sublevaciones de los cubanos en el siglo XIX. ¿Otro *gallego?* Franco. ¿Más? Angel Castro, un soldado español que se estableció en la provincia de Oriente, en Cuba, se convirtió en terrateniente y cuyo hijo, Fidel, tan ambicioso y arrogante como rijoso, habría de convertirse en el amo absoluto de la isla.

En época más reciente el término *gallego* se emplea en Cuba para designar a los cubanos de tez clara o a los españoles no cubanos que están de paso en la isla.

—Sí —dijo César con voz alegre—. ¡Y tenemos vino, y también tenemos cerveza! —Y levantando las manos jubiloso concluyó—: ¡Y tenemos ron!

—*¡Qué bueno!*

Era casi la una de la madrugada y Delores Castillo estaba en la cocina calentando ollas de arroz con pollo y frijoles y los tostones crepitaban friéndose en una sartén. Tenía el pelo recogido en un moño y un delantal lleno de manchas anudado a la cintura. Cuando todos entraron en tropel en la cocina reconoció al famoso Arnaz y a su esposa.

—*¡Dios mío!* —exclamó—. ¡Si hubiera sabido que venían ustedes hubiera arreglado un poco la casa!

Pero, recobrando la compostura, Delores sonrió de un modo tan cautivador que Arnaz le dijo:

—Señora Castillo, es usted una mujer verdaderamente encantadora.

Dejaron los abrigos en el dormitorio y al cabo de unos minutos estaban todos sentados alrededor de la mesa de la cocina. Mientras los hombres devoraban la comida Delores fue corriendo por el pasillo para despertar a los niños. A Eugenio apenas le había dado tiempo a abrir del todo los ojos cuando se vio llevado por el pasillo en brazos de su madre que le iba diciendo: «Quiero que conozcas a una persona». Le dejó en el suelo al llegar a la puerta de la cocina y cuando alzó la vista contempló lo que era una escena habitual en aquella casa: la cocina llena de gente, bocas masticando y botellas de cerveza y de ron abiertas sobre la mesa. Incluso el tipo aquel tan simpático con el que su madre estaba tan emocionada tenía el mismo aspecto que el resto de los músicos que pasaban por el apartamento. Y el nombre de Desi Arnaz no significaba nada especial para él, no era más que un nombre que había oído cuando su madre le presentó.

—Señor Arnaz, éste es nuestro hijo Eugenio. Y ésta es Leticia.

El señor Arnaz alargó la mano, le dio un pellizco en el moflete al niño y una palmadita en la espalda a Leticia. Luego fueron llevados de nuevo a sus dormitorios y los niños se durmieron con aquel mismo fondo de voces que hablaban español en la cocina, de música que sonaba en el fonógrafo de la sala de estar, de risas y palmadas que oían tantas otras noches.

Todo el mundo reía. Lucille Ball contó la primera vez que había ido a Cuba y se había puesto a preparar comida cubana, sin ayuda de nadie, para impresionar a la familia de Desi.

—¡Casi prendí fuego a la casa!

—Ay, no me lo recuerdes —exclamó Arnaz.

—Pero al final todo salió bien. Sea como sea, *señora*, sé todos los pasos que usted ha tenido que dar para hacer esto. Hay que machacar bien los plátanos, ponerlo todo en papel de estraza y finalmente darle el punto.

De pronto recordó sus paseos juntos por los campos que rodeaban el *ingenio* de la familia de Arnaz, allá en Oriente. Al principio la oscuridad del campo le daba miedo, pero en seguida empezó a disfrutar de la belleza de aquel cielo nocturno, tachonado de estrellas cuya luz parecía derramarse sobre ellos.

—Pero al final me salió estupendamente, machaqué los plátanos en papel de estraza y añadí la cantidad justa de sal, ajo y limón. ¡Exactamente como estos que ha hecho usted!

Sonaba música en el Victrola, como César seguía llamando al fonógrafo RCA que había en la sala de estar: primero pusieron al fabuloso Benny More, una de sus debilidades personales, y luego una de las grabaciones de los Reyes del Mambo, *Crepúsculo en La Habana*. Arnaz parecía muy contento sentado a la mesa de la cocina, devorando las fuentes de comida que le ponían delante y decía cosas como «*¡Qué sabroso!* ¡No saben ustedes lo agradable que es descansar un poco de tanto ajetreo para variar!».

Les gustó mucho oír que Arnaz se lo estaba pasando bien. Al cabo de unas cuantas copas César estuvo ya más distendido y no se preocupó tanto por lo famoso que era su invitado: le encantaba tener a un *compañero* en su apartamento y de hecho, cuando el ron comenzó a dejar sentir sus efectos en su cerebro, empezó a sentir incluso cierta lástima por Arnaz.

«¡He aquí un hombre famosísimo y al que sin embargo satisface la comida más sencilla!», pensó. «¡Seguramente debe de estar harto de salir a cenar con los Rockefeller todos los días!»

Néstor, sin embargo, empezaba a creer que estaban abusando del privilegio que les concedían sus invitados: de pie, en un rincón de la habitación, se entretenía jugueteando con la cadena de su reloj de pulsera. Vio cómo a Lucille Ball se le encendía el rostro cuando César abrió otra botella de ron.

—Cariño, tal vez va siendo hora de que empecemos a pensar en retirarnos —le dijo a su marido. Pero en aquel momento César entró con su guitarra brasileña de madera de naranjo, se la tendió a Arnaz y le dijo:

—¿Por qué no nos canta una canción, señor Arnaz?

—Pues claro que sí —se puso la guitarra en el regazo, rasgueó un acorde en do menor, dejó correr los dedos con rapidez golpeando las cuerdas, haciendo que la caja de la guitarra sonara como el viento cuando sacude los batientes de una ventana y empezó a cantar uno de sus mayores éxitos, *Babalú*.

—Oh, gran Babbbbbbaaallllluuu, oh, ¿por qué me has abandonado?...

César empezó a golpear la mesa como si fuera un tambor y Néstor, dejándose contagiar por el jolgorio organizado, se puso a tocar la flauta... Luego Arnaz empezó a tocar *Cielito lindo* y en ese momento la cocina se convirtió ya en un anillo de cuerpos enlazados por los brazos, balanceantes y felices.

Tocado como un vals, *Cielito lindo* era el tipo de canción que cualquier madre amorosa cantaría a sus hijos para dormirlos y por eso a Los Reyes del Mambo les vinieron a la cabeza recuerdos de su madre, y por eso Arnaz cerró los ojos, absorta también su memoria en la imagen de su amorosa madre allá en Cuba.

(Néstor recordó que de niño cuando se despertaba de un mal sueño estaba empapado en sudor, el corazón le latía como si le fuera a estallar y se sentía embargado por una sensación de desvalimiento: la luna cruzaba el recuadro de su ventana como un augurio funesto, la mosquitera que colgaba de unos ganchos del techo parecía respirar como una criatura viva y las sombras tomaban formas animales, y él entonces se ponía a gritar para que alguien fuera a salvarle, su hermano, su padre, o sobre todo su dulcísima madre, que abría la mosquitera, se sentaba en el borde de la cama y empezaba a contarle historias en voz baja al oído y le cantaba con suave voz. Y César recordó también su voz, cuando le lavaba el pelo en una palangana en el jardín de detrás de la casa con aquel sol cuya luz descomponía el agua que le caía por la cabeza en una polvareda de destellos rojos y rosáceos, y aquella maravillosa sensación de sus manos deslizándose por su nuca y por todo el pelo. ¿Y Arnaz? Él veía la imagen de su madre llenando las vacías horas de la tarde con aquellas canciones que tocaba en una espineta que había en el salón de su gran mansión en Santiago. Y fueron estos recuerdos los que hicieron que a los tres hombres les entraran casi ganas de llorar.)

Pero a eso de las tres Lucille Ball volvió a dar un golpecito con el dedo en la esfera de su reloj y le dijo a Arnaz:

—Amor, ahora sí que hemos de irnos.

—Sí, no hay más remedio. Mañana hay que trabajar, ¡siempre trabajar! Lamento que tengamos que irnos, pero antes quería decirles una cosa. Esa *canción* que cantaron ustedes, amigos, en el club esta noche, *Bella María de mi alma*, me ha gustado muchísimo y creo que deberían ustedes venir a mi espectáculo y tocarla para mí.

—¿Un espectáculo en un club nocturno?

—No, me refiero a mi programa de variedades en la televisión.

—¡Muy bien! —le contestó César—. Por supuesto, usted nos dice lo que tenemos que hacer y todo arreglado. Voy a darle nuestra dirección.

Y salió corriendo al recibidor en busca de lápiz y papel. Minutos después César estaba en Broadway tratando de parar un taxi para Arnaz y su esposa, que esperaban en el bordillo de la acera. Miguel Montoya había decidido quedarse en el apartamento y probar a ver qué tal se dormía en el sofá-cama de la marca Castro que estaba en el salón. Llevaban ya veinte minutos esperando cuando por fin paró un taxi que llevaba sus pesadas ruedas trabadas con cadenas y que circulaba por las nevadas calles pegado a la acera.

Arnaz estrechó la mano de César.

—Celebro muchísimo haber tenido esta oportunidad de conocerlos, amigo. Muy pronto tendrán noticias mías. Así que adiós y cuidense.

Y a continuación Arnaz y su mujer montaron en el taxi y desaparecieron en la noche.

Desi Arnaz mantuvo su promesa y tres meses más tarde los dos hermanos iban en un avión rumbo a Hollywood, California. César disfrutó enormemente en el viaje, le encantaba volar en aquellos grandes aparatos cuatrimotores viendo cómo el sol incendiaba las nubes con el esplendor de sus rayos. ¿Y Néstor? Le costaba trabajo creer que toda aquella masa de metal pudiera mantenerse mucho tiempo en el aire. El largo vuelo de once horas de duración sin escalas le daba verdadero pavor. Permaneció todo el tiempo en su asiento, cruzando las manos nerviosamente, sin atreverse casi a mirar por la ventanilla para echar un vistazo a las nubes. César iba sentado sin decir palabra, escribiendo postales y letras para varias canciones, leyendo revistas y disfrutando de todo y con todo. Volaban en primera clase, lo que significaba que la azafata les decía a los pasajeros la hora que era cada cierto tiempo. A César le gustó aquella azafata, que tenía un par de *nalguitas* verdaderamente preciosas, las *nalguitas* más imponentes que había visto en mucho tiempo, y cuando cruzaba por el pasillo, César le daba con el codo a su hermano para que Néstor no se perdiera la visión de aquel esplendor contoneante. Pero Néstor iba demasiado absorto en sus propias cavilaciones, demasiado preocupado por cómo podían irles las cosas, como si el hecho de que algo pudiera salir mal fuera a causarle la muerte. La idea de salir en el programa le infundía auténtico pavor.

Para César todo estaba tan claro y era tan sencillo que no le preocupaba lo más mínimo. Pensaba que era una buena oportunidad para hacer unos cuantos dólares y para que la gente los viera, oyera aquella canción suya, el bolero *Bella María de mi alma,* con el que tal vez lograsen depertar su interés. Y que podía convertirse en el primer gran éxito de Los Reyes del Mambo. ¿Y en cuanto al hecho en sí mismo de aparecer en televisión? César no tenía ninguna idea formada sobre la televisión. A veces había visto alguna pelea de boxeo en el apartamento de un amigo, o algún que otro programa en los escaparates de las tiendas de electrodomésticos, pero ni él ni su hermano habían soñado jamás con actuar en el programa de variedades «Te quiero, Lucy».

¿Y en cuanto a la canción que había cautivado el interés de Arnaz aquella famosa noche en el Mambo Nine Club? Hasta César tenía que admitir que era una gran canción, pegadiza y turbadora. Llevaba años harto de oír hablar de la tal María, algo que le ponía verdaderamente enfermo, pero un día entró en el salón en un momento en que Néstor —que había llegado a escribir veintidós versiones distintas de la dichosa canción— estaba cantándola por enésima vez. Y le pareció tan buena como cualquiera de esos clásicos de todos los tiempos que hacen que a la gente se les nublen los ojos de lágrimas en mitad de la noche. Generalmente, cada vez que oía a Néstor trabajando en una nueva versión, César se ponía de un humor de perros, pero aquel día, por el contrario, le dijo a su hermano:

—Ahora ya puedes dejarlo. Es perfecta. Es una gran canción, hermano —y le dio una palmadita en la espalda—. Y ahora a disfrutar de la vida.

Pero Néstor era persona poco dada a disfrutar de la vida y siguió rumiando sus penas como si fuese un viejo o un poeta arruinado.

—Néstor, vas a cumplir treinta años, tienes una esposa que te adora y dos hijos —le dijo César—. ¿Cuándo vas a ser un hombre de verdad y a dejar de amargarte la vida con tantas preocupaciones? ¿Cuándo vas a dejar de portarte como un maricón?

Néstor hizo una mueca de disgusto al oír aquello.

—Lo siento —se disculpó César—, anda, alégrate un poco. Y no estés siempre tan preocupado por todo, sabes que tienes a tu hermano César que vela por ti en todo momento.

En el preciso instante en que decía esas palabras, el avión entró en una bolsa de aire, descendió unos cientos de metros de altitud y empezó a dar violentas sacudidas.

Y al igual que el avión, Néstor seguía con sus temblores como antes. El suyo, de todos modos, aún no era un caso desesperado: tocar la trompeta y cantar siempre ejercían sobre él un efecto tranquilizador y también había aprendido a reprimir sus nervios cuando tenía delante a sus dos hijos, Leticia y Eugenio.

—Hagas lo que hagas —le dijo César un día—, cuando estés con tus hijos has de ser un hombre de una pieza. ¿No querrás que vayan haciéndose mayores ya jodidos desde el principio?

Producciones Desilu los instaló en el hotel El Jardín de Alí Babá, que contaba con piscina, palmeras de espinosas hojas y jóvenes aspirantes a estrellas tumbadas en el césped tomando el sol. Cada vez que salían del hotel para ir a los ensayos Néstor se tomaba un whisky, a veces dos. Era algo a lo que se había habituado cuando actuaba en grandes salas de baile. El estudio de televisión se encontraba en Selma Avenue y estaba siempre tan lleno de gente que nadie se dio cuenta nunca de que Néstor se presentaba todos los días un tanto bebido. El programa se iba a rodar en realidad un viernes y los músicos disponían de tres días completos para ensayar. Todo el equipo del programa se portó estupendamente con los dos hermanos. Desi Arnaz se mostró especialmente amable y generoso con aquellos cubanos que había contratado. En aquella época, si alguien hubiese preguntado por Arnaz a la gente que trabajaba para él, todos se habrían hecho lenguas de su cordialidad e interés por todo, poniéndolo como ejemplo de *patrón* responsable. Después de todo era cubano y sabía la imagen que debía dar de sí mismo en todo momento un auténtico caballero.

Llegaban a las diez para ensayar y se pasaban la mayor parte del día haciendo tertulia con los demás músicos y viendo los preparativos de la orquesta: muchos de sus miembros eran músicos americanos que antes habían tocado en grandes orquestas californianas, pero también había unos cuantos cubanos con los que los dos hermanos jugaban a las cartas —al whist— para matar el tiempo.

En el programa no tenían mucho que hacer. Una escena que servía para presentarlos y luego la canción. En lo que se refería a sus facultades interpretativas, Arnaz insistía una y otra vez a los hermanos en que fueran, por encima de todo, ellos mismos, y siempre acompañaba su observación con una palmadita en la espalda de ambos. Pero Néstor siempre andaba con las pocas páginas del guión en las que venían sus brevísimos diálogos releyéndolos una y otra vez. (Encontrarían parte de aquel guión, ya amarillento por el paso de los años y medio roto, entre los efectos personales del Rey del Mambo en su habitación del Hotel Esplendor.) Y eso que Arnaz le había dicho:

—No te preocupes ni siquiera aunque se te olvide tu diálogo, que nosotros ya lo arreglaremos. *Pero no te preocupes,* ¿entendido?

A pesar de todo Néstor parecía preocupado. Era un tipo curioso, a veces sereno y sensato sobre las cosas, y otras desorientado y aturdido.

La tarde en que finalmente rodaron el programa con público en el estudio, Néstor apenas podía moverse y quería que todo acabara cuanto antes. Se pasó la tarde dando vueltas de un lado a otro en su habitación del hotel, sudando y hecho un manojo de nervios. Y ya en el estudio siguió como en las nubes, recostado contra una máquina de Coca-Cola, contemplando el ajetreo de electricistas, técnicos de iluminación y de sonido, cámaras y secretarias de rodaje a su alrededor, como si la vida pasase por delante de él ignorándole olímpicamente. Seguramente había algo en el hecho de cantar aquella canción —la canción de María— para millones de espectadores que le infundía un pavor infinito. A César su miedo le producía una gran desazón y no cesaba de repetirle: «*Tranquilo, tranquilo, hombre.* Y no olvides que Arnaz estará ahí fuera con nosotros cuando salgamos».

Néstor debía de tener un aspecto verdaderamente espantoso, porque uno de los músicos de Arnaz, un tipo calvo y regordete, muy simpático, que era de Cienfuegos y que tocaba las congas y los bongos en la orquesta de Arnaz, se acercó a él y le preguntó: «¿Amigo, te encuentras bien?». Luego se llevó a Néstor a un lado y le dio unos sorbos de ron de una petaca que llevaba en el bolsillo. Aquello le tranquilizó y al cabo de un momento apareció una de las maquilladoras y les dio un poco de polvos en la frente y en la nariz. Otro ayudante se sentó a afinar la guitarra de César con el piano. Un tercer ayudante los llevó al sitio por donde tenían que entrar en el escenario. Después Arnaz salió de su camerino, sonrió y les hizo un saludo con la mano. Y a continuación, César, como siempre hacía con su hermano menor antes de cada actuación, le pasó revista, le quitó unos hilos de la chaqueta, le tiró un poco del dobladillo para ver si tenía los hombros bien erguidos y le dio a Néstor una palmadita en la espalda. Entonces la orquesta empezó a tocar la sintonía de «Te quiero, Lucy», alguien les dio el pie y salieron juntos, con su guitarra y su trompeta en la mano, al escenario.

Era 1955 y Lucille Ball estaba limpiando el salón de su casa, cuando oía que llamaban suavemente con los nudillos a la puerta de su apartamento en Manhattan.

—Ya voyyyyyyy —contestaba mientras se dirigía a la puerta arreglándose el peinado.

Y entonces aparecían dos hombres con trajes de seda blancos y lazos de pajarita en forma de alas de mariposa, con dos negros estuches de instrumentos musicales, trompa y trompeta respectivamente, a su lado, y cada uno con un canotier en la mano que se habían quitado al abrírseles la puerta. Los dos hombres hacían un saludo con la cabeza y sonreían, pero, al menos vistos retrospectivamente, parecía haber una cierta tristeza en sus rostros, como si supieran de antemano lo que el futuro les tenía reservado. El más alto y corpulento de los dos, que tenía un bigote fino y un tanto relamido, muy en boga en la época, se aclaraba la garganta y con voz tranquila decía:

—¿La señora Ricardo? Yo me llamo Alfonso y éste es mi hermano Manny...

—Ah, ustedes son los que vienen de Cuba, ¿no? ¡Ricky me ha hablado tantísimo de ustedes! Pasen y pónganse cómodos. Ricky saldrá en un minuto.

Con cortesía versallesca, los dos hermanos volvían a saludar con una inclinación de cabeza y se sentaban en el sofá, echando un poco el cuerpo hacia delante para no hundirse del todo en los mullidos cojines. El más joven de los dos, Manny, cuyo verdadero apellido era Castillo, que había nacido en Las Piñas, Cuba, y que vivía en La Salle Street, en la ciudad de Nueva York, parecía el más nervioso de ambos y daba golpecitos todo el rato en el suelo con un zapato; sus ojos oscuros y un tanto cansados miraban al mundo con una mezcla de inocencia y de aprensión. Detrás de ellos, sobre un piano de espineta había un pequeño búcaro con flores y una figurita de porcelana que representaba un picador; enfrente había una ventana con visillos de encaje y delante de ellos tenían una mesa en la que la pelirroja Lucille Ball en seguida puso una bandeja con café y pastas. Todo esto ocurría en unos breves segundos, como si ya supiera de antemano cuándo le iban a hacer una visita. Pero no importaba. El hermano mayor se ponía varios terrones de azúcar en su café, lo removía y con una nueva inclinación de cabeza volvía a dar las gracias a su anfitriona.

De pronto aparecía Ricky Ricardo, cantante de clubs nocturnos y empresario musical, que era el personaje que interpretaba Desi Arnaz en el programa de televisión. Era un hombre de aspecto agradable, con unos ojos grandes, mirada cordial y un pelo negro y espeso, y tan brillante que parecía la piel de una foca marina. Llevaba unos pantalones con vueltas, chaqueta deportiva de solapas muy anchas, una camisa de cuello estrecho y una corbata negra y tornasolada con un dibujo de notas musicales, sujeta por un pasador en forma de cocodrilo. Entraba con la mano derecha metida en el bolsillo de la chaqueta y cuando veía a los dos hermanos les daba a ambos una palmadita en la espalda y exclamaba:

—¡Manny, Alfonso! ¡Caramba, qué alegría verlos! ¿Cómo van las cosas allá en Cuba?

—Muy bien, Ricky.

—Bueno, siéntense y díganme, ¿qué, muchachos? ¿Ya han decidido qué canción van a tocar en mi espectáculo del Tropicana?

—Sí —contestaba el hermano mayor—, hemos decidido cantar *Bella María de mi alma*.

—¡Magnífico, muchachos! ¿Has oído, Lucy? Espera a oír la canción que van a tocar conmigo al final del programa la semana que viene y verás lo que es bueno: *Bella María de mi alma*.

La expresión de la pelirroja cambiaba como si le hubieran echado un jarro de agua fría o se hubiese muerto alguien.

—Pero Ricky, me prometiste que me darías la oportunidad de cantar en el programa.

—Bueno, ahora no voy a discutir eso contigo, Lucy. Tengo que llevar a estos muchachos al club.

—Ricky, te lo pido por favor, si me dejas cantar en este programa, nunca, nunca jamás, volveré a pedírtelo otra vez.

Se ponía delante de él y le miraba con tal dulzura y agitaba las pestañas de un modo tan cautivador que se notaba que él empezaba a ceder.

—Ya veremos, Lucy.

Y entonces meneaba la cabeza y empezaba a hablarles muy deprisa en español a los dos hermanos:

—*¡Si ustedes supieran las cosas que tengo que aguantarme todos los días! ¡Dios mío! ¡Me vuelvo loco con estas americanas! Mi mamá me lo dijo: «Ricky, no te cases con una americana, ¡a no ser que quieras muchos dolores de cabeza! Esas americanas te pueden volver loco». Mi mamá tenía razón, debía haberme casado con esa chica bonita de Cuba que nunca me puso problemas, que sabía quién le endulzaba el pan. Ella no era una loca, ella me dejaba tranquilo, ¿saben ustedes lo que quiero decir, compañeros?*

Y luego, volviendo al inglés, añadía:

—Vámonos.

Los hermanos se ponían sus sombreros, cogían los estuches de sus instrumentos y salían detrás del dueño del club nocturno. Al abrir la puerta se encontraban plantados delante de ellos a una pareja de vecinos, un hombre calvo y corpulento y su mujer, una atractiva rubia con un cierto aire de matrona, con sus sombreros de paja de copa muy baja en la mano. Los dos hermanos los saludaban con una inclinación de cabeza, salían al vestíbulo del edificio de apartamentos y se iban al club.

A continuación un inmenso corazón de raso se desvanecía en un lento fundido y a través de una especie de neblina aparecía el interior del club nocturno Tropicana. Enfrente de la pista de baile y del escenario, una veintena de mesas con manteles de lino y velas, ocupadas por gente normal y corriente, pero elegantemente vestida. La clientela de cualquier club de la época que se preciara. Las paredes estaban cubiertas por cortinas tableadas que caían desde el techo y había unos cuantos maceteros con palmeras repartidos aquí y allá. Había también un *maître* con esmoquin que llevaba en la mano una carta de vinos de un tamaño verdaderamente espectacular, una jovencita zanquilarga que vendía cigarrillos y camareros que iban de mesa en mesa. Luego venía la pista de baile propiamente dicha y finalmente el escenario, cuyos proscenio y bastidores estaban pintados para que parecieran unos grandes tambores africanos, con pájaros y la palabra vudú escrita muchas veces con tosco trazo sobre ondulantes líneas de pentagrama, motivos que se repetían en las congas y en los atriles de los músicos, tras los que se sentaban en filas de cuatro en fondo los veintitantos miembros de la Orquesta de Ricky Ricardo, todos ataviados con blusas de mambero con mangas de volantes y chalecos adornados con palmeras de lentejuelas —a excepción de una arpista que llevaba un vestido de falda larga y unas gafas con montura de diamante de imitación— y todos con un aspecto muy humano, muy sencillo, con una expresión entre melancólica, indiferente y feliz, todos de buen humor, tranquilos, y listos con sus instrumentos.

Y en el centro del escenario, ante un gran micrófono de bobina móvil, bajo la luz de los focos y entre redobles de tambor, aparece Ricky Ricardo.

—Bueno, amigos, esta noche tengo para ustedes algo verdaderamente especial. Señoras y caballeros, me complazco en presentarles a Manny y a Alfonso Reyes, venidos directamente desde La Habana, Cuba, y que van a cantar un bolero compuesto por ellos mismos, *Bella María de mi alma.* ¿Están listos?

El mayor de los hermanos rasgueaba un acorde en la menor, la clave de la canción; se oía el remolino sonoro de un arpa que parecía descender de los cielos; acto seguido el bajo arrancaba con las notas de una habanera y luego el piano y las trompas tocaban un improvisado acompañamiento de cuatro acordes. De pie, codo con codo, delante de aquel gran micrófono, con las cejas fruncidas como si procuraran concentrarse y una expresión de sinceridad en sus rostros, los dos hermanos empezaban a cantar el bolero romántico *Bella María de mi alma.* Una canción sobre un amor lejano que aún hace sufrir, sobre los placeres perdidos, la juventud, sobre un amor tan huidizo que un hombre nunca sabe qué partido tomar; una canción sobre una mujer a la que se ama de tal modo que no se retrocede ni ante la muerte, sobre un amor tan apasionado por una mujer que se la sigue amando incluso después de que le haya abandonado a uno.

Mientras César cantaba con temblorosas cuerdas vocales, parecía mirar fijamente algo increíblemente bello y doloroso que tenía lugar a lo lejos. Con ojos apasionados e implorantes y una expresión de franqueza en su rostro parecía preguntar, «¿Es que no ves quién soy?». Pero su hermano menor tenía los ojos cerrados y la cabeza echada hacia atrás. Parecía alguien que estuviera a punto de precipitarse por un insondable abismo de añoranza y soledad.

En los versos finales se les unía el director de orquesta que fundía su voz en perfecta armonía con las suyas y que estaba tan encantado con la canción que al final alzaba la mano derecha con gesto triunfal, mientras un mechón de sus negros y espesos cabellos le caía sobre la frente y gritaba «*¡Olé!*». A continuación los dos hermanos sonreían, saludaban con la cabeza mientras Arnaz, siempre en el papel de Ricky Ricardo, repetía: «¡Y ahora, despidámoslos con un fuerte aplauso, amigos!». Los dos hermanos hacían una nueva inclinación de cabeza, estrechaban la mano de Arnaz y salían por bastidores, saludando al público con la mano.

Néstor ponía su mejor voluntad, pobrecillo. Todos los días leía algunas páginas de aquel libro sobre auto-perfeccionamiento del señor D. D. Vanderbilt, y estudiaba cuidadosamente cada párrafo con un diccionario de inglés en la mano. Le daban las tres de la madrugada en aquel hotel de California sentado en el borde de la cama en calzoncillos y albornoz, tratando angustiosamente de vencer su propio escepticismo sobre la victoria de las actitudes positivas y del dominio de sí mismo sobre la desesperación y el derrotismo. Llevaba ya siete años en los Estados Unidos y seguía viviendo con un miedo creciente a todo. No es que temiera nada concreto en particular; lo único que tenía era la sensación de que las cosas no iban a salir bien, de que el cielo se desplomaría sobre su cabeza y un rayo le fulminaría mientras iba un buen día por la calle, de que la tierra se abriría bajo sus pies y le engulliría. No es que se sentara a recrearse en tales pensamientos, es que lo soñaba. El escenario de sus sueños poco había cambiado a lo largo de los años, sus sueños eran los mismos que le habían acongojado en su infancia en Cuba, cuando solía despertarse en plena noche empapado en sudor en una habitación llena de negros pajarracos o cuando se sentía atrapado por rollos de soga ardiendo y la soga se deslizaba misteriosamente dentro de su cuerpo por las orejas y le iba devorando las entrañas; como cuando se despertaba en mitad de la noche y veía a un sacerdote de pie a su lado con la casulla de funeral y un rostro lívido como cera fundida y aquellas manos y vestimentas que despedían un extraño olor a *frijoles negros* y a incienso de iglesia.

En los últimos tiempos había empezado a soñar que se arrastraba gateando a lo largo de un angosto túnel en el que apenas cabía su cuerpo; el túnel parecía continuar a lo lejos hasta el infinito y al final se divisaba el tenue resplandor de una luz. Y mientras seguía arrastrándose sobre pies y manos por el interior del túnel, comprimiendo hombros y rodillas, oía voces que hablaban en un susurro, en un tono suficientemente alto para oír lo que decían, pero no para entenderlo.

Había vuelto a tener aquel sueño y cuando despertó el sol de California entraba radiante por una ranura de las persianas inundando de luz la habitación. Sintió como si algo revoloteara en su estómago, una sacudida agitó su cuerpo y abrió finalmente los ojos. Era casi mediodía y lo primero que oyó fue a su hermano César que, a sus treinta y siete años, jugueteaba fuera en la piscina con sus nuevas amistades, aquellas tres jovencitas apenas salidas de la adolescencia, con sus bañadores de una sola pieza y que estaban siempre riendo, absolutamente encantadas de que César Castillo, para divertirse, no parara de invitarlas a grandes copas de un combinado de zumos de fruta, ron, azúcar en abundancia, concentrado de naranja y hielo picado, todo por gentileza de Producciones Desilu.

Era su último día en California y César se lo estaba pasando en grande. Allí estaba, con un pequeño crucifijo sin brillo colgado de una cadena que llevaba al cuello, con la espesa y rizada pelambrera, ya veteada de gris, que le cubría el pecho mojado, un largo puro habano en la boca, la cabeza echada hacia atrás —no de dolor, sino de alegría— tostándose al sol, tomándose una copa con lentos sorbos y coqueteando con aquellas chicas. En un primer momento, cuando había entrado pavoneándose en la piscina con un bañador a cuadros escoceses de una talla bastante mayor que la suya, se habían abalanzado sobre él porque le habían confundido con el actor Gilbert Roland. Las chicas estaban entusiasmadas, en cualquier caso, de haberle conocido, tan entusiasmadas que el guapo César Castillo les prometió llevarlas a cenar aquella misma noche a algún sitio de moda.

—*Señoritas* —les dijo—, sus deseos son órdenes para mí.

A través de las persianas Néstor vio a César bracear en un lateral de la piscina, chapoteando y salpicando a diestro y siniestro, pues no sabía nadar. Después, respondiendo a la llamada de la naturaleza, volvió al chalecito separado que ocupaban los dos hermanos en el Jardín de Alí Babá y orinó larga y ruidosamente en el retrete.

—Se está de maravilla aquí, ¿eh? ¡Lástima que tengamos que volver tan pronto! —tiró de la cadena y añadió—: Hermano, ¿por qué no sales y estás un poco con nosotros?

—Sí, dentro de un minuto.

Las curvas de una silueta femenina se dibujaron en el cristal esmerilado de la puerta del chalé y oyeron un gritito, «¡Yuuu-huu!», y cuando César abrió la puerta, la joven le preguntó:

—¿Puedo pasar un momento a vuestro lavabo de señoras?

—Por supuesto.

Con un bañador rojo, una faldita plisada encima y unos zapatos con mucho tacón, rojos también, la rubia, toda ella culo, pechos y largas piernas, cruzó la habitación contoneándose tentadoramente. Mientras desaparecía en el cuarto de baño César hizo un gesto con las dos manos calculando el ancho de sus caderas y sorbió aire por entre los dientes como no pudiendo dar crédito a sus ojos. La rubia debió de sentirse algo violenta por entrar a orinar en el cuarto de baño de los hermanos, pues dejó un grifo corriendo y César entendió esto como una indirecta, abrió la puerta del chalé y esperó allí, recostando su cuerpo, ya ligeramente achispado por el alcohol, contra el marco de la puerta, metiendo estómago, sacando pecho, contemplando la piscina y las palmeras a lo lejos, y los arbustos cuajados de flores que había detrás, a los que un día, bromeando con Néstor, había llamado «el vello púbico de la naturaleza». Respirando felicidad por todos sus poros, se puso a silbar.

Un momento después César y la rubia estaban otra vez en la piscina, tirándose y salpicando a las otras dos. La rubia nadaba muy bien y con mucho estilo; se sumergía hasta tocar el fondo de la piscina y a los pocos instantes su cuerpo firme y bronceado salía de nuevo con un fuerte impulso a la superficie... Néstor pensó que debería salir, tomar unas copas y relajarse un poco, pero pensó de pronto: «Estoy casado y tengo dos hijos». Siguió oyendo cómo César reía retozón y feliz. Cuando miró fuera otra vez vio a César arrodillado junto a las jovencitas; las tres estaban tumbadas boca abajo sobre unas esterillas y él estaba dándoles una loción bronceadora en la espalda y en aquellas zonas de sus muslos por las que corrían finos hilillos de sudor.

Néstor frunció el ceño, sintiéndose ultrajado. ¿Por qué aquella gratificante visión tenía que hacer que se sintiese como si el mundo se le viniera encima, como si el sufrimiento que roía sus entrañas fuese un lodo viscoso que corriese por sus venas? Le atormentaban los viejos fantasmas del pasado: cuando tal cosa ocurría pensaba instintivamente «María», pero en seguida recordaba a su mujer y a sus hijos y se hundía en una depresión aún más honda que antes.

A pesar de lo cual se desnudó, se puso un traje de baño azul y un momento después estaba tumbado al borde de la piscina. El camarero le sirvió un gran vaso de aquel ponche tropical que estaban tomando y tras el primer trago sintió su espíritu ya algo más confortado. En seguida empezó a ver con mucho mejores ojos la relación con aquellas chicas y el hecho de pasar unos días lejos de la familia, así que cuando una de las tres, una morena, se sentó a su lado le preguntó:

—¿Vas a venirte con nosotros esta noche? Vamos a ir a El Morocco a oír a una orquesta y a bailar.

Y luego, subiendo la voz, preguntó a César:

—¿Cómo se llama la orquesta?

—Es la Orquesta de René Touzet. Hermano, ¿por qué no te vienes con nosotros?

—Ya veré —contestó dubitativo, aunque luego siempre acompañaba a su hermano a todas partes y detestaba quedarse solo.

Se quedaron en la piscina hasta las siete y media. Hacia las cuatro el camarero les había servido una bandeja con bocadillos de pavo, jamón y queso, y habían charlado sobre el rodaje del programa «Te quiero, Lucy» y de lo amable que había sido todo el mundo con ellos. Y contaron que tenían una orquesta de mambo en Nueva York. Una de las chicas había hecho un pequeño papel en una película de Ricardo Montalbán que se llamaba *Los forajidos de la Tierra del Sol Dorado*. Ricardo era, según ella, un hombre «de ensueño». Y entonces César la miró y le dijo: «Muy bien, y vosotras sois un verdadero "ramillete de ensueños"».

Pobre Néstor. No podía quitar los ojos de una de ellas, una morena. Su piel, tostada por el sol de California, tenía un tono dorado y parecía relucir con la promesa del placer. Aunque apenas le había dirigido la palabra, parecía que ella, en cierto modo, había decidido convertirse en su pareja, estaba pendiente de sus palabras y de sus menores movimientos y hacía ojitos cuando él la miraba. Mientras las otras dos jugueteaban con César en la piscina se quedó junto a Néstor en la estera y a él tal cosa le pareció una muestra de que la chica tenía más «clase» que las otras. Se llamaba Tracy Belair y cuando después se separaron y se fueron a vestir para salir por la noche, le dio a Néstor un dulce beso, rozándole la punta de la nariz con la suya. Mientras se daba una ducha, Néstor pensó en la chica y tal pensamiento le produjo una erección. Pero se prometió a sí mismo no hacer nada con ella.

Pero, a las ocho, otra copa que se tomó le hizo sentirse tan flotante y optimista que de pronto se llenó de aquella confianza en sí mismo que el señor Vanderbilt describía en su famoso libro. Y a las ocho y cuarto se sentía ya inmortal.

Sonó el teléfono y fue Néstor quien lo cogió.

—Hola, soy Desi Arnaz. ¿Qué tal están, amigos? No, sólo llamaba para asegurarme de que todo les va bien. ¿Les gusta el hotel y todo lo demás? Estupendo —y tras dar las gracias a los dos hermanos añadió—: y sigamos en contacto, no lo olviden. ¿De acuerdo?

Lo siguiente que Néstor recordaba era que estaba sentado en una mesa de El Morocco, bebiendo champán y que los cinco posaban con una alegre sonrisa de oreja a oreja para un fotógrafo ambulante. Aquél sí que era un sitio verdaderamente distingui-do. Todo lo que venía en la carta estaba escrito con una letra de lo más floripondiosa y tenía un nombre francés, y muchos de los platos costaban tanto como lo que él ganaba en toda una semana en la fábrica de conservas de carne.

—Pedid todo lo que os apetezca —les dijo César a todos.

¿Y por qué diablos no iba a ser así? Arnaz había dicho que le enviaran la cuenta. Al cabo de unos momentos la mesa estaba llena a rebosar con casi todos los platos que ofrecía la carta: una ensaladera de plata rebosante de pobres caracoles arrugados, como los que llenaban a cientos el patio de su casa en Cuba después de llover, negruzcos, de aspecto triste y aderezados con ajo; fuentes de *filet mignon*, langosta, gambas, patatas en escalope, y botella tras botella de champán. A lo que siguieron, a una hora ya indecente, grandes copas de tarta Alaska y *baci* italianos —bolas de helado de chocolate y vainilla bañadas con oscuro chocolate líquido, regado todo con coñac francés—. Y empezó a haber besos intermitentes. En un momento dado la morena de Néstor se quedó mirándole fijamente y le dijo:

—Sabes una cosa, amor, eres exactamente como ese actor... ¿cómo se llama?... Victor Mature, ¿también es español, no? —Un poco más tarde era ya Gilbert Roland.

La orquesta sonaba espléndida y al cabo de un rato los cinco estaban en la pista pasándoselo en grande. De pronto, a mitad de la noche, Néstor decidió llamar a Nueva York y aquella ocurrencia le haría torcer el gesto al día siguiente, porque no era capaz de recordar ni qué había dicho ni cómo podía haber sonado el teléfono. ¿Por qué creía que, cuando colgó, Delores estaba llorando?

Cuando salieron del club fue como si todo se desvaneciera y cruzó la puerta del Jardín de Alí Babá tambaleándose y dándole pellizcos a su acompañante en el culo a través del lamé plateado de su vestido de noche. Se descorcharon más botellas de champán. Y lo siguiente que recordaba es que abría los ojos y miraba a su hermano: César estaba sentado en el suelo recostado contra la pared, con el sostén de una de las mujeres liado alrededor del cuello como si fuera una corbata y brindaba por todo el mundo con champán: ¡por América!, ¡por Desi Arnaz!, ¡por René Touzet! ¡Y por el amor y las historias románticas!

Haciendo zigzags por la habitación los dos hermanos y sus tres acompañantes intentaron bailar el mambo. Después César empezó a dar una serenata a sus dos mujeres y se trasladó con ellas a su dormitorio, dejando a San Néstor con la tentación en persona. ¿Cómo es que habían acabado encima del sofá besándose con la lengua? La joven se volvía más felina a cada beso. Llevaba un sostén de color rojo chillón, unas braguitas también rojas y tenía un lunar negro en forma de flor justo encima del ombligo. Su lustroso cuerpo parecía tan perfecto, tan sano, tan lleno de vida. Se volvió loco besándola. Desnuda y húmeda con sus besos, le dijo:

—Espera un minuto, *amigo*, tú también tienes que quitarte la ropa.

Y cuando se quitó los pantalones sintió un estremecimiento de vergüenza pues, después de todo, era un hombre casado, un buen cubano y un católico a machamartillo, con dos hijos en casa, en Nueva York, pero todas esas cosas no pudieron parar a la Madre Naturaleza ni impedir que la mujer, tras mirarle largo y tendido, le dijera:

—Amigo, ¿dónde has estado toda mi vida?

Cuando se despertó cruzó la habitación a oscuras sintiendo que le flaqueaban las piernas, entró en el cuarto de baño y vomitó. Luego salió al exterior a fumarse un cigarrillo: el cielo estaba despejado y tachonado de estrellas que formaban remolinos y se reflejaban en la piscina. ¿Por qué se sentía tan mal? ¿Por qué siempre se había sentido tan mal en toda su corta existencia?

Hacia las cinco de la madrugada despertó a la morena, que sonrió, se abrazó a él y le dijo:

—Hola, mi amante.

Pero él le contestó:

—¿Qué te parece si te vas a casa, eh?

Y eso fue todo. Ella se vistió mientras él la contemplaba, sentado, sintiéndose fatal. Tal vez por la manera de decírselo, sin una pizca de cariño, después de todo lo que probablemente le habría dicho mientras hacían el amor.

Trató de dormirse otra vez, pues tenían que coger un avión de vuelta que salía a las ocho de punto, pero ya estaba amaneciendo. Así que cogió aquel libro suyo y empezó a leer un interesantísimo pasaje que fue subrayando: «¡En la América de hoy uno tiene que pensar en el futuro! ¡Alíate con el progreso y con el mañana! El hombre con confianza, seguro de sí mismo mira al futuro y nunca vuelve la vista al pasado. La razón profunda de cada éxito es como un plan que te hace seguir hacia adelante. En momentos de duda has de recordar que cada obstáculo no es sino un rétraso momentáneo. Que todo problema puede resolverse. Si se tiene voluntad siempre hay una salida».

En los días que siguieron a la emisión del programa se convirtieron en verdaderas celebridades en La Salle Street: enjutos irlandeses de mejillas rubicundas salían a la luz de la calle a media tarde del sombrío bar Shamrock, que estaba en la esquina, y decían a los dos hermanos: «¿Me permiten que les invite a una cerveza?». La gente sacaba la cabeza por las ventanas para decirles ¡hola! casi gritando y los viandantes los paraban en la calle y les deseaban todo tipo de éxitos. Las viejas cotillas que siempre se sentaban delante de la marquesina en sillas con patas muy finas y algo tambaleantes se hacían lenguas, en voz baja, de la fama que, de la noche a la mañana, había descendido sobre aquellos «dos tipos españoles» que vivían en el número 500 de la calle; durante semanas y semanas los dos hermanos contaron con numerosos fieles admiradores entre los irlandeses y alemanes que vivían en su mismo bloque, e incluso mucha gente que no había visto el programa se había enterado y los trataba con más respeto y consideración que la víspera. Su más ferviente admiradora era la señora Shannon, la casera, a quien Delores le había hablado del programa y que, orgullosa de tenerlos como inquilinos, había hecho correr la voz por todo el vecindario.

No siempre había sido así, precisamente. Después de que él y Néstor se instalaran en casa de Pablo —«Sabe, ése sí que era un buen hombre español para usted»— empezaron las fiestas, una semana sí y la otra también, fiestas que duraban hasta el amanecer y tan estruendosas que se pasaba la mitad de la noche dando golpes a las cañerías y llamando a la policía para que los metiera en cintura. Nunca había tenido ningún problema con el gordinflón de Pablo ni con su pacata y obediente esposa —siempre se había portado bien con la señora Shannon, llevándole filetes y chuletas gratis de la fábrica— pero con aquellos dos machos, con su sempiterno cortejo de mujeres y aquellos amigos que miraban como lobos, aquellos tipos que siempre estaban bebiendo, cantando y armando alboroto por la noche en su apartamento de arriba, la cosa fue bien distinta. Hacia la época en que Pablo se mudó en 1950, los dos hermanos habían convertido ya el piso en una «casa del pecado».

La peor comidilla sobre el continuo trajín de aquella «casa del pecado», de arriba, vino de una de sus vecinas, la señora O'Brien, que cuando hacía mucho calor solía subir a sentarse en la azotea junto al depósito de agua con su marido para respirar un poco la brisa que se levantaba del río Hudson y tomar, tal vez, unas cuantas cervezas y unos sandwiches americanos de queso, jamón y mayonesa. Una noche, cuando estaban allí arriba, el señor O'Brien se sintió algo inquieto y decidió darse una vuelta por el tejado para inspeccionar los aleros. Los hermanos estaban celebrando abajo una de sus fiestas: seis ventanas en hilera con las persianas medio bajadas, fonógrafo a todo volumen, voces, el espectáculo de una habitación llena de un torbellino de piernas y manos que bailaban, manos que sujetaban copas, eso es todo lo que en realidad pudo ver. Estaba contemplando el espectáculo cuando oyó unos ruidos como si alguien jadeara y gimiera subiendo una empinada colina. Aquellos sonidos venían del tejado de al lado y cuando alzó los ojos vio lo que parecía ser un hombre y una mujer echados sobre una manta y ocultos en la oscuridad haciendo el amor. De la sombra del hombre sobresalía un enorme y reluciente pene que en las tinieblas parecía un trozo de cañería engrasada. Su mujer acudió a su lado y ambos permanecieron largo rato presenciando la función, entre espantados y muertos de envidia, y luego decidieron llamar a la policía. Cuando contaron el incidente de bestial fornicación que habían presenciado la señora Shannon se ruborizó y preguntó: «¿Y qué harán ya la próxima vez?».

Pero, a pesar de las muchas quejas que tenía de ellos, empezó a tomarle cierta simpatía al hermano mayor poco a poco. A menudo, cuando se presentaba en su puerta a pagarle la renta le llevaba pequeños obsequios: comida y pasteles que habían sobrado en las fiestas de boda o de compromiso en las que los dos hermanos actuaban, o filetes de la fábrica. Y siempre que el Rey del Mambo grababa un disco le regalaba un ejemplar. Y después de las fiestas que daban se deshacía en disculpas y le decía en un educadísimo tono de voz: «No sabe lo que lamento todo el jaleo que se armó ayer por la noche. Es que es muy difícil calcular el volumen de la música y todo eso», y con frases de este tipo hacía siempre que se sintiera mucho mejor. Pero había algo más en él que le gustaba: Cincuentona, corpulenta, con el pelo hecho un estropajo y una triple papada, pensaba que el Rey del Mambo la encontraba en cierto modo atractiva. Siempre que César aparecía en su puerta sabía darle la sensación de que la encontraba hermosa: la miraba a los ojos, de un azul cristalino como la luz de la mañana, arrugaba ligeramente la frente y en la comisura de sus labios se dibujaba una sonrisa como diciendo «Vaya, vaya». En su juventud había sido una belleza irlandesa que, debido a un temperamento hombruno, había degenerado en un tipo de matrona inflado por la cerveza. El hecho de que César pareciera ver en ella aunque no fuera más que un menguado resto de su ya ajada lozanía, la hacía soñar con una pequeña aventura amorosa con él, pero, por su parte, todo quedaba en eso, en un simple sueño.

Y cuando los dos hermanos aparecieron en televisión y los vio hablando realmente con Lucille Ball, le dio un vuelco el corazón y sintió una especie de mareo que se agudizaba cada vez que pensaba que pronto los volvería a ver otra vez. Unos días después de la emisión del programa, se fue a que le lavaran el pelo y la peinaran en una peluquería, se compró un vestido nuevo, hizo en el horno un pastel con sabor a manzana para los dos hermanos y luego dejó de una pieza a su propio hermano al anunciarle:

—Voy arriba un momento a ver a esos dos muchachos cubanos.

Fue César quien abrió la puerta: ante él se sintió como si se encontrara al mismísimo borde de un tremendo precipicio, sin aliento casi y con la sensación de que podía perderse para siempre.

—¿Sí, señora Shannon?

—He subido sólo para decirles que estuvieron magníficos, muchachos, realmente magníficos. Los vi en la televisión.

—Gracias.

—Y he hecho... he hecho una cosita en el horno para ustedes, ¿sabe? Un pastel. No hacía un pastel desde hace mucho tiempo, pero antes solía hacerlos a menudo.

César se lo agradeció con un gesto de cabeza y le dijo:

—Gracias. ¿Por qué no pasa y se toma una copita o come algo si le apetece? ¿Va a salir? —le preguntó—. Va usted hecha un brazo de mar.

—No, pasaré, pero sólo un momento.

Siguió a César por el pasillo, sortearon las bicicletas de los niños, atravesaron la cocina y entraron en el comedor: había una larga mesa sin retirar aún, llena de fuentes de bacalao cocinado con ajo, frijoles, arroz, una gran ensalada, chuletas de cerdo y filetes de la fábrica y una sopera grande con *yuca*. Néstor, con pajarita y tirantes, estaba sentado a un extremo de la mesa chupando un palillo de dientes. Los niños jugaban en el suelo del salón y Delores estaba sentada al extremo opuesto de la mesa, callada como una estatua y mirando fijamente a su marido.

—Eh, ¡mirad quién ha venido a hacernos una visita!

—¿Quiere comer algo?

Miró el despliegue de comida y contestó:

—Bueno, pues unas chuletitas no estarían mal. Y un poquito de arroz.

—Delores —ordenó César—, sírvele a la señora Shannon un plato de comida.

Se levantó obedeciendo y le puso un plato de frijoles, ensalada y bacalao, todo junto: la señora Shannon tomó asiento y empezó a picar un poco de todos los platos de los que había dicho que no quería y luego se dedicó a devorar el filete.

César la miraba y le dijo:

—Debería usted probar la *yuca*. Es como patata, pero más sabrosa. Por lo menos para mi gusto —esta última frase se la dijo como con el corazón en la mano.

La señora Shannon masticaba la carne, encantada: César volvió a piropearla y ella le preguntó:

—¿Y cómo son Desi Arnaz y Lucy? Cuénteme cosas de Lucy.

—Es una mujer verdaderamente encantadora. Toda una señora.

Y a continuación se embarcó en una disertación sobre el tren de vida de las estrellas de Hollywood, las casas pintadas de tonos rosa y azul pastel de Beverly Hills y le contó que una vez había entrado en un club que se llamaba Ciro y había visto al actor William Holden metido en una cabina telefónica abrazando a una bonita muchacha. Ella le oía con la mayor unción y César, al que a veces le gustaba darse aires de grandeza y que siempre tendía a la exageración, decidió sacarle al breve viaje todo el jugo que podía: visitas a lujosas mansiones, estrellas de cine en cada esquina, dinero corriendo a raudales, y allí estaban ellos, dos personas normales y corrientes, en medio de todo aquello. De vez en cuando la señora Shannon se llevaba la mano a la clavícula y exclamaba:

—¡Ha debido de ser algo maravilloso!

Delores estaba sentada cavilando sobre la creciente distancia que mostraba su marido hacia ella: Néstor parecía inquieto, se removía en su silla y fumaba un cigarrillo tras otro, como si algo le atormentara en su fuero interno: inhalaba el humo profundamente, a veces casi con un hondo suspiro. Desde que había vuelto de California había tenido pesadillas aún más angustiosas que antes y parecía que cada vez pasaba más tiempo dando vueltas de un lado a otro cuando estaba en el salón. Y había algo más: aunque siempre estaba leyendo el librito aquel con las páginas arrugadas del tal Vanderbilt su aspecto era cada vez más lúgubre.

Después la señora Shannon abrió el papel de aluminio que envolvía el pastel con sabor a manzana que había dejado en la mesa y descubrió un pastel con una capa de hojaldre por arriba y lleno de gruesos trozos de cáscaras de limón, cerezas y pasas. Los niños se abalanzaron a por sus respectivas raciones y los adultos se apiñaron alrededor con gesto admirativo. Era un pastel delicioso, como besar a una mujer por primera vez, pensó César; como piña regada con ron, pensó Néstor; como tomar *flan* con papi, pensó Delorita; como chocolate, pensó Eugenio; como un pastel con sabor a manzana, pensó la pequeña Leticia. ¡Y pensar que lo había hecho la misma mujer que gritaba con voz chillona por el patio a las dos de la madrugada, diciendo a grito pelado «¿Quieren bajar de una vez esa mierda de música, joder?». La misma mujer que un día había subido las escaleras y se había presentado a la puerta blandiendo un martillo, roja de ira y al borde de un verdadero ataque. Cuando acabaron de comer César le dijo a la señora Shannon: «Quiero darle una cosa» y fue al salón. Allí, encima del bajo de una batería americana, amontonado con otros varios instrumentos sobre un carrito en un rincón de la sala junto al sofá, guardaba una cartera negra: la abrió y sacó una foto en blanco y negro, tomada durante el vibrante final de *Bella María de mi alma,* en la que se le veía a él, a Néstor y a Desi Arnaz, los tres uniendo sus voces, con la boca abierta, enseñando los dientes y la cabeza bañada por halos de luz. La cartera contenía unas trescientas copias de aquella fotografía. Su amigo Benny el Niño, que era el Fotógrafo Oficial Para Todo, se había llevado el negativo y hecho las copias y puso una de ellas junto a una foto de una Primera Comunión y otra de un recluta volviendo a casa. Ellos tenían una en el pasillo, la original, firmada por Arnaz: «A mis buenos amigos César y Néstor Castillo, con gran afecto *y un abrazo siempre.* Desi Arnaz, 17-5-55». Volvió al comedor con una de las fotografías, se la dedicó a la señora Shannon y se la pasó después a su hermano para que la firmara también. La señora Shannon apretó la fotografía dedicada contra su pecho y exclamó:

—Oh, ¡cuánto se lo agradezco!

Se quedó casi hasta las diez. En el pasillo, un poco más allá de la librería con las novelas que a Delores le gustaba comprar, César y la señora Shannon se detuvieron un momento y en aquel momento César la miró fijamente, con ojos casi de enamorado, como si verdaderamente fuese a besarla, pero todo lo que hizo fue cogerla del codo y darle un apretón en sus rollizos hombros y una palmadita en la espalda como hacía con los amigos. La acompañó hasta la puerta, le dio las gracias por el pastel y se asomó a la barandilla para ver desaparecer a la oronda señora Shannon escaleras abajo. Volvió al comedor, cogió una silla y le dijo a su hermano Néstor:

—¿Quieres un poco más de pastel? —y luego, tras otro trozo, añadió—: ¿Puedes imaginarte a la señora Shannon haciendo un pastel para nosotros, y buenísimo, por cierto? ¿Te la imaginas?

Su actuación en el programa resultó un verdadero éxito. A Desi Arnaz le gustaba tanto el tema que habían compuesto que les pagó mil dólares por los derechos para interpretar la canción y grabó *Bella María de mi alma* en el otoño de 1955, versión que llegó a alcanzar el puesto número ocho en las listas de éxitos, codeándose por espacio de una semana con canciones de Rosemary Clooney y Eddie Fischer. Entre los aficionados al bolero romántico *Bella María de mi alma* se convirtió casi de la noche a la mañana en algo así como un clásico menor, a la misma altura que *Bésame mucho* y *Siempre en mi corazón.* El mismo Arnaz interpretó *Bella María de mi alma* en el programa de variedades de Ed Sullivan, y casi en seguida muchos otros artistas del mundo del disco siguieron su ejemplo, incluida una figura de la talla de Nat King Cole. (Grabó *Bella María de mi alma* en La Habana para su álbum *Cole Español;* la canción era perfecta para su voz suave y refinada y en su acompañamiento incluyó también un solo de trompa interpretado, nada menos, que por Chocolate Armenteros.) La orquesta Las Diez Mil Cuerdas de Hollywood hizo también su propia versión de la canción. (Aún puede oírse en una de esas famosas cintas Muzak metida entre una versión de órgano insoportablemente rumbosa de *Guantanamera* y *¡Quizás, quizás, quizás!* en supermercados, galerías comerciales, aeropuertos y vestíbulos de estaciones de autobuses en todas partes.) Y, luego, un día, César recibió un telefonazo de un tipo llamado Louie Levitt de RCA Victor diciéndole que Cugat estaba interesado en hacer su propia versión instrumental de la canción. Le concedieron el permiso por una suma de mil dólares. Con los derechos de autor de todas aquellas grabaciones los dos hermanos se encontraron de pronto con algo de dinero en los bolsillos. En total, entre los años 1956-57, ganaron unos diez mil dólares en concepto de derechos de autor de las distintas grabaciones.

Los Reyes del Mambo grabaron *Bella María* en un disco de 45 r.p.m., y también apareció incluida en un álbum LP de 33 r.p.m. que recogía la totalidad de sus canciones de amor romántico y que se llamaba *Los Reyes del Mambo tocan canciones de amor.* Vendieron diez mil copias de aquel disco; fue, con diferencia, el mayor éxito que jamás tuvieron. Como nunca antes habían saboreado las mieles del éxito, ni siquiera de lejos, César se consagró en alma y cuerpo a la tarea de probar nuevos números de baile que pudieran hacerse populares, y se pasaba el tiempo ensayando pasos y más pasos delante del espejo con la esperanza de dar con algún ritmo nuevo que hiciera furor, como Antonio Arcana había hecho en 1952 con el cha-cha-chá.

Los contrataron para multitud de actuaciones radiofónicas en emisoras como la WPIX y la WOR. Y empezaron también a surgirles contratos en locales de primera categoría como la Sala de Baile MacAlpin y el Hotel Biltmore, con lo que la banda se sacaba varios cientos de dólares suplementarios en actuaciones de fin de semana. Tocaban en toda la ciudad para públicos en los que se mezclaban italianos, negros, judíos y latinos. Después, Grossinger's, el centro de recreo judío, los contrató para los fines de semana durante un mes y hasta se permitieron el lujo de llevar ellos mismos dos bandas que aparecían debajo de su nombre en los carteles anunciadores, Los Rumba Boys de Johnny Casanova y una vieja favorita, La Gloriosa Gloria y su Orquesta Femenina de Rumba. Pero el mayor honor para ellos fue tocar en Grossinger's compartiendo el cartel, en segundo lugar, con la orquesta de Machito. Aquélla fue la época en que las adolescentes se acercaban nerviosas como flanes a César Castillo y a su hermano y les pedían que les firmaran un autógrafo. Aquellas jovenzuelas no estaban totalmente seguras de que César fuera una estrella, aunque él, desde luego, poniéndose unas gafas de sol italianas, una chalina de raso blanco y ocho anillos en cada mano, se había propuesto parecerlo. Y firmaba los autógrafos como si fuese la cosa más natural del mundo. Como empezaron a contratarlos con cierta frecuencia en sitios que estaban fuera de la ciudad, entre todos reunieron una cierta cantidad de dinero y se compraron un viejo autobús escolar. Lo primero que hicieron con él fue pintarlo de rosa pálido, uno de los colores preferidos de César. Y queriendo que el espíritu del color actuara como coordinante del grupo, Los Reyes del Mambo actuaron durante un cierto tiempo vestidos con trajes también rosa pálido con solapas negras. Luego César hizo que su amigo Bernardito Mandelbaum, el artista, les decorara el autobús con palmeras, claves de sol y notas musicales. Dejaban el autobús en un aparcamiento que había en la calle 126, un poco antes de llegar a Amsterdam Avenue. Y Los Reyes del Mambo se hicieron una nueva foto publicitaria: los músicos posaron metidos en el autobús y sacando sus trombones, saxos y violines por las ventanillas. Instalaron un altavoz en la baca por el que sonaba la música que tocaban y utilizaban el autobús para hacer escapadas a Jersey City, en Nueva Jersey, y a Danbury, en Connecticut. No se desplazaban a grandes distancias: el sitio más al oeste en que tocaron alguna vez fue Filadelfia, para la colonia cubana que vivía allí, pero aún distaban mucho de hacer giras por todo el país como las de Machito y Tito Puente.

Todo eso cambió cuando hicieron su famosa gira de costa a costa patrocinada por Mambo USA. Seleccionados por la agencia de espectáculos Mambo USA como una de las orquestas que habrían de difundir el mambo por todo el país, partieron en la primavera de 1956 con un contrato de dos meses que los llevó por salas de baile y teatros de ciudades pequeñas de todos los estados y a grandes urbes como Chicago y San Francisco. Como ejemplo de sus actuaciones valga la que tuvo lugar en un baile celebrado en un viejo local de la Legión Americana en un sitio llamado Quincyville, en Pennsylvania, una pequeña localidad situada justo donde acababa el paisaje de colinas, vacas e idílicas praderas del país de los amish[3]. Néstor fue sentado en la parte delantera del autobús junto a la pareja de bailarines de mambo formada por Elva y René, encantado por el verdor del paisaje y la visión de los lagos, los enormes silos y los árboles en un día soleado. Se pasó el viaje jugando a las cartas con César y leyendo el librito que llevaba consigo.

Cada vez que pasaban por delante de un cementerio César le decía bromeando:

—Mira, hermano, ¡ahí tienes el futuro!

Cuando el autobús enfiló la calle principal de Quincyville, con música de mambo sonando por los altavoces a todo volumen,

---

[3] Comunidad cristiana norteamericana de doctrina conservadora, arcaica indumentaria y hostil a todo progreso técnico. *(N. del T.)*

los perros empezaron a ladrar, los niños a silbar, los mozalbetes que iban en bicicleta hicieron sonar sus pequeños cláxones negros y las campanas se pusieron a repicar din-dan-din-dan. La gente se apiñó en la calle para ver de cerca a los músicos y cuando bajaron del autobús en la Sede de la Legión Americana «Thomas E. Dewey», fueron acogidos con sonrisas y admirativas inclinaciones de cabeza. (Aunque también hubo otro sitio en Nueva Jersey que se llamaba Tanglewood en donde, cuando volvieron al autobús a las tres de la madrugada, se encontraron el pasillo y las ventanillas embadurnados de excrementos.)

Aquella noche tocaron para un público formado por granjeros incultos y retrógrados, acompañados por sus esposas, que era la primera vez que oían aquel tipo de música. Detrás de los músicos había una pancarta en la que se leía en grandes caracteres: «¡MAMBO USA PRESENTA AL FABULOSO CÉSAR CASTILLO Y SUS REYES DEL MAMBO EN GIRA POR TODO EL PAÍS!».

César, delante del micrófono, con expresión beatífica bajo la luz de los focos y las cuerdas vocales en temblorosa tensión, cantó con su voz de cantante melódico —algo cascada ya de tanto fumar— abriendo los brazos todo el tiempo de par en par como si quisiera estrechar entre ellos al mundo. La buena gente de la buena tierra de Pennsylvania no tenía ni idea de qué hacer con aquella música. Ver a César interpretar los números rápidos bailables era todo un espectáculo: dejaba resbalar los pies, se doblaba, hacía los más increíbles aspavientos con los brazos; se echaba hacia delante, daba un fuerte taconazo y a continuación saltaba hacia arriba, como disparado por un resorte, dibujando un signo de exclamación en el aire; contraía el rostro haciendo una «O» con la boca que recordaba aquellos «Oooooh» tan característicos de Vanna Vane; sus dientes se cerraban con el chasquido seco de un cepo; sacaba y movía la lengua en el aire; agitaba las manos que sonaban con un cascabeleo de anillos y brazaletes; sus zapatos hacían piruetas, gritaba «¡Uhhhhhh!» dirigiendo la orquesta y daba palmas mientras iba voceando los nombres de sus músicos: «¡*Vaya*, Pito! ¡*Vaya*, Néstor!» y «Uhhhhh» otra vez.

A veces aquello era demasiado para públicos aún más conservadores, si cabe, y entonces el grupo interpretaba un repertorio en el que se mezclaban los temas latinoamericanos y los más propiamente americanos. A melodías como *En la quietud de la noche, Te sienta bien la luz de la luna* y *En algún lugar más allá del arco iris* seguían *Bésame mucho* y *María la O*. Para *El manisero* César salía al escenario con una gorra de béisbol y empujando un carrito en uno de cuyos lados podía leerse «Se vende maní». Pegado al micrófono y agitando una coctelera llena de perdigones, César cantaba una versión en inglés de la canción que venía a decir: «Oh, ¿por qué no pruebas mis cacahuetes?, nunca encontrarás cacahuetes tan sabrosos como los míos», letra que la mayoría del público seguía sin entender de todos modos, pues César tenía aún un fortísimo acento cubano. Pero los músicos sí que sabían lo que querían decir las letras y siempre se desternillaban de risa con las canciones. El otro número que presentaron como una gran novedad fue una especie de tango que César había compuesto, haciendo un popurrí con partes tomadas de *Malagueña* y de la *Habanera* de *Carmen* de Bizet. Y lo presentaba al público con estas palabras: «Y ahora viene una canción sobre un tipo que tiene que habérselas todo el tiempo con un toro y ya saben ustedes cómo acaban estas cosas».

En aquel número, Xavier, el soberbio trombonista del grupo, salía arremetiendo como un toro contra César que, en el papel de torero, daba unos pases con un trapo rojo, tan grande que arrastraba por el suelo, y no paraba de hacer gestos, inclinaciones de cabeza y señas con las manos a alguna belleza femenina que se hallaba entre el público. El número estaba concebido para hacer reír un poco y para presentar, de paso, a la pareja de bailarines compuesta por Elva y René. Al final de la canción Elva aparecía con un vestido de un color rojo encendido e iba dando vueltas a arrojarse en brazos del matador. El público prorrumpía siempre en un aplauso.

Cada vez que Elva salía dando sus pasos de baile, César la envolvía con una cálida mirada de deseo, con ojos que parecían traspasar la seda del vestido que llevaba, como hace Superman. Una vez la había visto en traje de baño, cuando estuvieron actuando en las Catskills. Ella estaba tomando el sol a la orilla de un lago y, al verla, César decidió acercarse y preguntarle a Elva si le apetecía una soda. Al mirarla sintió que se ponía rojo como la grana: unos mechoncillos de vello púbico que sobresalían por debajo de su traje de baño le partieron el corazón. Aquella mujer despertaba su interés, pero pensaba que debía de ser un tanto alocada. ¡Pobre René! Era del conocimiento público que no podía satisfacerla, que ella prefería a hombres dotados de «buenas vergas», a hombretones fornidos de pelo en pecho... o al menos eso era lo que se especulaba entre los músicos.

Se sentía atraído por ella, pero jamás habría de tocarla un pelo. René era su amigo y tenía por principio no joder nunca con la mujer de un amigo. A pesar de lo cual se había pasado más de una y de dos noches pensando en ella.

A la gente le encantaba la música, pero aquellos rústicos de Pennsylvania, que estaban acostumbrados a toscas danzas aldeanas, tenían sus problemas a la hora de bailar el mambo, y por este motivo parte de la velada incluía lecciones gratuitas de rumba, mambo y cha-cha-chá.

René, la pareja masculina, se reunía con Elva en el escenario. Era un hombre menudo y delgado, de unos cinco pies y cinco pulgadas de estatura sobre otras tres pulgadas suplementarias de tacón cubano y tenía unos ojos grandes, una nariz puntiaguda y picada de viruela, un bigote muy poblado, la cabeza totalmente calva y una mirada dulce y con un algo aristocrático. Tenía cuarenta y cinco años y había conocido a Elva hacía unos diez —cuando ella sólo tenía dieciséis y era un bocado suculento— bailando rumbas en el Parque de Marianao en La Habana y

pasando luego la gorra. René la contrató para que formase pareja
con él en sus actuaciones, que, por lo demás, consistían en bailar
unas cuantas rumbas trasnochadas en el club nocturno Tropicana de La Habana. En 1947 se fueron a Nueva York y se ganaban
la vida dando clases en la academia de baile de Fred Astaire, en
el Palladium y en el Savoy. Y a veces actuaban también en el
Teatro Hispano, en Harlem, que fue donde un día René sorprendió al director de escena acariciando a Elva entre bastidores y le
atacó con un martillo. Fue por entonces cuando César los
contrató para que actuasen con Los Reyes del Mambo.

Cuando terminó la canción de la corrida de toros Los Reyes
del Mambo tocaron *Nocturno a ritmo de mambo,* una de sus composiciones originales. La pareja bailó un vals en el escenario. El
siguiente número fue *El bodeguero,* un cha-cha-chá, y Elva y René
bajaron entonces a la pista de baile, se mezclaron con el público y
empezaron a enseñar los pasos y a dar instrucciones. «Y uno, dos,
tres, cambio. Alto. Uno, dos, tres, cambio y alto... Ustedes, señoras, lo hacen estupendamente, pero sus maridos ¡es como si
fueran palos de escoba!»

La gente los escuchaba atentamente y un momento después
ya estaban doblando el espinazo, dando vueltas y bamboleándose al son de la música, felices, con sus caras coloradotas, como
tímidos estudiantes en un baile de colegio. Los hombres con los
ojos clavados en la escultural Elva y sus mujeres, bonitas y con
gruesos tobillos, embelesadas por aquel rey del coqueteo que era
César Castillo.

César aprovechaba las lecciones como una ocasión para
mezclarse con el público. Se bajaba del escenario, bailaba cada
canción con doce mujeres distintas, las cogía por el talle con sus
fuertes y cálidas manos y las hacía dar vueltas y más vueltas
como flores que fueran a caer tronchadas al suelo... La velada
terminaba con una selección de las «canciones de amor» de Los
Reyes del Mambo: *Crepúsculo en La Habana, Soledad de mi corazón* y
La tristeza de amar. César —con los ojos cerrados y el rostro

transmutado en una máscara de sentida pasión— cantaba sobre el rumor de los mares, la luna doliente y el amor, amor desdeñoso, amor burlón, amor decepcionante y cruel, y sobre las estratagemas y la embriaguez del amor.

Todo el mundo, público y músicos, se divertía de lo lindo. El público era generoso en sus aplausos y los músicos se despedían pensando ya en el viaje del día siguiente, se reunían a tomar unas copitas de ron, pensaban un momento en lo solos que se encontraban y se disponían a dormir unas horas antes de prepararse para su siguiente actuación, que podría ser —¿por qué no?— un baile dominical a ritmo de mambo en el auditorio Plainfield, en Plainfield, Nueva Jersey.

¿Y en lo que se refería a mujeres? Aunque se quedara tirado en medio de ninguna parte, en alguna pequeña ciudad en la que todo el mundo le observaba, el Rey del Mambo no abandonaba ni por un momento sus viejos hábitos y quedaba con chicas siempre que podía, aunque rara vez con el éxito que volvió a conocer de regreso en Nueva York, donde la mayor dureza de la vida animaba a una más intensa búsqueda del placer. ¡Aun así el hombre nunca se daba por vencido! A veces, en mitad de un baile, le pedía a cierta joven señora que le enseñara el pueblo a la mañana siguiente, antes de partir en el autobús. En ocasiones concertaba citas nocturnas y se encontraba plantado en esquinas, esperando a individuas con nombres como Maple o Vine a las tres de la madrugada, paseándose de un lado a otro, con un cigarrillo en los labios y las manos metidas en los bolsillos, acudiendo a citas más bien traídas por los pelos con mujeres que se llamaban Betty, Mary-Jo o Annette. Quedaba con aquellas mujeres, se pasaba horas sentado con ellas, charlando de todo lo divino y lo humano y haciendo comentarios sobre la hermosura del firmamento y luego intentaba pasar a la acción: a veces llegaba a toquetearse, besuquearse con la lengua y forcejear con mujeres que atravesaban un momento crítico en sus vidas en los parques de aquellas pequeñas ciudades o en el asiento trasero de un coche aparcado en el callejón que frecuentaban las parejas del lugar, pero, por lo general, su ego siempre inquieto y voraz se contentaba con la tensión amorosa de aquellas citas.

(Y mientras estaba sentado en el Hotel Esplendor tomándose las últimas copas soñaba despierto con otras mujeres que había conocido. Como aquella chica de Coney Island con la que había estado a las diez y media de cierta noche, arrebujados los dos bajo una manta. O aquella otra mujer con una pierna rota y escayolada que se hallaba en una cabina telefónica mientras una lluvia torrencial caía sobre Atlantic City, y el vendaval azotaba los cristales y a su alrededor todo estaba tan oscuro que nadie podía verlos, y entonces, en medio de aquellos vientos huracanados empezaron a besarse y él le metía la pierna entre las suyas y la mujer al final mandó todo al diablo, se levantó la falda, se bajó las bragas y él se echó sobre sus piernas y sobre la gruesa y pesada escayola y la levantó en volandas y ella se recostó contra una de las paredes de la cabina, riendo y pensando para sus adentros, «¡Este hombre está loco!», y no paraba de reír y de ver las estrellas, mientras fuera la gente cruzaba las calles como zigzagueantes garabatos trazados por un lápiz corriendo bajo aquel diluvio. Y aquella otra mujer que se encontraba entre la multitud presenciando el desfile organizado por los almacenes Macy's el Día de Acción de Gracias. Se hallaba junto a él, que iba con Leticia y con Eugenio, cuya presencia sin duda lo hizo todo más fácil, pues a la mujer en cuestión parecían gustarle mucho los niños y con una sonrisa levantaba a Leticia por encima de su cabeza para que pudiera ver mejor las bandas de música y las carrozas engalanadas. Pero cuando hizo reír de verdad a aquella mujer fue cuando le dijo: «Si quiere puedo auparla un poco a usted también». Y acabaron dando juntos un paseo hasta el metro y César quedó con ella para la semana siguiente. Tenía un bonito cuerpo, una mujer maciza con buenos pechos colgantes, pero, *coño*, demasiado maternal y le gustaba que se los chupara y jugar a darle en la cara con ellos como si le

abofeteara, y además era demasiado seria y se le hacía un poco
cuesta arriba joder con una viuda de guerra siempre con ojos
tristes, incluso cuando se quedaba en uno de aquellos sostenes de
encaje «Tigresa de la Noche» que usaba, se le partía el corazón al
pensar que podía hacerla sufrir, y dirigía una oficina en un sitio
en el centro, tenía unos cuarenta años, pero era hermosa, lo que
ocurría es que se lo tomaba todo demasiado en serio, pero,
amigo, tenía gracia, era otra a la que le gustaban también los
hombres «bien dotados», como ella misma decía, hombres con
buenas vergas. Y hubo también aquella mujer que llevaba un
abrigo blanco muy a la moda a la que vio un día en la Quinta
Avenida, y luego la siguió a los almacenes Saks, a la sección de
guantes, por donde se paseó haciendo como que compraba algo
mientras la observaba mirándose en los espejos. Tenía uno de
esos esbeltos cuerpos de modelo, alto y firme, y estuvo viendo
cómo se probaba los guantes, bonitos y suaves guantes de piel, y
cerró los ojos y se la imaginó subiéndose las bragas después de
una ducha o jugueteando con los dedos húmedos con su miembro, poniéndole un condón con la misma suavidad con que
deslizaba sus dedos dentro de aquellos guantes. Era una presa
difícil, demasiado altiva para él. La siguió por todo el almacén y
creyó que la cosa iba bien porque de vez en cuando ella le miraba
fijamente a los ojos, y tomó aquello como una manera como otra
cualquiera de hacer el amor, pero en el preciso instante en que
iba a pasar a la acción y abordarla, salieron aquellos dos tipos de
una de las puertas de servicio, unos vigilantes de los almacenes,
que le dijeron: «Nos parece que está usted molestando a una de
nuestras clientas, caballero», y así acabó la cosa, se sintió tan
violento que se le subieron los colores y mientras le sacaban de
los almacenes le dirigió una última mirada, con ojos que decían:
«No sabes quién soy yo ni lo que te acabas de perder, muñeca».
Y hubo más, como aquella dama europea a la que conoció una
noche cuando actuaba como pluriempleado cantante en un barco
que hacía el recorrido de la bahía. Era francesa y no excesiva-

mente guapa, pero no le había quitado los ojos de encima todo el tiempo que había estado cantando en el escenario. Y agresiva, por cierto, se acercó a él en la barandilla para contemplar el mar bañado por la luz de la luna, porque era cuando había muchas mujeres europeas solas, ¡habían muerto tantos hombres en la guerra! Y le dijo con marcado acento francés, «Me encanta la forma que tiene usted de mover las manos y de agitar esas maracas. Tiene usted unas manos preciosas, ¿me deja que se las vea?». Y empezó a leerle la mano y le dijo, «La raya de la vida es muy larga, así que vivirá usted mucho, si quiere, y veo también el éxito, si se propone alcanzarlo. Pero veo nubarrones en un futuro próximo, algo para lo que usted deberá estar preparado». Y añadió: «¿Ve usted esta manchita que parece como una estrella que vaya a explotar?, pues significa que algo va a explotar también en su vida. En Europa vi muchas veces eso mismo en muchas, muchísimas manos». Era tan delgada que su monte de Venus sobresalía como si fuese un higo gigantesco y cuando hacía el amor con ella siempre pensaba en la ciudad de París, en la torre Eiffel y en todos aquellos noticiarios que había visto de la Francia Libre y de las tropas aliadas entrando de nuevo victoriosas en la ciudad. Y hubo otras muchas: Gloria, Ismelda, Juanita, Alice, Conchita, Vivian, Elena, Irene...)

Pero siempre que César regresaba de una de aquellas citas y encontraba a Néstor, insomne por definición, acostado, pero despierto en su cama de una habitación de motel, le decía cosas como: «Oh, hermano, ¡menuda chica he ligado hoy!, pssssshh, ¡tendrías que haber visto qué cuerpo tenía, amigo!». Y se lo decía para que su hermano tuviera celos, porque en muchos aspectos él se sentía celoso del matrimonio de su hermano con Delores. O, a lo mejor, es que siempre tenía que tratar a Néstor como a un infeliz, atormentándole con el relato de sus proezas amorosas...

...Cuando supe que estaba sufriendo...

El pobre Néstor, mientras estuvieron en la carretera, sufría por las noches de añoranza y del ardiente deseo de María. En aquellas habitaciones de motel, tan parcamente amuebladas, se pasaba despierto la mitad de la noche, con los brazos metidos bajo la almohada y todo su cuerpo retorciéndose de aquel dolor que roía su espíritu. A veces se levantaba y salía a pasear un rato, se apoyaba en una farola en el aparcamiento del motel o encontraba a unos tipos para jugar a las cartas —en partidas en las que sólo corrían monedas de cinco o diez centavos— pero jugaba sin importarle ganar o no y se quedaba hasta más tarde que los trasnochadores más recalcitrantes. Aquellas noches, la sola idea de estar mirando la misma nostálgica luna y las mismas susurrantes estrellas que solía mirar en el pasado, en sus noches de amor con María en La Habana, le aniquilaba. Se sentaba en la cama a fumar, luego limpiaba su trompeta, anotaba letras para alguna canción o leía unas páginas de su inseparable libro, tratando de hallar alguna respuesta a sus temores. A veces creía que se iba a desplomar. Era tal su tristeza que le flaqueaban las rodillas. Daba vueltas y vueltas hasta que aparecía su hermano, siempre con aquella mueca burlona en su rostro, su hermano que siempre venía silbando, bostezaba un poco y se metía de un salto en la cama. Y luego, mientras César roncaba sonoramente en un lado de la habitación, Néstor pasaba las horas familiarizándose con el techo y con los rostros, las carreteras y las estrellas que se arremolinaban en su cerebro.

¿Pensaba en Delores y en sus hijos, Leticia y Eugenio? Claro que sí, pero no soportaba la idea de hacerles daño. Pero ¿qué podía hacer? Se sentaba en la cama, suspirando desesperado por no poder librarse de aquellos pensamientos.

«Un *cabrón*», se decía tal vez a sí mismo, «se hubiera vuelto ya a Cuba. Un *cabrón* habría sido infiel».

En contraste con las continuas conquistas femeninas de su hermano, Néstor llevaba su fidelidad como una insignia de santidad, pero a veces se le antojaba insoportable y quería que alguien le cogiese entre sus brazos, le consolase y le dijese, «Sí, Néstor, te quiero, todo el mundo te quiere». Y tales sentimientos

le hacían revolverse contra el matrimonio, así que cuando volvió
a casa lo pagó con Delores.

Por lo general cuando empezaba a conciliar el sueño ya
estaba amaneciendo. Sus sueños cobraban entonces un brillo
dorado. «Ahí tienes el futuro.» Y se veía andando tambaleante a
través de un cementerio, exultante ante los obeliscos, las cruces
célticas, y los monumentos con sus ángeles esculpidos y sus
radiantes soles. Cristo resucitado (Salva esta carne, Señor),
Cristo juez (Perdóname, Señor), Cristo en la Cruz (Llévame en
tu Corazón, Te lo Suplico). Y luego se paseaba por el cementerio
sintiéndose ya como en su propia casa hasta que algún ruido, los
ronquidos de César o algo que César murmuraba, «Oh, pequeña», o un eructo de César, le sacaba de su agitado sueño y volvía
de nuevo a este mundo.

Y al día siguiente, cuando atravesaban una zona montañosa
cerca del Delaware Water Gap, el autobús se recalentó y pararon
al borde de la autopista una hora. Los dos hermanos se encontraron dando un paseo por una carretera comarcal en compañía de
Manny. Llegaron a unos prados llenos de ovejas y a lo lejos había
un campo con almiares. La Naturaleza rebosaba vida con el
zumbido de los insectos y el gorjeo de los pájaros. Vieron un
molino y una pequeña cerca de piedra en la que se les ocurrió que
podían posar para hacerse una foto. César llevaba consigo una
pequeña Kodak de bolsillo y dijo a Néstor que se pusiera con él
delante de la cerca. Así estaban, los dos con el brazo echado por
encima de los hombros del otro, cuando oyeron un cencerro. No
era un cencerro de orquesta latina, marcando un ritmo 3/2, sino
un auténtico cencerro de vaca. Y luego apareció la vaca propiamente dicha que se había salido del prado paseando. Su piel
tenía unas grandes manchas negras y avanzaba con una verdadera nube de mosquitos a su alrededor. Las manchas dieron a los
dos hermanos la idea de ponerse unas gafas de sol. Y posaron
delante de la vaca como si ellos también formaran parte de la
familia vacuna.

Un granjero que los había estado observando les dijo con un marcado acento alemán:

—Si quieren yo les hago la foto y así pueden salir los tres.

Y así fue como Manny, Néstor y César, tres de Los Reyes del Mambo, posaron para la posteridad.

Eso fue en junio de 1956.

Y después el granjero los invitó a su casa, que estaba bajando la colina. En la parte de delante tenía un jardín lleno de suspirantes flores, suspirantes porque trataban de elevarse trabajosamente por encima de la superficie del suelo. Y parecía como si las raíces de la tierra bostezaran. En el Hotel Esplendor el Rey del Mambo acusaba el calor de aquel día soleado y se sirvió otra copa. Era una casa de piedra y su interior olía a polvo, leña y a tabaco quemado en una pipa de madera de cerezo. Tomaron café, pan de trigo con jamón (*«Sabroso»*), gelatina de uva y unos huevos revueltos. Para terminar todos se tomaron una cerveza. Cuando le ofrecieron pagarle algo por todo aquello, él se negó y cuando se fueron los acompañó por la carretera hasta el autobús y entonces César le regaló un disco dedicado: *Fiesta a ritmo de mambo*. Se rió mucho y todos se conmovieron por su insistencia en que volvieran cuando quisiesen y comieran otra vez con él.

Debido a la gira César pasó su trigésimo octavo cumpleaños en Chicago. Estaban alojados en un viejo hotel de doce plantas que se llamaba Dover House, al noroeste de la ciudad, con vistas al lago Michigan, y había pasado un día muy agradable paseando con su hermano y con algunos otros Reyes del Mambo por la orilla del lago, bromeando y riendo, había comido y cenado en buenos restaurantes y, como siempre, trataba de matar un poco el tiempo antes de salir al escenario. Desde luego esperaba de sus compañeros de orquesta algo más de lo que hasta ese momento había recibido. Se consideraba su padre, su Santa Claus, su consejero espiritual y el blanco de todos sus chistes, y hete aquí que era su cumpleaños y que terminada la actuación no había el menor signo de que a sus músicos se les hubiera ocurrido celebrarlo de un modo u otro. Así que no era tan insensible a todo sentimiento humano como pudiera creerse. En cualquier otra noche normal habría sugerido la idea de dar una pequeña fiesta, pero se resistía al hecho de ser él mismo el organizador de su propia celebración de cumpleaños. Cuando los demás músicos se fueron cada uno por su lado, César y Néstor subieron a sus habitaciones y, por una vez, para variar, era César quien iba callado como un muerto.

—Bueno, feliz cumpleaños, hermano —le deseó Néstor en un tono de voz como si se sintiese algo violento—. Pienso que tal vez debería haber dicho algo a la orquesta.

El pequeño incidente no vino sino a confirmar aún más aquel sentimiento tan propio de César y cuyo origen habría que buscar muchos años atrás, en Cuba: que nadie hace nada por nadie y, por tanto, uno tiene que hacérselo todo por sí mismo.

Un tanto deprimido por el hecho de cumplir treinta y ocho años y tener que pasar solo la noche de su cumpleaños, César abrió la puerta de su habitación y dio al interruptor de la luz; dormía en una cama que estaba colocada contra una pared revestida de azulejos de espejo. Tendida delante de aquel frente de espejos había una bella mujer de piernas largas, con una mata de espeso pelo negro que se había recogido hacia arriba y se sujetaba con un codo y un cuerpo todo ·tan sensual como completamente desnudo.

Al ver las espectaculares curvas de aquel cuerpo cuya parte de delante dejó sin habla al Rey del Mambo y cuya parte de detrás —suave y redondeada como el cuello de un cisne— se reflejaba en los espejos, exclamó «*¡Dios mío!*».

Y la mujer, una morena con unos grandes ojos castaños, le contestó con un *Feliz cumpleaños* y una sonrisa.

De ahí en adelante iba a ser otra de sus muchas amistades: una exótica bailarina, Dahlia Muñoz, conocida por el nombre artístico de «La Llama de la Pasión Argentina». Él y varios más

de Los Reyes del Mambo la habían visto bailar en un club al sur
de la ciudad. Cuando sus compañeros de la orquesta vieron que
César no le quitaba ojo de encima aquella noche, la contrataron
para ofrecérsela como regalo de cumpleaños, y allí estaban los
dos: ella abriendo brazos y piernas para recibirle y César desnu-
dándose a todo correr y dejando la ropa tirada por el suelo.
Todas las mujeres a las que se había llevado a la cama —pensa-
ría años más tarde en el Hotel Esplendor— tenían algo que
distinguía su forma de hacer el amor. Y lo que caracterizaba a la
«Llama de la Pasión Argentina» era lo que disfrutaba haciendo
una felación, lo que gozaba realmente cuando le derramaba su
leche en la boca, o al menos eso es lo que parecía. (¡Y qué
técnica! Conseguía que su miembro, ya espectacular de por sí,
cobrara dimensiones aún más espectaculares si cabe. Le cogía la
base del pene por encima de los testículos, que se hinchaban
como dos mofletes y adquirían el tamaño de unas buenas ciruelas
de California, y se lo exprimía con tal presión de sus dedos que se
le ponía de un color purpúreo por el acelerado fluir de la sangre y
más grande aún de lo que era: y para terminar le pasaba la
lengua todo alrededor, se lo metía en la boca, se lo lamía a
conciencia y tiraba, sacudía y meneaba su miembro hasta que al
fin se corría.) Y poseía otras virtudes que los tuvieron entreteni-
dos hasta pasadas las siete de la mañana; luego durmieron como
dos niños pequeños hasta las diez y media, más o menos, hora a
la que el Rey del Mambo y la tal Dahlia jodieron una vez más, se
ducharon juntos, se vistieron y bajaron al comedor del hotel, en
donde estaban reunidos los músicos esperando el autobús. Cuando entró le recibieron con un sonoro aplauso. (Durante años
mandó postales a Dahlia invitándola a que le visitara en Nueva
York y diciéndole que él podría a su vez hacerle una visita en
Chicago.)

A los hermanos les entusiasmó la inmensidad de los Estados
Unidos y tuvieron ocasión de conocer los placeres y la monotonía
de las pequeñas ciudades americanas. De todos los estados del

Medio Oeste el que les pareció más bonito fue Wisconsin, pero también les gustó mucho el Lejano Oeste. Tocaron en Denver, en donde César, al que le habían encantado toda su vida las películas de vaqueros, vio por primera vez en la barra de un bar vaqueros de piernas arqueadas que hablaban arrastrando las palabras y con botas con espuelas sobre el rodapié mientras un tipo aporreaba una vieja pianola tocando *Las calles de Laredo*. Y decían «¿Qué tal te va, socio?» y «Mil gracias» en un inglés tan arrastrado que parecían masticar las palabras. Compraban pequeños regalos para la familia en todos los sitios por los que pasaban. En Denver fueron sombreros vaqueros, *tomahawks* de goma y muñequitas y para Delores un vestido de «Auténtica Mujer India». Se lo tomaban como si hicieran turismo y mandaron a casa docenas de postales de todo lo que encontraban a su paso, desde el Monte Rushmore al Golden Gate de San Francisco. Salvo algún que otro momento en que se sintieron extraños o desplazados hicieron un viaje magnífico.

Los que lo tuvieron bastante más difícil fueron los músicos negros a los que en algunos sitios trataban como verdaderos leprosos. Nada de violencia, no, sino un tenso silencio cuando entraban en alguna tienda y desencanto cuando en un hotel en el campo pedían el desayuno especial de la casa y les tiraban los platos en la mesa y les servían las bebidas lo más rápidamente posible, sin dirigirles siquiera la vista. En un sitio en Indiana tuvieron un serio problema con los propietarios de una sala de baile del lugar. Querían a Desi Arnaz y no a aquellos cubanos de piel de color ébano como Pito o Willy. El dueño se negó a permitirles la entrada en su local, la orquesta canceló su actuación y César le dijo al tipo «¡Váyase usted a tomar por culo!». Y en otros sitios tenían que entrar por la puerta de atrás y no se les permitía utilizar los mismos lavabos que a todos los demás. Los músicos negros tenían que orinar en la calle a los lados de la puerta de entrada al escenario. A veces, especialmente cuando hacía mal tiempo, la moral de la banda estaba por los suelos, pues en sus viajes a través de la América profunda aquella gente encontraba a veces una frialdad de espíritu tan glacial que hacía que Nueva York les pareciese Miami Beach.

En una ocasión pasaron dos semanas seguidas en la carretera sin encontrarse con ningún otro cubano como ellos y un mes entero sin ver un solo negro.

San Francisco fue diferente. A César le gustó desde el primer momento porque su montuoso relieve le recordó en seguida a Santiago de Cuba. Le gustaba subir y bajar por sus calles en cuesta y disfrutaba mirando las bonitas casas pintadas de muchos colores con sus balcones en forja y sus miradores. Era la última escala en su gira y allí Los Reyes del Mambo se unieron en un triple cartel en la Sala de Baile Sweet a las orquestas de Mongo Santamaría y de Israel Fajardo. Fue algo verdaderamente importante para Los Reyes del Mambo, pues les pagaron dos mil dólares por una sola actuación, más de lo que habían cobrado jamás. Cuando César salió al escenario aquella noche, entre el clamor de los aplausos, y la orquesta abrió su actuación con *Crepúsculo en La Habana*, como siempre hacía, estaba claro que, a partir de entonces, las cosas iban a irle cada vez mejor a la banda y que habría muchas otras noches en el futuro en que ganarían tanto dinero como en aquélla. ¡Con quinientos dólares semanales uno ya podía empezar a disfrutar de la vida! Como los ricos. Aquélla siempre quedaría en el recuerdo como una noche maravillosa. Cada canción era recibida de un modo verdaderamente entusiasta, un público entendido y enfervorizado se entregó al baile con auténtico frenesí y, para colmo, tenían el honor de compartir el cartel con músicos de semejante calibre. Y se produjo un momento siempre emocionante en el que, como en tantos otros sitios, el público reconoció inmediatamente desde los primeros compases su mayor éxito, *Bella María de mi alma*, la canción que más famosos habría de hacerles nunca.

Con todo aquel dinero los dos hermanos se compraron unos trajes nuevos para ellos, juguetes para los niños y ropa en general. Néstor compró a Delores una estola de piel. Para el apartamento compró también un nuevo sofá-cama de la marca Castro y el gran aparato de televisión en blanco y negro RCA que habría de presidir la sala de estar durante los siguientes veinte años. Y siempre estaba yendo y viniendo al banco para tener un dinero ahorrado en caso de un apuro. Su seguridad social era su libreta azul del Banco Americano del Ahorro que le rendía unos intereses garantizados de un cuatro a un cinco por ciento anuales. Manny, el bajo, vio en Néstor una persona en la que se podía confiar y quiso que participase como socio en el negocio de la *bodega* que pensaba abrir en la calle 135, pero Néstor, al que no le gustaban los riesgos de ninguna clase, se echó atrás. Se sentía tan inseguro respecto al futuro, tan asediado por múltiples preocupaciones, que siguió con su empleo en la fábrica de productos cárnicos y de vez en cuando llamaba a Pablo para saber cuándo había trabajo y que así a la familia no le faltasen nunca unos ingresos regulares. Incluso César, que siempre había sido un manirroto, se las arreglaba para ahorrar algo de dinero, aunque nunca mucho. Se lo gastaba en las carreras, en los clubs nocturnos y con sus amistades de uno y otro sexo. Por espacio de tres meses llevó una vida de auténtica opulencia. Incluso después de enviar varios cientos de dólares a su hija, allá en Cuba, a la que siempre le prometía una visita, le quedó bastante para comprarse a plazos, finalmente, el automóvil de sus sueños: un DeSoto, modelo 1956.

Por las tardes podía verse a César en la calle lavando, lleno de orgullo, su DeSoto con una esponja, jabón y agua, y luego darle una mano de cera y sacarle brillo. A continuación se ponía a limpiar con trapos las superficies cromadas hasta que todo el coche brillaba como una patena. César cuidaba aquel automóvil con tanto esmero como las uñas de sus dedos y mantenía su gran parabrisas o su pulido y abombado capó sin un solo rayajo o una sola mella. Experimentaba un gran placer contemplándolo, se acomodaba en su asiento delantero como un juez presidiendo un tribunal, encendía la radio y se ponía a charlar con los amigos, hasta que al fin se decidió a dar una vuelta a alguien hasta el Puente George Washington y regresó. Un auto tan grande y rutilante como aquel atraía a multitud de niños desarrapados que se congregaban a su alrededor y lo contemplaban con ojos amedrentados.

«Sí, señor», se decía César para sus adentros. «Ese coche tan bonito de ahí es el mío.»

Procuraba dejarlo aparcado delante de la casa lo menos posible, si no había alguien que pudiera echarle un vistazo. La Salle era una calle en la que los gamberros del barrio no se contentaban sólo con sentarse encima de los coches; se tiraban sobre las carrocerías para parar pelotas cuando jugaban al béisbol o cosas similares y se ponían a bailar encima dando saltos. Generalmente lo metía en un garaje que había en la calle 126, pero a veces lo dejaba más cerca de la casa. Cuando tal cosa ocurría y le llamaban de arriba para que subiera, estaba asomándose continuamente a la ventana para vigilar el coche. Su DeSoto era su gran pasión. Era grande. Espléndido. Suave. Tenía un motor turbo y medía quince pies de largo. Era un regalo tal para la vista que no había mujer a la que no se le iluminara la cara con una sonrisa cuando lo veía. El DeSoto era tan potente que cuando rugía bajando la calle y chirriaba al detenerse en un semáforo, el pie pisando el pedal de su «ultra-sensible» sistema de frenos automáticos, conductor y máquina parecían una misma cosa, y entonces se sentía como propulsado él mismo por un motor turbo abriéndose paso a través de la espesa vulgaridad de este mundo.

Con el codo bien fuera de la ventanilla y unos dados de fieltro colgando del retrovisor no paraba de llevar a gente a dar un paseo en coche. En aquella época sus mejores amigos eran Manny, el bajo, Frankie Pérez, el dandy de las salas de baile,

Bernardito Mandelbaum, artista, gran aficionado al mambo y cubanófilo de pro, su gordo primo Pablo y el pequeño Eugenio. Todos dieron su correspondiente paseo en coche con el Rey del Mambo. Un día llevó a toda la familia y a una de sus amistades femeninas de excursión a Connecticut y se detuvieron en un sitio que se llamaba La Pequeña América, una especie de parador campestre que era una cabaña de madera, donde se vendían toda clase de *souvenirs,* con las paredes y las estanterías repletas de cabezas de animales, mosquetones, sombreros tejanos adornados con medallones, soldaditos de plomo, indios Mohawk, *tomahawks* de goma, sombreros de copa, bandejas con la leyenda «Bienvenidos a Connecticut», banderas americanas en miniatura y manteles y bolígrafos con la bandera americana igualmente. César, ahora hombre pudiente, compró a los niños montones de toda aquella quincallería. Luego pasaron al comedor de La Pequeña América, tomaron unas sodas y unos batidos de chocolate y salieron con bolsas de patatas fritas y barras de caramelo Snickers. Luego siguieron otra hora en coche y llegaron a un punto de la carretera desde el que se dominaba un panorama de amplias llanuras, riachuelos y bosques. Había caballos y vacas que relinchaban o mugían detrás de las cercas y perros que ladraban a un lado de la carretera. En la radio Bing Crosby cantaba *Te sienta bien la luz de la luna.* César conducía su coche, que tenía aquellos neumáticos de banda blanca tan bonitos y que chirriaba al tomar las curvas. La familia se agarraba a los asientos mientras César se reía y silbaba. A veces saltaban chispas por la fricción de los tapacubos al rozar los bordillos de la autopista. Se metió por un parque estatal en donde majestuosos pinos elevaban sus copas a gran altura por encima de sus cabezas. La familia se abrió paso tranquilamente por una especie de sendero que había entre los árboles, con las cestas de la merienda, las guitarras y una pequeña nevera portátil con cervezas y sodas. Siguieron las indicaciones que decían: AL LAGO.

   Unas cuantas avispas zumbaban a poca distancia de César y

de su acompañante, Vanna Vane. Se había echado tanto tónico capilar que las avispas se arremolinaban a su alrededor como si fuese un campo de flores silvestres. Ella se había puesto mucho perfume y aquel día llevaba un vestido de cuadros escoceses rojo, muy sencillo y un tanto matronal, por cierto. Aunque no fuesen pareja en sentido estricto, eran una pareja feliz. Se cogían de la mano y se decían cosas al oído, bromeando y riendo. Ella esperaba siempre que su relación fuera a más. Le gustaban los rasgos de generosidad que César tenía con ella. Pero, francamente, una chica ya de su edad tenía que empezar a pensar en casarse y, aunque él le había dicho cien veces que los dos estaban muy bien para reírse un rato y para el Hotel Esplendor, creía que entre los dos había algo más. En varias ocasiones en que Miss Mambo había dado muestras de un cariño sincero por su parte, se había echado a llorar en sus brazos. Y, como si él no pudiese soportar verla sufrir, le había dicho «¡Venga, Vanna, cariño! ¡Deja de comportarte como una niña pequeña!». Así que ella guardó las distancias y esperaba pacientemente que César se diera por vencido.

César le recordaba al actor de cine Anthony Quinn, y le encantaba el hecho de que siempre se convirtiera en el centro de la atención general cuando entraba en algún sitio y que las demás mujeres la mirasen con envidia cuando la veían con él. Y ahora, además, estaba en un momento óptimo de su carrera y sus perspectivas de futuro no podían ser más halagüeñas. Un productor de cine mejicano, Aníbal Romero, le había propuesto al Rey del Mambo un pequeño papel en una película en México, donde *Bella María de mi alma* era un verdadero éxito. Y había salido en el programa «Te Quiero, Lucy» y estaba tan bien de dinero que se había comprado un DeSoto y a ella le había regalado una cadena de oro porque sentía que al fin estaba triunfando. (A ninguno de los dos les hacía gracia recordar las circunstancias que habían rodeado la compra de aquella cadena. Lo cierto es que el Rey del Mambo se sintió culpable por llevar a

Vanna Vane a la consulta que tenía en la calle 155 aquel tipo paquistaní de cabello negro y espeso y turbia mirada, un médico que sometió a Vanna a una rápida intervención quirúrgica consistente en un raspado de útero, mediante la cual el hijo que ambos habían concebido fue borrado para siempre de la faz de la tierra. César esperó sentado fuera, fumando un cigarrillo tras otro, pues oía los gritos que daba Vanna, y lanzando maldiciones contra todo lo divino y humano. Pasado el trance la llevó a Brooklyn, la invitó a un plátano con helado en una botica que había en una esquina y se mostró un tanto sorprendido al ver que ella estaba francamente enfadada. «Muchos tipos», le dijo, «sabes, ni siquiera se habrían tomado la molestia de acompañarte.» Y entonces ella se levantó y salió de la botica con expresión compungida y pasaron varios meses antes de que le dirigiese otra vez la palabra o de que volviera a acostarse con él.) Pero para la familia formaban una pareja feliz y estable, y no como Delores y Néstor, que salían a pasear juntos con caras largas y no abrían la boca más que para dirigirse a los niños con frases como «¡Vengan aquí, *nenes!*», «¡Después de tocar eso no te metas los dedos en la boca!», o «¡Dale un beso a papá!».

Todo era silencio, pues desde el preciso momento en que empezaron a hacerse algo famosos, Néstor empezó a cambiar. Salía a dar largos paseos solo y siempre había gente que les decía, bien a Delores o a César, que habían visto a Néstor «plantado en una esquina, completamente inmóvil». O que «parecía estar allí, pero la verdad es que estaba en otra parte, ¿usted sabe lo que quiero decir, verdad?». Y pronto hubo algo más: cartas que a veces encontraba dobladas en los bolsillos de su chaqueta, cartas dirigidas a María y cuya lectura Delores apenas podía soportar. Pasaba los ojos por las páginas rápidamente y se topaba con frases que se clavaban en su corazón como cuchillos: «...Y a pesar de todas mis dudas, te sigo aún amando... Para mí siempre ha supuesto una tortura... Este amor que siempre arderá en mi corazón... Si al menos te hubiera podido dar pruebas de lo que soy capaz...». Y frases por el estilo que le hacían sentir ganas de darle de bofetadas y decirle: «¡Pues si la vida que llevas aquí no es lo suficientemente buena para ti, vuélvete a Cuba!». Pero ¿era capaz de tal cosa? Estaba atrapada por el amor que sentía hacia él. La idea de que aquel bello sueño de amor se fuera al traste a causa de sus celos la sumía en la más honda desesperación. Se volcó aún más en sus lecturas y siguió guardando silencio. Gracias a lo cual reinó la paz durante tres meses.

Con veintisiete años Delores aún era una mujer atractiva. Pero consagrada siempre desinteresadamente en alma y cuerpo a Néstor y a la familia, su mirada se había tornado más dura y en ella parecía reflejarse ahora una cierta perplejidad. Una fotografía suya en la que aparece con otros cinco cubanos, los dos hermanos y otros músicos amigos de la familia, la muestra como una mujer bella y de rostro inteligente, literalmente atrapada en medio de aquel grupo de hombres. (Y en esa fotografía, tomada delante de la estatua de Abraham Lincoln en la calle 116, se apretaban todos como una piña. En medio de aquel quinteto de machos ella parece esperar impaciente que alguien vaya a sacarla de allí.) Nunca había perdido de vista a aquel hombre triste, pero guapo, que conoció años atrás en la parada de autobús, y los amaba a él y a los niños con todo su corazón. Pero había días en los que pensaba en otra vida distinta a aquella que llevaba, siempre cocinando, limpiando y ocupándose de la familia. A veces, cuando iba a pasear por los alrededores de la Universidad de Columbia con los niños, miraba furtivamente al pasar por la ventana de alguna de las clases o se paraba y se quedaba a oír desde la calle tal o cual conferencia de uno de los cursos de verano. Cuando pensaba en la cantidad de estudiantes universitarios que vivían en aquel barrio no podía reprimir un suspiro. Por razones que no acababa de entender todo aquel mundo académico producía en su ánimo una honda satisfacción, pero ¿se decidiría a hacer algo al respecto alguna vez?

Para ella no parecía haber escapatoria. Había dejado de trabajar como asistenta y acabado los cursos nocturnos en la Escuela Secundaria Charles Evans Hughes, en donde un profesor, medio coqueteando con ella, medio hablando seriamente, le había sugerido que se matriculase en la universidad al menos a tiempo parcial. Siempre había sacado muy buenas notas en sus cursos y podría haber ido al City College que, andando, estaba a sólo diez minutos de La Salle Street. A sus profesores siempre les había dicho que no. Pero cuando se paraba a hacer cábalas sobre su propia vida y pensaba en aquellos profesores que vivían rodeados de libros y de colegas y de estudiantes que les mostraban su admiración, sentía una envidia tal que empezaban a dolerle las rodillas.

Durante un tiempo pensó que sus intereses personales carecían de importancia en el marco más amplio de su vida familiar, pero cada vez que el apartamento se llenaba con los amigos que César y Néstor reclutaban en las salas de baile y que siempre esperaban que hubiera allí alguien para servirles, le entraban ganas de ponerse a gritar. No sin sorpresa por su parte había descubierto que era inteligente, más incluso que cualquier otra de las personas que conocía. Cada vez que había una de aquellas fiestecitas nocturnas, se le hacía un nudo en el estómago, se apoderaba de ella una vaga sensación de náusea y se decía que ya no podía soportar más.

Esas noches cumplía con sus obligaciones de señora de la casa, pero sin despegar los labios un solo momento.

—¿Te pasa algo? ¿Por qué estás tan triste? —le preguntaba Néstor.

—Lo siento —contestaba—. Es el estómago. *Tengo ganas de arrojar.*

Se sentía tan angustiada que unas semanas más tarde abordó a Néstor para tratar el asunto con él.

—*Querido* —le dijo—. Quería hacerte una pregunta.

—¿De qué se trata?

—¿Qué te parecería si me matriculase en alguno de los cursos de la universidad?

—¿Y por qué quieres hacer eso?

—Para mejorar mi formación.

Él no dijo que no. Pero su rostro enrojeció y una mueca de disgusto se dibujó en sus labios.

—Haz lo que te parezca —contestó. Y dejó escapar un suspiro—. Ve y matricúlate, pero ése será el fin de la vida normal en esta casa.

—Pero ¿cuál es el problema, Néstor?

—El problema es que soy yo el que tiene que ganarse la vida para sacar la casa adelante, pero si eso es lo que quieres, pues es asunto tuyo.

Guardó silencio, esperando que su expresión cambiase, que se calmara un poco. Pero, en vez de tal cosa, prosiguió:

—Anda, ¡ve a humillarme ante los demás!

—Oh, Néstor, ¡por favor!

—¡Eres tú quien me hace hablar así!

—Lo único que quería era que me dieras tu permiso para matricularme en la universidad.

La palabra «permiso» pareció apaciguarle.

—¿Sí? —y por el tono parecía ya más dispuesto a considerarlo—. Bueno, tal vez podríamos hablar de eso otro día. Pero lo que quiero decirte es que una mujer con dos hijos no puede ni debe estar fuera de su casa más tiempo del estrictamente necesario.

Y luego, cambiando de tono, más amable, la estrechó entre sus brazos, le dio un beso de reconciliación y se disculpó:

—Lo siento. Me parece que estos días no estoy precisamente de muy buen humor.

Pero después de aquello, aceptar su vida cotidiana se le hizo aún más difícil. Bajaba a dar paseos por Broadway con los niños y se mezclaba con los estudiantes y profesores de la Universidad de Columbia. Unos parecían unos zoquetes, otros verdaderos

genios. Unos le sujetaban las puertas para que pasase, otros se
las soltaban dándole con ellas casi en las narices. Unos eran
homosexuales y otros parecían desnudarla con miradas llenas de
lascivia. ¿Por qué podían ellos estudiar y ella no? A veces dejaba
a los niños con su hermana Ana María, que los adoraba, entraba
a hurtadillas en las grandes salas de la biblioteca de la universidad, se sentaba y se dedicaba a hojear libros. Hacía como si
verdaderamente estuviera matriculada en alguna facultad y saludaba con un gesto de cabeza o con un «Hola» a los demás
estudiantes. En sus ensoñaciones se hacía preguntas sobre la
naturaleza del mundo y la forma en que estaba montada la vida.
¿Por qué había tenido que ser su padre el que se matara cayendo
por una escalera a la mitad de una de sus agotadoras jornadas de
trabajo, agobiado y amargado por tantos problemas? ¿Por qué
aquel bibliotecario de aspecto severo, que llevaba unos bifocales
muy caídos sobre su puntiaguda nariz, había de mirarla con ojos
llenos de recelo? ¿Por qué no podía estar allí su papá, en alguna
de aquellas aulas, dando una charla sobre el esplendor de los
Papas de Aviñón, en vez de estar pudriéndose bajo tierra? ¿Por
qué tenía ella que volver a casa con el temor de encontrar una vez
más a su marido, al que quería con todo su corazón, ausente en
su propio mundo de dolor y de música? ¿Por qué sobrevenían
aquellos largos períodos de silencio cuando estaba con él, pues
nunca parecía interesarle ni lo que tenía que decirle ni los libros
que leía? ¿Por qué, cuando sonaba la hora del mambo y la casa se
llenaba de músicos acompañados por sus esposas y se ponía el
tocadiscos, por qué tenía que hacer siempre de esclava diligente,
atendiendo a todos los hombres y sin encontrar ninguna satisfacción ni afinidad tampoco con las mujeres, como les ocurría a su
hermana Ana María y a la mujer de Pablo, Miriam, a las que les
encantaba ponerse a cocinar y entrar corriendo en el salón
llevando bandejas y más bandejas de comida? ¿Por qué siempre
acababa sentada en el sofá contemplando la multitud de alegres
bailarines con los brazos cruzados sobre el regazo y diciendo *no*,

no, no, con la cabeza cada vez que alguien, como su cuñado, por
ejemplo, la cogía por la muñeca y la sacaba a bailar? ¿Por qué
tenía ella que abrir un día la puerta de su apartamento en el
Bronx y encontrarse a Giovanni, aquel chico italiano tan simpático de la fábrica, plantado allí delante, con aquella cara hincha-
da que tenía y el sombrero en la mano, que iba a darle la noticia
de que su papi había muerto? ¿Por qué le gustaba enfrascarse en
sus libros, como el que estaba leyendo una noche, *Huckleberry Finn*
de Mark Twain, cuando su marido, tumbado a su lado, empezó a
deslizar los dedos entre sus piernas y abrió de repente la boca
sobre sus pechos? ¿Por qué ya no se sentía tan motivada como
antaño a hacer exactamente lo que él deseaba, a librarle de su
sufrimiento? No sabía muy bien por qué, pero hizo todo lo que
podía gustarle, se abrió la bata del todo y empezó a estamparle
besos en su barbilla y en su varonil pecho y más abajo, allí donde
sus besos le volvían rápidamente loco de placer.

Caminaban en silencio, Néstor con su *guayabera* azul y sus
pantalones a cuadros, viendo cómo la luz del sol parecía juguetear entre los árboles del bosque. Llevaba una mano sobre el
hombro de Eugenio y con la otra tiraba de la pequeña Leticia,
que estaba un tanto asustada. A Delores no le dirigió la palabra
más que para decirle, «Hace un día espléndido, ¿eh?». Y así
había sido entre ellos desde que se conocieron en aquella parada
de autobús. El pensativo y apenado músico que hacía sencillas
afirmaciones sobre la vida, eso era todo. Un buen hombre, que
seguía aún con el corazón destrozado por alguna otra mujer, se
decía en su fuero interno. Y por eso es por lo que me quiere,
pensaba. Me quería para que yo le ayudase a olvidar lo que aún
no había olvidado. Consciente de ello, él fruncía el ceño. Nunca
habían dicho nada al respecto, pero cuando se encontraba cerca
de Delores parecía que dejaba de jadear de vergüenza. Tenía
miedo de dejarla ir a la universidad porque pensaba que allí
podría aún aprender más cosas y ver a través de su confusión. La
amaba de verdad. Se lo habría repetido un millón de veces si

hubiera tenido que hacerlo, pero había algo que seguía tirando de él y seguía pensando que ese algo era María. ¿O era algo distinto?

Mientras paseaban por el bosque Néstor y Delores iban muy tensos. Los niños se percataban de ello, aunque eran todavía demasiado pequeños para saber la razón, y César se daba perfecta cuenta. Se esforzaba por caminar a su lado y hacer bromas. Encontró un campo de margaritas y cogió unas cuantas para Delorita y para Vanna Vane. Una flor resbaló de entre sus dedos y por una fracción de segundo quedó suspendida en el aire flotando entre ellos. Como en un truco de imanes en un circo, Néstor dio un paso atrás y la flor cayó al suelo. Después Néstor creyó ver un ciervo en el bosque y fue en su busca. Mientras la familia le seguía con la vista, al caminar le envolvió de repente un haz de rayos solares y por un instante se tornó invisible. Y entonces gritó, «¡Sí, es un ciervo!».

El lago estaba detrás de una colina y a lo lejos se veían montañas. Había unos cuantos veraneantes dispersos por la orilla, y una caseta en la que la familia se cambió y se puso sus trajes de baño. Los niños jugaron en las aguas poco profundas del lago. Eugenio tenía cinco años, pero siempre recordaría lo bien que sabía ese día el pollo asado, y los insectos de largas patas que parecían flotar en la superficie del agua, y a su madre, tan guapa como siempre, sentada en un lado de la manta y a su padre en el otro y Néstor repetía una y otra vez, «¿Por qué tenemos que estar así? ¿No lo entiendes? *Yo te quiero.* ¡Cuando entiendas eso, volverás de nuevo a ser feliz!».

Pero cada vez que apartaba la vista de Néstor miraba a su alrededor buscando apoyo en los demás, como si alguien fuera a dar un paso al frente y decirle, «Sí, no seas tan dura con él, Delorita, que es bueno».

César y Vanna Vane eran inseparables. Saltaron al agua, que estaba fría, volvieron a toda prisa a la orilla, extendieron las toallas en el suelo y se tumbaron a beber cerveza y a disfrutar del sol. Néstor, el joven Rey del Mambo, los miraba atentamente y cada vez que la botella de César se vaciaba, Néstor le traía otra. De vez en cuando le decía a Delores, «¿Me perdonas?»

Después Vanna Vane, con un bañador verde, pezones en punta y las piernas con carne de gallina, se metió corriendo en el agua. César la siguió, pero como no sabía nadar, todo lo que hizo fue chapotear un poco y reír como un niño. Vanna, como buena chica de ciudad, no sabía nadar tampoco y los dos se zambullían en el agua cogidos por la cintura y haciéndose cosquillas. Encantados, se besaron. Delores se quedó en la orilla leyendo. Néstor jugaba con los niños cuando, de pronto, decidió con gran determinación probarse a sí mismo lo hombre que era. Había una pequeña isla en medio del lago, a unos cientos de yardas de distancia, y decidió ir hasta ella nadando. Pero no llegó ni a la mitad, se hundió en el agua, empezó a manotear frenéticamente, con la cara desencajada por los esfuerzos que hacía para mantenerse a flote. Cuando empezó a hundirse sintió como si algo le oprimiera con fuerza el pecho y el vientre y de su boca empezó a salir a borbotones una espumilla burbujeante. En varios momentos pareció que iba a ahogarse, pues ninguno de los que estaban allí nadaba tan bien como para poder salvarle, pero cuando Delores dejó a un lado su libro y empezó a gritar «¡Néstor! ¡Néstor! ¡Vuelve!», se puso a mover las piernas tan deprisa como podía y con un esfuerzo verdaderamente hercúleo se dirigió hacia la orilla. Delores le echó una toalla por encima y cubrió su tembloroso cuerpo con el suyo. Un viento desapacible empezó a soplar sobre la superficie del lago y a medida que se llenaba de sombras el color verdoso del agua fue oscureciéndose y se volvió negro. Después oscuros nubarrones empezaron a tronar a lo lejos como congas y en un abrir y cerrar de ojos aquel día de sol y de calor, en el que la luz se reflejaba en la irisada superficie del lago, se tornó frío, el aire se cargó de energía estática y se puso a llover. Todos se apiñaron debajo del toldo de la caseta de baño y estuvieron viendo cómo llovía durante una media hora; luego se vistieron y se dirigieron al coche. César Castillo llevó a la familia de regreso a La Salle y luego, acompañado de Vanna Vane, se dirigió al Hotel Esplendor.

Iban a actuar en Nueva Jersey. César estaba delante del espejo haciéndose el lazo de la pajarita como si fuera una mariposa con las alas recogidas. Al empezar a cepillarse para atrás sus engominados cabellos notó que las cortinas se agitaban con un ligero temblor y oyó sirenas de coches de bomberos abajo, en La Salle Street. Después olió a humo en el fresco aire de la noche: se había declarado un incendio en un edificio que estaba bajando la cuesta, un apartamento estaba en llamas y tres niños pequeños chillaban con toda la fuerza de sus pulmones pidiendo auxilio (densos remolinos de humo negro llenaban las habitaciones y los suelos se habían puesto al rojo vivo por el violento incendio del piso de abajo). Néstor, que acababa de salir de la bañera, se asomó también a la ventana. Minutos después toda la familia estaba apiñada junto a las ventanas viendo a los valientes bomberos con sus ganchudas picas y sus mangueras haciendo equilibrios en las altas escaleras de incendios de sus coches. Cristales fundidos, ventanas que saltaban por los aires, cristales que caían hechos añicos a la calle y una multitud de curiosos que se agolpaba contemplando el espectáculo. El incendio puso a los hermanos un tanto nerviosos, así que fueron a la cocina y se sirvieron unas copas. Eran aquellos gritos, las densas nubes de humo que se elevaban en el cielo. Una noche de humo y de gritos que rasgaban el aire. La tristeza invadió el apartamento: la muerte flotaba en el aire, así que se tomaron dos cervezas y dos whiskys.

César, con aquel rostro de mastín que tenía, se encogió de hombros y trató de olvidarse de todo el asunto y Néstor recordó ciertos principios de pensamiento positivo, pero en sus mentes resonaba el eco de los chillidos de aquellos niños. Las sombras se reflejaban sinuosas en las paredes dejando entre sí espacios de luz.

Se vistieron y se dispusieron a salir, con los negros estuches de sus respectivos instrumentos al lado. Fue una despedida como otra cualquiera, nada distinta a la de tantos otros días. César había dejado el negro estuche de su guitarra y una pequeña caja llena de instrumentos de percusión en la entrada del pasillo, junto a la puerta. Néstor le siguió con el negro estuche de su trompeta en la mano y el sombrero calado hasta las cejas. Con ojos llenos de una penetrante tristeza, se puso de rodillas y llamó a Eugenio, que miraba embobado la brillante pantalla del televisor RCA, para darle un beso de despedida. (Uno puede apreciar esa misma tristeza en su expresión la vez que apareció en el programa de variedades «Te Quiero, Lucy», y a veces se puede detectar esa misma melancolía cubana en la expresión del rostro de Ricky Ricardo, una expresión, al mismo tiempo, de vulnerabilidad y de sensibilidad, la expresión de un hombre que ha pasado ya por duras pruebas y que no quiere sufrir más en su vida.) Eugenio le dio un beso de despedida y corrió de nuevo delante de la televisión. Estaba viendo *Superman*. Y mientras Eugenio se zafaba de sus brazos y salía corriendo, Néstor trató de atraerle otra vez hacia sí para darle un segundo beso.

Había hablado con Delorita un momento en la cocina.

—*Bueno* —le había dicho—. Ya nos vamos.

—¿Cuándo van a volver?

—Bueno, ya sabes que es una puesta de largo, *una fiesta de quince* en Nueva Jersey. Trataremos de estar de vuelta a las cinco o las seis.

Ella estaba fumando un cigarrillo, exhaló lentamente el humo por las ventanas de su nariz y le dio a Néstor un beso de compromiso. Leticia, que estaba a su lado, hundió la cara en los pliegues de su vestido y su delantal. ¿Qué podía hacer Delores más que asentir con la cabeza?

—Muy bien, *mamá* —le dijo Néstor—. Hasta luego.

Después Delores se sentó en el salón mientras los niños veían la televisión, contenta de tener la tarde más o menos libre para sí, con lo que podría leer y hacer lo que le apeteciese, darse un largo y reconfortante baño tal vez.

Hacia las ocho de la mañana habría de maldecirse a sí misma por no haber estado más cariñosa con él. Veía cómo se derrumbaban las paredes y, como un personaje de novela, cruzó el recibidor entre remolinos de sombras.

Él silbaba —o así era al menos como todo el mundo habría de recordarle—, silbaba *Bella María de mi alma*. Pero empezaba ya a desvanecerse como si fuera un fantasma, comprometido todo su ser por los recuerdos. Fuera hacía bastante frío, así que los hermanos apretaron el paso mientras vaharadas de aire helado les salían por las ventanas de la nariz y por la boca; era esa época del año en que todavía centelleaban en las ventanas algunas luces navideñas, todavía había algunas encendidas en el edificio. Los supervivientes del incendio se protegían con abrigos y mantas en la calle mientras una fina lluvia caía como en un arco a la luz de las farolas de hierro forjado que jalonaban la calle. La luna brillaba sobre las azoteas, una luna de cantante de mambo, como con un fino bigote pintado a lápiz, y las estrellas resplandecían como rutilantes manchitas de lamé dorado. Bajaron las escaleras y se mezclaron un rato con la multitud contemplando el incendio y esperando que llegara Manny con su furgoneta Studebaker forrada con paneles de madera. César y Néstor le siguieron en su DeSoto. Los pulmones de Néstor exhalaban un vaho que era como nubes de vapor emitidas por un tubo de escape, negros remolinos en la oscuridad de la noche. (Como el cielo en Cuba visto desde el porche, reflexionaría el Rey del Mambo en el Hotel Esplendor, tachonado de estrellas hasta el infinito.) Y hora y media después aún seguían pensando en el incendio y en la rapidez con que todo es devorado por las llamas. Llegaron finalmente a su destino en Nueva Jersey: una caravana de cinco coches paró delante del club, y del que conducía Ramón, el

«Jamón», de Brooklyn, se bajó Vanna Vane, que le había pedido que la llevara para así poder pasar la noche con aquel «grandísimo bobo» que era César.

Los Reyes del Mambo se instalaron en el escenario del club bajo una batería de luces rojas. Globos de helio por toda la sala, ascendiendo lentamente hacia el techo. La mitad del salón estaba llena de largas mesas, dispuestas con un cierto desorden, en las que se sentaban los familiares y amigos de la jovencita homenajeada. Contra la pared que había enfrente de la barra en forma de herradura del bar, una mesa llena de abuelas que llevaban broches de diamantes de imitación y tiras en la cabeza, todas bebiendo vasos y más vasos de sangría y vigilando estrictamente las idas y venidas de las jóvenes parejas, *suavecitos* de pelo engominado con sus jóvenes acompañantes, mientras los quinceañeros en otra mesa parecían aburridos y ansiosos de que empezara de una vez la función. Dos cocineros sacaron —como en unas angarillas— dos grandes cochinillos de dorada y crujiente piel y los dejaron sobre una mesa cubierta con un mantel rojo. Luego vinieron más fuentes de comida y el broche final, un pastel de chocolate relleno de crema de tres pisos cubierto de una capa de miel y coronado por el número 15. El tipo que daba la fiesta se llamaba López y le había dado a César una lista de las canciones que quería que la banda tocara, temas como *Quiéreme mucho*, *Andalucía* y la canción con la que había cortejado a su esposa, *Siempre en mi corazón*. Y añadió:

—¿Pueden tocar también un poco de *rock'n roll* para los *nenes?*

—*Seguro.*

—Y una cosa más, ¿esa canción que cantaron en televisión...?

—¿*Bella María de mi alma?*

—Sí, ésa.

E hizo su entrada la hija del señor López, con un vestido de seda de cinco capas superpuestas, una falda de volantes un tanto pasada de moda y tambaleándose sobre unos zapatos de tacón alto, con un séquito de amigas y tías tras ella. Llevaba un gran ramo de flores, una corona en la cabeza y exhalaba, al volverse para ver a los allí congregados, un aire de nobleza algo tristona, altiva y agradecida a la vez.

Con unas gafas oscuras de montura verde, Néstor avanzó hacia el micrófono, echó la cabeza hacia atrás, se llevó la trompeta a los labios y empezó a tocar —por última vez en su vida— la obsesionante melodía de *Bella María de mi alma*. Después, junto a él, el fabuloso César Castillo se sacó del bolsillo un pañuelo de encaje perfumado y se lo pasó por la sudorosa frente. Con los ojos cerrados, César esperó a que su pianista, Miguel Montoya, acabara su tremolante introducción para la que pisaba a fondo el pedal del piano y entonces, con los brazos abiertos, noble semblante y sonrisa de caballo, empezó a cantar.

Y en ese momento el señor López cogió la fina mano de su hija, enguantada de blanco y la sacó al centro de la pista de baile. Con elegancia, ojos llenos de orgullo y una amplia sonrisa, dio unas vueltas con ella describiendo un círculo. Los invitados aplaudieron y se congregaron alrededor del padre y de la hija. A continuación todo el mundo se puso a bailar.

En el descanso Néstor se recostó contra la pared en un rincón contemplando a los niños que atacaban una *piñata* rebosante de *caramelos*, juguetes y monedas; uno a uno los niños golpeaban la *piñata* con un palo y el ruido de aquellos golpes le hizo retrotraerse a los tiempos de su infancia (oía los golpes en la habitación de al lado, en la que su hermano mayor, César, hecho un ovillo en un rincón, trataba de esquivar los golpes de su padre cubriéndose la cabeza con los brazos). Pero aquellos niños con los ojos vendados eran felices y al final un fornido chiquillo dio de lleno en la *piñata* y los niños se abalanzaron sobre los premios. Ruidos de gente comiendo, voces de personas mayores sermoneando a los jóvenes, botellas de champán descorchándose y en el escenario actuaciones diversas: un malabarista de la asociación local de los Caballeros de Colón hacía unos juegos con tres antorchas que en sus manos se transformaban al girar en una especie de rueda luminosa. A continuación, dos niñas, con peinados a lo Shirley Temple y lacitos rojos, hicieron una exhibición de claqué en el escenario. Luego un cómico con una gran peluca roja y una bulbosa nariz postiza presidió una rifa. Los premios eran una caja de puros habanos Partagás, una caja de champán rosado, una caja de dos libras de chocolatinas Schrafft's y muchos otros de menor valía, pero suficientes en número para que todo el mundo se llevara algo: bolígrafos, polveras, pequeños monederos, y pitilleras marcadas con un sello que decía «Enhorabuena, Carmencita López, 17 de febrero de 1957».

La señorita Vanna Vane ganó una pequeña polvera en forma de concha con un espejito que se levantaba y volvió con ella a la mesa para enseñársela a su hombre, César. El Rey del Mambo estaba bebiendo mucho aquella noche. Últimamente solía hacerlo cuando actuaba algunas veces, siempre que podía acercarse a la barra o sentarse a la mesa de alguien se tomaba unas cuantas copas. Rodeó con su brazo a Vanna Vane, le dio un beso detrás de la oreja, cogió la silla en la que ella estaba sentada y la acercó a él para poder sentir el calor de su muslo, a través de la falda con una raja a un lado que llevaba, contra su pierna y aquel ligerísimo temblor que parecía estremecer allí su carne. Temblor que, de un modo silencioso, le decía, «Vamos a pasarlo muy bien, César, y voy a demostrarte lo mucho que te quiero».

Era una mujer buena y afectuosa, una excelente bailarina, que, salvo en lo que se refería a su figura, nunca había tenido el menor roce con César. A veces se quejaba de los efectos que el hecho de salir con él podían tener sobre su tipo. César estaba siempre llevándola a restaurantes y a fiestas y al final acababa comiendo toda clase de cosas que engordaban. Podía dar cuenta de una fuente de pollo con arroz, otra de crujientes *tostones*, regado todo con varias botellas de cerveza y al día siguiente se pasaba horas delante del espejo metiendo estómago y luego se embutía dentro de una faja Maidenform. El hecho de que engordar la deprimiera tanto no dejaba de sorprender a César, al que le encantaba su rolliza madurez y la forma en que temblaba su opulenta anatomía. (Hace una mueca de dolor y recuerda cuando ella se le subía encima, lo que le gustaba apretarle con fuerza aquellas *nalguitas* que tenía, apretárselas mientras poco a poco se la iba metiendo toda dentro; y luego ella empezaba a menear las caderas y los dos llegaban al orgasmo. Hace otra mueca de dolor: con un pulverizador se echaba perfume en el cuello, entre los pechos y en aquel húmedo centro de las bragas, marca Lily de París, que llevaba. En la habitación del Hotel Esplendor hacía sesiones de *strip-tease* para él solo, le envolvía su miembro con las medias y le cubría la punta con sus bragas. Otra mueca de dolor.)

Vanna se sentó entre los dos hermanos y dio un respingo porque sintió la mano de César jugueteando en su regazo. Se rebulló un poco, pero no se la quitó de ahí. Luego, sin mediar una sola palabra o una mirada, le empezó a acariciar el muslo. Ella se rebulló un poco de nuevo, tomó otro sorbo de su copa y volvió a sonreír. Y, finalmente, le dijo a César al oído, «Por favor, que hay gente. Tu hermano está aquí delante».

Él dio un trago a su copa y se encogió de hombros.

Néstor estaba sentado contemplando pensativo la gente que bailaba en la pista, el caos de las mesas, y soñaba despierto. Se había sentido de mal humor toda la tarde; era como si tuviera un presentimiento. Mientras se hallaba en el escenario tocando el solo de *Bella María* había tenido una especie de desagradable sensación en las rodillas, sensación que le había ido subiendo lentamente, costilla a costilla, por todo el cuerpo, por el pecho y el cuello y al final se le había instalado en el cerebro. Era la sensación pura y simple de que sus deseos entraban en cierto modo en contradicción con lo que parecía ser la finalidad de su existencia, escribir tristes boleros, estar en cama enfermo, lamentar amores de un pasado remoto, ansiar lo que nunca había poseído.

Ya de noche, al acabar su actuación, los músicos se dedicaron a la siempre tediosa tarea de recoger sus instrumentos y esperaron a que les pagasen. Luego, en unas bolsas, recogieron comida que había sobrado y pasteles. Y Néstor se llenó los bolsillos a rebosar de *caramelos*, chicles, canicas y juguetitos. César se llevó una botella de ron, recogió a Vanna y se dirigieron al coche.

—Hermano —le dijo a Néstor—, tú conduces.

Néstor orinó por última vez, cenó, tocó su última frase de trompeta. Se rascó la nariz, que le picaba, torció el gesto al dar una nota desafinada, se tomó un último trago de ron, y después de quitarle el papel de celofán que lo envolvía saboreó su último caramelo. En el lavabo de caballeros del club se lavó la cara con agua fría: distraídamente había mirado el escote de Vanna Vane mientras se inclinaba sobre la mesa para encender un cigarrillo con una vela. Sintió ganas de llamar a Delores, pero luego cambió de opinión. Mientras pensaba en los principios del pensamiento positivo descubrió una mancha en la solapa izquierda de su chaqueta. Delante del espejo, arreglándose, imaginó por un momento que sus entrañas estaban llenas de un líquido denso y oscuro como la tinta de un pulpo. Mientras tocaba su solo de trompeta se había sentido como levitando, como si estuviera atravesando un muro. Mientras orinaba, sintió un dolor al pensar en la Bella María desnuda en la cama, un dolor causado por la falta de comprensión del mundo que le rodeaba.

Pensó aplastar una mosca, pero luego decidió perdonarle la vida, la pobrecita estaba ya medio muerta pegada en una esquina del espejo del cuarto de baño y luego se quedó mirando a unos tipos fornidos echando un pulso en una mesa al fondo. Examinó los intrincados detalles de una moneda de diez centavos. Se sonó la nariz. Sudoroso por el calor que hacía en aquel club, deseando sentir el aire fresco de la noche en el rostro, abrió la puerta trasera y miró al cielo, que parecía colgar a poca altura sobre la tierra, e identificó una constelación, la del Cisne. Con-

templó cómo caía la nieve detrás del local y se estuvo fijando en
la forma en que los copos se posaban sobre las ramas bajas de un
árbol y luego caían lentamente al suelo. Pensó lo que se sentiría
al echar a andar y perderse en el infinito. Pensó en el pasado, que
le parecía proyectarse hasta la eternidad. Se preguntó si habría
ángeles, como su madre le dijo a menudo que había. Recordó que
un día le había señalado la Vía Láctea con el dedo y le había
dicho, «Mira todos esos seres que hay allí», y él soñó con un cielo
densamente poblado de almas. Se acordó del crucifijo que colgaba de su cuello y del día en que su madre se lo había regalado.
Tenía doce años y estaba de rodillas ante la verja del altar,
tembloroso, esperando recibir la Eucaristía. Y aquella noche,
tantos años después, sintió un ligero dolor detrás de su oreja
izquierda. Lamentó no haber comprado una revista pornográfica
que había visto en un puesto de periódicos en la calle 124 unos
días antes. Recordó que a Eugenio y a Leticia les había prometido llevarlos otra vez al museo a ver los esqueletos de los dinosaurios. Recordó que se había arrimado a Delores por detrás en la
cocina mientras ella cocinaba en el fogón. Estaba leyendo un
libro en cuya tapa se veían unos vaqueros. Empezó a sentir una
erección, pero cuando su miembro al erguirse había ya alcanzado
las tres cuartas partes de su tamaño normal en tales casos y
Delores había ya empezado a apretarse contra él de espaldas,
entraron los niños y luego entró también su hermano. Y las
tuberías de la calefacción se pusieron a sonar como si hubiera
gente atrapada en su interior que diera golpes con cuchillos y
cucharas. Pensó en Jesucristo cuando estaba en la cruz, se
preguntó si Jesús, que podía ver todas las cosas del mundo,
presentes, pasadas y futuras, le estaría viendo cruzar la pista de
baile de aquel club. Recordó lo que le gustaba pensar en Jesús
pescando en el Mar de Galilea. Recordó que tenía que comprarle a su cuñada Ana María veinte libras de chuletas de cordero de la fábrica de conservas cárnicas a precio de oferta especial. Recordó el sabor de los pezones de su mujer. Decidió que

tenía que perder unas cuantas libras de peso, porque estaba empezando a echar un poco de estómago. Pensó en una melodía que llevaba un rato tarareando. Soñó en acabar con todo de una vez, no con sus hijos ni con la felicidad de su mujer, pero sí en volver a Cuba como fuese de nuevo y arrojarse en brazos de María. Recordó que había pensado muchas cosas. ¿Por qué bullían todas aquellas penas en su interior? ¿Cuándo vería el fin de tantos sufrimientos?

Y luego aquella escena que para el Rey del Mambo o para cualquier otra persona era difícil de imaginar. Sentado en el asiento de atrás del DeSoto, César Castillo iba toqueteándose y besuqueándose con Vanna Vane: ambos estaban tan borrachos que él no paraba de deslizar su mano por la tibia parte de arriba de su falda, donde las medias de nylon se sujetan a los ligueros y ella era placer en estado puro, y le besaba cariñosísima y se reía, y los dos tomaban sorbos de ron mientras Néstor, delante, iba atento a la carretera y trataba de no derrapar en las curvas cubiertas de hielo o por aquella nieve deliciosa que seguía cayendo sin parar. Vanna deslizó su mano dentro de los pantalones por el muslo de César y éste apretó su rostro contra el suyo y empezó a enumerarle todas las cochinadas que iban a hacer tan pronto como llegaran a Manhattan. En el asiento de atrás flotaba un denso olor a perfume, a humo de cigarrillo, se oían sonoros besos y carcajadas e iban los dos tan amartelados que a veces se olvidaban de que Néstor iba conduciendo. A medida que se perdían más el uno en el otro fue convirtiéndose en un chófer anónimo, era simplemente un tipo con gabán, canotier y una bufanda que llevaba el estuche negro de una trompeta en el asiento de al lado y una caja con instrumentos de percusión en el suelo.

Néstor llevaba un buen rato sin despegar los labios, prestando más atención a la carretera que a los sonoros besos que oía a sus espaldas cuando se le ocurrió preguntar: «¿Queréis que suba un poco la calefacción?». Pero justo en ese preciso instante el coche dio un viraje repentino, patinó sobre un charco helado, él perdió los nervios, pisó bruscamente los frenos de forma que las ruedas resbalaron y el DeSoto, de un tremendo salto, se internó en la espesura del bosque y se estrelló contra el tronco de un macizo roble. Primero fue como una explosión a la que siguió un sonido parecido a un bostezo ensordecedor; como el palo mayor de un barco desgajándose, el potente motor V-8 turbo se desbocó y el volante fue a encajarse violentamente en el pecho de Néstor.

Y eso fue todo. Falleció tras el volante exhalando un profundo suspiro. Cerró los ojos y sintió que alguien derramaba aceite caliente sobre él y tuvo que preguntarse por qué sus entrañas se llenaban de repente de humedad: ramas húmedas de palmera, flores podridas, tallos aplastados y ensangrentados; húmedas partituras, húmedo papel higiénico, húmedos condones, húmedas páginas de la Biblia, húmedas páginas de un guión de televisión, húmedas páginas de *¡Adelante, América!* de D. D. Vanderbilt. El volante le había golpeado como un fuerte puñetazo en el pecho, ni siquiera como un puñetazo excesivamente potente o terrible, y había oído aquella especie de bostezo y tras el bostezo el tintineo de unas campanas lejanas. Después estrellas en blanco y negro empezaron a flotar en el interior de sus ojos, como si le deslumbrara el fogonazo del flash de una cámara, y cuando abrió los ojos la cortina de nieve que caía se abrió también y pudo ver el cielo azul igual que lo veía desde el porche de la casa de su familia, allá en Cuba: allí estaban las constelaciones del Cisne, de Hércules y de Capricornio e innumerables estrellas más, más radiantes aún de lo que recordaba, estrellas que parpadeaban como los ojos alegres de un niño. Y luego empezaron a arremolinarse como danzarines en una sala de baile abarrotada. Cerró los ojos y le entraron ganas de llorar, pero no pudo llorar. Intentó hablar, «Di a la familia que mi último pensamiento fue para ellos» quiso decir, pero incluso el hecho de pensar se le hacía cada vez más difícil y empezó a quedarse dormido y por más esfuerzos que hacía por mantenerse despierto

sus pensamientos fueron haciéndose cada vez más nebulosos y
oscuros y después soñó que alguien le daba tirones de sus espesos
y ondulados cabellos y ya no despertó.

Arrojados de la nube de su romance, César y Vanna estuvieron inconscientes unos diez minutos. Los otros que venían detrás
corrieron al lugar del accidente. Para liberar a Néstor los hombres tuvieron que echar hacia atrás el asiento, le sacaron a la
nieve y le tendieron sobre una manta. Por las ventanas de su
nariz y de sus labios aún escapaba vaho, vaho y humo y un olor a
goma quemada y a gasolina. Luego dirían que Néstor abrió los
ojos y miró al cielo con una triste sonrisa. A César le revivieron
con un trago de ron y por unos instantes creyó que estaba
despertándose en el Hotel Esplendor una mañana de domingo
con una terrible resaca. Pero Vanna Vane sollozaba, varios de
Los Reyes del Mambo estaban allí con linternas y luego se
acercaron policías, desconocidos, y se oían sirenas a lo lejos. De
rodillas junto a Néstor, el Rey del Mambo se sorprendió a sí
mismo haciendo la señal de la cruz sobre el cuerpo de su
hermano. Permaneció allí largo rato, acariciando el rostro de
Néstor y repitiendo: «Espérame, hermano, espérame». Eso fue
cuanto ocurrió, o al menos eso era todo lo que el Rey del Mambo
alcanzaba a recordar.

Recordó a Néstor subiendo a la carrera las escaleras del
apartamento, feliz como un niño pequeño, llevando una guitarra
envuelta en papel de regalo con mucho Santa Claus, como
obsequio de Navidad para César. Le recordaba sentado en el
borde de la cama hundiendo el rostro en las manos cuando creía
que nadie le veía. Recordó la primera vez que había oído el
nombre de María y la primera vez también que su hermano tocó
los acordes de aquella canción cuando vivían en casa del primo
Pablo. Y en cierto modo le era imposible separar la muerte de su
hermano de aquella canción. Soñó que Néstor había oído los
besos lascivos que iba dando a Vanna —y lo cierto es que había

empezado ya a jugar a aquello con ella, le toqueteaba la abertura
de la vagina a través de las bragas con el pulgar, entusiasmado
por la humedad que, lentamente, allí se iba acumulando— y que
Nestor no podía soportar ver a tantas personas a su alrededor
viviendo en un mundo de placer cuando él vivía en un mundo de
dolor; y que por esa razón, en vez de enfilar derecho la helada
carretera había dado de repente un volantazo a la derecha,
queriendo estrellarse contra un árbol. Y entonces aquellas palabras de su hermano a las que nunca había hecho demasiado caso
acudieron a su memoria, a la suya y a la de todos los que le
habían conocido: «A veces no siento ninguna apetencia por este
mundo».

Recordó también otro detalle, el comentario del médico del
hospital al que llevaron a Néstor: «No fue tan grave. Lo único es
que le estalló una pequeña vena que hay cerca del corazón, ha
sido mala suerte».

«Mala suerte.»

Lo peor de todo fue darle la noticia a Delores. Ella supo que
había pasado algo cuando César y Manny se presentaron en el
apartamento a las nueve y media de la mañana siguiente. Lo
supo por la noche cuando ya se había quedado dormida: el libro
que había estado leyendo, *Doble indemnización,* se cayó de su
mesilla de noche a las tres y media de la madrugada y entonces
sintió como si un chorro de mercurio corriera lentamente por la
médula de sus huesos, como aquella vez que abrió la puerta de su
apartamento del Bronx y le dieron la noticia de que su padre
había muerto. Así que, ¿qué otra cosa pudo hacer sino pasearse
inquieta por las habitaciones toda la noche y montar guardia
junto a la ventana, esperando oír la noticia que habían de
traerle? ¿Qué otra cosa podía hacer más que mirarse fijamente al
espejo y lamentar que las cosas entre ellos no hubieran ido
mejor?

Cuando César le dio la noticia con estas palabras: «Ha habido un accidente en el que Néstor se ha visto envuelto. Ha fallecido», le dijo: «Cuñado, ¿querrías repetir lo que acabas de decir?».

Él se lo repitió.

Y entonces con una tranquilidad impresionante añadió:

—He de llamar a mi hermana Ana María para decírselo.

César se ofreció para decírselo a los niños. Eugenio y Leticia compartían una pequeña habitación que daba al recibidor y a la hora del accidente, más o menos, habían oído ruidos y gorgojeos en las tuberías que salían del cuarto de la caldera, en el bajo, como si fuesen a estallar o a soltarse de las paredes. A lo que siguió una especie de bostezo metálico que hizo que Eugenio se incorporara en la cama. Se habían quedado durmiendo hasta tarde porque era domingo y esperaban a su madre para que los llevara a la Misa Mayor de las once en la parroquia. Pero aquel día fue César quien abrió la puerta con el abrigo que olía a nieve aún puesto. Les acarició las caras y les dijo:

—Su papi se ha ido muy lejos.

—¿Adónde?

—Muy, muy lejos.

Y señaló con el dedo al oeste. Parecía una buena dirección.

—Pero ¿volverá?

—No lo sé, niños.

Se metió la mano en el bolsillo y sacó unos cuantos de aquellos duros caramelos de color rojo y naranja que su hermano había cogido para los niños en la fiesta de Nueva Jersey. Y se los dio diciéndoles:

—Su papi me pidió que les diera estos caramelos. Y ahora han de vestirse, porque van a venir unas visitas.

Esas visitas eran el cura, el padre Vicente, de la parroquia, y Bernardito Mandelbaum y Frankie Pérez y Miguel Montoya y Ana María y Manny y los restantes Reyes del Mambo, que se presentaron con sus esposas e hijos o con sus amigas o llegaban

solos y se quedaban de pie en el recibidor, con el sombrero en la
mano y la cabeza gacha. El cura estaba sentado en el salón y
hablaba sobre la «gracia», y los niños, sin saber por qué, tuvieron
que ponerse su mejor ropa de los domingos. A pesar de las
circunstancias, era simpático ver cómo todos los visitantes trataban a los niños con gran amabilidad y les daban palmaditas en la
cabeza y dinero para que se compraran tebeos y caramelos.

¡Así que, si la atmósfera no hubiera sido tan irrespirable por
el dolor, para los niños habría sido una auténtica fiesta!

Decidieron no montar ningún velatorio, pero esperaron dos
días a que llegase uno de los tres hermanos que vivían en Cuba,
Eduardo, que era un tipo delgado como el palo de una escoba y
nunca había viajado antes en avión. Nueva York le pareció
sombría y gris. Por las noches no paraba de dar vueltas por el
apartamento con un albornoz de felpa, calcetines blancos y
zapatos de suela muy fina. Titubeaba ante cualquier cosa.
Parecía aturdido cuando iba por la calle y sus sentidos eran
bombardeados por los ruidos del tráfico, de los edificios en
construcción y del metro. Tenía unos cuarenta y tantos años,
pero parecía mayor. Su pelo estaba veteado ya de blanco y
hablaba en un tono de voz tan bajo que nadie entendía ni la
mitad de lo que decía. Su rostro estaba curtido por el sol y se
paseaba por la casa meneando la cabeza como diciendo «¡Pobre
Néstor!» y «¡Qué cosa tan horrible!».

La muerte y el funeral de Néstor quedaron en la memoria de
todos como nubes de dolor. Nadie quería recordar.

Incluso en el Hotel Esplendor el Rey del Mambo tenía que
hacer un esfuerzo para poner *Crepúsculo en La Habana* o *Bella
María de mi alma* y zambullirse de nuevo en el pasado, dando
vueltas y más vueltas al más doloroso acontecimiento de su vida,
la muerte de su hermano. Tal vez era mejor poner *Mambo de
Manhattan* y revivir los primeros tiempos de su vida en los clubs o
remontarse a un pasado más lejano aún con la Orquesta de
Julián García.

¿Un detalle fácil y agradable de recordar, sin embargo? Aquella escapada que hizo al Hotel Esplendor, el día antes del funeral de su hermano, con Vanna Vane. Durante una hora hicieron como si nada de aquello tan horrible hubiera sucedido jamás. Ella quería olvidar y él quería olvidar también. La echó sobre la cama y se dejó caer encima. Se sentían tan hechos polvo que ni siquiera se quitaron la ropa, pero él le subió la falda hasta los muslos, se sacó su lloriqueante miembro de los pantalones y se lo metió entre las piernas. Ni siquiera jodieron en sentido estricto, él se contentó con restregársela contra la vagina, pues lo único que deseaban era sentir que seguían vivos.

No podía quitarse de la cabeza a Vanna Vane, con sus rollizos muslos. No podía dejar de ver la imagen de la señorita Vane poniéndose las medias en sus bien contorneadas piernas, la señorita Vane soltándose los corchetes de las ligas. Frescas y limpias sábanas contra su piel que a su vez se apretaba contra la piel de ella. Interminables besos y el gran culo de la señorita Vane meneándose encima de él.

—¿Sabes lo que me gusta mucho que me hagas?

—¿El qué?

—Me gusta cuando me muerdes los pechos mientras me corro.

—Muy bien. ¿Y sabes lo que me gusta a mí? Pues cuando lo estamos haciendo de la forma normal y estoy a punto de correrme y entonces la saco y tú te la metes en la boca y de nuevo siento que me voy a correr y entonces la saco de tu boca y te la meto otra vez y así hasta que no puedo ya contenerme.

Eugenio se lo imaginó todo por el funeral. Demasiada gente dándoles palmaditas en la cabeza y cuartos de dólar. Nunca habían sabido qué significaba «morir». Hasta ese momento, sólo Cristo había muerto en la Cruz, pero su muerte no quería decir más que había ascendido al paraíso y luego regresado a la tierra. Las monjas dominicas les dieron rosarios y muchos niños de su calle asistieron al funeral, niños no sólo irlandeses sino de otras comunidades, a pesar de que no siempre habían hablado o pensado bien de su familia. Ana María les habló de los ángeles de la guarda que los protegerían en caso de que fueran amenazados por el demonio. Les dijeron que Dios en los cielos velaba por ellos. Pero nunca soñaron siquiera que su papá había muerto. Leticia creía que se había ido a la colina en donde se alzaba la Tumba de Grant y que había cruzado el río hacia el oeste. ¿Qué les había dicho su papi un día?, «¿Ven allí, niños? Pues si se sigue en esa dirección se acaba en California. Allí es donde su tío y yo estuvimos esa vez».

(¿Y en California? Desi Arnaz paró su automóvil delante de su casa, cerca de San Diego. Conducía un coche como el de César, un DeSoto. Se bajó y cruzó un jardín cuyos muros cubiertos de buganvillas le traían a la memoria los muros cubiertos de flores de Cuba. Vivía en una gran casa de muros pintados de color rosa, estilo rancho, con un tejado de zinc, y que tenía un jardín, un patio y una piscina. Entró en la casa atravesando el patio en donde acostumbraba a sentarse y a leer la correspondencia. Había una carta de un amigo suyo, una carta en que le comunicaban el desdichado final de aquel compositor de canciones cubano que se llamaba Néstor Castillo. ¡Había sido así, en un abrir y cerrar de ojos! Al recordar al más joven de los hermanos, que tan mal rato había pasado en su programa de variedades, se sintió triste y se puso a pensar qué podía hacer para ayudar a la familia. Su rostro se contrajo de esa manera que tienen los cubanos de contraerlo cuando reciben una mala noticia, sacando los labios y ensanchando la boca como una máscara de dolor. ¿Sabéis qué es lo que hubiera querido? Hubiese querido cruzar una sala y encontrar a César y a su familia apiñados en una barra e invitarlos a cenar y a tomar unas copas y meter la mano en el bolsillo, sacar la billetera y darle a la familia cinco o seis arrugados billetes de cien dólares. Pero lo que hizo fue esto: se sentó y con letra sencilla le escribió a la familia de Néstor Castillo una breve nota de pésame. Era muy directa:

«Estoy profundamente apenado por la triste noticia que he recibido aquí en California. Si hay algo que pueda hacer por ustedes, por favor, no dejen de decírmelo. Su fiel amigo, Desi Arnaz».)

La iglesia estaba abarrotada de músicos. Machito, Puente y Mongo Santamaría asistieron al funeral. Y había muchos otros músicos de menor categoría, gente sencilla que asistió con sus largos abrigos, la cabeza inclinada y sombrero en mano, personas que habían visitado el apartamento en una u otra ocasión en compañía de sus esposas o de sus amigas. Estaban también varios de los que trabajaban con ellos en la fábrica de embutidos. Elva y René se hallaban también en medio de la multitud, deseando en su fuero interno escapar de allí y bailar. Manny, el bajo, se situó junto a las puertas rojas de la entrada y saludaba a los asistentes. Miguel Montoya acudió con una mujer ya mayor que era su tía.

El órgano tocó el *Te Deum*. El altar estaba cubierto de flores blancas al igual que el ataúd, con su paño ceremonial también blanco, bordado con anagramas de Cristo.

La familia y los amigos más íntimos ocuparon las primeras filas de la iglesia. César estaba junto a Delores y ésta a su vez al lado de los niños. El rostro de César tenía un color rojizo, como si alguien le hubiese abofeteado con fuerza. Su mano descansaba sobre el hombro de Leticia. Ésta contaba sólo tres años y no tenía la menor idea de lo que había sucedido. Aunque le habían explicado que su papá se había ido muy lejos, esperaba verle aparecer de nuevo por la puerta en el momento menos pensado. Se rebullía en su asiento, daba puntapiés con sus negros zapatos de charol al rodapié del banco; se chupaba los dedos por los que le caían chorretones rojos de los duros caramelos de cereza que César le había dado antes de que comenzara el oficio religioso. Su tío le daba palmaditas en la cabeza y le enseñaba con el dedo el altar, en el que los misterios tenían lugar. ¿Y Delores? Parecía controlar sus sentimientos, con los pómulos hundidos y la boca crispada, tan crispada que uno podía imaginar casi sus dientes apretados fuertemente en un esfuerzo de contención. En su mente se arremolinaba un cúmulo de pensamientos: había perdido a su padre cuando todavía no era más que una muchacha y ahora acababa de perder también a su marido.

(Durante un largo rato todos los demás dejaron de existir para ella. Los rostros eran como pálidas máscaras que flotaban ante sus ojos; era como si sus voces no vinieran de ninguna parte. Sus hijos le parecían muñecos de tamaño gigante. Le habría gustado ser cualquier otra persona en este mundo, incluso aquel Negro Jim del libro que estaba leyendo. Recordaba vagamente que la habían subido y bajado por la escalinata de la iglesia. Multitud de personas que le dirigían frases amables y le expresaban sus mejores deseos para ella y su familia. Sí, te enamoras, les das tu corazón, ansías sus besos, te parten el corazón y mueren. Te dejan unos mechones de pelo, unos cuantos sombreros viejos y recuerdos. Así es como los hombres hacen las cosas. Te abruman con su cariño cuando quieren algo de ti y luego desaparecen como si tal cosa. *¡Hombres! ¡Qué cabrones!* Su padre cayendo por una escalera, Néstor desapareciendo en mitad de la noche con el negro estuche de su instrumento en la mano. De repente se sorprendió al pensar: a pesar de todas nuestras diferencias, estaba enamorada. Oh, abrázame, abrázame, Dios, abrázame.)

Ana María se hallaba junto a Delores. Y también estaba allí Eduardo, que había llegado de Cuba. No dejaba de acariciarse el puente de la nariz y bizqueaba todo el tiempo como si tuviese un horrible dolor de cabeza. El primo Pablo, muy nervioso, detrás de la familia, con su mujer y sus hijos. Y también estaban Frankie y Pito y en la parte de atrás de la iglesia, rodeada de irlandeses, Vanna Vane sollozando.

Había coronas y ramos de flores de Maurio Bauza, Joe Piro «Asesino», Sid Torrin «Sinfonía» y otros.

«A la familia Castillo con nuestra más sincera condolencia, Carlos Ricci y la dirección de la Sala de Baile Imperial.»

«Con mi más sentido pésame, Tito Rodríguez.»

«Le acompañamos en el sentimiento en estos momentos de dolor... Vicentico Valdez.»

«Que Dios la bendiga y le dé fortaleza de ánimo en este doloroso trance... La familia Fajardo.»

Benny, el joven fotógrafo, había acudido con su prometida, de la que estaba profundamente enamorado. Era un hombre de baja estatura, aspecto agradable, con un pelo negro y sedoso que llevaba casi cortado al cero, esa clase de cabezas que a los niños pequeños les encanta acariciar. Se había sentido feliz porque estaba enamorado, y reía y escribía poemas de amor a su chica. Pero ahora su amigo había muerto y todo parecía tan trágico, pues Néstor no tenía más que treinta y un años.

El sermón corrió a cargo del padre Vicente, un irlandés de elevada estatura, ya casi calvo. En su sermón habló sobre el destino de los hombres: «...Aquellos de entre nosotros que comprenden la tragedia de las almas humanas que no viven más que para el mundo de los sentidos, son capaces también de concebir el esplendor que nos aguarda. Fue un hombre que se dio a sí mismo a los demás. Él vino de Cuba y ahora se ha ido a un viejo reino más glorioso, el reino de la luz eterna, radiante del amor de Dios que está en todas partes porque Él es el universo».

«Néstor», gritó alguien.

Sobre el altar había un tríptico que parecía tener vida propia, «La Historia del Hombre». Un Adán desnudo en un bello jardín agachaba la cabeza con gesto avergonzado, con una Eva desnuda tras él. Los pájaros revoloteaban a su alrededor y por los árboles que se perdían en un fondo verde oliva, cargados de frutos. En un manzano se enroscaba la serpiente de la tentación, con la lengua bífida que salía de su boca, feliz por haberlos inducido al pecado. Adán y Eva franqueaban una especie de verja y entraban en un bosque de oscuros árboles. Un ángel de dorados cabellos blandía

tras ellos una espada. La tristeza y la desesperación se dibujaban
en el rostro de Adán, que parecía decir, «Nunca volveremos a
conocer la felicidad». Y, junto a esta escena, un sepulcro excava-
do en la roca. Una gran piedra había sido retirada de la entrada,
ante la que dos soldados romanos, de brazos musculosos, con
espadas y lanzas a su lado, yacían revolviéndose en el suelo,
cubriéndose los rostros con las manos, llenos de miedo. En
primer término, el crucificado, Jesús, con una túnica blanca y las
manos en alto para que el mundo viera que era él el que había
muerto y resucitado. Las heridas de sus manos y pies eran de un
color rojo oscuro y tenían forma de ojos; su rostro estaba sereno.
(Y los niños lamentaban no poder ver lo que había dentro de la
cueva o al otro lado de las ondulantes colinas hacia las que Jesús
se encaminaba.) Y en el tercer panel Cristo ya ha ascendido a los
cielos y está sentado en un trono, con la resplandeciente paloma
del Espíritu Santo sobre su cabeza, y Jesús está juzgando a los
hombres: tropeles de ángeles y de penitentes y los santos se
agolpan en nubes con forma de cipreses, ¿era allí, acaso, adonde
papi había ido?

«Néstor.»

Los porteadores sacaron el ataúd a la calle. Era la primera
vez que alguien de la familia montaba en una limusina. Había
algo vagamente emocionante en aquel viaje a Flushing, Queens.
En el cementerio se dijeron unas palabras más y con la silueta de
la ciudad dibujándose amenazante a lo lejos y mientras se
arrojaban flores a la tumba, los niños se pusieron a jugar a tula
entre las sepulturas.

Sentado en el Hotel Esplendor el Rey del Mambo frunció el
ceño por no poder quitarse aquellos recuerdos de la muerte de su
hermano de la cabeza. Sin saber cómo había ido dejando atrás
las sugestivas imágenes de temblorosos muslos femeninos y
ahora trataba de volver otra vez a ellas. Tomó un sorbo de

whisky y se quedó mirando la divertida portada de *El infierno del mambo* con sus tiras de viñetas en las que se veían demonios masculinos y femeninos en los distintos compartimentos del infierno, vestidos todos de rojo y con cuernos y rabos. ¡Con llamas caracoleando hacia arriba! Sacó el disco de su funda y lo puso sobre el plato del tocadiscos. Le embargaba un dolor insoportable: en los últimos veintitrés años no había pasado ni una sola hora en la que no pensara en el «pobre Néstor». Aquello era el fin, pensaba, de su «feliz y despreocupada vida».

«Néstor.»

«En el nombre del Padre, del Hijo y del Espíritu Santo.»

Se preguntó qué hora sería y entonces, mientras trataba de mirar su reloj de pulsera, se dio cuenta de que estaba realmente borracho, porque los números flotaban en la esfera del reloj como si fuesen niños que diesen vueltas en un tiovivo sujetos de la mano. A pesar de lo cual se tomó otra copa. Fue de nuevo al lavabo a orinar, dejó caer todo su peso sobre una mano que apoyó en la pared y se quedó mirando su gran miembro y el chorro de orina, preguntándose cuando empezaría a salirle teñida de sangre.

Recordó la época en la que solía masturbarse cinco, seis veces al día, hacía mucho, muchísimo tiempo.

Recordó aquellas fiestas que daban a menudo en los viejos tiempos, tan fuerte era el peso del pasado en su memoria. En la sala de estar: mesas rebosantes de comida, lámparas con bombillas rojas, montones de discos, filas de hombres afables, revoltosos, ruidosos, corteses, tímidos, arrogantes, tranquilos y violentos que salían del apartamento y bajaban en masa las escaleras, cruzaban el vestíbulo, que siempre olía a col, y se paraban un momento en la calle, en donde a veces surgía alguna que otra disputa; mientras que un tropel de hermosas mujeres, oliendo a perfume y a sudor, hacía su entrada en el piso, el tocadiscos a todo volumen podía oírse a manzanas y manzanas de distancia, la señora de abajo horrorizada por si los combados suelos se pudiesen desplomar, los policías irlandeses pidiéndoles, no muy convencidos, que bajaran la música y que no dieran aquellos golpes en el suelo, y por la mañana temprano los últimos invitados saliendo a la calle cantando y hablando a voces.

El tocadiscos empezó a sonar y las alegres frases de trompa y los frenéticos tambores llenaron su habitación del Hotel Esplendor.

En el nombre del mambo, de la rumba y del cha-cha-chá.

Después hizo un inventario de los efectos personales de su hermano, mientras su sobrino Eugenio le observaba sentado en una silla. En el último mes se habían deshecho de todos los pares de zapatos de Néstor, del número diez, de sus sombreros y de algunas buenas prendas de vestir también, que distribuyeron en cajas en el salón del apartamento de La Salle Street. Había acudido mucha gente y César, que cuidaba todos los detalles en aquella época, fue sin embargo muy expeditivo en el reparto de aquella ropa. Se echó hacia atrás en la mecedora, fumaba un cigarrillo tras otro y decía, «Toda esta ropa es de primera clase, nunca escatimamos nada en vestirnos». Se las arregló para quedarse con unas cuantas prendas de su hermano: varias de sus chaquetas, que llevó a aquel sastre judío de mirada asustadiza de la calle 109 para que les sacase la cintura. Bernardito Mandelbaum se llevó la chaqueta de seda blanca de Néstor, la que llevaba cuando salió en televisión. Frankie se quedó con su chaqueta de color crema. Eugenio contemplaba los montones de ropa y sentía un fuerte deseo de echarse encima de ellos, de revolcarse en todas aquellas prendas apiladas en el suelo, y recrearse en los fuertes olores a colonia y a tabaco que él identificaba con su padre. Durante una temporada jugó a un juego: se sentaba fuera en el porche y trataba de identificar los zapatos de su padre o alguna otra prenda suya de vestir en la indumentaria de los transeúntes que pasaban por delante.

César se quedó también con la trompeta de su hermano y con las cuartillas en las que había anotado las letras y acordes de sus canciones, y se quedó asimismo con el crucifijo y la cadena que su madre le regaló a Néstor para su Primera Comunión.

Y también apareció aquel libro, *¡Adelante, América!* Era una más de las cosas que el Rey del Mambo había encontrado en el bolsillo de la chaqueta de Néstor.

Aquella temporada Eugenio se aficionó a ir a dormir la siesta con su tío, y los dos se apretaron en la cama un día sí y otro no durante meses. Siempre que se oían pasos en el corredor, como el tap, tap, tap de unos tacones cubanos en el suelo, Eugenio esperaba casi que la puerta se abriera y que apareciese Néstor silbando la melodía *Bella María*.

El triste fardo de los recuerdos se abatía sobre César en oleadas, como los síntomas iniciales de una recalcitrante gripe invernal y este estado condujo a otro de postración y melancolía que se teñía de rojo como la sangre y que se difundió rápidamente por toda su psique. Trajo consigo la parálisis de toda ambición y un sentimiento de autodesprecio, que le llevaba a pasarse los días metido en el apartamento sin salir. Esta melancolía enfermiza ejerció durante algún tiempo una especie de influencia alucinógena. Muchas tardes, de pie junto a la ventana, oía temblar la estación del metro elevado con la llegada de los trenes y entonces se le iluminaba el rostro y se asomaba para contemplar aquellas multitudes que parecía vomitar el quiosco que servía de acceso a las escaleras. Cerca de la esquina se abría el angosto y sombrío portalón del Bar y Parrilla de Mulligan y a continuación venía un lienzo de muro contra el que se recostaban los chicos de la calle a jugar a los «chinos». Y también había niños tocando *Tres pasos hacia Alemania* o *Una vaca en la pradera*. Un día miró por la ventana y vio a un hombre que iba muy bien vestido recostado contra aquel muro. Llevaba un canotier y un abrigo largo. A su lado estaba el negro estuche de un instrumento musical.

«Voy a comprar cigarrillos», dijo. Se puso el abrigo y bajó a la calle en pos de aquel hombre que se dirigía a las escaleras del metro. César subió a todo correr las escaleras y se montó en un tren que iba al centro justo cuando las puertas estaban ya cerrándose. Metódicamente, fue inspeccionando un vagón tras otro en busca del hombre con el canotier y el negro estuche de un instrumento. Nunca lo encontró. Una vez el Rey del Mambo cogió ese mismo tren hasta la calle 59, en donde convergían tres diferentes líneas de metro que iban a los suburbios de Brooklyn y del Bronx y vio otra vez al mismo hombre, de pie, delante de un puesto de periódicos. Cerró los ojos y al abrirlos de nuevo el hombre había desaparecido. Otra vez le ocurrió lo mismo, sólo que entonces César cogió el tren A que le llevó a Brooklyn y sin saber cómo se encontró de pronto en un bar de la zona bebiendo y con un hambre canina. Estaba tan excitado, el corazón le latía con tal fuerza que tuvo que hacer esfuerzos por tranquilizarse. Pero se tranquilizó tanto que, a la salida, una pandilla de gamberros con cazadoras de cuero le siguió un tramo de calle que pasaba por delante de un solar en construcción desierto y cinco miembros de la banda —que llevaban gorras de marinero y cigarrillos Marlboro metidos en las mangas subidas de sus camisetas— se lanzaron sobre él, le golpearon, le tiraron al suelo y le dieron una buena paliza. De poco sirvió que llevara su traje rosa pálido y un par de zapatos color crema con tacón cubano, y no sólo le robaron sino que uno de aquellos individuos quiso aplastarle las sienes a puntapiés. (Se salvó porque otro miembro de la pandilla se compadeció de él y les dijo que le dejaran ya y se fueran.)

Cuando despertó, Néstor, o aquel hombre o espíritu que se le parecía, estaba de pie recostado contra una farola al otro lado de la calle fumando un cigarrillo. César alzó los brazos pidiendo auxilio, cerró los ojos y cuando volvió a abrirlos el hombre ya había desaparecido.

Aquéllos fueron días de confusión para él y para todo el mundo. Y algo raro le estaba pasando también a Delorita.

Parecía como si se hubiera tomado con mucha calma la muerte de Néstor y pasaba las tardes con los niños, con Ana María y con su *novio*, Raulito, el tipo aquel que trabajaba para el sindicato de la marina mercante. Ana María se había instalado provisionalmente en el apartamento. Por las noches las dos hermanas dormían juntas, como cuando eran niñas, con sus camisones de franela, abrazada la una a la otra. Y si Delores no podía dormir, entonces se ponía a leer. Los vecinos, que sabían de su afición a la lectura, le prestaban muchísimos libros y siempre había un montón de ellos junto a su cama. Cuando más feliz se sentía era cuando bajaba dando un paseo a la librería de la universidad, en la que revolvía metódicamente los cajones y estanterías con ofertas de libros de segunda mano y luego volvía a casa con bolsas de la compra llenas de novelas. Y también estaban los libros que adquiría en las tómbolas benéficas de las iglesias. Le gustaba pasarse dos o tres horas diarias leyendo aquellos libros, ayudada por un diccionario y animada por el deseo puro y simple de aumentar sus conocimientos. Lenta y trabajosamente se abría camino a través de los áridos paisajes de la prosa de temas biológicos, agrícolas o históricos. Aunque leía toda clase de libros, su género preferido seguía siendo la novela policiaca. Se quedaba leyendo con una lamparita encendida a un lado, un brazo colgando fuera de la cama y un libro, bien de bolsillo, bien encuadernado en tela, en la mano. Aquellas lecturas antes de dormirse le recordaban las noches en que esperaba levantada, ya muy tarde, hasta que volvían a casa su padre o su marido trompetista.

César sabía lo mucho que le gustaban los libros y en sus idas y venidas por la ciudad siempre entraba en alguna librería y buscaba algo para Delores como nunca había buscado para sí mismo. En aquellas semanas le regaló, por lo menos, dos novelas, *Moby Dick* y *Lo que el viento se llevó*. Con una dedicatoria de César,

«A mi encantadora cuñada, con todo mi cariño y mi afecto, César», estaban en la librería del pasillo. Y le hizo otros regalos: un bonito vestido con una botonadura de perlas de imitación, un pañuelo de cuello chino, un sombrero de terciopelo azul, un nuevo espejito de mano, y, gracias a una persuasiva dependienta de Macy's, un frasco de perfume Coco Chanel de París. Y cogió una bonita fotografía de Néstor y Delores en la que se les veía en un espléndido día de primavera en el parque y le puso un buen marco para que ella la tuviese en su habitación. (Desde luego no eran fotografías lo que necesitaban. Las paredes estaban cubiertas de fotos de la banda y de los dos hermanos en compañía de Cugat, Machito y Desi Arnaz, junto con estampas de los santos y de Jesús con un corazón llameante.) Mientras que en su vida pública César se había vuelto un tipo irritable y de humor imprevisible, en casa se comportaba del modo más cortés y apacible que se pueda imaginar, especialmente cuando estaba con Delores. Habría hecho por ella cualquier cosa, solía decir.

Salían de compras juntos, llevaban a los niños al parque juntos e iban al cine.

Ni César ni Delores sabían qué estaba ocurriendo. Ella no sólo empezó a esperar con ilusión los días que pasaba con César, sino que, además, se ponía sus mejores vestidos y se maquillaba para aquellas excursiones. Encerrados los dos en el apartamento una tarde lluviosa, cuando se cruzaban en las habitaciones la piel de ambos exhalaba un ligero olor a canela y a carne de cerdo guisada. En ocasiones, para su sorpresa, se veía de pronto en la cocina detrás de Delores y sentía deseos de cogerla por la cintura, atraerla hacia sí, acariciar con las manos todo su cuerpo y tocar sus pechos. Meditabundo y cabizbajo, se quedaba allí sentado y soñaba con cuando su hermano estaba vivo. Recordaba aquella vez que había mirado por el patio y había visto a Delores desnuda delante del espejo con aquel cuerpo que rebosaba juventud y voluptuosidad. El hecho de que ella se hubiera vuelto muy descuidada vistiendo y que se pasara todo el día con una bata de felpa rosa, sin nada debajo, no venía precisamente a mejorar las cosas. Como tampoco el que cuando entraba en el baño César se encontrara sus vaporosas prendas de ropa interior colgando de la barra de la ducha, provocadores sostenes, bragas y medias. Y tampoco que su cuerpo se estremeciera cuando cruzaba la habitación o cuando César se quedaba mirándola, consumido por aquella tortura, o cuando se inclinaba sobre la mesa para quitar una mancha y él tenía una fugaz visión de sus apetecibles pechos. Ni tampoco que al pasar un día por delante del cuarto de baño cuando la puerta estaba entreabierta la viera de pie, desnuda y mojada después de darse un baño. Soñaba con ella. Estaba echado en la cama, descansando, apretando su cuerpo contra el colchón, envuelto en las sábanas y soñaba que la puerta se abría y que Delores aparecía en el umbral con su bata. Se desabrochaba la bata y se dirigía desnuda hacia la cama: un olor a carne y a verduras llenaba entonces la habitación y de pronto estaba besando a Delores y ella se tumbaba a su lado y se abría para recibirle. Abría las piernas todo lo que podía y un haz de luz brotaba de su cuerpo. Entonces hacían el amor y su pene ardía como estopa, como si estuviera copulando con el sol. Pero a menudo su sueño terminaba tristemente. Se abría paso en su mente por el espeso bosque de su deseo y pensaba «Delores» y a continuación «Néstor». Era una conexión que siempre le resultaba turbadora y despertaba con un sentimiento de verdadera vergüenza.

Tomando la situación por la tremenda se sentaba en la sala de estar, cruzaba las manos sobre el regazo y recordaba que Néstor se había ido para siempre, que había muerto mientras conducía su flamante DeSoto y recordaba las palabras de aquel médico, «Ha sido una pequeña vena cerca del corazón». Sentía que las piernas se le ahuecaban como si de pronto perdieran toda su sangre, sus tendones y sus huesos. Imaginaba que tenía las piernas hechas de tuberías de zinc y sentía tal debilidad en las rodillas que le costaba trabajo ponerse de pie.

Trató de animarse un poco saliendo más y quedándose menos en casa y empezó otra vez a correr detrás de las mujeres como nunca en su vida había hecho. Luego se unió a un grupo un tanto rufianesco, una pandilla de gentes de mal vivir cuyos violentos temperamentos le parecieron en un primer momento divertidos. Noche tras noche se daba una vuelta por diversas salas de baile en compañía de coquetas damiselas y de esculturales rameras, mujeres que parecían salidas de la portada de aquel disco suyo, *El infierno del mambo;* con uñas larguísimas y grandes culos aquellas individuas tenían rostros perversos, bocas enormes, dientes manchados de carmín, cabellos cardados hacia arriba con formas llameantes y ojos arrasados por oscuras lágrimas de rímel. Vivía única y exclusivamente para aquella vida de disipación carnal. En tanto que antes las mujeres iban a por él porque era un cantante guapo e impetuoso, con pinta de chico bien, ahora en cambio se encontraban con un maestro de la seducción más sentimentaloide. Su expresión atormentada, los párpados que ya empezaban a pesarle, su triste semblante y la historia de sus desventuras despertaban en las mujeres su instinto caritativo, así que, prácticamente cada noche, César se encontraba toqueteándose y besuqueándose con ellas en callejones, vestíbulos de apartamentos o en las últimas filas de algún cine. Al principio para poner celosa a Delores llevó a varias de aquellas individuas al apartamento, pero dejó de hacerlo porque a veces oía a Delores llorar por la noche y pensó que lo hacía porque su conducta suponía un agravio para ella.

Así que, por algún tiempo, su vida fue una lluvia de vaporosas bragas, fajas restallantes, camisolas, combinaciones, sostenes, medias con ligas, gruesos preservativos, irrigaciones de bicarbonato de sosa y Coca-Cola y rizosos vellos púbicos, rubios, pelirrojos y morenos. Disfrutó de la compañía de negras que tenían culos como peras suculentas y sudorosos muslos y que llevaban ropa interior de seda, y de corpulentas *mulatas* cuyas largas piernas casi le hacían salirse de la cama. Se acostó con bellas italianas que bailaban como coristas en el Mambo Nine Club y solteronas a las que conocía en la pista de baile en los intermedios de sus actuaciones en hoteles de las Catskills, donde Los Reyes del Mambo tocaban a veces los fines de semana. Lo hizo con chicas que vendían cigarrillos, encargadas de guardarropas y azafatas, y con muchachas que se marcaban una pieza por veinticinco centavos en aquellas salas de baile que había a la altura de la calle 43 y la Octava Avenida. Lo hizo con tres de las componentes de la Orquesta Femenina de Rumba de la Gloriosa Gloria Parker, entre ellas con una tal Gertie, una chica que tocaba el trombón, con la que hizo el amor recostados contra una pila de sacos de harina en el almacén del Pan-American Club en el Bronx.

Su forma de hacer el amor, que nunca había sido delicada precisamente, se hizo más cruda y violenta. Subía arrastrando a Vanna Vane las escaleras del Hotel Esplendor, cogiéndola con fuerza por las muñecas. Por lo general cuando abría la puerta su miembro ya estaba bien erecto. Se arrimaba a ella por detrás y apretaba con fuerza su fogoso pene contra el dormido centro de su culo. Luego la empujaba contra la pared, deslizaba la mano por la raja de la falda de plateadas lentejuelas y dejaba resbalar sus sensibles dedos de músico por la áspera parte de arriba de sus medias de nylon, primero hasta los muslos y luego por debajo del elástico de sus bragas y por la espesa mata de su vello púbico. Ella estaba tan desolada por la muerte de Néstor que le dejaba hacer cuanto se le antojaba: se la metía en la boca, entre las piernas, por el culo. A veces se preguntaba si César se habría vuelto loco, pues cuando hacía el amor ponía una cara que le daba cierto miedo, como si no sólo fuera a estallarle el pene, sino también el corazón. Debían de estar completamente locos, estrechándose recíprocamente en los brazos no paraban de decirse «Te quiero, muñeca» y «Y yo también te quiero», una y otra vez. Y aquello le servía de consuelo hasta que subía las escaleras del apartamento de La Salle Street y se daba cuenta, una vez más, de que era a Delores y no a Vanna Vane a quien deseaba.

(La pobre Vanna aguantó al Rey del Mambo otros tres años y al final se casó con aquel tipo tan agradable que trabajaba en una estafeta de correos. En los postreros días de la vida de César Castillo, días que pasó encerrado en el Hotel Esplendor, ella vivía con su marido y sus dos hijos en una urbanización construida por una cooperativa en el Bronx. Había engordado unas cuantas libras, pero aún era atractiva. Mucha gente le decía, «Te pareces a Shelley Winters». Ella era la primera en decir lo feliz que era ahora, especialmente después de todos aquellos años en los que había sido una chica disoluta de la que abusaban los hombres. Pero, aunque fuese eso lo que dijera, la señorita Vane, ahora señora Friedman, siempre recordaría con cariño aquellas noches tan caóticas y trepidantes y se preguntaría, como tantos otros, qué habría sido de César Castillo, el Rey del Mambo.)

Pero cuando vio que no encontraba alivio a su dolor en las mujeres, César empezó a beber en serio. En el Palladium era el tipo que estaba apoyado en la barra de herradura del local con la cabeza y los ojos dándole vueltas, el tipo incapaz de reconocer las caras de la gente que se acercaba a saludarle. Marlon Brando estuvo junto a él cinco minutos en la barra y el Rey del Mambo ni siquiera reconoció al famoso actor de cine. Confundía a las personas. Un músico que se llamaba Johnny Bing, que tenía el pelo negro, espeso y ondulado, se le acercó y César creyó que era Desi Arnaz. «No puedes ni imaginarte lo que ha sufrido la familia, Desi», y luego empezó a dar cabezadas hacia adelante y hacia atrás, riendo a mandíbula batiente, en tales estados de éxtasis le sumía el dolor.

Lo siguiente que recordaba es que subía casi a rastras por las escaleras de su apartamento. Cuando finalmente llegó al rellano el suelo daba vueltas como un disco de 78 r.p.m. Luego trató de meter la llave en la cerradura, pero el hueco de la cerradura aparecía y desaparecía o se duplicaba como si fuese un espejismo. Cuando al fin logró meter la llave en la cerradura, no entraba bien y se dobló completamente, como el fláccido pene de un borracho. Al final no le quedó más remedio que tocar el timbre y Delores salió a abrirle y le ayudó a ir hasta su cuarto dando tumbos contra las paredes, cosa que siempre despertaba y asustaba a los niños.

Su persistente dolor era un monumento a la melancolía de los *gallegos*. Atravesaba el pasillo con los hombros caídos, como si cargara a su espalda con el cuerpo de un muerto. No entendía nada, añoraba los tiempos en que podía hacer lo que se le antojara. Esta mala racha pasará, se decía. Se quedaba dormido y se encontraba de pronto despertando en la fábrica de productos cárnicos, entre todas aquellas ijadas de reses, veteadas de grasa blanquecina y colgadas de garfios, arrastrando a un sorprendido y asustado Néstor para sacarle de aquel sitio y que saliera a la puerta donde lucía el sol. Soñaba que examinaba el sello de autorización del gobierno de los Estados Unidos y que dentro del círculo podían leerse estas palabras, «A veces, amar tanto a una mujer acaba partiéndote el corazón».

Se quedaba dormido y despertaba de aquellos sueños alcohólicos deseando ardientemente a Delores. Se reía de sí mismo. Pensaba que estaba purgando la muerte de su hermano. Quería sufrir y apartaba a la gente de él. Se sentía confuso: no se daba cuenta de que trataba de volver a su hermano a la vida convirtiéndose en su viva imagen.

Cuando se celebró una especie de baile homenaje en honor de Néstor en la Sala de Baile Imperial, con el que se recaudaron mil quinientos dólares en concepto de ayuda para los gastos del entierro, Delores se presentó como si fuera una joven y voluptuosa estrella de Hollywood. Joven y bonita todavía, le pidió prestado a Ana María un provocativo vestido negro y entró con paso vacilante sobre unos tacones de aguja de tres pulgadas de altura. Los hombres se hacían a un lado a su paso como si se tratase de

la reina de Saba. (Como gala benéfica constituyó todo un éxito.
La organización fue perfecta y se hizo publicidad del acontecimiento tanto por medio de octavillas callejeras como con anuncios que sacaron *La Prensa*, el *Daily News* y el *Herald* de Brooklyn.
El disc-jockey «Sinfonía» Sid ofició como maestro de ceremonias
del baile y la orquesta estuvo formada por algunos de los mejores
músicos de la ciudad, por sólo citar a Maurio Bauza, Mongo
Santamaría y Vicentico Valdez entre los más notables. Las
damas, esposas también de músicos muchas de ellas, llevaron la
comida —ollas de *arroz con pollo*, sopa de frijoles y cochinillo— e
hicieron una cubeta de sangría, que era otra de las debilidades de
Los Reyes del Mambo. Y había también barriletes de cerveza de
la destilería que la casa Rheingold tenía en la zona. Una verdadera multitud pagó un dólar y cuatro centavos por persona para
poder entrar y se pasaban unos cestillos de vez en cuando.)
Seguida por sus hijos y por Ana María Delores se sentó cerca del
escenario, rodeada de flores, taciturna y con expresión algo
adusta, como una estrella de cine cuya carrera hubiera tocado a
su fin.

En su mesa encontró y saludó a amigos de la familia.
Permaneció allí sentada todo el rato, abanicándose y tomando de
cuando en cuando un bocado de los apetitosos platos de comida
que ponían en la mesa delante de ella. Eugenio y Leticia, tan
bien educados, se comportaron con verdadero estoicismo durante toda la velada. Leticia, con un vestido rosa y un lazo en el pelo,
estaba encantadora. No dejaba de mirar con ojos risueños al
estrado de los músicos, esperando que su papi apareciera en él de
un momento a otro. César actuó aquella noche. Acompañado por
la cuerda, percusión y viento de las orquestas avanzó hasta el
micrófono y cantó un bolero con los ojos todo el tiempo clavados
en Delores llenos de deseo.

Hubo una persona a la que Delores prestó aquella noche
especial atención. Y no fue el Emperador del Mambo, Pérez
Prado, que saludó a Delores con una inclinación de cabeza y le

expresó su condolencia, ni Ray Barretto, que sentó a Leticia
sobre sus rodillas y les dio un dólar a los niños para que se
compraran caramelos. No, a quien prestó especial atención fue a
un contable que se llamaba Pedro Ponce. Era un tipo calvo y con
cara agria que tenía unos cuarenta años de edad y un bigote que
parecía hecho con cerdas de cepillo de dientes. Iba con una
chaqueta a cuadros, lazo de pajarita y unos tirantes que hacían
que la cintura de los pantalones marrones que llevaba, de una
talla considerablemente más grande que la suya, le subiera casi
hasta el pecho. El único elemento un poco a la moda de todo su
atuendo era un par de zapatos de colores tostado y crema. Pedro
vivía en la calle 122 y asesoraba a los dos hermanos en su
contaduría y en el pago de sus impuestos. Le habían conocido «a
la vuelta de la esquina», pues a veces iba a tomarse un expreso
doble al mismo barcito cubano al que los dos hermanos iban a
tomar café. La noche de la gala benéfica se acercó a la mesa de
Delores, con el sombrero en la mano y el corazón rebosante de
sentida aflicción. El hecho de que tartamudeara al hablar y
de que mirara fijamente por encima de su hombro al escenario
para no hacerlo directamente a sus ojos la conmovió un tanto.
Pensó: «He aquí un hombre que nunca me causaría problemas».

—Comparto su dolor —le dijo—. Lo que le ha sucedido es
algo verdaderamente terrible. Quiero expresarle, con todo mi
corazón, mi más profundo pésame.

Y metiéndose la mano en el bolsillo sacó un sobre con dos
billetes de veinte dólares.

—Es una modesta cantidad... para ayudar un poco —añadió.

—*Que Dios te bendiga* —le respondió Delores.

Aquella noche César la tomó —¡y de qué modo!— con
Delores. Cuando volvieron a casa y acostaron a los niños le pidió
que le hiciera una taza de café y mientras ella estaba de pie
delante del fogón se sorprendió a sí mismo acercándosele por
detrás y poniéndole los brazos alrededor de la cintura.

—Delores... Delores.

Naturalmente ella se dio media vuelta y le apartó de un manotazo, acompañando su gesto con una frase que repitió varias veces:

—*¡Déjame tranquila!* ¡Déjame tranquila!

—Lo siento, Delores. Estoy borracho, ¿es que no lo ves?

—Sí. Pues vete a dormir.

Le ayudó a entrar en su habitación. Se sentó en el borde de la cama y, frotándose los ojos, le dijo;

—El calvorota ése te gusta, ¿no?

Le ayudó a descalzarse y le quitó los calcetines.

—Delorita... quiero preguntarte una cosa —le costó varios minutos articular la frase.

—Dime —le contestó mientras trataba de levantarle las piernas del suelo y ponérselas en la cama. Trance en el que Delores lamentó profundamente no poseer la fuerza de un hombre.

—Échate hacia atrás —y con un último esfuerzo le subió las piernas a la cama.

—No es más que una pregunta. Lo único que quiero es hacerte una simple pregunta. ¿Tú me odias, no?

—No, *hombre*, ¡cómo voy a odiarte!

—Y si no, ¿qué es lo que sientes por mí, hermana?

—*Hombre*, a veces me das un poco de lástima. Otras, pues me preocupas. ¿Por qué no te duermes ya?

—¿Pero es que no ves lo que siento por ti?

—Sí, lo veo, pero no tiene ni pies ni cabeza. Anda, duérmete ya de una vez.

—Yo he gustado a muchas mujeres, Delorita. Y a todas las he dejado satisfechas.

—Anda, a ver si te duermes.

Él se había hecho un ovillo en la cama, Delores le puso encima las mantas y la colcha y entonces volvió a cogerla por el talle y le dijo:

—Quédate un poquito más aquí a mi lado, sé cariñosa conmigo, anda.

Y empezó a tocarla por todas partes y a acariciarle los pechos, y ella le dijo:

—No, *hombre*, ¡deja que me vaya! —y como no la dejaba irse, le dio una bofetada con toda la fuerza que pudo y a punto estaba ya de agarrar el palo de la escoba cuando él abrió de golpe los ojos de par en par, como si se le hubiese pasado la borrachera en cuestión de segundos.

—Está bien, está bien, está bien, —repitió agitando las manos en el aire, como si acabara de cometer un tremendo error.

—¿Está bien?

Yo estaba tan *jodido* en aquella época, pensó el Rey del Mambo en el Hotel Esplendor. Me sentía tan jodido y tan triste que a lo mejor olvidé los buenos modales y me propasé, pero si lo hice es porque quería darle desesperadamente todo lo que Dios había decidido quitarle.

Y había también otra cosa. Perdió la pasión que sentía por la música y su alma empezó a marchitarse. Ya no escribió más canciones, ni cogía la guitarra o la trompeta para tocar un rato. Y aunque Los Reyes del Mambo siguieron actuando como antes ya no ponía ningún entusiasmo en su trabajo. La moral de la banda estaba por los suelos: y no es que el problema fuera encontrar a alguien que ocupara el puesto de su hermano —había cien trompetistas que podían tocar las mismas partes y los mismos solos— sino que la ausencia de éste hizo que César perdiera todo aliciente por su trabajo. Hacía esfuerzos por ser profesional, pero en sus actuaciones se mostraba tan introvertido y titubeante que nadie habría creído que el agresivo cantante de unos cuantos meses atrás, siempre pavoneándose de sus proezas viriles, y él fueran la misma persona. De repente su aspecto pasó a ser el de alguien que no durmiera desde hacía mucho, muchísimo tiempo. Y para colmo de males empezó a beber en serio para poder subir al escenario. Y empezó a notársele: echaba a perder las letras y se equivocaba en sus solos. A veces, cuando se ponía a bailar se iba de pronto para atrás como si una mano invisible volcara el escenario. Cantaba canciones enteras con los ojos cerrados, repetía los mismos versos una y otra vez, se olvidaba de los cambios y no se fijaba cuando tenía que dar las entradas o se las daban a él.

No cesaba de pensar en su hermano, al que veía muerto en el suelo y decía: «Si pudiera cambiarme por ti, hermano, no dudes que lo haría».

El público notó el cambio y empezó a correr el rumor de que César Castillo se sentía jodido de verdad.

A pesar de lo cual, algunas noches salía a actuar con su mejor sonrisa y cantaba y tocaba la trompeta e incluso se soltaba un poco y se ponía a bromear con el público. Eso era cuando se fumaba unos cigarrillos de marihuana. Pero no duró mucho. Una vez mientras actuaba en la Sala de Baile Imperial olvidó dónde se encontraba y abandonó el escenario en mitad de una canción con tal expresión de sobresalto que parecía que hubiera visto una aparición entre bastidores.

Lo peor de todo fue que César empezó a comportarse de un modo grosero en su trato con los demás. La orquesta Los Reyes del Mambo tuvo que cambiar de trompetista dos veces seguidas, pues los que se habían incorporado se despidieron porque César se burlaba de sus dotes interpretativas, hacía muecas de desprecio mientras tocaban sus solos, interrumpía las canciones a la mitad y se ponía a insultarles a gritos. Y después empezó a buscar pelea con desconocidos. Un pobre hombre tuvo la desgracia de darse de bruces con César al salir de los servicios de caballeros en el Park Palace y César se abalanzó sobre él como un poseso y empezó a golpearle la cabeza contra el suelo con una saña salvaje. Fueron precisos cuatro hombres para sujetarle y que se tranquilizara. Escenas parecidas se repitieron una y otra vez en todos los clubs de la ciudad en los que actuaban Los Reyes del Mambo.

«Estaba fuera de mí», pensó César, sentado en su habitación del Hotel Esplendor. «Me sentía jodido y no sabía qué hacer conmigo mismo.»

Su conducta preocupó seriamente a Miguel Montoya. Salieron una noche a cenar al restaurante de Violeta y entonces Miguel Montoya le dijo:

—Mira, todo el mundo sabe que estás hecho polvo por lo de Néstor. Todos estamos igual, ya lo sabes, pero los chicos de la orquesta creen que te sentaría bien que te tomaras una temporada de descanso.

—¿Quieres decir que deje la banda?

—Sólo por una temporada.

—Sí, tienes razón, me he portado como un verdadero hijo de perra últimamente.

Pero aquella «temporada» se convirtió en para siempre, pues Los Reyes del Mambo jamás volverían a tocar con César Castillo como cantante y director de la banda.

Después de dejar la orquesta volvió a Cuba a visitar a su familia. Tenía que salir de Nueva York como fuera, se dijo a sí mismo. No estaba comportándose de una manera correcta y su capacidad de disfrute de la vida —alcohol, mujeres y amor— se estaba yendo al traste.

Para la vuelta a Cuba hizo, en sentido inverso, el mismo viaje que había hecho con Néstor; cogió el tren hasta Miami y se quedó allí unos días para visitar a unos músicos amigos suyos que trabajaban en uno de los grandes hoteles de la ciudad. Y después, haciendo de tripas corazón, saltó a La Habana. En la isla la gran novedad en 1958 era la revolución contra el gobierno de Batista. A primera hora de la tarde se acercó a la calle 20 para visitar a su hija y en el camino se paró para entonarse con unas cuantas copas. Era una calle bonita y muy tranquila, soleada y silenciosa. Aquella otra Habana de sus sueños. Y de lo que hablaban los hombres en el bar no era de otra cosa que de la revolución.

—Ese tipo, Castro, dicen que le están dando una buena a él y a sus hombres en Oriente. ¿Ustedes lo creen?

—Sí, le están dando de lo lindo. Ya ven que Batista no se va del país.

Ésa era la versión oficial que daba la radio. El único cambio que había notado hasta aquel momento era que había más policía y más personal militar en el aeropuerto. Y del aeropuerto a la ciudad había visto dos grandes vehículos militares, un tanque y un camión de transporte de tropa a un lado de la carretera. Pero los soldados estaban sentados en la acera junto a los vehículos, con los cascos a un lado, comiendo tranquilamente. (Y en este punto no puede por menos de recordar una conversación que mantuvo años más tarde con una mujer que había trabajado como doncella en casa de Batista: «El problema de Batista es que no fue lo suficientemente cruel y además era un hombre muy dejado. Podía haber hecho ejecutar a Fidel en el 53, pero le dejó que se fuera. Era muy perezoso y lo que le gustaba era pasárselo bien con la gente de la alta sociedad. Vivía tan en otro mundo que cuando llegó la revolución no tenía la menor idea de lo que en realidad estaba sucediendo, ¿sabe?».) Por lo demás y por lo que él podía ver en la ciudad todo seguía exactamente igual que antes. Los hombres con sus *guayaberas* y sus pantalones de lino apoyados en el mostrador. César se fumó un cigarrillo y se tomó a sorbos su *tacita de expreso* y sus dos copas de coñac Tres Medallas mientras un sol de justicia caía a plomo sobre los muros de ladrillo encalados que se veían enfrente y sobre la calle toda, más allá de la débil sombra protectora de la marquesina. Y al levantar la vista de su *tacita* reparó en una bella mujer que iba con unos pantalones de color rosa.

Cuba hizo que se sintiera mejor desde el principio. Había telefoneado a su ex mujer desde Nueva York anunciándole su intención de visitar a su hija, a Mariela. Luisa, que se había casado con un maestro de escuela, estuvo amable y consintió en concederle tal privilegio, y nada más llegar se dirigió al *solar* donde ahora vivían. Compró una gran muñeca de trapo para Mariela y un ramo de flores —hibiscos y crisantemos— para Luisa. Mientras entraba a un patio interior, pasaba una verja y subía una escalera de caracol de hierro forjado sintió de pronto remordimientos de haber jodido su matrimonio como lo había jodido. Así que, allí plantado delante de la puerta, parecía una versión arruinada y exhausta de sí mismo. Se alegraron sinceramente de verse de nuevo, cosa que no dejó de sorprenderlos a ambos. Todo fue sumamente natural: Luisa abrió la puerta, le hizo pasar a un bonito apartamento, grande y bien aireado y sonrió.

—Mariela está dándose un baño, César —le dijo Luisa—. Ahora en seguida saldrá a verte.

Y se sentaron a charlar en una mesita que había en la cocina. En la pared colgaba un crucifijo y una fotografía de Julián García. (El hecho de ver a Julián y de pensar en su bondad hizo que César resoplase «pssssssssh» en su fuero interno.) Las cosas le iban bien a Luisa. Estaba otra vez embarazada. Su marido dirigía un importante colegio de La Habana y ambos tenían grandes esperanzas puestas en la victoria del tipo aquel, Fidel Castro.

—¿Y Mariela?

—Es una niña muy precoz, César. De temperamento artístico.

—¿En qué sentido?

—Quiere ser bailarina de ballet. Estudia en el Liceo.

Unos minutos después, expresiva y bonita, Mariela salió a saludar a su padre, al que no veía desde hacía muchos años. Salieron como siempre hacían y César la llevó a varios grandes almacenes y la invitó a almorzar en uno de los restaurantes de la bahía. Tenía trece años, le había dado un beso, pero andaba con la cabeza agachada mientras paseaban por la calle. Era una muchacha delgada, algo huraña, con ojos muy vivos y debía de temer, pensó el Rey del Mambo, que él la encontrara vulgar. Por eso no cesaba de decirle: «Mariela, no sabes lo orgulloso que estoy de verte hecha ya una mujercita tan guapa». Y también: «Tienes esos mismos ojos tan bonitos de tu madre». Pero había heredado algo de ese aire triste de la familia y no tenía mucho o no sabía qué decirle a su padre, que la había abandonado cuando era muy pequeña. Aludió a ese abandono varias veces mientras paseaban por Galiano, una calle llena de tiendas a ambos lados.

—Tienes que comprender que lo que ocurrió entre tu madre y yo no tuvo nada que ver contigo, hija mía... Yo siempre me he preocupado de ti, ¿no es verdad, hija? Te he escrito cartas y te he mandado cosas. ¿Sí o no? Y no me gustaría pensar que me ves con malos ojos, porque yo no soy así. ¿O crees que sí soy así, hija mía?

—No, papi.

Sintió una inyección de moral y empezó a hablarle como si fuera a volver a verla al día siguiente y al otro.

—A lo mejor la próxima vez podemos ir al cine —y añadió—: y si quieres, podríamos hacer una excursión a Oriente un día. O también puedes venir tú a verme a Nueva York.

Y continuó:

—Sabes una cosa, hija, pues ahora que te estás haciendo ya mayor, tal vez podría venirme a vivir aquí a La Habana de nuevo. ¿Te gustaría que lo hiciera?

Y ella con una inclinación de cabeza indicó que sí que le gustaría.

Cuando la llevó de vuelta a casa más tarde la niña estaba feliz. Desde la puerta vio a un hombre de aspecto agradable sentado en el salón, con un libro abierto en el regazo.

—¿Puedo venir a verla otra vez mañana?

—No. Mañana nos vamos fuera.

—¿Entonces cuando regrese de Oriente?

—Si estamos aquí, sí. Pero ten presente que ya no es tu hija, César. Ahora es la hija de mi marido y su nombre es Mariela Torres.

El telegrama más triste que envió en su vida fue el que mandó a Las Piñas poco después del accidente en el que murió su hermano, y que decía: «Néstor ha tenido un accidente del que nunca se recobrará», texto que le llevó largo rato redactar, pues se sentía totalmente incapaz de contar la cruda verdad. Imaginaba a su madre leyendo y releyendo aquellas palabras una y otra vez. También podría haber escrito: «Néstor iba conduciendo y yo iba metiendo mano a una chica, pero habría sido un estúpido si me lo hubiese perdido, porque era un auténtico bombón: mis dedos jugueteaban con los botones de su blusa, las yemas de mis dedos toqueteaban sus pechos, sus pezones se endurecían bajo su tacto, sus manos me acariciaban, cuando, de pronto, todo escapó a cualquier control. Néstor iba bebido y el coche patinó, se salió de la carretera y fue a estrellarse contra un árbol».

Y volvió a ver la escena mentalmente: un beso, una carcajada, el ulular de una bocina de coche, las palabras *Dios mío,* un terrible estruendo de metal, olor a gasolina, a humo, a sangre, el pesado chasis de un DeSoto deportivo, modelo 1956, hecho un montón de chatarra.

(¿Y tras este recuerdo? La intuición, puesto que él mismo estaba ahora tan cerca de la muerte, de lo que su hermano debía de haber sentido. Encerrado en una habitación sin puertas y queriendo salir, su hermano daba puñetazos a las paredes y se arrojaba contra ellas desesperado.)

Dos de sus hermanos mayores, Eduardo, que había ido a Nueva York para el funeral, y Miguel, estaban esperándole en la

estación de Las Piñas. Los estrechó en un fuerte abrazo. Vestían
guayaberas y *pantalones* de lino. La canción *Cielito lindo* sonaba por
la radio en la oficina del jefe de estación. El jefe de estación
estaba apoyado en el mostrador donde se vendían los billetes,
leyendo un periódico. En la pared un retrato enmarcado de
Batista, Presidente de la República de Cuba; del techo colgaba
un ventilador.

Siempre había pensado en un regreso triunfal a Las Piñas.
Con Néstor había bromeado muchas veces diciendo que, emu-
lando las películas de Hollywood, entraría en Las Piñas al volante de un automóvil último modelo, cargado de bonitos regalos
de los Estados Unidos, y con los bolsillos llenos de dinero. Ahora
lamentaba profundamente no haber vuelto a Las Piñas desde
hacía once años, aunque había estado varias veces en La Habana
para el carnaval y para hacerse el Gran Hombre de Mundo con
sus amigos. ¿Y ahora? Regresaba abrumado por un sentimiento
de culpa: su madre le había escrito cartas en las que le decía
cosas como «Por la noche rezo a Dios para que pueda volver a
verte antes de que sea demasiado vieja ya. Mis brazos se sienten
vacíos sin ti, hijo mío».

Se dirigieron a la granja en un coche de caballos por una
polvorienta carretera que discurría paralela al río. A un lado,
hileras de palmeras y de casas construidas sobre el agua y al otro
un espeso bosque. Los árboles estaban llenos de negros pajarracos y no pudo dejar de recordar el día en que, siendo aún niño, él
y Néstor salieron de la granja y echaron a andar por el bosque
buscando troncos huecos de árbol para hacer tambores con ellos.
Llevaban veinte minutos caminando, sin ver casi un rayo de sol
y, de pronto, salieron a un claro y oyeron una especie de rumor
en los árboles. Por encima de sus cabezas unos cuantos pájaros
saltaban volando de las ramas altas de los árboles que había a un
lado a las ramas altas de los árboles que tenían enfrente. Y luego
una veintena de pájaros siguió su ejemplo. Y después fueron ya
cincuenta, cien pájaros. Se oyó un rumor a lo lejos, como si un

fuerte viento sacudiera las copas de los árboles, pero no era el
viento: las copas de los árboles se estremecían, las hojas y ramajes se agitaban como si alguien las estuviese vareando y entonces aquella especie de temblor sonó aún con más fuerza y claridad: era un río de pájaros con alas de un color azul y castaño
claro que cruzaban el bosque en su emigración. Mientras los dos
hermanos contemplaban el espectáculo, el cielo se llenó con el
vuelo de un millón de pájaros moviendo sus alas que salían de las
copas de los árboles como si fueran a invadir el mundo, tantos
que el bosque quedó completamente sumido en la oscuridad y el
cielo se tiñó casi de negro por espacio de una hora entera, todo
ese tiempo les llevó pasar a todos aquellos pájaros.

¿Lo recuerdas, hermano?

Luego venía la vieja choza en la que vivía aquel negro
larguirucho, Pucho, que tocaba la guitarra y cuidaba de sus
gallinas y que fue el primero que le dio lecciones de música.
Dejaron atrás un molino de agua abandonado y medio en ruinas
y después la vieja torre de piedra del tiempo de los *conquistadores*.
Luego pasaron el camino que llevaba a la granja de los Díaz y
otro que conducía a la granja de los Hernández.

Y finalmente llegaron a su granja. Recordaba muy bien el
camino de acceso. Cuando era joven solía hacer las tres millas
que había hasta Las Piñas a lomos de una mula, con una guitarra
colgada al hombro y un sombrero de paja calado hasta las cejas.
Cuando enfilaron el sendero que llevaba a la casa vio a su madre
por primera vez en muchos años. Estaba en el porche de aquella
sencilla casa con tejados de zinc conversando con Genebria, la
mujer que había sido nodriza del Rey del Mambo.

Poseían unos diez acres de tierra, una pocilga en la que los
cerdos grises hozaban contentos y felices en medio de desperdicios, unos cuantos caballos ya cansados y un gallinero largo y de
techo bajo. Y detrás, un campo sin cultivar rodeado de árboles
frutales.

Cuando vio a su madre pensó que iba a preguntarle, «¿por

qué dejaste que muriera tu hermano? ¿No sabías que era el faro que iluminaba mi mundo?».

Pero su madre le amaba tiernamente y le dijo:

—Oh, hijo mío, ¡qué feliz soy al verte otra vez en casa!

Sus besos estaban llenos de ternura. Era una mujer delgada, que parecía ingrávida en sus brazos. Le estrechó entre sus brazos largo rato, mientras no dejaba de repetir: ¡*Grandón*! ¡*Grandón*!

Se sentía feliz de estar otra vez en casa. El cariño de su madre era tan grande que por unos breves momentos tuvo una intuición de lo que debía de ser el amor: pura unidad. Eso es lo que ella representaba para César en aquellos momentos, la voluntad de amar, los principios del amor, el carácter protector del amor, la grandeza del amor. Por unos instantes se sintió liberado de aquel sufrimiento que había marchitado los anillos de su espina dorsal; sintió como si su madre fuera un campo abierto de flores silvestres por el que podía correr, disfrutando del sol en su rostro, o como el cielo nocturno, surcado por los planetas y velado por lejanas brumas. «Ese velo que cubre la cara oculta de *Dios*», como le había dicho tantas veces. Y mientras le estrechaba entre sus brazos las únicas palabras que salían de sus labios eran: «Oh, hijo, hijo mío».

(Y tras esto, recuerda lo que sintió unos años más tarde, en 1962, cuando le comunicaron que su madre había muerto, a la edad de sesenta y dos años. Aquel telegrama lanzó como negros hilos que se le metieron en los ojos y se le quedaron adheridos como motas de polvo, y aquel hombre que jamás había derramado una lágrima se puso a llorar. «Mi madre, la única madre que nunca tendré.»

Leyó y releyó una y otra vez el citado telegrama como si, mediante un esfuerzo de concentración, se pudiese reordenar el significado de las palabras. Lloró de tal modo que su cuerpo se convulsionaba y se le hizo un nudo en el estómago, hasta que el deseo de reprimir la tristeza se abrió paso en su pecho y entonces sintió como si una venda de hierro le apretara el corazón.)

—Oh, hijo mío, ¡qué feliz soy al verte otra vez en casa!

El hecho de estar otra vez entre ellos hizo que despertaran algunos de los dormidos anhelos de su infancia, sobre todo los que tenían que ver con las mujeres de la casa. En los sueños de su juventud —y más tarde, cuando su madre ya había muerto— ella estaba representada por la luz. Sus momentos más felices cuando era niño fueron los que pasaba en el porche del jardín de atrás sesteando con la cabeza apoyada en su regazo, mientras la plateada luz del sol se filtraba a través de las copas de los árboles por encima de ellos. Su madre, María, le decía, «Psssssssh, *niño,* ven aquí», le cogía de la mano y le llevaba al jardín, al patio, donde estaba aquella tina de zinc debajo de una inmensa acacia, y allí le lavaba su espeso y rizado pelo: entonces era cuando el Rey del Mambo concebía las más dulces ideas acerca de las mujeres, cuando su madre era para él la luz de la mañana. Genebria, cuyo busto olía a canela y a sal, sacaba el agua caliente, y aquella agua, teñida de tonalidades rosas, amarillas y azules por la luz del sol, le chorreaba por la cabeza y se le metía por los genitales, ¡qué placer era aquello! y luego levantaba la vista y encontraba los ojos atentos y amorosos de su madre. Y ahora, sucio tras el largo viaje, fue a su antigua habitación que daba al patio de atrás, se desnudó, se quedó en calzoncillos y en camiseta de manga corta y llamó a su madre que estaba en la cocina: «Mamá, hazme un favor, lávame la cabeza».

Así que volvió a representarse la vieja escena, el Rey del Mambo se inclinó sobre una tina que había en el patio, abriendo y cerrando los ojos con el placer del cariño puro y simple: nada parecía haber cambiado: su madre, ahora mayor, derramó el agua sobre su cabeza, se la frotó con jabón y masajeó su cuero cabelludo con sus suaves manos.

—*Ay, hijo* —repetía como si fuese una frase de trompa—. ¡Qué feliz soy al tenerte otra vez en casa!

Genebria estaba allí para secarle la cabeza. Después de estar tantos años lejos, el Rey del Mambo no podía cruzarse con ella en el pasillo sin darle un afectuoso pellizco en el trasero. Había sentido siempre una especial debilidad por ella, agradecido por el cumplido que cierto día, con la respiración entrecortada, le había dirigido hacía muchos años. Estaba en esa edad en que, cuando se quedaba dormido, empezaba a soñar que los huesos se le estiraban, todo su cuerpo era una expansión de carne y de órganos, cuando el placer parecía rumiar en su espina dorsal, envolver sus labios y estallar a través de su sexo. Estaba en esa edad en que quería alardear de su recién descubierta virilidad ante el mundo como si fuera un muchacho arrastrando un cocodrilo por la casa. Se hallaba en la bañera frotándose y lavándose los genitales cuando su miembro, que estaba a punto de derramar su leche, rojo como la púrpura, emergió a la superficie como una botella de vino arrojada al agua. Genebria estaba limpiando la casa y cuando la oyó cantar la llamó, «Genebria, ¿puedes venir un momento?». Y cuando apareció por la puerta el futuro Rey del Mambo se puso de pie y meneándose la polla le gritó, «*¡Mira! ¡Mira!*».

—¡Deja eso, bestia! ¡Cochino! —exclamó ella con voz entrecortada y se metió corriendo en la casa.

Sonriendo y cogiéndosela con la mano la metió bajo el agua y su leche se derramó como blanca tinta de pulpo. Después, algo rojo y de bordes plateados estalló bajo sus cerrados párpados y tuvo la sensación de que el mundo entero daba un vuelco. Pasó muchos de aquellos días estimulando, meneando, apretando, sacudiendo, humedeciendo y haciendo estallar aquel nuevo instrumento. En cuanto a Genebria, ¿qué nuevo mote le puso a César, que nuevo nombre le dio, llena de afecto y —por qué no decirlo— también de curiosidad?

Hombrecito, primero, y después, *El macho*.

Ahora, cuando la vio y le dijo, «*¡Mira, mira!*», el tono de su voz era de una gran tristeza.

—Mira, Genebria, te he traído un perfume.

Y le dio un frasquito de Chanel n.º 5.

A su madre le regaló también un perfume y un sombrero y billeteras italianas y encendedores Ronson a sus tres hermanos. Y, sí, un montón de discos y varias fotografías de Néstor y de la familia.

Su madre estaba sentada en una mecedora de mimbre en el porche mirando el montón de discos. Los refinados y modernos diseños, muy años cincuenta, de algunas de las portadas de los discos, con notas musicales flotando alrededor, la silueta de los rascacielos de Nueva York y congas recortables de angulosos contornos la hicieron sonreír. Los títulos estaban en inglés y en tres de las portadas se veía a Néstor al lado de su hermano mayor.

«Néstor», le llamaba. «Mi hijo que está en el paraíso.»

Se vistió lentamente en su habitación, sabiendo que no pasaría mucho tiempo antes de ver de nuevo a su padre, Pedro Castillo. Oyó caballos fuera y a su padre echando una bronca a uno de sus hijos, «No voy a pagarte por no hacer nada», con aquel mismo tono de indignación con que solía dirigirse a él en el pasado.

¿Qué es lo que le decía siempre el viejo? «Quieres arruinar tu vida en esas salas de baile. Pues muy bien, allá tú, pero cuando necesites dinero no vengas a mí. Si te haces músico serás pobre toda tu vida.»

Oyó la puerta de rejilla del porche y las botas de su padre en el suelo del salón. Un momento después pasaría a la sala y le daría un abrazo a aquel hombre, al que le importaba un bledo que César, a pesar de todos los conflictos del pasado, tratara aún de mostrarle respeto y afecto.

Mientras estaba delante del espejo dándose una loción de

lilas en su espeso cabello, oyó de nuevo la voz de su padre, «María, ¿pero no dices que ha vuelto? Bueno, ¿pues donde está? ¿Ha vuelto para trabajar un poco en esta casa?».

Y cerró los ojos, no demasiado seguro de si iba a poder mantener la calma, pues oír la voz de su padre y sentir que empezaba a hervirle la sangre era todo uno. Sintió un brote de violencia contenida justo encima de su corazón, se miró largo y tendido en el espejo y se dijo: «Tranquilo, hombre, tranquilo».

Tomó un trago de ron y se dirigió al salón a ver a su padre. Tenía entonces cuarenta años.

Sentado en el Hotel Esplendor, borracho y feliz, César tenía que hacer un gran esfuerzo para recordar a su padre; incluso acordarse de qué aspecto tenía le resultaba difícil. Conservaba una foto que siempre le había gustado, una de aquellas fotos delgadas y cuarteadas, amarillenta por los bordes, con un estampillado en el anverso que decía: «Estudios Oliveres, Calle Madrid n.º 20, Holguín». Era la única que conservaba de su padre. Era una foto humorística, tomada hacia 1920 aproximadamente. El hombre aparecía con pajarita, un traje de lino, un gran sombrero que parecía de vaquero, y un poblado bigote de *guajiro* con las guías hacia abajo, la mirada triste de los Castillo y una expresión adusta, apoyado sobre un bastón. Justo detrás de él se veía un cartel anunciador de Charlie Chaplin en *La quimera del oro*, con Chaplin en la misma pose.

«La edad de oro...», pensó.

Guardaba un hermoso recuerdo de un día que su padre los había llevado a él y a sus hermanos a Las Piñas, en donde pasaron la mañana en un café con los amigos de su padre, tomando bocadillos y *batidas*... Un café lleno de granjeros, jaulas de gallinas a la puerta y el dueño cortando fruta sobre un mostrador del que chorreaba zumo. Ese día su padre, don Pedro, le levantó del suelo y siguió de tertulia con los demás parroquianos con el futuro Rey del Mambo en sus brazos. Era un hombre enjuto, que siempre olía a tabaco y que cuando bebía sus *tacitas* de café tenía que limpiarse la espumilla que se le quedaba en los bigotes. Tenía gruesos nudillos y su frente y mejillas estaban tan curtidas por los incontables días pasados en los campos que parecían las de un piel roja.

Pero aquél era el único recuerdo hermoso que tenía de él. Cuando se paraba a pensar en su infancia, recordaba que siempre andaba encogido, como un animal asustado, cuando estaba cerca de su padre. Mientras contemplaba las bandadas de pájaros rojos, negros y plateados que surcaban el cielo, formando y deshaciendo arcos en su vuelo, la cara, las costillas, la espalda y las piernas le escocían por las tundas que le daba con los puños o con un palo. A sus hermanos mayores, que se portaban mejor, también les pegaba, en nombre del respeto y la autoridad y porque su papi no sabía qué hacer con su cólera y sus accesos de mal humor. Cuando se hicieron mayores fueron unos hijos respetuosos y cansinos, con cara de pasmarotes y espíritus amedrentados. Mientras que César, en palabras de su padre, «era cada vez peor». Pero nunca llegó a entender por qué aquel hombre siempre le estaba pegando. Le gritaba, encogido en un rincón. «¿Pero qué te he hecho? ¿Por qué me haces esto?» Se sentía como un alegre cachorro que sólo quería un poco de amabilidad de aquel hombre, pero que lo único que recibía eran golpes, golpes y más golpes. Al principio se pasaba horas y horas llorando, pero a partir de un determinado momento no volvió a derramar una sola lágrima. Trataba de pasárselo bien, jugaba y bromeaba con sus hermanos y corría por la casa hecho un verdadero torrente de energía, como cuando luego aprendió a bailar, como su música, fruto toda esa vitalidad de las muchísimas bofetadas que había recibido. Se acostumbró de tal manera a que aquel hombre le tirara al suelo y empezara a pegarle que, al cabo de cierto tiempo, parecía que incluso le gustaba, le provocaba con sus burlas y le desafiaba a seguir golpeándole más y más. Rodaba por el suelo riéndose porque su padre le daba a

veces tan fuerte que le dolían los puños. Y seguía pegándole
hasta que en el rostro de Pedro se dibujaba una extraña expresión, una expresión de tristeza y futilidad.

—Hijo —le decía entonces—, lo único que quiero es tu amor
y tu respeto.

—Sabes que tu padre llegó a Cuba sin un centavo en el
bolsillo. Nunca tuvo un padre que cuidara de él como él cuida de
ti. No ha hecho más que trabajar, *hijo,* y sudar.

»A tu padre le estafó el destino. Era demasiado confiado. La
gente le ha robado porque siempre tuvo buen corazón. Dios no
ha sido generoso con él. En el futuro cambiará. Dios le perdona-
rá. Es un hombre trabajador que ha sabido sacar adelante la
casa. Has de ser tolerante con él. Perdona a tu padre. Él te
quiere, *niño.* Tiene un corazón de oro. No olvides nunca que es tu
padre. No olvides nunca que es de tu misma sangre.

En el rostro de Pedro jamás se reflejó la dulzura, ni la
amabilidad, ni la compasión. Pedro era un hombre de una pieza.
Trabajaba mucho, tenía sus mujeres por su lado, mostraba su
fuerza a sus hijos. Su virilidad era tal que impregnaba toda la
casa con un olor a carne, tabaco y ron casero. Era un olor tan
fuerte que su madre, María, estaba siempre llenando la casa de
flores que ponía en jarrones por todas partes. Y macetas con
eucaliptos para contrarrestar aquel aroma de virilidad que flotaba a través de las habitaciones en ondulantes bandas, como las
vaharadas de aire caliente que desprende una calle después de un
chaparrón.

No tenía mucho dinero y nunca había aprendido a leer o a
escribir, por lo que firmaba su nombre con una X. Pero se
atribuía una alta posición en la sociedad local de Las Piñas por la
sangre gallega que corría por sus venas y su piel blanca de
español, cosas ambas que le colocaban por encima de los mulatos
y negros de la ciudad.

El Rey del Mambo recordó un huracán en el que se ahogaron

muchos caballos, vacas y cerdos, a los que se encontró flotando en el agua a la mañana siguiente con los vientres hinchados y las lenguas tumefactas. Recordó que, una noche, alguien llamó a la puerta de su casa y cuando su padre abrió le clavaron un cuchillo en el hombro. Recordaba a los militares con los que su padre estaba en tratos en Holguín. A lo largo de los años le habían estafado en más de una ocasión y, después de todos sus esfuerzos, se consideraba a sí mismo como un «pobre hombre».

Su papi era una persona tan crispada que sufría toda una gama de dolencias relacionadas con su mal humor, sus deudas y lo mucho que trabajaba. A veces padecía un eczema y prurito histéricos que le secaban la piel de tal modo que se le ponía dura y quebradiza como si fuera pergamino. El Rey del Mambo recordaba que, algunos días, el cuerpo de Pedro tenía un aspecto tal que parecía que hubiese cruzado corriendo un bosque de arbustos espinosos, todo arañado y cubierto de llagas. Cuando hacía mucho calor se sentía tan desazonado que lo único que llevaba puesto era un par de *calzoncillos*. Su padre salía de una casa de piedra situada en la linde de la plantación, en la que a veces se encerraba, torturado por el escozor del sudor salado y caliente en sus lacerados miembros. Sin una palabra amable para nadie, se dirigía a una tina que había en el jardín de detrás y allí se sumergía en un baño en el que María había añadido una loción con olor a rosas, con una base de alcohol, que no hacía más que empeorar su situación. Metido en el agua durante horas a la sombra de un granado, apoyaba la cabeza en el borde de la tina y se quedaba contemplando el cielo con rostro agónico.

En aquellos días su papi trabajaba en los campos y cuidaba de los animales. A lo lejos, a la sombra de los árboles del pan, papayos y plataneras, se divisaba aquella casa de piedra en la que hacía la matanza de los animales. A mediodía uno de sus hijos le llevaba un puchero con comida que devoraba ávidamente. Luego volvía a lo que estaba haciendo: si tenía que sacrificar un cerdo, sus blancos *pantalones* de lino, su *guayabera* de algodón, su piel, sus uñas y su poblado bigote de *campesino* olían a sangre. Los pobres animales pataleaban y a veces salían corriendo por el campo, galopaban hasta una cierta distancia y luego se desplomaban muertos en el suelo.

(Y ahora, haciendo un inciso en todo lo demás, recuerda el día que su padre echó a correr tras él con un machete. No recordaba exactamente cómo había empezado el incidente. ¿Fue alguna de sus insolentes miradas, su habitual falta de respeto o estaba sentado fuera en el porche rasgueando tranquilamente la guitarra?

Todo lo que recordaba era que su padre le perseguía a través de un campo de caña de azúcar silvestre, blandiendo su machete por encima de su cabeza y gritándole. «¡Vuelve aquí ahora mismo!». Corría por salvar su vida, corría todo lo deprisa que podía por los senderos que se abrían entre los cañaverales, con la sombra de su padre proyectándose cien pies hacia delante a sus espaldas. Corría a todo correr hacia el bosque cuando, de pronto, oyó un terrible grito de dolor: su padre yacía en el suelo cogiéndose una pierna.

—¡Ayúdame, chico! —le gritó su padre—. ¡Ayúdame!

Y luego:

—¡Estoy aquí, hijo! Me he atravesado el pie con una estaca.

Él quería ayudar a su padre, pero ¿y si no era más que un truco? ¿Y si acudía en su ayuda y su padre le daba con el machete? Su padre seguía gritando y gritando y el futuro Rey del Mambo se acercó lentamente. Fue acercándose más y más y entonces vio que su padre decía la verdad, vio la ensangrentada estaca saliéndole por el empeine de su pie derecho.

—Tira de ella —le dijo a César.

Al hacer lo que le decía, tirando del pie con todas sus fuerzas, su padre profirió tal grito de dolor que todos los pájaros posados en las copas de los árboles se echaron a volar sobresaltados.

Y cuando se puso otra vez en pie, cojeando, y puso el brazo en el hombro de su hijo, César pensó que a partir de entonces las cosas serían distintas.

Volvieron a casa y su padre se dejó caer en una silla. Llamó a gritos a César: «¡Ven aquí!»

Y cuando su hijo se le acercó le dio un tremendo bofetón en la cara con el dorso de la mano.

El rostro de su padre estaba rojo, sus ojos despedían crueldad, así es como le recordaba ahora.)

Pero en 1958 el Rey del Mambo estaba tan afligido que dio un abrazo a su padre. Le quería de verdad. Al cabo de tantos años lejos de aquella casa, no se sentía exactamente como un hijo con su padre. El hombre cojeaba ligeramente, una secuela de aquella estaca en la que había empalado el pie en aquella ocasión en el campo, y dejó verdaderamente sorprendido al Rey del Mambo al darle a su vez un fuerte abrazo. Luego se sentaron en el salón, en silencio, como solían hacer en el pasado. Su madre les sirvió una copa y el Rey del Mambo se quedó sentado allí un rato bebiendo. Más tarde, esa misma noche, trató de consolar a su madre, que se había puesto a llorar al recordar a Néstor, y la estrechó entre sus brazos.

Los discos tenían la culpa. Había oído su trompeta sonando y recordó a sus hijos cuando eran dos chiquillos, recordó cuando Néstor estuvo tan enfermo de niño, pálido por el asma.

—Él te adoraba, César —le dijo—. Se ponía tan contento siempre que hacías algo por él. Le encantaba ir a todas partes contigo y cantar y bailar y tocar para la gente...

Luego guardó silencio, sollozando.

¿Qué más recordaba?

Las visitas que había hecho a sus amigos de la ciudad, las veces que había vuelto a montar a caballo. En los bares del pueblo su presencia causó sensación, habló sin parar de Nueva York e invitó a todo el mundo que conocía a que fueran a hacerle una visita. Fue a ver a la primera mujer que se había llevado a la cama. («Aquello fue para ver si te gustaba. La próxima vez tendrás que pagar, ¿de acuerdo?») Y dio un paseo hasta más allá del cementerio, donde su viejo profesor de música, Eusebio Stevenson, un músico que tocaba en el foso de las salas de cine, vivía. El hombre había muerto hacía ya mucho tiempo. («¡Señor! ¡Señor! ¿Puede usted enseñarme a tocar eso al piano?») Se paseó por entre las tumbas y se sintió vivificado hablando con los espíritus.

Fuera en el porche, aquellas noches de 1958, a veces tenía la sensación de que el universo podía mondarse como la piel de una naranja y que entonces aparecería el paraíso, adonde su pobre hermano se había ido. El paraíso de su madre, de su religiosa madre que creía en todas esas cosas. El paraíso al que ascendían los ángeles, los santos y las almas buenas, allá arriba, en los turbulentos cielos, entre estrellas luminiscentes y perfumadas nubes... ¿Por qué, pues, lloraba? Durante el día esa pregunta le acompañaba a la ciudad, en la que visitaba a los amigos o se paraba un rato en las esquinas de las calles. Volvía a la granja por polvorientos caminos a lomos de una mula alquilada y con una botella de ron bajo el brazo. Botella que se bebía por la noche. Bebía hasta que Dios descendía de los cielos y envolvía la tierra como si fuese un pesado manto. Hasta que los bordes de los párpados le brillaban con un favorecedor color rosáceo, como el ala de un ruiseñor bajo un repentino fogonazo de luz, hasta que los árboles que cercaban la granja empezaban a respirar de ese modo que sólo un borracho puede oír. Bebía hasta que era hora de levantarse y entonces entraba de nuevo con paso alegre en la casa, se afeitaba delante del espejo en la habitación de su juventud y después se sentaba con las mujeres y disfrutaba contemplando todo aquel trajín de la cocina.

Fue una de aquellas mañanas cuando oyó que su madre le decía a Genebria:

—Llévale este plato de comida al pobre borrachón de mi hijo.

Luego recordó las despedidas: de Miguel y de Eduardo, a los que no volvería a ver hasta nueve años después; de Pedrocito y de su padre y su madre, a ninguno de los cuales volvería a ver más en su vida.

Al abrazar a su madre mantuvo su compostura de macho, pero le dijo en voz baja:

—Sólo quiero que sepas una cosa de mí, *que no soy borrachón*.

Y su madre asintió con la cabeza. «Ya lo sé», pero había algo distinto en aquel momento en su mirada, complaciente, estoica, convencida tal vez de que las cosas se encarrilarían a partir de entonces. Pero aquella persistente duda en sus ojos y su propia sensación de que muchas otras cosas no iban demasiado bien tampoco y de que él estaba en el centro de todas ellas, le produjo una cierta desazón.

Desazón que seguía sintiendo al volver a casa desde Cuba en un vuelo de la Pan-Am en el que comió unos sandwiches americanos de queso servidos en bolsitas de papel encerado y en el que coqueteó con la azafata, sonriéndole y guiñándole el ojo cada vez que pasaba por su lado, que seguía sintiendo al bajar del tren en Nueva York y al subir las escaleras que llevaban a su apartamento de La Salle Street, que seguía sintiendo cuando su adorado sobrino Eugenio abrió la puerta y se le abrazó a la pierna, que seguía sintiendo incluso cuando Leticia, siempre tan cariñosa, salió corriendo al recibidor, con sus coletas balanceándose en el aire, para abrazarle y ver los regalos que traía para ella, y que siguió sintiendo durante sus escapadas al Hotel Esplendor en compañía de Vanna Vane o en las visitas que hizo a la tumba de su hermano, y a través de muchas cosas y de muchos años, hasta llegar a ese preciso instante en que tomaba otro sorbo de whisky, en una noche sofocante, en el Hotel Esplendor, años más tarde, constituyendo una indeleble y espinosa frase musical cuyo eco jamás habría de apagarse en su memoria.

César decidió que tenía que hacer algo para cambiar su vida y se enroló en la marina mercante. Su contacto fue el novio de Ana María, Raúl, que trabajaba para el sindicato. Sirvió durante dieciocho meses en un barco y volvió en la primavera de 1960, curtido por el aire y el sol y luciendo una barba ya encanecida. Alrededor de sus ojos se observaban las muchas y profundas arrugas que se le habían formado en aquellas innumerables noches pasadas en la barandilla de cubierta luchando contra las náuseas que revolvían su estómago y contra la decepción que le producía la monotonía de su nueva vida. Por entonces el suyo empezó a ser casi un caso de bulimia. Tras su jornada de trabajo como ayudante del fogonero tenía tan monstruoso apetito que se atracaba de la comida que servían en el barco y luego invariablemente arrojaba por la borda al anochecer. Su dolencia se veía agravada por las enormes cantidades de vino portugués y de coñac español que a los marineros les costaban tan sólo un poco de calderilla y que el ex Rey del Mambo trasegaba como si fuese agua en las comidas: a las pocas horas los ácidos hacían estragos en sus tejidos estomacales y entonces, mientras se hallaba en cubierta contemplando las estrellas y soñando, vomitaba sus cenas en las bellas y fosforescentes aguas de Cerdeña, el Mediterráneo o el Egeo. En Alejandría, donde pasó tres días de permiso en tierra, se hizo una foto en uno de los bares que había en la Bahía de Stanley en la que aparecía luciendo una gorra de capitán con reluciente visera, sentado en un trono hecho con juncos y flanqueado por un tipo puertorriqueño que se llamaba Ernesto y un alegre italiano que se llamaba Renato, los tres rodeados por aquellos macetones con palmeras que tanto le recordaban a La Habana (en el Hotel Esplendor también los había).

Sus ojos parecían estar llenos del negro líquido del sufrimiento; eran ojos llenos de contrición y de curiosidad; parecían decir: «Yo ya he visto mucho en mi vida». El César Castillo que miraba con aire nostálgico a la cámara era una persona demacrada, con unos ojos que habían perdido su brillo y cansada del mundo. Ahora parecía como si le embargase aquella melancolía característica de su hermano menor. Fue a un bazar egipcio y allí en medio del bullicio y del gentío vio el fantasma de Néstor que le miraba, plantado detrás del tenderete, lleno de brazaletes de ónice y de collares con escarabeos, de un vendedor callejero.

Y en su sudorosa frente se arremolinaban también los nombres de los puertos en los que había hecho escala: Marsella, Cagliari, Lisboa, Barcelona, Génova, Tánger, San Juan, Biloxi. (Así como las mujeres. Recordó aquella brumosa noche en Marsella en la que conoció a Antoinette, una deliciosa mujer a la que le encantaba chupársela. Algunas mujeres no sabían muy bien qué hacer con él, pero ella trataba su pene como si fuera su muñeca de trapo preferida. Entusiasmada por su elasticidad y su grosor le pasaba sus gruesos y tersos labios franceses por el prepucio, como si lo que de él brotara fuera alguna loción de belleza, hasta que los labios le rezumaban brillantes de semen y sus pezones, duros como corcho, sobresalían ostentosamente de sus pechos, y su culo, que era yesca encendida, dejaba un reguero de humedad desde las rodillas hasta los dedos de los pies de César. *¡Viva la France!* Había perdido algo de peso, pero seguía con su andar saltarín de siempre. En la bolsa de lona que llevaba colgada del hombro trajo un montón de regalos de sus viajes: pañuelos de seda, palmatorias de ébano, una pequeña alfombra persa, una pieza de seda del Oriente que le había comprado casi por nada al segundo oficial del petrolero en el que había trabajado, un regalo para Ana María, a la que le gustaba hacer vestidos. Había pasado un año entero embarcado y en todo ese tiempo no había cantado una sola nota ni tocado ningún instrumento.

La música había quedado muy atrás en su vida, se decía a sí mismo. Subiendo la cuesta de la calle con la bolsa de lona colgada al hombro, César Castillo era otro hombre. Sus manos estaban encallecidas y cortadas: tenía una cicatriz debajo de su hombro derecho de una válvula de la caldera que le había escaldado al estallar y, aunque no le gustara admitirlo, la tensión de aquellos últimos años le había hecho ligeramente miope, pues ahora, cuando leía el periódico o aquel librito del tal D. D. Vanderbilt, tenía que bizquear un poco porque veía las letras bastante borrosas.

La mayor novedad en su ausencia era que Delores se había casado con Pedro, el contable, en una sencilla ceremonia en el ayuntamiento; el hombre formaba ahora parte de la familia; ni brillante ni particularmente amistoso, se arrellanaba en la gran mecedora que había en el salón del apartamento de La Salle Street, ponía los pies en un pequeño taburete y de vez en cuando levantaba los ojos del periódico y miraba unos momentos la televisión. La única huella de la anterior vida de Néstor en aquella casa consistía en unas cuantas fotos repartidas entre el pasillo y la repisa de la chimenea del salón. Por lo demás, el apartamento de La Salle Street se había adaptado a la presencia de otro hombre, un tipo que no era músico, responsable y trabajador, cuyos instrumentos no eran ni congas ni guitarras ni trompetas, sino libros de contabilidad, reglas y lapiceros mecánicos. Aunque era un tipo francamente aburrido, Pedro se portaba bien con la familia. Todos los sábados llevaba a Delorita y a los niños a cenar a un restaurante o al cine; y a veces alquilaba un coche y los llevaba a dar un paseo por el campo los domingos. Era un tipo reservado, algo irritable y que tenía hábitos un tanto extraños en lo que se refería al cuarto de baño. La taza del wáter era donde buscaba paz y tranquilidad cuando estaba en la oficina y en ella también era donde se refugiaba en casa cuando Eugenio, queriendo martirizarle, golpeaba y lanzaba sus juguetes contra la pared, chillaba, le miraba con ojos aviesos o trataba por cualquier otro medio de turbar la idílica paz de su espíritu. No era un hombre malo, pero no era Néstor y por este simple motivo inspiraba a los niños cierto hastío y desconfianza, algo que el pobre hombre, siempre acosado, aceptaba con ejemplar estoicismo y que trataba de vencer con manifestaciones de cariño y demostraciones de interés.

César volvió a todo aquel mundo. Nadie le reconoció por la calle. No se parecía al César Castillo que había posado para la portada de *Los Reyes del Mambo tocan canciones de amor* ni al Alfonso Reyes del programa «Te Quiero, Lucy». Los niños eran felices tirándole de la barba. Eugenio tenía ya entonces nueve años y se había adaptado más o menos a la nueva situación. Su semblante tenía un algo de introspectivo y melancólico que no dejaba de recordar un tanto al de su padre. Cuando salió al recibidor y vio a su tío, que olía a tabaco y a mar, la expresión de Eugenio, recelosa y seria por lo común, dio paso a la más absoluta exaltación.

—*¡Nene!* —le gritó su tío, y Eugenio echó a correr pasillo adelante. Cuando César le cogió y le alzó en sus brazos, aquel sentimiento de vacío que le embargaba se esfumó al instante como por arte de magia.

Aquella noche la familia y los amigos del vecindario se congregaron para celebrar su regreso. Se fue al baño y allí, con Leticia pegada a su lado, se afeitó la poblada barba que llevaba y reapareció con un rostro bronceado y rubicundo, surcado por profundas arrugas y con su recortado bigote de antaño.

Lógicamente la familia pasó la velada oyendo el relato de las aventuras de César. Estaba a punto de cumplir cuarenta y dos años y el hombre había visto ya bastante mundo. Recordaba cuando él y su hermano iban a dar un paseo al puerto en navidades a comprar juguetes japoneses, aquellos coches de policía de Nueva York tan estupendos, verdes y blancos, que funcionaban con pilas y se dirigían por cable y los pagaban a veinticinco céntimos y luego se los daban, haciendo de Santa Claus, a los niños que conocían en la calle y en el bloque de apartamentos. Entonces contemplaban aquellos grandes transatlánticos con sus chimeneas humeantes y sus elegantes porteros franceses y soñaban con algo tan distinguido como tocar para los públicos selectos del «Alegre Pari», como su pianista, Miguel Montoya, lo llamaba.

«¡Salud!» y una inclinación de cabeza de hombre de mundo era su saludo a la familia en aquellos días, siempre con su sobrino Eugenio pegado a los pantalones. Vació la bolsa de lona que había traído y ofreció a Eugenio varios regalos muy bonitos: un cuchillo africano de caza con el mango de marfil, comprado en Marsella y atribuido a los yorubas del Congo Belga, y un pañuelo de seda italiano que no pesaba nada y que Eugenio habría de llevar puesto años y años. Luego su tío le dio un arrugado billete de veinte dólares. (Al mirar dentro de la bolsa Eugenio encontró algo que le llamó la atención, una revista francesa que se llamaba *Le Monde des Freaks* con borrosas y desenfocadas fotografías de bonitas mujeres con grandes culos que se la chupaban o fornicaban con marineros, artistas de circo o jóvenes granjeros de toda Europa.) Esto último mientras su tío le guiñaba un ojo, se ponía el dedo índice sobre los labios y le daba una palmadita en la espalda a su sobrino.

Eugenio se sentía orgulloso de su tío y había mantenido estrecha relación postal con él durante sus viajes. Eugenio pidió prestado un atlas a su amigo Alvin para ver dónde estaban las ciudades y puertos cuyos nombres aparecían en las postales que recibía de cuando en cuando. (Unos veinte años después Eugenio encontraría una de aquellas postales y recordaría que los textos rara vez cambiaban y que, más o menos, todos decían: «Para que veas que siempre me acuerdo de ti y que tu tío César te quiere mucho».) Eugenio guardaba las postales en una bolsa de plástico debajo de su cama con cientos de soldaditos de goma —indios y americanos—, una página con un artículo de la revista *Life* sobre el Folies Bergère de París (en la que se veía una hilera de hermosas mujeres francesas levantando la pierna y cuyos pechos, puntiagudos y centelleantes, despertaban un concupiscente interés en él) y su colección de cromos de béisbol y de tarjetas de felicitación de Navidad.

Una tarjeta navideña de 1958 era una foto de familia de Desi, Lucille, Desi hijo y Lucie Arnaz posando delante de una chimenea y de un abeto profusamente adornado, con un halo de prosperidad y alegría navideña a su alrededor. La tarjeta de 1959 era más discreta: una escena invernal con un trineo avanzando por el campo, firmada «De la Familia Arnaz» en letra redonda en negrita. Y una posdata: «Con todo nuestro amor y solidaridad, Desi Arnaz». César siempre le daba las tarjetas a Eugenio que las guardaba porque el señor Arnaz era famoso: todos los niños de la calle habían dado gran importancia a la aparición de su difunto padre y de su tío en el programa de la televisión: aquella tarjeta era una prueba más de tal acontecimiento. Lo que más le impresionó y la razón por la que se la enseñaba a todos sus amigos era la palabra «amor».

Aquella primera noche su tío se quedó bebiendo hasta las cuatro de la madrugada, cabizbajo y lívido por el excesivo flujo de sangre y los pensamientos que se arremolinaban en su cabeza. Cuando su amigo Bernardito preguntó al ex Rey del Mambo, «Venga, César, dinos, ¿cuándo vamos a montar otra orquesta? Todo el mundo del Palladium pregunta por ti», César, con la cara roja, le contestó con voz de pocos amigos, «No lo sé».

A lo que Bernardito respondió «Venga, no seas así, César, y cántanos un bolero», y a eso contestó «No me apetece cantar ahora».

En ese momento Delores entró en la cocina para echar a Frankie y a Bernardito porque ya eran más de las doce y Pedro tenía que levantarse al día siguiente para ir a trabajar; el tiempo no parecía contar para César y la razón de la existencia era beber más y más ron y sentir aquella especie de resplandor interior que pasaba por amor.

—¿Por qué quieres echar a mis amigos de la casa?

—Porque ya es muy tarde.

—¿Y quién eres tú, si se puede saber? Fuimos yo y Néstor los que cogimos primero este apartamento. Mi nombre figura en el contrato de arrendamiento.

—César, por favor, sé razonable.

Pero entonces Bernardito y Frankie se levantaron de la mesa de la cocina en la que llevaban horas sentados, sirviéndose copas, dando palmaditas en la espalda de su viejo amigo y hablando, de hombre a hombre, de mujeres, de Cuba, de béisbol y de la amistad. Se levantaron porque Delorita ya casi a voz en grito les estaba diciendo:

—¡Por favor, iros ya!

Más tarde, aquella misma noche, Pedro, el contable, dijo a Delores:

—Me parece muy bien que se quede cierto tiempo, pero tiene que buscarse un sitio para vivir tan pronto como sea posible.

Cuando se fueron sus amigos, César dio un puñetazo a la mesa como si se sintiera traicionado. Eugenio, sentado al otro extremo, permaneció lealmente al lado de su tío. Mientras Delorita iba por el pasillo, Eugenio escuchaba a su mundano, baqueteado y machista tío impartiendo su sencilla doctrina sobre la vida:

—Chico, las mujeres te arruinarán si no tienes cuidado. Uno les ofrece amor, ¿y qué recibe a cambio? Castración. Órdenes. Desengaños. Y ahora, ya sé lo que todos pensáis de mí, que yo hice daño a tu padre de un modo u otro. Pues no fue así, él siempre me estaba poniendo en el disparadero con sus continuas desdichas.

Al cabo de unas frases se daba cuenta de a quién le estaba hablando y se callaba, pero luego, a través de la bruma de sus ojos medio cerrados, vio que Eugenio ya no estaba con él.

—Los hombres han de estar unidos, chico, para no sufrir. La amistad y unas cuantas copas, eso es lo bueno. Los amigos. ¿Sabes quién siempre se portó bien conmigo? ¿Un tipo bueno de verdad? Pues yo te lo diré, chico: Machito, y Manny. Y otros de cuyos nombres ahora no me acuerdo. Todos se portaron bien conmigo. ¿Y sabes quién se portó de maravilla, un tipo como no hay dos, quién nos quiso de verdad a tu padre y a mí? Desi Arnaz.

Entonces Pedro apareció en la puerta de la cocina, se acercó despacio y con voz serena le dijo al Rey del Mambo:

—Venga, *hombre*. Ya has bebido bastante y es muy tarde.

Pedro le cogió del codo.

—Iré a acostarme —le respondió César— pero no porque me amenaces, sino porque eres un hombre y yo siempre respeto lo que un hombre me pide.

—Sí, *hombre*, te lo agradezco. Anda, venga, vamos a tu habitación.

—Iré, pero recuerda, no me empujes, porque puedo enfadarme.

—Sí, sí, duerme, y mañana será otro día.

En su dormitorio, con los labios fuertemente apretados, la mano hecha un puño y dándose palmaditas en la rodilla a través de la franela de color rosa de su camisón, Delores esperaba, esperaba que el Rey del Mambo se durmiera finalmente.

Pedro trataba de portarse como un buen chico en toda aquella historia.

¿Y Eugenio? Cuando extendieron la cama que se sacaba del sofá y su tío se tumbó encima aún vestido, Eugenio se ocupó de quitarle los calcetines y los zapatos.

Nadie quería que César Castillo sufriera, y desde luego Eugenio menos que nadie. Su mayor ilusión era ir a despertar a su tío por las mañanas. Se deslizaba por el pasillo desde su habitación de puntillas y se lo encontraba dando vueltas bajo las sábanas y hablándose a sí mismo con una voz que no parecía la suya, como si a un lado de la boca apretara entre los dientes un gran *puro* habano, tan negro como ostentoso: «Cuba... Néstor, ¿quieres que te presente a una chica que está realmente bien?... Tengo una *pinga* grande y que está hambrienta, muñeca... Y ahora, damas y caballeros, una pequeña canción que yo y mi hermano aquí presente, este buen mozo que toca la trompeta, escribimos... (saluda y deja que las damas te vean bien la jeta, hermano). En la noche imperiosa mi corazón se llena de júbilo y resplandece como la luz de las estrellas. Hermano, ¿por qué lloras tan desconsoladamente?... Debería haberme casado hace mucho tiempo y haber sentado la cabeza, ¿no?, más que zorra. ¡Alguien, deprisa! ¡Apaga el fuego! Sí, tengo buena relación con el señor Arnaz, ya sabes que somos viejos amigos de la Provincia de Oriente, en Cuba. Ya sabes, si no fuese por esa jodida revolución que hay en Cuba ahora, yo me volvería allí».

Su rostro estaba desencajado mientras dormía, atormentado, como si en su interior hubiese un infierno, por dentro su tío estaba lleno de cavernas y de llamas y de densas columnas de humo negro. El infierno de un hombre poco dado a sufrir, sin embargo, como el de la portada de *El infierno del mambo*. Bernardito el artista había hecho el diseño (y el de *¡Bienvenidos a la tierra del mambo!* también). Un infierno lleno de demonios que tocaban la conga y mujeres con cuernos en la frente y rojos leotardos, mientras los músicos aparecían como negras siluetas que se recortaban en lo alto de los precipicios a lo lejos. Aquel infierno en su interior, aquel sufrimiento que le hacía gemir, dar vueltas en la cama y luego, de pronto, como si se percatara de las buenas intenciones de su sobrino, abría los ojos de par en par...

Encajó muy bien en la vida de la casa, pero sabía que tendría que mudarse pronto. No tenía mucho dinero ahorrado, aunque siempre podía esperar que le llegara un cheque de vez en cuando, derechos de autor principalmente de *Bella María de mi alma*, que había sido publicada conjuntamente con los nombres de Néstor y César Castillo. Aunque algunos músicos iban a hacerle visitas, a ver si quería ir a tocar un rato con ellos o a algún club, o bien les decía que sí y luego no aparecía o simplemente les decía a sus amigos que prefería quedarse en casa a cenar y a tomar unas copas.

A pesar de toda su pena y confusión, seguía siendo sumamente sociable. Su pequeña agenda, en la que apuntaba teléfonos para cosas de negocios y citas en clubs y salas de baile, estaba llena de compromisos para cenar. Durante tres meses salió prácticamente todas las noches. Por las tardes, cuando se sentía inquieto, se iba a dar un paseo por aquellas seis manzanas de La Salle Street que estaban a la sombra de la autopista del West Side. Le seguía gustando salir con mujeres, pero encontraba ahora tanto o más placer en la consunción de grandes comilonas. Cuando más feliz se sentía era cuando iba a cenar a casa de algún amigo y se encontraba allí con alguien a quien no esperaba encontrar. Siempre estaba yendo a la fábrica a que el primo Pablo le diera filetes gratuitos. Echó un buen estómago y tuvo que llevar sus muchos trajes al sastre para que se los sacara. Le empezó a salir su primera papada doble, tenía los dedos más regordetes y las manos más anchas. Solía ir a tomarse una *tacita* de café en un pequeño bar que había a la vuelta de la esquina en La Salle Street y en su mano la taza parecía una diminuta tacita de una casa de muñecas.

Ni cantaba ni escribía ni tocaba música y se aficionó a quedarse parado en las esquinas de las calles. En las fiestas en las que lo que más se llevaba era tocar los bongos, se fumaba unos cigarrillos de marihuana y primero se sentía en un hermoso tiempo primaveral y luego le invadía un lúgubre pesimismo. Le seguía gustando soltarse un poco, bailar y conquistar a cuantas más mujeres mejor, sorbiéndoles el corazón, pero cuando se ponía en esa tesitura, siempre tendía a perder el control. ¿Qué recuerdos guardaba de algunas de aquellas noches? De una, que tres o cuatro hombres le bajaban por una escalera. De otra, que estaba en un andén del metro y no acertaba a leer los números que llevaban los trenes. Y además, el de Delorita, recordándole siempre, un día sí y otro también, que tenía que encontrar un sitio para irse a vivir.

—Sí, ya lo sé. Hoy mismo —le respondía.

Cuando asistía a fiestas y reuniones la gente se preguntaba cómo había podido descuidarse tanto. ¿Es que no sabía que la gente seguía queriendo oírle cantar? ¿Es que no significaba nada para él que su foto siguiera colgada en la pared del restaurante de Violeta, junto a las de Tito Puente, Miguelito Valdez y Nono Morales? ¿Y qué pensaba cuando pasaba por delante del Salón de Belleza París, el Estudio de Fotografía de Benny y la ferretería y se veía a sí mismo en los escaparates, con aquel traje de seda blanco, posando al lado de Néstor y de Desi Arnaz? De quien no se había olvidado en absoluto era del señor Arnaz. De tarde en tarde bajaba las escaleras y se sentaba en el porche a escribir cartas. Cartas a Cuba, que atravesaba un período de cambios políticos; cartas a su hija, cartas a sus antiguas amistades femeninas y cartas, también, al señor Arnaz.

¿Y qué conseguía con eso? Un día, cansado de tanta inactividad, se asoció con un amigo, se compró un carrito y se dedicó a vender *coquitos:* conos llenos de helado servidos con sirope de *mamey,* papaya y fresa a quince centavos cada uno, un negocio en el que se metió sin pensarlo demasiado con doscientos dólares que tenía ahorrados. Se pasó el verano en la esquina de la calle 124 con Broadway vendiendo y regalando helados a los niños del barrio, cuyas muestras de cariño le enternecían profundamente. Para refrescarse se tomaba una cerveza Rheingold. Había días en los que su mirada se perdía en el infinito, la frente le ardía por la increíble solanera, su atención era captada por el sonido de algún joven que hacía escalas con la trompeta en su apartamento, su mente se transportaba al pasado y todo su cuerpo se convulsionaba por la influencia que ese pasado ejercía sobre él. Un buen día se cansó del carro de los *coquitos* y se lo traspasó a un chico que se llamaba Louie, un puertorriqueño larguirucho que ocupó su sitio en aquella esquina y que hizo con él bastante dinero y así pudo comprarse buena ropa. Otro día se pasó sentado en el sofá del salón una hora entera. Leticia, que le adoraba, se le subía por los hombros y la espalda, una criaturita delgada y con coletas que parecía moldear sus cada vez más orondas carnes como si fueran una densa masa de arcilla de alfarero. Eugenio tomó la costumbre de ponerse a jugar allí donde estuviera su tío César. Estar a su alrededor le hacía sentirse a gusto, una pura y simple sensación de contacto, como un hilo tendido en el aire.

Pablito estaba realmente preocupado por su primo predilecto y una tarde, cuando César fue a verle para comprar un poco de carne, le ofreció volver a su antiguo trabajo, con un contrato temporal para sustituir a los hombres que estuviesen de vacaciones. Volvió a él, pues, y trabajó como un animal todo el mes de septiembre de 1960, transportando sobre sus hombros mitades de reses muertas que pesaban ciento cincuenta libras, y la sensación de aquel peso en su espalda no era muy distinta a la que tenía a veces en sus sueños cuando iba cargado con el cadáver de su hermano al que tiraba del brazo tratando de que se despertase. (A veces su hermano abría los ojos y le decía: «¿Por qué no me dejas en paz?»)

No estaba seguro de lo que quería hacer con su vida. De cuando en cuando, con unas cuantas copas encima, se iba a la calle 135 a pasar un rato con Manny, el antiguo bajo de Los Reyes del Mambo, que trataba siempre de convencer a César para formar un nuevo *conjunto*. Cuando César lo dejó, Los Reyes del Mambo duraron sólo un año. Miguel Montoya se fue a California a probar suerte grabando aquellos álbumes Muzak de piano y los demás músicos, como Manny, por ejemplo, pasado para siempre su momento de gloria, se dedicaron a resolver los problemas esenciales de la vida.

A Manny las cosas le estaban yendo bien. Era uno de esos tipos prácticos que se mantenía sobrio en las fiestas y se las arreglaba para ahorrar dinero. Tras siete años con Los Reyes del Mambo había ahorrado lo bastante como para comprarse una *bodega* que llevaba con un hermano suyo. Lo cierto es que la vida musical estaba de capa caída, que cada vez había menos trabajo y que era más difícil que a uno le surgieran contratos. Siempre había actuaciones mal pagadas en bailes parroquiales de sábado por la tarde, fiestas de graduación, en clubs sociales del centro y en Intercambios Latinos, pero los contratos jugosos eran sólo para músicos de primera categoría como Machito, Puente y Prado, y, en cualquier caso, la temporada musical era limitada. Lo mismo ocurría con las grandes salas de baile, los locales como el Palladium, el Tropic Palms, el Park Palace. ¿Y las ciudades como La Habana? Castro había expulsado a la Mafia y cerrado todos los grandes clubs, el Capri, el Sans Souci y el Tropicana; y los músicos que ahora salían de Cuba y se establecían en los Estados Unidos trabajaban también aquí y allá, donde podían, pues el mundillo musical cada vez resultaba más pequeño para tanta gente. Con esposa y tres hijos que mantener, se alegraba de haber montado un negocio propio. Por las tardes César iba a verle, se sentaba con Manny detrás del mostrador y le ayudaba en pequeñas faenas como ir al almacén a por más ristras de *chorizo* o a por otra caja de manteca. O cuando entraba algún chiquillo a comprar un pastel de *guava* o unas bolas de mascar de aquellas que había en unos recipientes redondos de plástico sobre el mostrador de cristal en el que se despachaba la carne, César las cogía con unas pinzas, las envolvía en un trozo de papel encerado y se las daba al cliente. La radio siempre estaba puesta. Manny tenía una copia de aquella fotografía de Los Reyes del Mambo en la que se les veía con trajes de seda blancos encima de un templete de música de estilo art-decó cerrado por detrás por una gran concha, sonrientes todos a través de los historiados garabatos de sus firmas, pero César, cuando la miraba, agachaba la cabeza, cogía un poco de *bacalao* salado o preparaba en un plato caliente detrás del mostrador unos huevos con *chorizo* para almorzar los dos.

Cuando los clientes le reconocían —«¿No es usted César Castillo, el cantante?»— asentía con la cabeza y luego se encogía de hombros; seguía siendo tan elegante como siempre en el vestir. Llevaba una camisa de algodón y unos pantalones con vueltas mejicanos, pulseras de oro en las muñecas, tres anillos en cada mano y un panamá con una cinta negra calado hasta las cejas. Cuando la gente le preguntaba a qué se dedicaba ahora, volvía a encogerse de hombros. Se ponía rojo como un tomate. Pero después decidió recurrir a la explicación de que estaba organizando una nueva orquesta y eso parecía dejar a la gente satisfecha.

A veces Manny le proponía montar algún negocio. Siempre estaba insistiéndole en que sacara partido de sus múltiples cualidades: de su buen aspecto, de su encanto, de sus facultades como cantante.

—César, ¿sabes una cosa?, si no quieres volver a meterte en todo ese jaleo de dirigir una orquesta, podríamos tal vez hacer algo completamente distinto, como montar un club nocturno en el que se sirvieran también cenas. Un sitio tranquilo, no para gente joven y bullanguera, sino más bien para gente de nuestra edad. Se podría cenar algo y quizá podríamos contratar también a unos músicos, ¿qué te parece?

—A lo mejor algún día —le respondía César—. Pero por ahora... no sé.

Pero la verdad era que el hecho de oír una melodía, tararear una canción o pensar en una letra le recordaba siempre a Néstor. Su hermano, que nunca había sido feliz en esta vida, estaba muerto. *Punto,* final de la canción. Las veces que se puso a recapacitar sobre las ofertas de Manny para montar una nueva orquesta juntos sintió un gran interés por la propuesta, pero luego era como si los huesos se le ahuecaran y silbaran con un eco lastimero sobre el cuerpo en putrefacción de su hermano.

Una mueca de dolor y otro trago de whisky. La melodía de *El cha-cha-chá cubano* sonando en el Hotel Esplendor, y el Rey del Mambo, siente un dolor en los costados y se levanta de la silla para estirar las piernas; siente un picor entre las piernas y vuelve a oír aquellas voces de la habitación de al lado, voces cremosas de placer.

Seguía con la costumbre de ir al parque con Eugenio cuando hacía buen tiempo para jugar un poco a la pelota; a veces iba solo, una figura solitaria sentada en una loma cubierta de césped, contemplando el río y meditando. A veces se pasaba allí sentado una hora entera. El río fluía ante sus ojos y por el río pasaban barcos. El agua se encrespaba con olas de costado y se rizaba de espuma. La luz se reflejaba en olas de formas triangulares, como un polvo plateado rociado por el viento. El viento empujaba las nubes. Por arriba pasaban pájaros volando; el río seguía fluyendo. Tráfico en dos direcciones en la autopista. El viento soplaba entre los árboles, el césped se ondulaba, los dientes de león abrían sus capullos, la hierba se abría bajo los morros de los perros. Una mariposa blanca. Una mariposa cuyas alas tenían el mismo dibujo que la piel de un leopardo. Un ciempiés de múltiples anillos bajando por el tronco de un árbol. De los nudos del árbol salían tropeles de escarabajos con cabeza en forma de flecha. Gente dando un paseo, niños lanzando una pelota, estudiantes universitarios jugando al críquet, un cantante de folk sentado encima de una cerca de piedra tocaba una guitarra con cuerdas de acero y balanceaba los pies, ciclistas en dos direcciones, cochecitos de niño, mamás con rulos y pantalones de loneta empujando sillitas de paseo, después el rrring-rrring del carrito de los helados Buen Humor y niños corriendo, el ex Rey del Mambo, entregado al placer de observar la vida a su alrededor, tumbado boca arriba en el césped, respirando lenta y acompasadamente, empezaba a discernir el movimiento circular de la tierra, el empuje de los continentes y las mareas de los océanos, todo en movimiento, la tierra, el cielo, y más allá, pensó una tarde, las estrellas.

Empezó a leer aquel libro de Néstor, el único libro que había visto a Néstor leyendo. Cuando hizo el inventario de los efectos personales de Néstor, César decidió quedarse con él, aunque no sabía por qué lo hizo. Hojeaba las páginas e iba leyendo los pasajes que Néstor había subrayado y señalado con asteriscos:

pasajes que trataban de la ambición y de la fortaleza personal, de cómo vencer los obstáculos y hacerse con el futuro.

—Bueno, señor Vanderbilt —preguntaba al libro—, ¿se quitó la vida mi hermano accidentalmente o no fue tan accidentalmente?

El libro nunca respondió a su pregunta, aunque sus pasajes fuesen, en general, positivos en lo que se refería a las metas que uno debía trazarse en la vida.

Hojeó unas cuantas páginas más y por un breve instante sintió como un arranque de ambición. Por un momento disfrutó con la perspectiva de tener un plan en marcha, por muy vago que pareciera. Algo con lo que poder mirar al futuro con optimismo. Algo que le mantuviera ocupado. Ahora sabía que o hacía algo con su vida o acabaría siendo uno de tantos mendigos como poblaban las calles. Leyó un poco más de aquel libro y sus estimulantes pasajes y al poco empezó a quedarse dormido. Era un sueño en el que todos los sonidos del mundo parecían extinguirse, un sueño profundo y reparador.

Una tarde el hermano de la casera, Ernie, se cayó por una escalera y se rompió la espalda. Unas semanas después, un anuncio escrito con rotulador negro en un pedazo de cartón apareció en un ángulo de la ventana junto a la que la señora Shannon estaba perpetuamente sentada, fumando cigarrillos, viendo la televisión y mirando a la calle. Su hermano tenía ahora que guardar cama y las tareas normales del edificio empezaban a resultarle excesivas a aquella dama. El anuncio decía «Se busca portero. Razón, Apartamento 2».

Estaba viendo «Reina por un día» cuando oyó que llamaban a la puerta.

César estaba plantado en la puerta, con el sombrero en la mano, el pelo cuidadosamente peinado hacia atrás y oliendo a colonia y a Sen-Sen. Pensó que tal vez había bajado a formular alguna queja sobre el agua, cuyo suministro dejaba últimamente mucho que desear, pero en vez de quejarse de nada, le dijo:

—Señora Shannon, he visto su anuncio en la ventana y quería hablar con usted sobre ese trabajo.

Sintió una especie de hormigueo en todo su cuerpo, porque César, cuando decía la palabra «job» pronunciaba «yob», exactamente igual que el tipo aquel, Ricky Ricardo.

Sonrió y le hizo pasar al caos de su sala de estar, que olía a alfombras mohosas, a cerveza y a col. Se sintió emocionada, honrada incluso, al ver que había algo que ella pudiese hacer por aquel hombre. En fin, prácticamente era una celebridad.

—¿Está usted realmente interesado en ese trabajo?

—Sí, lo estoy —pronunciaba «jes» en lugar de «yes» y «jam» en vez de «I am»—. Mire, últimamente las cosas no me han ido demasiado bien en el campo musical y me gustaría poder disponer de unos ingresos regulares.

—¿Sabe usted algo de lo que es el trabajo de un portero, es decir, de electricidad, fontanería, de todas esas cosas?

—Oh, sí, al principio, cuando llegué a este país —mintió—, trabajé como portero durante dos años en una casa del centro. Estaba en la calle 55.

—¿Ah, sí? Bueno, no es que sea el mejor trabajo del mundo, pero tampoco es el peor —le respondió ella—. Si realmente quiere cogerlo, puedo tenerle a prueba y si no resulta, bueno, pues no quiero que me guarde ningún rencor.

—¿Y si resulta?

—En ese caso se le pagaría un sueldo y el alquiler de su apartamento sería gratuito. Un apartamento que está alquilado por unos estudiantes universitarios va a quedarse libre el mes que viene. Usted podría ocuparlo y además se le darían veinticinco dólares semanales como sueldo. Si todo va bien —y luego añadió—: no hay sindicato de eso, ya lo sabe, ¿no? —y concluyó—: ¿Le apetece una cerveza?

—Sí.

La señora Shannon fue a la cocina y César echó un vistazo a

su alrededor. Desde luego él no era quién para criticar los apartamentos de los demás, pero la sala de estar de la señora Shannon estaba llena hasta más no poder de periódicos, botellas con un dedo aún de contenido, vasos de cerveza y cacillos con un resto de leche ya amarillenta. Una bonita foto llamó, sin embargo, su atención: era una fotografía pintada a mano de una pradera alfombrada de tréboles en Irlanda, la tierra de sus antepasados. Fue un detalle que le gustó.

Mientras salía de la cocina con dos vasos de cerveza se sintió encantada, jubilosa casi, de tener a César Castillo trabajando para ella.

Se sentó en su mecedora y le dijo:

—¿Sabe?, muchas veces me acuerdo de aquel episodio de «Te quiero, Lucy» en el que salieron usted y su hermano. Y puede creérselo o no, pero una vez vi a Lucille Ball por la calle delante de los almacenes Lord & Taylor's, unas navidades. Me pareció una mujer verdaderamente encantadora.

—Lo era.

—¿Y Ricky? Ustedes fueron amigos suyos, ¿no?

—Sí.

Clavó en él unos ojos llenos de admiración; César ignoraba lo que podría estar pensando. Quería acabar con todo aquello cuanto antes. No quería andar un largo camino para empezar una nueva vida. En modo alguno, a pesar de toda su nostalgia, iba a volver a su anterior vida de director de orquesta. Al bajar la colina, volviendo del parque, animado por los prácticos consejos del señor Vanderbilt, había visto el anuncio en la ventana y decidió que iba a dar el primer paso en busca de la seguridad. Aquello era mejor que tratar con dueños de clubs y gángsters de medio pelo y que seguir con la congoja de los recuerdos hora tras hora. Además parecía sumamente razonable. No había que trabajar mucho y siempre dispondría de un techo que le cobijara. Y, si por casualidad, cambiaba de opinión y quería volver a tocar algún día, siempre estaría a tiempo. No recordaba que el portero de aquella casa trabajara excesivamente, lo único que le había visto hacer era bajar y subir del sótano de vez en cuando. En cierto modo la idea de aquel sótano le resultaba atractiva.

—Sí —prosiguió—. El señor Arnaz es todo un caballero.

Supo sacarles el jugo a las diversas anécdotas que le contaba, deleitando a la señora Shannon. Ésta le ofreció otra cerveza.

Volvió a la sala de estar al cabo de unos minutos, con una cerveza en una mano y una vieja y barata guitarra Stela, con el mástil algo combado, en la otra.

—¿Querría usted cantar algo para mí?

Limpió las cuerdas de la guitarra con un pañuelo; las gruesas y polvorientas cuerdas dejaron unas marcas como de pólvora en la tela. Apretó con fuerza la desgastada madera del instrumento, dejó sonar un acorde en mi menor, se aclaró la garganta y le advirtió:

—Ya sabe que hace mucho tiempo que no canto. Ahora se me hace un poco cuesta arriba.

Empezó a cantar *Bésame mucho* con una voz que sonaba más sentida y vulnerable que antaño; su voz de barítono temblaba ahora con un auténtico deje de melancolía, con el deseo de librarse de los sufrimientos de esta vida, y su interpretación hizo que la señora Shannon, que siempre había apreciado al músico, se sintiera inmensamente feliz.

—Oh, delicioso —exclamó—. Debería usted grabar más discos.

—Tal vez, algún día.

Cuando se acabó la cerveza le dijo:

—Bueno, vamos a ponerle a prueba —y luego, con una amplia sonrisa y meneando su orondo cuerpo, aquella masa inconmensurable, siempre cubierta por un vestido manchado de lamparones de sopa, añadió—: pero ha de prometerme que de vez en cuando cantará un poco para mí. ¿Prometido?

—Sí, muy bien.

—Ahora espere que me ponga las zapatillas y que encuentre las llaves del sótano y bajaré con usted para enseñárselo todo.

Bajó las escaleras, entró en el sótano y atravesó el pasillo al que daban los cuartos de la caldera y de las lavadoras. Era la vez número cien —¿o ya hacía la número mil?— que César Castillo, ex Rey del Mambo y antigua estrella del programa de variedades «Te quiero, Lucy», se encontraba delante de aquella puerta de incendios, negra y atrancada con cerrojos, que daba entrada a su cuarto de trabajo. Una bombilla solitaria, cuyo filamento ardía como una lengua de fuego sobre su cabeza, colgaba del techo y las paredes, que parecían un paisaje lunar, estaban llenas de grietas de las que daba la impresión que salían largos mechones de pelo humano. Ya no llevaba un traje de seda blanco ni una blusa de mambero con mangas de volantes, ni deportivos zapatos de hebilla dorada, señoras y caballeros, sino un mono gris, negros y vulgares zapatos con gruesas suelas de goma y un cinturón del que colgaban en un manojo las llaves de veinticuatro apartamentos, diversos cuartos trasteros y de los armaritos de los contadores de la luz. En sus bolsillos, arrugados recibos de la ferretería, notas en las que los vecinos le apuntaban las quejas que tenían y una hoja amarillenta de papel rayado en la que tras dos años de inactividad musical había empezado a escribir la letra de una nueva canción.

En el sótano aquel se sentía en su elemento. Silbaba feliz y contento mientras pasaba la escoba, le gustaba aquello de que objetos metálicos, como llaves inglesas y alicates, colgaran de su cuerpo sonando como si llevara una armadura; se encontraba paseándose por el edificio con la misma actitud que un capitán de navío en alta mar, con los brazos cruzados e inquisitivos ojos de propietario. Le gustaba el aspecto que tenía aquella hilera de contadores de la luz y el hecho de que corrieran marcando un compás de 3 por 2, a ritmo de claves, y los silbidos de aquellas múltiples cañerías llenas de válvulas y el gorjeo del agua que corría por su interior. Los crujientes ruidos que hacían los grifos al abrirlos y el sonido de la máquina secadora que retumbaba como una conga: el estruendo de las paredes de los cubos del carbón. De hecho, se sentía tan contento por la perfecta realización de aquel proyecto de existencia purgatorial que se encontraba de mucho mejor humor que antes.

Me siento contento cuando sufro, cantaba un día.

En una especie de pequeño recibidor que había al otro lado de aquella puerta atrancada con cerrojos por la que se entraba a su cuarto de trabajo, su perro Poochie, un can delgaducho y con un rabo que parecía un sacacorchos, que recordaba al famoso Pluto de las películas, con sus mofletes caídos y sus largas uñas ganchudas y negras como mejillones. De la negra puerta en cuestión colgaba un calendario, una hermosa joven con anchas caderas, ojos verdes y un minúsculo bañador, metida hasta las pantorrillas en el agua de una piscina, se llevaba a los labios una aflautada botella de Coca-Cola cubierta de escarcha helada por arriba.

Dentro, su mesa de trabajo, un caos de botes llenos de tuercas, clavos, arandelas y tornillos, latas, rollos de alambre y de cuerda, pegotes de conglomerado de madera, goterones de soldadura y de pintura; las llaves de los apartamentos, cada una con su etiqueta correspondiente, colgaban de un alambre sujeto a la pared; y luego otro calendario, de la Pizzería Joe, con una reproducción de *La última cena* de Leonardo. Había cajitas de madera por todas partes y un teléfono lleno de salpicaduras de pintura por el que contestaba, «Sí, diga, soy el portero».

Dejaba las herramientas en cualquier sitio, cubiertas de un pringue que iba solidificándose con el paso de los días, tan poco cuidado tenía con ellas. Encima de un montón de números atrasados del *National Geographic,* que a ratos leía, había un polvoriento y oxidado ventilador de hélice. Había dos cuartos trasteros y una habitación con mucho fondo y las paredes cubiertas hasta el techo por estrechos estantes en la que siempre encontraba algún objeto interesante: entre ellos, un laúd de seis cuerdas que añadió a los instrumentos que tenía en su apartamento arriba, y un casco alemán de la Primera Guerra Mundial rematado por un pico que puso en plan de broma en la cabeza de un maniquí de peluquería. Y tenía toda clase de revistas: publicaciones nudistas con títulos como *California y sus soleadas playas* en las que aparecían hombres con testículos colgantes como si fueran hondas y mujeres de sonrosado rostro, fotografiados, con regaderas y sombreritos de tela a cuadros escoceses, en el jardín de la vida, una extraña raza, sin duda. Y también un montón de publicaciones científicas y geográficas que el señor Stein, una especie de profesor que vivía en el sexto, dejaba con la basura a la puerta de su apartamento. Y César tenía una gran silla con el asiento almohadillado, un taburete, una vieja radio y un tocadiscos rescatado de uno de los cuartos trasteros.

Y también un montón de discos, incluidos los quince álbumes de 78 r.p.m. y los tres de larga duración, de 33 r.p.m., que había grabado con Néstor y Los Reyes del Mambo. No los ponía nunca, aunque a veces los oía de tarde en tarde en alguna gramola o en aquella emisora de radio en español, cuyo discjockey presentaba una *canción* con estas palabras «¡Y ahora un tema de la Era Dorada del Mambo!». Arriba también tenía algunos de aquellos discos: en el pequeño apartamento que había conseguido junto con aquel trabajo, aquel piso abarrotado ahora de instrumentos, a los que había que añadir la pintoresca colección de recuerdos de sus viajes y de su vida de músico y los muebles, cada uno de un estilo y de un material distinto, que con más o menos estoicismo había ido subiendo poco a poco del sótano.

Su apartamento era el fiel reflejo de los malos hábitos de un soltero empedernido, pero daba algún dinero a Eugenio y a Leticia para que bajaran una vez por semana y le barrieran los suelos, fregaran y todo lo demás. Su cuñada, contentísima de no tener ya que convivir con él en el mismo apartamento y dispuesta a olvidar muchas cosas, había dejado bien claro que podía subir a comer o a cenar siempre que quisiera. Cosa que hacía tres o cuatro veces a la semana, pero principalmente para estar en compañía de los hijos de su difunto hermano y asegurarse de que Pedro, su padre adoptivo, se portaba bien con ellos.

Ya instalado, se dedicó a su trabajo contento y feliz. Poco a poco fue conociendo a los vecinos, aunque rara vez cruzaba con ellos más de dos frases. Algunos sabían que antes había sido músico, otros lo ignoraban. La mayor parte de su quehacer consistía en pequeñas reparaciones de grifos y enchufes, aunque en algunas ocasiones tenía que pedir ayuda a alguien de fuera, como cuando se derrumbó el salón del señor Stein. Fue aprendiendo poco a poco su oficio: siguió cursillos por cuenta propia de fontanería, mantenimiento de calderas, enchufes, estucado y tendidos eléctricos. Cada dos o tres días se plantaba delante del incinerador encendido y se quedaba mirando cómo las llamas consumían los envases de cartón encerado de la leche, oyendo cómo crepitaban los huesos y cómo la piel chamuscada se evaporaba, transformado todo en humo. Cuando se encontraba de pie delante de la puerta del incinerador tendía, mientras removía con un atizador las moribundas larvas de las brasas, a recordar cosas, con la mirada ausente, ensimismada, absorto en la contemplación.

Eugenio se preguntaba a menudo qué le ocurría a su tío. El hombre se quedaba mirando fijamente al fuego, sin moverse. Y no era tanto el hecho de que César Castillo se quedara mirando fijamente a las brasas o que a veces hablase consigo mismo en voz baja; lo más chocante era que parecía estar en otro sitio.

¿Qué veía en aquellas cenizas? ¿La bahía de La Habana? ¿Los campos de Oriente? ¿El rostro de su hermano muerto flotando en medio de toda aquella basura ardiendo?

Daba lo mismo. Su tío salía de su ensimismamiento, le daba una palmadita a su sobrino en el hombro y le decía, «Anda, vamos». Y luego, con una pala, metía las cenizas en los cubos de basura, los arrastraba por los resquebrajados suelos de cemento, los subía por las escaleras dando fuertes tirones, los sacaba a la acera y allí los dejaba esperando al camión de la basura.

E hizo amistad con otros porteros, Luis Rivera, el señor Klaus, Whitey. Sus inquilinos eran irlandeses, negros y puertorriqueños, entre los que se contaban varios profesores y estudiantes universitarios. Su fontanero era un tipo tuerto que se llamaba Leo, un siciliano, que antes había tocado jazz con su violín con la Orquesta de Tommy Dorsey, pero perdió un ojo y las ganas de tocar en la Segunda Guerra Mundial. César siempre tenía la generosidad de invitarle a tomar algo, así que cuando Leo acababa de trabajar, él y César se recluían en su cuarto de trabajo y bebían cerveza mientras Leo le relataba sus desdichas.

El rutilante César Castillo se convirtió en un buen oyente y ganó cierta reputación como hombre al que uno podía contar sus cuitas. Los amigos que iban a visitarle o bien eran personas llenas de miedos o bien trataban de sacarle algo al ex Rey del Mambo. Gente que quería pedirle dinero prestado o pasar la noche bebiéndose su whisky. Gente de la calle o de los clubs que, del mismo modo que antes hablaban de lo mujeriego e insensible que era antes de la muerte de su hermano, hablaban ahora, en cambio, de cómo aquella tragedia había ayudado, tal vez, a transformarle en una persona más noble. La verdad es que la mayoría de la gente sentía lástima por él y deseaba lo mejor para el Rey del Mambo. Su teléfono no cesaba de sonar; otros músicos, algunos de ellos también famosos, siempre estaban tratando de que saliera un poco: el gran Rafael Hernández le invitó a su casa, en la calle 113, a cenar y a charlar de música; Machito le invitó a algunas animadísimas reuniones en el Bronx; y muchos otros hicieron otro tanto, queriendo todos saber si el ex Rey del Mambo volvería a tocar alguna vez.

Cara B

ALGO MAS AVANZADA LA NOCHE,
EN EL HOTEL ESPLENDOR

En un momento dado en mitad de la noche empezaron otra vez a oírse ruidos en la habitación de al lado, ruidos de patas de sillas que eran arrastradas de un lado a otro y la áspera voz del hombre que reía lleno de autosatisfacción. El Rey del Mambo había dado unas cabezadas durante unos minutos, pero un súbito dolor en el costado le hizo despertar con una sacudida y se enderezó en su silla del Hotel Esplendor mientras su retina enfocaba poco a poco el brumoso mundo circundante. Dos dedos le escocían porque se había quedado dormido con un cigarrillo encendido entre ellos y se le había formado una roncha con una ampolla en el centro. Pero entonces vio algo peor: el edema había hecho que le salieran más ronchas y ampollas en los brazos y piernas. *¡Carajo!*

Se levantó a orinar y en el retrete oyó las voces de la habitación de al lado. Prestó atención un momento y se dio cuenta de que estaban hablando de él.

La voz de la mujer decía:

—Vuelve aquí, no molestes a nadie.

—Mira, llevo oyendo música toda la noche en la habitación de al lado. Voy a ver qué es lo que ocurre.

Al cabo de un momento llamaron con los nudillos a la puerta

del Rey del Mambo. El negro era un tipo huesudo y delgado y llevaba un pijama a rayas de una tela como apelmazada y un par de zapatillas de terciopelo. Iba peinado con un gran tupé y tenía marcas amoratadas de mordiscos en el cuello.

—Sí, ¿qué quiere?

—Soy el de la habitación de al lado. ¿Podría preguntarle una cosa?

—¿El qué?

—Mire, se me ha acabado el alcohol. ¿Podría dejarme usted algo, si tiene, hasta mañana? Se lo pagaré.

El Rey del Mambo abrió la puerta un poco para ver al hombre. Sopesó la petición y le dio pena aquella pareja que se había quedado tirada en el Hotel Esplendor sin nada que beber. Recordó una noche con Vanna Vane en que se acabaron todo el whisky que tenían. Desnudo, ya acostado y demasiado perezoso para salir de la habitación se asomó a la ventana del Hotel Esplendor y dio una voz a un niño que pasaba por la calle: «Ve a la esquina y dile al tipo de la licorería que te dé una botella de whisky Seagram's para el músico del mambo. ¡Él lo entenderá! Y haz que te dé también un poco de hielo, ¿eh?».

Dio cinco dólares al niño por la molestia, luego pagó al dueño de la tienda de vinos y licores y así resolvió el problema.

¡Qué diablos!, se dijo para sus adentros.

—Espere un momento.

—Es usted muy amable, amigo.

El negro echó un vistazo a la habitación y vio que César tenía problemas para andar.

—Eh, ¿se encuentra bien?

—Sí, no es nada.

—¡Estupendo! —y añadió—: ¿Cuánto le debo?

—No se preocupe ahora. *Mañana*.

—¿Sí? Bueno, coño, es usted un caballero.

El Rey del Mambo rió.

—Eh, oiga —añadió el negro en un tono verdaderamente

amistoso—, venga a saludar a mi chica. ¡Ande, venga a tomarse una copa con nosotros!

Mientras sonaba otra vez *Bella María de mi alma* se puso lentamente un par de pantalones. Al cabo de tres o cuatro horas bebiendo empezaban a agarrotársele los músculos. Cerró con el tapón la botella medio vacía de whisky de la que había estado bebiendo —le quedaban aún dos más encima de la cama esperándole— y siguió al negro hasta la puerta de su habitación.

—¡Muñeca, lo conseguí! —anunció a su compañera, y luego volviéndose al Rey del Mambo le preguntó—: ¿Cómo se llama usted, amigo?

—César.

—Ah, ¿cómo Julio?

—Así se llamaba mi abuelo.

César entró en la habitación arrastrando los pies y se percató del ligero olor que despedían aquellas sábanas en las que sin duda habían jodido. Tenía gracia, apenas podía mantener la cabeza erguida. Sentía como si tuviera que cargar los hombros hacia delante: era la única postura que podía adoptar. Se miró en el espejo y vio a un hombre viejo, tembloroso y cansado. Gracias a Dios que se había teñido de negro sus cabellos ya grises.

—Nuestro vecino de al lado ha venido a saludarte, muñeca.

En el lecho, con un salto de cama de color violeta, estaba la acompañante del hombre. Estaba tendida como aquella bailarina de Chicago, la Llama de la Pasión Argentina. Tenía unos pezones oscuros, como minúsculos capullos de flor, que se marcaban en la tela. Era zanquilarga y ancha de vientre y tenía unas caderas suaves y curvilíneas como las barnizadas barandillas del Club de Exploradores de La Habana. ¡Y llevaba las uñas pintadas de purpurina! Y había otra cosa en ella que le gustó: se había echado hacia atrás la negra cabellera, que casi le llegaba hasta los hombros, de tal modo que parecía que llevaba una corona o un tocado.

—Parece usted —le dijo el Rey del Mambo— una diosa de Arará.

—¿De dónde?

—De Arará.

—¿Se encuentra usted bien, amigo?

—Arará es un reino de Africa de donde procede toda la magia —le explicó recordando lo que Genebria le había contado un día sentados en el patio de su casa en Cuba cuando él tenía seis años.

«Y cuando un hombre muere entra en ese reino. Su entrada es una cueva.»

—¡En Africa ha dicho!

El negro le hizo las aclaraciones de rigor:

—Por eso es por lo que todas las tiendas espiritistas se llaman Arará tal o Arará cual.

—Es usted muy hermosa —le dijo César, aunque apenas podía erguir la cabeza para mirarla. Cuando al fin pudo el Rey del Mambo sonrió porque aunque se sentía enfermo y sabía que debía de tener un aspecto patético, sorprendió un gesto de admiración en la mujer al descubrir que tenía unos ojos verdaderamente bonitos.

—Aquí tiene una copa, amigo. ¿Quiere sentarse?

—No. Porque si me siento, luego no podré levantarme.

Si fuera aún joven, pensó, se habría puesto de rodillas y arrastrado hasta la cama, meneando la cabeza como un perro. Ella parecía ser ese tipo de mujer que se habría divertido y sentido halagada ante una cosa así. Luego le habría cogido su esbelto pie, se lo habría vuelto hasta que la línea de su pierna le hubiera parecido perfectamente contorneada y después le habría pasado la lengua desde su talón de Aquiles hasta la oscura redondez de sus nalgas: y a continuación la habría empujado contra la pared, le habría abierto las piernas y hubiera dejado caer su cuerpo sobre ella.

Imaginó aquel antiguo, eterno sabor a carne, sal y grano,

tanto más húmedo, más dulce cuanto más hundía la lengua en su interior...

Debió de marearse un momento, como si se fuese a desmayar, o tal vez le habían empezado a temblar los brazos, porque de repente el negro le cogió sujetándole por los codos y le decía:

—¿Eh, eh, eh?

Tal vez había empezado a tambalearse como si se fuera a caer al suelo, porque la mujer dijo entonces:

—Mel, dile al amigo que ya son las dos y media de la madrugada y que debería irse a dormir.

—No se preocupen.

En la puerta se volvió para ver a la mujer otra vez y observó que tenía el dobladillo del salto de cama subido un poco por encima de las caderas. Y justo en el momento en que aguzaba la vista para admirarla mejor ella se dio media vuelta y aquel material diáfano se deslizó aún unas cuantas pulgadas más hacia arriba descubriendo, para su satisfacción, la mayor parte de su cadera y de su muslo derechos.

—Bien, buenas noches —se despidió, deseándoselas también en español.

—Sí, gracias, amigo.

—Cuídense.

—Cuídese usted también —le respondió la mujer.

Mientras se dirigía lentamente a su habitación del Hotel Esplendor, el Rey del Mambo recordó que en Cuba, a final de año, en diciembre y hasta bien entrado enero, los hombres blancos hacían cola en las casas de prostitución con el propósito de acostarse con una mujer negra: cuanto más negra, más intenso sería el placer. Creían que si se acostaban con una negra en aquella época del año y metían bien hasta el fondo sus penes en aquellos úteros mágicos, saldrían purificados. En Las Piñas solía ir a aquel viejo caserón —*bayu*— que tenía un frondoso jardín y que estaba en la linde de una plantación y en La Habana visitaba, con otros cientos de hombres, las casas de determinadas calles de los distritos de La Marina, donde él y Néstor vivían, y de Pajarito. Le vinieron a la memoria aquellas calles, empedradas con guijarros y cerradas al tráfico, llenas de hombres llamando con los nudillos a las puertas. A cualquier hora en aquella época del año, una especie de gigantón, un homosexual generalmente, franqueaba la entrada a los clientes. Aquellas casas, siempre mal iluminadas, tenían docenas de habitaciones y en su interior flotaba un olor a perfume y a dulces ungüentos aromáticos, y entonces pasaba a un salón en donde las mujeres, sentadas desnudas en viejos divanes y enormes sillas antiguas, esperaban a sus clientes, ansiosas por que las escogieran. Era una época del año en que las prostitutas blancas procuraban desaparecer, porque para ellas el negocio languidecía, mientras que las diosas mulatas y negras nadaban en ríos de saliva y de esperma, abiertas de piernas hasta donde éstas les daban de sí, recibiendo un hombre tras otro, satisfaciendo la voracidad corporal de todos ellos, haciendo que todos sintieran purificado su espíritu. Y siempre resultaba gracioso, en aquella época, ver cómo César se metía otra vez la polla en sus pantalones y salía a la calle sintiéndose con renovada fuerza y vitalidad.

Y entonces, mientras cerraba la puerta tras él y se lanzaba sobre otra botella de whisky, mientras las trompetas, piano y tambores de la vieja orquesta llenaban el aire de la habitación, el Rey del Mambo, ya débil de cuerpo, soñó que hacía el amor con la mujer de al lado y fue en ese momento cuando volvió a oír de nuevo sus voces:

—Psssst, oh, muñeca...

—No tan fuerte, amor.

—Ohhh, ¡pero es que me gusta así!

—Pues entonces humedéceme con tu lengua.

El Rey del Mambo oía otra vez el chirriar de la cama, los empellones del colchón contra la pared y los gemidos de la mujer, la música más dulce del mundo.

Bebió el whisky y su rostro se contrajo con una mueca de dolor, parecía como si el líquido se convirtiera en trozos de cristal al llegar a su estómago. Recordó cuando tocaba y bebía toda la noche y, al llegar a casa, devoraba un filete, un plato de patatas fritas con cebolla y, como postre, una gran copa de helado y a la mañana siguiente, cuatro o cinco horas después de la cena, se despertaba como si tal cosa. Lo más curioso cuando el cuerpo se le va cayendo a uno a pedazos es que todo se siente con más intensidad. Al echarse hacia atrás en la silla sintió cómo el whisky le ardía en la boca del estómago y cómo se filtraba a través de cortes y magulladuras —ése era el aspecto que se imaginaba tenían sus úlceras— derramándose por el hígado y los riñones que se estremecían de dolor como si alguien le hubiese metido el puño por ahí. Y sentía también aquella columna de calor, de la misma longitud que su pene, brotándole de la boca del estómago y que parecía ensartar su corazón. A veces el dolor era tan intenso que las manos, mientras seguía sentado en aquella habitación del Hotel Esplendor, empezaban a temblarle, pero el whisky ayudaba, así que siguió bebiendo y bebiendo.

Un amigo de su adolescencia en Cuba, un tal doctor Víctor López, emigró a los Estados Unidos en 1975 y abrió su consulta en Washington Heights. Una noche, tres años después, cuando el Rey del Mambo actuaba en un club social del Bronx, descubrió al doctor López entre el público. No se habían visto desde 1945 y se alegraron muchísimo de volver a encontrarse: los dos amigos se besaron, se dieron palmadas en la espalda, recordaron su niñez en Las Piñas, provincia de Oriente, y rieron juntos.

Después su viejo amigo notó que a César le temblaban las manos y le dijo:

—¿Por qué no vienes a mi consulta un día y te hago un reconocimiento gratuito, amigo? Sabes que ya no somos tan jóvenes.

—Iré, te lo prometo.

El médico y su mujer salieron de aquel abarrotado club con luces rojas y el cantante se dirigió a la barra para tomarse otra copa y un sabroso bocadillo de *chorizo* frito.

No fue a ver a su amigo, pero un día, cuando iba por La Salle Street volvió a sentir otra vez unos dolores punzantes, como esquirlas de cristal que le cortaban por dentro. Por lo general, cuando sentía aquellos dolores, que le venían y le desaparecían desde hacía ya años, se bebía una copa de ron o un whisky, se tomaba una aspirina y se acostaba un rato. Y luego subía a ver a la viuda de su hermano y a su familia o salía a la calle a pasar un rato con sus viejos amigos Bernardito Mandelbaum y Frankie Pérez «el Fumigador». O si su sobrino Eugenio estaba por casualidad en casa se lo llevaba a algún sitio a tomar una copa. Pero lo mejor era cuando oía sonar el timbre de la puerta, pues eso significaba que su novia de turno estaba esperando fuera en el pasillo.

Pero aquel día el dolor era excesivo, así que el Rey del Mambo fue a ver al doctor López. Como conocía al doctor de su pueblo natal, tenía en él la más absoluta confianza y pensó que su compatriota cubano le daría unas pastillas que harían que desapareciese en seguida el dolor. Esperaba acabar en unos cuantos minutos, pero el médico le retuvo por espacio de una hora: le sacó sangre, le hizo análisis de esputos, de orina, le auscultó el corazón, le dio golpecitos en la espalda, le tomó la presión arterial, le exploró los oídos y el culo, le palpó los testículos y, después de reconocer atentamente aquellos ojos verde oscuro que tantos corazones femeninos habían partido en su juventud, al final le dijo:

—Amigo mío, no sé cómo decirte una cosa así, pero todo tu organismo está hecho polvo. Creo que lo que deberías hacer es ingresar en un hospital por algún tiempo.

Se puso como la grana al oír al doctor y sintió que el pulso se le aceleraba. Pensó, «Pero, Víctor, ¿cómo puede ser? Si el otro día aún jodí espléndidamente a mi joven amiga...».

—Mira, amigo mío, tu orina está teñida de sangre, tu presión arterial es excesiva, peligrosamente alta, presentas todos los síntomas de tener cálculos de riñón, tu hígado está dilatado, tus pulmones suenan como si estuvieran bloqueados y es difícil describir el estado que presenta tu corazón.

Pero si ella chillaba de placer. Estaba haciendo que se corriera, yo, un viejo.

—Oye una cosa, Víctor, ¿quieres saber cuál es mi opinión de todo este asunto? Pues que prefiero hacer mutis como un hombre a ir pudriéndome lentamente como una fruta pasada, como esos *viejecitos* que veo en las farmacias.

—Bueno, ya no eres tan joven como antes.

César respondió al médico con cierta insolencia, con aquella misma irritación que sentía de niño cuando le contaban algo que prefería no oír.

—Pues muy bien, *coño.* Si estoy ya a las puertas de la muerte, pues entonces me moriré y averiguaré el secreto de un montón de cosas, ¿no te parece?

—Amigo mío, si ahora no haces algo, vas a ir pudriéndote lentamente como una fruta pasada, como has dicho. No hoy y tal vez tampoco mañana, pero a menos que te cuides, todas estas cosas representan el comienzo de grandes sufrimientos físicos.

—Gracias, doctor.

Pero en realidad no se tomó demasiado en serio los consejos de su antiguo amigo y por eso es por lo que dos años más tarde se despidió de todo el mundo, había escrito las cartas que quería escribir, hizo la maleta y se fue a pasar sus últimos días al Hotel Esplendor.

Ahora al Rey del Mambo le resultaba difícil tenerse en pie. Cuando tenía que levantarse y dar la vuelta al disco sentía un fuerte dolor en el costado. Pero consiguió dar la vuelta al disco y cruzar la habitación hasta el pequeño cuarto de baño: un cuartito de baño que podía ser el mismo en el que Vanna Vane, de pie, ante el espejo, completamente desnuda, se daba un ligero toque de carmín en los labios mientras le decía con voz alegre, «¡Ya estoy lista!». Hubiera querido que el costado no le doliese tanto, que fuera no hiciese tanto calor, que su hermano no estuviera muerto. De pie, ante el retrete, se sacó su gran miembro y oyó el chorro de su orina borbotear en el agua. Luego oyó algo, como si alguien golpease con los puños la pared y cuando cesó el ruido se quedó junto a la cómoda y escuchó atentamente. No, no es que nadie estuviese dando puñetazos a la pared, era la pareja de la habitación de al lado que estaba haciendo el amor. El hombre decía: «Muy bien, muñeca, muy bien, sí, sí». El hombre iba a tener el orgasmo y César Castillo, Rey del Mambo y antigua estrella del programa de variedades «Te Quiero, Lucy», sentía dolores punzantes por todo el cuerpo. Tenía mal los riñones, el hígado, todo excepto la *pinga,* que le funcionaba aún perfectamente, aunque estaba un poco más alicaída quizá aquellos días. Se sentó otra vez al lado de la cama y apretó el interruptor del tocadiscos. Luego dio otro largo y glorioso trago de whisky y mientras el líquido le bajaba por el gaznate recordó lo que le habían dicho en el hospital unos meses antes:

—Señor Castillo, esta vez usted va a reponerse completamente. Hemos reducido el edema, pero esto significa que ha de dejar de beber por completo y que tiene que seguir una dieta especial. ¿Me ha entendido?

Sentado en una cama del hospital, con una larga bata por toda vestimenta, se sentía como un imbécil. La enfermera que estaba de pie junto al médico tenía buen tipo y él trataba de apelar a su compasión y, como quien no quiere la cosa, dejaba asomar su miembro viril por la bragueta cada vez que se volvía a meter en la cama.

—Se acabó —le dijo el médico en inglés—. *No más. ¿Comprende?*

El médico era un tipo judío que trataba de establecer una relación franca y cordial con el Rey del Mambo y César asentía con la cabeza para que le diesen el alta y poder salir de aquel antro cuanto antes. Llevaba allí un mes, le habían hecho todo tipo de pruebas y análisis y estaba plenamente convencido de que se iba a morir. Salió de aquélla, sin embargo, y ahora tenía que vivir con la humillación de ver cómo su cuerpo se le iba pudriendo lentamente en vida. La medicación le había mantenido muchísimas horas dormido. Y soñaba con Cuba, consigo mismo y el *pobrecito* Néstor cuando eran aún niños, y con mujeres, alcohol, comidas sabrosas y fritangas chorreando aceite. Se imaginaba que eso era en lo que los muertos debían sin duda de pensar. En todas esas cosas y en el amor. Lo más raro de todo era que en aquellos profundos sueños seguía siempre oyendo música. Así que el doctor Víctor López, hijo, tenía razón cuando le hizo aquellas advertencias y el médico de aquel hospital también.

—Tiene usted dos opciones, sólo dos opciones. Una es cuidarse y vivir. La otra es arruinar su organismo. Su cuerpo es ya incapaz de procesar alcohol, ¿lo entiende?

—Sí, doctor.

—Para usted es como si fuera veneno, ¿entiende lo que le digo?

—Sí, doctor.

—¿Tiene usted alguna pregunta que hacer?

—No, doctor. Gracias, doctor. Y buenas noches, bella enfermera.

Cuando acabó de vaciar la primera botella abrió una segunda y se llenó el vaso hasta arriba. Luego se recostó contra el respaldo de la silla mientras disfrutaba con la canción que sonaba en aquel momento, *Lágrimas de una mujer,* una sentida balada escrita en la escalera de incendios del apartamento de Pablo en los viejos tiempos. Siempre era un placer para él oír aquella trompeta tocada por Néstor y en ese preciso instante, cuando los bongos sonaban como palmadas en un bosque, el hombre de la habitación de al lado empezó a gemir, con un orgasmo rico y profundo

y la mujer empezó a gemir también. El Rey del Mambo decidió
encender otro cigarrillo.

Cuando ingresó en el hospital, llevado casi a la fuerza por
Raúl y Bernardito, tenía las piernas terriblemente hinchadas y ya
no podía digerir lo que comía. Pero aun así, tal fenómeno no
dejaba de producirle asombro, como si pensara que todos aquellos años de comer, beber y hacer lo que le venía en gana nunca
fueran a pasarle la factura. Llevaba con aquellos síntomas desde
hacía mucho tiempo, desde muchos años atrás (desde 1968, para
ser exactos) pero nunca les había hecho el menor caso.

Cuando pensaba en su estancia en el hospital recordaba lo
mucho que había dormido. Días y días y días, por lo visto. Al
principio soñaba con frecuencia, sueños que tenían que ver con
su sótano, y algunos, pocos, con su vida de músico. En uno de los
sueños las paredes del sótano empezaban a desconcharse horri-
blemente y se cubrían de burbujas que rezumaban un líquido de
color rosa pálido. Él se ponía a trabajar, como había hecho
durante años y años en su casa de La Salle Street, generalmente
en reparaciones y cosas de fontanería. Las cañerías estallaban
dentro de las paredes y el yeso reblandecido y los techos se
venían abajo o se convertían en polvo al tocarlos. Abría unos
armarios y un muro de negros insectos provistos de aguijones le
caía encima. Al investigar un ruido metálico en el cuarto de la
caldera, se encontraba de pronto arrastrándose por un túnel que
se iba estrechando y mientras seguía buscando la tubería en
cuestión se sentía encogido en un espacio tan angosto que apenas
podía hacer ningún movimiento. (Esto último eran las correas
que le sujetaban muñecas y piernas.) Cuando finalmente encontraba el empalme suelto de la tubería empezaba a gotearle en el
rostro, y a menudo en la boca, agua sucia. En sus sueños,
siempre que tocaba superficies metálicas o de madera sufría una
conmoción.

A veces todo parecía muy normal. Estaba sentado en su
cuarto de trabajo en el sótano y leía las notas en las que los

inquilinos le pasaban aviso de sus cuitas domésticas y que se habían acumulado a lo largo del día: «Señor Stein, arreglar la ventana». «Señora Rivera, el retrete.» Y, de buen humor, se ponía a cantar, su voz se expandía alegre por el patio y los vecinos le oían.

Y siempre estaba la señora Shannon, asomando la cabeza por la ventana que daba al patio y diciéndole cuando le veía cruzar el patio, «Ah, ya sabe usted que como cantante no tiene nada que envidiar a ese Ricky Ricardo».

Y se ponía a trabajar.

Cantaba, *Mi vida siempre toma curiosos derroteros.*

En sus sueños —como en la vida real— siempre se topaba con drogadictos tratando de forzar las ventanas que daban atrás con destornilladores y punzones para el hielo, o quitando la nieve con una pala o desatrancando retretes atascados. Iba a arreglar algo y le ocurrían cosas tremendas, como en la vida misma. Un estropajo se ha atascado en una cañería debajo de un fregadero, César se arrodilla para tratar de sacarlo con un alambre doblado terminado en un gancho y entonces, desesperado —pues el alambre se mete más y más en la cañería que no parece tener fin—, coge una serpiente, un cable en forma de serpentín capaz de atravesar cualquier cosa, pero que no puede con el estropajo: por fin, de un fuerte tirón, consigue sacarlo y se le caen encima grasa, pelos y restos de comida. Quiere darse un baño, pero no puede moverse.

Recordaba otro sueño en el que estallaba una cañería en la cocina de la señora Stein, el apartamento se inundaba y el agua empezaba a calar el piso de abajo, como había ocurrido realmente en una ocasión, pero en el sueño él se quedaba en el patio riéndose a mandíbula batiente mientras el agua salía a torrentes por las ventanas como si fuera una catarata.

Y siempre tenía aquel sueño en el que se sentía como un monstruo. Estaba tan gordo que sus pies, al golpear el suelo, sonaban como tambores que cayeran de un camión en movimiento y la tierra se resquebrajaba a su paso. Pesaba tanto que al subir las escaleras hasta el cuarto piso rompía los peldaños por la mitad y abultaba tanto que a duras penas podía pasar de lado por la puerta.

¿Algún sueño más agradable? Cuando todas las paredes se desmoronaban y entonces podía ver todo lo que ocurría en el interior del edificio. Hermosas colegialas desnudas —a las que a veces espiaba desde la azotea— preparándose para darse una ducha, charlando por teléfono, sentando sus bonitos culos en la taza del wáter para llevar a cabo el delicado acto de defecar. Hombres orinando, parejas jodiendo, familias reunidas a la hora de la cena: vida.

Muchos sueños relacionados con la música, también, pero soñaba principalmente con cosas que se desmoronaban: paredes que se venían abajo, cañerías que se tornaban quebradizas, suelos carcomidos y llenos de insectos, todo blando y harinoso al tacto.

En una ocasión, una noche que sentía su cuerpo hecho polvo por la medicación y lleno de sudor y suciedad, su madre fue a hacerle una visita. Se sentó a su lado, cogió una *palangana* con agua y jabón y lenta y amorosamente le fue lavando con una esponja y después, lujo de los lujos, le lavó la cabeza, y sintió sus suaves, suavísimas manos acariciándole el rostro.

Los tres primeros días lo único que hizo fue dormir y cuando abrió los ojos su sobrino Eugenio estaba sentado al lado de la cama.

El chico tenía ya por entonces cerca de treinta años. Seguía soltero y tenía aquella misma expresión triste de su padre. Sentado junto a su tío, Eugenio pasaba el tiempo leyendo un libro. De cuando en cuando se inclinaba sobre César y le preguntaba en voz bastante alta: «Tío, ¿estás ahí? ¿Estás ahí?».

Y aunque podía oír a su sobrino no era capaz de responderle, todo lo que podía hacer era abrir un poco los ojos y luego volvía a quedarse otra vez dormido.

—¡Tío!

Una enfermera:

—Señor, por favor, no grite.

Mientras recordaba aquello, César lamentaba no haber podido decirle nada al muchacho. Casi se le saltaban las lágrimas, conmovido al verle sentado allí a su lado, aunque a veces Eugenio se sentía impaciente, se levantaba cada pocos minutos e iba a darse una vuelta por la planta entre todos aquellos aparatos clínicos.

—Enfermera, ¿no podría usted decirme lo que tiene mi tío?

—Hable con el doctor.

—Para empezar, sus funciones electrolíticas están todas colapsadas.

—Pero ¿recobrará el conocimiento?

—El tiempo lo dirá...

Ese mismo día reparó en la bonita enfermera puertorriqueña que estaba inclinada sobre un pobre hombre cuya piel se había vuelto amarilla poniéndole una inyección. Fue entonces cuando se incorporó por primera vez en la cama, quiso lavarse y afeitarse, coger sus cosas y salir de allí como un hombre joven.

—No sabes lo contentos que estamos de que te sientas mejor —le dijo Delores—. Te he traído unos libros.

Libros sobre religión, santos, meditación.

—Gracias, Delores.

Y cuando vio a su sobrino que seguía sentado a su lado, llamó al chico —bueno, ya era todo un hombre, ¿no?— le cogió por el hombro y le dio un apretón.

—¿Qué, te alegras de que ya esté bien? En realidad no ha sido nada.

Su sobrino guardó silencio.

(Sí, tío, nada. Sólo tres días con el corazón en un puño

creyendo que te ibas a morir, sentados aquí a tu lado y pensando que el mundo entero iba a venirse abajo.)

—Venga, chico, sonríe. Sonríele un poco a tu tío —pero tras estas palabras su rostro se contrajo en una mueca de dolor.

El rostro de Eugenio permaneció impasible, sin reflejar la menor emoción.

—Anda, ayúdame a incorporarme.

Y sin despegar los labios Eugenio le ayudó, pero no como cuando era un niño pequeño y sus ojos le miraban con preocupación. Ahora su expresión era de lo más fría.

Eugenio, que se parecía tanto a Néstor, salió de la habitación del hospital sin decir una sola palabra.

(¿Y qué le llevaron los demás? Frankie, unas revistas con chicas desnudas, Raúl, un sandwich de rosbif con mayonesa, lechuga y tomate, aquella señora que tenía pinta de azteca, dueña de la panadería que había enfrente de su casa, un pequeño transistor de color rosa, Ana María, un ramo de flores, Bernardito un canotier nuevo. Y su amiga Lydia y sus hijos le llevaron unos dibujos al carboncillo en los que se veían unos niños corriendo con un radiante sol amarillo anaranjado en lo alto del cielo. Lydia se sentó a su lado, asentía a todo con la cabeza y trataba de mostrarse alegre.)

Después, con la luz del sol inundando la planta del hospital, sintió que iba recobrando poco a poco sus fuerzas. Sintió una especie de calor alrededor de la cintura, como si estuviera vadeando aguas tropicales, y un día se despertó con una erección. Llevaba sólo una bata larga, por el lío de la cuña y de todos aquellos tubos, pero cuando la enfermera se acercó a ver cómo estaba, se quedó estupefacta al contemplar el aparato genital del anciano músico. Se ruborizó un tanto mientras le estiraba las sábanas, pero no pudo evitar dirigirle una sonrisita, como diciéndole, «Oh, tú, chico malo», algo que le agradó tanto que cuando salió de la habitación le dijo: «Gracias, enfermera, ¡gracias! ¡Tenga usted un buen día!».

Entonces cayó en la cuenta de que había otro individuo en la habitación. No el hombre aquel sin piernas; otro con el cuerpo completamente tumefacto, que estaba sometido a cuidados intensivos y lleno de tubos por todas partes. Tenía mal el hígado, los riñones destrozados, la vejiga bloqueada y su organismo era totalmente incapaz de procesar sus fluidos corporales. Durante cinco días estuvo en compañía de aquel hombre y, a pesar de todos sus propios males, el Rey del Mambo pensó más de una vez, Dios, ¡menos mal que no soy él!

El hombre aquel empeoraba por momentos. Sus dedos estaban inflados de fluido, sus miembros estaban tan hinchados que las uñas de los dedos le supuraban. Su rostro, también, era como un globo rosáceo en el que un maquillador hubiera pintado una expresión de dolor; por los labios, por las ventanas de la nariz, por las orejas le salía una especie de líquido, pero, en cambio, por otros sitios, nada. Con los problemas de sus propios edemas, el Rey del Mambo abría los ojos, contemplaba a aquel individuo y meneaba la cabeza abrumado por la visión de aquella pesadilla viviente.

—Mírele —le decía el médico—. Siga usted como hasta ahora y muy pronto estará como él.

Tenía intensos dolores, pero, ¡qué diablos!, al menos iba a hacer mutis con cierto estilo. ¡Qué más daba que varias venas de los tobillos le hubieran empezado a sangrar a través de la piel, qué más daba que tuviera mareos y que supiera, que estuviese convencido de que se iba a morir! No era nada que otro buen trago de whisky no pudiera arreglar. Y para celebrar debidamente aquella copa puso otra vez *Los Reyes del Mambo tocan canciones de amor*.

Al menos había salido del hospital y nunca volvería a ingresar. Aquello había sido en junio y, a pesar de los dolores, rió recordando a las enfermeras. Había una joven enfermera puertorriqueña que al principio le pareció una verdadera bruja, que nunca le sonreía ni siquiera le decía «hola», pero que poco a poco se fue ablandando con todos aquellos piropos que le dirigía y cuando mejoró le encargó a Frankie que comprara un ramo de flores para dárselo. (Cuando se inclinaba sobre la cama para tomarle el pulso o revisar todos los tubos y agujas que tenía puestos en brazos y piernas, le había hecho sentirse morir, pues llevaba una de esas blusas modernas con una cremallera por delante que siempre parecía abrirse lo suficiente como para torturarle con la visión de su escote y, una tarde gloriosa, la cremallera se le bajó completamente mientras se esforzaba en darle la vuelta en la cama. La cremallera se le bajó, pues, y pudo ver los corchetes de delante de su sostén color rosa, de un tejido fino y casi transparente que luchaba por contener sus pechos, unos bonitos pechos, grandes y redondos que se comprimían a duras penas bajo el suave tejido que los ceñía, a punto de desbordarse por todas partes.) La otra enfermera, una muchacha americana, rubia como Vanna Vane, había sido muy amable con él desde el principio, hacía como que no cogía sus indirectas cuando trataba de coquetear con ella, le sonreía y seguía con su trabajo, de hecho tal vez un poco tímidamente, pues esta enfermera en cuestión era muy alta, casi seis pies de estatura, tenía largas manos y piernas y hombros francamente anchos, y probablemente se consideraba a sí misma poco femenina y desgarbada, pero no se lo habría pensado dos veces si hubiera surgido la ocasión de irse con ella a la cama, con aquellos seis pies de enfermera tan bien contorneados. Y ella se habría sentido amada, hermosa y tan bien jodida que no habría podido andar en varios días. Por eso es por lo que, cuando estaba despierto y la medicación no le había hecho olvidar cómo se hablaba, coqueteaba con ella, encantado porque entraba en el juego, ponía los brazos en jarras y le llamaba «Mi paciente favorito y más guapo», y «Amor». Aquello le hacía sentirse feliz por unos momentos, pero el individuo que estaba a su lado, un diabético que estaba impedido de las piernas, no dejaba pasar la ocasión

de decirle a César, «Olvídate, *hombre*. Eres ya demasiado viejo,
¿Qué iba a querer contigo una mujer joven?».
Gracias, amigo mío.

Y ahora sólo oye tambores, una batería de tambores, congas
retumbando sonoramente en una *descarga*, y los percusionistas
levantan la cabeza y se agitan como si tocaran bajo una especie
de hechizo. Hay tambores que suenan como la lluvia, tic-tac, tic-
tac, pero cien veces más deprisa y otros que suenan como
portazos o cubos que caen al suelo, o como puntapiés dados a los
parachoques de un coche. Y también hay tambores de circo,
tambores que suenan como cocos cayendo de los árboles y
estrellándose contra el suelo, tambores de piel de león, tambores
sonando como una fuerte palmada en la pared, o como cuando se
golpea una almohada para ahuecarla, o se lanzan gruesos pe-
druscos contra una pared; tambores resonantes como troncos de
árboles en la espesura del bosque; como el fragor de las montañas; tambores que suenan como pajarillos aprendiendo a volar o
como grandes pajarracos posándose sobre un tejado y moviendo
sus gigantescas alas como si fueran abanicos; tambores que
suenan como una barca arrastrada río abajo, sin remos, que se
hunde pesadamente en el agua; tambores que suenan como un
hombre jodiendo con una mujer y dando golpes con la cabecera
de la cama contra la pared, y otros como alguien que da saltos en
el suelo; tambores que suenan como un tipo gordo dándose
palmadas en la barriga o como una mujer besando sonoramente
el suelo con su culo; tambores que suenan como señales del
código Morse, como cuando el cielo se abre y cae una lluvia
torrencial, y otros que suenan con un bla-bla-bla, como si
conversaran, o como niños corriendo por el interior de una iglesia
vacía, o como los cañones de los conquistadores disparando
sobre un poblado indio; o como esclavos que son arrojados a la
bodega de un barco, o como pesadas puertas de roble, desgasta-

das por la intemperie, que se hacen pedazos al cerrarlas sin cuidado; o como el estrépito de pucheros y sartenes; tambores que son como relámpagos; que suenan como un elefante rodando por el suelo, como latidos de un corazón, como el zumbido de un zángano; tambores que hacen tic-toc y se callan; y otros que suenan como un huracán soplando a través de los postigos de las ventanas de cien casas; o como celosías agitándose en el viento, o como velas empujadas por un repentino vendaval, o como pechos de mujer golpeando el estómago de un hombre; tambores que suenan como ombligos tirándose pedos de sudor, como árboles que se doblan como si fueran de goma, como el viento soplando en el bosque, como negros pajarracos volando por entre los altos ramajes de los árboles, como una pila de tazas y platitos de café haciéndose añicos, como salvajes golpeando una hilera de cráneos humanos, como huesos volando por los aires, como si se golpeara una concha de tortuga o un gordo y ondulado culo; tambores que suenan como campanillas chinas, como hombres pegando a otros hombres, como cinturones fustigando rostros, como recias ramas azotando espaldas, como palmadas dadas sobre un ataúd, tambores todos, *batá*, congas, bongos, *quintos, tumbadoras,* estallando como nubes de tormenta, como hermosas mujeres meneando sus caderas preñadas de vida, como un millón de campanas cayendo del cielo, como una ola al asalto de la costa, como hileras de *comparsas* serpenteando a través de una ciudad, tambores de ceremonias matrimoniales, tambores que suenan como pelotones de ejecución, como un hombre que gime al tener el orgasmo, y tambores que gritan, bostezan, ríen y lloran, tambores que suenan al otro lado de un campo, en la espesura del bosque, como locos soltándose en un escenario, el bueno y viejo Pito en los *timbales* y Benny con las congas en un breve interludio de diez segundos de duración en mitad de una de aquellas viejas canciones de Los Reyes del Mambo.

Pero ¿por qué el Rey del Mambo empezó a tocar música otra vez después de haber perdido todo su entusiasmo por ella? Fue algo relacionado con su familia en Cuba, con sus hermanos Miguel y Eduardo, que le escribían cartas pidiéndole dinero, medicinas, ropa. Aquello se convirtió en su «causa». Aunque la política nunca le había importado antes un bledo, ¿qué podía hacer cuando alguien de la familia le pedía ayuda? En un primer momento aceptó cualquier clase de trabajos extras, como estucar y pintar apartamentos, para ganar más dinero, pero después de que le convenciera su antiguo bajo, Manny, empezó a aceptar contratos para actuaciones más o menos esporádicas en locales repartidos por toda la ciudad. ¿El primer trabajo de aquel período? Hilarante, la boda en Queens de un tipo cubano al que su novia sorprendió dándole un pellizco en el culo a una de sus damas de honor. Después, mientras metían los instrumentos en el coche que habían dejado en el aparcamiento vieron que la agarrada entre el novio y la novia iba a más, pues ella empezó a abofetearle y a darle puntapiés. El dinero que sobrevivía a sus hábitos generosos y manirrotos iba a la compra de comida y medicinas que enviaba por barco a Cuba. Con el Diccionario Webster's abierto ante él redactaba cuidadosamente cartas dirigidas al gobierno, preguntando el procedimiento para sacar a su familia y luego se las enseñaba a uno de los inquilinos más agradables que había en la casa, un tal señor Bernhardt, que en tiempos había sido profesor universitario. Bernhardt, un individuo de muy buena presencia y porte distinguido, las leía a través de sus lentes bifocales, hacía las correcciones oportunas y luego rehacía las cartas con gran cuidado con una máquina de escribir británica casi de museo. (Y, mientras, César echaba una ojeada a su habitación. Bernhardt había sido profesor de Historia o algo por el estilo, y sus mesas estaban llenas de papeles y libros en latín y griego, montones de fotografías de yacimientos arqueológicos, así como de una colección de gruesos e insólitos libracos sobre brujería y archivadores llenos de fotos pornográficas.) Le contestaban a sus cartas diciéndole siempre que lo que tenía que hacer era gestionar los permisos con el gobierno de Castro, pero las cartas que enviaba a Cuba parecían flotar de oficina en oficina y acabar pudriéndose en papeleras llenas de miles de misivas semejantes. Que los dejasen salir les llevó nada más y nada menos que cinco largos años.

Y también había otras razones. Algunas noches mientras oía música le venían a la memoria recuerdos de su niñez en Cuba, cuando iba al ingenio azucarero aquel a oír a las orquestas famosas que hacían giras por la isla: orquestas como los Melody Boys de Ernesto Lecuona. En 1932 la entrada para oír a Lecuona costaba un dólar y a sus actuaciones acudían todos los habitantes de Las Piñas como un solo hombre, pues aquél era el mayor acontecimiento cultural del año. Las familias iban al ingenio en coches de caballos, automóviles y camionetas y los caminos se llenaban de forasteros de los pueblos colindantes. Hasta había quien hacía el viaje a caballo. El aire de la noche se llenaba del rumor de las conversaciones, el chirrido de los grillos y el clop-clop-clop de los caballos. Las estrellas tintineaban como finas campanillas de cristal. En el salón de actos del ingenio azucarero había una parte que era una sala de baile con frescos en el techo, candelabros, ventanales en arco con grandes cortinajes tableados, revestimientos de madera con motivos moriscos y suelos tan barnizados que relucían como si les diera el sol. Una noche, hacía casi la friolera de cincuenta años, Ernesto Lecuona salió al escenario y César Castillo, entonces apenas un mozalbete, estaba allí para verle y oírle. No era un hombre alto y, a primera vista, guardaba cierto parecido con Rodolfo Valentino, aunque más fornido. Llevaba un esmoquin negro, una camisa con botonadura de perlas y una pajarita de un color rojo chillón. Tenía unos ojos oscuros y penetrantes y largos y finos dedos. Se sentó al piano y con rostro sereno empezó a tocar los primeros y ondulantes acordes de una de sus famosas composiciones, *Malagueña*. Después, durante el descanso, el admirado Lecuona bajó del escenario para mezclarse con el público. Y al ver a Lecuona en aquel baño de multitud, César Castillo, que entonces tenía catorce años, se abrió paso a empujones para estrechar la mano de aquel gran caballero. Esa noche César Castillo se presentó a sí mismo con estas palabras: «Señor Lecuona, me llamo César Castillo y he escrito una canción que me gustaría que usted oyese. Es una balada».

Y Lecuona, que despedía un fuerte olor a colonia de esencia de limón, suspiró. Aunque parecía algo cansado asintió con la cabeza y le contestó al jovenzuelo:

—Venga a verme después al salón.

Después del concierto, en un amplio salón contiguo a la sala de baile, el joven César Castillo, hecho un auténtico manojo de nervios, se sentó delante de un piano a tocar y cantar su canción.

La reacción de Lecuona fue sincera y amable:

—Usted tiene muy buena voz, los versos son monótonos, pero ese estribillo que ha escrito es francamente bueno.

¿Cuál era el título de la canción? Algo que le era imposible recordar, de lo único que se acordaba es de que uno de los versos decía algo de «flores marchitas».

—Gracias, señor Lecuona, gracias —César recordaba que le decía «gracias» mientras le seguía volviendo otra vez entre el público y la escena se esfumaba de repente, pero no el deseo de zambullirse de nuevo en aquella música que sonaba tan maravillosa.

Al cabo de algún tiempo estaba trabajando otra vez en locales como el Sunset Club y el Intercambio Latino de la calle 146 (Un taxista: «¿Sabe a quién cogí allí una noche? A Pérez Prado») los viernes y sábados por la noche, libre afortunadamente de la pesada tarea de dirigir una orquesta y conformándose con aceptar solamente los pequeños contratos que le iban saliendo. No cobraba gran cosa, unos veinte o veinticinco dólares por noche y esto le facilitaba tener trabajo, porque —fuera consciente de ello o no— seguía aún gozando de cierto renombre.

Nunca fue plenamente consciente de tal cosa.

Hasta empezó a trabajar como guitarrista y cantante ambulante en restaurantes como el Mamey y el Castillo del Morro en Brooklyn.

Desde luego, tocar para el público otra vez era un auténtico placer. Le distraía de sus tribulaciones. Y siempre se alegraba cuando alguien se le acercaba y le pedía que le firmase un autógrafo. *(«¡Ciertamente!»)* Era estupendo cuando iba a dar un paseo los domingos por la tarde por el mercadillo callejero que se instalaba en la calle 125 y algún tipo en camiseta de manga corta le gritaba desde una ventana: «Eh, ¡Rey del Mambo! ¿Qué tal te va?».

Pero la tristeza seguía embargando su corazón. A veces cuando tocaba en alguno de aquellos sitios con Manny, éste le llevaba en coche a casa al terminar. Pero la mayor parte de las veces tenía que coger el metro, pues no quería volver a conducir de noche. Destrozado el DeSoto, se compró un Chevrolet, modelo del 54, pero cada vez que lo cogía le entraban ganas de lanzarse contra un muro y estrellarse. Sí lo cogía para dar una vuelta de vez en cuando por Riverside Drive, cuando hacía buen tiempo, lo lavaba los domingos, encendía la radio y lo utilizaba como una especie de oficinilla para recibir a los amigos. Pero en términos generales le resultaba un verdadero incordio: siempre estaba pagando tarjetas de aparcamiento y dejándoselo a los amigos. Por eso lo vendió en el 63 por 250 dólares. Y, además, como le gustaba beber, cogía el metro y así no tenía que preocuparse de las abolladuras del coche ni de si atropellaba a alguien. El único inconveniente era que a veces el hecho de tener que esperar en los andenes a altas horas de la noche le ponía algo nervioso. Nueva York empezó a ser una ciudad peligrosa a principios de los sesenta, y por eso es por lo que atravesaba todo el andén, se quedaba en un extremo, se escondía discretamente detrás de una columna y allí esperaba hasta que llegaba el tren.

Casi de incógnito, con gafas de sol, el sombrero calado hasta las cejas y el estuche de una guitarra o trompeta entre las rodillas, el Rey del Mambo iba y venía de sus actuaciones por toda la ciudad. Cuando tocaba en restaurantes del Village o en bares de Madison Avenue, en los que daba serenatas a aquellos ejecutivos que se parecían a Fred MacMurray y a sus acompañantes («Y ahora, chicas, canten conmigo, "¡Babaluuuuu!"») le resultaba fácil volver a casa, porque ese tipo de actuaciones acababa por lo general hacia las once de la noche. Pero cuando tocaba en pequeños clubs y en salas de baile que estaban casi en la periferia de Brooklyn o del Bronx, llegaba a casa a las cuatro y media o cinco de la madrugada. Como se pasaba muchas noches yendo y viniendo solo en metro se llevaba para leer *La Prensa*, *El Diario* o el *Daily News*.

Hizo muchísimos amigos en el metro; conoció a un guitarrista de Toledo, España, un tipo que se llamaba Eloy García, que tocaba en el Café Madrid; a un acordeonista que dirigía una orquesta de tango en Greenwich Village que se llamaba Macedonio, un individuo gordinflón que iba a trabajar con un sombrero de gaucho. («Tocar la música de Matos Rodríguez es hacer que Matos siga vivo», decía.) Conoció a Estela y a Nilda, dos cantantes de *zarzuela* que atravesaban sus años maduros con unos marchitos claveles prendidos en el pelo. Conoció a tres bailarines negros que llevaban el pelo increíblemente cardado, rutilantes con sus trajes de etiqueta y sus botines, tipos amistosos y muy ilusionados que siempre iban a alguna audición. («Un día de éstos esperamos actuar en el Show de Sullivan.») Y luego estaban aquellos mejicanos con sus enormes guitarras, sus trompetas y un acordeón que parecía un altar, con el teclado lleno de brillantes medallas religiosas aplastadas con un martillo de la Santísima Virgen, Cristo y los Apóstoles, con heridas sangrantes, renqueando sobre muletas o con los corazones traspasados de flechas. Los hombres llevaban grandes sombreros y pantalones que tintineaban de cascabeles y altas botas camperas con el cuero decorado con motivos de flores y tacón muy fino y siempre

viajaban con una mujer y una niña pequeña. La mujer llevaba
una mantilla y un vestido de volantes hecho de una tela que
quería ser azteca; la niña llevaba un vestidito rojo y tocaba una
pandereta en la que habían pintado al esmalte una imagen de San
Juan Bautista. Iba sentada, muy inquieta siempre en los trayectos, con cara de consternación, mientras César se inclinaba hacia
delante y charlaba con su madre en voz baja. («¿Cómo les está
yendo hoy?» «Poca cosa últimamente, la mejor época del año
son las navidades, entonces es cuando todo el mundo da algo.»)
Siempre iban hasta la última estación al sur de la ciudad, junto a
la terminal del ferry que iba a Staten Island, en donde tocaban
bambas, corridos, huapangos y *rancheras* para los pasajeros que
esperaban.

—*¡Que Dios le bendiga!*
—¡Lo mismo les digo!

Y había otros, multitud de músicos latinos como él mismo
que se dirigían a sus pesados trabajos a avanzadas horas de la
noche, en zonas periféricas de Brooklyn y del Bronx. Unos eran
jóvenes y el nombre de César Castillo no les decía nada, pero los
más maduros, los músicos que llevaban pateándose Nueva York
desde los años cuarenta, sí sabían quién era. Trompetistas,
guitarristas y baterías se levantaban de su asiento e iban a
sentarse junto al Rey del Mambo*.

----

* Siempre un «hola» amistoso y a veces una reunión, pues se
invitaban unos a otros a sesiones en las que improvisaban y tocaban por
puro placer. En el Hotel Esplendor recordó que una de aquellas
sesiones de las que más grato recuerdo guardaba se celebró cuando
Benny, que tocaba las congas, le invitó al Museo de Historia Natural en
el que trabajaba en su reencarnación en este mundo como vigilante. A
eso de las nueve de la noche, cuando el Museo estaba ya completamente desierto, César se presentó con varios músicos más y acabaron
tocando en un pequeño despacho contiguo a la Gran Sala de los
Dinosaurios, Benny tocaba la batería, un tipo que se llamaba Rafael la

Y estaban aquellos túneles, la oscuridad, la densa soledad de una estación a las cuatro de la madrugada, y el Rey del Mambo empezaba a soñar con Cuba.

El hecho de que ahora ya no pudiera coger un avión y volar a La Habana para ver a su hija o visitar a su familia en Las Piñas suponía para él una gran contrariedad.

¿Quién hubiera soñado nunca semejante cosa? ¿Que los cubanos acabarían siendo amigos de los rusos?

Todo aquello suponía un nuevo motivo de tristeza.

Sentado en su habitación del Hotel Esplendor, girando la cabeza y mirando a su alrededor, el Rey del Mambo prefería no pensar en la revolución cubana. ¿Qué mierda le había importado nunca la política cubana en los viejos tiempos, salvo, tal vez, cuando había tocado en algún mitin político en provincias para algún corrupto político local? ¿Qué demonios le había importado nunca en la época en que la opinión unánime entre sus amigos músicos era que daba lo mismo quién subiera al poder, hasta Fidel? ¿Qué podía hacer ahora, en cualquier caso? Las cosas debían de ir francamente mal. El director de orquesta René Touzet huyó a Miami con sus hijos y se dedicaba a tocar en los grandes hoteles y a dar conciertos para los cubanos. Luego llegó el gran maestro de la música cubana, Ernesto Lecuona, que arribó a Miami hecho polvo y en un estado de parálisis creativa, incapaz de tocar ni una nota al piano, para acabar finalmente en Puerto Rico, «amargado y desencantado» antes de morir, según

---

guitarra, y César cantaba y tocaba la trompeta y el eco de su música resonaba a través de los huesos de aquellas criaturas prehistóricas, el Stegosaurus, el Tyrannosaurus Rex, el Brontosaurus y el lanudo mamut, cuya trabajosa respiración llenaba el ámbito de la vasta sala y hacían una especie de clic-clac en los suelos de mármol, mientras las melodías envolvían sus grandes mandíbulas ganchudas y la curva de sus gigantescas espinas dorsales.

había oído decir a más de uno. Amargado, porque la Cuba que había conocido había dejado de existir.

Dios, todos los cubanos estaban conmocionados. Incluso aquel *compañero* —que nunca se había olvidado de la familia—, Desi Arnaz, había garabateado unas breves líneas extras en su tarjeta de felicitación navideña: «Todos los cubanos hemos de permanecer unidos en estos momentos tan difíciles».

¿Cómo había llamado un amigo suyo a la revolución? «La rosa que da espinas».

La gran Celia Cruz llegaría también a los Estados Unidos en 1967.

(Por otra parte, el músico Pala de Nieve y la cantante Elena Burke decidieron quedarse en la isla.)

Cuando su madre murió en 1962 le llegó la noticia por un telegrama de Eduardo, y tuvo también gracia, porque había pensado mucho en ella aquella semana, había sentido un ligero pálpito en su corazón y le acudieron a la mente muchísimos recuerdos. Y cuando leyó la primera línea, «Tengo una mala noticia que darte», pensó al instante «No». Tras leer el telegrama se pasó horas y horas bebiendo y recordando cuando era niño y su madre le sacaba al patio y le lavaba la cabeza en una tina, ¡cuántas veces lo había hecho!, y le frotaba el cuero cabelludo con aquellas manos tan suaves que olían a agua de rosas y le acariciaba la cara, mientras el sol se filtraba por entre las copas de los árboles y doraba con su luz sus rizosos cabellos...

El hombre lloró horas y horas, hasta que se le hincharon los párpados, y luego se quedó dormido con la cabeza apoyada en su mesa de trabajo.

Lamentó con todo su corazón no haberla visto una vez más. Se dijo que habría vuelto para verla el año anterior, cuando supo que estaba enferma, si no hubiera sido por Castro.

A veces se enzarzaba en grandes discusiones con el marido de Ana María, Raúl, acerca de la situación en la isla. Raúl, que era un antiguo sindicalista, se dedicaba a organizar economatos dependientes del sindicato en las fábricas y talleres que había en las calles veintitantas del lado oeste, en las que la mayoría de los trabajadores eran inmigrantes de América Central y de Puerto Rico. A pesar de sus diferencias de opinión aún seguían siendo amigos. Pero Raúl seguía queriendo convencer a César respecto a Castro. Un viernes por la noche incluso le llevó a un club que estaba en la calle 14 en el que viejos izquierdistas españoles y portugueses celebraban mítines. Se sentó en las últimas filas mientras los viejos españoles, cuyos rostros y orientaciones políticas habían sido moldeados por las palizas y los años pasados en prisión en la España de Franco, pronunciaban encendidos discursos sobre «lo que había que hacer», largas alocuciones que siempre acababan con un *«¡Viva el socialismo!»* y *«¡Viva Fidel!»*.

Nada tenía en contra de la idea de acabar con los males de este mundo. Él había visto bastantes. En Cuba había chabolas infectas hechas de cartones y cajas de embalaje, niños esqueléticos y perros moribundos. Un cortejo funerario en una pequeña ciudad que se llamaba Minas. A un lado del sencillo ataúd de pino, un cartel: *«Muerto de hambre»*. En la esquina de la misma calle en la que los guapos *suavecitos* se reunían a charlar, un individuo que había perdido una pierna trabajando en un ingenio azucarero, *en las calderas,* mendigando. Cuando imaginaba lo que era sufrir siempre le venía a la memoria el recuerdo de aquel perro muerto en un camino empedrado con guijarros cerca de la bahía de Lisboa: un perrito de dulce expresión y orejas puntiagudas, tirado boca arriba, rígido, con el vientre abierto en canal y un estómago de un color morado oscuro tan hinchado que tenía el tamaño de un melón de quince libras de peso.

Nada tenía en contra del deseo de ayudar a los demás, Raúl. Antes, en Cuba, la gente se preocupaba por el prójimo. Las familias daban ropa, comida, dinero, y, a veces, incluso ofrecían a la gente trabajo en las casas o en algún tipo de negocio.

—Mi propia madre, Raúl, escúchame. Mi propia madre

estaba siempre dándoles dinero a los pobres, y eso que nosotros no teníamos demasiado. ¿Qué más se puede pedir a nadie?

—Se puede.

—Raúl, tú eres amigo mío. Yo no quiero discutir contigo, pero la gente se está yendo porque no lo puede soportar.

—O porque no tiene el coraje suficiente.

—Anda, venga, vamos a tomarnos una copa.

Una carta fechada el 17 de junio de 1962:

A mi querido hermano:

A pesar de los muchos años que llevamos sin vernos, nunca hemos dejado de recordarte con todo cariño. Lo cierto es que aquí la situación se ha puesto bastante fea. Pedrito es el único de nosotros que tiene alguna simpatía por el gobierno de Castro. El solo hecho de tener que escribirte estas líneas me deprime profundamente. Hace ahora un año yo estaba en condiciones de ayudar a los demás con el dinero que ganaba con mi garaje, pero el gobierno me lo ha quitado, ha cerrado las puertas con cadenas y me ha comunicado que si quería seguir trabajando allí, estupendo, pero que me olvidara de que era el dueño. ¡Los muy bastardos! Eso es comunismo. Me negué a volver y [tachado] sé que te van bien las cosas y confío en que encuentres algún modo de ayudarnos. Ya era bastante que tuviéramos que sufrir la tragedia de la muerte de Néstor, pero ahora la situación aquí no hace sino empeorar aún más las cosas. No te pediría nada si no pensara que dispones de algún dinero. Si pudieras enviarnos cincuenta o cien dólares al mes, eso sería suficiente para que pudiésemos vivir decentemente hasta que nuestras solicitudes de visados de salida sean aprobadas, si es que tal cosa finalmente ocurre. Pero eso ya es otra cuestión. Que Dios te bendiga. Muchos recuerdos y un abrazo muy fuerte.

Eduardo

Así que recaudó dinero para sus hermanos y también envió algún dinero y regalos a su hija, Mariela, aunque realmente ella no parecía necesitarlos mucho. Director de un colegio en los días de la revolución, el padre adoptivo de Mariela había editado un periódico clandestino pro-castrista y, tras el triunfo de la revolución, había sido recompensado con un buen cargo en el Ministerio de Educación. Vivían en un espacioso apartamento en la Calle 26, en el barrio del Vedado en La Habana, a la familia le iban muy bien las cosas y disfrutaban de los privilegios de su posición, mientras Mariela estudiaba ballet.

(Entre las fotografías que el Rey del Mambo se había llevado consigo al Hotel Esplendor, una era la foto preferida de su hija en leotardos y tutú, posando debajo de una ventana rematada por un arco en una sala de paredes con pilastras e historiados azulejos. Era su escuela de ballet en La Habana. Tomada en 1959, muestra a una muchachita delgada y graciosa, con unos grandes ojos marrones y un rostro ovalado como una cucharilla de café, vivaz y elegante, con zapatillas de ballet y una expresión soñadora, como si estuviera escuchando una bella melodía. En otra foto, tomada en 1962, se la ve bailando en un ensayo de *Giselle;* observándola están Alicia Alonso y su profesora de ballet, una bella mujer cubana llamada Gloria.)

A veces se encontraba, sin saber cómo, en los bares y *cantinas* que hay en Washington Heights, y en una ocasión, en Union City, Nueva Jersey, en donde se habían establecido, a principios de los años sesenta, muchos de aquellos recalcitrantes cubanos. Tomándose a sorbos su *tacita* de *café negro,* escuchaba en silencio las conversaciones sobre política. Los cubanos recién llegados, amargados y solitarios; los cubanos de antes, ya establecidos, tratando de imaginar lo que estaba pasando en Cuba: un hombre, al que le temblaba terriblemente la mano derecha, cuyo hermano mayor, joyero, se había suicidado en La Habana; otro que había perdido un buen empleo como jardinero en la finca de los Du Pont; un tercero cuyo primo había sido encarcelado por ir por la calle con una libra de azúcar escondida debajo de la camisa. Un individuo que había perdido la granja que tenía.

Otro cuyo tío carnal había sido condenado a veinte años de cárcel por gritar «¡A la mierda Castro!» en un mitin celebrado en un ayuntamiento. Un tipo cuya adorada y hermosa sobrina había sido llevada a la fuerza al gélido Moscú, en donde se había casado con un ruso gordo como un tonel y carente de todo sentido del humor. Otro que había sido herido por una bala en el codo durante la invasión de la Bahía de Cochinos.

Voces:

—Y todavía nos llaman «gusanos».

—Cuando Castro llegó a la isla poseía diez mil acres de tierra y ahora se ha hecho con todo el país.

—Yo hice contrabando de armas para ese hijo de perra.

—Pero ¿quién puede imaginar que habría triunfado si hubiéramos sabido que era comunista?

—Dicen que la razón por la que Castro fue liberado por Batista en 1954 fue porque le habían castrado.

—Reducen nuestro descontento a nuestros estómagos. Dicen que nos hemos ido porque ya no se puede comer bien en La Habana en ningún sitio. Y es verdad porque los rusos se lo comen todo. Pero hay más aún. Nos han quitado nuestro derecho a sentarnos con nuestras familias en paz, alrededor de mesas llenas con el fruto de nuestro trabajo.

—¡Por eso nos fuimos, *hombre,* y ese Castro, *mojón guindao,* puede irse al infierno!

—Es como Rasputín.

—«Ya se hartarán» es su actitud.

—Ha hecho un pacto con el diablo.

—¡Hemos sido asquerosamente traicionados!

—Lo sé, lo sé —solía responder el Rey del Mambo—, mis tres hermanos y mi padre siguen aún en Oriente y todos ellos dicen lo mismo, todos quieren irse. —Un sorbo de café.— Excepto mi padre. Es ya demasiado viejo, tiene más de setenta años y no está bien de salud.

No pudo resistir la tentación de comentar:

—Yo tengo una hija en La Habana. Y mi opinión es que le han hecho una especie de lavado de cerebro.

El Rey del Mambo subía andando la cuesta de La Salle Street, cabizbajo, con los hombros caídos hacia delante, la barriga saliéndole por encima del cinturón y la mente confusa pensando en Cuba. En el desorden de su cuarto de trabajo en el sótano leía aquellos panfletos anticastristas que sus amigos le daban. Metida entre las páginas de aquel libro de su hermano, *¡Adelante, América!* («¡Sean cuales sean los problemas, recuerda que si hay fortaleza y determinación, siempre se encuentra una salida!»), esta hoja de un panfleto de 1961-62, con un círculo de bolígrafo de tinta roja alrededor, estaba en la mesa de aquella habitación del Hotel Esplendor:

...No podemos negar que en la era de gobierno republicano tuvimos dirigentes políticos que no siempre llevaron a la práctica con honestidad y patriotismo las justas y espléndidas leyes de nuestra Constitución. Con todo, nunca conocimos, ni pudimos imaginar siquiera, una tiranía como la desatada por Fidel Castro y sus hordas. Las anteriores dictaduras de ópera bufa trataban al menos de buscar soluciones democráticas para suplir sus carencias morales. Sus métodos se hicieron dictatoriales sólo cuando fueron provocadas por los Comunistas, que perturbaban la paz pública y sacaban a ingenuos, estúpidos y fanáticos jóvenes a la calle usándolos como carne de cañón. Algunos dicen que Cuba va a florecer de nuevo con Fidel Castro, que la malnutrición, la prostitución, el analfabetismo, la corrupción y la pobreza van a ser desterradas para siempre, que la isla va a convertirse en un paraíso de igualdad, con un gobierno verdaderamente humanista. Pregunten a los que han sido brutalmente torturados y yacen muertos en tumbas sin identificar si esto es así. La verdad es muy distinta: Fidel Castro y su banda de forajidos y criminales, como el odioso argentino Che Guevara, los criminales españoles Líster y Bayo, y los expertos torturadores y asesinos como Raúl Castro y Ramiro Valdés, el director de G-2, han vendido Cuba a potencias euroasiáticas. Potencias que geográfica, espiritual e históricamente están alejadísimas de todo lo que puede llamarse caribeño y que han convertido a Cuba en

una colonia tropical, en una base militar de Rusia. Desde el 1 de enero
de 1959, Cuba se ha convertido en un desdichado estado marioneta sin
recursos ni libertad y el alegre y sincero espíritu del pueblo cubano ha
sido reemplazado por el más negro pesimismo. La alegría de la vida
diaria y del comercio cubanos, con su ron, sus buenos cigarros puros, su
abundancia de azúcar y de todo lo que se deriva del azúcar, ha pasado a
la historia por el severo racionamiento implantado en nombre de las
relaciones comerciales cubano-soviéticas. El ciudadano cubano medio
ha de armarse de valor estoicamente para hacer frente a un futuro
sombrío mientras Fidel sólo fuma los mejores puros habanos —veinte
dólares cada uno—, bebe ron y se llena la barriga de caviar ruso.
Mientras tantos miles de cubanos han reemprendido su vida en el exilio
y cien mil más se pudren en las cárceles por delitos políticos. La
población restante se divide entre los cubanos traidores que apoyan la
tiranía y los que han tenido que quedarse en la isla por razones
personales o no pueden salir porque el gobierno no se lo permite. ¡No
los olvidemos! ¡Viva Jesucristo y viva la libertad!

Influido por la encendida prosa de aquellos panfletos y por
las noticias que le llegaban de Cuba, el Rey del Mambo se
encerraba en su cuarto de trabajo en el sótano a beber cerveza y a
escribir a Mariela. Cartas cuyo tono fue haciéndose cada vez más
implorante a medida que pasaban los años.

Con unas u otras palabras las cartas venían todas a decir
poco más o menos lo mismo: «Por lo que me cuentan de Cuba me
cuesta trabajo creer que seas feliz ahí. Yo no soy quién para
decirte lo que has de hacer, pero si un día quieres salir y venirte a
los Estados Unidos, comunícamelo y haré cuanto esté en mi
mano, y muy gustoso además, para ayudarte, porque tú eres mi
propia carne y mi propia sangre».

Las firmaba «Tu solitario padre que te quiere».

Nunca recibió respuesta a aquellos ofrecimientos, pensó.
¡Claro, las cartas eran hechas pedacitos antes de que llegaran a
sus manos! Las suyas, por el contrario hablaban de sus estudios
de ballet —«Dicen que soy una de las estudiantes más promete-

doras»— y de acontecimientos culturales de gran tono, como una
representación de *El pájaro de fuego* de Stravinski por el Ballet del
Bolshoi en el teatro de la ópera, cosa que le dejó atónito, porque a
los únicos ballets a los que él había asistido era a los ballets
pornográficos del famoso Teatro Shanghai de La Habana.

A veces (soñando despierto, nostálgico) pensaba que conoce-
ría una nueva felicidad si Mariela venía de Cuba a vivir con él,
bien escapando en un barco, o bien, por algún milagro, con el
beneplácito del gobierno. («Sí, la pobre criatura quiere reunirse
con su padre. Que se vaya con nuestra mejor bendición.») Y
entonces ella le cuidaría, le haría la comida, le ayudaría con la
casa y, sobre todo, recibiría su amor y le daría a su vez el suyo, y
ese amor envolvería su corazón como si se tratase de un dulce
arco iris de seda y le protegería de todo daño.

En cierto modo, el hecho de pensar en Mariela le ayudaba a
entender por qué Néstor estaba siempre sentado en el sofá,
torturándose horas y horas cantando aquella *Bella María* suya,
aunque todo no fuese más que una fantástica quimera. Era algo
que tenía que ver con el amor y con la eterna primavera, con el
tiempo en suspenso, y el Rey del Mambo se veía a sí mismo en
sus sueños, sentado junto a la ventana por la que entraba el sol,
con la cabeza echada hacia atrás y los ojos cerrados mientras su
hija Mariela le cortaba el pelo, como hacía su madre, y la
cristalina voz de Mariela (imaginaba) canturreaba en sus oídos y
su rostro irradiaba amor por él. Cada cierto tiempo se sentía tan
transportado por esta idílica visión que cogía el metro, se iba a
Macy's y calculando aproximadamente su talla, le compraba
media docena de blusas y vestidos, barras de labios, rímel y
colorete, y en cierta ocasión, un largo pañuelo de seda para el
cuello, amarillo como el sol que aparecía en las pinturas antiguas, e iba de un lado a otro corriendo por el almacén como si la
elección acertada de un regalo fuera a cambiar las cosas. Con
todos estos obsequios incluía una nota: «Para que sepas que tu
padre te quiere».

Y cada 17 de noviembre, día del cumpleaños de Mariela, hacía un paquete con una selección de productos a los que en general los cubanos no tenían acceso, cosas que él creía que habrían de gustar a una adolescente: tabletas de chocolate, mermelada, chicles, patatas fritas, evidencia indudable todo ello de la diversidad y abundancia de la vida en América.

Ella nunca vino corriendo a arrojarse en sus brazos.

Una vez que salió del hospital, con las fuerzas muy menguadas, ya no se preocupó de nada. Sí, todo el mundo se portó muy bien con él. Machito se pasó por la casa a rendirle sus respetos, y lo mismo hicieron otros muchos músicos amigos suyos. Pero se sentía tan débil, le costaba tales esfuerzos andar —a causa de la medicación— que no quería levantarse de la cama. ¿Era ésa vida para el fabuloso César Castillo? Y de su trabajo de portero tenía que olvidarse. Recurrió a Frankie y a algunos otros amigos para que le reemplazaran en sus funciones. Cuando Lydia, su joven amiga, con la que ya había tenido más de un problema, no iba a cuidarle se subía a comer con Pedro y con Delores, desaparecidas las tensiones que llegó a haber entre ellos, pues ya no era el fogoso toro de antaño, sino un perro viejo al que poco le quedaba para hacer mutis. Y para colmo tenía que seguir una insulsa y aburrida dieta, sin muchas grasas, sin mucha sal, rica en cereales, mientras en su fuero interno lo que más le apetecía era comer *plátanos*, carne de cerdo y un buen plato rebosante de arroz y frijoles, con un vaso de cerveza, vino o un whisky al lado.

¿Qué placeres le quedaban en esta vida? Salir a dar una vuelta o ir a pescar a los alrededores de Bear Mountain con Frankie, sentarse un rato en casa de Bernardito a oír música; ver televisión durante horas y horas y leer revistas pornográficas con aquellos anuncios que traían de un «¡Revolucionario sistema europeo para aumentar el tamaño de su pene!» («Mi vieja nunca creyó que yo estuviese suficientemente "bien dotado" para ella, *pero ahora la penetro muy profundo,* ¡y le falta tiempo para irse a la cama conmigo!») y con los de lociones y potingues afrodisíacos («Lubricante Jac-Off, Loción Peter-Licker») y los anuncios personales de hombres y mujeres que venían en las últimas páginas. («Hombre muy limpio y sincero, de Veracruz, México, 38 años, con aspecto juvenil y un pene de nueve pulgadas de largo por dos pulgadas y media de ancho busca compañeras que estén solas, de edades comprendidas entre veinte y sesenta años, para mantener una relación amorosa.» «Hombre bisexual de Santurce, Puerto Rico, con un pene de seis pulgadas y media de largo, busca parejas para pasarlo bien los fines de semana y con ganas de viajar.» «Hombre cubano, que se siente solo, de cincuenta años, pero con aspecto juvenil y *superdotado,* que vive en Coral Gables y siente nostalgia de Cuba, busca compañera para un romance y para la vida.» «Soy una mujer abandonada de treinta y cuatro años de edad y con un hijo de seis, muy romántica y me siento sola y triste. Soy ciudadana americana, blanca, *gordita,* con grandes pechos y apasionada en el amor. Si eres un hombre con buena salud y entre 35 y 50 años, con un buen trabajo y un carácter formal, por favor envía tus datos y una fotografía.» Su foto, la de una mujer desnuda agachada, venía debajo del anuncio.)

«*¡Dios mío!*»

Y por supuesto le gustaba también ver los programas de variedades del Canal 47 de Nueva Jersey, una emisora que retransmitía en español, y su favorita era la increíblemente voluptuosa Iris Chacón, cuyas enjoyadas caderas y escote hacían que el Rey del Mambo empezase casi a delirar, y le gustaban los viejos musicales mejicanos, como aquellos para los que su antiguo arreglista Miguel Montoya componía las bandas sonoras: películas del Oeste con vampiros o películas cuyo protagonista era a la vez luchador enmascarado, detective y cantante en un club nocturno, y los folletines de historias amorosas o familiares, en los que las mujeres eran jóvenes y hermosas y los hombres guapos y viriles, mientras que él ahora ya no era más que un viejo, tenía sesenta y dos años, pero aparentaba setenta y cinco. Las películas de Hollywood también le gustaban muchísimo, siendo sus favoritas las interpretadas por Humphrey Bogart, William Powell y Fredric March, Veronica Lake, Rita Hayworth y Marilyn Monroe. (Aunque también se ponía contentísimo cuando pasaban una de Laurel y Hardy. Cuando era niño las veía en el cine que había en Las Piñas y le gustaban mucho. Pero había una que le gustaba muy especialmente, *Los diablos del aire*: el señor Laurel y el señor Hardy se escapaban de la Legión Extranjera francesa en un biplano que se estrella y Oliver Hardy se mata. Al final de la película Stanley va andando por una carretera un hermoso día de primavera, con un bastón y un hatillo de vagabundo al hombro, triste y melancólico porque su viejo amigo ha muerto. Mariposas, árboles mecidos por la brisa, pájaros gorjeando, un sol resplandeciente, todo palpitando de vida en torno suyo y entonces dice, «Caramba, a Ollie sí que le gustaría un día tan bonito como el de hoy», y en ese preciso momento, al doblar una curva se topa con un mulo, un mulo con bigote, flequillo y un sombrero exactamente igual al de Ollie, y cuando Stanley cae en la cuenta de que Ollie se ha reencarnado en un mulo le brotan las lágrimas, da una palmada al mulo en el lomo y dice, «Caramba, Ollie, ¡no sabes lo que me alegra volver a verte!», y Ollie le responde algo así como «En menudo lío me has metido esta vez, como siempre», pero es un final feliz, y el Rey del Mambo piensa en la resurrección y en cómo Cristo salió por la puerta de su sepulcro, radiante de luz, e imagina lo hermoso que habría sido que su hermano hubiera vuelto también a la vida y los ojos se le empañan de lágrimas.)

De vez en cuando veía el programa «Te quiero, Lucy» y vio otra vez aquel famoso episodio poco antes de recluirse en el Hotel Esplendor. Vio a su hermano y lloró, pensando en lo triste que había sido su vida desde que murió. Cerrando los ojos oía los golpecitos a la puerta del apartamento de Ricky Ricardo, se veía

una vez más en el salón de Lucy y de Ricky y habría jurado que si
se inclinaba hacia un lado podría tocar la rodilla de su hermano y
asentir con la cabeza cuando Lucille Ball entraba en la sala con
café y pastas y entonces sentía un deseo casi irreprimible de
tomarse un vasito de whisky, pero recordaba lo que los médicos
le habían dicho y admitía que lo lógico era cuidar su salud; pero
se sentía desoladoramente aburrido, parecía como si lo único que
le quedara fueran recuerdos, como si los únicos placeres que
ahora podía permitirse residieran en el pasado. Todo lo demás le
resultaba demasiado complicado, andar hasta la puerta incluso,
pues con aquellos dolores artríticos en las articulaciones y los
dedos tan hinchados y agarrotados ya ni siquiera le quedaba el
consuelo de ponerse a tocar la guitarra o la trompeta.

(Había otros innumerables episodios además de aquel en el
que había aparecido con su hermano. A las cuatro de la madrugada, unas pocas semanas antes de que se trasladara al Hotel
Esplendor, estaba despierto viendo dos antiguos episodios de
«Te quiero, Lucy» que reponían en televisión.

El primero era un episodio en el que Lucy se ponía nerviosísi-
ma al saber que la dulcísima madre de Ricky venía de Cuba a
hacerles una visita, y Lucy no sabe más que unas cuantas
palabras en español, que siempre emplea mal por cierto, así que
cuando se presenta la madre de Ricky, con su aire mojigato y
tranquilo de siempre, a ver a su hijo, se sientan en silencio en el
salón, sin que ninguna de las dos sepa qué decir y ambas
esperando que sea la otra la que rompa el hielo y parece como si
vivieran en un mundo en el que todo lo que ocurre tiene a la
puerta como protagonista, pues Lucy no quita ni un solo momento los ojos de ella, esperando que llegue su marido y la saque del
atolladero, y están un buen rato sentadas las dos en el sofá,
sonriéndose, Lucy hecha un manojo de nervios y la madre
cubana contenta y feliz de estar sentada en aquel sofá esperando
a su hijo que es cantante en un club nocturno y del que se siente
muy orgullosa, y uno sabe perfectamente que cuando aparezca se

levantará, le besará tiernamente y le estrechará en sus brazos. Sumamente violenta porque incluso su hijo de cuatro años, que se llama Ricky como su padre, habla mejor español que ella, Lucy no hace más que pensar en el modo de salir del apuro, pues no sólo es la madre de Ricky la que viene a visitarlos, sino que, además, por si fuera poco, van a venir también unos primos suyos de Cuba a cenar con ellos. Casualmente Ricky ha contratado a un tipo que practica la telepatía para que actúe en el club nocturno Tropicana, y el individuo en cuestión, un hombre muy distinguido con un agradable acento cubano, hace su «lectura mental» con un pequeño radiotransmisor y entonces Lucy se lo pide prestado para que el telépata, escondido en la cocina, pueda ir dictándole lo que tiene que decir a través de un micrófono. Cuando la familia se reúne, el súbito dominio de Lucy del español les impresiona a todos, pero entonces el transmisor del pensamiento tiene que irse de pronto porque su mujer acaba de tener un niño y a partir de ese momento Lucy ya no da pie con bola, mete la pata cada vez que abre la boca y hace el ridículo más espantoso. Pero el episodio termina felizmente, con todos los cubanos conmovidos por el esfuerzo que ha hecho, todo el mundo abrazándose y Ricky Ricardo dándole un amoroso beso.

En el segundo, Ricky y Lucy se han ido a vivir al campo para huir del ajetreo de la ciudad y a Lucy se le ocurre la idea de criar pollos y compra una gran cantidad de huevos, pero como no tiene incubadora los lleva a casa y sube la calefacción, sin darse cuenta de que los polluelos van a romper el cascarón cuando menos se lo espere, así que cuando Desi Arnaz, alias Ricky Ricardo, vuelve a casa, con aquellos ojos tan vivos y expresivos que tenía, y entra en el salón, se encuentra a diez mil polluelos gorjeando e invadiéndolo todo, debajo del sofá y por encima de mesas y sillas, y entonces Ricky se queda estupefacto en la entrada, tarda en reaccionar, se da una palmada en la frente, con los ojos a punto de salírsele de las órbitas y aquella expresión tan suya como queriendo decir «¡Lucy! *¡No me digas que compraste* un abrigo de visón *que costaba 5.000 dólares!*». Y empieza a proferir imprecaciones en un español tan rápido que es casi ininteligible y Lucy llena de miedo, hasta que Desi recobra de nuevo su buen humor y todos son felices otra vez...

¡Episodios buenos y divertidos!, se dijo a sí mismo, mientras bebía en el Hotel Esplendor.)

Y Lydia, su más reciente aventura amorosa, a la que había conocido en un club nocturno del Bronx en 1978, ya no tenía estómago para hacer el amor con él. Eso era lo que más le dolía. Se pasaba a ver cómo seguía cada dos o tres días, y él siempre se alegraba como un jovenzuelo al verla, pero ahora cuando la acariciaba ella se retiraba.

—Aún no estás bien del todo —le decía.

Pero él insistía. Mientras le hacía la comida se ponía detrás de ella y se apretaba contra su espalda hasta que el calor de su culo le hacía tener una erección. Y sin pensárselo dos veces se bajaba entonces los pantalones y le enseñaba su miembro, que parecía el morro de un perro y que, aun sin llegar a estar completamente erecto podría haber hecho sonrojar de vergüenza a muchos hombres más jóvenes.

—Haz el favor —le decía ella—. He venido sólo para atenderte.

Pero persistía.

—Tócame un poquito aquí.

—*¡Dios mío!* Eres como un niño pequeño.

Y entonces le cogía la polla, haciéndole concebir ciertas esperanzas, pero volvía a metérsela en los pantalones.

—Ahora siéntate y tómate esta sopa que te he hecho.

Ella le limpiaba la casa, le hacía las comidas, la cama, ordenaba las revistas y periódicos que había en el salón, pero él lo único que quería era desnudarla y hacer el amor con ella. Nada de cuanto intentó dio resultado. Ni cantarle, ni contarle chistes, ni los más floridos cumplidos. Al final recurrió a una actitud lastimera. «Nunca me has amado. Ahora me siento tan inútil que lo mejor que puedo hacer es morirme.» Y siguió con aquella cantinela semanas y semanas hasta que Lydia, harta ya, se apiadó de él, se quitó el vestido y en sostén y bragas negras se arrodilló a sus pies, le bajó los pantalones y empezó a chupar su envejecido miembro. Se echó el pelo que le caía por la cara hacia atrás y él, al observar la expresión de su rostro, se dio cuenta de que era una expresión de absoluta repugnancia y, deprimido, se preguntó, ¿tan viejo y acabado estoy que ya no me quiere?

Siguió chupándosela hasta que la boca y la mandíbula casi se le quedaron dormidas y al final se limitó a masturbarle un tanto toscamente, haciéndole sentir aquel estremecimiento que tanto tiempo había estado esperando. Pero, cuando acabó, sintió como si ya no pudiera mirar a aquel hombre viejo y gordo y se dio media vuelta, apretó los puños contra la boca y empezó a morderse los nudillos, como si juzgara absolutamente despreciable lo que acababa de hacer. Y cuando empezó a acariciarla cariñosamente, ella, como cuantos le rodeaban, también se apartó.

—¿Por qué estás así? ¿Porque no he podido daros dinero a ti y a tus hijos últimamente? Tengo dinero en el banco y puedo dártelo. O si puedes esperar a que empiece a trabajar de nuevo o si me llega algo por los derechos de autor, te daré dinero, ¿te parece bien? Si es eso lo que quieres, entonces haré todo cuanto esté en mi mano para hacerte feliz.

—*Hombre,* yo ya no quiero tocarte porque tocarte a ti es como tocar a la muerte.

Y tras decir estas palabras rompió a llorar.

Mientras se vestía siguió diciendo cosas como:

—Siento haberte dicho lo que te he dicho. Pero has ido demasiado lejos. Entiéndelo, por favor.

—Lo entiendo —le respondió—. Ahora haz el favor de salir de esta casa de la muerte, apártate de este viejo enfermo, vete.

Se fue prometiéndole que volvería y cuando ella salió se levantó y se miró en el espejo. Su enorme *pinga,* que parecía un hocico rojo, le colgaba entre las piernas. El vientre gigantesco, la piel fláccida. Pero bueno, ¡si casi tenía pechos como una mujer!

Pensó: Una cosa es perder a una mujer cuando se tienen veinticinco años y otra muy distinta cuando se tienen ya sesenta.

Pensó en su esposa Luisa, en Cuba. En su hija Mariela.

En muchos otros.

Oh, Vanna Vane.

Lydia.

Mamá.

«...como tocar a la muerte.»

Le llevó bastante tiempo tomar decisiones y la primera fue «¡A la mierda con todas esas dietas especiales y eso de nada de alcohol ya!». Se puso elegantísimo, con un traje de seda blanco y se marchó a aquel pequeño restaurante que estaba en la esquina de la calle 127 y Manhattan Avenue y allí se tomó dos platos de plátanos fritos, uno de plátanos dulces y otro de plátanos verdes, una fuente de *yuca* bien aderezada con sal, aceite y ajo, un plato de cerdo asado y un plato especial de pollo con gambas, pan y mantequilla, regado todo ello con media docena de cervezas y al final se sintió tan lleno y tan hinchado que volver a La Salle Street fue una de las grandes proezas de su vida.

Fue entonces cuando decidió mandarlo todo al diablo. Sacó sus ahorros del banco e hizo regalos a todo el mundo (a saber: una dentadura postiza para Frankie, un sombrero con una pluma para Pedro, que siempre había querido uno, pero era demasiado tímido para comprárselo él mismo, un antiguo disco de Don Aziapaú titulado *Noches de La Habana* para Bernardito, y para su sobrino Eugenio, al que le gustaba mucho dibujar, cosa que había aprendido en la universidad, el libro más grueso que pudo encontrar sobre la obra de Francisco de Goya) y luego se pasó un mes entero visitando a los amigos que tenía aquí y allá. ¡Qué mal trago fue despedirse de viejos amigos como Manny y Frankie! ¡Que mal trago fue decir adiós a Delores, viajar un día a Flushing, Queens, con una caja de pasteles y unos regalos para su primo Pablo, comer con la familia y luego darle un *abrazo* por última vez!

Y después ríe recordando otra vez a Bernardito Mandelbaum y el aspecto que tenía aquel chico cuando se conocieron en
1950: delgaducho, con una espesa y enmarañada melena negra,
siempre vestido con ropa barata o de segunda mano, dada de sí,
que por lo general le pasaba un hermano mayor, camisas a
cuadros escoceses, pares de gastados zapatos marrones, comprados en Sears o en Roebuck, y calcetines blancos. Así es como se
vestía para su jornada laboral como empleado en la oficina de la
empresa de artes gráficas Tidy Print, en la que César había
trabajado como mozo de almacén durante una temporada. En
una habitación cavernosa y en la que siempre había un ruido
insoportable por las máquinas impresoras que estaban al lado, se
habían hecho amigos, pues a Bernardito en seguida le gustó la
forma de ser, alegre y cordial, de César y siempre le estaba
haciendo favores. Por las mañanas llevaba al Rey del Mambo
café y pasteles caseros para que tomase un bocado y siempre que
el Rey del Mambo tenía que irse antes de la hora para una de sus
actuaciones, Bernardito se encargaba de fichar por él a la salida.
A cambio de esos favores el Rey del Mambo introdujo a Bernardito en el círculo de sus amistades laborales, cubanos, puertorriqueños y dominicanos que se sentaban juntos a almorzar y a
contarse historias picantes. Y Bernardito, que quería ser di-
bujante de animación, los escuchaba atentamente, con su rudimentario español aprendido en la escuela secundaria, y luego
preguntaba a César sobre el sentido de determinadas palabras y
giros que apuntaba en un cuaderno de notas.

Parecía un chico realmente agradable y por eso el Rey del
Mambo se le acercó un día y le dijo, «Oye, chico, eres muy joven
para perderte todo lo bueno que ofrece la vida. ¿Por qué no te
vienes mañana con nosotros después del trabajo? Yo y mi
hermano vamos a tocar en un baile en Brooklyn, cerca de donde
vives. Quiero que después del trabajo te vengas con nosotros, ¿de
acuerdo? Eso sí, procura vestirte un poco mejor, te pones una
corbata bonita y una chaqueta, como un caballero».

Y aquello fue el principio de una nueva vida, porque Bernardito pasó la noche siguiente en compañía del Rey del Mambo y de su hermano, cenó primero un filete y una fuente de plátanos dulces fritos y luego fue con ellos a la Sala de Baile Imperial, donde, hechizado de pronto por la música, se encontró dando vueltas enloquecido delante del escenario como si fuera un jeroglífico viviente, confundiendo a las damas con sus crípticos movimientos y su extravagante forma de vestir: chaqueta marrón, camisa amarilla, corbata verde, pantalones blancos y zapatos marrones.

Seducido por la excitación y el esplendor de las salas de baile, se olvidó por completo de Bensonhurst y empezó a salir los fines de semana con el Rey del Mambo, con lo que rara vez volvía a su casa antes de las tres de la madrugada. Poco a poco, bajo la influencia de César —y de Néstor también— Bernardito se convirtió en un *suavecito* de sala de baile de cierta categoría. Lo primero que cambió fue su modo de vestir. Un sábado por la tarde César quedó con Bernardito y se recorrieron los grandes almacenes y las tiendas de ropa. Desterró para siempre aquellas prendas baratas o de segunda mano que le pasaba su hermano mayor. Con sus ahorros Bernardito se compró lo último en moda masculina: diez pares de pantalones con vueltas, chaquetas cruzadas de anchas solapas y hombros muy amplios, cinturones italianos y zapatos deportivos de dos colores. Se peinó a partir de entonces con un gran tupé y se dejó un fino bigote, siguiendo en todo la moda de sus nuevas amistades.

Después empezó a coleccionar discos de música latina. Se pasaba los domingos recorriendo las tiendas de discos de Harlem y de Flatbush Avenue, así que, con el tiempo, aquel chico que no sabía distinguir a Xavier Cugat de Jimmy Durante empezó a acumular discos dificilísimos de encontrar con interpretaciones de Ernesto Lecuona, Marion Sunshine y Miguelito Valdez. Y acabó teniendo cientos y cientos de discos, tantos que llenaban tres librerías enteras, una de las mejores colecciones de toda la ciudad.

Fue feliz hasta que su nueva vida le llevó a tener continuas discusiones con sus padres. Sus padres, le dijo al Rey del Mambo, no estaban nada conformes con sus nuevos horarios y les preocupaban esos amigos con los que ahora salía. Su padre y su madre, que habían emigrado de Rusia, debieron de sorprenderse muchísimo cuando, un domingo por la tarde, sonó el timbre de la puerta, abrieron y se encontraron allí a los dos hermanos. Iban con unos trajes elegantísimos y les llevaron flores y una caja de bombones de Schrafft's, en la esquina de la calle 107 y Broadway. Los dos hermanos pasaron aquella tarde con ellos tomando café, pastas, y haciendo gala de tan exquisitos modales que los padres de Bernardito cambiaron completamente de opinión.

Pero, muy poco después, Bernardito asistió a una fiesta que dio el Rey del Mambo y allí conoció a Fifí, un verdadero bombón de treinta años, que pronto le sedujo con su cariño y con los placeres carnales de su cuerpo. Se fue a vivir con ella a un apartamento que tenía en la calle 122 y se pasó los siguientes veinticinco años tratando de hacer las paces con sus padres. Instalado con ella, Bernardito empezó a llevar la vida que siempre había deseado, con un empleo de jornada completa por el día y trabajando como ilustrador por su cuenta por las noches: fue el artista creador de las tiras ilustradas de *Las aventuras del ratón atómico* e hizo también el diseño de tres portadas de discos de Los Reyes del Mambo, entre ellas *El infierno del mambo*.

Luego la vida de Bernardito empezó a discurrir por el tranquilo cauce de aquella cubanofilia que había abrazado con tanta pasión. Él y César Castillo habrían de ser amigos por espacio de treinta años. Y a lo largo de ese dilatado lapso de tiempo Bernardito no sólo adoptó un estilo latino de vida, aprendió a hablar un correcto español sembrado de giros idiomáticos cubanos y a bailar el mambo y el cha-cha-chá como los mejores, sino que, poco a poco, fue transformando su apartamento y el de Fifí en algo que era una mezcla de un museo del mambo y de un salón de una mansión de La Habana de los años veinte, con ventanas con celosías, macetones con palmeras, un ventilador de caoba en el techo, escritorios y mesas que tenían patas de animales, peceras tropicales, muebles de mimbre, un loro graznando en una jaula, velones y candelabros, y además de un gran televisor moderno RCA y de un tocadiscos estéreo, un Victrola de 1920 que se ponía en marcha con una manivela. Ya más adelante empezó a tener él mismo un aspecto que parecía que había salido de aquella época, se peinaba con raya en medio, llevaba unos quevedos y un recortado bigote, pantalones muy anchos sujetos con tirantes, pajaritas y canotiers de copa aplastada.

Y tenía fotografías dedicadas de algunos de los grandes: César Castillo, Xavier Cugat, Machito, Nelo Sosa y Desi Arnaz.

El día que el Rey del Mambo fue a casa de Bernardito a despedirse de él, encontró a su amigo sentado junto a la ventana, inclinado sobre una mesa de dibujo con un lápiz en la mano, terminando unos diseños publicitarios. Artista gráfico de la plantilla de la agencia de noticias *La Prensa,* se sacaba también algún dinero extra trabajando como ilustrador por su cuenta, las tiras semipornográficas para revistas de chicas desnudas eran una especialidad tan rápida como fácil: una joven con un gran culo se inclinaba a coger una rosa, enseñaba todo el trasero, un hombre la miraba boquiabierto y su esposa, ya entrada en años y en carnes, a su lado, le decía, «No sabía que te gustaban tanto las rosas». Esa tarde se sentó junto a Bernardito mientras éste seguía con su trabajo y los dos hombres charlaron y bebieron. Generalmente, Bernardito oía música mientras trabajaba y aquella tarde no hizo una excepción: la orquesta de Nelo Sosa salía por los altavoces, sonando espléndidamente.

Conversaron por espacio de una hora, más o menos, y luego el Rey del Mambo, sintiendo la tristeza de aquel día, regaló a su amigo un lote de viejos discos, muy difíciles ya de encontrar, de Cuba, del Sexteto Habanero, cinco 78 r.p.m. que había encontrado en un puesto callejero en La Habana en los años cincuenta.

—Son para ti, Bernardito.

Y el Rey del Mambo dirigió a su amigo una mirada tan larga como cordial. El hombre tenía ya cuarenta y muchos, pero aún conservaba aquella sonrisa encantadora, aunque un tanto bobalicona, de cuando tenía diecinueve años.

—Pero ¿por qué me los das a mí?

—Porque eres mi amigo —le respondió el Rey del Mambo—, además ya nunca los oigo. Puedes quedártelos.

—¿Estás seguro?

—Sí.

Feliz y contento, Bernardito Mandelbaum puso en su viejo tocadiscos estéreo KLH, que tenía aquella velocidad, la famosa versión del Sexteto Habanero de *Mamá Inez*.

Y luego puso los demás y le preguntó varias veces:

—¿Estás seguro de que quieres dármelos?

—Tuyos son.

Luego se sentaron un rato y César le preguntó:

—¿Y tu *señora?* ¿A qué hora llega a casa?

—Debe de estar a punto de llegar.

Sí, y ésa era otra historia. Después de esperar veinticinco años a que sus padres le dieran su consentimiento, finalmente se había casado con Fifí.

Fifí tardó aún otra hora en llegar, ofreció al Rey del Mambo una cena sana y apetitosa a base de filete y plátanos, y le estampó un beso en la mejilla que le hizo ruborizarse.

Pero dijo que no a la cena, alegando que no se encontraba bien.

En la puerta se despidió de Bernardito estrechándolo largo rato en un fuerte abrazo.

—Vuelve el domingo —le dijo Bernardito mientras el Rey del Mambo bajaba ya las escaleras—. El domingo, no lo olvides.

De quien más le costó despedirse fue de Eugenio. No quería dejar al chico «detrás» sin verle una última vez. Así que, un día, llamó a Eugenio a aquel almacén de material para pintores en el que trabajaba como contable en Canal Street, un sitio que se llamaba Pearl Paints, y le invitó a cenar aquella noche y así luego podrían darse una vuelta como solían hacer en tiempos. Quedaron en la calle 110 y acabaron en aquel restaurante dominicano que estaba en Amsterdam Avenue, en donde cenaron francamente bien. Después se dirigieron a un pequeño bar que se llamaba La Ronda, donde una cerveza costaba nada menos que cinco dólares la botella pero en el que la individua que hacía *strip-tease* metida dentro de una jaula tenía un bonito y macizo cuerpo. Cuando entraron no llevaba ya nada encima. (De cuando en cuando se iba a un cuarto trasero con clientes que le pagaban, se echaba en la cama y se abría de piernas.)

—*Mambero* —le dijo al verle entrar—, ¿ya estás mejor?

Él se encogió de hombros. Luego la mujer dio a Eugenio un buen repaso con la mirada, y el Rey del Mambo se arrimó a su sobrino con un billete de veinte dólares en la mano y le dijo:

—¿Quieres irte con ella? A mí no me importa en absoluto.

—No, vete tú, tío.

El Rey del Mambo levantó la vista y la contempló, con sus firmes piernas y bonitos y tersos muslos. Hasta se había afeitado la vagina, la raja parecía una boca vertical, reluciente por la vaselina —y quien sabe qué más cosas— que se había dado. Era muy tentador, pero le contestó:

—No, he venido aquí a estar contigo.

A esas alturas toda la familia estaba enterada de que César había abandonado sus dietas especiales, su medicación, que había engordado, y sabía que siempre estaba cruzado de brazos y con ojos llorosos. A Eugenio le dio una impresión más bien penosa. Mientras estaba sentado junto a su tío sintió ciertos deseos ya antiguos en él: salir corriendo y huir, ir a algún otro sitio, ser otra persona.

Atendieron un rato a la música y luego sobrevinieron largos períodos de silencio: el chico parecía francamente triste.

—¿Recuerdas cuando íbamos a clubs y a mis actuaciones juntos?

—Sí, tío.

—¡Qué tiempos aquéllos, eh!   ⎰

—Nos lo pasabamos bien, sí.

—Bueno, las cosas cambian. Tú ya no eres un *nene* y yo ya no soy joven.

Eugenio se encogió de hombros.

—¿Te acuerdas de cuando te llevé con aquella mujer de la calle 145?

—¡Sí!

—Eugenio, no seas tan seco conmigo. Era un verdadero bombón, ¿eh?

—Sí, era una mujer muy atractiva, tío —y después le preguntó—: ¿Vamos a quedarnos aquí mucho rato, tío?

—No, el justo para tomar unas copas, chico —dio un sorbo—. Lo único que quería decirte es... que tú significas mucho aquí dentro —y se dio una palmadita en el pecho.

Eugenio se rascó la frente, la bailarina se echaba hacia delante y meneaba los pechos.

—Espero que me creas, chico. Quiero que me creas.

—Tío...

—Sólo quería decirte una cosita, de hombre a hombre, y de corazón a corazón —todo su rostro se había puesto rojo y respiraba con dificultad—: *Que te quiero*, sobrino. ¿Me entiendes?

—Sí, tío, ¿para eso es para lo que me dijiste que viniera aquí? —y añadió—: Mira, tío, creí realmente que pasaba algo; quiero decir, que es la una de la mañana y tengo que irme a casa.

El Rey del Mambo asintió con la cabeza, queriendo dejar escapar un grito de insoportable dolor.

—Bueno, te agradezco que hayas venido a ver al viejo *mambero* de tu tío —le respondió.

Y luego siguieron sentados un rato en el bar, admirando a la individua que hacía *strip-tease* y cruzando apenas unas frases. La gramola atronaba con los últimos éxitos de cantantes latinos, músicos como Óscar de León y favoritos de todos los tiempos como Tito Puente.

Más tarde los dos se hallaban en el andén del metro de la estación que hay en la esquina de la calle 110 y Broadway.

Eugenio tenía que ir en dirección al centro, a la calle 10 Este, en donde vivía, en tanto que el Rey del Mambo cogía el tren local que va al norte. Lo último que dijo a su sobrino repetía las palabras que siempre le decía cuando estaba borracho:

—Bueno, no te olvides de mí, ¿eh? Y no olvides tampoco que tu tío te quiere.

Y después abrazó a su sobrino por última vez.

Mientras esperaba su tren miró a su sobrino en el andén de enfrente. Eugenio estaba sentado en un banco y leía un periódico de gente fina, *The New York Times*. Su sobrino, que había ido a la universidad, era tan melancólico como su padre, y cada vez más a medida que se iba haciendo mayor. Cuando el tren del Rey del Mambo se acercaba, silbó a Eugenio en el andén de enfrente, pero éste apenas tuvo tiempo, al alzar los ojos, de ver a su tío hacerle un gesto de despedida con la mano. Pegado a la ventanilla y bizqueando tras sus gafas de cristales verde oscuro, el Rey del Mambo siguió con la vista clavada en su sobrino hasta que el tren fue tomando velocidad y desapareció tragado en el negro túnel.

Aquella despedida había tenido lugar apenas unas noches antes, recordaba el Rey del Mambo sentado en el Hotel Esplendor.

Recordó también algo más, fue a su pequeña maleta y sacó de ella unos sobres y cartas para echarles un último vistazo, y luego, tras revolver los bolsines interiores de la maleta, sacó también una navaja de afeitar con un bonito mango negro, regalo de un amigo hacía muchos años, y la puso delante de él en la mesa, por si acaso el final se hacía esperar demasiado en aquella habitación del Hotel Esplendor.

Músico, cantante y portero, a principios de los años sesenta se convirtió también en profesor. En su mayor parte los grupos a los que daba clase, que se reunían los domingos por la tarde, estaban compuestos por cinco o seis estudiantes entre los que durante varios años se contó Eugenio, que había empezado a tomar lecciones de trompeta cuando tenía unos doce años. Cuando hacía buen tiempo a veces daba la clase en el parque, pero en las estaciones en que hacía más frío se reunían en su apartamento. Daba clases sin cobrar un centavo, pues, al hacerlo así, se sentía un poco como su viejo maestro, Eusebio Stevenson, o el entrañable Julián García, que había cuidado de él hacía tantos años.

Y además, porque no le gustaba estar solo.

Feliz de tener a aquellos chicos a su alrededor, siempre los invitaba a unas sodas y pastelillos, pero cuando tenía unos cuantos dólares de más en el bolsillo mandaba a Eugenio a la *bodega* que había enfrente con cinco billetes a que comprara unas libras de embutido y unas barras de pan italiano y bolsas de patatas fritas para que aquellos chicos, algunos de los cuales no siempre comían demasiado bien en sus casas, pudieran darse un pequeño festín después de la clase.

Los alumnos se sentaban en la sala de estar y esperaban allí hasta que el profesor aparecía con un montón de discos y su tocadiscos portátil. Dependiendo del humor que tuviera, unas veces les enseñaba técnica musical, o como aquel día en cuestión, tocaba unos mambos y *canciones* antiguas y se dejaba llevar por los recuerdos y les contaba las mismas cosas que su maestro, Eusebio Stevenson, le enseñara a él en el pasado:

—Así pues, la rumba se deriva del *guaguancó*, que se remonta a su vez a hace muchísimo tiempo, a varios cientos de años atrás, cuando los españoles llevaron por primera vez a Cuba ese estilo musical que se llama flamenco, y ese estilo español, mezclado con los ritmos que tocaban los esclavos africanos con sus tambores es lo que dio origen a las formas más antiguas de la rumba. La palabra «rumba» significa magnificencia. Los esclavos que primero la bailaron generalmente eran encadenados por la noche con grilletes en los tobillos, así que se veían forzados a limitar sus movimientos: cuando bailaban sus rumbas era siempre con mucho movimiento de caderas y moviendo muy poco los pies. Ésa es la auténtica rumba del siglo diecinueve, con tambores, voces y líneas melódicas que parecían españolas y africanas a un tiempo... ¿Y qué es lo africano? El elemento africano a mí siempre me suena como gente cantando en la jungla o gritando en la orilla opuesta de un río. Al principio las rumbas se tocaban sólo con trompetas y tambores. Cuando ustedes oyen música moderna y se improvisa con la batería, lo que se conoce como una *descarga*, eso es lo que se llama la sección de *rumba*. Sea como fuere, esas rumbas se popularizaron en el siglo diecinueve; las pequeñas bandas militares de las ciudades de provincias de Cuba solían aderezar sus valses y marchas militares con ritmos de rumba, para que la gente se soltase un poco y se lo pasara bien.

»El mambo ya es otro baile. Nació en los años cuarenta, antes de que todos ustedes hubiesen nacido. Como baile es idéntico a la rumba, pero con mucho más movimiento de los pies, como si ya les hubiesen quitado las cadenas. Por eso es por lo que parece que todo el mundo se vuelve loco, como en un *jitterbug* enfebrecido, cuando baila el mambo.

Y les hacía una demostración con unos cuantos pasos, moviendo su pesado cuerpo todavía con cierta ligereza y los muchachos reían.

—Esta libertad del mambo tiene su origen en la *guaracha*, una vieja danza campesina de Cuba que siempre se toca con un ritmo muy alegre.

»Lo que ahora conocemos como la *pachanga* no es más que

una variante. Casi todo lo que vosotros tocaréis, si alguna vez formáis parte de un *conjunto,* será marcando un compás de 2 por 4 y además oiréis el ritmo 3 por 2 de los claves, que suenan uno-dos-tres, uno-dos.

»Ahora bien, la mayor parte de las orquestas van a tocar sus arreglos del modo siguiente, dividiendo las canciones en tres secciones. La primera es la «cabeza» de la melodía, la segunda es el coro, que es cuando todos los cantantes unen sus voces al unísono, y finalmente el mambo o sección de rumba. Machito emplea muy a menudo ese tipo de arreglos.

Después se explayaba sobre los distintos instrumentos y con todas aquellas eruditas disertaciones ocultaba hábilmente el hecho de que él mismo no supiera leer música.

Tras lo cual venían las lecciones propiamente dichas y los ejercicios con instrumentos, en los que los discípulos más atentos eran Miguelito, un puertorriqueño alto y delgaducho, que quería aprender a tocar el saxofón; Ralphie, que era hijo de León, el fontanero tuerto, y Eugenio, que tenía bastante buen oído y siempre seguía la clase con atento semblante. Ambos tocaban la trompeta. Por turnos cada estudiante se ponía en pie y tocaba una canción y luego el Rey del Mambo le hacía unos comentarios sobre su técnica y enseñaba al estudiante en cuestión a corregir posibles defectos. Y el método funcionaba, pues varios de sus alumnos aprendieron mucho y luego pasaron a dar clase con otros profesores que sí sabían leer música. Ésta era una limitación de la cual el Rey del Mambo se sentía avergonzado. Aunque podía seguir e identificar las notas en una partitura, nunca aprendió a leer música con rapidez. Se ponía colorado y evitaba mirar a sus alumnos a los ojos; y de descifrar complicadas partituras de jazz, como las de aquellos libros que Miguelito llevaba de vez en cuando, llenas de arreglos de Duke Ellington, eso ya ni hablar.

Aun así, nunca le faltaban estudiantes. ¡Siempre había algún chico pobre de la misma La Salle Street, o de Harlem o del Bronx

al que le habían hablado de cierto Rey del Mambo que daba
clases gratuitas, y, por si fuera poco, también sandwiches! Y el
Rey del Mambo nunca tuvo que arrepentirse de admitirlos en sus
clases. La única mala experiencia fue con un muchacho que tenía
una cara marcada de viruela, una voz muy ronca y que hablaba
muy deprisa, un poco como Phil Silvers en la serie de televisión
del Sargento Bilko. César conocía a Eddie del barrio. A mitad de
su segunda clase el chico fue a la cocina por un vaso de agua: más
tarde, cuando se estaba vistiendo para salir, el Rey del Mambo
no encontró un reloj Timex de muñeca con pulsera de oro y
veinte dólares en billetes que había dejado en el cajón de la
cómoda que había en su dormitorio. También faltaban, en otro
cajón, un encendedor Ronson y un anillo de plata que le había
regalado al Rey del Mambo una admiradora. A Eddie lo detuvieron cuando quiso vender el anillo en una casa de empeño de
Harlem y se pasó una tarde en un centro de detención para
menores. Nunca volvió a permitírsele la entrada en la casa, pero
el Rey del Mambo siguió dando clases a sus demás alumnos,
varios de los cuales, con el tiempo, acabaron siendo brillantes y
satisfechos profesionales.

Ahora oía a Eugenio practicar con la trompeta. Estaba
lloviendo. Bajo aquel manto de somnolencia de media tarde
escuchaba atentamente al chico, que parecía tocar muy lejos: a
veces confundía el ruido que hacían las gotas de lluvia en los
cristales de la ventana con el rumor de la lluvia en su Cuba natal,
y entonces daba vueltas en la cama, contento y feliz, como si
fuera otra vez niño y el dormir delicioso, y el mundo pareciese
algo sin principio ni fin. Salió lentamente de aquel estado de
amodorramiento —su perro Poochie se había puesto a ladrar
porque en la calle se había disparado una sirena de incendios—,
se incorporó en la cama y encendió un cigarrillo. La noche antes
había vuelto a las tantas después de actuar en un sitio en el
Bronx y sentía terribles pinchazos en la cabeza. Recordaba algo

de una mujer con un faldicorto vestido verde que le besaba delante de una gramola y luego que se había pasado horas tratando de encontrar un taxi en aquellas calles desiertas del Bronx a las cuatro de la madrugada. ¿Y qué más recordaba? Lo último era que estaba echado en la cama y alguien le quitaba la corbata y le desabrochaba los botones de la camisa y trataba de quitársela. Y luego el placer de sentir los pies sin zapatos y sus cansadas plantas aliviadas por el aire fresco de la noche. Y después un «Buenas noches, tío» y el clic de la luz al ser apagada.

Bueno, tenía que levantarse, tenía que ir a tocar otra vez al Bronx, cualquier otra noche, Dios mío, pero aquélla, precisamente, no. Habría preferido quedarse en la cama y dormirse otra vez con el agradable borboteo del agua que caía de los canalones y que siempre le recordaba aquellas tormentas tropicales en Cuba que le dejaban extasiado. (El fulgor de un relámpago le hizo recordar cuando era niño y bailaba en el patio de azulejos, dando vueltas y más vueltas, eufórico bajo el aguacero.) No quería que dejara de llover, no quería levantarse, pero finalmente tuvo que hacerlo. Eugenio estaba tocando *Bésame mucho* y mientras el Rey del Mambo hacía sus necesidades en el retrete y luego se afeitaba pensó que, al cabo de casi ya dos años, parecía que el muchacho empezaba a hacer notables progresos. Desde luego nadie de la familia pensaba que el chico fuese a dedicarse a la música, no, eso no, muchacho. Mejor que siguiera estudiando para no tener que trabajar como un esclavo en algún oficio manual o tocando en medio de ninguna parte hasta las cuatro de la madrugada. Y has de entender una cosa, nada hay de malo en entretener a la gente o en disfrutar tocando para uno mismo. Lo que te deja hecho polvo no es eso, no, sino todo lo demás: los largos trayectos de vuelta a casa a las tantas, los huesos que te duelen de puro cansancio, la clase de sinvergüenzas con los que a veces has de tratar, la sensación de que una noche es igual a la siguiente y a la otra y así durante años y años.

A no ser que tengas mucha, pero que muchísima suerte —le

decía al chico—, vas a tener que trabajar toda tu vida. A menos que seas como Frank Sinatra o como Desi Arnaz, que tiene una casa magnífica en California, ¿sabes, hijo? El consejo que te doy es que seas siempre sensato. Cuando conozcas a una buena chica, cásate, ten hijos y todo eso. Y si tratas de sacar adelante a tu familia con el sueldo de un músico, has de saber desde ahora que tendrás que buscarte un trabajo fijo antes de lo que imaginas. Así que si quieres tocar, adelante, pero recuerda que debes de considerarlo única y exclusivamente como una afición. Te estoy hablando en serio, chico, porque ¿no querrás acabar como tu tío, verdad?

(El muchacho siempre bajaba la cabeza.)

Después, cuando subía arriba, el chico ya había terminado de cenar y esperaba ansioso a su tío en el salón. En la cocina el Rey del Mambo se unía a la bonita Leticia y al adusto Pedro a la mesa y cenaba él también mientras oía las quejas que Delores tenía del chico: «Debes decirle que se sosiegue un poco. Porque si no, va a meterse en algún lío. ¿Me entiendes?».

Habían tenido problemas con él todo aquel año. Seguía sin llevarse nada bien con su padre adoptivo y había empezado a salir con amigos poco recomendables. Lo habían intentado todo: habían corrido tras él con un cinturón, le habían llevado a ver al cura, al asistente social que se ocupaba de los jóvenes y en cierta ocasión Delores había llamado a la policía. Pero nada había dado resultado: el chico respondió huyendo de casa y cogiendo un tren que le llevó a Buffalo en pleno invierno, en el estado de Nueva York, y allí permaneció tres días escondido entre unos vagones que estaban en vía muerta y casi cogió una neumonía. Y a su madre tampoco le hacía demasiada gracia que acompañase al Rey del Mambo a aquellas actuaciones suyas que acababan a las tantas, pero al menos siempre era preferible a que diera vueltas por la calle.

—A ver si le infundes un poco de sentido común —le rogaba Delores—. Dile que no le hace ningún bien seguir así.

—Se lo diré.

En el camino a los clubs en que actuaba le decía a Eugenio que hiciera caso a su madre, y que dejara de salir con aquellos amigos suyos del barrio.

—Ya sabes que nunca te he puesto ni un dedo encima, chico, pero si sigues así, tendré que hacer algo al respecto.

—¿Tú me pegarías?

—Bueno, yo, yo, yo querer, no quiero, porque eres de mi propia sangre —y entonces recordaba las palizas que a él le habían dado de pequeño—, pero has de respetar a tu madre en todo lo que te diga.

—Ya no le tengo ningún respeto.

—No, no sobrino, no has de ser así.

Pero veía que el chico estaba harto de Pedro. El tipo era insoportable.

—Eugenio, tú piensa como quieras, pero recuerda que tu madre es una mujer buena y que nunca ha hecho nada que no esté bien. Quiero decir que no deberías de sentirte tan molesto sólo porque en un momento dado decidió casarse otra vez. Ella lo hizo por ti, ¿o es que no lo entiendes?

Y el muchacho asentía con la cabeza.

—Te oí tocar hoy —le dijo, cambiando de conversación—. Lo hacías muy bien.

Y luego añadió:

—Anda, vamos.

El club estaba en lo alto de una calle que hacía una cuesta muy empinada, una estrecha escalera, luego venía un cartel que decía ARMAS NO, GRACIAS y una señora mayor menuda que vendía las entradas a un lado de la puerta. Cuando llegaron estaban muertos de frío. El calor de la multitud que llenaba el local les resultó reconfortante.

Voces:

—¡Eh, mira quién está aquí!

—¡*Mambero*!

—Me alegro de verte. Os presento a mi sobrino, un gigante, ¿eh?

Y añadió:

—Bueno, está aquí todo el mundo.

A veces cuando daba una palmadita a Eugenio en la espalda se sorprendía al sentir el cuerpo de un hombre ya hecho y derecho, y se maravillaba de los efectos del paso del tiempo.

Cuando llegaron al pequeño estrado de madera que hacía las veces de escenario se encontró con sus músicos, todos los cuales ya habían tocado con él antes, pero a los que nunca había presentado a Eugenio.

—Está aprendiendo a tocar la trompeta —comentó el Rey del Mambo a su pianista, Raúl.

—Pues entonces déjale que la toque.

—No, él se conforma con tocar los bongos.

Y con estar conmigo. Cuando era más joven, unos años antes, el chico se pasaba el día entero en su apartamento, viendo la televisión y haciendo lo que le apetecía. Una vez le preguntó:

—Tío, ¿puedo venirme a vivir contigo?

A lo que él había respondido:

—Pero, *chico*, ¡si ya casi vives aquí!

Aquella noche el Rey del Mambo cantó muy bien. Interpretó su repertorio habitual, mezclando canciones lentas y rápidas, bromeó con el público y bajó a la pista unas cuantas veces. Mientras daba vueltas —como lo hacía en el pasado, bajo la lluvia, ¡cómo deseaba en ocasiones hallarse otra vez debajo de aquel árbol que el viento había tronchado!— echó un vistazo a su sobrino, que estaba sentado en el negro estuche de una batería, aporreando un par de bongos que sujetaba entre las rodillas y que ya parecía casi un hombre adulto. Poco faltaba para que ése fuese el caso y el chico se marchara de casa y las cosas no volvieran a ser nunca como antes. ¿Sería ésa la razón por la que siempre estaba buscando la compañía de su tío? ¿Qué estaría pensando exactamente el muchacho en aquel momento? Tal vez estaba sólo concentrado en la música o soñando con algo, pero ¿con qué?

—¿Quieres tocar después la trompeta? Podríamos tocar *Bésame mucho* si te apetece.

—No, estoy bien aquí sentado.

No insistió, pues no le gustaba forzar nunca al chico. A pesar de todo, no lograba entender por qué su sobrino practicaba tanto si luego nunca quería tocar.

—¿Estás seguro?

—¡Sí, *hombre!* ¡Venga ya! —medió otro de los músicos.

Pero prefirió seguir con los bongos. Y en ese momento el Rey del Mambo pensó que Eugenio era aún más reservado que su padre, su pobre padre.

Mientras tocaba un solo de trompeta de *Santa Isabel de las Lajas* llegó a la conclusión de que, simplemente, no entendía a Eugenio. Delores estaba siempre diciéndole que el chico tenía un pésimo carácter, que lanzaba cosas contra las paredes, que tiraba los libros de contabilidad y la colección de sellos de Pedro por el suelo, que le habían cogido corriendo por la calle rompiendo ventanas. Que en la calle era un tipo pendenciero, que siempre estaba enzarzándose en riñas y peleas por cualquier cosa.

—Pero ¿es que no lo ves, César?

Y si eso era verdad, ¿por qué entonces el chico era tan encantador conmigo?

Allí estaba, tocando los bongos, ¿quién habría dicho, viéndole, que era un muchacho tan problemático?

Sabes una cosa, chico, cuando te vayas de casa voy a sentirlo.

Echó la cabeza hacia atrás y se dejó llevar por el fluir de la música, absorto en sus recuerdos de Eugenio:

Un chico que acostumbraba a quedarse dormido en su regazo después de comer, que le servía de báculo cuando volvían andando algunas noches y necesitaba a alguien que le ayudara a tenerse en pie. Una mano que acariciaba su rostro, el chico aquel tan callado que prefería ir al apartamento de su tío a ver la televisión en vez de quedarse a verla en su casa. (Al chico le encantaba aquel programa en que salimos yo y mi hermano.) Y un chico respetuoso, un chico que le llevaba a Coney Island o al parque de atracciones de Palisades o a visitar a amigos como Machito o al mercadillo de la calle 125. Un chico que sabía en qué tono tenía que decirle, «¡Venga, vamos!» cuando se sentía deprimido, como aquella tarde hacía tres años, cuando, de pie en el porche, con la mirada perdida en la lejanía, se estremecía recordando a su madre, a la que ya nunca habría de volver a ver. Un chico que aquel día le había cogido de la mano y le había llevado al mercado callejero en el que los vendedores instalaban sus tenderetes y ofrecían de todo, desde muñecas Barbie a Hula Hoops, un chico que le había sacado de su tristeza, corriendo alegremente de puesto en puesto y que había descubierto nada menos que un comercio de discos de segunda mano en el que encontraron un disco, agotado ya, de mambos de uno de los favoritos de César, Alberto Iznaga.

Eso era todo lo que tenía que saber, todo lo que sabía y todo lo que habría de saber nunca de aquel muchacho.

Si pudiera darte cualquier cosa que pudiera antojársete, te la daría encantado, chico, pero no tengo ese poder.

Se separó del micrófono, dio unos pasos hacia atrás y le pasó la mano a Eugenio por la cabeza.

Después se quedó junto a la ventana mirando a la calle con una copa en la mano, un whisky que aliviaba un poco los dolores que sentía.

Habría devuelto la vida a tu papi en un segundo, si pudiera.

—Eugenio, ¿quieres hacerme un favor? ¿Me traes otra copa?

—Sí, tío.

Habría chasqueado los dedos, así...

Y cuando le trajo la copa y empezó a beberla procuró tranquilizar al chico:

—No te preocupes, que esta noche estoy demasiado cansado para quedarme hasta muy tarde.

A eso de la una y media tocaron las últimas canciones: *El bodeguero, Tú, Siempre en mi corazón, Frenesí* y *¡Qué mambo!*

Y a las tres en punto de la madrugada estaban en la estación del metro de la calle 149, esperando el expreso que iba a Manhattan.

En la estación reinaba un silencio total, el chico se recostaba contra su tío y su tío a su vez contra una columna, con el negro estuche de su instrumento a su lado.

El restaurante El Arbol del Mamey, un local enorme en la Quinta Avenida esquina a la calle 18 en Brooklyn, con dos comedores y una barra que daba la vuelta a la esquina y en la que también se despachaban zumos y bocadillos a la calle.

Su propietario, don Emilio, se pasaba el día sentado en una silla de ruedas junto a la caja tomando nota con su severa mirada de cuanto ocurría en el salón-comedor. Llevaba unas gafas con reluciente montura de metal y los bolsillos de su *guayabera* estaban llenos de panatelas y de brillantes bolígrafos de capucha roja siempre meticulosamente dispuestos en fila. Sus piernas colgaban, inertes, enfundadas en un par de *pantalones* negros.

El pobre hombre llegó a los Estados Unidos, se instaló en Brooklyn y, como tantos otros cubanos, trabajó como un animal para ahorrar y montar un negocio, el restaurante aquel, que iba muy bien, y de pronto, ¡zas!, un ataque le llenó las piernas de serrín y había acabado en una silla de ruedas, paralítico de cintura para abajo. «Antes era un buen tipo», le decían los camareros a César. «Se sentía siempre orgulloso de todo y nos trataba bien, pero ahora lo único que piensa es que todo el mundo trata de robarle... del mismo modo que Dios le robó sus piernas.»

El Rey del Mambo entró un sábado por la tarde en el local, que estaba abarrotado, se quitó el sombrero con gesto tímido, hizo una inclinación de cabeza y le saludó, «Buenas tardes, don Emilio».

—Hola, ¿cómo estás, amigo mío?

—Bien, don Emilio. He venido a recoger mi guitarra. Me la dejé aquí olvidada la otra noche.

(Porque estaba borracho y no quería cargar con ella en el metro.)

—Sí, me lo dijo mi mujer. Creo que se la llevó dentro.

—¿Ah, sí?

A través de un par de puertas dobles se dirigió a la cocina que bullía de actividad. Tres cocineros trabajaban en fogones con muchos hornillos y en hornos, asando pollo y chuletas de cerdo, preparando pucheros de arroz, caldo y sopa de pescado, friendo plátanos y cociendo *yuca*.

—El jefe me ha dicho que viniera aquí por mi guitarra.

—Carmen se la ha llevado arriba. Dijo que no creía que el calor le sentara bien.

Y el cocinero, que llevaba un mandil lleno de manchas de salsa, le señaló con el dedo una puerta trasera que daba a un patio.

—Suba esas escaleras y en el segundo piso.

Atravesó un pequeño patio en el que un árbol y diversas flores habían crecido milagrosamente en el resquebrajado suelo de cemento, franqueó otra puerta y subió las escaleras que llevaban al apartamento de don Emilio en el segundo piso. Cuando su esposa abrió la puerta el apartamento estaba radiante de luz y olía a rosas. Dentro, en todas las mesas, en el escritorio y en los alféizares de las ventanas, ramos y más ramos de flores, tantos que sus colores parecían flotar en el aire de la habitación.

(Y vuelve a recordar que su madre en Cuba siempre tenía también la casa llena de flores.)

El Rey del Mambo se quitó el sombrero y con una sonrisa de oreja a oreja le dijo en voz queda:

—Carmencita, he venido a recoger mi guitarra.

Mujer aún atractiva a punto de cumplir los cuarenta, con un cierto aire de frustración, Carmen, la esposa de don Emilio, llevaba un vestido sin mangas de color rosa, un tanto matronil y muy limpio. Con el pelo cardado y lacado, largas pestañas, una gruesa capa de carmín y de rímel, parecía que iba a salir a la calle. En el apartamento no había niños. Unas cuantas fotos distribuidas por toda la habitación, incluida una foto de boda tomada en Holguín, Cuba, en una plaza, antes de la revolución, cuando don Emilio aún estaba bien de las piernas. (Era aquel tipo alto y sonriente que tenía bien cogida a su esposa.) Un crucifijo antiguo encima del sofá (y, Jesús, prométeme que me ayudarás), un reloj eléctrico con los rayos del sol en la esfera, un gran aparato de televisión en color, un sofá con una funda de plástico. Era un apartamento antiguo con un moderno cuarto de baño, en donde había una silla-retrete como las de los hospitales, de diseño muy elegante, y con asas a los lados para agarrarse.

—Entra, César, por favor.

—Bueno, pero no he venido más que por mi guitarra.

La guitarra, en su estuche negro, estaba apoyada contra el radiador.

—Quería hablar contigo.

El Rey del Mambo meneó la cabeza.

—Oiré lo que tienes que decirme, pero si vas a volver a hablarme de tu marido, haré oídos sordos. Yo no tengo nada contra don Emilio y...

—Y yo no tengo nada en absoluto —le interrumpió ella con tono de desesperación—. Cuando no estoy abajo trabajando estoy aquí, siempre sola. Ni siquiera me deja salir a la calle si no viene él conmigo en su silla de ruedas.

Y añadió:

—*Hombre*... —y mientras lo decía se desabrochó los botones de delante del vestido, desde el cuello al dobladillo de la falda, y se lo abrió completamente. Debajo no llevaba nada. Tenía un cuerpo menudo y entrado en carnes, un bonito culo redondo y

unos generosos pechos un poco marcados de viruelas. Se echó
boca arriba en el sofá cuan larga era y le dijo:

—César, te estoy esperando.

Mientras él aún dudaba, se incorporó, le quitó los pantalones
y empezó a toquetearle, de forma que su miembro, haciendo caso
omiso de sus escrúpulos (don Emilio le caía bien), se irguió como
accionado por una palanca y ella lo rodeó con sus dedos y
empezó a chupárselo como si fuese una pequeña criatura del
bosque sorbiendo la miel de una colmena.

La Madre Naturaleza finalmente se impuso y con los pantalones y calzoncillos bajados hasta las rodillas hizo apasionadamente el amor con ella, aunque, eso sí, temeroso de que don
Emilio o alguno de sus hermanos se enterase de lo que había
entre ambos. La primera vez fue una noche que había bajado a la
bodega, un año antes, cuando don Emilio estaba enfermo en
cama con la gripe; era ya muy tarde, había acabado de tocar
como las demás noches —paseándose por entre las mesas cantando *Malagueña, Bésame mucho* o *Cuando calienta el sol*— y estaba
allí esperando que le pagasen, cuando ella le dijo que la acompa-
ñara a la oficina para que los camareros no vieran lo que le daba;
y entonces abrió de un empujón la puerta de la bodega, se
levantó la falda por encima de la cintura, y así fue, pues él estaba
un poco borracho y sus bragas habían resbalado muy oportuna-
mente por sus piernas enfundadas en medias de nylon hasta sus
zapatos rojos con tacón de aguja. El teléfono de la oficina
contigua no dejó un solo momento de sonar —don Emilio
llamaba para ver cuándo iba a subir a casa su esposa— y la
melodía de Benny More, *Santa Isabel de las Lajas,* sonaba lejana al
otro lado de la pared, César se arañaba las rodillas con la
arpillera de aquellos sacos de lentejas de cincuenta libras de peso
y doña Carmen apretaba el rostro contra su pecho —mordiendo
todo lo que sus dientes podían pillar— y luego todo acabó en un
abrir y cerrar de ojos. No le había llevado más de dos minutos
conseguir lo que quería. Después sintió remordimientos, porque

en la época en que había vuelto a trabajar como cantante otra vez e iba de restaurante en restaurante buscando trabajo para reunir dinero y enviárselo a su familia en Cuba, don Emilio había sido el primero en contratarle.

Pero tenía que admitir que una vez puestos a ello, había ya muy pocas posibilidades de parar... Con sólo ponerle ella la mano encima ya era más que suficiente, y había ido mucho más lejos que eso; grueso como la cañería de un fregadero, su miembro fue penetrándola lentamente. (Ella le hacía detenerse cada tres pulgadas, más o menos, echaba la cabeza hacia atrás y apretaba las caderas hasta que aquella zona tensa y caliente se iba empapando de humedad y desdoblándose como si fuese seda, y entonces hacía que se la metiera un poco más, mientras daba cabezazos a un lado y a otro y apretaba los dientes para sofocar sus propios gemidos.) Cuando ya se la había metido toda hasta dentro, sólo le llevó siete embestidas más correrse: su inmenso cuerpo la aplastaba, su hueso pélvico chocaba con el de ella, todo parecía bullir bajo la piel de ambos, la punta de su pene lamía su flor cervical y Carmen le decía «En otros tiempos don Emilio estaba tan bien dotado como tú. Yo solía llamarle *caballo*».

Y luego se acabó; ella rompió a llorar, tropezó con una lámpara y él apenas tuvo tiempo de vestirse, decir «¡Buenos días!» y beberse un vaso de agua. Se metió otra vez su lívido miembro en los pantalones y se encontró de pronto plantado fuera delante de la puerta, con la respiración entrecortada, como si acabara de librarse por un pelo de que le atropellara un autobús.

Mientras bajaba las escaleras, con el estuche de su guitarra en la mano, atravesaba la cocina y entraba de nuevo en el comedor no dejaba de pensar en el culo de Carmen, la veía cogiéndole la mano y poniéndosela en la boca mientras se corría, sacando y metiendo y chasqueando la lengua entre sus dedos índice y corazón, y pensaba a la vez en Cuba y en don Emilio y en aquel comedor abarrotado, y en el olor a chuletas de cerdo y a frijoles y a arroz y a plátanos fritos y se preguntó si alguien olería a doña Carmen en sus manos o en su rostro. Se dirigió hacia la puerta de la calle, se abrochó su gabardina London Fog y cuando se despedía de unos amigos saludándolos con la mano, don Emilio le llamó.

—César, hazme un favor mientras estés aquí —le dijo don Emilio al Rey del Mambo, cogiéndole con fuerza de la muñeca—. Cántales esa canción tuya tan bonita a esa pareja de recién casados que ves ahí. Él es hijo de un buen amigo mío.

—Si usted lo desea, don Emilio, no faltaría más.

—Te quedaría muy agradecido.

Y don Emilio dio a César una amistosa palmada en el hombro y el Rey del Mambo cogió su guitarra, se colgó al hombro la correa de terciopelo y se dirigió a la mesa de los recién casados. Primero cantó la canción de Ernesto Lecuona *Siempre en mi corazón* y luego, rasgueando suavemente dos acordes, uno en la menor y otro en mi mayor (los acordes iniciales de *Bella María de mi alma)* pronunció este pequeño discurso:

—Hijos míos, que Dios os bendiga en este viaje que ahora emprendéis. Entráis en un período muy especial de vuestras vidas, tan precioso como difícil. Os esperan pruebas y venturas y habrá momentos en que tanto tú, como esposa, como tú, el marido, regañéis tal vez y lamentéis haber contraído este vínculo. Y vuestros corazones tal vez se extravíen y la enfermedad puede traer consigo la desesperación. Pero si tal cosa os ocurre, recordad que la vida pasa muy deprisa y que una vida vivida sin amor es una vida baldía, mientras que el amor que un hombre y una mujer sienten el uno por el otro y por sus hijos brilla como la luz del sol en el corazón. Y esa luz os acompañará para siempre, os protegerá toda la vida, hasta en esos postreros días en que os vayáis haciendo viejos juntos y ya os quede poco tiempo y temáis, tal vez, que haya llegado ese momento en que el Supremo Hacedor os vaya a llamar para que dejéis este mundo. Pero recordad una cosa: vuestro mutuo amor siempre os protegerá y os servirá de consuelo por siempre jamás.

Y cuando terminó, César saludó con una inclinación de cabeza y la joven pareja, vibrante de júbilo, le dio las gracias.

—*Bueno* —dijo a don Emilio—. He de volverme a Manhattan.

—Gracias, amigo mío —y dio a César otra palmadita en la espalda y un billete de cinco dólares—. Por la molestia, amigo mío. Nos veremos la semana que viene, ¿no?

—Sí, don Emilio.

Nervioso y sintiendo un vago regocijo volvió en metro a La Salle Street. Se metió en el baño y se bajó los pantalones para lavarse un poco en la pila: aunque se sentía como un traidor, la imagen de la furiosa pasión de Carmencita era como un lametón dado por una gruesa lengua femenina a su miembro, y entonces vio que éste, como si fuese la boca de un delfín, escupía tres nítidas gotas de semen que, cual alambre de plata, se estiraron desde el prepucio hasta un punto en el aire en el que las recogió y luego se las sacudió chasqueando su pringoso dedo.

Y recordó aquella mañana en la que había subido al piso de arriba para tomar un buen desayuno dominical con Delores y los niños. Estaba saboreando un sandwich de *chorizo* y huevo frito cuando oyó a Frankie «el Fumigador» tocando la bocina de su coche abajo en la calle.

—¡Eh! —gritó Frankie a la ventana.

Abajo Frankie estaba más contento que unas pascuas.

César bajó a la calle.

—¿Conoces a mi amigo Georgie de Trinidad?

—Sí.

—Bueno, pues quiere que vayamos allí para el carnaval.

Empezó a pensar que hacía mucho tiempo que no se tomaba

unas buenas vacaciones, siempre yendo y viniendo, eso sí, por el Bronx y Brooklyn, pero eso era todo.

—La cosa es así. Georgie tiene una casa allí y lo único que tenemos que pagar es el billete de avión y la comida, que allí es muy barata.

El siguiente jueves por la noche, César, Frankie y Georgie estaban bailando en una fila de carnaval. Disfrazado con una sábana y una cabeza de toro, César bailaba y tocaba la trompeta, Frankie era el diablo; Georgie una provocadora prostituta. Corrieron por las calles abarrotadas, se subieron a la parte de atrás de las carrozas engalanadas con flores, tiraron monedas y caramelos a los niños, coquetearon con bonitas mujeres que llevaban bañadores de una pieza y bikinis, disfrutaron por el día del sol tropical y por la noche, en porches iluminados con linternas, se divirtieron en fiestas caseras en las que por las ventanas se oía a todo volumen la música de aquel incomparable intérprete de Trinidad, el Potente Gorrión, a quien César siempre había admirado desde mediados de los años cincuenta.

La muchedumbre estaba tan alegre y bebida que las mujeres se quitaban la parte de arriba de los vestidos y los hombres, convertidos en lúbricas bestias, perdieron el control y se pusieron a pellizcar culos, agarrar pechos y robar besos. Las máscaras eran una buena ayuda, pues ocultaban las arrugas y los fláccidos músculos de los rostros de aquellos hombres, tan guapos en otros tiempos, respondiendo al coqueteo, las mujeres meneaban las caderas, se pasaban insinuantemente la lengua por los labios y echaban mano, también ellas, a las partes íntimas de los hombres. En cada callejón había al menos un trompetista, un batería, un altavoz con música a todo volumen y media docena de parejas fornicando sin el menor asomo de vergüenza. Se hacía tanto el amor, se bailaba y se jugueteaba tanto, que las calles olían a sudor, perfume y esperma. Jaurías de perros callejeros ladraban y aullaban su alegría. Luego invadían la casita de su amigo Georgie, cuyas paredes estaban pintadas en tonos rosa y azul claro, y rodaban por el suelo riendo y besando a sus nuevas conquistas femeninas.

Los hombres se lo estaban pasando tan bien que apenas dormían. La primera noche media hora fue todo lo que durmió César. Compraron dos cajas de botellas de ron y llenaron la casa de mujeres, dulces y deliciosas muchachas de dieciséis años y maduras damas de cincuenta, pero muy bien dispuestas también. Georgie puso el volumen del tocadiscos tan alto como podía: todos bailaron aún un rato. Hora tras hora oyeron al Potente Gorrión y a su renombrada orquesta de calipso, y cuando no estaban bailando y bebiendo se echaban a la calle de nuevo, aullando como las jaurías de perros callejeros que vagaban por doquier.

Habrían sido unas vacaciones de ensueño a no ser por la fragilidad y los límites de resistencia del cuerpo humano en hombres que ya frisaban los cincuenta. La sangre circulaba apresuradamente por sus venas, los estómagos se llenaban de ron, las cabezas se mareaban, de los órganos sexuales salía el esperma a borbotones y los burbujeantes sistemas digestivos continuaban funcionando sin respiro. Eran tipos que nunca habían leído revistas de salud con esos artículos y estudios médicos que concretan el número de veces que un hombre puede lograr una erección. Pero aquellos tres lo conseguían una y otra vez, respirando un aire lleno de miasmas y de vapores estupefacientes y viviendo sólo para divertirse.

¿Y por qué le vino de pronto a la memoria aquel amigo suyo que trabajaba como vigilante en el cementerio que hay cerca de la casa de Edgar Allan Poe, allá en el Bronx?

—Desde luego, el trabajo aquí en este cementerio no es cosa fácil —dijo el hombre al Rey del Mambo—. Se lo digo yo, *coño*. Mucha de esa gente que practica el vudú y la *santería* viene aquí a celebrar sus ceremonias porque éste es suelo sagrado, y lo sé porque a veces, por las mañanas, encuentro manchas de sangre en el suelo y ceniza y huesecillos de animales tirados encima de las tumbas: a veces, en las losas de las sepulturas hay salpicaduras de sangre.

—A mí me daría mucho miedo todo eso.

—No, toda esa gente no es mala, como personas son muy agradables. A veces los veo cuando vienen por las mañanas. Y también hay turistas, gente de Europa. ¿Ves? —y señaló enfrente con el dedo—. Bajando por ahí está la casa de campo del escritor Edgar Allan Poe, en la que vivió varios años. En esa casa fue donde su mujer murió de tuberculosis un invierno. Eran tan pobres que no tenían ni un centavo siquiera para comprar leña y él tuvo que cubrirla con periódicos y le ponía encima los gatos que había en la casa para que le dieran un poco de calor. Pero al final murió, a pesar de todos sus cuidados, y el pobre hombre estaba allí, a su lado. En cualquier caso los *santeros* dicen que esa casa emana una gran fuerza sobrenatural y que los espíritus rondan por allí y por eso es por lo que les gusta especialmente este cementerio: el vigilante de la casa de Poe, que también es empleado municipal, me dijo que a veces encuentra huesos y sangre y plumas de pájaros en el suelo, junto a la entrada.

Recordó más cosas:

En 1960 había sido la *pachanga*.

En 1962, la bossa nova.

En 1965, el Mozambique y el bugalú.

A partir de aquel momento ya no tenía ni idea de por dónde iban las cosas.

Una cosa a la que nunca logró acostumbrarse en aquella época fue a los cambios en la moda. Que ya no estaba en el año 1949 quedaba más que claro. Parecía como si la elegancia hubiera pasado a mejor vida y la gente joven se vistiera con disfraces circenses. Los chicos llevaban trajes de faena del ejército y botas gruesas y altas y las chicas camisas de leñador a cuadros y vestidos tan sueltos como carentes de formas definidas.

Todo aquello escapaba a su comprensión. Y luego estaban los pantalones acampanados, chaquetillas de telas de algodón indias y camisas de cuellos inconcebiblemente anchos. Y el pelo. Patillas de todos los estilos imaginables, bigotes de morsa, melenas que caían por los hombros. (Incluso Eugenio iba así, se había hecho una cola de caballo que le bajaba hasta la espalda con la que tenía un aspecto de indio solitario.) César meneaba la cabeza, lleno de asombro, y dentro de su modestia trataba de conservar la elegancia de su juventud, por más que Leticia le llamara «señor chapado a la antigua». Pero, cuando miraba a su alrededor, descubría que incluso muchos de los músicos latinos colegas suyos habían cambiado también, se habían dejado el pelo largo y lucían barbas y cardados «afros». ¡*Carajo*, se habían puesto a tono con los tiempos!

Por eso, cuando hizo una nueva incursión en el mundo del disco en 1967, sacó un álbum de 45 r.p.m. titulado *Psychodelic Baby*, con la firma Hip Records, cuya sede social estaba en Marcy Avenue, Brooklyn, y que no era, fundamentalmente, más que un bugaloo latino con unas improvisaciones híbridas entre lo latino y el rock, idea no exenta de pretensiones (utilizó para ello a músicos bastante jóvenes), construido melódicamente sobre una progresión de compases inspirada en el blues; en suma, una especie de boogie-woogie aderezado con congas y con armonías 3/5/7 en las trompas. (Para ese disco empleó a un joven pianista de Brooklyn que se llamaba Jacinto Martínez, a Manny, su bajo habitual, a un saxofonista que se llamaba Poppo, a Pito en la batería y a tres desconocidos con las trompas.) Disco del que se vendieron unas doscientas copias y que fue sobre todo notable por su portada en blanco y negro con la única fotografía que existe del Rey del Mambo con una perilla a lo Pérez Prado. Con una *guayabera*, grandes gafas de sol y pantalones azules de lino haciendo juego con unos zapatos de hebilla dorada, para aquella fotografía posó delante de la vieja Unisfera de la Feria Mundial de 1964 en Flushing Meadows, Queens.

(E hizo otra incursión más en el mundo del disco aquel mismo año con un elepé de 33 r.p.m. que se llamaba *¡Vuelve el fabuloso César Castillo!*, que incluía un nuevo bolero, *Tristeza*, y una nueva versión de *Bella María de mi alma* con cinco instrumentos que acompañaban a César a la guitarra y como vocalista. Una grabación memorable que en seguida desapareció en los cajones de discos a 39 centavos que saldaban los almacenes de la cadena Woolworth y John's Bargain en todas sus sucursales.)

Poco después César se presentó a una audición para un anuncio publicitario en la discoteca Cheetah y le contrataron para un número musical que se llamaba «Johnny Bugaloo».

Y 1967 fue también el año en que sus hermanos Eduardo y Miguel y sus respectivas familias pudieron salir finalmente de Cuba y se instalaron en Miami, dejando a otro hermano, Pedrocito, y a su padre en la isla. (El viejo, con el pelo completamente blanco y amargado a sus más de setenta años, seguía trabajando la granja con su hijo. El mismo día en que el Rey del Mambo estaba sentado en su habitación del Hotel Esplendor años más tarde, aún seguía conservándose bastante bien físicamente, un anciano ya algo encorvado que no paraba de proferir juramentos y de hablar a solas y que, tal vez, soñaba en los días de su juventud, pasada en un lugar llamado Fan Sagrada, en Galicia, España.) Ambos tenían ya casi sesenta años, pero sus hijos eran jóvenes llenos de ambición y en seguida montaron sus propios negocios: un tinte y una tienda de ropa. Cuando el Rey del Mambo les hizo una visita tuvieron ocasión de expresarle su enorme gratitud, pues no había dejado de enviarles dinero a lo largo de nada menos que cinco años. Le dijeron que podía visitarlos y quedarse en sus alegres y atestadas casas siempre que le apeteciera. Cosa que hizo en cuatro diferentes ocasiones en los años que siguieron, pero la estampa de sus dos hermanos, tan pueblerinos como es lógico, haciéndose viejos sentados en unas sillas delante de sus respectivos negocios en la Pequeña Habana, siempre refunfuñando por las pequeñas contingencias de la monótona vida diaria, absortos en sus recuerdos, mientras sus hijos se abrían paso en la vida vendiendo la última moda de Malibú y de Nueva York a ricos sudamericanos de la *jet-set*, llenaban sus casas con todo tipo de electrodomésticos y ahorraban todo lo que podían para poder enviar en el futuro a sus hijos a la universidad a que estudiasen Derecho y Ciencias Empresariales, no dejaba de producirle una gran tristeza. Cuando los visitaba siempre tenía la impresión de que se había retirado a un asilo, mientras sus hermanos mayores se movían con gran soltura tanto en su vida familiar como en sus negocios, como si fuesen fantasmas, e iban con sus hijos a tomarse una tacita de *café negro* por la tarde con revólveres del 38 metidos en unas bolsas de papel debajo de los asientos delanteros de sus coches. ¿Cómo iba a gustarle aquel panorama? (Luego ellos le devolvieron su visita y se presentaron en Nueva York. Fue entonces cuando los primos se conocieron, los jóvenes cubanos recién llegados miraban con cierto asombro a Eugenio, con su larga melena, y a la atractiva y callada Leticia, pero ninguna de las dos partes dirigió la palabra a la otra en toda la tarde.)

Al año siguiente dentó su trompeta con ocasión de una fiesta de barrio en la que actuó en compañía de otros músicos cogidos de aquí y de allá. Era aquél un período de «inquietud racial», como lo llamaban los periódicos. Martín Lutero King había sido asesinado, Malcolm X había sido asesinado y los jóvenes de color andaban muy alborotados. (Al día siguiente del asesinato de Martín Lutero King hijo, cerró todo el comercio de Broadway y de Amsterdam Avenue y había corpulentos policías irlandeses en todas las esquinas para evitar que los disturbios se propagaran al sur de la calle 125.) Estaban tocando en el patio de la Escuela Secundaria Roosevelt y de pronto se vieron rodeados por una multitud que quería oír una canción que se llamaba *Cool Jerk*, y que no dejaba de dar palmas y de canturrear ese título mientras el grupo de siete músicos seguía tocando sus mambos, sus cha-cha-chás y viejos temas como *Bésame Mucho* y *Tú*. Pero entre el público había un grupo bastante bebido y empezaron a lanzar botellas a la zona donde estaban todos los puertorriqueños, dominicanos y cubanos, lo que los periódicos habrían de llamar «el contingente hispano», que a su vez contraatacó lanzando botellas también y alguien sacó entonces una navaja, ras, y la gente empezó a gritar y a subirse al estrado de los músicos, y, ras, al que tocaba las congas le dieron un navajazo en el brazo y al bajo alguien que intentó robarle la cartera le pegó un puntapié en el estómago. Cuando empezó el alboroto César estaba a la mitad de un melifluo solo, tocando muy bien y sintiéndose a gusto porque antes de dar comienzo el espectáculo él y su viejo amigo Frankie «el Fumigador» y su bajo, el ex Rey del Mambo Manny, habían dado buena cuenta de una caja entera de cerveza Rheingold. Un jovenzuelo se acercó a donde estaba César con la evidente intención de robarle la guitarra que había dejado detrás de él, pero cogió la guitarra y le dio en la cabeza con ella. Luego todo empezó a calmarse. Llegó la policía. El representante de Rheingold, que había sido uno de los promotores de la fiesta, pidió calma y le abuchearon estrepitosamente y entonces El Conjunto Castillo recogió sus cosas y se marchó a casa. Cosas así les ocurrían a los músicos de vez en cuando y les hacían reír.

Y después el recuerdo de aquella mujer que bajaba con tanta dificultad las escaleras mecánicas de los almacenes Macy's, cargada hasta más no poder de paquetes de compras navideñas. El Rey del Mambo había comprado a su sobrina y a su sobrino sus regalos de Navidad, juguetes, y a su cuñada un reloj de pulsera de correa muy delgada y un transistor japonés para su marido, Pedro. *La Nochebuena* era una de sus fechas favoritas del año: iba de compras al centro, al puerto y a los grandes almacenes, al barrio chino y a Delancey Street y volvía cargado de cajas con bufandas, guantes, relojes de bolsillo, discos y botellas y frascos de perfumes y colonias de importación que regalaba a sus amigos y conocidos. Y le encantaba recibir regalos: el año anterior, la «familia» le había obsequiado con un pañuelo de cuello de seda blanco. Le gustaba muchísimo lo bien que le quedaba cuando se ponía su abrigo, su sombrero con una cinta negra y sus zapatos españoles de tafilete. Iba hecho un verdadero maniquí y llevaba ese pañuelo precisamente cuando vio que a aquella mujer se le rompía la bolsa en la que llevaba sus compras y sus regalos rodaban escaleras abajo. Caballero como pocos, se agachó y la ayudó a recoger los paquetes y, luego, ¡qué casualidad!, cogió la misma línea de metro que ella, la número dos, que iba al norte de la ciudad.

Le mintió diciéndole que él también iba en aquella dirección y le preguntó si necesitaba que la ayudase a llevar todos aquellos paquetes hasta su casa. Ella estaba verdaderamente cautivada por su amabilidad y cuando le dijo que era músico le pareció algo realmente estupendo también. Vivía en Allerton Avenue, a una hora de distancia de donde él iba, pero, fuera como fuese, acompañó a la mujer hasta la puerta de su casa. Allí ella le dio las gracias, se intercambiaron sus direcciones y se desearon mutuamente una feliz Navidad. Una semana después le llamó desde su trabajo en la compañía telefónica —era operadora— y una noche quedaron y fueron a cenar a un restaurante siciliano donde todo el mundo la conocía. Después acompañó de nuevo a la mujer hasta su casa —se llamaba Betty, recuerda ahora en el Hotel Esplendor— y se despidió cortésmente de ella con una inclinación de cabeza. Tenía la impresión de que era una mujer muy chapada a la antigua, con la que era improbable que se pudiera pasar a mayores. La llevó al cine, a cenar a diversos restaurantes y una noche ella se presentó en un baile en el que César tocaba con un variopinto grupo de músicos y se pasó toda la velada bailando con desconocidos. Pero nunca pasaba por delante del escenario sin dedicarle una gran sonrisa.

Cuando la sedujo a las tres de la mañana en una habitación decorada con colores mediterráneos —aqua blue, rosa pasión y naranja romano— ella se quitó el vestido blanco con botones forrados de fieltro negro que llevaba, y después la combinación y a continuación las bragas con un dibujo floreado por delante y finalmente las ligas. Él se desnudó igualmente, su miembro erecto surgió como impulsado por un resorte, empezó a besarla y sus manos recorrieron todo su cuerpo; pero cada vez que iba a montarla, ella le apartaba. Apagó, pues, la luz, pensando que era algo que podía inhibirla pero ella siguió en sus trece. Llegó un momento en el que su miembro empezó a llorar copiosamente mientras lo restregaba contra aquellas piernas tan firmemente cerradas. Finalmente desistió, se echó a un lado y se sentó en la cama recostado contra la cabecera. Su pene, metido entre las piernas, saltó como una palanca y le golpeó en el vientre.

En su habitación del Hotel Esplendor reía y meneaba la cabeza a pesar del dolor. El Rey del Mambo la miró y le dijo:

—Jesús, yo soy humano, mujer. ¿Por qué me torturas de esta forma?

—Es que nunca lo he hecho antes.

—¿Y qué edad tienes?

—Cuarenta.

—Cuarenta, ¿y no crees que ya es hora?

—No, antes tendría que casarme.

—¿Y qué estamos haciendo aquí?— sintió que se le encendía la cara y estuvo a punto de vestirse y salir de allí. Pero entonces la mujer le hizo una demostración de lo que le gustaba hacer, le agarró su gran miembro («¡Cómo pesa!»), se lo metió en la boca y se lo chupó como una verdadera profesional y cuando sintió que empezaba a correrse, Betty empezó también a retorcerse y a contorsionarse apretándose contra la cama y luego, con el cuerpo como la grana y el rostro del color de una rosa de primavera, se corrió ella también.

Más animado, el Rey del Mambo pensó que la mujer debía de haber estado bromeando sobre su virginidad, pero cuando volvió a intentar montarla de nuevo ella cerró otra vez las piernas y con voz muy seria le dijo: «Por favor, todo lo que quieras menos eso». Y entonces se la cogió otra vez y empezó de nuevo a chupársela y cuando se corrió, ella se corrió también igual que antes. Luego se quedaron dormidos, pero César se despertó a eso de las cinco y media porque ella estaba otra vez chupándosela. Era una sensación un tanto extraña, despertarse en aquella habitación a oscuras y descubrirla de nuevo dale que te pego con su miembro. Su boca y su lengua, húmeda de saliva, le producían una agradable sensación, pero la rozaba tanto con los dientes, y se lo estiraba, meneaba y doblaba de tal manera que empezaba a hacerle daño. Jamás hubiera creído que se vería en la tesitura de decirle eso a ninguna mujer, pero no tuvo más remedio: «Por favor, déjame descansar un momento».

En Navidad César dio una fiesta muy animada en su apartamento. Primero pasó el día arriba con la familia, comiendo el pavo asado que Ana María y Delores habían preparado y cumpliendo asimismo con sus deberes de tío. Y por la tarde estaba de nuevo en su apartamento haciendo de anfitrión con los músicos y amigos de las salas de baile que se presentaron con sus familias, así que a eso de las seis y media de la tarde el pisito de soltero de César rebosaba de niños, algunos muy pequeños, de pucheros de comida, pasteles y de adultos que comían, bailaban, cantaban y bebían.

Acompañamiento de bongos, Bing Crosby, cha-cha-chás sonando en el fonógrafo y el suelo de la sala de estar temblando bajo los pies de los alegres bailarines.

Cuando aquella mujer le llamó a eso de las ocho y media para desearle un feliz día de Navidad él estaba teniendo todo tipo de fantasías en las que se veía haciendo el amor con ella. Borracho y embargado del espíritu de la fiesta, de pronto se sorprendió a sí mismo diciéndole: «Te quiero, muñeca. Tengo que verte otra vez, y pronto».

—Pues en ese caso vente aquí esta noche.

—¡Estupendo, cariño!

Dejó a Frankie y a Bernardito al frente de la fiesta —«Volveré dentro de un par de horas»— y marchó al noreste del Bronx. Con la determinación de un aviador que fuera a emprender la circunnavegación del globo, se presentó en su puerta, vibrante de energía, con una botella de champán y una caja con comida de la fiesta. En todo el trayecto hasta su casa no había dejado de pensar un solo instante, «esta vez no voy a dejar que se me escape».

Y un minuto después de entrar por la puerta los dos estaban besándose y acariciándose en la cama —ella se sentía tan achispada como amorosa después de asistir a una fiesta familiar aquel día— y parecía que todo se iba a desarrollar de nuevo como la vez anterior cuando empezó a forcejear con ella en la cama, riendo ambos como si fuera en broma, hasta que decidió separarle las piernas y esta vez, aunque las cerraba como una prensa de tornillo, empleó toda su fuerza para abrírselas y lo consiguió hasta el punto de que en un momento dado la penetración pareció tan inevitable como aquel cálido aliento que salía de su vagina y por más que ella le suplicaba y le decía, «César, cuando digo basta es que basta, por favor», fue incapaz de detenerse. Con aquel olor a femineidad entrándole por las ventanas de la nariz y la piel ardiente y febril, no la oía o no quería oírla: se bajó un poco en la cama y dejando caer todo el peso de su cuerpo encima de ella la penetró y la mujer tuvo como la sensación de ser penetrada por una criatura viva de un peso y una longitud parecidas a las de un gato de dos años de edad. Cuando César llegó al climax, los colores mediterráneos de aquella habitación se arremolinaron en su cabeza y cuando después se calmó pensó que había sido un poco rudo en su impetuosidad, pero ¡qué diablos!, lo único que había hecho era comportarse como un hombre. Además era amable con ella, le tocaba el pelo, le decía que era bonita, creyendo que podía arreglarlo todo con unos cuantos cumplidos.

Pero ella lloraba, daba igual lo que hiciese, que la besara en el cuello, que le echara para atrás los cabellos que le caían sobre los ojos, que le besara los pechos, que se disculpara, que le asegurara que nunca jamás volvería a forzarla de aquel modo —«Fue la pasión, mujer. ¿No lo entiendes? Un hombre como yo a veces no puede reprimirse, ¿no lo comprendes?» Ella seguía llorando. Y siguió con su llanto las dos horas que él permaneció sentado junto a la cama, sintiéndose el hombre más cruel del mundo, aunque aún seguía sin entender muy bien por qué ella estaba tan contrariada.

—En tu caso yo creo que ya iba siendo hora, ¿no? —le dijo, dándole una palmadita en la espalda y empeorando aún más las cosas.

El Rey del Mambo recordaba que había seguido llorando mientras él se vestía y que todavía seguía llorando cuando finalmente salió a la calle. Nunca volvió a verla. Sentado en el Hotel Esplendor, meneó ligeramente la cabeza al recordarla, aún asombrado por el hecho de que una mujer tan voraz con su boca, pudiera sentirse tan herida y ofendida cuando lo único que él pretendía era hallar satisfacción del modo más normal y natural.

En aquella época siempre parecía ocupado con sus tareas de portero, con la música y con mujeres, no tantas ya como en el pasado, pero aún suficientes para que cada dos o tres meses Delores o Ana María le vieran salir de casa con un traje azul, hecho un verdadero maniquí, corriendo al encuentro de su última pasión. Hubo algunas francamente agradables, como Celia, una de las amigas de Ana María, que había abrumado al Rey del Mambo con su fuerza y su capacidad para controlar a los hombres, y le había hecho reflexionar —«Lo que tienes que hacer es estar contento con lo que tienes en este mundo, *hombre*»— pero él nunca quería oír aquella cantinela. Estuvieron juntos unos seis meses y la familia albergaba esperanzas de que hiciera sentar cabeza al Rey del Mambo, le encarrilara hacia una vida de tranquilidad doméstica y de que le ayudara a dejar de beber.

Pero puso punto final a aquella historia amorosa diciendo, «Yo no he nacido para estar atado a nadie». Y lo que decía era literalmente cierto, porque Celia no estaba dispuesta a aguantar que se andara con tonterías con ella. Era una cubana, mujer de armas tomar, que llevaba viviendo en Nueva York la mayor parte de su vida y que siempre se las había arreglado sola sin ayuda de nadie. Fumaba puros cuando se le antojaba, competía en proferir juramentos con los hombres peor hablados y siempre estaba trajinando en negocios tan diversos como dudosos para ganarse la vida, se presentaba en Navidad para venderles perfumes de señora y cargada con bolsas de la compra llenas de juguetes coreanos y japoneses rebajados de precio. Y siempre se instalaba en Broadway con una gorra de lana y una chaqueta de leñador para vender los árboles de Navidad medio secos que ella compraba en Poghkeepsie y transportaba a la ciudad en una furgoneta de reparto de color negro. Escandalosa en la cama —«¡Veamos si eres capaz de dejarme satisfecha!»—, se comportaba en todo como un hombre y le gustaba dar órdenes a César, alegando siempre que lo hacía por su propio bien. En el barrio tenía cierta fama de vidente y siempre estaba detectando presencias sobrenaturales en la casa —su madre, su hermano muerto— y quería tomar las riendas de su vida, animarle a que sacara partido de su casi glorioso pasado musical, insistiéndole en que cultivase la amistad de gentes con influencias como Machito y Desi Arnaz.

—¿Por qué no vas a California y ves si puede conseguirte un trabajo? ¿No dices que es tan simpático? Tienes que emplear a tus amistades para abrirte camino en este mundo.

¿Por qué él se negaba? Porque nunca quiso molestar ni a Machito ni a Desi Arnaz, no quería que pudieran pensar que usaba a sus amistades para su provecho personal. Y aunque sabía que sus intenciones eran buenas, no podía soportar, después de tantos años de soltería, que alguien le dijese que tenía que cambiar de manera de ser. Una noche que ella había ido a ver la televisión a su casa, se emborrachó y de pronto sintió ganas de salir a bailar. Y cuando ella le dijo, «Ya es demasiado tarde, César», le respondió, «¡Al diablo con toda esta estúpida vida casera, me iré solo!». Fue entonces cuando le sentó en la mecedora de un empujón y le ató con un rollo de cincuenta pies de largo de cuerda de tender, diciéndole, «No, *señor,* tú no vas a ir a ninguna parte».

Al principio se rió, cambió de actitud y le dijo, «Venga, Celia, anda, que no voy a ir a ningún sitio».

—No, esto es para enseñarte una lección: cuando tienes un compromiso con alguien, como en este caso conmigo, has de ser fiel a ese compromiso. Nada de salir, ni de hacer lo que te venga en gana. A lo mejor con todas esas otras *fulanas* podías hacer lo que te apeteciera, pero conmigo olvídate de tal cosa.

Así que se quedó quieto y luego le dijo que le soltara, pero ya en un tono bastante serio, sin sonrisas ni bromas, y cuando ella se negó puso a prueba los límites de sus hercúleas fuerzas e intentó romper la cuerda sacando el pecho y los biceps, pero la cuerda no se rompió. Entonces se dio por vencido, y, derrotado, se quedó dormido. Por la mañana temprano tanto Celia como la cuerda habían desaparecido.

Eso fue lo que ocurrió y a pesar de que aquella mujer le gustaba, de que todos pensaban que podían ser felices juntos, de que siempre le estaba llevando ramos de flores y de que le gustaba la forma que tenía de cuidar de él, con aquello le había puesto en una difícil tesitura:

—Has ido demasiado lejos conmigo, Celia. A ninguna mujer —y esto se lo dijo apuntándole a la cara con el dedo— se le puede permitir que haga semejante cosa con un hombre. Tú me has humillado y deshonrado. Has tratado de rebajarme en mi condición de hombre y de persona. ¡Ese acto es algo que no puedo tolerar ni perdonar! ¡Jamás!

—¿Perdonar? Pero si lo único que intentaba es que no te hicieses daño a ti mismo.

—Yo ya he dicho todo lo que tenía que decir. Ahora tendrás que atenerte a las consecuencias de tu acto.

Y así acabó todo, y luego se buscó otra mujer, Estela, que sacaba a pasear por el parque a sus dos perritos de lanas y que volvía loco al Rey del Mambo con tantos mimos como tenía con aquellos dos caninos que por su tamaño parecían dos muñecas, cuyas mantitas había teñido de color rosa y a los que llevaba con dos enormes lazos rojos en la cabeza y collares con cascabeles. Los perros le mostraban el más absoluto desprecio, y se ponían a arañar la puerta del dormitorio, a aullar y dar saltitos siempre que empezaba a correrse una pequeña juerga con su dueña. Excitar a Estela, conseguir que la firmeza coriácea de entre sus piernas se transformase en el suave tacto de pétalos de rosa cubiertos de rocío, le llevaba bastante tiempo, y para entonces los animalitos ya se habían dado por vencidos y se habían tumbado delante de la puerta de la habitación, malhumorados y despechados. Y siempre parecía que, en el preciso momento en que ya había penetrado a Estela —era una mujer temblorosa y algo crispada, que trabajaba en el despacho del director de la escuela católica del barrio—, los perros empezaban a lloriquear y a gemir con tan triste acento en sus grititos de disgusto que siempre conseguían despertar el instinto maternal de Estela y entonces se soltaba de él y salía, completamente desnuda, a atender a las dos pobres criaturas, mientras que el Rey del Mambo se estiraba boca arriba en la cama y soñaba con arrojar a las dos pequeñas bestias por la ventana.

Y luego vino aquella profesora de lengua española de la universidad, a la que César conoció una mañana que había ido a cortarse el pelo al salón de belleza. (Le encantaba cuando Ana María o Delores le insistían en que se cortara el pelo.) Se llamaba Frieda y hacía tiempo había sufrido un terrible desengaño amoroso en Sevilla, España, unos años antes de que la conociera, así que aceptó cuando el Rey del Mambo le propuso ir a cenar a un restaurante, encantada de la oportunidad que se le brindaba de practicar su español y de conocer un poco su mundo. Tenía unos treinta y cinco años y el Rey del Mambo rebasaba ya los cincuenta, con unas libras de más alrededor de la cintura, pero siempre hecho un verdadero dandy, siempre sujetándole las puertas para que pasara e invitándola a todo cuando salían juntos. La llevó a buenos restaurantes y salas de baile y le enseñó a bailar el *merengue,* y ella, a su vez, le arrastraba a las lecturas y conferencias que daban los más relevantes intelectuales de América Latina y de España en aquellas salas de la universidad con gruesas alfombras y llenas de candelabros. Él nunca supo muy bien de qué iba todo aquello, pero disfrutó escuchando al escritor Borges, cuyo agradable aspecto patriarcal le cayó simpático, la clase de individuo, pensó César, que saldría luego con uno a tomarse unas copas. Y por eso se acercó a estrecharle la mano a Borges (el pobre hombre estaba ciego). Otro rasgo de aquella mujer es que era sumamente incordiosa en la cama. La primera vez que hicieron el amor cogió una cinta métrica y calculó la longitud del miembro del Rey del Mambo desde la base de los testículos hasta la punta y luego anotó la admirable cifra resultante en un librito que usaba a modo de diario. Después, ebria de coñac español y de música de flamenco, hicieron el amor de la forma más lasciva. Era muy seria y muy agradable, pensaba, pero él no despertaba el menor interés en sus amistades y siempre se sentía como un aborigen en todos aquellos actos culturales. Cuando la historia acabó, a la que más le afectó fue a Delores, que a veces los acompañaba a todas aquellas conferencias. (También ella vio a Borges y luego fue a la biblioteca al día siguiente y leyó uno de sus libros.)

Y hubo otras. Una de aquellas damas era sólo para pasar un buen rato. Una vez al año, más o menos, cogía un avión y se iba a San Juan, Puerto Rico (cuando el piloto anunciaba que estaban sobrevolando el extremo oriental de Cuba, siempre contraía el rostro en una mueca de dolor) y desde allí, en un desvencijado avión de hélice seguía a Mayagüez, una bonita ciudad situada en la costa occidental de la isla. Cogía luego un autocar que le llevaba a las montañas, donde el tiempo parecía desvanecerse, donde los granjeros conducían a sus animales por en medio de las carreteras y los hombres seguían montando a caballo, hasta que llegaba al pueblo donde vivía la mujer. La conoció en un baile en el Bronx en 1962 y en aquel año se fue por primera vez a la cama con ella, y cuando vio por primera vez la polvorienta carretera que conducía al pueblo y el caudaloso río que corría monte abajo desde la planta enlatadora de piña que la compañía Dole tenía en aquellos parajes. Allí siempre se lo pasó bien. Ella tenía dos hijos ya mayores y no quería nada del Rey del Mambo más que compañía. Él le llevaba regalos, vestidos, pendientes y pulseras, y perfume, y transistores de radio. Un año le regaló un aparato de televisión. Qué buenos ratos, recordaba, había pasado allí jugando a las cartas, viendo la televisión y conversando con la familia, comiendo, durmiendo la siesta, comiendo, durmiendo la siesta. A eso de las tres y media siempre llovía una media hora, un aguacero torrencial que aumentaba notablemente el caudal del río y entonces salía a sentarse al porche y disfrutaba con el ruido del chaparrón (la lluvia, el río) y luego volvía a salir el sol y bajaba a darse un baño, y pegándose a las rocas, porque siempre había mucha corriente y muy rápida, se ponía a flotar haciendo el muerto y soñaba. A su alrededor los niños nadaban, se tiraban desde la orilla y desde aquellos árboles que exhalaban tan dulce fragancia. Permanecía allí hasta que el lugar se llenaba demasiado de gente para su gusto. A eso de las cinco y media los trabajadores de la fábrica enlatadora bajaban a darse un chapuzón y entonces él cogía sus cosas y se iba otra vez para casa.

Así descansaba dos semanas. Se llamaba Carmela y le gustaba llevar vestidos de telas floreadas. Medía cinco pies y dos pulgadas de estatura y debía pesar unas ciento ochenta libras, pero en la cama era una verdadera delicia, tan dulce y cariñosa como sólo puede serlo una mujer. Tenía un tocadiscos siempre puesto a todo volumen que se oía por las ventanas y cuando él le regalaba alguna joya salía al porche a sentarse y a esperar que pasase alguien para enseñársela. Una noche muy divertida fueron a ver la película *Ben-Hur* a aquel pequeño y caótico cine que daba diez sesiones diarias, siempre invadido por unos insectos de color verdoso que salían en verdaderos enjambres de debajo de los tablones del suelo, especialmente cuando caía un fuerte chaparrón. Los insectos estaban en todas partes, en los asientos, encima de los espectadores, revoloteando por la pantalla en aquellas escenas en que Judá Ben-Hur corría en el Circo Máximo. Los insectos los obligaron a salirse antes de que terminara. Mientras volvían a casa paseando ella apretaba con fuerza su mano, pues nunca quería que se marchase, pero él siempre tenía que hacerlo. Cuando se despedían nunca surgían problemas.

Y luego hubo una mujer que se llamaba Cecilia, y María, y Anastasia, y otras más.

Como si toda la música, todas las mujeres y todo el alcohol del mundo pudieran cambiar su lamentable estado de ánimo: el dolor por la muerte de Néstor seguía atenazando su corazón.

Era una tristeza aún tan persistente cinco, diez, quince años después que casi estuvo tentado de entrar en una iglesia a rezar, en momentos en los que deseaba que alguna mano bajase del cielo y acariciara su rostro como hacía su madre en el pasado, aliviándole y perdonándole.

Subía La Salle Street cabizbajo, ligeramente cargado de hombros, pues todos aquellos años subiendo los cubos llenos de cenizas del incinerador empezaban a dejar sentir sus efectos en él, y había días en que buscaba la expiación por medio del sufrimiento. A veces era innecesariamente duro consigo mismo, un día clavándose un cincel en la mano, otro agarrando sin tener ningún cuidado una tubería casi al rojo mientras trabajaba en la caldera. El dolor, a pesar de todas las cicatrices, magulladuras y cortes, parecía no hacer mella en él. Porque era un macho como

había que ser y porque el dolor le hacía creer que estaba pagando
la deuda que había contraído en este mundo.

Una vez volvía andando a casa por Amsterdam Avenue
después de una actuación y tres tipos se le echaron encima, le
tiraron al suelo y empezaron a darle puntapiés. El Rey del
Mambo se hizo un ovillo y se cubrió la cabeza como cuando era
niño y su papi le pegaba...

Una hilera de dientes medio sueltos, un labio partido, la
mandíbula y los costados doloridos, todo tan reconfortante en
cierto modo...

Muchos de sus amigos eran también como él almas atribula-
das. Parecía que siempre estaban contentos —especialmente
cuando se ponían a hablar de mujeres y de música— pero
cuando dejaban de flotar por aquel estrato de euforia que
recubría sus sufrimientos, abrían los ojos en un mundo de pura
tristeza y dolor.

Frankie era uno de ellos. Frankie pasó por las más duras
pruebas en su vida. Tenía un hijo al que quería con toda su alma,
pero cuando el chico se hizo mayor le escupió a su padre a la
cara. César siempre los estaba separando cuando empezaban a
pelearse en la calle y acompañaba a Frankie al centro de
detención de menores que estaba en el centro para sacar al chico.
Después vino la guerra de Vietnam. Su hijo ya era todo un
hombre: seis pies de estatura, ancho de hombros y guapo, el hijo
un tanto ingenuo, sano y con una buena polla de un trabajador
cubano común y corriente.

¿Y qué pasó? Volvió a casa un día paseándose por la calle con
botas altas de campaña, un uniforme bien planchado y una gorra
con una visera tan negra como reluciente. Y no hacía más que
decir que si aquellos enanos amarillos tal, que si aquellos enanos
amarillos cual, y a Vietnam se fue y allí, al primer salto que dio,
cayó encima de una mina y le devolvieron a casa en un contene-
dor metálico del tamaño de una caja de *kleenex*. Sobre el ataúd
cerrado, con historiadas asas de metal, una pequeña bandera

americana, un Corazón Púrpura, una fotografía del muchacho, tan bien parecido. César sujetó a Frankie del brazo durante todo el funeral, se ocupó de él y le tuvo borracho una semana entera.

Encontró cierto consuelo al estrechar en los brazos a su amigo y decirle, «Venga, venga, ya se pasará». Sintió cierto consuelo compartiendo el dolor de Frankie, como si tal cosa engrandeciera o glorificara el suyo propio.

A veces tres o cuatro de sus amigos se quedaban a tomar unas copas en su apartamento o en su cuarto de trabajo en el sótano, hasta que los rostros se les desencajaban y las sombras se espesaban a su alrededor.

Expresiones de tristeza, bocas crispadas, voces tan pastosas que ninguno entendía realmente lo que decían los demás.

En aquellos tiempos César tenía un amigo que era una especie de gángster de segunda categoría, con cierta fama como promotor de negocios diversos. Se llamaba Fernando Pérez y durante mucho tiempo se le había considerado como un respetable miembro de la vecindad. Hacía mucho tiempo que se dejaba ver por todas partes y controlaba la mayoría de las loterías ilegales que había en Amsterdam Avenue y en la parte de arriba de Broadway. Era un tipo más bien menudo, de facciones angulosas, algo paticorto y con dedos regordetes. Siempre de punta en blanco con trajes deportivos de color gris, le gustaba llevar un sombrero blanco festoneado por una cinta negra y zapatos de piel de cocodrilo también blancos con mucha puntera y tacones de tres pulgadas de altura. Iba mucho a cenar al restaurante de Violeta, en el centro, y a otro pequeño que estaba en la esquina de la Calle 127 con Manhattan Avenue, en donde a veces se encontraba con César. Aunque iba siempre en compañía de dos tipos de aspecto patibulario, él era, sin embargo, la cortesía en persona. Tenía un apartamento en La Salle Street, una casa en Queens, otra casa cerca de Mayagüez, en Puerto

Rico, y un cuarto y legendario apartamento en la Calle 107, entre Broadway y Amsterdam Avenue. Este último era conocido en el barrio como la «fortaleza» y se decía que allí era donde el tipo guardaba todo su dinero en una gran caja fuerte empotrada en la pared, que para llegar hasta la caja había que echar abajo tres pesadas puertas y poner fuera de combate a un sinnúmero de guardaespaldas apostados tanto en el pasillo como en las distintas habitaciones.

Había sido un gran admirador de César Castillo en el pasado. Había cortejado a su mujer, Ismelda, en las salas de baile en las que tocaban Los Reyes del Mambo y en aquella época nunca dejaba de mandarles una botella de champán a su mesa como muestra de amistad. Se saludaban cuando se encontraban en las barras de locales como el Park Palace y se daban recuerdos para sus respectivas familias. El único roce que habían tenido, ahora ya olvidado, había sido hacía muchos años, cuando Los Reyes del Mambo, tras su aparición en aquel episodio de «Te quiero, Lucy», habían estado más cerca de la fama. Fernando Pérez quiso que firmaran un contrato con él, pero César y Néstor rehuyeron cualquier compromiso con aquel individuo. Se sintió tan herido en su amor propio que durante unos diez años no dirigió la palabra al Rey del Mambo.

Un buen día, en 1972, cuando César estaba sentado en el restaurante de Violeta, Pérez entró acompañado de un grupo de amigos. Exhibía ostentosamente en la mano un grueso fajo de billetes y tiraba de los de a veinte sobre la cabeza de una joven que parecía encantada y no hacía más que dar gritritos de satisfacción y mandar besos a todos los presentes mientras recogía ávida el dinero. Y, con gesto de gran señor, anunció: «Hoy invito a cenar a todo el mundo».

Frase que los dueños subrayaron con un aplauso y él tomó asiento. El grupo que le acompañaba cenó cochinillo y plato tras plato de arroz con frijoles, *yuca* y *tostones*. César le había visto al entrar y le saludó respetuosamente con una inclinación de cabeza. Más tarde Pérez se le acercó y los dos se abrazaron como si fueran los más viejos amigos del mundo.

—¡Cómo me alegra verte otra vez, viejo amigo! —le dijo Pérez al Rey del Mambo—. Deberíamos dedicar más tiempo a cultivar nuestra amistad. La vida es demasiado corta.

Luego charlaron unos minutos: Pérez estaba aún convaleciente de un ataque cardíaco que había tenido y, profundamente agradecido por poder disponer de algo más de tiempo en este mundo, se había convertido en un alma mucho más magnánima. Y había algo más: del cuello de Pérez colgaba un gran crucifijo reluciente, con incrustaciones de diamantes de imitación, como los que llevan las viudas. Y mientras le preguntaba a César por su vida no dejaba de tocarlo ni un solo momento.

—¿Que a qué me dedico? —repitió el Rey del Mambo—. Trabajo con otros músicos, nada que vaya a hacerme rico, desde luego, ya sabes, pero me saco unos dólares de aquí y de allá. Y sigo en mi casa de siempre, en La Salle Street.

Le decía todo esto no sin un cierto sentimiento de vergüenza, pues, mucho tiempo atrás, Pérez le había advertido: «Como no hagas algo ahora para asegurar tu futuro la gente se olvidará de ti así de pronto» —y al decir esto último había chasqueado los dedos.

Ahora que veía todo con cierta perspectiva y que podía tolerar otra vez algunas cosas, el Rey del Mambo se sintió de pronto molesto al pensar en todo lo que no tenía en este mundo. Se estaba haciendo viejo. Había cumplido ya cincuenta y cuatro años y había despilfarrado todo su dinero con mujeres, en el juego y los amigos a lo largo de toda su vida.

No tenía seguro médico, ni seguridad social, ni una casita en el campo en Pennsylvania, como un violinista amigo suyo. Ni una pequeña *bodega* como la de Manny, por ejemplo.

¿Qué es lo que tenía? Unas cuantas cartas de Cuba, una pared llena de fotos dedicadas y un manojo de recuerdos, a veces tan revueltos como los huevos que se hacía para desayunar.

(Recuerda de nuevo lo que su papi le había dicho en Cuba hacía mucho tiempo: «Si te haces músico, serás pobre toda tu vida».)

César asentía con la cabeza:

—Bueno, parece que estás en muy buena forma —le comentó a Pérez.

—Que Dios te bendiga, eso es lo que le digo ahora al mundo —y Pérez le dejó estupefacto al darle un beso de pronto en la nuca—. Estuve a punto de morir, ¿no lo sabías? Y cuando me hallaba al borde de la muerte tuve una revelación: una luz descendió sobre mí desde el cielo y por un breve instante vi el rostro de Dios. Yo le dije entonces: «Dame la oportunidad de hacer el bien a la humanidad, déjame ser tu humilde servidor». Y aquí me tienes ahora gracias a eso, *¿sabes?*, y te insisto de nuevo en que quiero ayudarte. ¿Qué es lo que puedo hacer por ti, César? ¿Necesitas dinero? ¿Necesitas alguna ayuda como músico? Dímelo, por favor, me gustaría saberlo.

—De verdad que no quiero nada, Fernando. No te preocupes por mí.

—Al menos —añadió Fernando, volviendo con su grupo de comensales y con aquellas chicas tan bonitas cuyos pechos se salían casi por encima de los ceñidísimos cuerpos de los vestidos rojos y fruncidos que llevaban— has de venir a hacerme una visita a mi casa de Queens. ¿Lo harás?

—Sí, cuenta con ello.

—Muy bien, ¡y que Dios te bendiga!

Y dejó caer un billete de cinco dólares sobre el mostrador diciendo:

—Sirve una copa aquí a mi amigo.

Luego dio otro abrazo a César y se dirigió a su mesa.

—Y no te olvides.

Después de aquello los dos hombres volvieron a tener una relación amistosa. Pérez aparecía al volante de un Cadillac El Dorado blanco y aparcaba delante de la *bodega* desde la que dirigía sus negocios de lotería y de prestamista usurero. Adoptaba un aire de reverencia y de santidad, les hacía la señal de la cruz a sus clientes y los despedía impartiéndoles su bendición. Y cuando veía a César por la calle Pérez hacía sonar la bocina de su coche y saludaba al Rey del Mambo con la mano. Siempre le repetía: «¿Y cuándo vas a venir a hacerme una visita a Queens?». Y le preguntaba: «¿Por qué eres tan distante conmigo, amigo mío?».

—No, no en absoluto, no es eso —le contestaba a Pérez. Luego se apoyaba en la ventanilla del coche, charlaban un poco y generalmente se despedía llevándose un puro habano como obsequio. (Pérez los conseguía a través de un amigo suyo de Toronto.)

Un jueves por la noche fue finalmente a Queens, donde Pérez vivía en una casa que tenía tres pisos y una veintena de habitaciones. En cada una de ellas, cortinas francesas tableadas, un televisor en color y un teléfono. Peceras con especies tropicales y un gran cuadro abstracto en el salón, un tocadiscos y un bar. Y tenía tres Cadillac aparcados delante de la casa. Pero lo que más impresionó al Rey del Mambo fue la piscina que había en el jardín de detrás.

Cenaron en un porche protegido por unas mamparas que estaba en la parte de atrás; Pérez y su esposa se sentaron cada uno a un extremo de una larga mesa llena a rebosar de fuentes de comida y César entre ambos. Ismelda tocaba una campanilla y acudía la doncella peruana a la que los dos daban órdenes: «Llévese los frijoles, se han quedado fríos», «¿Es que no hay pan de hoy?», «Traiga otra botella de vino».

Charlaron sobre los viejos tiempos. De cuando en cuando Fernando se incorporaba en su asiento y alargaba el brazo por encima de la mesa para acariciar la mano de su esposa, llena de anillos.

—Nuestro amor —le dijo Fernando— nació una noche en aquel sitio en donde solía tocar tu orquesta en Brooklyn.

—La Sala de Baile Imperial —puntualizó su esposa con voz tierna.

—Amigo, aquella noche, allí arriba en el escenario, sí que estuvisteis magníficos. ¿Qué canción era aquella con la que solíais empezar vuestras actuaciones? La tengo en uno de vuestros discos.

—Generalmente empezábamos nuestras actuaciones con un bolero instrumental que se llamaba *Crepúsculo en La Habana*.

—Tu hermano, que Dios le tenga en su gloria, siempre abría la canción con un largo solo de trompeta, ¿no? Con un estilo un poco entre Chocolate Armenteros y Harry James. Me acuerdo muy bien porque yo estaba en la barra viendo la orquesta. Recuerdo aquella canción como si la estuviera oyendo en este momento —y empezó a tararear parte de la melodía—. Y la recuerdo porque mientras la interpretabais fue cuando mi hermano me presentó a mi querida mujercita aquí presente. Hace ya casi treinta años de aquello y, ya ves, seguimos juntos y nos van bien las cosas.

Hizo un brindis.

—¿Sabes qué plan tenemos para el año que viene? Ir al Vaticano la próxima Pascua y asistir a una de esas audiencias del Papa. Quiero tener ese honor y esa satisfacción antes de llegar a la vejez.

Y siguió perorando sobre la prosperidad de sus hijos: dos de ellos se habían dedicado a los negocios con él y estaban haciendo mucho dinero, otros dos iban a la universidad; tenía ya siete nietos y dinero más que suficiente para el resto de su vida.

—Pero mi bien más preciado es mi salud —Pérez dio una palmadita en la mesa—. El dinero, las mujeres, las propiedades nada significan cuando uno ha de enfrentarse a la muerte. Al final todo eso no es más que una mierda. Eso es lo que yo pensaba, en cualquier caso, ya antes de que viera la luz.

Cenaron chuletas de cerdo y pollo frito, arroz y frijoles, plátanos fritos, una gran ensalada mixta, sopa de tripa, tostadas de pan italiano, y como postre café expreso y pasteles rellenos de ron y crema de limón con una capa de caramelo por encima. Luego vino la botella de Courvoisier, que era tan suave y delicioso que César no pudo resistirse y bebió copa tras copa.

Después, en el salón, se sentaron mientras sonaba la música dulzona de Las Diez Mil Cuerdas de Hollywood, el conjunto de Miguel Montoya. Mientras tomaba bombones franceses de una caja, César se relajó y sintió una inmensa gratitud nostálgica por ser amigo del gángster Fernando Pérez. También se sintió conmovido por el enorme crucifijo de caoba que llenaba la mayor parte de la pared que había enfrente del sofá.

—Creo que empezamos a reandar juntos un largo camino —dijo el Rey del Mambo, casi con lágrimas en los ojos—. Creo que realmente somos buenos amigos, ¿no es verdad, Pérez?

—Sí, podemos estarle agradecidos a Jesucristo, Nuestro Señor, por tal cosa.

César se había pasado la mayor parte de la noche pensando que había algo vagamente injusto en el hecho de que a un tipo tan turbio como Pérez, que en tiempos había hecho negocio con la prostitución y con el tráfico de drogas, le fueran tan bien las cosas. El brandy dejó sentir sus efectos, no obstante, y la opinión del Rey del Mambo empezó a dar un giro de ciento ochenta grados. Y se sintió conmovido cuando Pérez, cogiendo al Rey del Mambo de la mano, le condujo ante el crucifijo y le pidió que se arrodillase y rezase una plegaria con él.

—*Hombre*, no sé —le respondió César riendo—. La verdad es que en estos últimos tiempos no he rezado demasiado.

—Como quieras, amigo mío.

Pérez y su mujer se arrodillaron y cerraron los ojos: casi al instante sus rostros se arrebolaron y las lágrimas empezaron a brotar de sus ojos. Pérez decía muy deprisa una oración. Unas pocas palabras que el Rey del Mambo, ya casi borracho, logró entender: «Oh, la pasión, la pasión de Nuestro Señor que murió por nuestras almas miserables».

Y a continuación vieron la televisión hasta las once y después Pérez llamó a un taxi privado para que llevara al Rey del Mambo a casa.

—Y no lo olvides, amigo mío —le dijo Pérez—. Si hay algo que quieras o necesites en un momento dado de mí, no tienes más que decírmelo, ¿de acuerdo?

—Sí, sí, descuida.

—*Ve con Dios*.

El taxi, cuyo conductor parecía un tipo cínico y lleno de socarronería, finalmente arrancó.

Al día siguiente se sintió embargado por un sentimiento de frustración. Le sucedía cada cierto tiempo y parecía remitir al poco, sobre todo cuando estaba entretenido con música y con mujeres, pero últimamente su vida tenía ya bien poca cosa que ofrecer. Su cuerpo estaba sufriendo cambios. Ahora tenía papada, sus ojos terminaban ya en dos haces de arrugas que se ramificaban a los lados como enredaderas y lo peor de todo era que el borde de su pelo había empezado a retroceder. Se sentía más cauteloso respecto a las mujeres y cifraba todo su placer ya únicamente en los recuerdos, aunque de tarde en tarde se aburriera y llamara por teléfono a alguna de sus viejas pasiones. La señorita Vanna Vane era ya una señora, pero a veces quedaba con ella en el centro, donde trabajaba como secretaria, la invitaba a comer y alargaba la mano por debajo de la mesa para acariciarle los muslos. Veía también a otras mujeres, pero cada vez menos. Aunque su pene seguía tan grande como siempre, estaba ya un tanto alicaído. Ir dando un paseo a decirle «hola» a Eugenio que le esperaba en la esquina o quedar con Manny, el bajo, parecían ser las únicas distracciones que le quedaban. Y a veces cuando se tumbaba a descansar en la cama sentía un terrible dolor en el corazón, le dolían los riñones y el hígado, y unos fuertes dolores de cabeza en el entrecejo.

Le costaba admitir que ya no era aquel joven tan tremendamente pagado de su virilidad de antaño. Delores, que leía todo tipo de cosas, le dijo que estaba atravesando una «crisis de madurez».

—Te sientes así porque piensas que la vida ya no tiene nada que ofrecerte, pero la verdad es que aún puedes vivir otros treinta años.

(Se rió en su habitación del Hotel Esplendor.)

Y además había otra cosa, ¿qué haría cuando fuese ya demasiado viejo para ganarse la vida? Así que seguía tocando aquí y allá y siempre había alguien que le proponía una vuelta a los escenarios, como aquel tipo, Pérez, pero él se sentía tan al margen de todo lo que estaba de moda, la fusión de jazz y de rock, la *salsa* ácida y los boleros de discoteca, que no creía tener mucho futuro. En aquella época en general sólo le contrataban cuando alguna banda de gente más joven cancelaba su actuación. A la gente que vivía aferrada al pasado César le seguía gustando, pero ¿quién más se acordaba de él? Todo lo cual hacía que lamentase muchas cosas.

¡Ojalá se hubiese unido a Xavier Cugat!

¡Ojalá hubiera seguido casado!

¡Ojalá su hermano estuviera aún vivo!

¡Ojalá dispusiera de algún dinero!

En la puerta de su cuarto de trabajo el calendario con aquella muchacha de gruesos pezones que llevaba un bañador mojado y pegado a la piel y se metía una aflautada botella de Coca-Cola en la boca ya no le decía gran cosa. Apoyó la cabeza en la mesa cubierta de papeles durante una media hora y después se incorporó y se puso a rasguear su guitarra. Entonces se le ocurrió la idea de que podría revivir un poco entreteniéndose un rato con su virilidad, sacando una revista pornográfica de uno de los cajones, abriéndose la bragueta de los pantalones y masturbándose. Sentado en la mecedora de su cuarto de trabajo se tomó una cerveza y empezó a sestear de nuevo. Oía aquella dulcísima música que sonaba dentro de las paredes, el rumor del agua fluyendo por las cañerías, y cayó en la cuenta de que era la sintonía de «Te quiero, Lucy». Y cuando abrió los ojos se encontró sentado al lado de Néstor, el pobrecito Néstor, siempre tan nervioso, mientras se preparaban entre bastidores para efectuar su aparición en el programa.

—*Óyeme, hombre* —le decía, poniéndole derecha la corbata a Néstor—. Animo. Ya verás cómo todo sale estupendamente. No te pongas nervioso, haz lo mismo que hacías cuando lo ensayábamos con el señor Arnaz.

Su hermano asentía con la cabeza y alguien les decía:

—Chicos, de un momento a otro van a daros el pie.

Y Néstor le decía a él:

—Hermano, no estés tú tampoco nervioso. Lee ese libro.

Y, acto seguido, como habían hecho ya tantas veces antes, entraban en la vida de Ricky y de Lucy y cantaban *Bella María de mi alma.*

Cuando despertó de este «sueño», recordó el consejo de su hermano, revolvió su mesa de trabajo y encontró el astroso ejemplar de su hermano de *¡Adelante, América!* debajo de un gran montón de notas con quejas de los vecinos y facturas de la ferretería. Pasando muy deprisa las páginas releyó una de las líneas que Néstor había subrayado muchos años atrás: «Aun en las más difíciles circunstancias, no retrocedas nunca. ¡Sigue con la vista puesta en el horizonte! No mires al pasado y continúa en tu marcha hacia delante... Y recuerda: ¡Es el general del ejército que avanza el que acaba ganando la guerra!».

Se sentía tan inquieto que aquel sábado no pudo trabajar gran cosa. El Rey del Mambo se quedó un rato en su cuarto de trabajo oyendo la radio y arreglando los papeles del escritorio hasta eso de las tres y entonces decidió irse al bar Shamrock.

Mientras se tomaba un whisky oyó al dueño, un individuo que se llamaba Kennedy, decirle a alguien que el bar estaba en venta.

—¿Y cuánto pides? —le preguntó otro de los parroquianos.

—Treinta y cinco mil.

El Rey del Mambo se quedó allí un buen rato, bebiendo y mirando de cuando en cuando la televisión, en la que había un partido de béisbol. Por lo general nunca se quedaba mucho tiempo; pero con el segundo whisky se sintió más animado y realmente no le apetecía lo más mínimo volver otra vez a bajar al sótano.

Luego entró un tipo irlandés que se sentó junto a César. Tenía el rostro lleno de equis, pequeños cortes con los que cierto individuo le había marcado terriblemente la cara. Un delincuente le había atacado una noche, cuando volvía a casa tambaleándose, y le había dado de navajazos. Lo curioso es que seguía volviendo a casa siempre por el mismo sitio y le había vuelto a pasar otras tantas veces.

—Pues cuidese —le dijo el Rey del Mambo al hombre.

—Bah, bah —le contestó Dickie—, yo ya sé cómo cuidarme.

Se quedó en el bar otra hora contemplando al dueño, el señor Kennedy, un hombre huesudo y de rostro rubicundo con manos temblonas y una narizota llena de manchas producto de la edad, lavando platos y sirviendo bebidas. Después de pedir otra copa más y de invitar a una a Dickie decidió volver a casa. Esa tarde, cuando subía las escaleras que llevaban a su apartamento, César se encontró a la vecina del segundo piso, la señora Stein, plantada delante de su puerta.

—Mi marido no quiere despertarse —le dijo.

Menos mal que la bebida le había reconfortado. Cuando le condujo al dormitorio, el señor Stein estaba sentado en la cama, con un montón de papeles en la mano, la boca medio abierta y la lengua asomándole ligeramente por entre los dientes, como si fuera a decir algo. Hombre erudito, era un individuo que siempre parecía preocupado por algo, pero muy cortés, y nunca se había mostrado impaciente con César en lo que se refería a sus obligaciones. En cierta ocasión, mientras arreglaba un enchufe estropeado en aquella habitación, el Rey del Mambo quiso hacer una pregunta al señor Stein. Se le había ocurrido al ver todos aquellos papeles con extrañas grafías encima de los muebles. «Esto es hebreo y esto alemán», le dijo el señor Stein. «Y esto otro, griego.»

Así que le preguntó:

—¿Cree usted en Dios?

Y el señor Stein, sin dudar, le había contestado:

—Claro que sí.

Eso era lo que recordaba de él.

Ahora estaba cubriéndole la cabeza con una sábana. Pero no sin haberle cerrado primero los ojos, aquellos ojos tan claros y azules que tenía, y de mirar un momento una grieta que había aparecido en las desconchadas paredes.

—Señora Stein, no sé muy bien cómo decirle esto, pero debe usted llamar a una ambulancia. O, si no, ¿tiene usted algún familiar al que pueda telefonear?

Entonces ella comprendió lo que había ocurrido.

—Ahora sí que ya no me queda nada en este mundo —exclamó.

—Por favor, ahora siéntese y yo me encargaré de todo.

Aquella noche le costó mucho dormirse y pasó horas y horas torturado por pensamientos diversos. ¿Cómo es que un hombre tan seguro de sus atributos viriles, tan arrogante en su juventud, tenía ahora que hacer frente a aquella inquietante perspectiva de una vida solitaria? ¿Por qué razón le dolían las rodillas? ¿Por qué a veces se veía a sí mismo como si fuera cargando con un cadáver sobre sus hombros, como si los días siguientes a la muerte de su hermano hubieran vuelto otra vez?

De vez en cuando pensaba en el bar. Durante años (desde que volvió de la marina mercante) Manny siempre había estado intentando convencerle para que fuese su socio, para montar un negocio juntos, algo así como una sala de baile o un club. Y ahora pensaba: ¿Por qué había de irle mal a alguien como él, que conocía el mundillo musical, si se decidía finalmente a montar un cabaret latino o una sala de baile? El mayor problema sería sin duda el dinero. Fue repasando mentalmente toda la gente con dinero que conocía y que le había prometido ayudarle en caso de un apuro. Estaba Miguel Montoya, que ahora vivía en Arizona; Bernardito, Manny, su primo Pablo. Todos ellos podían disponer de unos miles de dólares. Y también estaba Pérez. Pero ¿treinta y cinco mil dólares? Y aparte de esta suma, ¿cuánto dinero más necesitaría? El bar estaba en un estado ruinoso, pero él podría arreglarlo, pintar las paredes, poner una buena iluminación, construir un pequeño escenario. Todo lo cual podía hacerse sin excesivo gasto. Desde luego podía recurrir a muchos amigos para que le hicieran todo eso por muy poco dinero. Actuando como maestro de ceremonias se pondría de pie delante de un micrófono y, con gracia e ingenio, presentaría a los jóvenes y viejos talentos. Y si el local tenía éxito y se hacía tan popular como el San Juan o el Tropicana de La Habana todo lo demás vendría entonces por añadidura: el dinero, las mujeres y el buen humor.

Después pensó en el tipo de gente que iría a su club. Jóvenes parejas respetables, con ganas de divertirse y algo de dinero en el bolsillo, más un público acomodado de mediana edad al que le gustaría una mezcla de lo clásico y lo moderno... Sus especulaciones continuaron hasta la mañana temprano y entonces, por fin, pensando que tenía que hacer algo para poner en práctica su idea, se quedó dormido.

Todo el mundo le dijo que hacía una locura asociándose con Pérez, por más que Pérez se paseara y fuera a la iglesia con un crucifijo colgado del cuello. Y él lo sabía también, pero no hizo caso: decidió no pensar en ello y asunto concluido. Cuando soñaba con el local, lo veía decorado como un pequeño y exuberante paraíso tropical. Se veía a sí mismo haciendo de Desi Arnaz, como maestro de ceremonias y cantante —y al pensar esto veía también a Néstor— y tal vez así, quién sabe, lograba ser algo más que un simple portero y un músico al que se contrataba para tocar una vez aquí y otra allí. No hizo ningún caso de los consejos de nadie. Incluso después de tener un sueño en el que vio lo que ocurría: que abría el club, tenía éxito e iba bien una temporada, pero en seguida la gente de Pérez se hacía con él y lo convertía en algo completamente distinto. A pesar de todo se embarcó en la aventura. Manny y otro amigo contribuyeron con siete mil y Pérez puso el resto, la mitad como inversión propia y la otra mitad en concepto de préstamo a César.

—Ya te dije que te ayudaría, amigo mío.

En junio ya se había hecho con la propiedad del Shamrock, sus frigoríficos, congelador para la carne, trituradora de carne, barra en forma de herradura, mostrador para almuerzos, gramola, mesas y sillas, caja registradora, espejo con el mercurio algo gastado y taburetes de la barra. Subió del sótano el desafinado piano vertical, hizo que lo afinasen y lo puso contra una pared: había una zona de restaurante que había conocido tiempos mucho mejores. Las paredes estaban forradas con paneles de madera y tiras de papel adhesivo de un color verde claro. Quitó ambas cosas y puso azulejos de espejo que compró a precio de ganga a un amigo suyo del Bronx. Luego se puso a construir un pequeño escenario. Quería que tuviera el mismo tamaño, más o menos, que el escenario del Mambo Nine Club, como si tal cosa fuese a asegurar el éxito del nuevo local. Medía seis pies por doce, espacio suficiente para que pudiera acomodarse una pequeña banda. Cubrió la plataforma de tablones con una lujosa moqueta roja y pintó la embocadura de color negro ébano.

Los irlandeses del vecindario comprendieron que todo está en cambio permanente en este mundo cuando vieron un día a César arrancar los tréboles que decoraban el ventanal que daba a la calle. Cuando acabó con esto, contrató a su amigo Bernardito, el artista, como decorador y llenó el local hasta el último rincón de palmeras de plástico y piñas de papel maché. En una de las paredes colgó una gran vista de La Habana que había comprado en Nueva Jersey. Luego instaló una marquesina de color rosa pálido que llegaba hasta el bordillo de la acera y un luminoso de neón, de diseño muy a la moda, con las palabras *Club Habana* resplandeciendo en dos colores, aguamarina y rojo, para el ventanal.

Finalmente llevó varias de los cientos de fotografías que conservaba guardadas en cajas de la época gloriosa del mambo, las enmarcó y las colgó encima de la barra, fotografías con dedicatorias de todos los grandes, desde Desi Arnaz a Marian Sunshine. Y entre ellas la fotografía enmarcada de Arnaz, Néstor y él mismo.

Decidió cobrar dos dólares por la entrada, un dólar la copa y ofrecer un menú sencillo que incluyera platos como *arroz con pollo*, arroz con frijoles, plátanos fritos y sandwiches cubanos, para lo que tenía que encontrar a alguna pobre mujer que le sirviera de cocinera. Después hizo imprimir mil volantes publicitarios y contrató a unos chiquillos, a un dólar la hora, para que los pegaran en las farolas, en las entradas de los edificios y los pillaran con los limpiaparabrisas en los coches. Cuando ya estaba todo a punto tomó la costumbre de ir allí a dar un vistazo después de su trabajo. Se paseaba por el local como si fuera un sueño que finalmente se hubiese hecho realidad, fumándose un gran puro habano y asintiéndose con la cabeza, dando golpecitos en el mostrador, poniéndose delante del espejo que había detrás de la barra y sirviéndose copas.

Claro, la cosa era más complicada que todo eso: tenía que solicitar permisos para poder servir alcohol, permisos para que pudiera funcionar como cabaret y restaurante. Tenían que inspeccionarlo una comisión municipal y el Servicio de Salud, que no le dejarían abrir hasta que Pérez no hablara con los respectivos inspectores. Tras lo cual ya no habría más problemas. Pedro asesoró a César sobre contaduría y Pérez proporcionó el servicio de «seguridad».

—Que Dios nos bendiga, pero ya sabes, amigo mío —le dijo

Pérez—, que si no tomas ahora toda clase de precauciones, pueden surgir muchos problemas.

Se decidió que Pérez tendría a uno de sus hombres en el club y le hizo a César un obsequio que envolvió cuidadosamente en un papel azul brillante: un revólver Smith & Wetson del 38, que el Rey del Mambo metió dentro de una toalla doblada y escondió detrás de la caldera en su sótano.

Fue muy divertido. Justamente una semana antes de que fueran a abrir, César recibió una visita. Estaba sentado en el pequeño cuarto trasero que hacía las veces de oficina cuando Frankie, que acababa de pasar la fregona por los suelos, le dijo:

—César, hay una señorita que quiere verte.

Era una joven de aspecto *hippy*, de unos treinta años. Llevaba una chaqueta vaquera de ante y botas de piel de serpiente. Se presentó a sí misma como directora de cine y le dijo que estaba trabajando en algo que trataba de los «estilos de vida alternativos en aquel verdadero crisol que era la ciudad».

—¿Ah, sí?

—Lo único que queremos es venir aquí una noche y rodar un poco. ¿Le parece bien?

—¿Y pagan algo por eso?

—No, pagar no pagamos nada. No lo hago para ganar dinero. Es una película sobre los latinos en la ciudad de Nueva York. La estoy haciendo para un amigo mío de la universidad de Columbia.

—¿No será el profesor Flores?

Flores era un amigo suyo cubano que enseñaba español en la facultad.

—No.

Le dijo que lo único que quería era ir con un pequeño equipo, cámara y micrófonos una noche, rodar un poco el baile y hacer unas cuantas entrevistas.

Lo pensó un momento y le contestó:

—Bueno, tendré qué decírselo a mis socios, pero por mí, de

acuerdo. Abrimos el sábado que viene. Si usted quiere puede
venir a rodar ese mismo día.

Al correr la voz de que iban a filmar la apertura del Club
Habana, parecía un poco que dicha inauguración se iba a
convertir en un esplendoroso acontecimiento hollywoodense. La
directora de cine se presentó el sábado por la noche en cuestión
con su equipo. Con música, comida y bebidas gratis, acudió
gente de toda clase y condición: viejos amigos de las salas de
baile, músicos acompañados por sus esposas, amigos de la
familia, los dueños del salón de belleza en el que Ana María
trabajaba media jornada, amigos de su calle. Pronto, hombres
que llevaban bellas acompañantes fueron llenando el local.
Aquella primera noche César actuó como maestro de ceremonias
y cantante, acompañado por una banda de ocho miembros
cogidos de aquí y de allá. Con un traje blanco de seda, clavel en
la solapa y un grueso habano en la mano, cantó, meneó las
caderas, dio palmaditas en la espalda, rió, animó a sus amigos a
que aprovecharan la comida y bebida que servían en la barra
libre, y se asombraba de no haber pensado antes en montar algo
así. Y a la gente parecía gustarle muchísimo el local.

César había pedido a buenos bailarines que conocía que
actuaran aquella noche en el local. De hecho, Bernardito Mandelbaum de Brooklyn se había convertido en un verdadero
experto en bailar el mambo. Y Frankie, aunque ya le pesaban los
años y estaba muy estropeado físicamente, seguía siendo un
verdadero profesional y aún daba mucho juego con todos aquellos meneos suyos y contorsiones. Con los focos y la cámara
instalados en la pista, la gente empezó a bailar como loca y la
orquesta se lanzó a una serie de largas y épicas improvisaciones a
ritmo de claves y los dos baterías, el pianista, los dos trompetas
—incluido César, que era un amasijo de sudor tras los verdes
cristales de sus gafas—, el flautista, el saxo y el bajo tocaron con
una entrega verdaderamente admirable. Y cuando la cámara
giró para enfocarle, el Rey del Mambo se puso a soplar con toda

la fuerza de sus pulmones, sujetando la trompeta con una sola
mano, sacando culo, meneando los pies, poniendo boquita de
piñón diciendo «¡Oh, nena!» y agitando las manos en el aire
como si se le estuviesen chamuscando las puntas de los dedos,
moviendo el cuerpo con gran agilidad, a pesar de su corpulencia,
en todas las direcciones y de todas las formas imaginables. (Más
tarde, mientras interpretaba otra canción los movimientos de sus
piernas y de su cabeza eran como los de un robot, como si le
hubieran rellenado las articulaciones con tuercas y algodones.)

Todo el mundo aplaudía y reía, la música era estupenda.
Incluso los displicentes jovenzuelos del barrio, que preferían a
grupos como los Rolling Stones o Smokey Robinson y los Mira-
cles se lo estaban pasando en grande. Hasta Eugenio, que hacía
mucho tiempo que ya no bailaba casi nunca, se presentó y,
entonado con unas cuantas copas, bailó el mambo y la *pachanga,*
aunque ni de lejos tan bien como su tío o la mayoría de los
concurrentes.

Pasado un rato, César y sus amigos se acostumbraron a la
cámara, pero no demasiado, sin embargo, al hecho de que fuese
una mujer quien diera las órdenes. Era una individua alta, con
una espesa melena negra y unos ojos tan fieros como inteligentes.
Frankie, cuando se dirigía a ella, la llamaba *«señorita jefe»* e
inclinaba la cabeza con burlona deferencia cada vez que pasaba
por delante de él con aire condescendiente.

Aquella noche la pareja más conmovedora en la pista resultó
ser la formada por el gordinflón primo Pablito y su mujer.
Aunque sólo medía cinco pies y cuatro pulgadas de estatura, su
figura, con traje azul, camisa blanca y corbata roja, era un
dechado de elegancia y garbo. Pablo y su mujer nunca salían,
pero ahora, como sus hijos ya eran mayores, estaban más libres.
(Sus dos hijas se habían casado y su hijo, Miguel, tenía un buen
trabajo como mecánico y vivía en el Bronx.) La especialidad de
Pablito y de su mujer era la *pachanga* y hubo un momento en la
velada en que todo el gentío que abarrotaba el local hizo corro a

su alrededor mientras bailaban: cuando la cámara los enfocó, Pablito se soltó de un modo increíble e hizo una verdadera exhibición de todos los pasos que sabía. Al final aquellos *hippies* del equipo de rodaje estaban emocionados y se pusieron a aplaudir y a silbar y a dar gritos también.

La inauguración resultó un gran éxito. Dando rienda suelta a su entusiasmo el público bailó y bebió desde las nueve de la noche hasta las cuatro y media de la madrugada. Hasta la acera estaba llena de gente. Estaba tan llena como la acera de delante de una funeraria cuando hay algún velatorio y había también tanto ruido o más. Y cuando la banda no tocaba en el interior, la gramola alegraba la calle con música de Benny More a todo volumen. Con el estómago lleno, la cabeza embotada por el alcohol y los pies hechos polvo de tanto bailar, los clientes se fueron, más contentos que unas pascuas, prometiendo al orgulloso propietario que volverían muy pronto.

Y la directora de cine dio las gracias al Rey del Mambo por su ayuda y mientras el festejo seguía su curso, ella y su equipo metieron todos sus trastos en unas cajas metálicas y se marcharon.

(¿Y la película? Una noche entera de trabajo quedó reducida a diez minutos de metraje que después se pasaron en un festival en el Museo Whitney e incluía una breve entrevista con César, que aparecía con el rótulo «propietario del club» flotando bajo su imagen. Sentado a la barra, con un gran puro habano en una mano y hecho un verdadero maniquí con su traje, decía: «Vine aquí con mi hermano menor a fines de los años cuarenta y formamos una pequeña banda, Los Reyes del Mambo. Yo compuse con mi hermano una canción, *Bella María de mi alma*, que llamó la atención del cantante Desi Arnaz y éste nos pidió que actuáramos con él en su programa de televisión "Te quiero, Lucy", ¿sabe?»

Y en el montaje la imagen daba de golpe marcha atrás y volvía al momento en que decía, «... Desi Arnaz y éste nos pidió que actuásemos con él en su programa de televisión "Te quiero, Lucy"». Y el plano se repetía nada menos que diez veces en rápida sucesión.

El montaje había dado el mismo tratamiento a Pablito y a su mujer bailando la *pachanga,* los pasos se repetían una y otra y otra vez. Como si la cinta diera saltos. Se pasó bastantes veces en la sala de proyecciones del Museo Whitney y luego también en Francia, donde ganó un premio.)

Después, a eso de las cinco de la madrugada de un domingo, cuando los pensamientos de la mayoría de la gente se volvían ya hacia Dios y la Eucaristía, Pérez se despidió de toda la concurrencia. A esa hora, de todos los presentes al comienzo de la velada sólo quedaban César, Pablito, Manny, Bernardito y Frankie, que había atendido la barra toda la noche. Y también estaba Eugenio que, con veintiún años y ya estudiante universitario, había ayudado a la cocina. Pérez, al salir, les dijo: «Tengo algo para ustedes. Quédense cinco minutos más». Y eso hicieron, y a pesar de lo agotados que estaban y de que ya empezaban a bostezar, de pronto revivieron al ver entrar en el club a tres atractivas jóvenes con relucientes minifaldas de lentejuelas que se quitaron la ropa y se pusieron a bailar.

Normalmente, cuando el club hacía más negocio era los sábados por la noche. El resto de la semana el Rey del Mambo dependía de los vecinos del barrio que entraban a tomarse una cerveza y de los universitarios que iban por los menús especiales que ofrecía la casa para cenar. A veces también lo alquilaba para fiestas privadas o dejaba el local gratuitamente a la parroquia del barrio para alguna función nocturna de variedades y en otras ocasiones a personas o entidades que buscaban recaudar fondos para algo. Pero los miércoles por la noche estaban reservados para *jam sessions.* Con comida, bebida y pagando precios más que módicos, los músicos que iban llegando a medianoche se sentían

en el Club Habana como en su segunda casa y se quedaban
tocando e improvisando hasta las cuatro de la madrugada, como
en aquellas sesiones a las que César acostumbraba asistir en los
pequeños clubs que había en las playas próximas a La Habana.
Encaramado a uno de los altos taburetes de la barra, con un puro
encendido, sujeto entre el grueso pulgar y el dedo índice de una
mano, que lanzaba al aire una humareda azul, sonreía y saludaba con una inclinación de cabeza a los clientes y aplaudía
calurosamente a los jóvenes músicos que ocupaban el escenario.
Con el paso de los años, las potentes luces de los escenarios
habían hecho más sensibles sus ojos y ahora llevaba siempre
unas gafas de sol de cristales verdes. A través de aquellas gruesas
lentes sus ojos miraban como si estuvieran bajo el agua y aunque
su abotagado rostro parecía lánguidamente absorto en la función, a menudo se dejaba arrastrar por sus ensoñaciones y
pensaba en las canciones que podría escribir sobre el amor, las
mujeres y la familia.

Lo que ganaba con el club le permitía vivir modestamente.
Cuando la jornada nocturna se prolongaba hasta las tantas de la
madrugada le dejaba rendido para su trabajo del día siguiente
como portero. El agotamiento, el dolor de huesos, los espasmos
estomacales, el pene que cada día se mostraba más alicaído en
sus erecciones, todo ello hizo que el Rey del Mambo empezara a
darse cuenta de que estaba haciéndose viejo. Se le empezaron a
encanecer las patillas, por lo que decidió darse Grecian Fórmula.
Aquellos agudos dolores de tripa, aquella acidez del esófago,
aquel ardor en la garganta cuando soñaba por las noches y
aquellos sordos y pétreos dolores de los costados —síntomas
inequívocos de dolencias del hígado y de los riñones— le afligían
con más frecuencia cada vez.

En el nombre del mambo, de la rumba y del cha-cha-chá de
su juventud, no hizo el menor caso de todo ello.

Y durante todo ese tiempo siguió, no obstante, con su trabajo
de portero en el edificio, aunque ahora podía permitirse el lujo de

contratar a los amigos para que le hiciesen algún que otro
trabajillo. Pagaba un sueldo a Eugenio, que ya no quería ser
músico, para que se ocupara de todo. Así que, durante el primer
año de existencia de aquel club era Eugenio el que, al volver de
sus clases en el City College, llamaba a las puertas de los vecinos
armado con una llave inglesa y un par de alicates.

En aquella época César ganó cierta fama como uno de los
cubanos de Nueva York que acogían a músicos exiliados en su
apartamento y les ayudaban a encontrar trabajo. De cuando en
cuando trompetistas, *congueros,* pianistas, cantantes de baladas y
de boleros, recién llegados de Cuba, se instalaban en alguna de
las habitaciones libres que tenía el Rey del Mambo. Antes de que
abriera el club trataba de encontrarles algún tipo de trabajo en el
barrio y a través de sus amistades: Pablo, en la fábrica de
conservas cárnicas; Bernardito, que conocía el negocio de las
artes gráficas y de las revistas; y dueños de clubs y restaurantes
como Rudy López, del Tropic Sunset, o Violeta, que a lo mejor
necesitaban friegaplatos o camareros. Conseguir que pudieran
trabajar como músicos era ya más difícil. Aunque la población
cubana de Nueva Jersey seguía creciendo y había más trabajo
que antes, no era sin embargo suficiente para colocar a todo el
mundo. Dejaba que aquellos cubanos se quedasen una temporada en su casa, a menudo les prestaba dinero y les ayudaba a
encontrar instrumentos en la casa de empeño de Harlem. (O si
no, les dejaba alguno de los que él tenía.) Lo hacía con el mismo
espíritu con que hubiera ayudado a su propia familia. Como la
estancia media venía a ser de un mes aproximadamente, siempre
se veían caras nuevas entrando y saliendo de su apartamento.
  Pero con el club la situación cambió: César podía proporcio-
nar trabajo con más facilidad a la gente, pues los empleaba
generalmente como camareros y si no, los mandaba a la cocina
para que fregasen los platos. Les pagaba de su propio bolsillo,

incluso cuando el club marchaba mal. Y tenía trabajando con él a varios buenos músicos. Entre ellos, a Pascual Ramírez, un pianista que estaba tremendamente politizado, que odiaba la revolución y que se ponía a dar puñetazos en la mesa cuando se acaloraba hablando de ella. Y también aquel otro tipo, Ramón, que tocaba el saxo y hablaba con sinceridad y lleno de esperanza sobre los cambios que estaban teniendo lugar en Cuba. (El pobre hombre se suicidó ahorcándose en Miami en 1978.)

Por lo general César llevaba a aquellos visitantes al piso de arriba para presentárselos a la familia, pero entre su trabajo del club y el de portero, sus días siempre eran largos y ajetreados y tenía poco tiempo para descansar un rato, hacer una visita a Delores, a Pedro y a los niños, y mirar con ojos embelesados a Delores cruzando una habitación. Si un día trabajaba hasta las cuatro de la madrugada, podía considerarse afortunado si conseguía dormir una hora de siesta. Luego se vestía y se iba al Club Habana. Aunque a veces estaba cansado, se había habituado a la rutina.

Una de aquellas tardes, cuando se disponía a salir para ir a trabajar al club, recibió una conferencia de Miami, un tipo, amigo de un amigo de Cuba, que se llamaba Rafael Sánchez, que le dijo al Rey del Mambo:

—Yo y mi hermano menor, Rico, vamos a ir a Nueva York y querríamos saber si, tal vez, podrías alojarnos en tu casa.

—Claro que sí —le respondió el Rey del Mambo.

Una semana después se encontró a los dos hermanos, con sus maletas de mimbre y los negros estuches de sus instrumentos, una trompeta y un saxofón, a su lado, plantados delante de la puerta.

—¿El señor Castillo? —preguntó el hermano mayor—. Yo soy Rafael Sánchez y éste es mi hermano Rico.

El mayor de los hermanos era un hombre de unos treinta o treinta y cinco años, con bastantes entradas en el pelo, guapo de cara, y con cierta expresión de sobresalto. Llevaba unos pantalones de trabajo azules, camisa blanca, una chaqueta azul muy gastada, abrigo negro y un sombrero marrón de fieltro con una cinta negra. Saludó con la cabeza y estrechó la mano al Rey del Mambo, cosa que también hizo el más joven de los hermanos, Rico. Tenía unos veinticinco años y era un tipo delgado y enjuto, con una espesa cabellera negra y ojos azul claro. Llevaba también unos pantalones de trabajo, un jersey oscuro, un gabán y una gorra de lana en la cabeza.

—Entren —los invitó el Rey del Mambo—. Seguro que tienen hambre.

Atravesaron el pasillo y entraron en la cocina, en la que les sirvió unos bocadillos de carne, patatas fritas con cebolla, *pasteles* y ensalada, bien aliñada con aceite y sal. Bebieron cerveza tras cerveza y pusieron la radio y César asomó la cabeza por el patio y silbó a Delores para que bajase, si podía, a saludarlos. Se presentó con Leticia, que tenía por aquel entonces dieciocho años, y temblaba tanto y era tan deliciosa como el *flan* que bajaron a los hermanos.

—¿Y cómo les fue el viaje?

—Agotador, hemos venido en tren. Pero veíamos el paisaje —contestó el mayor de los hermanos—. Es la segunda vez que viajo a los Estados Unidos, pero para mi hermano es la primera.

El más joven de los hermanos dijo en voz muy baja, casi inaudible:

—Comprendo que aquí se pierda todo el mundo.

El Rey del Mambo asintió con la cabeza.

—¿Quieres decir espiritualmente o por la calle?

—Espiritualmente.

Y les sirvió más cervezas, pues la cerveza los relajaba y les hacía sentirse más comunicativos. Les dio una palmadita en la espalda a los dos y luego contaron cómo habían salido de Cuba vía España, los tres meses que habían pasado en Madrid y luego el viaje a casa de un primo suyo que vivía en Miami, donde se habían quedado otros dos meses. Los dos habían sido intérpretes de jazz en Cuba, el mayor tocando el saxofón y la guitarra y el pequeño la trompeta.

—En los viejos tiempos, antes de la revolución —decía Rafael—, oíamos jazz en La Habana en emisoras como CMQ, o nos colábamos en los grandes hoteles para oír a las grandes orquestas o asistíamos a *jam sessions* y así pudimos ver a gente como Dizzy Gillespie...

—Es magnífico —dijo Rico.

—En un bar que conocíamos en La Concha —se refería a una playa muy popular entre la gente joven y los músicos, a unos cuarenta minutos en coche de La Habana— oíamos música y conocíamos a otros músicos. ¡Qué días tan estupendos! Pero entonces vino la revolución y todo lo que oíamos era esa charanga de jazz del este de Europa que suena pom-pom, como si estuvieran tocando valses, y a veces teníamos suerte, conseguíamos sintonizar una emisora de Estados Unidos o de México en la onda corta y podíamos oír jazz auténtico. En cualquier caso, los dos trabajábamos en La Habana, Rico en una fábrica de puros y yo como conductor de un autobús y lo que los dos queríamos era salir de allí. Quiero decir, ¿qué nos ofrecía aquello a nosotros? Fidel clausuró muchos de los clubs y de los hoteles y el trabajo que nos salía, tocar en bodas y en bailes para los rusos, no era de nuestro agrado. Para ser sinceros, veíamos que estaba haciendo algunas cosas buenas para los pobres, pero para nosotros, ¿qué? ¿Qué se podía hacer allí? Nada. En cualquier caso fue Rico el que más insistió en que nos fuésemos. Pero la cosa no fue fácil.

¿Los rostros de los dos hermanos? Reflejaban hastío y agotamiento, pero también expresaban su agradecimiento con amplias y sanas sonrisas.

Luego contaron la historia de un amigo, un bajo, que había salido de La Habana y había acompañado a la Ciudad de México a la Revista del Tropicana, que se había descolgado por la ventana de unos lavabos situados en el segundo piso de un hotel y que había corrido manzanas y manzanas de casas hasta que pudo coger un taxi que le llevó a la embajada de los Estados Unidos. Otro intérprete que había salido de gira, un cantante en este caso, se escapó de su camerino en Londres disfrazado de mujer.

—...Pero, para que esta reunión tan agradable no degenere en un sombrío repaso de la situación —recordaba el Rey del Mambo que había dicho el mayor de los hermanos—, propongo un brindis por nuestro amigo César Castillo.

—Y por las encantadoras damas que nos han traído este delicioso *flan* y nos alegran con sus cálidas sonrisas —añadió César—. Y por nuestros nuevos amigos.

—Y por Dizzy Gillespie, Zoot Sims y John Coltrane —continuó el más joven de los hermanos.

—¡*Salud!* —exclamaron todos, incluso Leticia, que bebió un vaso de vino y sintió cómo se le enrojecían las mejillas.

Encantado con su papel de *patrón*, César alzó su vaso para un último brindis:

—¡Por vuestro futuro!

Luego se despidieron de Delores y de Leticia y el Rey del Mambo instaló a los dos hermanos en una de las habitaciones de detrás y se fue, un tanto bebido ya, al club.

A la mañana siguiente les dio una vuelta por el barrio y presentó a los hermanos Sánchez a sus amigos. Y señalando con un dedo a la acera de enfrente les dijo:

—¿Ven ustedes ese local que está ahí enfrente? Es el Club Habana. Es mío. —Y añadió: —Veremos qué clase de trabajo puedo conseguirles. En la cocina, tal vez, si les parece bien.

Al cabo de unas semanas los dos hermanos estaban trabajando en el Club Habana de friegaplatos y camareros. De tarde en tarde, cuando no tenían demasiado trabajo, se ponían a tocar, César se sentaba al piano y los dos hermanos a su lado en el escenario tocaban sus instrumentos. César había oído mucho jazz en los años cincuenta y aunque podía defenderse improvisando unas cuantas notas seguidas con ritmo de blues, a medida que iba haciéndose viejo prefería, decididamente, seguir viviendo en la tierra del bolero y en la ciudad de la melodía. Pero los dos hermanos tocaban una música tan extravagante como hermética para él, cuervos y ruiseñores juntos en una misma jaula, alrededor de la que César daba vueltas y más vueltas tratando alegremente de estar a la altura de las circunstancias.

Se acordaba de aquello.

Una noche tuvo un sueño: los dos hermanos gritaban a su ventana desde la calle y cuando se asomaba los veía abajo, con sus *guayaberas* y sus pantalones blancos de lino y en sus rostros se reflejaba el terrible frío que estaban pasando. La ciudad estaba cubierta de nieve y les gritaba por la ventana: «No se preocupen, en seguida les abro». En su sueño gritaba tan fuerte que el mayor de los hermanos apareció en la puerta de su dormitorio y le preguntó, «¿Se encuentra usted bien?».

(Y el recuerdo de un sueño aún más pavoroso otra noche: todo el vecindario estaba atrapado en un glaciar, y sus accesos estaban igualmente bloqueados por los hielos, a través de los cuales se oía, sin embargo, la música de unas gaitas.)

—Sí, sí. Es el club. A veces creo que pienso demasiado en el club.

(Y a veces cerraba los ojos y creía que era el año 1949 otra vez.)

Como le cayeron bien se tomó todas las molestias imaginables para que los dos hermanos se sintieran cómodos y para ayudarles a buscar trabajo. Llamó a directores de orquesta y a propietarios de clubs para que dejaran correr la voz de que los dos músicos estaban disponibles. Los llevó a Macy's y a Gimbels y les compró buenos trajes y zapatos nuevos, y los llevó también al salón de belleza, donde Ana María les cortó el pelo. Lamentaba que tuvieran que fregar platos, pero les pagaba incluso las noches que había poco trabajo y casi ningún plato que lavar. Cuando oyó decir a uno de los hermanos que tenía debilidad por la cantante Celia Cruz, salió a la calle y volvió con un montón de discos suyos y cuando oyó decir a Rico que echaba de menos su propio fonógrafo, fue a una casa de empeño en la calle 116, a la altura de Manhattan Avenue, y le compró uno. (Y entonces, de noche, oía a Rico improvisando mientras oía las grabaciones de Machito y de Miles Davis.) Los llevó con él a aquellas reuniones de cubanos que se celebraban en Washington Heights, y los llevaba todos los domingos a casa de Delores, donde disfrutaban de la hospitalidad de la familia. («Siempre que quieran comer o cenar —les dijo Pedro— ya saben que son bienvenidos.») Y se preocupaba por ellos. Se echaba a sí mismo la culpa cuando veía a Rico, melancólico y claustrofóbico, bostezando delante del televisor, se culpaba a sí mismo aquellos días plomizos en que Rico y su hermano mayor se quedaban de pie, mirando por la ventana, con la moral por los suelos. Aunque no era quién para dar sermones a nadie, de pronto se veía señalándoles con el dedo los solares que había en la calle 123 y les decía: «Procurad no meteros por ahí». Ya identificaba a los drogadictos y a los «camellos» que de vez en cuando aparecían merodeando por la esquina. Cuando miraba a Rico o a Rafael a los ojos y veía que estaban tristes les decía: «Qué, amigo, ¿no quieres una copa?». Y una hora después la botella de ron ya estaba por la mitad.

En una ocasión estuvo a punto de hablarles de su hermano Néstor. Habían visto su foto en el armarito con una luna curvada que había en un rincón de la sala de estar y habían visto las fotos de Los Reyes del Mambo en el recibidor. No les habló finalmente de él porque, ¿por qué había de compartir con nadie su tristeza?

Por otra parte, tal vez les había hablado de Néstor una docena de veces y no se acordaba.

A veces se sorprendía a sí mismo mirando fijamente a Rico y pensando en Néstor, asombrado de la rapidez con que había pasado el tiempo. Luego se sentaba a la mesa lamentando los placeres, cariño y consuelo principalmente, que su hermano no podía disfrutar ya, aquellos placeres que nunca habría de disfrutar, que se estaba perdiendo.

Un domingo por la noche se quedó dormido en el sofá del salón después de hacer una visita con Bernardito, Frankie y sus respectivas mujeres al alegre hogar del piso de arriba. Y soñó otra vez, pero este fue un hermoso sueño.

Estaba en el campo, en Cuba, cogiendo flores silvestres con su hermano al lado, cogiéndolas para su madre.

No había tenido un sueño tan bonito desde hacía mucho tiempo.

Se quedaron con el Rey del Mambo por espacio de tres meses, ayudándole en el club y echándole también una mano de vez en cuando en sus funciones de portero, mientras seguían tratando de encontrar trabajo como músicos. Se llevaban estupendamente con todo el mundo y lo único que ocurrió es que a Leticia uno de ellos le partió el corazón: con dieciocho años y desesperadamente atractiva, dejó de ponerse aquellos vestidos de señora mayor y de leer los libros que su madre le compraba y ahora siempre aparecía con una minifalda de lamé plateado, blusas de color rosa y sostenes con los más llamativos diseños, todo para impresionar a Rico, que apenas se fijaba en ella. El Rey del Mambo era tan ajeno a la vida de Leticia que el descubrimiento de este drama, que duraba ya varios meses, supuso para él la más absoluta sorpresa. La veía llorar de vez en cuando, pero atribuía aquellas lágrimas a los efectos del ciclo menstrual femenino, había oído a Delores sermonear a Leticia sobre la esencial falta de interés de los hombres, había oído a Delores amenazar a Leticia con meterla a estudiar interna en un convento si no se enmendaba, pero, a pesar de todo, seguía tan ignorante como antes de los detalles de la existencia de su sobrina. Sólo fue consciente de la situación cuando Leticia fue un día a visitar a Rico al club llevando un vestido rojo tan seductor que Delores llegó tras ella y empezó a pegarle con un cinturón. El

Rey del Mambo, tras intervenir como conciliador, mandó a
Delores a casa y estrechó a la sollozante Leticia en sus brazos,
mientras se preguntaba: «¿Quién es esta mujer desbordante de
emociones?».

Por espacio de media hora prestó oídos a las lamentaciones
de Leticia: que se sentía como si fuera un perro sujeto con una
correa, que su madre nunca la dejaba hacer nada por sí misma,
que lo único que deseaba era poder vivir su propia vida. Y
lágrimas y más lágrimas, y el Rey del Mambo, sin saber muy
bien qué decir, le repetía: «Ya verás como todo se arregla».

Después, cuando se quedó solo en la barra, trató de reconci-
liar el recuerdo que guardaba de Leticia como aquella chica
delgada y afectuosa que salía corriendo a arrojarse a sus brazos
con la hermosa mujer de cabellos negros como ala de cuervo y
amorosas congojas cuya desbordante femineidad e intensas emociones le producían ahora tanta confusión. Intentó que dejara de
llorar haciéndole regalos un tanto infantiles —un helado de
barquillo, una muñeca, una comba para saltar— pero ella seguía
llorando. Había en su llanto algo que le recordaba a muchas
otras mujeres a las que generalmente identificaba con las lágrimas: su madre sollozando en la cama, su esposa llorando por la
calle, Delores sollozando también en la cama, y seguía sin saber
muy bien qué hacer en tales casos. Al final la abrazó, le dio un
billete de diez dólares y la llevó de vuelta al apartamento sin
hacer ya ningún comentario más.

¿Y los hermanos? Mientras que a Rafael, el mayor de los dos,
le gustaba ir al centro las noches que tenía libres, visitar a los
amigos (a veces se dejaban caer por el club por las tardes cuando
Rafael atendía las mesas para que los invitara a una copa) e ir a
los clubs de jazz que había en el Village (el Half Note en Spring
Street era su local preferido), Rico se ponía su traje azul a rayas
de Macy's y, oliendo a una colonia a base de esencia de rosas y
miel que se daba, bajaba a coger el metro; era una bonita

historia, un romance con una muchacha que había conocido años atrás en Cuba y con la que había vuelto a verse. Ella vivía en Nueva Jersey con su familia. Él, después de engominarse y de peinarse hacia atrás y de acicalarse un buen rato delante del espejo, iba a verla varias noches a la semana. Volvía a casa a las cuatro de la madrugada en los trenes de cercanías y se movía en el apartamento procurando hacer el menor ruido posible a esas horas para no despertar a nadie. Por lo general el Rey del Mambo estaba aún despierto sentado a la mesa de la cocina en compañía de Frankie o de algún otro amigo suyo, charlando en voz baja, luchando contra el sueño, o si no, se lo encontraba sentado en la sala de estar viendo la televisión o, con un bloc en la mano, tomando nota de algún viejo arreglo musical que trataba de recordar. O intentando componer una nueva canción.

Una noche Rico volvió a casa y se sentó a hacer compañía al Rey del Mambo a la mesa y le contó que iba a casarse con aquella mujer, que tanto él como su hermano mayor iban a irse a vivir a la casa que la familia de ella tenía en Elizabeth.

El Rey del Mambo se encogió de hombros.

—Tienen que decirme lo que quieren que les regale —dijo a Rico. Y dio una palmadita en la espalda al joven músico. Y luego, con una sonrisa, añadió—: ¡Ya me parecía a mí que olía a amor en el aire!

Y hubo algo más: pidió a los dos hermanos que tocaran en el club.

Dicho y hecho. Una noche, Rafael y Rico Sánchez aparecieron en el escenario del Club Habana, acompañados por Manny, el bajo, un pianista que se llamaba Eddie Torres y el bueno y viejo de Pito, con el que siempre se podía contar, en la batería. Tocaron un buen número de instrumentales muy jazzísticos y algunas viejas melodías para bailar. De cuando en cuando el mayor de los hermanos avanzaba hacia el micrófono y cantaba un bolero y, siguiendo la tradición de los cantantes de boleros, sus cuerdas vocales temblaban, cerraba los ojos y una expresión a la vez apenada y sincera afloraba a su rostro. Sentados en una mesa al fondo del local estaban Delores, Leticia, Eugenio y Pedro. Y en la barra, trasegando ron sin parar, el Rey del Mambo escuchaba atentamente y se sentía complacido por la repetición de ciertos sucesos.

—*Adiós,* amigos míos —recordaba que les había dicho cuando se marcharon.

Después de aquel episodio las cosas empezaron a cambiar en el club. Aunque César debía a Pérez miles de dólares y, aparentemente, el negocio iba bien, no le pagaba, alegando siempre que no tenía dinero. ¿Y por qué? Porque aún seguía queriendo interpretar el papel de gran señor, contratando amigos, como aquellos dos hermanos llegados de Cuba, manteniendo a dos camareras con un sueldo fijo, a una cocinera que se llamaba Esmeralda, a Frankie detrás de la barra, a diversos friegaplatos y, para colmo, sirviendo gratuitamente comidas y copas y pagando decentemente a sus músicos, sin tener en cuenta lo que se recaudaba a la entrada.

Tras oír diversos informes de su más que notable generosidad, Pérez convocó un día a los socios a una reunión.

—No sé muy bien cómo decírtelo, amigo mío... —empezó Pérez—, pero tengo la impresión de que crees que estás dirigiendo un club social, ¿no?

—No, pero es mi club.

—Sí, financiado con mi dinero.

En resumen, Pérez mantenía que había invertido más de cuarenta mil dólares en el negocio. A Manny, que había contribuido con cinco mil, la verdad es que no le importaba ni mucho ni poco la forma en que César llevara el club, mientras el Rey del Mambo siguiera contento, pero Pérez planteó el hecho de que, como hombre de negocios, tenía que velar por sus intereses.

—Lo único que quiero es que me dejes la dirección a mí, ¿de

acuerdo? Por lo demás puedes seguir contratando a las bandas que te gusten y agasajando a los clientes que te apetezca. Eso es lo que mejor haces, ¿entiendes?

Tras lo cual dio a César un abrazo fraterno.

—Créeme, pongo a Dios por testigo de que es lo mejor que podemos hacer.

Poco después Pérez envió a dos de sus hombres al local. Uno de ellos se parecía al boxeador Roberto Durán y tenía aquellos mismos ojos negros y penetrantes del citado púgil antes de que le matasen. El otro parecía un tipo de trato más fácil, más discreto, sonreía contrayendo los labios en una mueca llena de sarcasmo. Al Rey del Mambo le llamaban papi y se reían de él cuando les ordenaba algo. Eugenio y sus amigos no les caían nada bien, no les gustaba tampoco el «gorrón» de Frankie, ponían las copas casi con cuentagotas, no daban vales para consumiciones gratuitas y nunca sacaban monedas de la caja para poner la gramola.

Despidieron a una de las camareras, poniendo a César en una situación muy violenta, cosa que le deprimió.

Pero con la nueva dirección empezó a acudir una clientela completamente distinta. Tipos de Brooklyn que dejaban sus Cadillacs color lavanda aparcados en doble fila delante del local y que llevaban cadenas de oro colgando del cuello. Se sentaban en sus mesas, sacaban gruesos fajos de billetes de veinte dólares y preferían música *soul*, cuyas retumbantes frases de bajo casi hacían estallar los altavoces de la gramola. Ya no se contrataban bandas más que un día a la semana, los sábados. Poco a poco el ambiente latino, un tanto a la antigua, del local fue desvaneciéndose y con él fue desapareciendo también la vieja clientela. Y los nuevos parroquianos eran muy generosos, daban grandes propinas y siempre invitaban al «jefe», a César Castillo, a una copa. A eso de la medianoche salía del club acompañado por Frankie y tan borracho que a veces ni veía la otra acera de la calle. Fue una de esas noches cuando tuvo un hermoso sueño: el Club Habana estaba en llamas, pero era un incendio silencioso, como las brasas en el incinerador, sin sirenas ni cristales saltando hechos añicos, el local estaba simplemente siendo devorado por el fuego con toda aquella gentuza en su interior. Había veces en que al llegar al porche de su casa se sentaba unos momentos y deseaba con toda su alma que el club se incendiara de verdad.

Sentado en el Hotel Esplendor, prefería no pensar en que aquellos tipos habían utilizado el Club Habana como tapadera para vender droga, como decían las malas lenguas del barrio. Pero incluso entonces ya se daba cuenta de que algo raro pasaba por la forma en que le miraba la gente. Aquel viejo irlandés de barbilla roja como un tomate y que siempre llevaba un gran sombrero torcido miraba hacia otro lado cuando César pasaba por delante de él. Incluso Ana María, que siempre era tan simpática, jamás esbozaba una sonrisa cuando le cortaba el pelo. Y se contaban historias y se hablaba de coincidencias que no le hacían ninguna gracia. Un chico negro muy agradable, «uno de los mejores», como César solía referirse a él, que se llamaba Alvin, se había caído desde lo alto de una azotea. Un chico irlandés que se llamaba Johnny G., que llevaba tiempo hecho un despojo humano, fue encontrado esparrancado en una silla en una taberna en Brooklyn, muerto. A otro muchacho irlandés lo encontraron muerto en un sótano. Otro chico, un italiano que se llamaba Bobby, se estrelló al volante de un coche que había robado después de haberse metido una buena dosis de droga; otro chico de color que se llamaba Owen desapareció tragado por una alcantarilla en Far Rockaway. Chicos con un color tan amarillo que parecía que tenían ictericia y quién sabe qué más cosas saludaban al Rey del Mambo con una inclinación de cabeza y le decían, «Señor Castillo, ¿cómo está usted?», con un brillo mortecino en sus ojos. Un muchacho llamado Tommy, uno de los chicos más alegres de la calle, murió víctima de una hepatitis. A la ciega que se ponía a vender periódicos en la calle 121 le cruzaron la cara de un navajazo por unos cuantos dólares;

a un hombre que se dedicaba a arreglar radios le dieron otro de oreja a oreja. Y muchos otros casos parecidos de los que le hablaron, pero que ya no recordaba bien porque no le gustaba pensar en todo aquello. Lo que sí recordaba era aquella multitud de chicos jóvenes que siempre andaban por delante del Club Habana por la noche, tan escandalosos como rutilantes con sus pantalones negros de loneta, jerseys de cuello vuelto y botas de baloncesto Converse de dobles cordones. Podría haber hecho mucho dinero si hubiera seguido como socio del negocio, pero un día él y los restantes socios le plantearon a Pérez que le vendían su parte. Saldadas todas sus deudas, César salió del club con nada menos que cinco mil dólares de beneficio. Pérez había sido generoso. Después tomó un avión y se fue a Puerto Rico a pasar dos semanas y se retiró a un pueblo que estaba cerca de Mayagüez en compañía de unos cuantos viejos amigos suyos. Cuando regresó se sintió ya absolutamente ajeno a aquel sitio, aunque cuando pasaba por la calle siempre oía la gramola y el murmullo de voces en el interior. Se llevó todas las fotos que había colgado detrás de la barra y Pérez tuvo el detalle de cambiar el nombre del local, que de Club Habana pasó a llamarse Star Club. Un año después volvió a cambiar otra vez de nombre, Club Caribe ahora, y al año siguiente, cuando Pérez murió (y fue ascendido a los cielos por ángeles), cerró definitivamente sus puertas, tanto éstas como las ventanas recibieron una capa de pintura blanca y la entrada fue sellada con tablones.

Y así, de pronto, otra frase musical le trae a la memoria a un guatemalteco, un tipo alto, de aspecto muy varonil, que se llamaba Enrique, al que César había conocido en la época en que iba mucho a salas de baile como el Park Palace. Una tarde se lo encontró por la calle, años más tarde, entraron en un bar y allí contó al Rey del Mambo la historia de su «primera experiencia sexual», en palabras suyas. Cuando era adolescente, volvía un día a casa del colegio por una polvorienta carretera y oyó una voz que le llamaba de entre unos arbustos, una voz femenina que le decía, «¡Ven aquí!», y cuando se acercó y apartó los ramajes vio a una mujer india tumbada en el suelo con la falda levantada hasta los muslos y abierta de piernas para recibirle.

—Tenía un bonito cuerpo —dijo al Rey del Mambo, que asentía con la cabeza y sonreía—. Y luego me dijo, «Enséñame eso que tienes» —y empezó a acariciarle, con lo que se le puso bien gorda, «pero que muy gorda», repitió, poniendo un énfasis muy viril en ese tipo de detalle. Y después «copularon» —ésa fue la palabra que empleó— al lado de la carretera y, aunque quedó satisfecho y a ella la dejó también muy satisfecha, añadió que, a decir verdad, habría preferido la compañía de un guapo mucha-cho que vivía bajando la carretera, un buen amigo suyo.

Pues bien, este joven tenía una hermana que se llamaba Teresa y que siempre estaba dirigiendo amorosas miradas a Enrique. Ambos coqueteaban un poco, incluso se besaron alguna vez, pero en último término ambos sabían muy bien que en cuestiones amorosas él prefería la compañía de hombres. No es que tuviera ninguna relación de ese tipo con su hermano, preci-samente, pero todo el mundo conocía sus gustos. Ésta era la primera parte de la historia. Y luego venía un paréntesis de quince años y Enrique retomó el hilo de la historia cuando ya estaba viviendo en Nueva York y recibía cartas de Teresa en las que le rogaba que se casara con ella para así poder conseguir la ciudadanía americana: que una vez casados, podían empezar a hacer todos los trámites para que su hermano viniera a reunirse también con ellos. Enrique, que quería a Teresa como a una hermana, le contestó diciéndole que él se ocuparía de todo y que iría a esperarla al aeropuerto. Un mes después de su llegada contrajeron matrimonio en el Ayuntamiento y vivieron más o menos como marido y mujer por espacio de un año, aunque sin compartir carnalmente el lecho nupcial.

El Rey del Mambo seguía asintiendo con la cabeza.

Pasado algún tiempo ella empezó a hacer amistades en la ciudad, invitaba a otras parejas a la casa y él tuvo que empezar a comportarse como si fuera realmente un buen marido, y esto significaba que ya casi no podía invitar a sus amistades masculinas. De hecho, Teresa empezó a prohibirle que llevara a sus amigos a casa alegando que le parecían tipos desagradables. Y había algo más: estaba harta de meterse en la cama por la noche y de despertar al lado de· Enrique que, normalmente, cuando dormía, solía tener en sus sueños unas erecciones tan potentes como viriles, siguió contándole al Rey del Mambo. Y, aunque sabía muy bien que era indiferente a las mujeres, empezó a meterle mano una noche sí y la otra también, hasta que acabaron haciéndose amantes, y se lo pasaban muy bien juntos. El idilio duró unos cuantos meses y entonces empezó a negociar con ella la posibilidad de llevar a casa a sus amigos a cambio de sus servicios viriles, propuesta que no hizo sino empeorar las cosas entre ambos, pues Teresa le respondió, «Pero Enrique, ¿es que no te das cuenta de que yo te amo, de que siempre te he amado?», y añadió: «Si no puedo tenerte, no sé lo que va a ser de mí», como una actriz en una mala película de Hollywood —éstas son palabras suyas otra vez—, y, acto seguido, cuando él le mostró su escepticismo ante semejante declaración, se propuso llevar su actitud hasta las últimas consecuencias y empezó a irse con todos los hombres que conocía por la calle, con lo que se ganó fama de ramera y entonces Enrique, que era un hombre de una pieza, tenía que salir a pelearse para defender el honor de no se sabe quién, pero no le quedaba más remedio. Y aunque intentaba por todos los medios mantener una cierta paz doméstica, le resultaba muy difícil, porque ella empezaba romper platos y a gritar a voz en cuello por la ventana que se había casado con un «maricón» y a llorar a moco tendido y él sentía tal vergüenza que no se atrevía ni a poner los pies en la calle.

Poco a poco las cosas fueron volviendo a su cauce. Un día, le dijo al Rey del Mambo, volvió a casa después de su trabajo de camarero en el centro y se encontró con que ella se había ido del apartamento: y pocos días después le llegaron los papeles con una solicitud de divorcio basada en que era incapaz de cumplir satisfactoriamente sus funciones conyugales con ella. No sólo no se hizo honor a la justicia, sino que, para colmo, sentenciaron que tenía que pasarle a Teresa una suma semanal de cincuenta dólares en concepto de pensión alimenticia, lo que era una buena cantidad de dinero en aquellos tiempos.

—Gracias a Dios —concluyó— que unos cuantos años después volvió a casarse.

—Me parece absolutamente delirante toda la historia —apostilló el Rey del Mambo, meneando la cabeza. Después se levantó, dio una palmadita a Enrique en el hombro y le dijo—: Bueno, espero que ahora te vayan mejor las cosas, ¿no?

—Sí, mucho mejor.

—Estupendo.

Y después de aquel guatemalteco, que tan mala suerte había tenido, le vino a la memoria aquel pobre ricachón inglés, un individuo que iba siempre hecho un maniquí y que solía aparecer mucho por el Park Palace, un tipo que se enamoró perdidamente de una morena por la que más tarde se suicidó.

¡Habían pasado ya tantísimos años!

Recordó a aquel cura tan bajito de la parroquia del barrio que se parecía a Humphrey Bogart y que siempre daba la impresión de estar mirando por debajo de los vestidos de las señoras.

He ahí un hombre que había cometido una tremenda equivocación en su vida.

Y hablando de mala suerte, ¿qué decir de su amigo Giovanni, que había sido representante del boxeador Kid Chocolate, un garboso cubano aspirante al título de los pesos welter? Camarero también, Giovanni tuvo entonces la oportunidad de hacerse rico, pero ¿qué sucedió? Que su boxeador llamó marica al campeón y pagó su osadía en el ring, pues tras la paliza recibida entró en estado de coma.

¿Qué había ocurrido con su Cuba? ¿Con sus recuerdos?

Después de ver el combate en el programa de boxeo de los viernes por la noche, el Rey del Mambo esperó a su amigo Giovanni, que vivía en el portal de al lado, hasta que volvió a casa y entonces le vio subiendo la calle a la una de la madrugada acompañado por su hijo y cargado con una bolsa de lona. Bajó corriendo a todo correr las escaleras y le preguntó:

—He visto lo que ha ocurrido. ¿Cómo se encuentra?

—Bastante mal.

—Mira, ¿por qué no te vienes a mi apartamento y nos tomamos unas copas?

—Sí, muy bien.

Y mientras se terminaban una botella Giovanni dijo:

—Pssssst, ha sido todo en un abrir y cerrar de ojos. Tanto entrenamiento, tantas peleas... Pssssst, una verdadera lástima, ¿sabes?

La última barra de aquella extraña frase musical de mala suerte realmente le partió el corazón, porque, un buen día, le llegaron noticias de que Elva y René, su antigua pareja de baile, se llevaban cada vez peor. René siempre estaba acusando a su atractiva esposa de que le ponía los cuernos y Elva primero lo negaba todo, arrasada en lágrimas, y luego de repente cambiaba de actitud y empezaba a jactarse de lo guapos, jóvenes y viriles que eran los amantes que tenía, hasta que, un día, René, completamente fuera de sí, apuñaló a Elva con un cuchillo de cocina y la mató. Acto seguido se arrojó por la ventana.

Aquél había sido otro episodio de la racha de mala suerte que trajo consigo el año 1963. Gracias a Dios, pensó para sus adentros el Rey del Mambo, que pronto la música cambió de melodía y todo volvió otra vez a su cauce.

EL FIN SE ACERCA, MIENTRAS SIGUE SONANDO, CARGADA DE NOSTALGIA, «BELLA MARIA DE MI ALMA»

¿Y en qué había acabado todo? De pronto, cuando quiso darse cuenta, descubrió que aquel trabajo temporal que había aceptado para llenar sus ratos de ocio había durado nada menos que veinte años.

Mientras atravesaba el vestíbulo recordó cuando era un músico arrogante y mujeriego y pensó para sí, «¿Quién hubiera imaginado que las cosas iban a tomar estos derroteros?». (Y millones de personas, viéndole en una reposición de «Te quiero, Lucy», no podían ni imaginar que él tenía también su propia vida, no le veían como un portero.) Se había acostumbrado a oler siempre a esa masilla de fontanero y a llevar las uñas sucias de grasa y aceite. Los inquilinos daban golpes a las cañerías (a ritmo de claves) y él contestaba presuroso, a pesar de que muchos de aquellos trabajos eran auténticas pesadillas. (Está metido debajo de la pila de una cocina en la que hace un calor asfixiante, bajo él el suelo de linóleo está infestado de cucarachas, una maraña de rizosos pelos de bruja sale por debajo de la pila y le cae en la cara y forcejea con una llave inglesa para desenroscar la tubería o desatascar la pila, horas y horas en el pringoso calor del día. O entra en un apartamento que lleva un mes cerrado a cal y canto, porque los inquilinos se han ido de vacaciones y al entrar en la cocina se encuentra con que han desenchufado el frigorífico, pero lo han dejado cerrado y una especie de hongo azul se desborda y se extiende por el suelo y allí donde mire toda la habitación está llena de cucarachas dándose un verdadero festín en aquella cosa azul. O la vez que abrió un armario y un millón de cucarachas apelotonadas unas a otras se le cayeron encima como un viejo gabán. Ésas eran algunas de las cosas que no le hacían la menor gracia.) Pero cuando los inquilinos le llamaban contestaba en seguida. Deseoso de llenar el vacío de su vida todos aquellos años, había arreglado puertas desencajadas, grifos que goteaban, ventanas rotas, paredes desconchadas y enchufes defectuosos. Había instalado una lámpara de tubo metálico, muy curiosa, como las que se veían en las viejas estafetas de correos o en los pupitres de las bibliotecas, encima de los buzones e incluso había encontrado un espejo nuevo para el angosto vestíbulo, desmontando de su marco el viejo espejo que tenía el mercurio ya muy desgastado y lo había sacado a la acera para que se lo llevaran los basureros. (Los niños de La Salle Street, amantes de la destrucción, se habían dedicado jubilosamente a hacer añicos el espejo.)

Cada vez más orondo, engordando por momentos, empezó a parecerse preocupantemente a la campana de una catedral. Tuvo que hacer que le sacaran y cortaran de nuevo sus viejos trajes favoritos unas trece veces en apenas unos años, tantas que al final el sastre acabó poniéndoles elásticos en la cintura. Asombrado por su propia inmensidad, daba fuertes golpes con los pies en la escalera de detrás y se divertía viendo cómo temblaba aquella frágil estructura. Aunque cada vez le costaba más trabajo respirar y su paso era ya más lento, el Rey del Mambo se sentía feliz al ver que ocupaba un espacio creciente en este mundo.

Cuando se sumergía en la bañera el agua subía inesperadamente hasta los bordes.

Fue entonces cuando los dolores que le aquejaban se hicieron tan intensos que su viejo amigo, el doctor López, quiso hacerle ingresar en el hospital.

Fue una vez a la radio, a un programa nostálgico. El pianista Charlie Palmieri, director de orquesta también y arreglista, estuvo igualmente en el mismo programa. Palmieri habló de sus comienzos con Tito Puente y contó que luego se había separado de su orquesta en los años cincuenta y que, viajando por todo el país antes de que se rompieran «las barreras raciales», había actuado en bailes en las montañas y que había sido él quien había descubierto a Johnny Pacheco, un tipo que fregaba platos y tocaba la flauta en la cocina concertando con la orquesta que actuaba en el escenario y su manera de tocar le gustó tanto a Palmieri que le contrató allí mismo.

Y luego «Gracias, Charlie Palmieri», y en la radio el fragor del océano y la melodía de *Crepúsculo en La Habana.*

—Mi próximo invitado es alguien que jugó un papel importante en el panorama musical de Nueva York en los años cincuenta. Tengo el placer de presentarles al director de orquesta y cantante César Castillo. Bienvenido.

Y empezó a contar la historia de su vida y la de su hermano Néstor, cuál era la vida musical en su época en las salas de baile en las que Los Reyes del Mambo solían tocar, la Sala de Baile Imperial, el Club de la Amistad, el Savoy en el Bronx y los acontecimientos divertidos que tenían lugar, como los concursos aquellos de calvos y las grandes batallas entre orquestas rivales, y cosas así. El entrevistador le interrumpía de cuando en cuando, ponía alguno de los viejos discos de Los Reyes del Mambo y luego reanudaba la charla.

—¿Y qué opinión tenía usted de Desi Arnaz?

César rió.

—Que era un hombre muy simpático.

—Musicalmente, quiero decir.

—Tenía un enorme talento, era un autodidacta, eso sí, pero

se portaba muy bien con sus músicos. Ya sabe, yo y mi hermano actuamos una vez en su programa.

—Sí.

—Pero volviendo a lo de su talento musical. Un día me encontré con Chico O'Farrill y abordamos la cuestión de poder leer partituras o no. Quiero decir, yo nunca aprendí a leer música y, por lo que sé, Arnaz tampoco, y eso me llevó a preguntarle a Chico lo que opinaba de Desi Arnaz como talento musical y me contestó que para ser un hombre que no había estudiado era francamente bueno.

—Pero nunca nadie le ha considerado demasiado auténtico ni original.

—*Bueno*, yo creo que lo que hizo era difícil. Para mí era muy cubano y la música que tocaba en aquella época era buena y, al menos para mí, muy cubana. Usted sabe que siempre tocaba muchas viejas baladas cubanas en aquel programa suyo.

Pero, fundamentalmente, habló de las distintas salas de baile, de las bandas que tocaban en ellas, de los enredos entre los músicos y de la camaradería que unía a los autores de canciones.

—Una época ya definitivamente pasada —concluyeron ambos.

—¿Y quién le gusta ahora?

—En general, los mismos. Mis preferidos siguen siendo los mismos de siempre.

—¿Se refiere usted al conjunto Los Reyes del Mambo?

—No, siempre me han gustado Puente, Rodríguez, Fajardo, Palmieri, Machito, Benny More, Nelo Sosa. No sé, creo que usted podría empezar a citar nombres y seguro que todos me gustan. Y también está, cómo no, Celia Cruz y el cantante Carlos Argentina. Y podría seguir, hay muchos grandes talentos musicales aún en activo.

—¿Y usted?

César rió y dio una calada a su cigarrillo.

—Sigo tocando de vez en cuando. Nada espectacular, ya me entiende, pero continúo ejercitando mis cuerdas vocales.

—Algo que todos le agradecemos —y añadió—: Bueno, el tiempo se nos acaba, pero antes vamos a despedirle con esta bonita *canción*.

Y con estas palabras el entrevistador pinchó *Bella María de mi alma*, que sonó por las ventanas, en los transistores de los coches y en la playa, en donde bonitas jóvenes tumbadas al sol, con cuerpos relucientes de loción bronceadora y sus mentes y corazones llenos de planes para el futuro, oyeron la canción.

De vez en cuando recibía alguna que otra llamada de un agente o promotor que le hacía proposiciones para que volviera a los escenarios.

Por lo general, ninguna de aquellas ofertas se concretó luego en nada.

Pero un día estaba subiendo la basura del sótano y arrastrando los pesados cubos del incinerador hasta el bordillo de la acera cuando oyó el claxon de un coche. Un Mercedes Benz se había parado delante de él y sentado al volante, hecho un brazo de mar, con un abrigo de cibelina blanco y un sombrero con una pluma y una cinta de piel de leopardo, su viejo pianista de Los Reyes del Mambo, el fabuloso Miguel Montoya.

Tardó un segundo en reconocerle.

—¡Miguel, *hombre!*

—¡Vaya, vaya, parece que te van muy bien las cosas!

—Sí —le respondió—, no puedo quejarme.

Luego fueron en el coche a uno de los sitios preferidos de César, en la calle 129. Miguel debía de tener ya cerca de ochenta años, pero parecía aún un hombre con mucha energía y, por lo que él mismo le contó, le había ido muy bien grabando aquellas famosas cintas Muzak en California —aquel piano que sonaba melifluo, aterciopelado y dulzón tocando *Río de la luna, Quizás, quizás, quizás* y *Bella María de mi alma*, y que tanto se oía por los altavoces de los supermercados, aeropuertos y terminales de autobuses en todas partes— y escribiendo bandas sonoras para películas de terror mejicanas de bajo presupuesto, con títulos como *Las bellas mujeres vampiro de la hacienda del terror*. (César había visto aquella película en 1966. Fue a verla con su sobrino Eugenio y unos cuantos amigos suyos —Louie, un puertorriqueño larguirucho, y Víctor, un cubano recién llegado— y habían pasado el rato en el azulado resplandor de la terrorífica luz que proyectaba la pantalla de un cine lleno de niños ya muy despabilados para su edad, que reían y aplaudían viendo cómo las mujeres vampiro, siempre con gruesos pezones —sus pechos eran redondos, puntiagudos y suculentos bajo sus negros trajes de noche transparentes—, saltaban por terrazas en las que tocaban músicos que llevaban grandes sombreros y atravesaban los cristales de ventanas rematadas por altísimos arcos, haciéndolos añicos, para reclamar los favores amorosos y la sangre de sus víctimas masculinas.)

Una tarde larga y muy agradable, tomando copas, contándose sus vidas, y Miguel, al final, le explicó cuál era la razón, aparte de la vieja amistad que los unía, de su visita.

—Un agente artístico amigo mío, un inglés que vive en Londres, lleva tiempo pensando en montar un espectáculo con viejas figuras musicales hoy ya retiradas en el London Palladium y me ha pedido que reúna una orquesta y que seleccione a un cierto número de cantantes. Como era lógico le hablé de ti.

—¿Sí?

Y la idea de viajar a Europa, a Inglaterra, en donde nunca había estado, puso contentísimo al Rey del Mambo.

—De momento no es más que un proyecto, pero ya he hablado con varios buenos músicos y han aceptado. Y, quién sabe, a lo mejor podemos llevar el espectáculo de gira a Madrid, París, Roma, todas esas capitales tan bonitas.

Miguel estaba tan entusiasmado que mantuvo puntualmente informado al Rey del Mambo de cómo iba el proyecto y le llamaba cada dos o tres meses, pero luego, de pronto, no volvió a

tener ninguna noticia suya: y cuando un día telefoneó a Miguel a
Phoenix, Arizona, donde tenía su casa, alguien que se ocupaba
de los asuntos de Miguel informó al Rey del Mambo de que su
viejo amigo había muerto.

—¡*Coño!*

En cierta ocasión estuvo a punto de ver de nuevo a su hija.
Seguía escribiéndose con ella, pero ¿qué era, después de todo,
sino unas cuantas líneas de borrosa tinta en un papel? Entonces
le escribió para decirle que su compañía de ballet iba a presentarse en Montreal, Canadá, en una producción de *Giselle* con
Alicia Alonso. Tenía ya treinta y tantos años, era una especie de
directora adjunta del cuerpo de baile y ¿no le gustaría que se
encontraran en aquella fría ciudad? Sí, le contestó por carta.
Arreglaron todos los detalles y compró un pasaje de avión, pero
la misma mañana en que tenía que volar a Montreal los síntomas
de su enfermedad se agravaron extraordinariamente y no pudo ni
siquiera levantarse de la cama, así que lo único que hizo fue
mantener una larga y estática conversación telefónica con su hija
a las diez y media de la mañana. Su voz sonaba cansada mientras
trataba de explicarle sus achaques corporales y los sufrimientos
de su corazón.

Ella le respondió:

—Bueno, siento que no podamos aprovechar esta ocasión de
vernos, papi.

—Sí, hija. Yo también lo siento. Otra vez será.

—Sí, otra vez será.

—Cuidate mucho, hija mía.

—Sí, y tú también cuidate, papi.

Y adiós para siempre.

Una noche que iba a actuar en un club, subió de aquel sótano
tan fresco donde siempre parecía que era otoño y se desnudó
delante del espejo. Se quitó el uniforme gris de trabajo, el
cinturón con el manojo de llaves de los apartamentos, los cal-

zoncillos y los sucios calcetines blancos y se dirigió al cuarto de
baño.

Y después la operación inversa, vestirse. Primero unas gotas
de colonia detrás de las orejas y en el cuello, polvos de talco en las
axilas y en su peludo pecho, con aquella cicatriz justo encima de
la tetilla derecha. Un par de calzoncillos limpios a rayas, luego
calcetines altos de seda con ligas. Y después una camisa rosa
pálido y un traje color hueso muy entallado, con los botones a
punto de saltar por la tensión del hilo que los sujetaba. A
continuación, una corbata azul cielo con un alfiler de plata. Se
dio un poco de brillantina Brylcreem en el pelo, un poco de
vaselina debajo de los ojos para tratar de disimular las arrugas y
luego se retocó el fino bigote que lucía con un lápiz de cera, como
hacía César Romero en las viejas películas. Luego se puso sus
zapatos blancos con hebilla dorada y con un poco de saliva y una
gamuza les sacó brillo. Cuando acabó se pasó revista en el espejo.
Satisfecho por no haber dejado ni un hilo fuera de su sitio, se
dispuso a salir.

Más tarde César y sus músicos se encontraban en el escenario
del Club Paraíso Tropical, en el Bronx, un sitio regentado por
unos puertorriqueños que habían sido grandes admiradores de
Los Reyes del Mambo, poniendo punto final a la segunda parte
de su actuación, en la que habían tocado una serie de canciones
como *El Bodeguero* y *Cachita*, temas que habían hecho que incluso
los señores y señoras de más edad se pusiesen a menear sus
cuerpos y a reír alegres, como si fueran jóvenes de nuevo. Había
visto cómo una mujer menuda, delgada y encorvada como la
rama de un árbol, con un vestido de mucho volante, que parecía
sacado de tiempos pasados, se convertía en una colegiala de doce
años meneando los hombros como si estuviese bailando la conga.
Sintiéndose inspirado, el Rey del Mambo había tocado la trompeta con todas sus fuerzas, había hecho guiños y gritado *¡Vaya!*
mientras las notas de su solo surcaban el encrespado mar de
aquel compás 3 por 2 y la música sonaba tan bien que incluso su

adormilado bajo, Manny, cansado tras una larga jornada de trabajo, empezó a despabilarse.

Y después empezaron con otra canción y el Rey del Mambo, aunque sentía unas ganas enormes de orinar, se puso a bailar meneando su corpachón sobre las puntas de sus blancos zapatos de hebilla dorada. Cantó y tocó la trompeta con tanto entusiasmo como cuando era joven en La Habana y se emborrachaba y corría por la calle con toda la energía del mundo, tocó hasta que la cara se le congestionó y se puso rojo, y los costados empezaron a dolerle y parecía como si la cabeza le fuera a estallar. Dio unos pasos atrás, se volvió a sus músicos y les hizo una seña para marcar el último cambio melódico, broche final de la canción.

—Señoras y señores —empezó.

... en el Hotel Esplendor, lamentándose de todos los dolores que le aquejaban.

... Ante el micrófono:

—Muchísimas gracias. Nos complace enormemente que se lo estén pasando todos tan bien.

Y con la vejiga a punto de estallarle —hígado, riñones e intestino llenos de úlceras— dio al interruptor del micrófono, bajó de la plataforma de madera que servía de estrado para los músicos y se abrió paso a través de la abarrotada pista de baile casi a oscuras, rozando accidentalmente algún que otro buen culo femenino. Al cruzar la sala tuvo la sensación de estar rodeado, oprimido, abrumado por una sofocante atmósfera de juventud. En medio de aquel público, gente joven en su mayoría, se sintió como un embajador, como si estuviera allí como representante del declinar de la vieja generación, más próxima a la muerte, como suele decirse, que a la luz de la juventud.

—Corría por un campo y la tierra fluía bajo mis pies como río desbordado...

Había buen número de jóvenes con pendientes que eran una gran media luna dorada o en forma de pagoda, o con zarcillos que parecían relámpagos sobre sus frentes y bonitos culos sobre esbeltas piernas de bailarinas de anchos tobillos. Blusas de seda rebosantes de femineidad, temblorosas y relucientes a la roja luz del local. En la difícil travesía, en la que tuvo que abrirse paso a empellones, se arrimó en cierto momento a un mujer que olía a jazmín y a sudor.

Tenía casi sesenta años. ¿Y qué?, ¿le miraban todavía las jovencitas como solían hacerlo en el pasado, esperando que se les acercara y entablara conversación con ellas? Ahora le trataban con un respeto jovial, dirigiéndole miradas que parecían decir: «Vaya, en otro tiempo a lo mejor ha sido un verdadero rompecorazones». En esos tiempos no podía salir a la calle sin que alguna mujer bonita le mirara dulcemente a los ojos, llena de deseo, ¿pero, ahora, en cambio? *Dios mío*, tenía que hacer verdaderos esfuerzos para seducir y si quería a una mujer más joven que él tenía que pagarla, porque ahora las mujeres que podían desearle ya no eran jovencitas y este hecho era algo que le costaba trabajo aceptar.

Pero mientras se dirigía hacia los lavabos sintió que alguien le tiraba de la manga de la chaqueta y le cogía por el codo, una bonita mujer de unos treinta y cinco años. *¡Coño!*

—¿Señor Castillo? Me llamo Lydia Santos. Le presento a mi primo Alberto —al otro lado de la mesa estaba sentado un hombre con un fino bigote que se parecía a aquel actor de los años treinta, Leon Errol—. Quería decirle lo mucho que me gusta su música. Sabe, le había visto antes, hace años, cuando era una jovencita. Mi padre me llevaba al Teatro Hispano a ver todos los espectáculos. Le vi allí y en Brooklyn. Y a veces también en el Bronx. ¿Cómo se llamaba aquel sitio?

—El Savoy —puntualizó su primo.

—Sí. Tocamos allí varias veces. Con la Orquesta de la Gloriosa Gloria Parker. Hace muchos años. Fue en 1954.

(Y ahora otro recuerdo, la Gloriosa Gloria Parker y su Orquesta Femenina de Rumba tocando una versión con ritmo de rumba de *Sonata a la luz de la luna* y una noche César y Gloria estaban sentados en una mesa tomándose unos daiquiris y Gloria, magnífica con un vestido de un color rojo muy vivo y una peineta en el pelo, dijo al Rey del Mambo: «Chicos, ¿os gustaría actuar con nosotros de teloneros en un sitio en las Catskills?», y este recuerdo se desvanece y le sucede otro de una noche de luna, a las tres de la madrugada, en la que el Rey del Mambo y la Gloriosa Gloria van paseando por el borde de un lago embelesados en la contemplación de la luna y las estrellas, que se reflejan como lágrimas de luz en el agua, con un fondo de pétreos pinos azulados a lo lejos y en un momento en que los dos directores de sus respectivas orquestas están tan cerca el uno del otro que su aliento casi se confunde, ella se vuelve, le mete dos dedos por dentro de la camisa, le acaricia la piel y el ensortijado pelo del pecho con sus uñas y le dice, como solía decirse en aquellos tiempos, «Venga, tú, grandísimo bobo, ¿es que no vas a darme un beso?».

—Yo no era más que una colegiala, pero su orquesta me gustaba muchísimo.

—Gracias, es un cumplido muy bonito. Y más viniendo de una mujer tan hermosa como usted —y le hizo una inclinación de cabeza.

Pero en su rostro se reflejaba el sufrimiento. El Rey del Mambo quería quedarse a charlar, pero la vejiga le dolía terriblemente.

—¡Eh, sirva aquí unas copas a los señores! —gritó al camarero.

Luego se inclinó hacia delante y le dijo:

—Luego vuelvo y así podemos charlar un rato, ¿le parece?

Siguió su camino hacia el pasillo donde estaban los lavabos pensando en aquella joven de treinta o treinta y cinco años. Lydia Santos. La mayoría de las mujeres jóvenes que conocía nunca habían oído hablar de su orquesta, de Los Reyes del Mambo, o si habían oído hablar, para ellas no era más que una de tantas orquestas de otro tiempo, cuyos discos ponían sus padres cuando se sentían nostálgicos.

—Yo no era más que una colegiala, pero su orquesta me gustaba muchísimo —oyó otra vez en su mente aquellas palabras mientras pasaba por delante de la gramola que atronaba con su música puesta a todo volumen.

Al extremo de un estrecho vestíbulo había una puerta de incendios atrancada con cerrojos, cosa que siempre le producía gran inquietud. Una vez había tocado en un club en Queens y se había declarado un incendio en las cocinas —una freidora fue la causa— y habían tenido que echar la puerta abajo con un hacha. (¡Ojalá hubiese sucedido eso mismo en el Club Habana!) Hacinada contra la puerta la gente tosía y lloraba por el humo y el pánico. Por esa razón siempre le gustaba echar un vistazo a las puertas de las salidas de incendios.

Las sirenas de los coches de bomberos sonando la noche que había muerto Néstor...

Pegada a la pared del pasillo una cola de hombres jóvenes esperando para entrar en los lavabos —para orinar, defecar, acicalarse, fumar un poco de yerba o inhalar cocaína— y entre ellos el novio, por quien se estaba celebrando aquella fiesta. Los jóvenes estaban cansados y contentos. ¿Qué chiste circulaba por la cola? Sobre lo irritado que iba a estar el órgano sexual del novio al día siguiente por la tarde. Y el propio novio corrigió: «Ya está irritado desde hace mucho tiempo», y aplausos.

En presencia de aquellos jóvenes, animado por las atentas palabras de Lydia Santos, el Rey del Mambo se olvidó de la edad y adoptó la postura de un joven lobo, con el cuello de la camisa abierto y la pajarita desanudada. Se le veía aquella maraña de lanoso pelo negro y gris que le cubría el pecho y también el crucifijo, la moneda amuleto y la pequeña cabeza de bronce de Changó, las tres cosas colgadas de una cadena, resbalando sobre la humedad que empezaba a empaparle la piel. Un tipo alto felicitó al Rey del Mambo —aunque había tratado de convencer al novio para que contratase a uno de aquellos grupos modernos que actuaban en la discoteca con extravagantes instrumentos, baterías de ritmo sincopado y pianos (sintetizadores) pero el padre de la novia había dicho: «Un grupo es un grupo y este César Castillo es un auténtico profesional», lo que quería decir que César cobraba mucho menos que los demás, y ¿qué más daba que su música estuviera un tanto pasada de moda?— y luego ofreció al Rey del Mambo y a su bajo sendas caladas de un cigarrillo de marihuana.

No, gracias, prefería beber a fumar, porque fumar le hacía volverse medio loco, oía voces y, de pronto, le asaltaba la sospecha de que su difunto hermano Néstor se encontraba a la vuelta de la esquina.

Otro joven muy educado empezó a charlar con ellos y le preguntó al Rey del Mambo su opinión sobre aquel panameño que empezaba entonces, Rubén Blades, al que César había oído y le había gustado.

—Usted ha debido de conocer sin duda a muchas de las grandes figuras de su época, ¿eh?

—Sí, puede usted ir diciendo nombres... Puente, Eddie Palmieri, Ray Barretto, Pérez Prado. He conocido a todos los grandes del pasado. Tipos con talento, estilo y magníficas ideas musicales que ahora ya no son más que recuerdos. Y todos tuvieron que trabajar mucho. ¿Y dónde está ahora la mayoría? Un amigo mío, un *conguero* excepcionalmente bueno, vigila los esqueletos de los dinosaurios en el Museo de Historia Natural. Y otro trabaja como planchador en el centro, en una de esas calles en las que hay tantas tiendas de modas. Es demasiado mayor para hacer otra cosa, pero en su época fue un magnífico trompetista. Tal vez a usted puede darle lástima, pero él tuvo su momento de gloria y, además, fuera por lo que fuese ésa era su vocación. Él sabía en lo que se metía, ¿sabe?

—No quiero que me interprete mal, amigo —continuó su interlocutor—. Ya sé que uno puede ganarse la vida, pero no es fácil y olvídese de hacerse rico. —Sacó la cabeza y miró a ver si la cola avanzaba y luego le preguntó a Manny: —Pero, bueno, ¿cuánto tiempo va a estar metido ahí ese tipo, ¿eh?

Cuando al final pudo entrar en los lavabos llenos de humo se vio sorprendido por algo inesperado: una pluma de loro, verde y azul, flotaba en el agua del retrete. Se sacó su gran miembro y vació la vejiga. Cerró los ojos —se le metía el humo que subía en espirales de su cigarrillo— y pensó en aquella joven: se la imaginó por un momento de rodillas ante él, bajándole los pantalones.

Venga, *hombre,* dale un descanso a la pobre, se reprendió a sí mismo, y aquella fugaz imagen de deseo se desvaneció en una nube de melancolía. Siempre había creído que su gran *pinga* era más que suficiente para abrirse paso en el mundo, que podría obtener cualquier cosa que quisiera sólo con mirar fijamente a una mujer con sus ojos de niño bonito, que el hecho de tratar a las mujeres como si fuesen basura, con arrogancia, como si nada valieran una vez que había satisfecho su deseo, no venía sino a realzar su virilidad. Y allí estaba, un músico que se iba haciendo viejo, ¿y qué es lo que tenía para ofrecer al mundo el tiempo que le quedaba de vida?

Hizo una mueca de dolor mientras recordaba cómo llevaba a su hermano menor a hombros cruzando el patio de su casa, allá en Cuba: sentía las delgadas manos de su hermano menor, de Néstor, siempre tan cariñoso, agarrándosele del cuello, y el niño reía cuando César empezaba a dar saltos y a relinchar como si fuese un caballo. Le llevaba sobre los hombros a aquella parte del jardín tan frondosa en la que las mujeres de la casa se reunían a coser, lavar y cotillear. Y allí estaba aquella gran tina, llena hasta los bordes de agua casi hirviendo y de jabón que olía a rosas y su madre que le decía: «Primero Néstor y después tú, hijo mío».

Las mujeres de la casa: *Mamá,* Genebria y sus amigas, cuatro simpáticas mujeres negras que siempre estaban hablando de magia, y siempre riéndose de él y haciendo bromas sobre lo vanidoso que era, y de los problemas que aquel rasgo de su carácter habrían de acarrearle un día. ¿Cómo se llamaban? Trató de recordar sus nombres: Tomasa, Pereza, Nicolasa y Nisa, siempre arremolinadas en derredor suyo, con sus faldas rojas, amarillas y de color mango, riéndose. Hacía mucho tiempo que no había pensado en aquellas alegres mujeres que le rodeaban y le mimaban hasta más no poder con sus besos.

Y el recuerdo, el recuerdo que no cesaba, de mirar a los ojos de su madre y ver en ellos afecto y pura bondad.

Pura bondad, su madre, pero nada podía hacer contra el poder de su padre, que no cesaba de pegarle y pegarle, tratando siempre de que su indomable espíritu mordiera el polvo. Atemorizando a su hermano menor hasta tal punto que toda su vida habría de comportarse como... una niña. Aquella bondad carente de poder.

¿Y por qué le habían venido a la cabeza aquellos recuerdos, tantos años después, en el Hotel Esplendor?

Se miró en el espejo del cuarto de baño y se rió de sí mismo.

—¿No te da vergüenza, *viejito*, pensar siquiera en esa joven?

¿Cómo podía pensar en aquella joven si hasta tenía que llevar una faja puesta?

¿Qué es lo que le habían dicho los médicos del hospital?

Todos los placeres de la vida le están desde este momento vedados.

Luego se miró de perfil y metió estómago. Con la cabeza echada hacia atrás, en una pose llena de nobleza, aún guardaba cierto parecido con el famoso César Castillo, cuyo rostro ilustraba la portada de aquel álbum inmortal, *Los Reyes del Mambo tocan canciones de amor*.

Salió del lavabo con paso decidido, sacando pecho, metiendo estómago —tan grande ya— irguiendo los hombros, dio palmaditas en la cabeza a los niños que corrían alrededor de los adultos, saludó a varias personas y guiñó el ojo a algunas señoras ya mayores. Luego se dirigió de nuevo al escenario. Se plantó ante el micrófono, dio al interruptor de un amplificador que tenía al lado y sintió como si un ácido le estuviese corroyendo las entrañas. Aquella noche había cenado dos grandes platos de *lechón asado* que había aliñado con un buen puñado de sal y el zumo de un nutritivo limón; y después *tostones,* bien fritos, crujientes y dorados, patatas fritas, *arroz moro* y un poco de *yuca.*

Era el ron, sin embargo, lo que le roía el intestino. Le bajaba por el gaznate como hielo derretido, pero empezaba a arderle de verdad al pasar por su vibrante diafragma, besado tantas veces por mil mujeres distintas. De vez en cuando masticaba un antiácido Rolaids. A lo largo de los años había trasegado botellas y botellas de leche de magnesia y de leche corriente para aliviar las molestias. A veces incluso se tomaba un mejunje que había inventado él mismo: lo que llamaba un «69», leche con ron y crema de menta o Amaretto, como si el sabor a caramelo y la límpida textura de la mezcla fuera a tener efectos analgésicos. Y aunque sus convulsiones intestinales y los espasmos del hígado y de los riñones le despertaban a veces a mitad de la noche y aunque buenos amigos como Manny, el bajo, Bernardito y el doctor López le habían aconsejado que se cuidara más, seguía sin hacerles el menor caso.

Poco después el Rey del Mambo y sus músicos se lanzaron a tocar otras muestras de su repertorio como *El Mambo cubano,* el *Tremendo Cumbancha* y *Cuá, Cuá, Cuá.* Luego sonó la hora del bolero y de *Bella María de mi alma.*

Como había hecho a lo largo de años y años, el Rey del Mambo cantó aquel bolero con temblorosas cuerdas vocales y el rostro ardiente de sincera y amorosa emoción: con los brazos extendidos delante de su corpulento cuerpo cantó a las mujeres con todo su corazón. Y al mirar a la multitud sus ojos se clavaron en Lydia: ésta le miraba fijamente, con una paja doblada colgando de sus labios rojo cereza. Cantó el último verso de la canción para ella y sólo para ella. Mientras navegaba por la melancólica belleza de aquella melodía, pensó para sí: ahí está esa joven *pollita*, con los ojos puestos en mí.

(Oh, Cristo, Jesús, mi Señor y mi Salvador, por favor explícame en esta triste noche por qué ha llorado tanta gente.)

Tocaron hasta eso de las tres y media de la madrugada y entonces los músicos se reunieron alrededor de una mesa a esperar que les pagasen. Quedaba aún mucha gente en la pista de baile, siluetas de cuerpos fundidos en un abrazo, un ámbito de sombras bajo las luces rojas y rosáceas de los focos, compactos círculos arremolinados alrededor de la gramola que funcionaba por ordenador con aquel luminoso que anunciaba: ¡LA SELECCIÓN MÁS POPULAR! El padre de la novia estaba entretenido rememorando sus años mozos junto a la barra y se tomaba su tiempo. Lo mismo daba: los músicos estaban verdaderamente exhaustos, Manny sobre todo, que, repantigado en su silla, comentaba en voz baja, «Pero bueno, ¿es que este hombre no va a pagarnos nunca?»

—Déjamelo a mí. No te preocupes.

—Pero claro que sí, amigo mío, ¡cómo iba a olvidarme! —y el padre de la novia dio a César un sobre con trescientos dólares, es decir, cincuenta dólares para cada uno, por siete horas y media de música en vivo, más una propina de cincuenta dólares a repartir equitativamente entre todos, una buena noche.

Mientras los músicos recogían sus instrumentos, cables y micrófonos, el Rey del Mambo, con la pajarita desanudada y la camisa medio desabrochada, se detuvo un momento en la mesa de Lydia para despedirse. Primero estrechó la mano del primo en un viril apretón, pero con Lydia hizo gala de una exquisita cortesía caballeresca y besó los nudillos de su diestra. Al hacerlo notó que la temperatura de la mano subía levemente. Y un ligero rubor encendió también las mejillas de la joven.

Después le preguntó:

—¿Podría este *viejito* tomarse la libertad de llamarla alguna vez?

—Sí.

En el reverso de la etiqueta de una cerveza Budweiser le escribió, «Lydia Santos, 989-8996».

—Gracias.

¿Estaba realmente interesada en él o se limitaba a comportarse educadamente con un anciano? Aun así, no pudo resistirse a volverle a besar la mano de nuevo y acompañó su gesto con una cálida sonrisa. Después, como un joven donjuán, salió pavoneándose por la puerta en compañía de Frankie.

Manny los llevó a él y a Frankie en coche a casa. Mientras circulaban por la autovía que atraviesa el Bronx, el Rey del Mambo se sentía cualquier cosa menos cansado. Ni bostezaba, ni se arrellanó en el asiento de detrás a echar unas cabezadas, ni siquiera tenía ya dolor de tripa. Por el contrario, taconeaba alegremente en el suelo del vehículo y se sentía con ganas de fiesta. Manny dejó al Rey del Mambo y a Frankie en una perpendicular a La Salle Street y se dirigió, sin poder ya con su alma, a casa, antes de lo cual tenía que pasarse a dejar su bajo y su amplificador en la *bodega*. Pero ¿y César?

—Frankie, ¿quieres subir un momento y tomarte una copa conmigo?

—Son ya las cinco de la madrugada.

—Puedes quedarte a dormir en mi casa.

—Déjame que me vaya. Mi mujer me estará esperando.

—Anda, venga, sabe que estás conmigo.

Subieron las escaleras hasta el apartamento de César, cruzaron el pasillo y llegaron a la cocina, en donde César preparó unas copas bien cumplidas. En la sala de estar puso uno de sus discos preferidos, *Dancemania*, de Tito Puente, y luego se sentaron en el sofá a beberse la copa. *Coño*, a esa joven le había gustado y ahora el mundo parecía zumbar a su alrededor rebosante de bienestar. Tuvo la sensación de que una especie de buena voluntad le embargaba, de que era el centro de un universo tan hermoso como benévolo. Agotado, Frankie empezó pronto a cabecear.

Pero César permaneció despierto, jubiloso y feliz, como si todo cuanto le rodeaba le estuviera dando muestras de su afecto: el viejo sofá, la mecedora, las sillas de estilo victoriano que estaban al lado de la ventana y que había subido del sótano, el gran televisor en color, marca Zenith, de tubo azul, sus congas, sus maracas con aquel sello que decía «Cuba», los mandos de su tocadiscos. Los brillantes filos de los viejos y nuevos discos que se apilaban sobre el escritorio, la botella medio vacía ya de ron Bacardí, el negro estuche de su instrumento, todo parecía transmitirle amor.

Tenía una banderita cubana encima de la televisión y en el rincón de la habitación había un escritorio consagrado a la memoria de Néstor. Él mismo, Néstor y los restantes Reyes del Mambo le sonreían ahora desde lo alto de un templete de música cerrado por detrás por una gran concha art-decó, en una foto tomada hacia 1950. Y las demás fotos enmarcadas de la pared parecían también sonreírle: Tito, Pérez, y, sí, una vez más, él y Néstor posando junto a Desi Arnaz.

(Por un momento, sentado junto a la ventana de su habitación en el Hotel Esplendor en el sofocante calor estival, César Castillo tuvo la impresión de que volvía a encontrarse delante de la puerta del apartamento de Desi Arnaz, y que su hermano Néstor, vivo, joven y sano, se hallaba a su lado.)

Luego había más fotos de la familia. Su sobrina y su sobrino cuando apenas tenían unos meses, luego algo más crecidos y después ya adultos: Leticia con su vestido de Primera Comunión, Leticia retratada con un birrete con borla azul en la cabeza el día en que se había graduado en la Escuela Secundaria del Sagrado Corazón de María, Leticia el día de su boda con aquel tipo judío tan simpático que se llamaba Howard. Eugenio como soldado de Cristo el día de su confirmación, en la Capilla del Corpus Christi, con un negro misal en la mano y el espíritu de Cristo irradiando luz a sus espaldas. Una foto de César, su difunto hermano y Delores delante de un restaurante del barrio chino, tomada unas pocas horas después de que su hermano y su cuñada contrajeran matrimonio. Delores, con un vestido de lunares, tenía una flor en la mano; Néstor llevaba un elegante traje de sarga de color azul. Y fotografías de su hija, Mariela, tomadas en La Habana cuando era pequeña.

Y el Rey del Mambo se veía a sí mismo con Lydia, en medio de todas aquellas fotos, posando como si fuera joven otra vez, esperando lleno de ilusión un millón de noches de amor y un futuro brillante y feliz, como si fuese capaz de volver a vivir y a repetir ciertas cosas de nuevo. Hasta el reloj que colgaba de la pared de la cocina, con su tic-tac, tic-tac, parecía sonreírle.

Luego, de pronto, el sol empezó a elevarse por el este y la ventana se encendió con una luz rojo-anaranjada. Y como el personaje de un bolero, el Rey del Mambo se sintió felizmente joven otra vez: mientras Frankie «el Fumigador» roncaba sonoramente junto a la mesa de la cocina, un nombre echó a volar, ligero como una flor en su caída, en el alma, tan hastiada del mundo, de César, y en su vuelo atravesó los sucesivos estratos de machismo, duda, cólera y desprecio que la sustentaban. «Lydia.»

A la semana siguiente el Rey del Mambo, hecho un manojo de nervios, telefoneó a Lydia Santos y la invitó a salir con él a cenar.

—Sí, me encantaría —le contestó.

La primera noche que salieron el Rey del Mambo se encontró dando paseítos de un extremo a otro del andén de la estación de metro de la calle 96, esperando el tren Express que había de traerla del Bronx. Llevaba un deportivo traje color lavanda, zapatos blancos de puntera reforzada y un canotier lacado de negro. Y grandes gafas oscuras para que ella no se percatara de aquellas bolsas que bordeaban por debajo sus ojos, fruto de tantas actuaciones nocturnas. A su alrededor veía maleantes por todas partes. Aquellos tiempos en que uno podía echarse una siestecita a la sombra de un árbol en el parque sin la preocupa-

ción de que alguien le hurgara en los bolsillos para vaciárselos ya
no eran más que un lejano recuerdo. En sus idas y venidas en
metro de sus actuaciones veía a los ladrones de pies ligeros
apostados en las entradas y salidas de las estaciones, leyendo la
página de deportes del *Daily News,* un segundo y, pssst, al
instante siguiente, justo antes de que se cerrasen las puertas de
los vagones, cogiendo de un tirón una gruesa cadena de oro, un
monedero o una radio y echando a correr por el andén. En lo que
tarda uno en chasquear los dedos, así. Una vez vio cómo un tipo
entraba en un vagón y rajaba con una navaja la camisa a otro de
los pasajeros para quitarle la billetera: la víctima ni siquiera se
movió. Había visto cómo quitaban la chaqueta a individuos que
se habían quedado dormidos en los trenes, cómo les robaban los
zapatos y los dejaban descalzos, así, de un simple tirón. ¡Y la
cantidad de mendigos que había! En otros tiempos nunca hubo
tantos. Él daba a los viejos, a los jóvenes no. Había un tipo indio
cuyo cuerpo parecía haber sido cortado por la mitad. Se arrastraba por los vagones del metro encima de una especie de patinete y
llevaba una lata en la mano en la que César siempre le echaba
algo de dinero suelto. (¿Cómo se las apañaría aquel pobre ser
doliente en el lavabo? ¿Qué amor podía esperar en su vida?)

Y ahora todo estaba hecho una verdadera porquería: allá por
los años cincuenta los andenes del metro estaban limpios. En
cada columna había o bien una máquina de chicles que funcionaba con monedas de un centavo o bien una de caramelos que lo
hacía con monedas de cinco centavos; y no había puestos de periódicos, ni pizzerías, ni tenduchos que vendiesen hamburguesas
o perritos calientes. Ni tampoco cagadas, meadas, trapos sucios o
montones de basura por los suelos...

El billete costaba diez centavos, los asientos eran de mimbre
y las agarraderas de cuero con esmalte blanco. (Cierra los ojos y
se ve otra vez paseando por la calle con Néstor.)

Trataba de pensar en sus cosas mientras pandillas de adolescentes con ganas de juerga y radios a todo volumen iban llenando

poco a poco el andén. *¡Coño!*, se dijo el Rey del Mambo para sus adentros, pegado todo el rato al borde del andén. *¡Coño!*

—¡Eh, amigo!, ¿tienes un cigarrillo?

—Claro que sí.

—¿Chesterfield? Pero ¿quién fuma Chesterfield?

Ante aquel comentario el Rey del Mambo tuvo ganas de responder, «Ésa es la marca favorita de César Castillo, el Rey del Mambo», pero se calló y miró a otra parte.

—¿Tienes un cuarto de dólar?

—No.

—¿Quieres decir que no tienes dinero?

—No, lo siento.

—Pues ten cuidado, no sea que vayas a sentirlo, viejo maricón.

Lydia llegó media hora tarde.

—Mi hermana, que es quien se queda con los niños, tuvo problemas para llegar a casa.

Se sentía furioso por haber tenido que esperarla: quince años antes no le habría encontrado esperando allí. Habría esperado diez minutos y luego se habría ido sin ella.

—Anda, vamos —y cogieron una línea de metro que iba a la calle 23.

Fueron sentados en silencio la mayor parte del trayecto, pero luego él rompió el hielo y le dijo:

—Estás muy guapa.

Llevaba un vestido azul marino con botones negros de fieltro y un ribete blanco, medias oscuras y zapatos negros de tacón alto. Llevaba el pelo recogido hacia atrás y se había hecho una cola de caballo; se había dado un colorete oscuro, casi marrón, rímel, y llevaba los labios pintados de un color rosa claro, todo ello para disimular algunas arrugas que ya surcaban su rostro y también la tristeza de su expresión. Era una mujer atractiva y tenía una piel bonita, con sólo un defecto: una pequeña cicatriz en forma de estrella o de capullo en flor en la frente.

—Pensaba que fuéramos a cenar algo —le dijo—. Y luego a bailar.

Fueron al restaurante de Violeta, donde César siempre era muy bien recibido y tomaron varias jarras de sangría mientras se esforzaban por encontrar un tema de conversación. Aparte de cruzar cuatro frases con fines de seducción, César nunca había sabido de qué hablar con las mujeres. Cantar románticos boleros, muy bien, lanzarse a intrépidos intentos de seducción, decirle a una mujer «¡Qué hermosa eres, nena!», muy bien. Pero ¿qué podía decir a una mujer casi treinta años más joven que él?

Cuando acudió el camarero, César Castillo le cogió del codo y dijo a Lydia:

—Lydia, quiero que oigas una cosa, una cancioncita que te va a gustar —y luego, volviéndose al camarero, añadió—: Julio, ¿quieres hacerme un favor?, ¿te importa ponerme una de esas cintas?

En un radiocasete que estaba detrás del mostrador empezó a sonar una chisporroteante versión de *Crepúsculo en La Habana.*

—Ésa era mi orquesta, los Reyes del Mambo, ¿te gusta?

—¡Oh, sí!

—Entre la gente de la generación de tus padres yo gocé de cierta fama. ¿Cuántos años tienes de todas formas, querida?

—Más de treinta.

—¿Ah, sí?

Escucharon un rato la música y le habló de Cuba. En aquella época era un tema verdaderamente obsesivo para él.

—No he vuelto desde hace veinte años. Y ahora con Castro, no creo ya que vuelva nunca.

—¿Y tienes familia allí?

—Una poca. Tengo allí un hermano, al que no parece preocuparle mucho la situación; otros dos hermanos viven en

Miami. Y mi padre. Vive aún en la granja en la que yo nací, en Oriente.

Y le habló también de su hija, Mariela, que era bailarina en una compañía de ballet comunista, dirigida por Alicia Alonso. De aquella hija que sólo existía en su vida en forma de unas cuantas cartas ocasionales.

Quizás había tenido también algún que otro hijo bastardo, pero no lo sabía, no sabía cómo podían llamarse.

—Y sabes, lo peor de todo es que para mí son cosas que han dejado de existir.

—¿Qué cosas?

—Cuba.

—Tal vez cambie —le respondió—. Tengo amigos que dicen que Fidel está a punto de caer.

—Todo el mundo lo dice. Pero aunque tal cosa llegara a ocurrir ya nada volvería a ser como antes. Hay demasiada gente que quiere rebanarle el cuello al vecino... Y además, yo ya no soy joven.

—¡No digas eso!

—Llevo estas gafas tan grandes para que no puedas ver los ojos de este *viejito*.

—¡Quítatelas! ¡Déjame que sea yo quien juzgue!

Y se quitó las gafas de sol.

—Tienes unos ojos muy juveniles. ¿Son verdes, no?

Crepúsculo en La Habana dio paso a *Los Guajiros* y el ritmo contagioso de aquella antigua *guaracha* hizo que Lydia se pusiera a seguirlo dando golpecitos en su vaso.

¿Qué más le había contado ella aquella noche? Trataba de hacer memoria.

—Tengo dos hijos, Rico y Alida. Vivo cerca de donde estuviste tocando el otro día. Y trabajo en una fábrica en el centro.

—¿Y estuviste casada, no?

—Mi marido está ahora en Puerto Rico.

—Puerto Rico. ¡Bonita isla! Sabes, he estado allí bastantes

veces. En San Juan y en un sitio que queda cerca de Mayagüez. Un lugar verdaderamente bonito.

Después —y esto era para él un grato recuerdo— el Rey del Mambo la llevó al Club 95, donde se pasaron bailando *merengue* toda la noche. (El local estaba al lado de un centro social para la tercera edad, en el que una vez había visto a Machito subido a una escalera de mano poniendo cortinas en un ventanal.) La antigua danza campesina de la República Dominicana, en la que se hacía girar a la pareja alrededor de uno, volvía a estar de moda otra vez, y César Castillo, ya bien entrado en años, le enseñó a bailarla. Y una cosa que también impresionó a Lydia fue que parecía conocer a todo el mundo que había allí esa noche. Y a pesar de que bebió como un cosaco y fumó como un carretero, no por eso dejó de comportarse en todo momento con los modales más caballerescos y la mayor dignidad. Todos los que se acercaron a la mesa del Rey del Mambo para saludarle tuvieron para con él palabras que expresaban el afecto y el respeto que les inspiraba. Justo lo que ella deseaba de un acompañante.

Y estuvo francamente generoso. A eso de las dos de la madrugada empezó a sentir aquel dichoso dolor en los costados, bostezó y le dijo:

—Lydia, es ya muy tarde.

Salieron juntos del club. Ella pensaba que irían a coger otra vez el metro, pero, ya en la calle, César paró un taxi.

—No, no, sube —le dijo, y subieron los dos.

Al llegar a La Salle Street le dijo:

—Yo vivo en esa casa. Ahora di al taxista dónde quieres que te lleve, ¿eh? Y piensa un poquito en mí.

Desde la esquina, a la sombra de la estructura del metro elevado que atravesaba la calle 125, se quedó mirando cómo el taxi continuaba su camino hacia el norte de la ciudad y desaparecía. En un primer momento Lydia pensó decir al taxista que la dejara en la esquina de la calle 125 con la avenida Lexington donde podía coger el metro y así ahorrarse la diferencia, pero era ya demasiado tarde y cambió de opinión. Pensó que, viejo o no, aquel César Castillo era un hombre muy atento, la clase de persona que podía ayudarla a salir adelante en la vida. Mujer sumamente ahorrativa, que acostumbraba a apurar las copas hasta que se derretían los cubitos de hielo y las rodajas de limón estaban ya casi secas, iba sentada en el asiento trasero del taxi gozando intensamente de aquel lujo inesperado. Y cuando llegó ante el portal de su casa, en la calle 174, dio al taxista un dólar de propina.

Salía con ella al menos una vez a la semana, las noches que los dos tenían libres. Vestido con su gris uniforme de faena, con los pies encima de la desordenada mesa de trabajo que tenía enfrente, el Rey del Mambo la telefoneaba por la tarde y sus preguntas producían en Lydia un efecto maravilloso y tranquilizante: «¿Cómo están tus hijos? ¿Hay algo que necesiten que yo les pueda dar? ¿O para ti? ¿Necesitan bombillas de repuesto o fusibles para el apartamento? Dime, *mi vida*, cualquier cosa que quieras».

Estimulado por su compañía, el Rey del Mambo se sentía de un excelente humor aquella temporada. Ana María, la hermana de Delores, se quedó mirándole largo y tendido una noche mientras cenaban y exclamó:

—¡No puedo creerlo! ¡Tu cuñado se ha enamorado! ¡Mira qué ojos de cordero degollado pone!

Iban a locales como el Tropic Sunset o el Nuevo Sans Souci, sitios en los que él había trabajado a veces. Eran clubs muy agradables, le decía, pero nada comparable a los de antes: clubs nocturnos con decoraciones que parecían el interior de templos egipcios, clubs en cuyos escenarios evolucionaban filas de hasta treinta y cinco coristas, llenos de resplandecientes candelabros, zanquilargas jovencitas que vendían cigarrillos, limpiabotas y con reglas de indumentaria sumamente rígidas.

—Esta generación de ahora —le decía, como solía también decirle a Eugenio— ha perdido el sentido de la elegancia.

Nunca le habló, sin embargo, del Club Habana.

A veces la llevaba a la Sala de Baile Roseland, donde se daba cita un público de edad más madura. Cuando no estaban bailando el mambo en la pista, se sentaban en una mesita al fondo, se cogían las manos y bebían ron con Coca-Cola. De vez en cuando se encontraba con algún conocido con el que recordaba la gran época de las salas de baile.

Había veces en que un algo angelical parecía moldear sus facciones y ella entonces le decía: «¡Qué aire tan juvenil tienes ahora!». Nunca trató de besarla y se contentaba con que le vieran con ella en los sitios que frecuentaban. Y no dejaba de hacer regalos a Lydia: vestidos, cajas de dulces, perfumes que compraba en sitios que abrían hasta las tantas de la noche.

Después, el Día de Puerto Rico, quedó con Lydia y sus dos hijos en la estación de metro de la calle 59 y los llevó a la Quinta Avenida a ver la gran cabalgata. En una de las carrozas, rodeado de muchachas ataviadas con pompones, restallantes sostenes de color rosa y bikinis de visón, con tocados de plumas, iba el mismísimo Rey de la Salsa, Tito Puente, que, con el pelo ya completamente blanco y gesto imperial, saludaba con la mano a sus admiradores. Luego venían largas filas de bailarines y de rostros famosos del Canal 47 de televisión. En una carroza desfilaba la escultural Iris Chacón, en otra, una carroza patrocinada por productos alimenticios Goya, iba un grupo de congueros disfrazados de frijoles y luego seguían otras carrozas más con bandas de *salsa* y, por último, una carroza que tenía la forma de un mapa de Puerto Rico en la que iba, en un trono, la espléndida Miss San Juan; participantes que bailaban danzas típicas campesinas y guitarristas y vocalistas cantando *pregones* montañeros cerraban el cortejo.

Tras el gran espectáculo marcharon al parque a visitar repetidas veces los puestos de cerveza y dieron a los niños toda clase de caprichos: *cuchifritos, pasteles,* y bocadillos de salchicha. Los cubos de basura rebosaban de helados medio derretidos y de soda, zumbaban avispas por todas partes; procesiones de hormigas hacían equilibrios en los bordes de los cubos de basura pringosos de dulce. Fueron al zoo, entraron en el pabellón de los monos, donde éstos saltaban de travesaño en travesaño sacando sus culos que, en el aire, se asemejaban a hinchados labios y con sus delgaduchos brazos se agarraban a los barrotes de las jaulas: se quedaron allí un buen rato viendo cómo los monos se comían todo lo que la gente les echaba: porciones de Snickers, palomitas de maíz, panecillos de hamburguesas, chicles, jirones de banderitas puertorriqueñas de plástico, y las familias se agolpaban contra la verja para ver el espectáculo. «*¡Mira, mira el mono!*» Y el Rey del Mambo llevaba cogida por el talle a su joven *pollita* con una mano y con la otra acariciaba la cabeza de su hija.

Los llevaba a menudo a restaurantes y podían pedir lo que se les antojase, y cuando sus ojos se encendían de deseo al pasar por delante de una heladería de la cadena Baskin-Robbins o de un bazar de juguetes, el Rey del Mambo entraba con ellos en el local. Se sacaba un arrugado billete de cinco dólares del bolsillo y les decía, «Vamos, adelante». Y al término de aquellos días que pasaban todos juntos o bien los montaba en un taxi o bien los acompañaba él mismo al Bronx en el metro, protegiéndolos con su bastón de afilada puntera.

Poco a poco fue conociéndola. Trabajaba en una fábrica de monturas para gafas que estaba en el centro, en la calle 26, a la altura de la Sexta Avenida. Su trabajo consistía en hacer agujeros en las monturas con una taladradora del tamaño de un lapicero —para lo que llevaba puestas unas gafas protectoras— para poder luego incrustar pequeños diamantes de imitación. La contrataron para ocupar el puesto de un hombre que, tras trabajar veinticinco años en aquello, se había quedado ciego. No tenía seguridad social, su jornada laboral duraba ocho horas y media y ganaba dos dólares y cincuenta centavos a la hora. En aquel empleo ganaba lo justo para poder pagar las facturas y el transporte para ir a trabajar. Había habido varios hombres a los que había gustado, en tanto en cuanto sus hijos no aparecieran en el panorama. Pero a César le gustaban los niños y se portaba bien con ella.

Eso era cuanto Lydia quería, ni más ni menos, y se lo decía, «Que seas bueno conmigo».

Llevaban saliendo juntos dos meses y estaban viendo la televisión en la sala de estar de su piso, en el Bronx. El Rey del Mambo le estaba dando un masaje en los pies: estaba cansada de pasar tantas horas de pie al cabo de la semana y cuando terminó el masaje de los pies siguió con los tobillos y sus manos fueron deslizándose hasta sus muslos y esperaba que ella se apartase, porque ¿quién podía querer a un viejo? Pero le dijo, *«Sigue»*, cerró los ojos y un momento después su mano moldeaba su útero como si fuera arcilla a través de las bragas, que iban empapándose de humedad y unas guedejas de fosco vello púbico se le salían por los lados y luego hizo eso de lo que siempre están hablando los viejos, se arrodilló entre sus piernas y, mientras en la televisión seguía una película del oeste, con *vaqueros* persiguiendo un rebaño de reses, le bajó las bragas, la besó metiéndole la lengua y casi no podía creérselo cuando ella le animó a seguir. Se plantó ante ella aún con los pantalones puestos y parecía como si se hubiera metido una botella de cerveza en la parte de delante, porque Lydia le preguntó, «¿Y esto qué es?», le tocó y dio un profundo suspiro cuando se lo enseñó, igual que Genebria cuando no era más que un mozalbete, y por un breve instante se sintió inmortal.

Luego la aplastó con su cuerpo: era una mujer algo entrada en carnes, con las cicatrices de una operación de cesárea justo por encima de la espesa mata de su vello púbico, que poco podía hacer como escudo, y tenía marcas de viruela en los pechos, pero así y todo le parecía hermosa y a pesar de que le dolían los huesos y de que tenía la tripa revuelta como siempre, siguió embistiéndola largo rato, y cuando, con su enorme estómago, finalmente tuvo el orgasmo, sintió como si saliera disparado volando por un campo de color rojo, apretó los dientes y notó que el interior de Lydia se doblaba sobre sí mismo como un cálido guante de seda vuelto.

A partir de aquella noche se aficionó a llamar al Rey del Mambo «Mi lindo viejito» y «Mi *machito*».

A pesar de que ya tenía sesenta años le chupaba los pechos como si fuese un niño pequeño, mientras pensaba, «Qué suerte tengo. Nací en 1918 y aquí estoy con esta pollita».

Cuando terminaba en la cama con ella, se echaba boca arriba como muerto, se quedaba mirando fijamente a la pared, soñando con la juventud, la fuerza y la velocidad, hundiendo el rostro entre sus pechos.

Después le dijo, «Te amo, Lydia».

Pero no sabía si aquello era verdaderamente lo que sentía: había mentido a tantas mujeres a lo largo de los años, había maltratado e incomprendido a tantas mujeres, que se había resignado a olvidar todo lo que se refería al amor y a las relaciones afectivas, aquellas cosas, precisamente, de las que tanto hablaba en sus canciones.

Se pasó toda la noche susurrándole al oído, como un joven, cantándole casi, «la sola idea de no poseerte me hace sufrir de tal modo que no puedo soportarla».

Era un domingo por la tarde y la parroquia había organizado una fiesta de barrio en la calle 121. El Padre Vicente pidió a César que se encargara de la música. Reunió a unos cuantos amigos y pidió a aquellos puertorriqueños de pelo negro engominado que tocaran un poco de rock-and-roll.

Lydia se presentó con un vestido de verano de color rosa, que le quedaba bien la primera vez que se lo puso, regalo, como tantos otros, de César. Pero en los meses siguientes, el Rey del Mambo fue siempre a su apartamento con varias libras de cosas que compraba en los ultramarinos, con pasteles o con filetes de la fábrica de la calle 125, y cuando supo que su debilidad era el chocolate empezó a comprarle bolsas de una libra de chocolate holandés amargo en una tienda muy fina a la europea que había cerca de la universidad. Y siempre estaban yendo a restaurantes y cuando no lo hacían, Lydia se dedicaba a probarse a sí misma que no era mala cocinera, le cogía dinero y se volvía loca en el supermercado, y luego preparaba toda clase de platos cubanos y puertorriqueños, como plátanos fritos y cerdo asado con arroz y frijoles, y también comida italiana. Preparaba grandes cazuelas de lasagna y pucheros de spaghetti con marisco —*alle vongole,* como ella lo llamaba— y hacía grandes ensaladas abundantemente aliñadas con aceite de oliva. Con todo lo cual muy pronto empezó a engordar.

A medida que sus prodigiosos apetitos masculinos iban menguando con los estragos del tiempo —su pene era más grueso y alargado por años y años de uso y ocupaba sus pantalones como un chucho adormilado— se sentía cada vez más interesado en la comida. A ella no le importaba en absoluto, aunque su bonito trasero estaba cada vez más orondo. ¿Y en lo que se refería a los niños? Nunca habían comido tan bien en toda su vida y se ponían contentísimos siempre que el Rey del Mambo iba a hacerles una visita al Bronx.

Así pues, ella engordó unas cuantas libras más. ¿Pero qué importaba cuando él perdía la cabeza con aquellas carnes tan juveniles y expansivas? Podía estar chupándole el pezón una hora seguida hasta que se le ponía amoratado y se hinchaba entre sus dientes y labios; se regodeaba moldeando como si fuera arcilla su carne temblorosa. Y sus caderas se ensancharon considerablemente y a punto estaban de hacer estallar las costuras de sus vestidos. La miraban más hombres que antes y le decían cosas al cruzarse con ella por la calle. Y aunque tal cosa no dejaba de hacer que el Rey del Mambo se sintiera orgulloso, como en otros tiempos cuando efectuaba su entrada con acompañantes como Vanna Vane y otras por el estilo, no por eso dejaba de dirigir furibundas miradas a los impertinentes y sacaba el pecho como si fuese a desafiarlos a que se pegaran con él.

Después de acomodarse con todas sus cosas, esperó en el escenario a que apareciera. Mientras el cura daba un sermón sobre que los pobres no habrían de heredar la tierra, sino las otras «dádivas» de Dios, César localizó a Lydia con la vista entre la multitud y el solo hecho de verla hizo que se sintiera feliz. Arriba, en el escenario, pensaba cosas como: Te quiero, nena, te envío mis besos; casi no puedo esperar a que nos estrechemos en un abrazo de amantes.

En aquellos días empezó a decirse a sí mismo que estaba enamorado, verdaderamente enamorado de Lydia. Con una clase de amor que no había sentido desde sus primeras historias galantes, allá en Oriente, como el amor que había sentido por su mujer en Cuba en los años cuarenta.

(Los recuerdos se agolpaban en su memoria ya algo senil. Fantasías sobre lo que habría podido ser su vida si se hubiese quedado con ella, si no se hubiera ido de su pequeña ciudad natal a La Habana, al encuentro de su destino. Tal vez habría conseguido un buen trabajo a través de la familia, quizás un puesto en el ingenio azucarero como capataz. Podría haber organizado una pequeña orquesta para tocar los fines de semana y para actuar en los festivales que se celebraban en Cuba, cosa que al menos habría satisfecho una parte de sus ansias de llevar una vida de músico. Y su hermano Néstor habría permanecido con él también. Habría criado una prole de amorosos hijos, y no una única hija, para que le hiciesen compañía en sus años crepusculares. ¿Y en vez de tantos coños? Se habría contentado con una o dos amantes en su ciudad, igual que hacía Pedro, su padre. Pero ni siquiera esta fantasía se tenía en pie, porque, antes o después, al final habría tenido que irse de Cuba.)

Aquel día los músicos abrieron su actuación con una improvi-sación instrumental que se llamaba *El mambo del tráfico.* El Rey del Mambo llevaba un traje de verano a rayas de colores claros y su espesa cabellera relucía húmeda de tónico capilar. El eco de su voz resonó en los edificios al inclinarse sobre el micrófono para anunciar, «¡Y ahora, señoras y caballeros, ha llegado el momento de un poco de *charrrannnnnga!*».

Como ya había visto a Lydia decidió hacer una pequeña exhibición de sus facultades para impresionarla. Mientras daba vueltas y más vueltas describiendo círculos, se sentía verdadera-mente asombrado al comprobar hasta qué punto la amaba. Los recuerdos acudían a su mente: el cuerpo desnudo de Lydia, Lydia sentada ante el espejo cepillándose el pelo, sus nalgas regordetas, aquella zona oscura que parecía una ciruela entre ellas y el envejecido miembro del Rey del Mambo golpeándole el vientre y poniéndose erecto sólo de mirarla. Y luego la jodía por detrás, penetrándola por aquel sitio en forma de ciruela, que le daba justo lo que parecía prometer: calor, humedad y la sensa-ción de aquella curva interna que ceñía tan cumplidamente su pene.

(Dios mío, Dios mío —brindándole toda aquella febril activi-dad de su corazón y de su mente—, estoy loco por esa mujer, *coño,* verdaderamente loco por ella, igual de loco que estuvo mi pobre hermano por aquella Bella María de La Habana, que no era más que una cualquiera, igual de loco que estuve por mi esposa. Dio un trago de ron y entonces tuvo una agradable experiencia: una sensación de ligero regocijo, como si estuviera infringiendo la ley de la gravedad y elevándose con su silla del suelo y, en ese momento, el ventilador que estaba sobre la cómoda de su habitación del Hotel Esplendor giró hacia donde estaba y el aire le dio en la cara y un ligero soplo de aquella repentina brisa le acarició suavemente entre las piernas, se deslizó por la raja de sus calzoncillos y le lamió el pene, un lametón que le recordó

aquellos otros de su juventud y, ¡zas!, notó que se le ponía dura,
aunque no del todo, por la caricia del aire, el ron y el pensar en
Lydia, una sensación deliciosa: si hubiera tenido unos años
menos, el Rey del Mambo se habría masturbado, habría empezado a flotar en nubes de especulación y de esperanza de futuras
seducciones, pero ahora, en su presente condición, masturbarse
le parecía algo tan triste como desesperado, así que, desechando
tal idea, tomó otro trago del ron que se había servido. En el
tocadiscos giraba la famosa melodía de Los Reyes del Mambo, *El
mambo del tráfico,* sólo que sonaba muy distinta a como la recordaba: sonaba como si en la versión que ahora escuchaba tocasen un
centenar de músicos, con todo tipo de instrumentos incorpora-
dos: campanillas de cristal y arpas, órganos de iglesia y campanas chinas. Sonaba como el rumor de la corriente de un caudaloso río en la lejanía y el caos de un centenar de automóviles
tocando todos la bocina a la vez. Además tampoco recordaba que
el solo de trompeta aquél tocado por su difunto hermano Néstor
hubiese sido tan largo, en la versión que ahora escuchaba parecía
durar una verdadera eternidad. La confusión del Rey del Mambo fue tal que se puso de pie. Había un pequeño espejo encima de
una pila y luego un cuartito de baño, apenas más grande que un
armario, en el que no cabían más que una cómoda y la ducha.
Estaba ya tan borracho que ahora, al mirarse al espejo, las
arrugas, producto de la edad y de la tristeza, ya no le parecían
tan marcadas como antes, su pelo canoso se le antojaba de un
tono más plateado y en el abotagamiento de su rostro creía ver
más un signo de personalidad que de sus pasados excesos. Se
lavó la cara y volvió a sentarse. Se encontró de pronto rascándose
las piernas con cierta saña: por la parte de detrás estaban
plagadas de gruesas e hinchadas venillas varicosas, tan azuladas
y retorcidas como aquella otra vena que brotaba como un río y
sus afluentes por uno de los lados de su gran miembro viril. Y no
eran esas pequeñas varices que se dibujaban bajo las medias
marrones de una señora de mediana edad, no, eran como largos

gusanos que serpenteaban por la parte de detrás de sus piernas de un extremo a otro. Se las acarició un instante y se rió: recordó cómo se había burlado de su mujer, allá en Cuba, el día que notó que le habían salido pequeñas varices en las piernas y la había llamado *feíta*, aunque aún era muy joven y, en su estilo, bonita.)

Desde el escenario miraba fijamente a Lydia como aquel perro que vigilaba la entrada del sótano de un edificio de su calle. Un viejo pastor alemán con un pelo que parecía un felpudo y unos ojos con lechosos lacrimales, que ladraba a todos los transeúntes y siempre estaba olisqueando entre las patas de todos los caninos intrusos. Lydia tenía toda su atención puesta en el Rey del Mambo y le miraba con ojos fieles desde la calle, pero después se fue a conseguir un sandwich de una de las mesas y algunos hombres se pusieron a charlar con ella.

¿Qué se decían?

—¿Por qué no bailas conmigo?

—No puedo.

—Pero ¿por qué?

—Estoy con el cantante del conjunto que está ahora en el escenario.

—¿Con César Castillo?

—Sí.

—Pero ¡con lo joven que eres! ¿Cómo es que estás con ese *viejito?*

Eso es lo que él pensaba que estaban diciendo.

Pero los hombres no pretendían más que ser simpáticos. Cuando el Rey del Mambo la vio bailar con uno de ellos se sintió de pronto presa del vértigo. ¿Por qué tenía que bailar la *pachanga* con aquel tipo? Veinte años atrás habría sonreído y se habría dicho a sí mismo: «¿Y qué?». Pero ahora el calor de la humillación le encendió la nuca y sintió ganas de bajarse del escenario y separarlos.

Después diseñó una estrategia para atraer de nuevo su atención y hacerle recordar la lealtad que le debía. «Dedico esta canción a una mujer muy especial en mi vida. Esta canción es para mi amiga Lydia Santos.»

Pero ella siguió bailando con aquel hijo de perra y a César le entró una gran depresión.

El trabajo era el trabajo, no obstante, y el Rey del Mambo y sus músicos siguieron tocando más canciones: mambos, rumbas, *merengues*, boleros y varios cha-cha-chás. Nunca lo había pasado tan mal en una actuación desde los días que siguieron a la muerte de Néstor. Cuando el grupo, por fin, hizo un descanso y empezó a recoger sus cosas —había un grupo de rock-and-roll del barrio esperando para subir al escenario— fue derecho a donde estaba Lydia, que hizo como si no pasase nada.

—¡César! ¡Te estaba esperando! —y le dio un beso—. Te presento a Richie.

El hombre que había estado bailando con ella era un tipo bien plantado que llevaba una bonita *guayabera* muy bien cortada, guapo a pesar de que tenía la cara algo picada de viruelas.

—*Mucho gusto* —le saludó el joven, pero el Rey del Mambo ni siquiera le estrechó la mano.

Luego le dijo a Lydia:

—Vámonos, quiero hablar contigo.

—¿Por qué me haces esto?

—Porque aquí el que lleva los pantalones soy yo y no quiero que estés con nadie más.

—¡Pero si sólo estábamos bailando! La música era estupenda. Lo único que hacíamos era divertirnos un poco.

—Me tiene sin cuidado. Ya te dije que me sienta mal.

Acababan de entrar en el vestíbulo del número 500 de La Salle Street, la casa de César.

—Puede que para ti yo sea un viejo, pero no voy a dejar que nadie me ponga los cuernos por ésa razón. Así era ya de joven y no voy a cambiar ahora.

—Muy bien, muy bien —dijo ella alzando las manos y dándole un beso en la nuca. César le dio una palmada en sus atractivas *nalguitas* y el acceso de mal humor se le pasó. Le dijo:

—Siento haberte hablado en ese tono tan agrio. Pero hay mucho lobo suelto por ahí. Vamos, deja que te invite a un helado y luego quiero que tú y los niños conozcáis a una persona.

Dio un resoplido, como si se estuviera chamuscando y añadió:

—Pssssssssh, vaya, vaya, ¿sabes que estás guapísima, Lydia? Concluyendo: y mira cómo me pones.

Luego volvieron a la fiesta de barrio como dos espectadores más y César dio a los niños todos los caprichos que se les antojaron, como si fuese su padre o su abuelo. Esa tarde presentó a Lydia a sus amistades. Frankie y Bernardito ya habían tenido ocasión de conocerla. Habían salido varias veces a cenar juntos. Aun así, llevándola cogida con fuerza de la muñeca, jactándose de su condición de macho como siempre, la presentó al resto de sus amigos del barrio. Parecía estar ahora de mejor humor. Y ella no se sentía tan mal tampoco. No le importaba que fuera treinta años mayor, aunque a veces cuando estaban juntos en la cama sentía el terrible peso de la muerte gravitar sobre ella. Sus espectaculares facultades sexuales a veces hacían temblar todo su cuerpo: su rostro se ponía de color remolacha por los esfuerzos que hacía para impresionarla y temía que le pudiese sobrevenir un ataque al corazón o que se quedara parapléjico de pronto. Nunca había tenido a ningún hombre como él y le mimaba tanto con sus halagos y su adoración que César empezaba a engañarse a sí mismo, a creerse que los estragos del tiempo no habían dejado la menor huella en él. Se sentía abrumada por César. Como montones de mujeres antes que ella sentía una cierta compasión por aquellos bestiales apetitos suyos.

Cuando se la metía, casi embistiéndola, ella le repetía una y otra vez cosas como «Vas a abrirme en canal». Y *«Tranquilo, hombre. Tranquilo».* Y gritaba y gemía. No quería que aflorase al rostro de César aquella expresión de aburrimiento que a veces había visto dibujarse en el de otros hombres que habían estado con ella al cabo de algún tiempo. Quería decir y hacer todo cuanto él deseara, por la sencilla razón de que tanto con ella como con sus hijos se portaba bien.

Así que era algo celoso. Lydia perdonaba ese rasgo: después de todo, aunque fuese un viejito muy atractivo, no por eso dejaba de ser un viejito. César recordó lo que le decía cariñosamente muy a menudo: *«Dame un besito, mi viejito lindo».* Y fuera la que fuese su situación en aquel momento, a pesar de que trabajara como portero y aceptara cosillas de poca monta aquí y allá como músico, había sido un hombre en cierto modo famoso. Aunque Lydia tenía treinta y cinco años, aún no había perdido aquella admiración reverencial que suscitaron en ella de niña los cantantes melódicos de la generación de César. E incluso había actuado en la televisión. Había visto el famoso capítulo de «Te quiero, Lucy» en el que él y Néstor habían aparecido: incluso le había llevado una caja llena de fotos para que las viera y le había regalado una en la que estaba con Arnaz y su infortunado hermano que había muerto. Orgullosísima, se la había enseñado a todo el vecindario.

Era de esa clase de hombres que han hecho muchas cosas en su vida. Nunca había estado de brazos cruzados como tantos otros. Era un hombre juicioso y que podía ayudarla. Al ver las fotografías de cuando era un chico joven y apuesto no pudo reprimir un suspiro. A veces pensaba en hombres jóvenes y ese era un pensamiento que podía matarla. Claro que sí, claro que hubiera querido que fuese más joven, pero también sabía que en sus días de gloria jamás habría sido su amante. Así pues, ella le tenía en su decadencia. ¿Y qué más daba —se decía— que tuviese temblores, una gran barriga y que los testículos le colgasen hasta medio muslo (¡como su pinga!)? ¿Qué le importaban todas esas cosas mientras él la ayudase, como le había prometido, a sacar adelante a sus hijos?

(Esto es lo que se decía a sí misma, ¿qué remedio le quedaba?)

Más adelante le surgió finalmente la oportunidad de presentársela a la familia.

—¿Así que ésta es tu *pollita?* —dijo Delores a César.

Él se encogió de hombros.

En el televisor de Delores, a todo volumen, la película *Godzilla*. Pedro estaba en su sitio de costumbre, la mecedora, leyendo el periódico y tomándose una copa. Detrás de él, sentada en el sofá, Leticia con su niño de pocos meses. Había venido de Long Island a hacerles una visita. Jugueteaba con los deditos del pie de su hijito, le hablaba imitando el habla de los críos pequeños, ajena por completo a toda aquella conmoción que parecía sacudir el apartamento. Su hermano Eugenio compartía el sofá con ella, sentado junto a la ventana. La abrió un palmo y puso un cenicero en el alféizar para poder fumarse un cigarrillo y seguir pensando en sus cosas. A César siempre le gustaba verle, cosa que no ocurría a menudo, pues el chico parecía estar hasta la coronilla de su casa; llevaba así mucho tiempo. (Eugenio nunca lo entendió. De carácter bastante ingenuo, tenía un genio —como todos los hombres de la familia Castillo— que salía a la superficie cuando le embargaba de pronto la melancolía y entonces sufría torturado ya por sus propios recuerdos. Cuando tenía un acceso de cólera de pronto se ponía a decir cosas que ni él mismo se creía demasiado, como por ejemplo, «¡Por mí, todo el mundo puede irse a la mierda!» o «Yo no necesito a nadie», exabruptos que habían asustado y le habían enajenado las simpatías de mucha gente.)

Ahora se dejaba caer de vez en cuando por el apartamento de La Salle Street, siempre con un aire de frustración y de amargura.

Cuando César hizo pasar a Lydia a la sala de estar, Eugenio se quedó verdaderamente impresionado por su belleza. También

a él le gustaban las mujeres bonitas y por un momento rompió
su silencio, como si saltara de un aeroplano. «Vaya, hola.» Eugenio estuvo muy amable con ella, pero una vez concluidas las
presentaciones recayó en su estado de ánimo anterior y se sentó de nuevo al lado de la ventana, sumido en sus cavilaciones.
Cuantos más años cumplía, más evidente se hacía que había
heredado el temperamento de su difunto padre. A menudo atravesaba rachas de prolongada angustia y descontento: ponía
una mirada triste ante las cosas más triviales, su rostro acusaba
el profundo desánimo que parecía producirle el hecho de comprobar que la vida no era algo perfecto. Aun sin ser plenamente
consciente de ello, Eugenio tenía siempre ahora aquella misma
expresión que toda su vida había asociado con su padre, aquella misma expresión de perplejidad que mostraba en su papel
de Alfonso Reyes cuando aparecía, una y otra vez, por la puerta del apartamento de Desi Arnaz. Aquella expresión de des-
concierto de su padre al entrar en aquella habitación, sombrero en mano, sujetando a un lado la guitarra con gesto apoca-
do y el rostro desencajado por una especie de lacerante sufrimiento.

(Cuando era niño, la expresión de su padre era para él
«cubana», melancólica, anhelante. Era la expresión de Arnaz, y
de su tío César, y Frankie, Manny y la mayoría de los cubanos
que pasaban por la casa, incluidos hasta los que eran verdaderos
bailones de jitterbug, la tenían también.)

—Eugenio, quiero que conozcas a Lydia.

Eugenio se levantó y la saludó con una inclinación de cabeza.
Llevaba un jersey de cuello vuelto —¡en pleno verano!—, pantalones vaqueros y unas botas de baloncesto. Por lo visto iba a ir al
centro en donde había quedado con unos amigos suyos empeña-
dos en que conociera a cierta mujer, pero no parecía demasiado
entusiasmado por la idea. Al menos en el apartamento la tía Ana
María siempre estaba allí para darle algún besito de vez en
cuando y nunca tenía que darle explicaciones por sus cambiantes

rachas de humor, como tenía que hacer, por el contrario, con sus novias o amigas.

—¡Así que tú eres Lydia! —exclamó Delores—. ¡La pollita con el viejo gallo! —Y se rió, marcando el tono que iba a tener toda la tarde.

Después cenaron y fue entonces cuando César se percató de las miradas casi incendiarias que Delores lanzaba a Lydia. Descartó la posibilidad de que fuera por celos de su belleza, porque Delores se conservaba excelentemente al cabo de los años. ¿Qué era, pues?

Bueno, se dijo el Rey del Mambo, mientras giraba algo mareado la cabeza en su habitación del Hotel Esplendor, nadie de la familia se había creído nunca que Delores hubiera estado enamorada de Pedro, ni siquiera cuando era más joven y había empezado a cortejarla.

Y, además, podía haberme tenido a mí, se dijo.

¿De qué se trataba, pues?

Tenía que ver más bien con el hecho de que, ahora que Eugenio y Leticia se habían emancipado finalmente, las razones que podía tener para seguir con Pedro ya habían perdido todo su sentido.

El Rey del Mambo la oyó decir en cierta ocasión: «Si se muriera, yo estaría mucho mejor».

Pero también había algo más: después de esperar para ello tantos años, al fin se había matriculado en la universidad.

Un día, de pronto, mientras estaba en una clase de literatura inglesa, pensó que el hecho de que Pedro deslizara las manos por debajo de su camisón por las noches se le hacía ya verdaderamente insoportable: sus pezones tardaban muy poco en ponérsele duros, apenas unas caricias y ya estaba, pero él imaginaba que era aquella manera especial de mover el pulgar, con el que sujetaba un lapicero al mismo tiempo, lo que la excitaba, apenas el roce del pulgar y el pezón se ponía duro y firme. Y luego la penetraba con aquel pene que tenía, delgado, pero largo y con un prepucio que parecía la cabeza de un pez. Y ella permanecía completamente ausente, lejos, muy lejos de aquella habitación.

(Estaba en una cama con Néstor que la estaba penetrando por detrás, y alzaba las caderas cuanto podía porque cuando él volvía a casa nunca disponía de mucho tiempo, siempre vestido con un traje de seda blanco, como el que llevaba el día que murió y cuando salió en aquel programa de televisión, y apenas tenía tiempo para bajarse los pantalones, pero ella siempre estaba en la cama esperándole. Y como le gustaba penetrarla por detrás —decía que así entraba más profundamente dentro de ella— siempre le dejaba que lo hiciera. A veces dejaba un rastro de humedad en donde había estado sentada y tenía que hacer lo imposible por refrenarse. Estaba harta de llorar por las noches y de enfrascarse en sus lecturas y en las menudas tareas que conlleva el gobierno de una casa. En aquella época siempre sentía ganas de echarse a llorar.)

Y sus sentimientos se hicieron manifiestos, pues, después de que César llevara a Lydia a casa, Delores se dedicó a burlarse de él. «Es muy guapa, César. ¿Pero no crees que es un poco demasiado joven para ti?» (Se burló de él como solía hacer treinta años antes.)

—Pero ¿por qué te engañas con ella? ¿Qué es lo que tú puedes ofrecerle, como no sea algo de dinero?

»Hazte esa pregunta tú mismo, ¿qué puede querer ella con un viejito como tú?

(Y tuvo que callarse, porque todo el mundo sabía lo que le había sucedido a Delores cuando asistía a sus clases nocturnas en el City College. Se había enamorado de un apuesto estudiante de literatura, un hombre más joven que ella, con el que se había estado acostando durante varios meses. Y como la cosa había acabado mal y él la había abandonado, Delores se descuidó mucho consigo misma y un buen día, cuando volvía de la facultad por una calle un tanto peligrosa dos negros la habían metido a empujones en un callejón y le habían quitado el bonito collar aquel que era un regalo de Néstor y el reloj de pulsera y un brazalete que era un regalo de Navidad. Después uno de ellos se había bajado los pantalones y el otro la amenazó con matarla si abría la boca, pero, afortunadamente, empezó a gritar, se encendieron las ventanas de varios bloques y los tipos aquellos la dejaron allí tirada, con el vestido lleno de desgarrones y sus libros esparcidos por el suelo a su alrededor.)

—Óyeme, Delorita. A mí puedes decirme lo que gustes, pero sé amable con ella, ¿eh? Es la última oportunidad que tengo.

Así pues, la felicidad volvió a hacer acto de presencia en la vida del Rey del Mambo. Como un personaje de una alegre habanera pasaba los días con su oído acariciado por sonoros violines y se movía por las habitaciones, llenas de fragancias de flores, como en una *canción* de Agustín Lara.

(Ahora se acuerda de cuando iba por las polvorientas carreteras de Las Piñas a lomos de una mula alquilada, con un sombrero de paja calado hasta las cejas y una guitarra colgada a la espalda y llegaba a un prado lleno de flores silvestres, desmontaba y caminaba un poco hasta donde había más flores: se ponía en cuclillas y examinaba los tallos y los capullos, el sol resplandecía en lo alto del cielo y una leve brisa sacudía rumorosamente los árboles: luego cogía hibiscos, violetas, crisantemos, lirios y jacintos, moviéndose tranquilamente por entre las avispas, los escarabajos que entraban y salían de sus madrigueras y las hormigas que plagaban el terreno que pisaba con sus zapatos de tafilete de fina suela: aspiraba profundamente la fragancia de aquel aire, de aquel mundo que se extendía hasta el infinito a su alrededor. Luego volvía a montar en la mula y se dirigía hacia su granja. En el porche estaban su madre y Genebria, siempre alegres de verle. Y el Rey del Mambo, que ya era un hombre hecho y derecho, avanzaba hacia la casa a grandes zancadas, daba un beso a su madre y le entregaba el ramillete de flores, y su madre las olía un instante llena de felicidad y le decía, «¡Ay, niño!».)

Y parecía contento. Silbaba al afeitarse por las mañanas, se daba una olorosa colonia y se ponía corbata siempre que salía con ella. De la felicidad, de eso era de lo único que hablaba, bien en la esquina de la calle, bien delante del porche, cuando se encontraba con sus amigos. Se jactaba de que Lydia le estaba haciendo volver a sentirse joven. Estoy rejuveneciendo, pensaba, y corriendo un tupido velo sobre todos mis problemas.

Lo único que deseaba es que sus dolores remitieran y poder hacer lo que le viniese en gana, sin que nadie le molestara.

¿Y Lydia? Pensaba que se estaba enamorando de él, pero tenía sus dudas al respecto. Estaba verdaderamente desesperada por escapar de aquella fábrica en la que trabajaba. Cualquier cosa le parecía mejor que lo que tenía. Se arrepentía profundamente de no haber terminado sus estudios en la escuela secundaria, de no tener un trabajo mejor. Lamentaba haberse ido a la cama con el encargado de la fábrica, porque al final todo el mundo se había enterado y, en último término, tampoco aquello le había reportado el menor beneficio. Lo hizo porque, como todos los demás hombres, él le había prometido algo mejor. Pero, una vez que se había echado en la mesa de su despacho y se había subido hasta arriba la falda, el tipo se había sentido la mar de ofendido porque ella se había negado a satisfacer sus otros deseos: arrodillarse ante él y hacer lo que suele hacerse en esa postura. «¡Ya puedes olvidarte de todo lo que te dije!», le gritó la quinta o sexta vez que le hacía una visita. «¡Que te olvides, te he dicho!» y la mandó a paseo como si se tratara de una niña pequeña.

Lamentaba no tener aquella elegancia natural de Delores (aunque no quería ser tan desdichada como ella) o un trabajo como el de Ana María en el salón de belleza (¡parecía tan contenta con él!)

Lamentaba que el Rey del Mambo no tuviera treinta años menos.

Con todo, veía también su lado bueno: le gustaba el respeto que le mostraba la gente y el hecho de que fuera un hombre tan trabajador. (A veces, cuando salían a algún sitio o le veía actuando en un escenario era difícil imaginar que aquel hombre ya tan mayor se pasara horas y horas tirado en el suelo boca arriba, con una llave inglesa, tratando de desatascar el sifón atrancado de una pila o encaramándose a escaleras de mano para arreglar el estuco de una pared, costaba trabajo pensar que le dolían todos los músculos de la espalda.)

Era bueno con ella y su bondad producía en Lydia efectos semejantes a los de la música, sus huesos parecían tornarse en cantarinas cañerías y las vulvas de su cuerpo rezumaban gotas de miel. Él se sentía tan feliz con ella que ya no quería tocar en ningún sitio, porque las actuaciones le robaban un tiempo que podía pasar a su lado. Tras una actuación, ardiendo en deseos de verla, se presentaba en su apartamento a las tres y media de la madrugada, con un ramo de flores marchitas y una bolsa con sobras de comida de alguna fiesta. Como tenía llaves del apartamento, abría la puerta haciendo el menor ruido posible y se dirigía al dormitorio, cuyas paredes estaban pintadas de rosa. A veces ella le esperaba despierta, otras estaba ya profundamente dormida, y el Rey del Mambo, olvidándose de todas sus preocupaciones, se desnudaba, se quedaba en calzoncillos y camiseta, se metía en la cama con ella, y se quedaba dormido estrechándola entre sus brazos, cubiertos ya de un vello completamente blanco.

Cuando se iban a la cama ella se sentía recompensada por el cariño que sentía por César. Le gustaba hacer el amor de una manera un tanto violenta y él esperaba con ansia aquellas entregas físicas de Lydia, aquellos orgasmos que la hacían gritar de placer. Le gustaba que la besara por todo el cuerpo. La pereza de sus huesos y el puro volumen de su experiencia le habían vuelto más paciente en lo que se refería a hacer el amor. Un día, explorando lánguidamente el atrayente capullo de su femineidad, descubrió un lunar justo en el borde de sus labios mayores y se lo besó una y otra vez hasta paladear una especie de dulzura vegetal que se filtraba por entre sus dientes. Cuando se corría, apretándose contra su rostro, él se sentía también como devorado por una fuerza superior.

Después le iba mordisqueando uno por uno los anillos de su columna vertebral y cuando llegaba a las *nalguitas*, ella abría su culo para él cuanto podía y César lamía aquel trasero en pompa, con su florido ojo en el centro, y la montaba. Sentía como si flotara en un mar embravecido, ella golpeaba con fuerza sus testículos y sus piernas: flotaba en su culo como en una balsa, cerraba los ojos y se veía frente al mar, un mar que se le antojaba bellísimo, aquella gran extensión de oscuras aguas azules que recordaba de la época en que había servido en la marina mercante en aguas de Cerdeña y que parecía incendiarse, lleno de cascos dorados y de manchas de tonos plateados y rojizos, con la súbita aparición del sol. Aquellos momentos de júbilo siempre le hacían pensar en el matrimonio, pero refrenaba sus impulsos, porque sabía que su deseo era algo efímero y que su edad ya no se lo permitía.

Cuando llevaban ya casi un año saliendo juntos le pidió que se mudara con sus hijos a su casa, porque todas aquellas idas y venidas al Bronx empezaban a resultar un tanto pesadas. Ese día la llevó a un cuarto trastero que había en el sótano y le enseñó dos camas turcas, una cómoda, un pequeño televisor en blanco y negro y una lámpara que había comprado para ellos. Pero ella tuvo que hablarle con sinceridad: «No puedo, *hombre*. Los niños tienen allí su escuela y sus amigos y no estaría bien». Y añadió: «Pero puedo traerlos los fines de semana».

A menudo se había replanteado aquella decisión. Podía haber dejado su trabajo, quedarse a vivir con él una temporada y buscar otro mejor. Pero había algo en César que le daba cierto miedo, un destello que a veces veía en sus ojos, demasiado soñadores para su gusto. Pensaba que podía ser el comienzo de la senilidad, y ¿adónde podía llevarla tal cosa? A tener que cuidarse de él como una señorita de compañía y enfermera a la vez. Y se habría engañado a sí misma si hubiera negado que a veces se quedaba mirando a hombres más jóvenes, más apuestos, con rostros tersos y exentos de preocupación, o que a veces César la hacía sentirse violenta cuando la llevaba a bailar a algún sitio y se ponía aquel sombrero de fieltro con una pluma, aquella camisa color naranja, el traje de lino blanco y una cadena de oro al cuello, como si fuese un *chulo*. Le gustaba más cuando se ponía elegante y se lo decía, pero él siempre contestaba, «No, yo también quiero sentirme joven».

A pesar de todo, llevar a los niños a que pasasen con él el fin de semana era algo que le venía muy bien: la generosidad de César se centraba entonces en su familia. César compraba a los niños todo lo que les hacía falta, desde ropa a libros, zapatos, juguetes, medicamentos, y les daba dinero para sus pequeños gastos. (Y ellos le adoraban y le llenaban la cara de besos. Al abrazarlos César pensaba en Eugenio y en Leticia cuando eran pequeños.) Los llevaba a pasear por los mercados y compraba a Lydia cosas que encontraban en los tenderetes callejeros o a veces la llevaba también al centro, a los grandes almacenes, donde en ocasiones llegaba a pagar sesenta o setenta dólares por un único vestido. Le hizo sitio en su armario y ella empezó a dejar allí su ropa: un cajón para bragas y sostenes de encaje, una fila de perchas para colgar la ropa dentro. Cuando no la atormentaban las dudas, se sentía feliz a su lado, le gustaba la espaciosidad de su apartamento y el vecindario le parecía un lujo en comparación con el de la casa en la que ella vivía, en la esquina de la calle 174 y Grand Concourse, allá en el South Bronx.

Y los sábados por la mañana Ana María le lavaba la cabeza y la peinaba a la moda en su salón de belleza.

—¡Cómo me alegro de que estés con César! Parece tan

contento —le decía siempre la amable y bondadosa Ana María.

—¿No crees que es un poco demasiado mayor para mí?

—¡Que va, en absoluto! Mira a Cary Grant con una jovencita a la que dobla en edad o a Xavier Cugat, con esa Charo, que le llama cuchi-cuchi. Y ahí tienes a Pablo Picasso, su última mujer podría ser su nieta. No, no hay nada de malo en que un solterón como él encuentre finalmente a la mujer de sus sueños, aunque sea a su edad.

—¿Qué edad tiene exactamente?

—Creo que va a cumplir sesenta y dos, me parece.

Tomándose su tiempo y trabajando con esmero, Ana María siempre conseguía dar a Lydia el aspecto de una deslumbrante estrella secundaria de Hollywood de los años cuarenta. Realmente, con su ovalado rostro hispano de tez oscura, aquellos ojos almendrados y unos labios gruesos y un tanto desafiantes, guardaba un cierto parecido con la actriz italiana Sophia Loren. Maquillada también por Ana María, con uno de aquellos bonitos vestidos nuevos y zapatos de tacón alto, volvía a La Salle Street, andando lentamente, pisando con fuerza con la punta de un zapato en el suelo antes de adelantar el otro, como si andara en una cuerda floja, con lo que sus caderas se contoneaban ostentosamente y los hombres le lanzaban piropos al cruzarse con ella por la calle. Cosa que le gustaba enormemente. ¿Qué habría dicho su marido ante aquello? Cuando unas arrugas surcaron por primera vez sus pechos y éstos se le habían puesto un tanto fláccidos al tener los niños, había empezado a llamarla «vieja». ¡Y entonces no tenía más que veintiocho años! Finalmente la había abandonado porque habían intentado reclutarle para ir a la guerra y había tenido que volverse a Puerto Rico y luego pasar a la República Dominicana. Así que aquellos piropos halagaban su vanidad. Y estaba aquel tipo, Pacito, que trabajaba en una floristería y que siempre salía a darle una rosa cuando la veía pasar por delante, le pedía que saliese alguna vez con él o al menos que se parase unos minutos a charlar un poco, pero ella siempre fue fiel a César.

Un día Delores la cogió en un aparte y lo que le dijo no vino precisamente a mejorar la situación: «César es un hombre realmente bueno, pero ten cuidado con él. Eso es todo lo que tengo que decirte, que tengas cuidado con él».

Ni tampoco el hecho de que la señora Shannon, sentada siempre detrás de su ventana, con su desgreñada mata de pelo gris plateado y sus brazos gordezuelos apoyados en el alféizar, le dirigiese siempre aquellas miradas de desprecio.

Pero sentía cierta lástima de él. Por lo que sufría. Parece que muchas de aquellas noches el Rey del Mambo, que a veces dormía como un cordero, tuvo angustiosas pesadillas.

En mitad de la noche creía que su padre estaba pegándole con una fusta. Hacía una mueca de dolor como un perro de la granja, como un can que se refugiara en un rincón. Oía a su madre llamándole a lo lejos, lejísimos, como si se hallara más allá de la estrella que más tenuamente brillaba en la oscuridad del cielo, «¡César! ¡César!». Daba vueltas y vueltas en la cama y cuando abría los ojos ella ya no estaba allí.

Después, en la época en que estaba con Lydia, tuvo muchas veces un sueño, un sueño verdaderamente hermoso, recordaba ahora.

En él veía un río idéntico al río que siempre bordeaba cuando iba por la carretera desde su granja a Las Piñas, con las riberas llenas de árboles y pobladas de innumerables pájaros. En el sueño montaba siempre un caballo blanco. Desmontaba y se abría paso a través de la espesura del bosque hacia el agua, un agua fresca que se rizaba levemente en su superficie, con burbujas de vida e insectos de finas patas con ojos achinados y alas transparentes flotando sobre la corriente. Se arrodillaba (de nuevo), hacía una copa con las palmas de las manos, se humedecía el rostro y luego bebía un sorbo. ¡Qué deliciosa se le antojaba siempre aquella agua! Después se desnudaba, se zambullía en el río y se dejaba flotar en el agua contemplando cómo el sol se filtraba por entre las hojas de formas estrelladas y aquellos ramajes que parecían lenguas y soñaba con una historia que le contaron cuando era un colegial (¿su escuela? Una habitación grande y destartalada cerca de los cuarteles de la tropa en un ingenio azucarero próximo): que en los tiempos de Colón había una raza de indios que vivía en las copas de los árboles y a veces hacía esfuerzos por imaginar cómo vivirían allá arriba, sobre las ramas, saltando de un árbol de caoba a un árbol del pan. Pero el cielo siempre se oscurecía y el agua empezaba a despedir un olor a sangre, como aquella sangre que a veces teñía su orina. Y entonces miraba a la superficie del río y veía que había cientos de mujeres desnudas, rebosantes de juventud y de femineidad, con sus hermosos y húmedos cuerpos expuestos al sol: y varias de ellas extendían hacia él los brazos con gesto implorante y otras se echaban en la orilla y se abrían de piernas y él ardía en deseos de ir a su encuentro, soñando con hacer el amor a un centenar de mujeres a la vez, como si tal cosa fuera a hacerle inmortal. Pero en ese momento oía un ruido, clic-cloc, clic-cloc, clic-cloc, en los árboles y cuando alzaba la vista descubría que de sus ramas colgaban un sinfín de esqueletos, como campanillas tañidas por el viento, uno de cada rama de cada árbol, y aquel ruido que hacían al balancearse le llenaba de pavor.

En mitad de la noche se despertaba para ir a orinar y se lo encontraba de pronto sentado en la cama, casi sin aliento y jadeante, o murmurando en su agitado sueño y dando vueltas y más vueltas como si se estuviera ahogando. Ella le veía estreme-cerse y no podía ni imaginar lo que había estado soñando, y nunca sabía qué hacer cuando se levantaba y se iba a la cocina donde se sentaba en la mesa y se ponía a beber ron o whisky y a leer algún libro.

A pesar de las dudas que ella albergaba sobre su edad y los dolores que a menudo atormentaban su cuerpo, fueron felices durante mucho tiempo. Pero, un buen día, casi de repente, las cosas empezaron a torcerse. Una noche, después de haber llevado a Lydia y a los niños a cenar a un restaurante, empezó a retorcerse en la cama aquejado de un terrible dolor de vientre, pues había tomado una cazuela de arroz con pollo a la dominicana aderezada con un chorizo picante muy fuerte. Haciendo un esfuerzo titánico consiguió levantarse de la cama (todo su cuerpo tembloroso como un flan, pues había engordado considerablemente) llegó como pudo al cuarto de baño y allí trató de exorcizar aquellas ardorosas larvas de insecto que le estaban devorando las entrañas, vomitando, con la cerveza, los plátanos y todo lo demás, sanguinolentos esputos que tenían forma de sapos, especie de rabos venosos que parecían agitarse en el agua del retrete. Después se volvió a la cama, a la que estuvo a punto de no llegar, y se desplomó temblando de obesidad y de miedo. Aquella noche tuvo un extraño sueño en el que veía siete espíritus que se le aparecían, a cinco de los cuales reconocía al instante: Tomasa, Pereza, Nicolena, Nisa y Genebria, mujeres todas ellas a las que había conocido allá en Cuba. Luego aparecían también dos hombres descalzos, vestidos de harapos y con sombreros de paja, que llevaban el rostro pintado de blanco como carnavalescos disfraces de la muerte. Hacían un corro alrededor del Rey del Mambo y le cantaban:

«César Castillo, sabemos que te sientes ya muy cansado y pronto ha de sonar la hora de tu muerte.»

Y repetían el mismo estribillo una y otra vez.

«César Castillo, sabemos que te sientes ya muy cansado y pronto ha de sonar la hora de tu muerte», cantado como si fuera la letra de una nana.

Le atormentaron durante una hora entera y luego se desvanecieron en la noche (volverían a aparecérsele en la oscuridad de la habitación del hospital tres meses más tarde) y el Rey del Mambo, empapado en sudor, el pecho presa de violentas palpitaciones y el estómago hinchado como un globo, se arrebujó en la ropa de la cama y sintió cómo iban hinchándosele las piernas: cuando despertó a la mañana siguiente tenía la piel cubierta de ampollas y de llagas, como las que le salían a su padre en Cuba cuando le iban mal las cosas. Y le daba vergüenza desnudarse delante de Lydia, se dejaba puesta la camisa cuando hacía el amor con ella y cuando le miraba volvía la vista hacia otro lado.

Cuando los dolores se hacían insoportables recurría a un amigo suyo que trabajaba en una farmacia y que a veces le daba analgésicos para el dolor de muelas. Aunque su amigo le recomendaba que fuera a ver a un médico, siempre consentía, a pesar de todo, en darle un frasquito de pastillas contra el dolor. En vez de ir al médico, César se tomaba las pastillas, bebía un poco de whisky y al cabo de unos minutos se sentía ya tan bien que bajaba las escaleras, aunque no sin cierta dificultad, y se plantaba delante del porche a disfrutar del magnífico tiempo que anunciaba ya la primavera. Sentía la caricia del sol en su rostro y le embargaba un gran optimismo. Todo volvía entonces a despertar su interés. Aquel día, al mirar al otro lado de la calle, se vio dirigiéndose a casa en compañía de Néstor. Luego un gran taxi pintado a cuadros se detenía lentamente ante el edificio y de él se bajaba Desi Arnaz, quitándose el sombrero. Miguel Montoya y Lucille Ball se bajaban tras él.

Y en la acera de enfrente vio colas de gente esperando delante del Club Habana. Luego cerraba los ojos y cuando volvía a abrirlos las colas habían desaparecido.

A continuación vio a una mujer insufriblemente hermosa delante de la *bodega*, la miraba fijamente y descubría asombrado que la mujer en cuestión no era otra que aquella Bella María que había embrujado el alma de su hermano. Alguien tenía que enseñarle un par de cosas. Así que se acercaba a ella, la agarraba fuertemente por las muñecas y la llevaba casi a rastras escaleras arriba a su apartamento. Cuando llegaban al dormitorio César ya se había desnudado completamente. «Ahora, mujer, voy a darte una lección.»

Y la sodomizaba con su enorme miembro, pero no de ese modo suave que hace que se reblandezcan las entrañas de una mujer; no hurgándole al mismo tiempo con el dedo en la vagina para que ella se corriera también. La penetraba violentamente, dándole a María una buena lección. Lo malo era que no estaba con María, sino con Lydia.

—*¡Hombre!*, pero ¿por qué quieres hacerme daño?

—Oh, no, niña. Yo no quiero hacerte ningún daño, yo te quiero.

Pero seguía tomándose aquellas tabletas. Y eran las que le ponían de mal humor.

—Sabes, hay algo que nunca te he dicho —le espetó un buen día, en una de las visitas que le hacía en el Bronx—. Y es la opinión que me merecen los puertorriqueños. Todos sabemos que ustedes los puertorriqueños se sienten celosos de los cubanos; hubo una época en que un cubano tenía que armarse de valor para entrar en un bar puertorriqueño. Pero ustedes no tienen la culpa, no es culpa suya. Los puertorriqueños odian a los cubanos porque hasta el cubano de más baja extracción que vino aquí sin nada, ahora tiene algo suyo.

—Niños —gritó Lydia a sus hijos—. ¿Por qué no se van a la sala de estar a ver la televisión? —y luego, dirigiéndose a César, le preguntó—: ¿Por qué me dices eso cuando sabes cuál es mi situación?

Él se encogió de hombros.

—¿Sabes una cosa? Que estás loco. Pero ¿qué te he hecho yo?

César volvió a encogerse de hombros.

—Yo digo siempre lo que pienso.

—Si crees que yo acepto tus regalos porque no tengo dinero, estás muy equivocado.

—Me refería tan sólo a algunos puertorriqueños, no a todos.

—Me da la impresión de que estás buscando pelea conmigo. Mira, *hombre*, hazme un favor, ¿por qué no te calmas un poco y te sientas aquí? Voy a hacerte algo sabroso para cenar. Si te apetece puedo hacer unos huevos fritos con *chorizos* y patatas.

—Sí, eso estaría muy bien.

Permaneció un buen rato sentado viéndola cocinar. Se fumó un cigarrillo y después se puso de pie y la rodeó con sus brazos. Ella llevaba una bonita combinación de color rosa comprada en un Woolworth, sin nada debajo, y cuando le puso la mano en el culo, la tersura de la carne joven le hizo sentirse muy triste.

—Yo soy sólo un viejito y es probable que mi salud vaya cada vez a peor, ¿me quieres a pesar de eso?

—Sí, sí, *hombre*. Anda, no hagas el tonto, siéntate, desayuna y luego nos vamos dando un paseo al cine que hay en Fordham Road.

Dando vueltas por las habitaciones de su casa, cada vez se iba pareciendo más a aquel viejo pastor alemán que tenía una pelambrera que parecía un felpudo y lechosos lacrimales y que vigilaba permanente la entrada de una casa un poco más allá en la misma calle. Esperaba y esperaba que Lydia regresara, de pie junto a la ventana, o plantado cerca de la puerta. Y cuando por fin entraba en casa, feliz con su rosa de todos los días en la mano, empezaban a discutir.

—¿Y dónde has estado?

—En la floristería.

—Bueno, pues no quiero que vuelvas a ir allí.

Ella hacía un verdadero esfuerzo por entenderle y le decía:

—César, creo que no estás siendo muy razonable, que se diga. No te preocupes tanto por mí, querido. Soy tuya y sólo tuya. Preocúpate más de ti mismo, *hombre*. Ya eres demasiado mayor para no ir a ver a un médico si no te encuentras bien.

Pero él fingía no oírla.

—Bueno, aun así no quiero que estés por ahí de cháchara con otros hombres.

Tenía aquellas rachas de mal humor que luego se le pasaban.

Un viernes por la tarde, mientras se secaba con la toalla después de un baño, soñó con Lydia. Llegaría a las ocho y luego se irían a ver una película a Broadway, cenarían en algún sitio agradable y se acostarían juntos. Imaginaba su firme pezón dentro de su boca, se veía besando su muslo tembloroso. Cuando se corría, todo su cuerpo se estremecía en oleadas, como si el edificio empezara a temblar. Aquello era muy agradable de recordar, algo que le hacía esperar cada encuentro con renovada ilusión. Aquello y un poco del *flan* que Delores había dicho que le iba a hacer. A César aquel *flan* le gustaba como pocas cosas, así que decidió que, después de tomarse una copa, subiría arriba a hacer una visita a la viuda de su hermano.

Había tenido un día francamente pesado, con dolores por todo el cuerpo. Ni siquiera las píldoras servían ya para nada. Y había sentido también *mareos*. En momentos de sensatez se daba cuenta de que había sido un tanto injusto con Lydia y sentía deseos de hacer las paces con ella. Iba a traer a sus hijos y quedarse con él hasta el domingo. El sábado por la noche tenía que actuar en una fiesta en la Escuela de la Ascensión.

Necesitaba descansar un poco, pero eran ya más de las siete, así que se sirvió otra copa. Era preferible beber a tomarse aquellas píldoras. Estaba sentado pensando en Lydia. Se prometió a sí mismo enmendarse. Sí, eran aquellas píldoras las que le hacían comportarse con ella de un modo cruel. Así que, tranquilamente, fue al cuarto de baño, cogió las píldoras, las arrojó al wáter y luego tiró de la cadena. Era preferible beber únicamente, se dijo a sí mismo. Como se sentía un tanto crispado subió a tomar un poco de *flan*. Al cabo de tantos años como habían transcurrido aún seguía sintiéndose atraído por Delores y nunca podía evitar saludarla dándole una palmadita en el culo. Pero los tiempos estaban cambiando. Una vez que hizo lo mismo de modo juguetón con Leticia, ésta le había reprendido diciéndole: «Un hombre educado no hace una cosa así, y un tío mucho menos».

Y luego Delores le preguntó:

—César, ¿vas a estar borracho cuando llegue tu novia?

¿Era ésa su reacción a una amistosa palmadita en el trasero?

—*Óyeme*, César, te digo estas cosas única y exclusivamente porque me preocupo por ti.

—He subido a tomar *flan*, no a oír sermones.

Le puso delante un platito de *flan*, que devoró con avidez. Después pasó a aquella sala de estar en la que él y Néstor se sentaban a componer sus canciones, saludó a Pedro y mató el tiempo bebiendo café a lentos sorbos y viendo la televisión. De vez en cuando, cuando oía que un tren llegaba a la estación del metro, se levantaba y se asomaba a la ventana para ver si Lydia se hallaba entre la multitud que salía de la estación. A eso de las ocho y media empezó a preocuparse y bajó a su apartamento a esperarla allí. A las nueve se tomó otro whisky y luego bajó al porche y la esperó allí hasta las diez.

A esa hora se encontró dando paseítos desde la casa al quiosco de la salida de la estación y otra vez a la casa. No hacía más que refunfuñar y si alguien le miraba al cruzarse con él de un modo que le parecía algo extraño, se le encendía la cara y le ardían las orejas. Al pasar por delante de la *bodega* en la que estaban reunidos sus amigos se dio un golpecito en el borde del sombrero, pero no entró a saludarlos. Sus amigos habían sacado una caja de leche y una televisión. Estaban sentados, absortos en un combate de boxeo.

A eso de las once decidió que algo malo tenía que haberle ocurrido: que le habrían robado en el metro, o incluso algo peor. Plantado en la esquina, fumando un cigarrillo tras otro, imaginaba a Lydia de pie, completamente desnuda, en una habitación, metiéndose en una cama con frescas sábanas azules con un hombre más joven, tumbada a su lado estampándole besos por todo el pecho y luego metiéndose su miembro en la boca. ¿El tipo de la floristería? O alguno de aquellos hombres apostados en las esquinas que la miraban al pasar con ojos de deseo y se preguntaban, sin duda, qué hacía una mujer como ella con aquel anciano. Si hubiera podido ir a la carrera al Bronx como un perro joven, lo habría hecho. La llamó varias veces por teléfono: no había nadie en casa. Pasó de las sospechas a los remordimientos y rezó a Dios (si es que había un Dios) para que no le pasara nada. A esa hora había tratado de hablar con ella una docena de veces sin que nadie contestara y lo que se imaginaba era que le estaría poniendo los cuernos. Se dijo a sí mismo: «Yo no necesito nada de ninguna mujer».

A eso de las once Lydia le llamó finalmente.

—Lo siento mucho, pero Rico volvió a casa con una fiebre muy alta. Tuve que esperar en urgencias toda la noche.

—¿Por qué no me llamaste?

—Sólo había un teléfono y yo estaba todo el tiempo entrando y saliendo con el niño. Y además siempre había gente llamando —y le preguntó—: ¿Por qué estás tan seco conmigo? —y rompió a llorar—: ¡Eres muy desagradable!

—¿Cómo está el chico?

—Intoxicado por algo en mal estado que comió.

—Bueno, ¿os vais a venir aquí?

—*Hijo*, eso querría, pero se ha hecho demasiado tarde. Voy a quedarme con los niños.

—Bueno, pues entonces no me queda más que decirte buenas noches.

—¿Qué quieres decir?

—Quiero decir que no me gusta que nadie me tome el pelo. *¡Que te lleve el demonio!*

En el Hotel Esplendor el Rey del Mambo hizo una mueca de dolor al tomar otro trago de whisky. Aunque empezaba a costarle trabajo ver la hora en su reloj de pulsera y se sentía como empujado a través de un espeso bosque por un potente vendaval y el mismo disco de mambos, *Los Reyes del Mambo tocan canciones de amor*, había sonado ya innumerables veces, tenía unas ansias incontenibles de tomarse otra copa, de igual modo que aquella noche ansiaba reunirse con Lydia.

Tras colgar el teléfono de golpe esperaba que Lydia le llamase otra vez, y sollozaba igual que hacían las mujeres en el pasado cuando les jugaba una mala pasada. Permaneció sentado junto al teléfono y cuandio vio que nadie llamaba se dijo, «Que se vaya al infierno». Pero unas horas más tarde pensó que había sido estúpido y cruel y que, si no hacía algo para librarse de los remordimientos que le atormentaban, iba a estallar. Poco a poco empezaba a comprender lo que tanto había torturado a su hermano menor tantos años antes, aquella agobiante melancolía. Se quedó dormido sin haber probado más que un poco de *flan;* sentía como si alguien tirara de un trapo ensangrentado a través de todo su cuerpo. Tenía gracia, dolía. El dolor era tan intenso que en cierto modo le hacía sentirse más delgado en lugar de más grueso. Los dolores se multiplicaban y eran tan agudos que, aunque quería levantarse de la cama, no podía moverse. Quería tomarse algunas de aquellas píldoras que había comprado casi clandestinamente para el dolor de muelas, pero cada vez que se movía el dolor se hacía más insoportable. A eso de las seis de la madrugada el sol empezó a brillar por las ventanas y su luz le dio fuerzas y, haciendo un desesperado esfuerzo, consiguió levantarse de la cama. Después, en una épica demostración de voluntad y pegándose a las paredes, se dirigió al cuarto de baño.

La situación no tenía visos de mejorar. Sentía ganas de coger un tren y presentarse en el Bronx sin avisar, de llamar a la puerta de Lydia, borracho y absolutamente convencido de que tenía a algún hombre escondido dentro. Bajaba a pasear hasta la esquina y veía a aquel viejo perro que siempre estaba sentado al pie de las escaleras del sótano y recordaba jubiloso el día que había visto al viejo sabueso enzarzarse en una pelea callejera con un perro más joven, le había dado de dentelladas y le había mandado gimoteando por las calles. Eso es lo que él haría, se dijo, a

todos esos jóvenes que estarían con ella, a los que se imaginaba
llevándosela a la cama cada noche, pues ahora, con todos los
vestidos que le había comprado y oliendo como una reina con sus
perfumes, era la mujer más deseable del mundo.

Al pensar en aquellos días le embargó una cierta confusión.
¿No habría algún otro motivo para aquella reacción suya? Su
salud empeoraba día tras día. Su orina salía teñida de sangre,
tenía los dedos completamente hinchados y padecía ligeros accesos de incontinencia. Sentía cómo su propia orina le bajaba cho-
rreándole por la pierna y entonces pensaba, «Para», pero nada
se paraba. La humillación le hacía sentir ganas de ponerse a
llorar, porque, aunque fuese un anciano, le gustaba creer que era
una persona limpia, pero eso, se temía, era ya cosa del pasado.

¿Y Lydia? Todo color se había borrado de su rostro: pensaba
que había estado a punto de mudarse con sus hijos del apartamento que tenían en el Bronx, que habría hecho cualquier cosa
por aquel hombre; incluso perdonaba su senilidad y sus rachas
de mal humor por el cariño que le tenía, pero se daba cuenta de
que, hiciera lo que hiciese, él siempre se empeñaba en joderlo
todo. Por primera vez empezó a pensar en otros hombres.
Pensaba que si un tipo simpático la abordaba en la calle, se iría
con él. Veía que aquella sensación de hastío del mundo que
embargaba a César se le estaba contagiando también a ella,
como si fuese un veneno, y que ni siquiera su dulzura de carácter
constituía ya un buen antídoto contra sus efectos. De pronto se
vio llorando desconsoladamente noche tras noche antes de poder
conciliar el sueño. César llegaba a casa, se desnudaba y se metía
en la cama con ella: a veces le hacía el amor aunque Lydia no
abriese siquiera los ojos.

Él le susurraba al oído:

—Pienses lo que pienses, Lydia, este viejito te ama.

Pero entonces hubo otra cosa que se le hacía insoportable.
Siempre que quería hablar con él, César hacía oídos sordos,

parecía ignorar su voz. Le compraba flores, vestidos nuevos, juguetes para los niños. Le enviaba besos con la punta de los dedos cuando la veía en la cocina, pero no se dignaba a hablar con ella.

Un día, cuando le pidió que fuera a pasar el fin de semana con él, le dijo:

—César, voy a llevarme a los niños a visitar a mi hermana en Nueva Jersey.

Él asintió, colgó el teléfono, se encerró tres días seguidos en su apartamento y la salud le abandonó finalmente y se le fue por la taza del wáter para siempre.

Y ahora las medicinas, los tubos, aquellas máquinas parpadeantes, las guapas enfermeras y el médico otra vez:

—Presenta usted todos los síntomas de un fallo orgánico generalizado. Ni los riñones ni el hígado le funcionan ya. Siga bebiendo y acabará en el depósito de cadáveres. Lamento tener que hablarle con tanta crudeza, pero es la verdad.

—¿Tan grave es?

—Sí.

—Gracias, doctor.

Habían pasado más de cincuenta años desde aquel día en que estaba en la escuela en Cuba, se dijo, y su maestra, la señora Ortiz, le había hecho llenar páginas y más páginas de papel de periódico con sumas y restas, porque, en lo referente a los números, solía emplear una lógica bastante extraña y contraria: por ejemplo, escribía 3 + 3 = 8, simplemente porque los números tenían forma redondeada como el 8. Le mandaba a contar cosas y a sumarlas, así que de pronto se encontraba en la ciudad contando las casas (ciento veintiocho) y el número de caballos que había en una calle determinada (siete con las riendas atadas a las barandas en Tacón) y en cierta ocasión incluso había tratado de contar el número de hibiscos amarillos de una pradera, pero había perdido la cuenta y se había quedado dormido en el suelo cuando llegó a doscientos y pico. Un hermoso día.

Y casi cincuenta años desde la primera vez que había subido a cantar a un escenario.

Y casi cuarenta desde el día de su boda.

Y luego treinta y un años desde que había salido de La Habana.

¿Cuántos miles de cigarrillos había fumado? ¿Cuántos tragos había tomado? ¿Cuántos eructos? ¿Cuántas veces había jodido y eyaculado? ¿Cuántas veces había apretado las caderas contra la cama al tener una erección, creyendo que el colchón era una mujer y luego se había despertado con los calzoncillos húmedos por dentro?

Recordaba una noche que había intentado contar las estrellas tumbado en un campo en Cuba, cuando no era más que un niño y se escondía de su padre, y sentía como si la Vía Láctea fuera a tragárselo. Miraba tan fijamente al firmamento y perdió tantas veces la cuenta que empezó a sentirse mareado.

A su modo había tratado de ser alguien importante.

¿Cuántas copas se había tomado ya aquella noche?

Calculó que una docena, una docena de tonificantes vasos llenos hasta los bordes, como muy bien podrían decir en un anuncio publicitario.

Hizo más cálculos. Botellas de ron y de whisky, suficientes para llenar todo un almacén, todas transformadas finalmente en orina. Había ingerido tanta comida y dejado tanta mierda en el mundo que con ambas cosas podía llenarse a rebosar Fort Knox. (Y tras este recuerdo, el de aquella vez que le habían dado unos calambres tan fuertes cuando iban por la carretera a la salida de Cleveland que tuvieron que parar el autobús aquel de Los Reyes del Mambo para poder bajarle y tenderle en el césped hasta que se le pasaran, mientras camiones y coches pasaban zumbando por delante.)

Un infinito número de cigarrillos.

Un millón de sonrisas, de pellizcos dados a bonitos culos femeninos, de lágrimas.

Mujeres que le habían dicho, como tantas veces le dijo Vanna Vane, «Te quiero», y él les había contestado, «Sí, lo sé», o «Y yo también te quiero, muñeca».

¿Y para qué?

¿Y cuántas veces se había arrodillado en la iglesia a rezar, cuando era niño? ¿O murmurado en sueños, «Oh, Dios», o «Jesucristo»? ¿O cuántas veces había visto contraerse de placer el rostro de una mujer y la había oído gritar, «Jesús, Jesús, Jesús»?

Su vida era mucho más hermosa cuando creía que un ángel benévolo caminaba siempre detrás de él.

Habían pasado veintitrés años desde que Néstor dejara este mundo. Aún conservaba el recordatorio de su funeral metido entre las cartas y las demás cosas que se había llevado consigo aquella noche.

A veces cuando la música sonaba más rápida se sentía otra vez como un niño subiendo y bajando a la carrera las empinadas y hermosísimas escalinatas de Santiago de Cuba. A veces una canción rápida le transportaba lejos del Bronx a Nueva Gerona, al Valle de Yumurí y a las montañas de Escambray, se veía de nuevo dando un paseo por la ciudad de Matanzas, o le lanzaba a las aguas de las cascadas de Habanilla, en Las Villas, o se veía a lomos de un alazán cruzando el tranquilo valle de Viñales en Pinar del Río, o se encontraba de pronto asomando la cabeza por la sima de una gruta en las montañas de Oriente, mirando a lo lejos los meandros del río Cauto. La música le hacía sentirse otra vez a la sombra de una palmera en Holguín, recostándose medio amodorrado contra su tronco. Ya avanzada la noche se vio de nuevo en una calle de Santiago en la que no había pensado desde hacía años, con sus estrechas casas de dos pisos, tejados inclinados y altos ventanales con celosías, y con palmeras, arbustos y flores silvestres que se desbordaban por encima de los muros. Se veía plantado en lo alto de una escalinata, mirando un pequeño parque que empezaba tres tramos de peldaños más abajo, con flores y arbustos alrededor de una fuente y un busto heroico en el sitio de honor. En un banco, una bonita muchacha con un vestido de lunares y manga corta, leyendo un periódico. El Rey del Mambo, con diecisiete años de edad, se acerca a ella, el Rey del Mambo la saluda con una inclinación de cabeza y le sonríe, el Rey del Mambo se sienta a su lado.

—Hace un día muy bonito, ¿verdad?

—Sí.

—¿Te gustaría ir a bailar luego?

—Sí.

Y la música volvía a dibujar aquel cielo azul sin nubes y el sol rodaba como una pelota en su habitación del Hotel Esplendor, iluminándola con los rayos de su luz roja y púrpura, y oía las pesadas campanas de bronce de las catedrales de Santiago y de La Habana tañendo al mismo tiempo, y luego oyó el *ttling-ttling* de una bicicleta y cerró los ojos, y al abrirlos vio la noche de La Habana, haces de luz en el cielo, un millar de trompetas y tambores sonando a lo lejos, bocinas de coches, y el rumor distante, como el océano, de las multitudes de noctámbulos.

¡Ahora pasaba corriendo por delante de la Casa Potín, la Surtida Bodega y los buenos olores de las pastelerías de la Gran Vía!

Se tomaba una copa en el Café Pepe Antonio con unos músicos amigos suyos, hacia 1946; jodía con una mujer que había conocido mientras daba un paseo viendo escaparates por la calle Obispo, ¡qué culo tenía aquella dama!, ¡Dios mío!, ¡y aquel olor tan excitante que exhalaba a sudor y a jabón Candado, y aquellos pezones que tenía, firmes, marrones y tan tersos como cuentas de cristal! ¡Qué buenos tiempos aquéllos escuchando a Benny More por la radio en el club La Palma, en la playa de

Jibacoa, o bajando el Paseo del Prado con su hermano Néstor hacia la Punta del Malecón, el paseo marítimo, para coger el ferry que llevaba a Guanabacoa, en el que los dos se recostaban contra la barandilla dando un buen repaso con la mirada a las chicas bonitas que iban a bordo! Con una *guayabera* muy bien planchada, se baja las gafas de sol para que aquel bombón que lleva una blusa de marinero y una falda blanca muy ceñida, con una raja lateral que le sube hasta el muslo, pueda apreciar debidamente sus bonitos ojos verdes de rompecorazones. El aire del mar penetra en sus pulmones, el sol tuesta sus rostros, por delante pasan los barcos que hacen un recorrido turístico por la bahía, las boyas resuenan con un eco metálico al chocar con sus cascos. Y luego, subiendo por unas escaleras, un pequeño y agradable restaurante especializado en marisco, El Morito, con sus paredes pintadas de color rosa, tejado de zinc y una terraza entoldada desde la que se domina una vista magnífica de aquel mar que tanto parece propiciar el amor, y devoran una cazuela de arroz cocinado con caldo de pollo y cerveza, llena de gambas, chirlas, ostras, mejillones, almejas, aceitunas y pimientos rojos. El día es tan tranquilo, ¡qué tiempos aquéllos!, tan tranquilo, que se sienten perezosos como gaviotas.

A veces cuando cerraba los ojos se veía de niño, sentado en la primera fila de una pequeña sala de cine de su ciudad natal, observando el pétreo rostro de Eusebio Stevenson dirigiendo a los músicos de su orquesta en el foso, que tocaban un popurrí de tangos, rumbas y fox-trots como acompañamiento sonoro de las películas mudas de Tom Mix, Rodolfo Valentino, Douglas Fairbanks, hijo, y de tantos otros que no paraban de galopar, bailar y hacer de espadachines. El futuro Rey del Mambo se echaba hacia delante y observaba con suma atención las manos de aquel hombre de color, manos de gruesos nudillos que se veían grises a la luz de la pantalla y que recorrían incansables el teclado del piano de un extremo a otro. Después, recuerda que siguió al hombre aquél cuando salió a la calle y se metió en un pequeño café que había en la esquina, en donde se sentó en una mesa al fondo y se tomó en silencio unas chuletas con arroz y frijoles, mientras el niño seguía esperándole fuera, viendo cómo Eusebio trasegaba una copa de coñac tras otra, hasta que, con tanta bebida, las duras facciones de su rostro parecieron dulcificarse un tanto y salió entonces a la calle de nuevo. César Castillo le siguió tirándole de la manga de la chaqueta y suplicándole, «¿Me podría usted enseñar a tocar esas notas?», imitando sus movimientos en zigzag (*¿Qué te recuerda esto, hombre?*) mientras se alejaba por aquellas calles empedradas con guijarros mascullando al chico aquel que le perseguía, «Déjame en paz, muchacho. Ésta no es vida para ti», y apartando al futuro Rey del Mambo de su camino con gestos de la mano. Pero él siguió implorándole, «Por favor, por favor, por favor», siendo aquella una de las rarísimas ocasiones en las que el Rey del Mambo, incluso de niño, había llorado.

«Por favor, por favor», siguió repitiéndole, y de forma tan insistente que Eusebio se quedó mirándole fijamente, se dio un golpecito con el dedo en el borde del ala de su sombrero y le dijo: «Bueno, supongamos que yo te enseño, ¿qué vas a pagarme? ¿Tienes tú, acaso, dinero? ¿Tiene dinero tu familia?».

Y añadió:

—Déjame en paz, a mí hay que pagarme.

Pero César persistía y cuando Eusebio se sentó sin poder con su alma en los peldaños de la iglesia, le dijo:

—Te daré comida —y añadió—: y también puedo darte ron.

—¿Ron? Bueno, en ese caso... Eso ya es otra cosa.

Así que empezó a tomar lecciones de música y llevaba a Eusebio un puchero de arroz con frijoles, o lo que su madre cocinara cada día (ella misma le daba la comida) y una jarra de ron que llenaba de un barril que su padre tenía en la casa aquella de piedra en donde hacía la matanza de los cerdos, a un extremo de la plantación, y todo fue bien y el chico aprendió a tocar un poco el piano y la trompeta hasta que un buen día su padre

sorprendió a César llenando la jarra y le dio al muchacho la
mayor paliza de su vida, bofetadas primero y luego, con una
nudosa rama que había arrancado de una acacia, no le dejó un
sitio sano en brazos y piernas. Y recuerda que fue entonces
cuando se abrió aquel profundo abismo que habría de separar ya
para siempre al padre y al hijo, porque ahora su hijo ya no se
contentaba con ser un espíritu libre, sino que, por añadidura, era
un ladrón. Pero siguió cogiéndole el ron a escondidas como antes,
a pesar de las tundas que le daba su padre, y éste volvió a
sorprenderle varias veces más y se ensañaba de tal modo con él
que fue en aquella época cuando aprendió a soportar sus palizas
como un hombre, sin soltar un gemido, insolente y retador, y
lleno de entereza, pues, al cabo de unos instantes, ya ni sentía el
palo, la correa o los puños. A veces llegaba a casa de Eusebio con
los brazos llenos de moratones y verdugones que conmovían a su
maestro profundamente. (¿Por qué sería que aquellos recuerdos
seguían acudiendo a su memoria?)

Y Eugenio Stevenson le esperaba en el porche y se ponía a
dar palmas cuando veía llegar a César. «¡Venga, vamos!»

Sobre el suelo de tablones de la habitación principal había un
colchón, unas cuantas sillas, una mesa, una cafetera y al lado de
una puerta que daba, por detrás, a un monte con mucha maleza,
un orinal. Pero, como contraste, en el centro de la habitación,
apoyado contra la pared, había un estupendo piano de la marca
Montez y Compañía, con la caja de armonía decorada con
ruiseñores de madreperla, y estrellas y lunas de arabesco.

—¿Has traído el ron?

César llevaba la jarra envuelta en un pañuelo de cabeza de su
madre. Se la dio y Eusebio pasó el líquido a una botella de
cerveza vacía.

—Bueno —dijo entonces—. Ahora siéntate aquí y empecemos.

Las primeras lecciones consistieron en la enseñanza de los
acordes más sencillos, en que aprendiera que las notas graves

había que tocarlas con la mano izquierda y la melodía y los acordes con la derecha. Eugenio se mostró verdaderamente cruel, estirando de un modo inmisericorde los deditos de César por toda la superficie del teclado y apretándoselos con energía para que diera las notas. Le dijo que tenía que aprenderse las escalas de memoria; hacía mucho hincapié en esto porque no podía enseñar a César a leer música. Sin embargo, impresionaba al muchacho hablándole de los acordes mayores y menores, los propios del regocijo y la cordialidad y los que, por el contrario, expresaban tristeza e introspección. Después, le demostró lo que podía hacerse con un solo acorde tocando todos los tipos de melodías que lo tomaban como base. Y después recuerda otra cosa que le dijo también Eusebio y que habría de recordar toda su vida:

—Cuando toques música has de tener bien presente que casi todo lo que se ha compuesto en todos los tiempos tiene que ver con el amor y el galanteo. Sobre todo cuando aprendas a tocar música antigua, como las habaneras, *zarzuelas*, y nuestras propias *contradanzas* cubanas. Todas tienen que ver con historias de amor, en las que el hombre coge a la mujer por el talle, le hace una inclinación de cabeza y luego viene ese momento culminante en el que tal vez deslice unas palabras al oído de su pareja, cosa que a las damas siempre les gusta. En el caso de las *contradanzas* hay un minuto de pausa, y de ahí su nombre, «contra la danza». Y en esa pausa es cuando el hombre tendrá la oportunidad de hablar un instante a la mujer.

Y tras esta disertación se puso a tocar *La Paloma* y luego le hizo una demostración de todos los diferentes estilos pianísticos, incluyendo un ragtime para piano que había aprendido cuando vivía en Nueva Orleáns muchos años antes.

—Y, muchacho, has de recordar siempre que lo que la gente quiere es alzar los brazos al aire y gritar, «¡Qué bueno es!» cuando oigan tu música. ¿Me comprendes?

Sí, la música le decía que el amor era algo maravilloso, y le hacía salir a pasear por los campos de noche cuando las lechuzas ululaban y las estrellas fugaces surcaban el cielo raudas y veloces por encima de su cabeza, y parecía que todos los planetas y estrellas se fundían como la cera.

Un pesar infinito, y en los campos tristes hogueras y la voz de su papi, su papi dándole una zurra, y entonces hacía un arco con los codos cubriéndose la cabeza y aguantaba el castigo como un hombre. Incluso aquellas noches en las que no podía dar crédito a la conducta de su padre, cuando no era más que un crío y hacía fuerza contra la puerta que su padre aporreaba para entrar y pegarle otra paliza.

Y coño, me llamaba y entonces me agarraba del brazo, me sujetaba por el codo y apretaba: tenía unas manos muy fuertes de su trabajo diario, manos llenas de pequeños cortes y de callos, y me decía: «Chico, mírame a la cara cuando te esté hablando. Y ahora vas a decirme, *niño*, qué es eso que veo en tus ojos. ¿Por qué huyes de mí cuando entro en casa, por qué siempre te estás ocultando de mí?». Y si le contestaba que yo no me escondía de él, me apretaba con más fuerza y nadie podía lograr que me soltase y entonces seguía —yo me negaba a llorar, el Rey del Mambo nunca ha llorado delante de ningún hombre— apretándome y no me soltaba hasta que tenía todo el brazo amoratado o hasta que mi madre intervenía y con ruegos y súplicas le pedía que me dejase y que no lo pagara conmigo, que no era más que un *niño*. «Si quieres bronca, ¿por qué no te vuelves al pueblo y desafías a esos hombres que te insultaron?» Y entonces con quien lo pagaba era con ella. Así que cuando volvía a casa de mal humor y me preguntaba a mí o a uno de mis hermanos que por qué le mirábamos con malicia o con falta de respeto, era siempre yo quien daba un paso al frente, yo era quien le daba las respuestas más insolentes. Si él me preguntaba, «¿Por qué me miras de esa manera, chico?», yo ya no me quedaba callado como antes, sino que le replicaba, «porque estás borracho, papi», y entonces me daba de bofetadas hasta que las palmas de las manos se le enrojecían y me golpeaba hasta que llegaba un momento en que se percataba de lo brutal que estaba siendo conmigo y entonces me llamaba y me pedía que le perdonase y como era mi papi, yo me alegraba muchísimo de estar otra vez a bien con él, así que ya sabes por qué aguantaba aquel trato que me daba, porque mi padre era mi padre.

Y vio otra vez a su madre, vio el rostro amoroso de su madre, que en el recuerdo se confundía siempre con aquellas estrellas que contemplaba desde el porche en Cuba cuando era niño.

—*Te quiero, niño* —es lo que siempre le decía.

Entonces no era más que un crío. Solía quedarse dormido con la cabeza apoyada contra los pechos de su madre, oyendo el latido de su corazón y aquellos ligeros suspiros que exhalaba. Era en esos momentos cuando el Rey del Mambo concebía las más dulces ideas acerca de las mujeres, cuando su madre era la luz de la mañana, la luz que se filtraba radiante por entre las copas de los árboles. Fue entonces cuando sintió que él era parte integrante de su mismo aliento, y deseaba, deseaba (y al llegar a este punto el Rey del Mambo siente como una especie de tirantez alrededor de los ojos) poder hacer algo que pusiera fin a su tristeza.

Apretaba la cabeza contra su vientre y se preguntaba, «¿Qué habrá aquí dentro?».

Años más tarde, cuando ya era un hombre, se estremeció al recordar que en aquel entonces pensó que el mundo entero estaba dentro de las entrañas de su madre.

—Madre mía, la única madre que tendré jamás.

Estaba cosiéndole una camisa y pasando un hilo de bramante por las suelas de un par de zapatos muy gastados para remendarlos.

—Ay, cuando yo era joven me gustaba muchísimo bailar.

Ella tenía una preciosa posesión, la única cosa de su casa que recordaba que tuviera algún valor, una antigua cajita de música

de caoba traída de España, una herencia familiar. Tenía una
gran llave de bronce con una cabeza con la forma de una
mariposa y tocaba una alegre *zarzuela*. Su madre daba unas
vueltas a la llave y le decía, «Anda, niño, ven a bailar conmigo».

Entonces apenas le llegaba por la cintura, pero ella le cogía
de la mano y le llevaba bailando por toda la habitación.

—Y cuando esta parte del baile terminaba el hombre hacía
una inclinación de cabeza y la mujer se cogía el dobladillo de su
vestido, así, y lo levantaba unos dedos del suelo. En aquellos
tiempos las mujeres llevaban vestidos que arrastraban por los
suelos, con largas colas por detrás. Y debajo llevaban un sinfín de
enaguas.

—¿Muchas enaguas?

—Sí, hijo, algunas mujeres llevaban hasta cien enaguas
debajo de las faldas. «*¡Vente!*»

«Cien enaguas...» En sus sueños más felices se veía seducien-
do a una mujer que llevaba cien enaguas bajo el vestido, pero
como no era más que un sueño, debajo de cada una de ellas se
topaba con una liga, un cálido muslo, un par de pololos de seda y
más debajo aún un útero que se abría ante él. «Cien enaguas...»
No se había vuelto a acordar de aquello durante años y años.
«No es más que un recuerdo ya borroso, sabes.» Ella le levantaba del suelo y veía cómo la habitación daba vueltas a su alrededor. Después vio a Genebria parada ante la puerta de la cocina.
Se puso a dar palmas y a contonearse como si bailara un vals, como si ejecutara unos lentos pasos de danza en el carnaval. Daba
tres pasos hacia delante y meneaba los hombros y a continuación se ponía a menear también la cabeza como si fuera un caballo.

Ay, pobre *Mamá*, muerta ya, pero llamándole desde aquella
cocina siempre tan llena de vida, «¿cuántos *plátanos* quieres?». Y
allí es donde ahora se hallaba, en la cocina de su casa allá en
Cuba, viendo cómo su madre pelaba las gruesas pieles de los
plátanos y por la ventana podía ver fuera las plataneras, y los

mangos, las papayas, las *guanábanas,* la yuca y los aguacates que crecían por todas partes. Genebria estaba cortando ajos, cebollas y tomates en trocitos muy menudos y a la vez tenía un puchero de *yuca* en la lumbre. ¡Qué hermoso volver a ver aquella escena otra vez!

Y recuerda un día que estaba delante de la tienda de aquel árabe en compañía de su hermano menor, *el pobre* Néstor, y tras mucho buscar entre el tocino, el arroz, el azúcar, el café, las interminables ristras de salchichas, los vestidos y los trajes de Comunión y los rollos de cuerda, de alambre, las palas y hachas y el estante aquel lleno de muñecas con vestiditos de seda, encontraron una guitarra. ¿Y quién se lo había dicho? Un mulato alto y desgarbado que parecía un insecto, se llamaba Pucho y vivía en un bosque de cajas de embalaje y de ramas de palmera. Se lo encontraba siempre en su patio, sentado en el capó de un coche abandonado, cantando con una voz tan temblorosa que hacía que las gallinas se arremolinaran y corrieran dando vueltas a sus pies. Las dominaba con su música y las hacía cantar «Caaaaacccckkkaka». Él mismo se había hecho una guitarra de madera de naranjo con alambres y clavos que parecía un arpa dominicana. Pero sabía tocarla, tenía conocimientos de magia, se sabía aquellos cánticos que se entonaban en honor de Changó.

Adiós, amigo mío... *Adiós.*

Sí, la música le decía que el amor era algo maravilloso, que le acercaba a sus amigos. *Adiós,* Xavier, siempre sentado delante de su casa de hielo en medio de una vaporosa bruma, con su cazo de arroz con frijoles y su acordeón.

¡Adiós!

Y veía al director de orquesta Julián García en el escenario, delante de él, blandiendo la batuta, y entonces se ponía de pie, hecho un manojo de nervios, al lado de Julián y empezaba a cantar, *adiós, adiós,* y veía también a Ernesto Lecuona, «un tipo como no hay dos, tan digno siempre, quizás un poco demasiado pagado de sí mismo, pero todo un caballero, que fue quien me enseñó el sentido profundo de una buena habanera». Y se dirige corriendo a una plaza en la que toca una orquesta en la época del carnaval y se queda junto al escenario tratando de estudiar todos los movimientos de los dedos en los diversos instrumentos, pero es muy difícil porque no hay más luz que la de una linterna, y entonces es cuando ve una mano que se extiende hacia él, le coge y le aúpa arriba al escenario para que actúe para el gentío allí congregado.

Y de pronto recuerda todos aquellos rostros, jóvenes rostros femeninos en cuya conquista tantas energías ha gastado, a algunos de los cuales llegó a amar de verdad, a otros ni a reconocer muy bien siquiera.

Yo te amaba, Ana, no creas que he olvidado aquella vez que salimos a dar un paseo por las calles de Holguín, aunque haya pasado tanto, tantísimo tiempo. Nos alejamos tanto paseando de la casa de tus padres que tú estabas segura de que tu papi saldría en nuestra persecución con una correa y por eso nos metimos en un parque y cada vez que nos internábamos en las sombras donde nadie podía vernos apretabas tu mano contra la mía y el aire que nos envolvía parecía entonces cargarse de electricidad y nos dábamos un beso. Sólo nos dimos unos cuantos besos furtivos y nunca volví a verte después de aquello, pero no creas que me he olvidado de nada, no creas que no guardo el recuerdo de la juventud y de tu belleza, ¡no sabes cuántas veces he pensado en lo bien que habría ido todo entre nosotros si hubiera habido ocasión! ...Y también a ti te quise, Miriam, qué importa que yo fuese un niño un poco grosero y que te sacase la lengua cuando te veía salir de aquella gran mansión en que vivías, acompañada de tu madre, porque eras una niña rica y muy engreída, con un grandísimo culo y que siempre llevabas una sombrilla. Sabía que yo te gustaba, lo deduje por aquellas miradas furtivas que me lanzabas a veces, lo leía en tus ojos, aunque yo también fingiera que no te veía. ¿Te acuerdas que yo siempre estaba plantado delante de aquel cine cantando una canción? Y tú pasabas por delante de mí, siempre con mirada arrogante, hasta un día que me sonreíste y a partir de aquel momento todo cambió. Tú y yo salimos juntos por espacio de un mes antes de que se enteraran de lo nuestro, y nos besábamos en los parques y detrás de los árboles, dos niños llenos de felicidad, y entonces tu papi, que era juez y gozaba de una altísima posición en el Club Gallego, se enteró de lo nuestro por algunas malas lenguas y te mandó a vivir con tu tía. ¿Cómo iba a ocurrírseme pensar que yo era de «una clase social más baja»? ¿Cómo iba a suponer que tu padre armaría tal escándalo por unos cuantos besos inocuos? ...Y también a ti te quise, Verónica. ¿Te acuerdas cómo nos cogíamos de la mano y de aquella vez que se me marcaba de tal forma debajo de los pantalones que a pesar de todos tus esfuerzos no pudiste evitar mirarme y de aquella otra en que no pudiste contenerte y me tocaste un instante con la palma de tu mano. Un espasmo estremeció todo mi cuerpo mientras tú, con el rostro más rojo que la grana, volvías la vista a otro sitio; la leche brotó a borbotones de mí y tú estabas en la esquina con los dedos abiertos en tensión esperando que remitiera el rubor de tu rostro, y yo me fui a casa con aquella sensación de pringue bajo mis pantalones, pero nunca llegaríamos a... Y también a ti te quise, Vivian. Cuando los adultos bajaban la guardia nos escabullíamos y salíamos a la terraza para oír mejor las bandas que pasaban tocando, y entonces nos sentábamos en el murete de piedra y juntábamos nuestras frentes, y a veces me dejabas que te diera un beso, pero no sólo un beso común y corriente, sino un beso bien dado con la lengua. Tú abrías los dientes un poco para que deslizara entre ellos la punta de mi lengua, pero no me dejabas metértela toda entera, porque yo olía demasiado a tabaco. «Siempre tratando de ser *un gran macho*», me decías. Y luego hubo aquella vez que me encontré casualmente contigo al salir de misa y recorrimos el Camposanto buscando la tumba de tu tía, pero en vez de encontrarla nos recostamos contra un árbol y empezamos a besarnos y entonces tú, con voz jadeante, me dijiste, «Espero que seas el hombre que se case conmigo y con el que yo haya de perder mi virginidad», pero yo fui un necio y me puse furioso al pensar «¿Y por qué esperar?», sobre todo porque me encontraba en un estado en que no podía más. De joven siempre fui verdaderamente insaciable, Vivian, insaciable, y por eso mis dedos empezaron a tantear tus defensas hasta que te ruborizaste y ya no encontraste más salida que echar a correr a casa con tu familia, pero yo te quería, ¿me entiendes?... Y también a ti, Mimí, te quise, aunque nunca me dejaras joderte como mandan los cánones, me llevabas detrás del cobertizo aquel de tu padre, te levantabas la falda y me dejabas que te la metiera por el culo, o entre las nalgas simplemente, ya no me acuerdo, ¡aquella humedad y aquel olor de tu cuerpo y la forma en que empinabas el trasero como si realmente quisieras tenerme dentro de tu vagina!, pero siempre te ponías delante la mano y nunca me dejaste penetrarte por ahí, ¿lo recuerdas? Y al final volvíamos dando un paseo por el pueblo, pero sin hacernos caricias ni cogernos de la mano: yo creía que te sentías algo triste, pero después de lo que acabábamos de hacer yo, por mi parte, me sentía un tanto avergonzado, como si todo el mundo lo supiera. Lo hicimos todas las semanas durante meses, y entonces, un buen día, te presentaste en casa de mi padre y yo no te dejé que entraras y cuando te pusiste a llorar, yo lloré también, pero tú nunca me creíste... Y también te quise a ti, Rosario, por aquel modo que tenías de sonreírme cuando nos cruzábamos por la calle, y a ti, Margarita, te quise igualmente, aunque nunca pasamos a mayores en nuestros escarceos amorosos, todo quedó en unos cuantos besitos en la mejilla, pero tú me hacías el amor en la palma de mi mano con tus uñas, apretándolas con fuerza contra mi carne y dirigiéndome miradas que parecían decir, «Ya ves, macho, ¿qué es lo que esperabas de mí?». Yo me sentía verdaderamente intrigado, seducido, Rosario, pero sabes que tus hermanos no querían que me acercase a ti, mucha gente no quería, para ser sincero, que me acercase a nadie en absoluto.

Alguien debería darle una buena lección, es lo que opinaba la mayoría de la gente, y ya sabes que muchos, incluidos tus propios hermanos, quisieron pasar de las palabras a los hechos. Yo no fui nunca ni un Tarzán ni un Hércules, lo único que buscaba era un poco de consuelo, unos cuantos besos sin más. ¿Te conté alguna vez que el 11 de junio de 1935, por la noche, cuando había quedado contigo en llevarte a bailar, al pasar por una callejuela un grupo de seis o siete chicos se abalanzó sobre mí?, y lo que querían era darme un revolcón por el polvo y las boñigas de la calzada, porque yo, en vez de defenderme, me limitaba a alzar los brazos y les decía, «Venga hombre, pero ¿qué hacen?». Y no sólo me dieron una buena paliza, sino que, no contentos con eso, me hicieron rodar por un charco lleno de lodo y mierda y recobré el conocimiento un cuarto de hora después de que el baile acabara, con aquel hedor pestilente impregnando las ventanas de mi nariz y el convencimiento de que nunca volverías a dignarte a dirigirme la palabra, de que todo el mundo se enteraría de que me habían revolcado por la mierda, y por eso es por lo que nunca volví a verte. Yo pensaba que todo el mundo se había enterado, ¿lo entiendes? ...Y a ti te quise también mucho, Margarita, siempre plantada allí al otro lado de la plaza, frente a mí, con un lazo rojo en tu cintura y sonriéndome tímidamente desde la otra acera, tímidamente porque pensabas que yo era demasiado guapo para abordarme, pero si hubieses sabido lo que yo sentía dentro de mí, habría sido todo muy distinto; por eso es por lo que nunca te dirigía aquellas miradas castigadoras que lanzaba a las demás, por eso es por lo que, cuando finalmente hiciste acopio de valor y te acercaste a mí sonriendo, di media vuelta y me alejé. Porque, sabes, en casa siempre me habían hecho sentir que no valía nada, así que, por muy guapo que pudiera parecerte, lo cierto es que cuando me miraba al espejo me sentía profundamente deprimido. Sólo gracias al modo de mirarme que tenían algunas mujeres sabía que valía algo más, pero, si hubiera sido por mí, me habría pasado la vida ocultándome como un monstruo; yo te quería, porque parecía que, al fin, tú me amabas...

Y luego veía cómo caía la nieve, igual que cuando canta Bing Crosby, nieve que baja describiendo círculos y remolinos y que uno contempla con la boca abierta. Nieve en Baltimore en 1949, cayendo del cielo.

Después paseaba por la calle con Néstor e iban a todas las salas de baile: el Palladium, el Park Palace, el Savoy, alguien decía, «Benny, Myra, quiero que conozcáis a dos buenos amigos míos, *compañeros* de Cuba, y además dos magníficos intérpretes. Ellos sí que saben cómo tocar un *son* y una *charanga*, saben lo que es de verdad. Benny, te presento a César Castillo, cantante e instrumentista también, y éste es su hermano Néstor, uno de los mejores trompetas que hayas oído jamás».

—César, Néstor, quiero que conozcáis a un tipo muy simpático y, saben, un músico excepcional. Amigos, os presento a Frank Grillo. Machito.

—Encantado.

—César Castillo.

—Xavier Cugat.

—César Castillo.

—Pérez Prado, *¡hombre!*

—César Castillo.

—Vanna Vane.

...levantándose la falda de su vestido de verano..., quitándose las bragas, y el órgano sexual de César se inflama de luz y de sangre. Gemidos de placer en la soledad de los bosques. Su gruesa lengua se desliza bien adentro entre sus piernas. Un sorbo de whisky y un beso en el tobillo.

—Oh, Vanna, ¿verdad que esta merienda en el campo está siendo estupenda?

—Tú lo has dicho.

Mientras oye la música recuerda los chorretones de grasa de cerdo que le caían por la barbilla y por los dedos cuando cenaba,

allá en Cuba, y el placer con que se los lamía. Recordó a una
puta que forcejeaba tratando de poner a su miembro un grueso
preservativo y se vio intentando ponérselo él mismo, y entonces
los dedos de la mujer rozaron los suyos y finalmente la individua
tuvo que emplear ambas manos para metérselo hasta dentro del
todo. Se vio apretando mil veces las tuercas de su trompeta,
recordó la belleza de una rosa, recordó sus dedos deslizándose
por debajo de la varilla metálica de un sostén 36C, el de Vanna, y
cómo luego se hundían en aquella carne tan tibia. Recordó el
escándalo que organizaban los gatos en el callejón por la noche y
el programa radiofónico de Red Skelton sonando también por el
callejón. En el sexto piso se oía el programa de Jack Benny, y
luego, años más tarde, por el patio, «Te quiero, Lucy».

Nubes de humo del incinerador hiriéndole los ojos, nubes de
humo elevándose por encima de la azotea.

Su madre cogiéndole las manos, su madre apretándoselas
entre las suyas.

El dulce latido del corazón de su madre...

Y sube corriendo las escaleras una vez más y se encuentra a
Néstor tocando de nuevo la misma canción. Oh, hermano, ¡si
supieses cuánto he pensado en ti todos estos años! Y canta la
nueva canción, la maldita canción aquella que llevaba tanto
tiempo componiendo, tantísimo tiempo, y cuando termina, dice,
«Eso es lo que siento por María». Y, con ojos enamorados, mira
por la ventana como si en vez de nieve estuviera cayendo una
lluvia de flores.

—Aunque me cueste admitirlo, hermano, he de reconocer
que la canción que has compuesto es realmente magnífica. Pero
¿qué te parece si hacemos esto con el estribillo?

—Sí, así está mucho mejor.

Y con una tímida sonrisa dibujándose en sus labios, hace una
señal con la cabeza al que toca el *quinto,* que empieza a aporrear
los tambores con sus dedos vendados para la introducción, ¡bap,
bap, bap, bap! Luego siguen unas notas improvisadas a cargo del

piano, después el bajo y a continuación las trompas y el resto de la batería. Otra señal con la cabeza de César y Néstor empezó a tocar su trompa, las notas se expanden y vuelan por toda la habitación como pájaros de fuego, tan dulces y alegres a la vez que todos los músicos comentan, «Sí, eso es. Ya lo tiene».

César se pone a bailar con sus zapatos blancos de hebilla dorada, haciendo piruetas con los pies como si fuesen agitadas agujas de un compás, y luego se ve otra vez corriendo por las calles de Las Piñas, como si volviese a ser niño, tocando la trompa, dando golpes a las macetas y haciendo ruido bajo los soportales...

Flotando en un mar de tiernos sentimientos, en una noche iluminada por la radiante luz de las estrellas, vuelve a sentirse enamorado: de Ana y de Miriam y de Verónica y de Vivian y de Mimí y de Beatriz y de Rosario y de Margarita y de Adriana y de Graciela y de Josefina y de Virginia y de Minerva y de Marta y de Alicia y de Regina y de Violeta y de Pilar y de Finas y de Matilda y de Jacinta y de Irene y de Yolanda y de Carmencita y de María de la Luz y de Eulalia y de Conchita y de Esmeralda y de Vivian y de Adela y de Irma y de Amalia y de Dora y de Ramona y de Vera y de Gilda y de Rita y de Berta y de Consuelo y de Eloísa y de Hilda y de Juana y de Perpetua y de María Rosita y de Delmira y de Floriana y de Inés y de Digna y de Angélica y de Diana y de Ascensión y de Teresa y de Aleida y de Manuela y de Celia y de Emelina y de Victoria y de Mercedes y de...

Y también amaba a toda su familia: a Eugenio, a Leticia, a Delores, y a sus hermanos, los difuntos y los vivos, los amaba con toda su alma.

Después, en su habitación del Hotel Esplendor, el Rey del Mambo vio cómo el brazo del gramófono llegaba al final de *Los Reyes del Mambo tocan canciones de amor*. Luego vio cómo el artilugio se levantaba, hacía «clic» y recobraba su posición inicial para

volver otra vez a la primera canción. El clic que hacía aquel
mecanismo le pareció hermoso, tan hermoso como el último
trago de whisky.

Cuando uno se está muriendo, pensó, lo sabe, porque se
siente como si te estuvieran sacando un trapo negro y pesado de
dentro.

Y sabía que iba a morir, porque sentía su corazón radiante de
luz. Y estaba cansado, quería descansar.

Alzó el vaso para llevárselo a los labios, pero no pudo
levantar del todo el brazo. Si alguien le hubiera visto allí en ese
instante le habría parecido que seguía sentado en silencio. ¿Qué
pensaba en esos momentos?

Se sentía feliz. Al principio todo se oscureció, pero cuando
miró otra vez vio a Vanna Vane en la habitación del hotel,
quitándose con un brioso movimiento de los pies aquellos zapatos blancos de tacón alto que llevaba y levantándose la falda
hasta el muslo mientras le decía: «¿Cariño, podrías hacerme un
favor? ¿Quieres quitarme las ligas?».

Así que se puso de rodillas ante ella, le soltó los corchetes de
las ligas, le bajó suavemente las medias hasta los pies, le estampó
un beso en el muslo y luego otro en una nalga, donde su piel era
más delicada aún si cabe, tan redonda, tan húmeda, le agarró las
bragas, se las bajó hasta las rodillas y le dio un profundo beso con
la lengua en aquella majestuosa y febril visión que se ofrecía a sus
ojos. Y un momento después estaban ya en la cama, jugueteando
como siempre hacían, y él tenía una gran erección y no le dolían
en absoluto los riñones, tan grande la erección que su bonita
boca se las veía y deseaba para abarcar todo el grosor y las
desmesuradas dimensiones de su órgano sexual. Permanecían
entrelazados largo rato y le hacía el amor hasta dejarla hecha
trizas y después se sentía embargado por una especie de serena
placidez y, por vez primera aquella noche, le entraron ganas de
conciliar el sueño.

A la mañana siguiente, cuando le encontraron, con una copa en la mano y una tranquila sonrisa dibujada en su rostro, hallaron también este trozo de papel encima de la mesa, junto a su codo. Era sólo una canción, una de las canciones que él mismo había escrito de su puño y letra:

Bellísima María de mi Alma

Ami
¿Oh, tristeza de amor,
porqué tuviste que venir a mí? Dmi
Yo Bmi estaba feliz antes que
Ey
entraras en mi corazón. (repetir)

Ami
¿Cómo puedo odiarte
si te amo como te amo? Dmi
Bmi
No puedo explicar mi tormento
Ey
porque no sé como vivir sin tu amor.

A
Que dolor delicioso
D
el amor me ha traído Ey
Dmi
en la forma de una mujer.
Dmi
Mi tormento y mi éxtasis.
Ami
Bella María de mi Alma,
Ey
María, mi vida...

Ami
¡Por qué me maltratabas?
Dime por qué sucede de esta Dmi manera?
Bmi
¿Por qué es siempre así? Ey
Ami
María, mi vida,
Ey
Bellísima María de mi alma. Ami

Cuando llamé al teléfono que aparecía en el encabezamiento de la carta de Desi Arnaz me esperaba que lo cogiese una secretaria, pero fue el propio señor Arnaz quien contestó:

—¿El señor Arnaz?

—Sí.

—Soy Eugenio Castillo.

—Ah, Eugenio Castillo, ¿el hijo de Néstor?

—Sí.

—Me alegra oírle, y, por cierto, ¿desde dónde llama?

—Desde Los Angeles.

—¿Los Angeles? ¿Y qué es lo que le ha traído aquí?

—Estoy sólo de vacaciones.

—Bueno, pues en tal caso, ya que está usted tan cerca, ¿por qué no viene a hacerme una visita?

—¿Le parece bien?

—Claro que sí. ¿Puede usted venir mañana?

—Sí.

—Pues en ese caso decidido. A media tarde. Le estaré esperando.

Me había llevado mucho tiempo hacer acopio de valor para marcar el teléfono de Desi Arnaz. Un año antes, aproximada-

mente, cuando le escribí para comunicarle el fallecimiento de mi
tío, había tenido la cortesía de mandarme su pésame y de paso
me invitaba a su casa. Cuando por fin decidí aceptar su ofreci-
miento y tomé un avión para Los Angeles, me instalé en un motel
próximo al aeropuerto y cada día que pasaba, por espacio de dos
semanas, me decía a mí mismo que tenía que darle un telefonazo.
Pero temía que toda aquella amabilidad suya quedara en agua
de borrajas, como tantísimas otras cosas en la vida o que, tal vez,
fuese distinto a como me lo había imaginado. O que fuera, quién
sabe, un tipo carente de sensibilidad o de genuino interés, o
simplemente que no le apeteciera un tipo de visitas como la mía.
Así que me quedé bebiendo cerveza tras cerveza en la piscina del
motel y pasé aquellos días contemplando los aviones a reacción
que surcaban el cielo. Después trabé amistad con una de las
rubias que frecuentaban la piscina, que por lo visto tenía debilidad por los chicos como yo, y nos enamoramos desesperadamente una semana. La cosa, finalmente, acabó como el rosario de la aurora. Pero una tarde, unos días después, mientras
descansaba tumbado en la cama hojeando el viejo libraco aquel
de mi padre, *¡Adelante, América!*, el simple contacto de mi pulgar
con sus páginas, aquellas mismas páginas que tanto él como mi
tío habían vuelto a menudo en el pasado (los espacios de las
menudas letras de la edición parecían mirarme fijamente como
ojos llenos de tristeza) me dio ánimos finalmente para coger el
teléfono. Una vez acordada mi visita el único problema que me
quedaba por resolver era cómo llegar a Belmont. En el mapa
estaba a unas treinta millas al norte de San Diego, siguiendo la
costa, pero yo no tenía coche. Así que acabé cogiendo un autobús
que me dejó en Belmont a eso de las tres de la tarde. Luego cogí
un taxi y poco después me hallaba delante del portón que daba
entrada a la finca de Desi Arnaz.

Un muro de piedra cubierto de buganvillas, como los muros
cubiertos de flores de Cuba, y flores por todas partes. Franquea-
da la verja, un sendero conducía a la gran mansión estilo rancho,

con los muros pintados de color rosa y tejados de zinc, con un jardín, un patio y una piscina. Puertas rematadas por arcos y ventanas con celosías. Balcones de forja en el segundo piso. Y en el jardín de la parte de delante crecían hibiscos, crisantemos y rosas. Casi había esperado oír la sintonía de «Te quiero, Lucy», pero en aquel lugar, aparte del trino de los pájaros, el rumor de los árboles y el sonido del agua corriendo en una fuente, reinaba el más completo silencio. Los pájaros gorjeaban por todas partes y un jardinero con un mono azul estaba de pie en la entrada de la casa revisando el correo extendido encima de una mesa. Era un hombre con el pelo blanco, ligeramente cargado de hombros, con un poco de barriga, una cara llena y tenía un puñado de cartas en una mano y un puro en la otra.

Al acercarme y decirle «¿Hola?» se volvió, me tendió su mano y se presentó: Desi Arnaz.

Al estrecharle la mano noté que tenía las palmas encallecidas. Sus manos estaban moteadas de manchas debido a la edad, tenía los dedos manchados de nicotina y aquel rostro que había cautivado a millones de personas parecía mucho más viejo, pero cuando sonrió reapareció aquella expresión del Arnaz joven.

En seguida me dijo:

—Ah, sin duda debe usted tener hambre. ¿Le apetece tomar un sandwich? ¿O un filete? —y añadió—: Venga conmigo.

Seguí a Arnaz por el pasillo de su casa. En las paredes, fotos enmarcadas de Arnaz en las que se le veía con todas las estrellas de cine y músicos importantes, desde John Wayne a Xavier Cugat. Y también había una bonita foto coloreada a mano de Lucille Ball, en una pose muy seductora de cuando fue modelo en los años treinta. Encima de un escritorio lleno de libros viejos, un mapa enmarcado de Cuba de hacia 1952, y más fotografías. Entre ellas aquella foto de César, Desi y Néstor.

Y después, en un marco, este texto: «Vengo aquí porque no sé cuándo volverá el Maestro. Rezo porque no sé cuándo querrá el

Maestro que rece. Y contemplo la luz del cielo porque no sé cuándo el Maestro la apagará».

—Ahora vivo muy recluido —me dijo el señor Arnaz, mientras me guiaba a través de la casa—. De tarde en tarde hago un poco de televisión, algún que otro programa, como el de Mery Griffin, pero lo que más me gusta es estar con mis hijos y pasar el tiempo en mi jardín.

Después de atravesarla salimos de la casa por otra puerta rematada con un arco a un patio desde el que había una magnífica vista de los jardines en forma de terrazas de la mansión de Arnaz. Había multitud de perales, albaricoqueros y naranjos, y un estanque en el que flotaban lirios. El terreno era como una sinfonía de tonos rosados, amarillos y rojos brillantes que se fundían en los arbustos. Y a lo lejos, un poco más allá, el Océano Pacífico...

—...Pero no puedo quejarme. Mis flores y mis plantas me encantan.

Tocó una campanilla y una mujer mejicana salió de la casa.

—Haga unos sandwiches y tráiganos unas cervezas. Dos Equis, ¿eh?

La mujer asintió con la cabeza y desapareció por la puerta.

—Bueno, ¿y qué puede hacer por ti, hijo mío? ¿Qué llevas ahí?

—He traído algo para usted.

Eran algunos de los discos que mi tío y mi padre habían grabado hacía mucho tiempo con Los Reyes del Mambo. Cinco en total, unas cuantas grabaciones a 78 r.p.m. y un elepé de 33 r.p.m., *Los Reyes del Mambo tocan canciones de amor*. Mirando el primero de todos ellos sorbió aire sonoramente por entre los dientes, casi con un gesto de indignación reprimida. En la portada se veía a mi padre y a mi tío juntos, tocando una batería y una trompeta para una bonita mujer que llevaba un vestido muy ceñido. Lo puso a un lado, asintió con la cabeza y dio un vistazo a los demás.

—Tu padre y tu tío. Eran buena gente —y añadió—: y compusieron muy buenas canciones.

Y empezó a cantar *Bella María de mi alma,* y aunque no recordaba toda la letra, suplía las frases que faltaban tarareando la melodía.

—Una buena canción, llena de emoción y de sentimiento.

Y echando de nuevo un vistazo a los discos me preguntó:

—¿Vas a venderlos?

—No, porque quiero dárselos a usted.

—Bueno, te estoy muy agradecido, hijo.

La doncella nos trajo nuestros sandwiches, una buena rodaja de carne, lechuga, tomate y mostaza entre dos rebanadas de pan de centeno, y las cervezas. Comimos en silencio. De cuando en cuando Arnaz alzaba los ojos, me miraba a través de aquellos párpados que ya le pesaban y sonreía.

—Sabes una cosa, *hombre* —dijo Arnaz, mientras masticaba un bocado—, me gustaría poder hacer algo por ti. —Y añadió—: Lo más triste de la vida es cuando alguien muere, ¿no te parece, *chico?*

—Perdone, ¿que decía?

—Te preguntaba si te gusta California.

—Sí.

—Es muy hermosa. Elegí este clima porque me recuerda mucho a Cuba. Aquí se dan muchas de las mismas plantas y flores. ¿Sabes?, yo, tu padre y tu tío somos de la misma provincia, de Oriente. No he vuelto allí desde hace más de veinte años. ¿Te imaginas qué habría hecho Fidel con Desi Arnaz si hubiera vuelto a Cuba? ¿Has estado alguna vez allí?

—No.

—Bueno, es una lástima. Se parece mucho a esto —se desperezó un momento y bostezó—. Dime lo que te apetece que hagamos, chico. Te vamos a instalar en la habitación de los huéspedes y luego daremos una vuelta para que veas todo esto. ¿Montas a caballo?

—No.

—Lástima —hizo una mueca de dolor y se enderezó en su asiento—. ¿Me haces un favor, chico?, dame una mano para que me levante.

Arnaz alargó la mano y le ayudé a ponerse en pie.

—Ven. Te enseñaré los distintos jardines.

Más allá del patio, bajando unos peldaños, había otra escalinata que conducía a un segundo patio cercado por un muro. Una densa fragancia de flores impregnaba la atmósfera.

—El trazado de este jardín toma como modelo el de una de mis placitas preferidas de Santiago. Se pasa por ella cuando uno va hacia el puerto. Allí era donde yo solía llevar a mis chicas —guiñó un ojo y añadió—: ¡Tiempos que ya nunca volverán!

»Y desde esa placita se divisaba toda la Bahía de Santiago. A la puesta de sol el cielo se teñía de púrpura y era en ese momento cuando, con un poco de suerte, uno podía dar un beso furtivo. O hacer como Perico el Cubano. Es el personaje de una de las canciones que me hicieron famoso.

Con voz nostálgica Arnaz canturreó: «Me llamo Perico el Cubano. ¡Soy el rey de la Rumba Caliente!».

Luego los dos nos quedamos contemplando el Pacífico, que parecía extenderse por todas partes hasta el infinito.

—Todo esto o bien desaparecerá un buen día, o bien durará hasta el fin de los tiempos. ¿Qué opinas tú?

—¿De qué?

—Del más allá. Yo sí creo en él. ¿Y tú?

Me encogí de hombros.

—Tal vez no haya nada. Pero aún recuerdo cuando me parecía que la vida iba a durar eternamente. Tú eres joven, no lo entenderías. ¿Sabes lo que era hermoso de verdad, chico? Cuando era pequeño y mi madre me cogía en sus brazos.

Sentí deseos de caer de rodillas ante él y de rogarle que me salvara. Sentí deseos de estrecharle fuertemente entre mis brazos y de oírle decir «Te quiero», simplemente para hacerle ver a

Arnaz que yo agradecía sinceramente el amor y que no me gustaba arrojárselo a nadie a la cara. Pero en vez de tal cosa le seguí de nuevo y entramos en la casa.

—Ahora he de hacer unas llamadas telefónicas. Pero siéntete como en tu propia casa. El bar está ahí.

Arnaz desapareció y yo me dirigí al bar y me serví una copa. Por el gran ventanal, el radiante cielo azul de California y el océano.

Sentado en el salón de la casa de Desi Arnaz recordé el episodio de «Te quiero, Lucy» en el que mi padre y mi tío actuaron en aquella ocasión, sólo que ahora me parecía como si la escena se representase de nuevo ante mí. Cerré los ojos y al abrirlos otra vez mi padre y mi tío estaban sentados en el sofá que tenía enfrente. Luego oí el tintineo de tazas de café y de cubiertos y Lucille Ball entró en el salón. Acto seguido les sirvió café.

Cuando yo pensé «papi», mi padre alzó la vista y esbozó una triste sonrisa.

—¡No sabes lo feliz que me hace el volver a verte!

—Y yo también me siento muy feliz, hijo.

Mi tío sonrió igualmente.

En ese preciso instante entró Arnaz, pero ya no era aquel caballero de blancos cabellos y rostro amable y un tanto abotagado, con aquellos ojos cansados que me habían guiado por el jardín. Era el rijoso y apuesto Arnaz de sus años mozos.

—¡Caramba, muchachos! —dijo—. ¡Qué alegría volver a verlos! ¿Cómo van las cosas allá en Cuba?

Y ya no pude reprimirme. Crucé la sala, me senté en el sofá y estreché a mi padre en mis brazos. Temí no abrazar más que aire, pero sentí una carne sólida. Y su cuello estaba caliente. Con expresión apenada y tímida, como si se sintiera fuera de su elemento. ¡Estaba vivo!

—Papi, ¡qué alegría me da verte!

—A mí también, hijo mío. Eso es algo que siempre me alegrará.

Al abrazarle empecé a sentir como si atravesara un espacio infinito: el corazón de mi padre. No aquel corazón de carne y sangre que había cesado de latir, sino ese otro corazón lleno de música y de luz y sentí que entraba de nuevo en un mundo de puro amor, anterior a todo dolor, a toda muerte, anterior a la conciencia misma.

A continuación un inmenso corazón de raso se desvanecía en un lento fundido y a través de una especie de neblina aparecía el interior del club nocturno Tropicana. Enfrente de la pista de baile y del escenario, una veintena de mesas con manteles de lino y velas, ocupadas por gente normal y corriente, pero elegantemente vestida. La clientela de cualquier club de la época que se preciara. Las paredes estaban cubiertas por cortinas tableadas que caían del techo y había unos cuantos maceteros con palmeras repartidos aquí y allá. Había también un *maître* con esmoquin que llevaba en la mano una carta de vinos de un tamaño verdaderamente espectacular, una jovencita zanquilarga que vendía cigarrillos y camareros que iban de mesa en mesa. Luego venía la pista de baile propiamente dicha y finalmente el escenario, cuyo proscenio y bastidores estaban pintados para que parecieran unos grandes tambores africanos, con pájaros y la palabra vudú escrita muchas veces con tosco trazo sobre ondulantes líneas de pentagrama, motivos que se repetían en las congas y en los atriles de los músicos, tras los que se sentaban en filas de cuatro en fondo los veintitantos miembros de la Orquesta de Ricky Ricardo, todos ataviados con blusas de mambero con mangas de volantes y chalecos adornados con palmeras de lentejuelas —a excepción de una arpista que llevaba un vestido de falda larga y unas gafas con montura de diamante de imitación— y todos con un aspecto muy humano, muy sencillo, con una expresión entre melancólica, indiferente y feliz, todos de buen humor, tranquilos y listos con sus instrumentos.

Y en el centro del escenario, ante un gran micrófono de

bobina móvil, bajo la luz de los focos y entre redobles de tambor, aparece Ricky Ricardo.

—Bueno, amigos, esta noche tengo para ustedes algo verdaderamente especial. Señoras y caballeros, me complazco en presentarles a Manny y a Alfonso Reyes, venidos directamente desde La Habana, Cuba, y que van a cantar un bolero compuesto por ellos mismos, *Bella María de mi alma.* ¿Están listos?

El mayor de los hermanos rasgueaba un acorde en la menor, la clave de la canción; se oía el remolino sonoro de un arpa que parecía descender de los cielos; acto seguido, el bajo arrancaba con las notas de una habanera y luego el piano y las trompas tocaban un improvisado acompañamiento de cuatro acordes. De pie, codo con codo, delante de aquel gran micrófono, con las cejas fruncidas como si procuraran concentrarse y una expresión de sinceridad en sus rostros, los dos hermanos empezaban a cantar el bolero romántico *Bella María de mi alma.* Una canción sobre un amor lejano que aún hace sufrir, sobre los placeres perdidos, la juventud, sobre un amor tan huidizo que un hombre nunca sabe qué partido tomar, una canción sobre una mujer a la que se ama de tal modo que no se retrocede ni ante la muerte, sobre un amor tan apasionado por una mujer que se la sigue amando incluso después de que le haya abandonado a uno.

Mientras César cantaba con temblorosas cuerdas vocales, parecía mirar fijamente algo increíblemente bello y doloroso que tenía lugar a lo lejos. Con ojos apasionados e implorantes y una expresión de franqueza en su rostro parecía preguntar, «¿Es que no ves quién soy?». Pero su hermano menor tenía los ojos cerrados y la cabeza echada hacia atrás. Parecía alguien que estuviera a punto de precipitarse por un insondable abismo de añoranza y soledad.

En los versos finales se les unía el director de orquesta que fundía su voz en perfecta armonía con las suyas y que estaba tan encantado con la canción que al final, mientras un mechón de sus negros y espesos cabellos le caía sobre la frente, alzaba la mano

derecha con gesto triunfal y gritaba «¡Olé!». A continuación los
dos hermanos sonreían, saludaban con la cabeza mientras Arnaz, siempre en el papel de Ricky Ricardo, repetía: «¡Y ahora,
despidámoslos con un fuerte aplauso, amigos!». Los dos hermanos hacían una nueva inclinación de cabeza, estrechaban la
mano de Arnaz y salían por bastidores, saludando al público con
la mano.

> ¿Oh, tristeza de amor,
> por qué tuviste que venir a mí?
> Yo estaba feliz antes que
> entraras en mi corazón.
>
> ¿Cómo puedo odiarte
> si te amo como te amo?
> No puedo explicar mi tormento
> porque no sé cómo vivir sin tu amor.
>
> Qué dolor delicioso
> el amor me ha traído
> en la forma de una mujer.
> Mi tormento y mi éxtasis.
> Bella María de mi alma,
> María, mi vida...
>
> ¿Por qué me maltratabas?
> Dime por qué sucede de esta manera.
> ¿Por qué es siempre así?
> María, mi vida,
> Bellísima María de mi alma.

Y ahora sueño que el corazón de mi tío se hincha hasta
alcanzar el tamaño de aquel otro corazón de raso del programa
«Te quiero, Lucy» y, librándose de su pecho, sube flotando por
encima de las azoteas de La Salle Street, tan enorme que se lo

divisa a muchas manzanas de distancia. El cardenal Spellman ha llegado a la parroquia a administrar el sacramento de la confirmación a los escolares de sexto grado y mis amigos y yo estamos fuera en la calle presenciando todo aquel tumulto que ha venido profusamente anunciado en los periódicos: limusinas, periodistas, clérigos de todas las jerarquías, desde novicios a obispos, se aglomeran en el exterior. Y mientras van entrando en fila en el templo, yo diviso de pronto el enorme corazón de raso y me entra miedo y haciendo oídos sordos a mis amigos, tipos duros y poco dados a sentimentalismos, con sus camisetas negras de manga corta, que me llaman «niña» al ver mis intenciones, me meto en la iglesia y cuando estoy dentro descubro que no hay ninguna ceremonia de confirmación, sino que se trata de un funeral. En la nave central hay un hermoso ataúd con historiadas asas de bronce cubierto de flores y el cardenal acaba de decir misa y está impartiendo la bendición. El organista empieza a tocar, pero, al ir apretando las teclas, lo que suena no es música de órgano, no es Bach, sino que se oye una trompeta a ritmo de mambo, un acorde de piano, una conga y de pronto es como si en el coro hubiese toda una orquesta de mambo y cuando alzo los ojos veo efectivamente a una orquesta de mambo con todos sus instrumentos, que parece sacada del año 1952, tocando un lánguido bolero y, sin embargo, también oigo ese chisporroteo que tanto recuerda al fragor del océano, como en los discos viejos. Luego la iglesia queda sumida en la tristeza al ser sacado el ataúd a la calle y cuando ya está fuera un segundo corazón de raso surge del féretro, se eleva en el aire, cada vez más arriba, más arriba, expandiéndose a medida que asciende hacia los cielos y sigue flotando en lo alto hasta que se pierde de vista en pos del otro corazón.